最后一艘渡船

[西] 多明戈·维拉尔 ◎著

韩蒙晔 宓田 ◎译

Domingo Villar

人民东方出版传媒
东方出版社

献给我的母亲

目录
Contents

001 / Nido（巢）
002 / Preludio（前奏）
004 / Oficio（公文）
007 / Distancia（距离）
010 / Nota（笔记）
017 / Abatir（摧毁）
021 / Fuga（逃离）
025 / Tono（色调）
027 / Realismo（逼真）
031 / Dibujar（描绘）
034 / Expuesto（暴露）
036 / Distinguir（辨认）
040 / Cómplice（合谋）
044 / Vapor（蒸汽船）
050 / Recoveco（曲折）
053 / Nave（仓库）
056 / Cruz（交叉）
059 / Marcha（档位）
062 / Llave（钥匙）
066 / Tendencia（趋势）

I

068 / Vela（帆）

074 / Gancho（钩）

077 / Lapso（时段）

080 / Espiral（螺旋）

084 / Instrucción（指令）

087 / Permiso（许可）

092 / Confianza（熟悉）

098 / Recuerdo（回忆）

102 / Acorde（和弦）

106 / Reconstrucción（重建）

110 / Examen（考试）

112 / Amor（柔）

115 / Intimidad（隐私）

120 / Gastar（态度）

123 / Clase（课）

127 / Registro（登记）

133 / Razón（道理）

136 / Aliento（气）

141 / Fondo（里面）

145 / Desvelar（失眠）

149 / Reserva（保护区）

151 / Sobre（信封）

155 / Especial（特别）

162 / Dispensar（提药）

166 / Zozobrar（倾覆）

169 / Puente（舰桥）

172 / Mudo（哑口无言）

178 / Objetivo（目标）

182 / Ilusión（幻影）

187 / Memoria（记忆）

193 / Fe（信仰）

199 / Senda（小路）

204 / Eco（微弱的声音）

208 / Fidelidad（逼真）

210 / Línea（航线）

213 / Temporal（暴风雨）

218 / Diligencia（尽职）

221 / Discrepancia（分歧）

223 / Peregrino（朝圣者）

226 / Giro（旋转）

229 / Seguro（确定）

235 / Ruido（噪声）

239 / Trastorno（紊乱）

243 / Asistir（出席）

246 / Contorno（周围）

254 / Postura（姿势）

256 / Rígido（僵硬）

262 / Auxiliar（助教）

268 / Farol（灯）

272 / Evidencia（证据）

276 / Instinto（本能）

279 / Empañar（水雾）

281 / Sentido（在理）

284 / Exposición（展览）

287 / Contingente（队伍）

291 / Fantasía（幻想）

294 / Transparente（透明）

296 / Visionar（审片）

298 / Detenido（逮捕）

301 / Escaparate（橱窗）

305 / Impasse（死胡同）
309 / Pelaje（皮毛）
312 / Constancia（铁证）
314 / Audiencia（听众）
317 / Complejo（情节）
323 / Presumir（假设）
325 / Sentimental（感情）
328 / Madera（天分）
332 / Reproducción（复制品）
334 / Trámite（手续）
336 / Paciente（患者）
339 / Cerco（黑眼圈）
342 / Huella（指纹）
344 / Antecedente（犯罪记录）
349 / Sospecha（怀疑）
355 / Montaje（布展）
358 / Opresivo（压迫）
362 / Relación（恋爱关系）
365 / Campanada（敲钟）
368 / Consciente（有鉴别能力的人）
373 / Testificar（做证）
375 / Obsesión（执念）
379 / Acceso（准入）
383 / Análisis（诊断分析）
386 / Seguimiento（跟踪）
388 / Abrigo（外套）
394 / Inseguridad（不安）
397 / Encuentro（接见）
401 / Entidad（整体）
408 / Móvil（手机）

411 / Laberinto（迷宫）

414 / Herida（伤口）

419 / Versión（版本）

422 / Cargo（负责）

424 / Oscuro（黑暗）

428 / Escena（景象）

430 / Reflejo（体现）

433 / Fuerte（堡垒）

438 / Singular（特别）

443 / Respirar（喘气）

446 / Inicial（首字母）

448 / Tutela（监护权）

451 / Alto（身材魁梧）

453 / Desatado（解开的）

455 / Vaivén（摇摆）

458 / Sigilo（秘密）

461 / Hebra（烟草）

464 / Jaula（鸟笼）

467 / Confidencia（私语）

472 / Gesto（表情）

475 / Acorralado（围困）

478 / Destino（命运）

481 / Culpa（错）

483 / Pesadilla（噩梦）

486 / Resto（尸体）

489 / Afilado（锋利）

492 / Custodiar（照料）

494 / Daño（伤害）

497 / Responsabilidad（责任）

500 / Blanco（白色的）

v

503 / Conciencia（心理）
505 / Caos（乱麻）
508 / Prisa（着急）
510 / Pájaro（鸟）
513 / Pulso（准头儿）
516 / Vértigo（晕眩）
520 / Planear（滑翔）
525 / Vigilancia（监视）
527 / Retirada（退路）
529 / Libre（自由）
532 / Duda（不解）

Nido（巢）：1. 鸟类用青草、稻草、羽毛或其他柔软的材料搭建的床，用于产卵和抚养幼鸟；2. 普通医院和产科医院中设置的新生儿专用空间；3. 经常前往的地方；4. 无足轻重的人、动物或东西聚集的地方；5. 某种事物的原则或基础。

    高个儿女人放下书，平躺下去，她感到一阵浓浓的困意。即使闭着眼睛，她也能感到照射在眼睑上的阳光。她喜欢那片海滩的孤寂，在那里，她能几个小时仅仅与书为伴，听着海浪的低语，还有筑巢于沙丘间鸟儿的歌唱。

    在睡着以前，恍惚间听到了一阵孩子的笑声。她坐起身，看见一只鸟的影子掠过沙滩。她抬起头，只见那只鸟展开翅膀非常平稳地飞过。鸟的后面跑来了一个小男孩，他举起双臂，仿佛想够到那只鸟。在看到高个儿女人以后，小男孩在沙丘间站住了，这会儿正用他黑色的大眼睛盯着女人看。小男孩八岁左右，穿着一件海绿色的泳衣。在他本该是左手的地方，只有一个残肢。

    高个儿女人看了看小男孩的手，把自己的篮子拉了过来。她应该还有个苹果，不知塞到了什么地方。

    "你要苹果吗？"她拿着苹果问小男孩。

    陪小男孩同来的男人几秒后出现在沙丘上。他原本微笑着，但也在突然发现高个儿女人后吃了一惊。

    "我可以给他一个苹果吗？"高个儿女人遮上沙滩巾问道。

    男人还没来得及回答，小男孩就走近了女人，伸出了他唯一的手。之后，他像捧着奖杯一样高举着苹果，永远地消失在沙丘后面。

Preludio（前奏）：1.先于某物并作为该物做准备或开端的事物；2.在演奏音乐作品前，以调整嗓音或乐器为目的进行的演奏或演唱；3.序曲或交响乐开篇。

在莫妮卡·安德拉德失踪前几天，加利西亚海岸遭到了狂风暴雨的猛烈袭击。在维戈市，大水淹没了车库和地下室，狂风刮倒了栅栏和树木，吹掉了几座建筑物的房檐。近岸捕鱼船队停泊在港口，还有几艘大型船只在公海上突遇暴风雨，只能在河口里寻求谢斯群岛的庇护。

在这样的一个凌晨，莱奥·卡尔达斯探长被雷声惊醒。他打开灯到厨房喝了杯凉水，又走到客厅，看到外面灯柱周围，大雨几乎垂直砸落。

他回到床上，闭上眼睛，试图再次入睡。努力了半小时后，他打开了收音机，想让低沉单调的陌生嗓音给自己带来困意。《维戈之声》正在播放《守卫》，这是一档在音乐作品中穿插听众来电的当地节目，跟卡尔达斯探长每周参加两次的另一档节目类似。

雷声的轰鸣越来越远。卡尔达斯探长发现，电台节目的一些听众熟练地问候了播音员，另一些被随机抽取到的听众却在电话刚被接通后连单个的字都支支吾吾地说不清楚。

能听到第二类听众不被催促，让卡尔达斯感到安心——这要是在他参加的另一档节目里，主持人圣地亚哥·洛萨达早就急了。不过，晚间播音员对于这些会激怒同事的停顿似乎也并不在意。如果换成洛萨达，他一定会粗暴地抢过话头，用鸡毛蒜皮的信息填补这些空白；但《守卫》节目的播音员却特意拉长了听众的一些停顿，让大家更有信任感，更能让语言慢慢地抽丝剥茧。

主持人的这种语气让谈话变得私密，让听众感到仿佛不是在跟陌生人交谈。卡尔达斯探长睡着之前，听到一些听众寻求建议，还听到一些听众寻求安慰。探长觉得，对每个人而言，向电台拨通的电话都是趁城市入睡时摆脱孤独的出路。

五点钟的早间新闻让《守卫》节目中断了几分钟，新闻报道了经济形势、上次选举后出现的政局不稳，还有在葡萄牙对另一个孩子展开的搜寻。当局担心，这是绰号为"凯门鳄"的凶手谋杀的第九名受害者。卡尔达斯对负责此案的葡萄牙警察深感同情，他也不会愿意处理这样的案子。

之后是当地新闻，报道称，在平静了一天后，暴雨于当晚再次肆虐。新闻还提到，在最近一次的入室盗窃案中，两个蒙面小偷闯入了一座孤立住宅，这一案件闹得附近人心惶惶，警察也加强了戒备。

莱奥·卡尔达斯探长在床上辗转反侧。他能想象到，暴风雨如何掠过庄园让他的父亲彻夜难眠。父亲这会儿一定是蜷缩在窗前的扶手椅上，盖着毯子，担心着大风会不会刮掉老旧的瓦片，会不会有哪棵树倒在房子上，或是附近山上的雷火会不会威胁到他的葡萄树。

卡尔达斯探长想给父亲打电话，以确保一切顺利，但他还是打消了这个念头。他不想给父亲再添担忧。他确信，至少那条狗还陪伴着父亲。

又一位听众打进电话后，卡尔达斯不再注意继续收听节目了。在收音机的低语中，他先是听到院子里噼噼啪啪的雨声，又在入睡前听到远处传来一阵海鸥的合唱——仿佛黎明的前奏。

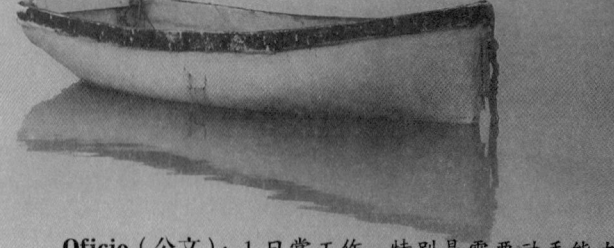

Oficio（公文）：1.日常工作，特别是需要动手能力或体力劳动的工作；2.对业务本身的掌握或了解；3.机械工艺类职业；4.公共行政部门之间的书面沟通；5.天主教活动，尤其是圣周期间的活动。

周五上午，莱奥·卡尔达斯出门的时候雨还没停。昨夜的大风吹跑了几个垃圾箱，人行道上的落叶也比往日要多。卡尔达斯走到阿方索十二世大道的时候，大海看起来灰蒙蒙的，就跟覆盖了整座城市的乌云一样。不过，在越过谢斯群岛，海天交接的地方，隐隐约约能看到一抹蓝天，大概预示着未来的好天气。

警察局门口，几位警卫聊着天，在他们的脸上也能看到暴风雨留下的些许痕迹。莱奥·卡尔达斯跟他们打了招呼，走进了警察局，穿过了大厅里乱七八糟的两列桌子。他推开了办公室的磨砂玻璃门，把雨衣挂在了衣帽钩上，看到桌上堆放的文件后叹了一口气。跟所有的星期五一样，在逃避了好几天报告、记录和批示之后，各种文件正等着他。

他先把贴着黄色便条的文件挑了出来，那是他标注紧急事务的一贯方式。都挑出来以后，他打开了电脑，又叹了口气，然后走出办公室，到旁边的屋子里煮咖啡。

六月份的时候，在本市的一起珠宝店抢劫案发生后，店铺的老板和两位员工曾在这间屋子里待了好几个小时，试图在警方的档案里辨认出劫匪。两个星期后，莱奥·卡尔达斯分队逮捕了抢劫团伙，于是那位珠宝商给他们寄来了一台自动咖啡机，好替代原来的那台。没人知道他此举是为了表示感谢还是出于同情，但除了费罗还思念老咖啡机煮出来的焦糊味外，大家都觉得珠宝商的礼物让警察局的咖啡变得令人满意。

卡尔达斯回到了他的办公室，在文件的空隙处放好了他的咖啡。他一屁股坐进了黑色沙发椅，一头扎进了第一份文件。

一个半小时以后，他正在敲要发给法官的公文，这时玻璃门外突然光线一暗。莱奥·卡尔达斯抬眼认出了他助理的身影，随后门被打开了。

"我回来了。"拉斐尔·埃斯特韦斯说。

"好。"

"您看昨晚的新闻了吗?"

莱奥·卡尔达斯摇了摇头。

"您瞧一眼报纸,"埃斯特韦斯指着电脑说,"那帮人又下手了。得多卑鄙、多懦弱,才会这样打老人。他们得祈祷千万别落到我手里。"

埃斯特韦斯走后,卡尔达斯在电脑上打开了当地日报的封面。报头显眼的位置上刊登着夜间洪水造成的灾害。再往下一点就是他的助理说的那条新闻。他现在想起来,昨晚他其实已经在广播里听过了:两个蒙面人袭击了一对正在吃晚饭的年迈夫妇,对他们进行了残暴的折磨。在事实论述的旁边配有一张照片,显示的是那位妻子。她八十岁左右,脸被打得走了形。她的丈夫被送进了医院。

卡尔达斯想,这几个犯罪嫌疑人被抓住以后,也许让他们跟埃斯特韦斯待上几小时不是个坏主意。

他写好了公文,起身穿过那两列桌子来到了街上。照片上那位老人的样子在他的脑中挥之不去。他站在人行道上,大楼的屋檐为他遮住了雨水,卡尔达斯点燃了这一天的第一支烟。然后,他从裤兜里掏出了手机。

"你怎么样?"电话响了几声接通了,他听到父亲的声音后,稍微放心一些地问道。

"我很担心。"父亲在电话那边无奈地叹了口气,听起来就像昨夜的雷鸣。

探长咽了口唾沫。

"为什么?"

"昨天晚上大风拔起了一株山茶。大的那株,我不知道还能不能种回去了。"

父亲担心的事与卡尔达斯担心的事不同,这让后者感到些许安慰。

"真遗憾……不过至少看起来天气要变好了。"

"莱奥,你可别这么肯定。昨天白天天气就很好,可你看昨天晚上。"

"你说得倒也是。"莱奥·卡尔达斯承认。当他再次问起夜间的暴风雨时,父亲又历数了庄园本周遭到的一些轻微损失。卡尔达斯就静静听着,他掐灭了香烟,再次走进了警察局。他一边穿过大厅一边回应着父亲,但这里的喧闹让他几乎听不到父亲在说什么。他推开办公室的门,看到电脑屏幕上照片里的那位奶奶正盯着他。

"你的狗跟你在一起吗?"他打断了父亲。

"不是我的。"父亲反驳道。

"行吧,无所谓……它在那儿吗?"

"在这附近。"父亲说,"你为什么对这条狗这么感兴趣?"

"没什么。"卡尔达斯故作轻松,"你刚才干什么呢?"

"我刚给熏鳕鱼换了水。"父亲说,"现在我要去看看能不能把那株山茶扶起来。"

如果没客人来,卡尔达斯的父亲不会有心思做鳕鱼。

"家里来人了吗?"莱奥·卡尔达斯问。

"安东尼奥·莱莫斯和他妻子来过周末。"

"他们会留下过夜吗?"

"会,"父亲回答,"两三个晚上吧。他们想住几晚住几晚。哦,特拉巴佐和洛拉今天晚上也过来吃饭。看看到时候天会不会放晴,那样我们就可以给望远镜开光了。"

"什么东西?"

"安东尼奥送了我一台望远镜,他在二手市场上弄到的,"父亲说,"我一直想要一台。"

"要它干什么?"

"还能干什么?你到底是不是探长?"

莱奥·卡尔达斯笑了。

"代我拥抱他们四个吧!"卡尔达斯说。得知周末有人陪伴父亲,他感到很开心。

"你干脆来吃晚饭吧!这样你就能亲自拥抱他们了。"

卡尔达斯看了眼桌子。那堆文件几乎一点儿都没少。

"我很想去,但是我手头积攒的活儿太多了。而且我也没交通工具能过去。"

"你那个助理呢?"

"我不知道我请他帮这个忙合不合适。"

"除了鳕鱼,我们还有玛丽亚之前做好的高汤,而且我们还要打开今年的新葡萄酒,你不知道有多好喝。"父亲讲着,想看看是不是能说动儿子,"洛拉还会带煎饼来。"

"行,我到时候看看吧。"卡尔达斯说,不过父子俩都清楚,他不会出席。

父亲作出了最后的尝试:"我可以让你用用望远镜。你看怎么样?"

"我看你代我拥抱大家吧!"莱奥·卡尔达斯说完跟父亲道了别。

然后他挂了电话,开始处理下一份文件。

Distancia（距离）：1. 介于两个事物之间的线性空间；2. 两个事件之间的时间间隔；3. 一些事物之间的明显差异或区别；4. 人与人之间的疏离、冷漠；5. 交往中的冷淡；6. 远处、遥远的地方或远远眺望的地方。

整个周末，雨就没停几个小时。卡尔达斯周六一直在办公室工作，周日则躺在正对着电视的沙发里看了一天书。周一在警察局里没碰到什么异常。

周二，天转晴了。

卡尔达斯探长先跟埃斯特韦斯、费罗和克拉拉·巴尔西亚开了个会，了解了一下最新情况，再次确认了待处理的事项。然后，他煮了杯咖啡，坐下来重新去读那篇关于发生在城市高地区域的银行偷窃报告。窃贼们关闭了警报系统，在房顶上开了个直径半米的孔，然后从顶层进入了那家银行。用氧矛弄开保险柜取走了里面的东西后，他们便逃得无影无踪了。

"我还从没碰到过从房顶开孔进屋偷窃的。"坐在桌子另一侧的拉斐尔·埃斯特韦斯看着卷宗里的照片说。

探长正要说这对他而言不是什么新手段，忽然在桌子上震动的手机发出的嗡嗡声，引起了他的注意。

卡尔达斯在手机屏幕上看到了局长索托的名字。

"莱奥，你跑哪儿去了？"

"在我办公桌这儿。"卡尔达斯答道，他心里想着，局长上哪儿找自己去了，才会找不到。

"谁啊？"埃斯特韦斯问。

卡尔达斯喝了口咖啡，朝他助理的背后指了指。透过门玻璃，能看到一个身影越变越大，然后门被猛地推开了。

埃斯特韦斯在看到局长后一下站了起来。

"你们在搞哪个？"索托想了解情况。

"搞卡尔瓦里奥的银行盗窃，"卡尔达斯举着文件夹说，"我们正打算去看看。"

"先缓缓。"局长命令道,然后他盯着探长的眼睛补充说:"我需要你办件事。"

埃斯特韦斯每次面对局长都会浑身不自在,他拿起桌子上夹着卷宗的文件夹,把偷窃案的照片放了进去。他急切地想离开这个屋子。

"我去吧?"他自告奋勇地说。

卡尔达斯觉得,埃斯特韦斯先去展开工作没什么不好,但索托的眼神给了他另一个指示。

"等等我吧还是。"卡尔达斯指着走廊说。

埃斯特韦斯溜出了办公室,局长关上了门。

"我不想让埃斯特韦斯单独去任何地方,你是知道的。"

"所以我让他等着我,"卡尔达斯承认,"而且,自从拉斐尔得知自己快要当爸爸以来,变得冷静多了。"

"冷静个鬼,莱奥,"局长打断了他,然后转身再次确认门关好了,"埃斯特韦斯根本不能自控,给我惹的麻烦已经够多了。"

莱奥·卡尔达斯面露不悦。

"你来就是为了提醒我这个?"他问道,虽然很明显局长另有企图。

"当然不是。"索托回答,"你知道安德拉德医生是谁吗?"

"安德拉德医生?"

卡尔达斯对这个名字有点儿印象,但他还是靠在黑色真皮沙发椅上摇了摇头,好让他的上级继续说下去。

"他是位外科医生,是个杰出人才。你肯定在报纸上看到过他。我认识他很多年了。他给我妻子做过手术,他救了我妻子。"索托在解释的时候毫不掩饰自己对这位医生的敬仰,"他刚忧心忡忡地给我打了电话,因为他得不到女儿的任何消息。今天上午他会过来,我想让你来负责。"

卡尔达斯差点儿吹了声口哨。他感谢索托局长的好意,但对于任何他怀疑有人际关系在背后的案子,他早就学会了抽身。况且,这事儿本身对他来讲也没太大吸引力。

因为得不到儿女的消息而警觉的父母出现在警察局里是司空见惯的事,但那些所谓的失踪很少会持续太久。因为跟家里出现争执而离家出走的那些人,他们只要在外面风餐露宿一两个晚上,心里的不快也就缓解了;而延长了周末消遣的另一些人,他们在公园、海滩或是一同过夜的伙伴的卧室里醒来以后,也就回家了。

恋人的出逃要复杂些,尤其是在互联网代替公共场所成为约会地点之后。最近几年,如饥似渴的青少年为了一段虚拟热恋不辞而别的情况越来越多,以至于莱奥·卡尔达斯担心这会变成一场瘟疫。

看到局长走了，埃斯特韦斯又立马窜回了办公室。眼前的卡尔达斯非常懊恼，他没能按自己的心愿与安德拉德医生女儿的失踪事件保持距离。探长把情况告诉他的助理以后，后者问道：

"又一个跑去见男朋友的？"

卡尔达斯一口气喝完了杯子里的咖啡，然后说："估计是的。"

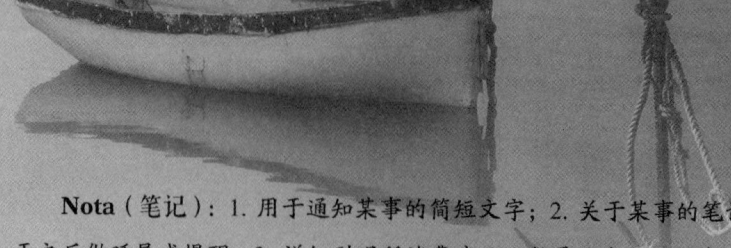

Nota（笔记）：1. 用于通知某事的简短文字；2. 关于某事的笔记，用于之后做延展或提醒；3. 详细列明所消费产品、数量及金额的纸条；4. 测试或评估得分；5. 音阶中的音以及表示它的音符；6. 某人的名声、印象或信誉。

维克托·安德拉德医生个子很高，瘦削，几乎完全秃了。他眼睛是灰色的，鼻子挺拔，因为常年远离阳光而皮肤苍白。他穿着一身海蓝色西服，里面是一件颜色浅一些的蓝色衬衫。外衣的开口处露出一条绿色的领带，上面用衬衫布绣着他姓名的首字母。

在看到这位外科医生以后，莱奥·卡尔达斯想，如果女儿是青少年，他这个年龄有点儿大了。因为他估计医生得有六十岁左右。

索托局长请医生到自己的办公室去，走廊里的卡尔达斯就跟在后面，他夹着黑色封皮的笔记本，每走一步都能看到医生鞋子的卡扣闪闪发光。

他们围着圆桌坐了下来，安德拉德医生用手指敲击着木桌子。探长早在和他握手时就感受到了他这份并未掩饰的不安，因为他的手掌潮潮的。医生的手指修长，顶端的宽指甲经过了精心的修理。他没戴婚戒，但左腕上的手表让他旁边局长的手表显得黯然失色，仿佛就只是个玩具表。

"她叫莫妮卡。"在局长向安德拉德医生询问他女儿的姓名后，医生答道。

莱奥·卡尔达斯把笔记本翻到了第一张空白页上，画了一条横线，然后在横线上用清晰的字母写下"莫妮卡·安德拉德"。与此同时，局长已经开始了例行公事的提问。

"医生，您是什么时候找不到她的？"

"上周日我们约好了一起吃饭，但她没有出现。她手机不在服务区，我在餐馆等了将近一个小时以后回家了。我相当气愤，虽然这不是我女儿第一次放我鸽子了，但她在几天前还向我保证过不会缺席。昨天早上我给她打电话，想讨个说法，但她还是没接电话。我本来不担心的，直到昨天下午我给她上课的地方打了电话。他们告诉我，从上周五开始她就没去学校。之前出于某种原因不能去上班她都会打个电话，但这回没有。"

"上班？"索托吃惊地重复道，"医生，您的女儿做什么工作？"

"她是艺术与机械工艺学院的陶艺老师。她一直都倾心于毫无用处的东西。"

莱奥·卡尔达斯和索托局长互相交换了眼神。局长问出了两人的疑惑：

"她多大了？"

"十二月份就三十四岁了。"两位警察再次互相看了一眼。

"那她自然不跟您住一起了。"

"不住一起，"医生回答，他搓了搓手，就像是在搓一块肥皂，"莫妮卡从去圣地亚哥上大学以后就独立了。后来只在家里住过一段时间。"

"但她现在住在这里，住在维戈，不是吗？"

"她在维戈工作。"医生更正道，"但从几个月前开始，她就住在缇兰了。"

"哪里？"莱奥·卡尔达斯第一次开口。

"缇兰。"安德拉德医生重复了一遍，然后他做了个手势，仿佛是越过了什么障碍物，"在河口的另一边。"

"我猜测您去看过了。"

"当然。"医生表示肯定，"昨天下午，在得知她没去上班以后，我过去了一趟，想看看是不是发生了什么事，或者她是不是生病了。她不在家。我今天早上又去了一趟。"他边说边挥了下手，意思是结果跟昨天一样。

"您女儿的汽车停在她家吗？"

"莫妮卡没有车。"安德拉德解释道，"她搬去缇兰的时候把车卖了，然后买了辆自行车。她说在那边用不上汽车。"

河口另一侧的莫拉佐半岛上有许多小小的海边教区，缇兰就是其中一个。它与维戈港的直线距离大概比两海里多一点儿。从那边到这边的维戈市通常有两种方式：一种是走公路，通过兰德海峡上的大桥穿过河口；另一种是走海上，连接维戈港和坎加斯、莫阿尼亚码头的船只每半小时一班。

"我猜她是坐船来维戈。"

"是的，"安德拉德表示肯定，"她一向从莫阿尼亚上船。"

卡尔达斯在笔记本上做了标记，然后又问："您看到她的自行车了吗？"

"我还真没注意。"

"您女儿一个人住吗？"索托问。

"是，一个人住。"

"她有孩子吗？"

"没有。"

"伴侣呢？"

"我想是没有。"

"您不确定？"莱奥·卡尔达斯插了一嘴。

"是，我不确定。"安德拉德医生承认，"莫妮卡是个保守的姑娘，她没有跟什么男人住在一起，如果您两位指的是这个的话。"

"您了解她之前的恋爱经历吗？"探长继续问道。安德拉德抬起头回忆了一阵，然后长长地叹了一口气："据我所知，莫妮卡最后一次恋爱也是四五年前了。"

过了这么长时间很难把恋爱跟她出走联系起来，莱奥·卡尔达斯边想边写，而医生的灰色眼睛从桌子的另一侧紧紧盯着这边的一笔一画。

"您有没有在缇兰问问，有没有人看到了您女儿？"局长发话了。

维克托·安德拉德点了点头说："她的女邻居已经好几天没看见她了。"

"她的朋友们呢？"

"我上周日就给埃娃·布阿打了电话。那是她最亲的闺蜜，几乎是她唯一真正的朋友。"

卡尔达斯写下了这个名字。

"她们那之前在一起吗？"

"没有。埃娃接电话的时候在车里，她刚跟丈夫和孩子们度完周末从马德里回来。我告诉她没有莫妮卡的消息时，她很吃惊。莫妮卡之前告诉过埃娃说她要跟我一起吃饭。"

"什么时候告诉她的？"

"我不知道，"安德拉德说，"她们不像以前一样经常见面了，但还是每周都会通电话。"

"您后来又联系过她吗……"卡尔达斯边问边又看了一眼纸上记的那个名字，"联系过埃娃·布阿吗？"

"她昨天给我打了电话，问我是不是有了莫妮卡的消息。虽然她试图宽慰我，但我知道她跟我一样担心。"

卡尔达斯把笔放到嘴边，用牙齿叨了一阵。如果能点根烟，他会万分感激的。

"您还有其他孩子吗？"

"没有。"

根据局长的说法，医生的妻子是已故企业家西斯托·费若的女儿之一。这位企业家非常有名，一是因为他曾经通过假装心脏病发作而让绑匪打消了绑架计划，二是因为他无私的捐赠浇灌了诸多慈善事业。

"您结婚了吗？"卡尔达斯还是忍不住问了。安德拉德点了点头。

"那您的妻子怎么说？"

"什么怎么说？"

"她也很担心？"

医生摊了摊手。她怎么会不担心呢？

卡尔达斯在笔记本上记下了失踪女孩儿母亲的名字。与此同时，医生的脑海中各种思绪翻江倒海，让他不得不在椅子上换了个姿势。他的不安没逃过两位警察的眼睛，不过这回是卡尔达斯发问的：

"您还在生您女儿的气吗？"

安德拉德的灰色眼睛紧紧地盯住了他，"生气？"

"因为放鸽子什么的……"

安德拉德医生在回答前先叹了口气。

"没有，"他低声说，"现在我感到害怕。"

"您担心她可能出事了，有什么理由吗？"莱奥·卡尔达斯追问道，他能感觉到局长投来责怪的眼神。在索托的眼里，坐在他面前的安德拉德仍然是给自己妻子开过刀的外科医生，而不是正在寻找女儿的父亲。

"我不知道。"安德拉德医生的语气变了，在卡尔达斯看来，坐在桌子另一边的他矮小了下去，"就这么无声无息地消失了，我觉得非常诡异……"

"您给各家医院打过电话了吗？"索托插了一句。

"我给您打电话前，联系了所有急诊室。"安德拉德回答，"莫妮卡没有在周日入院。"

卡尔达斯再次开口问道："您知道您女儿开户的银行吗？"

"知道，"安德拉德说，"跟我的银行是同一家。"

探长建议医生联系这家银行，查看一下莫妮卡账户最近的操作。

"这是机密信息，我们需要拿到法官授权才能申请。"探长一边看着局长一边向医生解释，"但您也许能省去这些手续直接获取这个信息。"

卡尔达斯话还没说完，安德拉德就已经在手机上按下了银行分行经理的私人电话号码。他没费什么劲就得到了经理的回复。

"周三上午，她在莫阿尼亚取了一笔钱，"安德拉德重复着他在手机里听到的话，"从那时起就没有任何新操作了。"

"取了很多钱吗？"莱奥·卡尔达斯低声问。

"取了很多钱吗？"医生重复道，他的口吻没给人留下推脱的余地，这让卡尔达斯怀疑，安德拉德也给银行经理的妻子开过刀。

金额即刻就被告知了，仿佛这并不是什么机密信息：

"一百二十欧元。"

这算不上一大笔钱，卡尔达斯想，但逃走几天还是够用了。

"请您问一下，她最近有没有在旅行社或者航空公司花过钱。"看到银行经理对医生如此殷勤，卡尔达斯趁机说道。

安德拉德摇了摇头。

医生跟经理确认，如果他女儿的账户有任何操作，银行都要通知他。然后，医生跟对方道了别，挂了电话。

莱奥·卡尔达斯又啃起了圆珠笔。

"莫妮卡以前离家出走过吗？"

"什么？"医生问。当然，探长知道医生听懂了他的问题。

"您的女儿，"探长又说了一遍，"之前干过这样的事儿吗？玩消失。"

"从来没有一走好几天。也不会不通知。"

安德拉德医生把耳旁稀疏的白发往后面捋了捋，然后他双手在颈后交叉，胳膊肘指向两位警察，就这样停顿了一会儿。

"医生，请您原谅我们问这些问题，也请理解这都是必要的。"莱奥·卡尔达斯对医生说，"任何一个细节都可能帮我们找到她。"

安德拉德看着卡尔达斯的眼睛说："您是探长吗？"

"探长，我是的。"卡尔达斯回答。他又想去吸烟了。

"那就请您不要兜圈子，探长。我的工作也要求做到直言不讳。"

莱奥·卡尔达斯点了点头，针对此前局长回避的问题开始发问：

"您的女儿患有什么疾病吗？有没有过抑郁或者走失……？"

"没有，"医生挥了挥手打断了他，"这些都没有。"

"她服用什么药物吗？"

医生又摆了摆手指。

"酒精、毒品呢？"

"也没有。"

"任何个人或职业冲突？"

安德拉德耸耸肩说："我觉得没有。"

"如果有的话，她会跟您说吗？"

"会吧。"医生回答。但卡尔达斯听出了端倪。

"据您了解，她遇到经济困难了吗？"卡尔达斯问。虽然他知道，这个姑娘的姥爷是位富甲天下的企业家，而她的医生父亲在手术室的成就也一定为自己带来了名声还喂饱了银行账户。

"经济困难?"安德拉德反问道,一丝笑容在他的脸上浮现出来,"两位不了解我女儿。如果她有在乎什么,也不会在乎金钱。莫妮卡之前的工资比现在什么陶瓷课挣的钱多十倍。但是,她还是做出了离开基金会的决定。"

"因为她背后有家庭的支撑。"卡尔达斯分析道。他没想抹杀医生女儿的成就,只是想对她的经济状况做出清晰的判断。局长愤怒地看了他一眼,不过,安德拉德倒没介意探长的评论。

"我们没有经济问题。"他承认,"从很多年前开始,莫妮卡就再也没有向我们要过一分钱了。有时候我觉得,她可能希望自己出身贫寒。"

卡尔达斯无法辨别医生的话里表达的是骄傲还是不解。

"她毕业于古典语言文学专业。"安德拉德又加了一句,"我告诉过两位,所有没用的东西都让她感兴趣。"

局长挤出一丝笑容,卡尔达斯则在笔记本上记下了什么。还没人给安德拉德一家打电话索要赎金,但卡尔达斯不想过早排除任何可能性。他把笔记往前翻,开始从头查看自己记下来的内容。他的目光在着重标注的一句话上停了下来,他高声说道:"您跟女儿提前确认了,之后要一起用餐。是这样吗?"

医生点点头。

"您是什么时候提醒她的?"

"应该是……周四上午。"

"那是两位最后一次见面吗?"

"我们没见面,是打电话说的。"

"那两位最后一次在一起是什么时候?"

"十一月三号。"医生脱口而出,"那天是我生日,我请她来庆祝。"

"也就是两周前,"莱奥·卡尔达斯瞥了一眼挂在局长办公桌后面墙上的日历,"从那儿以后,两位就只通过一次电话?"

"不,我们聊过两三次吧。"

"您感觉她状态怎么样?有没有忧心忡忡的?"

"她就是老样子吧。挺好的。"

卡尔达斯瞥了局长一眼。这位上级已经好一会儿没参与进对话里来了。卡尔达斯琢磨着,局长大概是为了摆出病人家属的姿态而感到不自在。他继续看自己的笔记,随后停在了另一处标注上。

"您说您去过女儿在缇兰的家,发现有什么异常吗?"

维克托·安德拉德无法给出准确的回答。

"我没去过那么多次，所以也看不出什么。"

"但从大面上看，家里没被翻乱吧？"

医生表示没有。

"您查看了所有房间吗？"

"我四处都看了，"医生坦言，"浴缸里、床下、柜子里……"

"衣服或行李箱少了吗？"

"不知道。但是探长，我跟您重申一遍，莫妮卡不会不辞而别的。"医生答道，接着，他摸了摸自己的光头，仿佛要理好已经不存在的头发似的，然后使劲揉了揉眼。

索托局长站起身，宽慰医生道："您告诉我们的这些已经足够我们开工了。"

安德拉德咽了口唾沫，莱奥·卡尔达斯在这位医生清澈的目光中看到了恐惧。

"医生，您可以陪我们去您女儿家吗？"

"现在吗？"

"如果可以的话……"莱奥·卡尔达斯建议。

医生看了看他左腕上巨大的手表。

"我们现在就去可以吗？"医生回答，"两个小时以后我要进手术室。"

"当然。"莱奥·卡尔达斯肯定道。不过，在维克托·安德拉德起身前，卡尔达斯又加了一句："还有件事，医生，您女儿养什么宠物吗？狗、猫、鸟等。"

"养，她有一只猫。"

探长拿起笔准备记录。

"你去的时候猫在家里吗？"

"我不知道。"医生很犹疑。

"您没看到猫？"

"没，我觉得没有。"医生思考片刻后说，"无论今天还是昨天都没有。"

Abatir（摧毁）：1. 摧毁，撞倒；2. 把直立的物件弄倾斜或弄倒；3. 羞辱；4. 让某人失去意识、活力或力量；5. 行船偏离航向；6. 一只鸟向它的猎物俯冲。

警车跟着维克托·安德拉德的车上了高速。驾驶位上坐着的是埃斯特韦斯，探长则坐在副驾的位置上。之前看见医生的车时，埃斯特韦斯情不自禁地吹了声口哨，而莱奥·卡尔达斯则是想到了医生本人：大块头、光彩耀人，车身上一些镀铬的部件就像医生鞋上的卡扣一样闪亮。

警车驶过指引山，山顶的小教堂仿佛守卫着海港。此时，探长朝左边望去，在河口的另一侧，莫拉佐半岛大片的绿色映入眼帘。随后他闭上了眼睛，用心感受着从开了几厘米的车窗涌进的清新空气。

两辆车沿着蜿蜒的公路在越来越低矮的房子间穿梭，渐渐远离了城市，一前一后驶上了兰德大桥。这座桥架在两座巨大的支柱上，在河口最狭窄的地方连接了河的两岸。它几十年前的落成使维戈和另一岸城镇间的路程缩短了二十多公里。

拉斐尔·埃斯特韦斯一边紧跟前面医生的车，一边瞥着左边延伸开的景色。透过玻璃车窗，能看到海中的木筏像一支准备迎战的小舰队整齐地排列着，而远处，隐约可见谢斯群岛的暗影遮住了天际线。

"这也太美了吧。"这位阿拉贡人惊呼道——他每次沿桥横过河口时都会这么说。卡尔达斯睁开了眼睛。他那侧的车窗正朝向圣西蒙岛的港湾，退潮后显现的沙洲正在阳光下闪耀。斜插进干沙中的三两小船正等待着涨潮时能重获自由。

"是啊。"卡尔达斯回答。

下桥后，两辆车随即驶离了高速公路。医生没有选择沿海公路。埃斯特韦斯和卡尔达斯跟随医生行驶在快速道路上，他们穿梭在莫拉佐半岛的松树和桉树林间，树林的芳香从卡尔达斯身旁的车窗缝中钻了进来。这时，他们看到前面医生的车闪起了转弯的指示灯。他们驶过了一块被上周暴风雨击倒的巨大广告牌，然后沿着一条通向莫阿尼亚港口的蜿蜒公路继续前行。

卡尔达斯隐约中看到一只小船的船尾，正在养殖贻贝的筏子间缓慢移动，渐渐开向远方。想必那就是每天把莫妮卡·安德拉德载往维戈市的船。

埃斯特韦斯跟着莫妮卡的父亲向右转，沿着海滨大道驶至奥康海滩。在玛鲁西亚餐厅的露台上，金属桌椅还堆放在一起，等待着营业时间的到来。那个木质结构的建筑仿佛悬浮在水面上似的，卡尔达斯在那里吃过好几次晚饭。阿尔瓦则喜欢涨潮的时候，感受海浪在脚下碎成一朵朵浪花。

车驶过的时候，探长看着空空的露台出了神。

"这是家餐厅吗？"埃斯特韦斯问。

卡尔达斯点点头。

"您来这儿吃过吗？"

"来过。"探长言简意赅。

在海滩的尽头，两辆车向左拐进了一条狭窄的公路，这条路先是穿过了一些低矮的房子和小果园，然后就直接沿海蜿蜒向前。

"您会游泳吗？"埃斯特韦斯问。

"什么？"

"要是对面有车开过来，您说咱们怎么办。"

阿拉贡人一边笑着一边警惕着他们左边的悬崖。

一百米后，拐过一座长满海藻的小海滩，低矮的房子重新出现在公路与河口之间。安德拉德把手伸出车窗，示意他们先停下，然后他把车开上坡道，停在了远离海那侧公路的一块平地上。埃斯特韦斯照葫芦画瓢，把车停在了医生的车旁。卡尔达斯看了看表，他们从莫阿尼亚港到这里用了不到五分钟。

"最好是停到这上面，"医生从打开的车窗解释道，"没人在下面掉头。"

卡尔达斯下了车。河口被一座座房子挡住了，但强烈的气味让人知道它其实就在眼前。这块平地上还停了另一辆车，除此之外还能再停六七辆。还有一只垃圾箱，旁边堆着一些被风刮断的树枝和几只装满树叶的袋子，等着被清理。

一行人沿着一条陡峭的小路，穿梭在石头房子之间，朝着大海的方向往下走去。根据路牌的标示，这条斜坡的尽头是一座十二世纪的教堂。

这座缇兰教区的小教堂坐落在一座广场的中心，就是铺砌的一块高出海平面的平台，被半米高的墙环绕起来。教堂的正对面，河口的对岸，维戈市就像一只熟睡的动物在水边舒展开。在左边，教堂广场紧挨着一座墓地，一座座石质的十字架在蓝天的映衬下格外醒目。在右边有一座低矮的房子，正面的外墙涂成了白色。

旁边的果园中有棵结满了果实的橙子树，在果园和小房子之间，一条与海岸线平行的小路延伸开来。

"这边。"安德拉德医生说。

另外两人一前一后跟着医生,他们听到海浪拍击海滩的声音,还有从白色房子里传出的一条小狗的叫声。

没走几步,左边的果园就变成了草地,有时甚至让人看不到大海。卡尔达斯想,如果这些草再长高一些,想从这里通过就得拿镰刀开路了。另一边,走过白房子之后出现了一片农田,之后是一座庄园的围栏。庄园里有一座朴素的单层房子,外墙是蓝色的。

安德拉德医生推开了一扇同样是蓝色的木门,门被打开的时候随着铰链轻轻摇晃了几下。

"就是这里。"医生说。

他的目光中仍透着烦恼,探长在警察局就观察到了。

"没有其他入口了吗?"卡尔达斯问。他们是沿着教堂那里的那条狭窄的小道过来的,这让探长感到诧异。

"高处还有一扇院门,"维克托·安德拉德说,"但是莫妮卡不走那边。她都是从这边进。"

卡尔达斯和埃斯特韦斯跟医生一起,沿着小花园草地上的鹅卵石小路,从木门向莫妮卡家的房门走去。这条石子路上有自行车压出的轮印。

他们发现草地上有个巨大的坑,于是停住了脚步。一块树根的根须像胡子一样还留在被翻起的碎土块中。坑旁边能看到被清理干净、切割成大块的树干。树干的一端还能看出被拔出地面的树根。

"这本来是一棵美丽的圣诞树,"安德拉德医生说,"上周的大风把它刮倒了。"

"莫妮卡告诉您的吗?"

"对。"

"砸到那里了。"埃斯特韦斯说,他正指着离房子不远的一段围栏。

这棵树撞倒了藤蔓覆盖的铁丝网,也拉倒了固定铁丝网的两根柱子。

这座房子的屋顶向前伸出几米,形成了一个遮阳避雨的门廊,门廊里的一把摇椅可供坐下来眺望大海。在门的一侧,放着一只用来放伞的自制深陶罐,里面探出了两根手杖的把手。地上有着猫剪影图案的门垫。

卡尔达斯没找到门铃,于是叩响了门环——那是只装满石子的小网兜,敲击在嵌进木头中的一块金属板上。

与此同时,埃斯特韦斯双手撑着趴在窗玻璃上,试图从窗帘间的缝隙里向屋内窥探。

"我已经跟两位说了,她不在家。"探长又敲了一下门以后,安德拉德医生喃喃道。

"要不要我来开?"埃斯特韦斯说。

莱奥·卡尔达斯知道自己的助理可不是要用开锁工具,当着安德拉德医生的面,一脚踹开门他也完全干得出来。

"我觉得不用。"探长小声说。然后他扭头问医生:"您有钥匙吗?"

"没有,但是也不用钥匙。"医生回答。

他走到门前,转动门把手,门开了。卡尔达斯和埃斯特韦斯对视了一眼。

"昨天门就开着?"探长问,医生点了点头。

Fuga（逃离）：1. 匆忙逃跑；2. 对住处或所熟悉环境的意外放弃；3. 气体或液体的泄漏；4. 基于某个主题及对位法的音乐创作。

莫妮卡·安德拉德家的客厅很小，木地板搭配着白墙，一张沙发和一把颜色鲜艳的扶手椅摆在一张矮桌子旁，除此之外再无其他家具。一切似乎都朝向石头壁炉，就像在其他家庭里一切都冲着电视一样。

沙发背后的墙上有三排摆放作品的架子。十来个海螺摆在最低的那一层。在其他两层架子上，散布着各种书、若干泥土造型、一只钟表和两幅绿眼睛灰猫的画像。

壁炉旁的墙烧黑了但很干净，并没有燃烧后留下的灰烬或炭火。地上的一只篮子里放着火绒、松塔和木块。旁边的两个钩子上分别挂着风箱和拨火棍。

柴火篮旁是一尊黑色的人头马身雕像。

卡尔达斯看着壁炉和矮桌子之间的宽阔空间，那仿佛是莫妮卡·安德拉德清理出来好让那匹半人马驰骋的。

厨房跟客厅一样，看起来没什么异样。只有一只叉子、几个盘子和一只杯子，放在布上已经晾干，只待被摆回架子上。

在能坐下六人一起吃饭的宽桌上，放着一只插着干花的花瓶。椅子整齐地摆放在周围。

埃斯特韦斯正盯着厨房的一面墙看，整面墙从上到下都镶嵌着五颜六色的贝壳。

安德拉德医生走了过来。

"这是我女儿做的。"他低声说。

埃斯特韦斯正准备发表见解，但探长的目光让他改变了主意。

"哦。"他回答道。

一扇玻璃门把厨房与房子的后院连接起来。

"这扇门之前也是开着的吗？"莱奥·卡尔达斯指着门问。

"对，"安德拉德说，然后他转动了门把手，"那是小屋。"

"是什么？"卡尔达斯一边把脸凑近玻璃一边问。他看到后院另一边有个小屋子。

"莫妮卡在那个棚子里做她的黏土造型。她管那儿叫小屋，但叫储藏室也不为过。"医生轻蔑地说。

"那里面您看过了？"

安德拉德点了点头，"您想看看吗？"

"之后吧。"探长低声说。

在厨房的陶土地板上放着两只塑料碗。一只里有很多水，另一只里装着三指高的鱼形猫粮。

卡尔达斯注意到，水碗旁有溅出的水花。看起来应该刚溅出来没多久，于是卡尔达斯俯身用手指摸了摸地面。他的手指肚被小水滴润湿了。

"是湿的吗？"埃斯特韦斯问。

探长点点头，然后起身去找猫，不过在他发现一扇窗户的一条窄缝后停止了寻找。

"你去外面走一圈，"探长对埃斯特韦斯说，"看看猫是不是在那儿。"

在水池下面的柜子里，卡尔达斯看到了垃圾桶。打开桶盖往里看，垃圾桶是空的，也没套袋子。任何一个要出几天门的人恐怕都会这么做。

不过，冰箱倒是比探长家的还要满：鸡蛋、奶酪、酸奶、黄油、蛋黄酱、两只西红柿、一瓶牛奶、好几听啤酒，还有两只装着剩饭的保鲜盒。

在隔壁房间的一角，紧挨着洗衣机和脏衣篓，有一个装着猫砂的塑料盒。旁边是靠在墙上的一袋猫粮。

探长嘟囔着，抓了一下从脏衣篓里露出的一条裤子。但并没引起任何人的注意。

"您知道它叫什么吗？"卡尔达斯问。

"猫吗？"医生回答。

幸好埃斯特韦斯出去了，卡尔达斯很感恩。根据他的经验，他的这位助理要是在的话，肯定会自以为幽默地回答医生的这个疑问。

"对。"

安德拉德医生用手摸了摸他的光头。

"迪米特里。"他说。

"迪米特里？"卡尔达斯重复了一遍。他打消了叫着猫的名字满屋子找它的念头。

"好像是俄罗斯品种。"医生试着解释。

莫妮卡·安德拉德的卧室里只有一张大床，铺着白色的羽绒被。床头和床头柜都是原木的，在床头上方，一只巨大的月亮正向看它的人挤眼。莱奥·卡尔达斯把枕头掀起了几厘米，想看看有没有睡衣，但并没有找到。

在远离门口的床头柜上，台灯旁摆放着一只闹钟和一台收音机。而在另一张床头柜上，有一本书和三张放在相框里的照片。书的封面折页夹在某两页之间。在所有的照片里，都出现了一位浅色头发的苗条女人，她坚毅的眼神和框架突出的鼻子跟安德拉德医生一模一样。

卡尔达斯拿起了一张照片，照片里的金发姑娘正抱着一只猫，而通过相框玻璃的反光，卡尔达斯也正好能看见维克托·安德拉德。医生站在探长的身后，正看着手表。

"这是您女儿吗？"卡尔达斯没回头，明知故问道。

他看见玻璃反光中的医生点了点头。

"跟她一起在船上的是埃娃·布阿。"安德拉德提醒道。卡尔达斯看了看另一张照片，莫妮卡正和一位棕色皮肤的姑娘在一起，那个女孩儿比医生的女儿要娇小得多。两个女人正冲镜头微笑，她们半张着嘴，好像在唱歌，墨镜挡住了她们的眼睛。

之后，医生用他极其修长的手指指着第三张照片，肯定了卡尔达斯凭直觉推断出的事：

"那是我妻子。"

探长把照片放回了原处，打开了柜子。虽然柜子里有几层不太满，长裙之间还挂着几只空衣架，但探长觉得，即使真的少了衣服，也没少多少件。

一只装满衣服的透明防尘罩占据了柜子一半的空间，里面装着T恤和泳衣。在剩余的空间里，两个旅行包压在一只塑料手提箱下。应该还有地方放进另一只手提箱。

"凭您的印象，少没少手提箱？"卡尔达斯问。

维克托·安德拉德摊了摊手。他之前在局长办公室就说过了：他不知道。

卡尔达斯关上了衣柜。在靠近暖气的地方，在床和靠窗的墙之间，他发现了猫睡觉用的篮子。那是个柳条筐，上面铺着垫布。里面有一条皱巴巴的格子毯子和一

023

个乒乓球。

他弯下腰往床底下看，发现了莫妮卡的拖鞋。但迪米特里不在那里。

卡尔达斯起身走到浴室半开的门前，看到这间浴室的瓷砖墙与房子正面外墙的颜色一样。如果安德拉德医生没跟着他从一个房间到另一个房间，迫使他在每个房间驻足，那这里是他会来的第一个地方。

莱奥·卡尔达斯注意到，窗户下方的脚爪浴缸底部有一个红色的污点，他蹲下身仔细检查。结果只是生锈的管道漏水的痕迹。

洗手池的大理石板上放着一面大梳妆镜、一个装着发簪和梳子的篮子——梳齿上缠着金色的发丝，还有一只瓷玻璃杯，里面放着一管开口的牙膏。牙膏已经在螺纹管口周围硬化，形成了一层硬壳。应该出现在杯子里的牙刷却了无踪影。

卡尔达斯踩下踏板，打开了角落里的小垃圾桶。里面只有几条皱巴巴的湿巾，上面沾着残余的化妆品，还有一个卫生纸的空纸卷。洗手池上方的一面镜子是壁柜的门。在最下面的架子上，卡尔达斯看到有除臭剂、香水、棉签和一个装着刷子和化妆品的收纳袋。在最上面的架子上放着几盒药。一个紫色的药盒放在其他盒子前面，卡尔达斯认出那是他和阿尔瓦同居时阿尔瓦用的避孕药。

卡尔达斯咽了口口水，伸手拿到了药盒。在确定柜门不在医生视线范围内后，他打开了盒子。一板药有二十八粒药丸，排成四排，每周一排。为避免出错，每粒药丸旁边都标注了应该星期几服用。虽然今天是星期二，但最后一次服用的药丸确实是星期四的。

卡尔达斯把盒子放回架子上，关上了柜子。通过镜子能看到浴室的门口，但医生已经不在那儿了。

卡尔达斯走出浴室后，发现医生正坐在女儿的床边打电话。医生用没拿手机的那只手摸着他的光头，就像之前在警察局里那样。

当莱奥·卡尔达斯从他身边走过时他抬起了头，但卡尔达斯回避了他的目光。卡尔达斯探长手里拿着一包烟离开房间前往院子，那里有莫妮卡·安德拉德的工作室。

他在想：一个女人，如果在离开家之前记得拿牙刷，那她会不会忘记带避孕药？他告诉自己不会。

Tono（色调）：1. 声音的属性，可据此对声音从低音调到高音调排序；2. 说话者因意图或情绪而产生的语气和说话方式的变化；3. 电话听筒中发出的声音信号；4. 文本的表达和风格的特征；5. 能量、活力、力量；6. 着色程度。

莱奥·卡尔达斯穿过厨房门走到了院子里，手指夹着还没点燃的香烟绕着房子走了一圈。他想找到莫妮卡·安德拉德骑的自行车，但并没找到。他也没看见自己的助理，更没看到他只在照片中见过的那只灰猫。

返回院子时他注意到了后门。这扇门足以让汽车通过，但正如医生之前解释过的那样，莫妮卡没有启用它。地上有一排陶罐，抵住了左右两扇门使它们无法打开。

探长踩上了其中一个陶罐，好看看门外有什么。自行车也不在那儿。他看到了他们抵达时走过的陡峭斜坡。

卡尔达斯点燃了烟，坐在长凳上等医生从房子里出来。他可不想一个人进入莫妮卡的工作室。

这时，他听到了什么声音，于是看向右边。拉斐尔·埃斯特韦斯从前面的草坪上走了过来。

"你找到自行车了吗？"

"没有。"

"那猫呢？"

"也没，"埃斯特韦斯哼唧了一声，"不过刚才那边有个家伙。"

"哪里？"

"那边，"他边重复边指向探长身后的某个地方，"那人当时踩着什么东西，从栅栏上面往这边看。"

莱奥·卡尔达斯看了看爬满藤蔓的金属栅栏。

"你跟他说话了吗？"

"哪有，"埃斯特韦斯摇了摇头，"他一看见我就跳下去消失了。"

025

"你没找到他?"

"头儿,我要是跟您说他消失了,那就是因为他消失了啊。"

"好吧。"卡尔达斯说,然后他立即补充道,"但你至少看到他什么样子了吗?"

"根本来不及。"拉斐尔·埃斯特韦斯回答,"我只知道他穿着橙色的衣服。"

"橙色?"

探长拨开一些藤蔓,试图看向另一边。对于想要躲藏的人来说,橙色并不是最合适的颜色。但探长除了植被的不同绿色外,并没有捕捉到任何其他色调。

Realismo（逼真）：1. 以事物的本来面目展示或呈现事物的方式，不夸大或美化事物；2. 审美体系，将对自然的忠实模仿作为艺术或文学的目标。

莫妮卡·安德拉德把旧车库称为小屋，那是座与房子整体分开的棚子，由她改造成了陶艺工作室。工作室的金属滑动门也没有锁。

医生把门滑开，按了一个开关，接着闪身让警察先进。天花板上的两根荧光灯管闪烁了几秒，亮了。

工作室里，几乎闻不到退潮的味道了。里面只有黏土、颜料和潮湿的气味。在一张固定着透明油布的高台上，放着一本翻开的书。卡尔达斯看到了封面上的标题：《瓷器的秘密》。在书旁，有个他辨认不出是什么的东西还透着泥土的颜色，更远一点儿，有个红色的球体放在报纸上。球像是不久前上的色，卡尔达斯用指尖摸了一下。是干的。

在桌子一头唯一没溅上颜料的地方，有一台没有合上的笔记本电脑。一根白线将电脑和两个音响连接起来。拉斐尔·埃斯特韦斯走过去按了下电脑键盘。

"是开的吗？"莱奥·卡尔达斯问。

"没开。"

埃斯特韦斯离开电脑，盯着地板在屋子里走了一圈。他试图找到那只猫——这也正是探长的要求，毕竟工作室的桶和材料之间可以为猫提供藏身之处。

在一个木架子上，有好几件莫妮卡·安德拉德摆放的陶瓷制品。其中最突出的是三匹半人马，之前那个试图跑到客厅壁炉旁边的应该是它们的兄弟。这三匹半人马的身子一模一样，但头部各不相同。其中一个秃头大鼻子——有可能是按照医生的样子做的。

卡尔达斯仔细检查着它们，然后注意到了一个厚厚的小铁箱。当他在铁箱一侧发现用于设定时间和温度的控件时，明白了这是莫妮卡用来烧制黏土的炉窑。

在远处的墙上，小屋唯一的窗户旁，挂着很大一幅灰猫的铅笔画。如果不是边缘的模糊笔触，它或许会被当成一张照片。

"那是你女儿画的吗？"探长问道。

安德拉德走到墙边。

"我觉得不是，"他说，"莫妮卡不这么画。"

"这是她，对吧？"卡尔达斯又问道，他正指着猫的那张画下面的另外几张。他已经认出来，每个场景中出现的女人都是医生的女儿。

在第一幅画中，莫妮卡正在工作台上做一个黏土造型，她的双手和医生的一样骨骼分明。在第二幅中，莫妮卡正用刷子给同一个作品修边。第三幅画的也是工作室，但这次莫妮卡正蹲下身，从地上捡起摔落的什么碎片。

作画者的观察角度始终如一，是从窗外向里看，仿佛就站在那里，从外面观察工作室里发生的事情。

画作对工作室每处细节的精准呈现让卡尔达斯叹为观止。甚至架子上黏土作品的细小褶皱和桌子油布上的反光都以惊人的逼真度描绘了出来。虽然探长不认识莫妮卡·安德拉德，但他能推测出，莫妮卡的神态也是被忠实呈现的。

在这三幅画的角落都出现了像是签名的螺旋形状。探长在灰猫的肖像画上也看到了同样的标记。能如此精确地再现工作室的人肯定在这里待了好几个小时，卡尔达斯觉得，也许作画者能帮助他们弄清莫妮卡的下落。

"医生，您知道那是谁的签名吗？"卡尔达斯问。

但比起这几幅画，维克托·安德拉德更关注他的手表。

"您让我怎么知道？"他回答。

"画得真好……"卡尔达斯赞叹道。

"我女儿在一所艺术学院工作。我觉得那里总会有哪个会画画的人。"

"您没问过莫妮卡谁给她画了那些肖像吗？"

医生又看了看墙上画里的场景。

"说实话，我以前从没见过这些画。"

卡尔达斯想，如果有人进来，不可能注意不到灰猫或是其他三幅画。

"您以前没来过这里吗？"

医生的反应就像是他伤口上被撒了盐。

"您看啊卡尔达斯，我是来这里找莫妮卡的，不是把时间浪费在墙上的装饰画上的。我希望您也这么做：寻找莫妮卡。"

莱奥·卡尔达斯咽了口口水。医生的话倒没什么，但被他说话时用食指指着让探长烦扰。埃斯特韦斯利用大家的沉默偷偷溜回了院子里。

"我去看看能不能找到那只猫。"埃斯特韦斯清了清嗓子后说。接着就开始小声呼唤猫咪。

他还在门口的时候转身问：

"您知道它叫什么吗？"

"迪米特里。"安德拉德干巴巴地说。

埃斯特韦斯和医生四目相对。

随后他转过身去，又开始小声呼唤，越走越远了。

"您准备怎么找到我女儿？"安德拉德医生在房前的花园里问探长，他们身旁的蓝色木门外是那条通向大海的小径。"您看到了她并不在这儿。"

探长用另一个问题回答了医生：

"您今天早上又给她打电话了吗？"

"当然。"医生肯定道，"刚才在她的卧室里，我还最后又给她打了一次电话。她的手机还是关机。"

卡尔达斯没看到房子里有电话座机。

"她只用手机，对吧？"

安德拉德证实了这一点：

"只用手机。"

探长望着前方，望向平静的大海，海洋的味道包裹着上午的缇兰。他能感觉到身旁医生深沉的呼吸声。阳光耀眼，医生的鞋也在阳光下闪耀。

"您最好和莫妮卡的熟人都聊聊。也许其中有人知道您女儿可能去了哪里。"

"您认为莫妮卡会不先锁门就走吗？"

"我不知道，她会吗？"

安德拉德没有回答。

"我不认识您的女儿，医生，但这里的一切看上去都很正常。"卡尔达斯指着他身后的房子补充道，"您女儿清理了垃圾，拿走了牙刷……而且她的自行车也不在。"

"但她在哪儿？"维克托·安德拉德追问，"您能告诉我她为什么既没去上班也不接电话吗？"

莱奥·卡尔达斯摊摊手。他并没有那个女孩的父亲想要的答案。

"我不知道，但您的女儿是成年人，也没有要照看的家人。她离开家不构成犯罪。"

医生伸长了脖子，像站上了高台一样居高临下地看着探长。眼看又要回到刚才在工作室里斥责探长的状态。

"您是说诸位就什么都不做了吗？"

"别误会我的意思，医生，我们会去找您的女儿。我只是想让您明白，虽然莫妮卡不在家，我认为也不用惊慌。我确信会有个解释。"

医生长长地叹了口气。

"这正是让我害怕的地方：有一个解释。"他小声说——在卡尔达斯看来，他是在自言自语。

随后安德拉德医生又看了看手表。如果他要在一点到医院跟人会面，那他要迟到了。

"我必须回维戈了。"他说。

卡尔达斯看向右边。植被的那边透出一片白色的沙滩。山坡上一栋房子的窗户反射着上午的阳光。

"我们要去找邻居们聊聊，"探长说，"很可能有人这几天见过莫妮卡。"

医生点点头，打开了木门，但莱奥·卡尔达斯拦住了他。他忽然想到一个能推进寻人速度的办法。

"您和媒体谈过了吗，医生？"

很多失踪以逃亡者的一通电话告终。对有些人来说，那是回家的第一步；对另一些人来说，那是决绝的回绝，"我不会回来了，不要再找我了。"

"您说什么？"

"您的女儿可能不知道大家在找她。"

医生的食指关节再次伸展开，指着探长。

"我不会把这事儿变成闹剧的，卡尔达斯。"医生不留情面地说，"您找到莫妮卡。履行您的义务。我也有我要做的。"

然后医生就沿着通向教堂的小路扬长而去，留下蓝色的木门来回摇摆。

Dibujar（描绘）：1. 使用线条和阴影，在平面上展示一个图形；2. 描述；3. 指出或揭示未被指明的或隐藏的事情。

虽然安德拉德医生的光头隐入路边的杂草已有一阵子了，但莱奥·卡尔达斯依旧站在蓝色木门前。他正想着当自己暗示医生可以把女儿失踪的消息告诉媒体时，医生是如何生气的。"我不会把这事儿变成闹剧的。"医生是这样咆哮的，就仿佛那个建议很轻浮。

维克托·安德拉德没有给探长解释澄清的机会就走了，为此探长感到遗憾，毕竟他并不喜欢记者们不怀好意地四下打探，也不喜欢很多时候不幸的事件被报道出来时他们的那种装聋作哑。更别说还有不法分子和骗子会打电话，他们一得知发生了失踪案，就会开始骚扰失踪者的家人，试图利用他们的痛苦。但是，媒体确实能够迅速获得警方难以企及的结果。

莫妮卡·安德拉德不是个爱滋事的人，也不处于暴风骤雨般的情感关系中。她的房子很整洁，没有任何暴力迹象。卡尔达斯根本不会推测她是被逼迫失踪的。医生需要说服政客、法官和警察相信，他女儿不在家的背后藏着什么诡异的事实，以便尽管缺乏犯罪证据，这些力量仍能花时间寻找莫妮卡。

医生面对成为大众秀主角的可能表现出的谨慎和疑虑探长都理解，但多年的警察经验告诉卡尔达斯，没有比媒体更有力的刺激了。他心里想：如果失踪继续悬而不决，安德拉德医生最终会说服他自己的。

此时，身后一阵断断续续的声音让他转过身去。房子前面，埃斯特韦斯只穿着衬衫在门廊的摇椅上前后摇晃，他腿上的夹克和毛衣揉成了一团。

"你干什么呢？"助理摇晃的画面让卡尔达斯把对医生的疑虑抛之脑后。

"猫不在这儿。"那个阿拉贡人就说了这么一句。

探长叹了口气。

"你打算从那儿站起来吗？你会把摇椅弄坏的。"

拉斐尔·埃斯特韦斯向后一使劲，借助摇椅向前摆的动力，一个鲤鱼打挺站了起来。就像之前每次看到他的动作一样。卡尔达斯想，一个这么大块头的人怎么能身手如此矫捷。不过，阿拉贡人的这次雀跃以一声呻吟和抬起手去揉肩膀告终。

"哎哟。"他呻吟道。

"这样站起来，你不受伤才奇怪。"

"不是摇椅的事儿，"埃斯特韦斯抱怨道，"今天早上我就不舒服了。我觉得是我哪个姿势不对。"

"你又坐着睡觉了？"卡尔达斯问他。

埃斯特韦斯假装没听见，开始做拉伸，来回转动手臂。

"猫既不在花园里，也不在屋子里。"

"但有人给它放了吃的和水。"

"我看见了。"埃斯特韦斯说。他因为拉伸出汗了，正捏着衬衫把沾在身上的布扯开。"估计是趁着这该死的太阳带着小猫散步去了。"

"好天气也让你烦吗？"卡尔达斯问。因为上一周埃斯特韦斯还一直在抱怨刮风下雨。

"不知道要发生什么让我很恼火。之前是能弄倒这么一棵树的风暴，"他指着倒下的树被劈断的树干，"今天又是这样的天气。您觉得这在十一月这个时候正常吗？"

"你是说刮大风还是晴天？"

埃斯特韦斯摇摇头。模棱两可的气候并不是最困扰他的因素。

"您知道吗，有多少次我都觉得大家这么问我纯属故意气我。"

卡尔达斯笑了笑，然后绕过房子来到后院，从玻璃门回到厨房里。

埃斯特韦斯在猫碗边蹲下——就像探长之前做过的那样，用指尖沿着水碗的边缘划了一下。溅起的水花还没干。

"莫妮卡应该是请邻居在她不在家的时候喂了猫。"他边想边说。

猫在家里也能说明莫妮卡·安德拉德只打算离开几天。如果她要离开很久，应该会把猫带走，或者把它寄养到信任的人家里。

拉斐尔·埃斯特韦斯起身时又难受了一下，卡尔达斯假装没看到。

"也许莫妮卡自己就是喂猫的人。"阿拉贡人说。

"她自己？"

"可能她就在附近。不是的话，为什么房子门开着？"

"如果有人来给猫换水，那莫妮卡应该是把钥匙留给了这个人。"

"所有门的钥匙？房子两个门都开着，工作室的也是，那儿可没啥需要被喂的东西。"埃斯特韦斯边说边伸出右手的食指、中指和无名指数着数，"而且啊，就算有人有钥匙，这人走的时候怎么不把门锁上？"

"我不知道。"卡尔达斯说。

"我赌一杯咖啡，咱在这儿是浪费时间。那女孩正和某个混蛋交换呻吟声呢，就在这些房子的某一个里。"埃斯特韦斯指着厨房的窗户说，"您等着吧，我是对的。"

莱奥·卡尔达斯则表示怀疑。

"还有，女儿为什么不接医生的电话？"埃斯特韦斯问，跟之前的维克托·安德拉德本人问的一样。

探员此前不知道如何回答，但埃斯特韦斯即刻找到了答案：

"因为她爹是个食人魔，女儿不希望糖果被他给弄苦了。她肯定是关机以后把手机放到了口袋里或者床底下。"

"但莫妮卡两天没上班了：周五和这周一。今天看起来也不会去。"

"她又不是第一次不履行义务。"埃斯特韦斯回答，"安德拉德不是说了嘛，他不止一次被莫妮卡放过鸽子，莫妮卡不还一夜之间放弃了基金会的美差，跑去教造型课吗？"

"陶瓷课。"

"不管什么课吧。莫妮卡是一位著名外科医生的独生女，也是个百万富翁。有钱就可以玩脱胎换骨，一辈子都不用跟别人解释。"

"可能吧。"莱奥·卡尔达斯说，尽管他心里并不这么认为。医生也说过，他的女儿因为某种原因缺课时总是会给艺术与机械工艺学院打电话。这跟埃斯特韦斯描绘出的形象不符。

他冲助理做了个手势，让助理等着他，接着走进了卧室。他把莫妮卡抱着灰猫的照片从相框里取出，然后回到厨房。

"莫妮卡·安德拉德不是小孩儿，"卡尔达斯说着打开了院门，他想在离开之前再去一次莫妮卡的工作室，"她已经三十多岁了。"

埃斯特韦斯跟了上去。

"都一样啊探长，有钱人的孩子不用长大。"

Expuesto（暴露）：1. 解释清楚；2. 摆放好以供欣赏；3. 放置的方式使其可直接被某人施以行动；4. 冒险的，危险的。

卡尔达斯拉开工作室小屋的金属门，打开灯。他穿过弥漫的黏土味，走到墙边，把莫妮卡的照片跟墙上的几幅画放在了一起。尽管几幅铅笔肖像画中的莫妮卡在全神贯注地工作，而照片中的她只是看着相机，但画里和照片里所呈现出的五官和面部表情是一样的。

"你怎么想？"卡尔达斯问他的助理。

"画得太真了，"埃斯特韦斯回答，他又环顾了一下四周，补充说，"一切都太真了。"

莱奥·卡尔达斯点了点头。

"要么是照着照片画的，要么就是和莫妮卡在这里一起待了很多个小时。"

"谁？"埃斯特韦斯问。

卡尔达斯耸耸肩说："不知道。"

在离开工作室前，卡尔达斯注意到桌上的电脑时，咂了咂舌。他觉得最好电脑还是不要暴露在那儿，否则任何从窗外窥视的人都能看到。任何人都能滑动推拉门，进来带走电脑。卡尔达斯知道，如果莫妮卡不回来，那么除了手机和电脑，他们再也找不到任何更忠实记录她最后行动的东西了。卡尔达斯从一个架子上拿起一份旧报纸，取出三张，然后盖在电脑和与之相连的音响上。在涂成红色的球体旁边，被报纸覆盖的三个物件看起来像是正要被晾干的陶瓷造型。

当埃斯特韦斯最后一次查看整座房子内部时，莱奥·卡尔达斯坐在长凳上，拿出了那包香烟。他正要点燃一支烟，眼角余光好像瞥见有什么东西在他的左边迅速闪过，就在莫妮卡·安德拉德封上的车辆入口旁边。他扭头看过去，却没有发现任何异常，除了入口处的一只陶罐反射出的阳光在跳动外，没有任何动静。探长起身走了过去。他踩在其中一个大陶罐上，探出头看向小巷，但发现它和院子里一样空无一人。

这时他的电话响了，接听前，他看了眼屏幕上显示的名字。

"局长，我们还在缇兰这儿。"

"你方便讲话吗？"在电话另一端的索托局长问。

"当然方便。"

"医生不在你旁边吧？"

"不在。"卡尔达斯说，"他刚才回维戈了。他一点得到医院。"

"你们找到他女儿了吗？"

"没有，这儿没人。"

"但是你们知道她可能在哪儿了吗？"

莱奥·卡尔达斯并不知道。

"看起来她就是简简单单离开家了。"

"看起来？"

"她清理了垃圾、拿走了牙刷……没有留下任何小条，房子一点儿也不乱，也没有任何其他令人担心的东西。"

"那医生，"索托打断了卡尔达斯，他其实更担心的是医生不是莫妮卡，"他安心一些了吗？"

"我感觉是。"卡尔达斯撒了谎，"无论如何，我们会跟邻居们聊一聊，看看万一有人可以告诉我们什么事情。"

他刚挂断电话，埃斯特韦斯就从厨房向院子里探出了头。没有迪米特里的踪迹，但他发现了两把被垫圈穿在一起的钥匙。

"一把是开前门的，另一把是工作室的，"他说，"我没找到开厨房门的那把。"

"别担心，"卡尔达斯说——至少他们能把莫妮卡放电脑的地方锁起来了，"锁上吧，咱们出去转一圈。"

Distinguir（辨认）：1. 了解一些事物与另一些事物的区别；2. 用标志、徽章等区分事物；3. 向某人授以尊严或赋予特权；4. 虽然距离远或存在任何其他困难，但仍然看得到。

尽管几个世纪以来维京人的惊扰使莫拉佐半岛沿海地带的人口减少，但十二世纪末，仍然在海边的岩石悬崖上建造了缇兰教区教堂。远离该教区中心的这座教堂之所以选址于此，是因为其地基下流淌的泉水被认为拥有神奇的功效。历史上的一场暴风雨搅动了大地，永远地堵住了泉水，但这座罗马式教堂和人们对圣泉基督的虔诚却在狂风、海盗袭击和大海的汹涌中幸存下来。

教堂的绿色大门上部有三层石质拱门穹窿。两扇又高又窄的窗户，一上一下将教堂的主立面分成两部分。门的每一侧都挂着敲响塔楼钟声的电缆。

教堂正立面前方是座孤零零的万神殿，卡瓦哈尔和卡斯特罗维耶霍家族的死者安息在那里。这座建筑的顶端有三个小雕像，分别代表信仰、希望和慈善。中庭里没有别的墓了。其他的都在教堂另一侧的墓地里。

这座环绕教堂的中庭是被石墙保护起来的一座海上平台。教堂后面，有一座堤坝向下倾斜，延伸到被潮汐覆盖的沙地上。这座敦实的土坡形成了坚固的防护，以抵御曾经埋葬过泉水的汹涌潮水。

路堤上长满了灌木和其他低矮的植被。墓地左侧堆着几块巨石，仿佛是在等待成为墓碑。

"我喜欢那种植物。"埃斯特韦斯指着一朵橙色的大花说。

"是吧，"探长说，"不过要是它还继续长，就得被修剪掉了。"

不久的未来就会被那株植物挡住的景色非常美丽。正午的阳光在海面上的每一个波峰中闪耀。大量被潮水覆盖了一部分的岩石这儿一块那儿一块地露出头。两个采集贝类的女人正抢在沙滩被海水淹没前，忙着耙湿沙子。采收贝类的一些渔船正使用渔具在海底打捞，河口还有许多大大小小的船只在海鸥的贪婪注视下穿梭。

不远处的一块峭壁顶部看起来是干燥的，一群鸟正摊开翅膀晒太阳。峭壁附近，一个男人在划艇上抽着烟斗，等待着饥饿的鱼冒险咬住他的鱼钩。

阳光也闪耀在维戈那边几座建筑的玻璃墙上，仿佛是它们正从对岸发来信号。莱奥·卡尔达斯的目光扫视着他的城市。他辨认出吉亚山背光那侧山坡下依次排列的帆船桅杆、货港的仓库、旧医院的剪影、城堡山上市政厅的轮廓、鱼市的厂房和冰柜以及空荡荡的造船厂里孤独的起重机。

"看着好像更大了。"拉斐尔·埃斯特韦斯仿佛会读心术，卡尔达斯点点头：从这里看过去，那座城市似乎更美丽、更广阔。

探长移开视线环顾四周。教堂仍然紧闭，墓地里空无一人。他们也没有在莫妮卡·安德拉德的邻居家里看见任何人。

探长决定顺着墓地围墙的坡道走到沙滩上去，找采集贝类的渔民碰碰运气。

"金色蛤蜊，不多见。"当探长好奇正被采集的贝类时，其中一个女人说。她很健壮，额头上的汗珠闪闪发光："一上午就这几小袋。"

卡尔达斯探长看看搁在沙滩上的两个装了一半的袋子。

"不多，确实不多。"

拉斐尔·埃斯特韦斯指了指他们之前就从上面看到的栖息在岩石上的鸟群。

"那是什么鸟？"

"是鸬鹚吧，我觉得。"卡尔达斯回答，之前那个女人点了点头。

"这叫声是它们的吗？"埃斯特韦斯问。

卡尔达斯竖起耳朵。在海浪声中，他听到了鸟儿的歌喉。听起来似乎是来自峭壁那边。

"不知道。"卡尔达斯说，他跟助理一样感到惊讶。

另一个年轻的渔民——头上裹着白头巾的那个，停下了手中的活儿。

"是'雾人'安德烈斯的鸟在叫。"

"谁的？"

女孩指了指正在岩石附近划艇上钓鱼的男人。

"他船上有个笼子，几只金翅雀在那儿陪他。"

"他吸烟斗，所以叫'雾人'。"另一个女人解释说。

两个女人都在沙滩上弯着腰干了一上午了，她们不大想多说话。

两位警察看着划艇。鸟儿的歌声现在跟船尾笼子的轮廓一样清晰。

"都说他在科尔代鲁发现了条美人鱼，所以一直没从那儿搬走。"

"科尔代鲁就是那块大石头，"戴白头巾的女孩指着鸬鹚歇脚的石头说，"'雾人'安德烈斯不是本地人，但是他看到美人鱼了，就住下了。"

037

"一条美人鱼？"

女孩点点头，"听说就在那儿出现的，就是他老去钓鱼的那地儿。好多年前。"

"二十多年前。"块头更大的渔民回忆道。

两个女人都没有听过"莫妮卡·安德拉德"这个名字。但在卡尔达斯向她们展示照片时，两人都认出了莫妮卡。

"她住附近，"她们俩同时说道，"一个蓝色的小房子里。"

"两位看见她了吗？"

"她今天上午没来散步。"白头巾说。

"她经常来这儿散步吗？"

"天气不差的话，每天早上。"

"一般几点来？"

"有时候早，有时候晚，"女人回答，"看情况。"

埃斯特韦斯赶紧追问：

"看什么情况？"

"看潮涨得厉不厉害。"

"涨潮的时候没法儿散步。"白头巾补充道。

卡尔达斯背对大海，凝视着缇兰的海岸。他看到教堂和墓地悬在这片沙滩上方，而左右两边还有被岩石隔开的几座海滩。当潮水退去时——正如当下，就可以步行穿过湿漉漉的沙滩。然而，涨潮时，水位上涨，会吞没一些海滩，也把其他一些变成峭壁间的狭窄沙带。

远处一对情侣正手拉手漫步，卡尔达斯想，会不会有人也在海岸上陪着医生的女儿散步。

"莫妮卡一个人散步吗？"他问。

年轻的渔夫冲他微笑，那笑容像她的头巾一样夺目。

"一般是跟英国人一起。"

"跟谁？"莱奥·卡尔达斯赶紧问。一位英国人可是新闻。

"跟英国人一起，"女孩重复道，"他们老一起散步。"

探长看看他的助理，而后者冲他抬了抬眉毛。正如埃斯特韦斯推测的那样，莫妮卡跟一个男人在一起。

"两位知道那个男人叫什么吗？"卡尔达斯问。

采贝女人面面相觑，她们不知道。

"他老是挂着相机。"年长的女人指指胸前。

"他是英国人……"戴头巾的坚持说。她似乎在想，既然通过国籍就能识别他，为什么还需要一个名字。

"两位今天上午看到那个男人了吗？"

采贝女人又对视了一眼，像是在互相求证，又同时摇了摇头说：

"今天没有。"

"昨天呢？"

"昨天天气很差。下雨的时候，没人来沙滩上散步。"

由于她们周六和周日都在休息，所以她们也不知道莫妮卡和英国男人周末有没有来散步。

"那个男人住在附近吗？"埃斯特韦斯很感兴趣。

"更上面一点儿。"大块头的渔民指着从海滩往上伸出的斜坡说。她们不知道确切的地址，但知道是在教区的高处。

"很近吗？"探长的助理又问道。

"不远。"女人回答。

埃斯特韦斯看看卡尔达斯，他的神情仿佛在说："您现在懂了吧？"

警察们告别了两位渔民，通过墓地旁的坡道返回了教堂。太阳升得很高，十字架的阴影落在他们脚下。

"我跟您怎么说的？"埃斯特韦斯吹嘘道，"莫妮卡和一个男的在一块儿。"

"我们只知道莫妮卡和他一起散步。"

"是每天。"埃斯特韦斯强调，"但昨天和今天，他俩都没出现在海滩上。这不会太巧了吗？"

"也许吧。"

"他们在一起，探长。"助理一边说，一边在路上跺脚，想把鞋上的沙子磕掉，"您会看到我是对的。"

莱奥·卡尔达斯靠在中庭的石墙上，再次眺望海滩。"雾人"安德烈斯和他烟斗中冒出的烟雾仍然在科尔代鲁巨石旁。从这儿听不到金翅雀的叫声。

探长的双眼仍盯着那只船，不过他的思绪在别处：他正想着工作室小屋里的那几幅画。莫妮卡可以在被画的时候摆好姿势，但画作对细节的忠实复制让卡尔达斯更倾向于画家是按照片画的。

现在他得知了那个英国人胸前常常挂着相机，卡尔达斯想知道他是否就是螺旋签名的所有者。

"探长。"他的助理用头示意他看通向公路的鹅卵石斜坡。

一个头发花白的女人提着两只购物袋走了下来。从其中一个袋子里露出了一束用玻璃纸包裹的鲜花。

Cómplice（合谋）：1. 与另一个人保持亲密关系；2. 并不是犯罪或轻罪的主犯，但与他人一起参与了犯罪实施的人。

这个女人叫卡门·弗雷塔斯，住在离莫妮卡·安德拉德最近的白色小房子里。那座房子很朴素，只有一层，屋顶盖着红色陶土瓦片，挨近地面的地方铺着石墙围。房子的一扇窗户朝着教堂，另一扇冲着小路，面向大海。七十三年前，卡门就出生在这里，而某一天她也将在这里死去。

"两位是谁？"当面前的两个男人说他们在找莫妮卡·安德拉德时，女人问道。

"我是卡尔达斯探长，"一个男人说，"这位是埃斯特韦斯探员。我们从维戈警察局来。"

"卡尔达斯？"

"对。"

"就是电台广播里的警察卡尔达斯？"

探长又点了点头。女人上下打量了他一番，然后露出见到老熟人的表情。

"在收音机里，您听起来要更老一些。"

"声音靠不住，"卡尔达斯笑了，"能打扰您一会儿吗？"

女人朝探长举了举手里的袋子。

"我先把这些放到家里，两位介意吗？有些东西得放冰箱里。"

"我帮您？"卡尔达斯伸出手。

但女人拒绝了："不用。我不是说了么，我就住那儿。"

女人朝她的房子走去，里面传来一只小狗的高亢吠叫声。

"我回来了，美杜莎。"卡门·弗雷塔斯背对着门说道。她没有放下袋子，而是灵巧地用肘部转动门把手，又用臀部顶开了门，看得出这是她的一贯操作。

一只也就有一掌高的小白狗，从主人打开的门缝里钻了出来。

"坏了。"看见小狗跑出来，拉斐尔·埃斯特韦斯喃喃道。

"别担心，美杜莎不会干什么的。"女人笑了笑，然后进了屋。

起初，小狗在中庭里蹦蹦跳跳地欢实了一阵，但正如埃斯特韦斯预料的那样，当小狗在空气中嗅到埃斯特韦斯的气味时，就冲着他跑了过来。

小狗先是在近处朝埃斯特韦斯狂吠，然后开始绕着他转圈，而埃斯特韦斯也不得不不停地转身，才能保证一直正对着小狗。

圆圈越来越小，吠叫声先是变成了咆哮，然后又变成了跟漱喉那样的单一声音，小美杜莎压下头，嘴唇往后咧着，露出两排又小又白的锋利牙齿。

"你可别伤害它。"当探长看到他的助理在狗的嘴巴前晃动一只脚时，警告道。

"那就别让它再靠近我。"这位阿拉贡人边嘟囔边试图阻止小狗过来，"我的背疼，我可受不了这破事儿。"

卡门·弗雷塔斯出现在房子的门槛处，她右手拿着之前的那束鲜花，还挂着另一个塑料袋。当她看到小狗正向探长的助理面露狰狞时，吃了一惊。

"美杜莎，别跟那个先生闹，你没看出来他是警察吗？"她从门口说道，然后补充说，"别担心，它不咬人。"

"您确定？"埃斯特韦斯很怀疑，抬起脚并没有放下。小狗继续狂吠着。

"非常确定。"女人确认道，"来吧，美杜莎，小可爱，回家来。"

"去吧，小可爱，去找妈妈去。"埃斯特韦斯用鞋尖怂恿小狗。

小狗后退了几步，但当它发现埃斯特韦斯放松了警惕时，直接冲他的小腿猛扑了过去。

"我去！"阿拉贡男人边喊边使劲晃腿，终于把狗甩掉了。小狗被甩出去好几米，摔在石头小路上的时候发出了呻吟。

"哎呀，我的上帝啊，美杜莎。"举着花束的卡门·弗雷塔斯惊叫着。

"你别伤害它啊。"卡尔达斯再次说道。

"那您觉得我应该做什么？"埃斯特韦斯一边问一边盯着那条狗——它这时已经又站了起来，似乎准备发动另一次攻击。

"美杜莎！"卡门·弗雷塔斯叫着美杜莎，但后者并没有理会，而是凶猛地冲向卡尔达斯的助理，躲过他的踢踹，又向他扑了过去。

拉斐尔·埃斯特韦斯控制住了自己握紧的拳头，没有打向狗的鼻子，但是一掌把狗掀到了一旁。美杜莎咬空的上下齿磕碰在了一起。

埃斯特韦斯哼了一声，"这玩意儿跳这么高？"

"美杜莎，过来！"主人又喊道。

但狗咬定了自己的主意，而埃斯特韦斯也没什么耐心。

"女士，您是放下那些破花来抱住您的狗还是宁愿我对它开枪？"

埃斯特韦斯在第三次甩开狗之后问道。

在费了一番力气后，卡门·弗雷塔斯成功控制住了美杜莎，拉着项圈把它拖进了屋子里。埃斯特韦斯在教堂正面一张面向大海的石凳上坐下，然后卷起了一条裤腿。在他的小腿肚上，美杜莎留下的齿印儿很明显。

卡尔达斯在他旁边坐下来。

"流血了吗？"

"不知道。"埃斯特韦斯揉着腿回答。

"还好它的牙齿很小。"

"所以您觉得就不疼了是吧？"助理答道。

当卡门再次出现时，满脸通红，手中还是那束鲜花和那个塑料袋。狗仍在屋子里不停地吠叫。

"我不知道它今天早上到底见什么鬼了。"卡门说。她看到警察腿上的牙印，赶忙问："很不舒服吗？"

埃斯特韦斯没回答。

"我去拿双氧水？"

"没事儿。"

"美杜莎以前从来没攻击过任何人。"卡门再次道歉，"我发誓这是头一回。"

"要是由我来决定，那这也会是最后一回。"埃斯特韦斯嘟囔道。

女人看了看探长。

"您别理他。"卡尔达斯安慰卡门，"探员埃斯特韦斯跟狗一般都处不来。他上辈子估计是只猫。"

"我不觉得是这个问题。"女人喃喃道，她眯起眼睛看着阿拉贡人，好像在试图辨认他的物种，"美杜莎和猫处得很好。"

"这几天您见过邻居吗？"莱奥·卡尔达斯用食指指甲轻敲着另一只手拿着的烟盒。香烟散开后，他抽出一根，叼在嘴里。

"从上周四以后我就没见过她。"卡门说，"我之前也是这么跟她爸爸说的。"

提到安德拉德医生时，卡门望向了对岸闪烁的城市。

探长摸着裤子找打火机。

"您确定吗？"

"我当然确定。"卡门说，然后她用小花束指向墓地，"两位介意我边给丈夫换花咱们边继续说话吗？我不想让太阳把花晒坏了，我得把花插到水里。"

卡尔达斯和埃斯特韦斯转身看向墓地。从离海滩最近的那面墙里，伸出两座挂着布条的高大石刻十字架，仿佛正在凝视着大海。

"当然可以。"探长边说边从嘴里拿出还没点燃的香烟，把它放回了烟盒。

"您不用收起来。"女人说，"您不知道大部分死人都是烟鬼吗？"

Vapor（蒸汽船）：1. 物质在达到接近其沸点或液化点的温度时转变为气相；2. 眩晕或昏厥；3. 嗳气；4. 靠蒸汽机移动的小船。

三人穿过中庭，走下三级台阶，来到缇兰教区小墓地的铁门前。入口处的门楣上竖立着一个十字架。在大门的里侧，嵌满壁龛的墙壁之间有一条压实的泥土小路。

"我很喜欢《电台巡逻》节目，"卡门边说边打开门，"您今天不参加节目吗？"

"参加。"莱奥·卡尔达斯简洁地回答。

"他不一起来？"卡门·弗雷塔斯看见埃斯特韦斯仍然坐在石凳上。他没在揉腿了，而是再次摆动着手臂伸展背部。

卡尔达斯对这位女士之前与安德拉德医生的谈话很感兴趣。

"那个男的真的是莫妮卡的爸爸吗？"当两人走在壁龛之间时，卡门·弗雷塔斯问。这里的大理石墓碑是白色、灰色或黑色的。一些仍闪闪发光，另一些则因为经年累月被湿气弄出了斑痕。若干姓氏反复出现：萨尔加多、克鲁斯、索阿奇、诺盖拉、圣路易斯……

所有的墓都一层层地堆砌成一列又一列，每一列的上端铺盖着人字形屋顶。有些屋顶的最高处立着造型简单的十字架，跟这里的其他十字架一样，都是石质的。

"您是觉得她的父亲很不可思议吗？"

"有点儿。"卡门承认。

"是太儒雅了吗？"

"那倒不是。你只要跟莫妮卡说上五分钟的话，就知道她不是工薪阶层的。就算是穿上了工人的衣服，还是藏不住。"

"那是为什么？"

"我一直以为她爸爸……"卡门停住了，卡尔达斯能感觉到她想用委婉的方式表达。但她没找到合适的词，所以句子只说了一半。

"她父亲怎么了？"

"我之前以为他住在眼前这么个地儿。"

卡尔达斯看了看周围：

"莫妮卡跟您说过她父亲去世了吗？"

"没有没有。"女人回答，"但是在说到她妈妈的时候，给人的感觉是她妈妈一个人过。而且我从来没听她说到过爸爸，所以我就想着……"

"明白。"卡尔达斯说，然后他试着把话题拽回来，"您跟我说从周四起就没见过莫妮卡。"

"从周四上午以后。"女人说。两人仍然穿行在满是死者的墙壁之间。

"她之前状态好吗？"

卡门话又说了半截：

"怎么说……"

"怎么说？"探长重复道。

"她就跟大家一样：很为风暴带来的破坏恼火。您知道吗？风暴那天晚上，她院子里的一棵很好的圣诞树倒了。当然了，那树也肯定会倒，因为之前就已经开始弯了。跟我似的，哪天我也会摔到地里去。"她笑了笑。

卡尔达斯告诉她，他之前看到了地上的坑，还有被撞倒的金属网。

"您知道吗？大风也刮倒了我的一棵树。"卡门·弗雷塔斯继续伤心地说。

"您的一棵树也倒了？"为了避免不礼貌，卡尔达斯问道。

"您看见我果园里的那棵橙子树了吗？"女人问，"就房子前面，路的一边。"

"看见了看见了。"卡尔达斯撒谎道。

"周三夜里之前，路另一边也还长着一棵这么好的树呢。"

卡门·弗雷塔斯在一座壁龛前停下了脚步。她从口袋里拿出一把钥匙打开了防护玻璃，从里面取出一只陶瓷杯子，里面的花已经枯萎了。

"他叫阿图罗。"卡门说，探长也正看着刻在大理石上的名字：阿图罗·罗德里格斯·索阿奇。名字下写着出生和死亡的日期。他差不多活到了八十岁。名字上面，一个十字旁，照片中的阿图罗正看向探长，这应该是他去世前不久照的。卡尔达斯想，靠这张影像被永远铭记的事儿不知道逝者愿不愿意，毕竟这照片给人的印象是仿佛他就没年轻过。

卡门·弗雷塔斯把干枯的花扔进了垃圾桶，又走到一只水龙头前倒掉了杯子里的水，重新接了新的。

卡尔达斯一边等她，一边观察着其他照片上的逝者。没有一个年轻人，没有一个人微笑。他们都面色凝重，忍耐着漫长人生后等待他们的命运。

"您想象一下，之前风吹倒了这儿的几棵树，那天早上有人从市政厅过来，用电锯切断了倒了的树干，才终于能移得动。柴火可是够我用很久了。"卡门满意地吸了口气，但卡尔达斯不知道她是闻到了玻璃杯里的花香，还是木头在壁炉里散发出的烟味。"莫妮卡不要木柴。她找人把她的那个树干切成了大块儿，都放在院子里了。不知道她要干什么用。"

"您还说从周四一早就没再见到她？"

"没错，不过我那天晚上听见她在她那个小工作室里干活儿了。"

"您听到她干活儿了？"卡尔达斯感到吃惊。毕竟制作陶瓷并不会发出很大的噪声。

"莫妮卡干活儿的时候会放音乐。"卡门说，这使卡尔达斯想起了他用报纸盖住的那台电脑和音响，"我屋子的窗户对着后面，所以我每天晚上睡觉的时候都能远远听到莫妮卡干活儿的音乐。"

"不会打扰到您吗？"

"莫妮卡也问过我好多次，不过我真的一点儿也不烦。"卡门回答，"您没注意到吗？阿图罗不在了以后，我就每次睡觉前吃片药。再加上我现在耳朵也不太好了，就算莫妮卡放冲天炮我也注意不到。你说是不是，阿图罗？"

卡尔达斯看了看墓碑，但是肖像中的老人并没作声。

"所以您那天晚上听到了莫妮卡在干活儿……"卡尔达斯再次将话题拉回安德拉德医生女儿在缇兰的最后一晚。

"没错。"卡门·弗雷塔斯再次确认。她从放在地上的袋子里拿出一块抹布，还有一瓶喷雾玻璃清洁剂。"大概十一点钟。"

"那您周五又听到了吗？"

卡门摇了摇头，她把玻璃上喷满了清洁剂，然后开始用布擦拭。

"莫妮卡周五早上走的，"她随后说，"一大早骑着车走的。"

"您怎么知道？"

"有个邻居碰上她了。"卡门说，"今天上午跟我说的。"

"哪位邻居？"莱奥·卡尔达斯很想知道。他掏出了笔记本准备好记下那个名字。

"罗莎莉亚，"卡门说，之后又补充道，"她住在拉萨雷托。"

"那是哪儿？"

卡门解释说，沿着那条从她家开始，并从莫妮卡·安德拉德家门前通过的沿海小路往前走，就会抵达一片更长的海滩。

"拉萨雷托就是海滩最那头的那些房子，"卡门告诉卡尔达斯，"罗莎莉亚就住那儿。"

玻璃已经干净到透明得看不见了，卡门·弗雷塔斯不再擦了，她将装有鲜花的玻璃杯放进了壁龛。她后退了几步，端详着眼前的整体结构，然后又重新调整了一支花枝的位置。

"您知道莫妮卡是几点被看见的吗？"

"我只知道挺早的，但是几点我不知道。"

"那位邻居告诉您莫妮卡往哪儿去了吗？"

"是去莫阿尼亚。"卡门答道，然后她指着石墙间能看到的海岸线上的一处说，"我觉得她应该是去坐到维戈的蒸汽船，她习惯这么干。"

卡尔达斯顺着卡门手指的方向望去，隐约分辨出远处的一艘船正在靠岸。从半个世纪前开始，穿越河口的渡轮就已经使用柴油了，但对于卡门·弗雷塔斯来说，那仍然是蒸汽船。

"您没觉得莫妮卡准备离开家一段时间吗？"

卡门摇摇头。

"上回她出去还让我帮她浇水喂猫，这回可什么都没跟我说啊。"

"那您知道这几天可能是谁在喂猫水和吃的吗？碗可都是满的。"

卡门·弗雷塔斯几乎毫不迟疑地说：

"莫妮卡走之前放的吧。猫跟狗不一样，狗都是吃到撑，但猫有规划。"

"可您看到莫妮卡的猫了吗？"探长想知道，"它没在家里。"

"看没看陶罐里？"

"后院的陶罐吗？"卡尔达斯问。他之前确实感觉到，在遮住后门的陶罐之间有什么东西在移动。

"就是那些。"卡门·弗雷塔斯确认，"出太阳的时候，迪米特里爱去那里面睡觉。它被阉了以后，也没啥更好的事可做了。"

卡尔达斯笑了笑，卡门掏出钥匙锁上了防护玻璃。卡尔达斯记得，之前卡门回家的时候，门只是推了一下就开了。她认真地锁上了壁龛却不锁家里的门，这一举动引起了探长的注意。

"您一个人住吗？"

"这个人走了以后，"卡门指着照片说，"我跟美杜莎住。"

"家门从来不上锁吗？"卡尔达斯问。

"谁会想进我家？"

"我不知道啊。"探长说，上周被抢劫的老奶奶青肿的脸庞还清晰地印在他脑海里。

"娃啊,小偷可不来这里。您没看见开车到这儿有多难吗?连掉头的地方都没有。你得把车停上面,从房子前面走过来,或者沿着公路走,或者退潮的时候顺着海滩走。付出这么多,能得到的那么少,不值啊。"她笑着总结道,"两位把车停哪儿了?"

"一片空地,在上面那儿,"探长指着说,"公路旁边。"

"那是神父山,"卡门指出,"教区神父家的。"

"我之前不知道。"卡尔达斯为此表示歉意。

"根本不用担心。所有人都把车停那儿。而且教区神父的房子没人住。安东尼奥走了以后,神父的位置一直空着。有位神父管着好几个教区,打电话他就来,但也不干其他的了。没有专业的人啊。"卡门无奈地说,"我之前在跟您说什么来着?"

"小偷不来这里。"

"对,就算来了,这些小房子里也没有值钱的东西。要不是有东西要藏,这儿就没人锁门。"

探长笑了笑。他正想着要问问跟莫妮卡在海滩上散步的那个男人,却下意识地掏出了香烟。他看看四周,有些后悔。

卡门·弗雷塔斯注意到了。

"放心抽啊。"卡门说。卡尔达斯有些犹豫。

"这些人可不在乎,我敢打包票。"卡门扫了一眼周围的壁龛坚持说,然后用手指过上面的名字,"阿图罗抽、卡洛斯抽、奇诺尔抽、辛多抽……除了这两个,"卡门指向一侧说,"据我所知他们都抽。"

卡尔达斯对她表示感谢,随即点燃了一支烟,深吸了一口。

"您知道莫妮卡在这儿有没有朋友吗?"

"她刚来缇兰生活没多久。"

"那没什么跟她相处特别好的人吗?"

"她对所有人都很好。"

卡尔达斯决定直言:

"有人告诉我有个英国男人。"

从卡门·弗雷塔斯的表情看得出来,她认识这个人。

"您知道他叫什么吗?"

"沃尔特,"卡门边说边用手指了指胸前,"他脖子上老是挂着相机。"

"那您知道这位沃尔特住哪儿吗?"

"再往上点。"卡门说,然后她跟探长说,要找到通向那里的岔路,必须先到莫阿尼亚。

"沿着那位邻居碰到莫妮卡·安德拉德的那条公路过去?"

"您两位过来走的也是同一条公路。"卡门确认。

卡尔达斯抽着他的烟。

"这几天您见过那位英国人吗?"

卡门的回答却是另一个问题:

"您觉得莫妮卡和他在一起了吗?"

"有可能。"卡尔达斯说,他随即看到卡门·弗雷塔斯的脸上露出了笑容。

"他们俩很配,探长。那个英国人年龄有点大,不过还是般配。您知道吗?莫妮卡有点儿忧郁,但英国人能逗笑她。"

卡尔达斯并不知道这一点,但还是点了点头。

"能让人开心很重要,对不对阿图罗?"卡门盯着墓碑上她亡夫的照片说,"跟不让人流泪一样重要。"

Recoveco（曲折）：1. 沿着道路、河流、线的明显转弯或弯曲；2. 隐藏的地方、角落；3. 某人为达到目的而使用的手段或迂回手法；4. 某人不清楚或复杂的处事或说话方式。

"这个里面也没有。"埃斯特韦斯在检查了院子里的最后一只陶罐后说，"我觉得吧，这会儿这猫应该在跟它主人学习语言呢。"

"但如果莫妮卡带了猫，碗里放满水和吃的干什么？"

探长喃喃自语，把想法说了出来。

"莫妮卡在走之前放的吧。"

"为了什么呢？假如她没打算把猫留在这里。而且地板上的水花还没干，但莫妮卡是四天前就走了。"

"莫妮卡回来放的？"埃斯特韦斯说，"咱没找到猫不等于猫不在。"

"猫可能在，但从周四起，邻居就没再有过医生女儿的音信了。"

"这不等于莫妮卡没来过。"

"那倒是。"探长承认，但他的直觉告诉他，莫妮卡·安德拉德并没有回过家。如果回来过，不会再次忘了她的药。

"或者是医生动了水碗，"当探长和他的助理绕过蓝色小房子来到前面的院子里时，埃斯特韦斯推测道，"他可能用脚碰着了。"

"可能。"卡尔达斯赞同道。他注意到房子正门旁有放雨伞的地方。那是一只和其他陶罐一样的罐子。"你检查过门廊上的那个陶罐吗？"

在确认过迪米特里并未躲在那里后，两人走到了庄园的木门处。

"咱们去英国人家之前，先在这附近转转行吗？"

埃斯特韦斯一边提议一边透过路另一侧的灌木丛看着大海，卡尔达斯同意了。

他们踏上了伸向右边的路，离教堂渐行渐远。在穿过高高的草丛后，面前的土路延伸成了一座木头栈桥，架在一片白色的沙滩上，尽头是一座海上观景台。"莫纳观景台"，两人读出了牌子上写的字。

卡尔达斯靠在木栏杆上，看到墓地前已经没有了此前两位采贝女人的身影。"雾人"安德烈斯的船也已经抛弃了科尔代鲁的鸬鹚。探长看到安德烈斯向海岸划着船，他的鸟儿正在船尾啁啾。

观景台构成的天然屏障把这一小片沙滩挡在一侧，而另一侧是名为维德拉的较大海滩，沿着几级木台阶往下走就能抵达那里。探长看到一辆带拖车的拖拉机正停在岸边，一位男人正用铲子铲起海藻。

维德拉海滩边的山坡仿佛一座圆形剧场。以前山坡上只有两处房产，一处是作家何塞·玛丽亚·卡斯特罗维耶霍的家，他与妻儿一起住在那里。另一处是座带农场和葡萄园的房子，名为福克松，曾属于圣胡安教堂教区的一位牧师；自十七世纪以来，房产被世代继承，但到了1977年，因房子维护极其困难，最后的几位继承人将房产分成了三块地皮分别出售了。

在福克松的两块地皮上，新业主修建了不少房屋，从上面骄傲地俯瞰着大海。而第三块地皮上曾竖立着沿袭了福克松名称的现代主义住宅，现在变成了一座露营地，冬季的几个月里并不营业。葡萄藤早被连根拔起，梯田变成了安置房车和帐篷的层层台阶。每一层的墙壁都被漆成了浅绿色，远远望去，仿佛只有一面高墙。卡尔达斯很多次从维戈凝视莫拉佐海岸的时候，都在猜想海滩上的这座建筑到底是什么。直到这个十一月的早晨，他才终于找到了答案。

埃斯特韦斯在一块旅游信息指示牌前停了下来。

"您知道吗？墓地底下有个山洞。"

"什么？"

埃斯特韦斯示意那块指示牌，卡尔达斯走了过去。

关于岩石间的那座洞穴有很多传说。据说，洞穴将海滩和雷梅迪奥斯山连接起来，洞穴里住着一只水獭，它会撕开渔民的渔网偷鱼吃。根据指示牌所述，这座教区里最年长的几位居民记得，一群男孩打赌嬉戏进入了洞穴，跑出来的时候却都惊魂未定，因为他们在洞穴底部看到了一种微红的光芒——埋在墓地中的遗骸产生的鬼火。

"你之前看见什么山洞了吗？"卡尔达斯问。

"没。"埃斯特韦斯答道，"不过这儿确实曲里拐弯的。"

探长俯瞰着崎岖的海岸线。他的助理说得没错。

远处的山坡上，很多座房子聚集在一起，那就是当地人口中的拉萨雷托。卡尔达斯拿出笔记本，寻找见到莫妮卡·安德拉德出门的那个女人叫什么名字。"罗莎莉亚。"他读了出来。

在出发前往那里之前,卡尔达斯再次靠在了观景台的栏杆上,他闭上双眼,抬起头,让风吹在脸上,只能听到大海的低语。

"探长您在想什么?"埃斯特韦斯问,卡尔达斯睁开眼睛。

他看到自己的城市在对岸延伸到了每一座山坡上。他的目光又移到近处,看到那位吸烟斗的水手正在海滩的尽头削尖鱼叉,而他身处的海滩几乎空无一人。

"什么也没想。"卡尔达斯回答。

缇兰海滩与维戈港之间只有不到两海里,卡尔达斯却觉得,两岸之间有座深渊。

Nave（仓库）：1. 船，即能够在水中航行的运载工具；2. 航空或太空飞行器；3. 安置仓库或工厂的较大建筑；4. 教堂、鱼市和其他重要建筑中纵向划分的各个空间。

  卡尔达斯和埃斯特韦斯走下阶梯来到维德拉海滩，他们沿着湿漉漉的沙滩往前走。太阳照在潮汐渐退后裸露的藻类上，让正午被笼罩在浓郁的香气里。他们看到几艘倒置的木船，避开了潮水；在露营地的绿墙附近，有一座被植被半包围的小房子。

  在海滩的尽头，有座更大的建筑——那是一座白色仓库，铁皮屋顶，窗户加了防护栅栏。海面上有六七只小船，停泊在此前"雾人"安德烈斯划向的石头码头。

  卡尔达斯和埃斯特韦斯走近了那位正在把海藻铲进拖车里的人。他注意到这两位警察后，把铲子竖着插进了沙子，将它当作拐杖一样靠在了上面。他戴着一顶浅色的帽子。他的眼睛深黑，脸上的皮肤因为海盐和长时间的阳光暴晒裂开了。

  "天不错啊。"莱奥·卡尔达斯向他打招呼。

  这个男人扒下帽子，用手背擦了擦汗湿的额头。

  "散步的话确实不错。"他笑着说。

  卡尔达斯指着集中在海滩尽头的房子说：

  "那儿是拉萨雷托吗？"

  "是。"男人回答。

  "您住那儿吗？"

  "住。"男人说。

  卡尔达斯正想继续问在哪里可以找到罗莎莉亚，但被埃斯特韦斯抢先了一步。

  "这是什么？"埃斯特韦斯问。他此刻正皱巴着脸仔细查看拖车里的东西。

  "是海藻。"男人说。

  "看出来了。"探长的助理没好气地说，"但做什么用的？"

  卡尔达斯察觉到了男人眼神中的疑惑，就替他回答：

053

"堆肥用，"卡尔达斯说，"对吗？"

"当然。"

"要给什么上肥？"阿拉贡人问道。

"家里的菜地。"男人很自然地答道。

"哎哟，"埃斯特韦斯哼唧道，"那可就好闻了。"

"您别介意他，"卡尔达斯说，"他老家那边没海藻。"

"那用什么上肥？"男人问。

埃斯特韦斯耸耸肩。

"不知道，"他迟疑了一下，"用粪吧。"

"哦，"男人回答，然后他冲探长挤了挤眼，"那肯定更好闻。"

卡尔达斯看到埃斯特韦斯红了脸，然后笑着说他们在找一位名叫罗莎莉亚的女人。

"罗莎莉亚·克鲁斯？"

卡尔达斯并不知道女人姓什么："她住拉萨雷托。"

"那就是她，"男人肯定道，"叫这个名字的只有一个。"

男人说那个女人是他的邻居，然后向卡尔达斯他们说明了如何抵达女人的家。

"从那个女人那儿上去最好。"

男人边说边指向一位沿着林间小路往高处走的女人。

探长向他表示感谢。此后，只见男人从沙子里拔出了铲子，又继续干起他在海滩上的活计。卡尔达斯已经走出了几步，又转身问："您见没见过莫妮卡·安德拉德？"

男人又把铲子立住了，"谁？"

莱奥·卡尔达斯给他看了看照片。

"听名字不知道，但是见过。她家在教堂附近，冲着海边那条路的一个房子。"

"您印象中这几天在这儿见过她吗？"

男人先摇摇头，后说道："她经常退潮了以后来海滩散步。但我好几天没见她了。"

"她经常跟一个英国人散步。"

"他叫沃尔特。"还没等卡尔达斯引导男人就说了，"我也好几天没见他了。"

在名为拉萨雷托的这片区域，总共也就只有四十座住宅。这些朴素的房子一层或两层，带有院子或菜园，外墙刷成了白色或其他浅色调。屋顶由红色的黏土铺制。

从海滩往上走的第一段路没有铺沥青，前几天的雨水让泥地变得松软，两位警察就在清晰可见的拖拉机车轮印之间前进。当他们爬到几座房子跟前时，墙里响起了阵阵犬吠。

　　卡尔达斯看到助理掏出了手枪，停下了脚步。

　　"你干什么？"

　　"我今儿不能再被咬了。"阿拉贡人回答。

　　"赶紧收起来。"

　　"头儿，我可不收。要再有疯狗扑过来，我得赶在前面。"

　　这些狗对埃斯特韦斯的反应让卡尔达斯感到惊讶：他们俩到这个地方才不到两分钟，拉萨雷托的所有狗就像达成了共识一样齐声吠叫。卡尔达斯宁愿小心行事。

　　"要不然你转悠一圈回车里去？然后开车到罗莎莉亚家接我？"

　　随着埃斯特韦斯折返海滩，狗叫声也随之消失了。

Cruz（交叉）：1. 由两条垂直相交的直线组成的图形；2. 形状与该图形相似的物体；3. 由两根交叉的棍子组成的执行工具，用于将某些被判刑的囚犯钉或绑在上面；4. 硬币被认为与正面相反的那面；5. 长期忍受的痛苦或疼痛。

罗莎莉亚·克鲁斯的房子很朴素，跟拉萨雷托的几乎所有其他房子一样。房子四周有一小块地，房门的两边各有一扇窗户。前院的地面是灰色的混凝土。有一口井和一个果园，种着菠菜、快长出叶子的萝卜和其他秋季蔬菜。再往前，四五只被金属网围起来的母鸡正伸长脖子迎接探长。

卡尔达斯打开大门，大步跨过庭院，按响了门铃。探长听到一扇窗后的一只水龙头被关上了，他退后一步，透过玻璃往里看。只见一个女人擦了擦手来到了门前。

"您是罗莎莉亚·克鲁斯吗？"门开的时候莱奥·卡尔达斯问，对方只是轻轻点头确认，"我是探长，从维戈来。能耽误您一会儿吗？"对方又没有说话，她深吸一口气，把手放在了腹部，黑色的眼睛里闪现出对听到坏消息的恐惧。

"别担心，"卡尔达斯赶忙安慰道，"跟您的家人或者您都没关系。"

女人松了一口气。

"您要进来吗？"

莱奥·卡尔达斯估计罗莎莉亚·克鲁斯大约六十岁。时光在她的脸上留下了印记。据肤色判断，她每天要在户外待好几个小时，她有一头黑色的短发，几乎没什么白头发。她肩膀上围着一条绿色的披肩。

"不用了，"卡尔达斯站在门口说，"我不会打扰您很久。只问您几个问题。"

从女人的目光来看，她已经准备好听卡尔达斯发问了。

"是关于莫妮卡·安德拉德的，"探长解释，"您知道是谁吗？"

罗莎莉亚看着他，既没确定也没否定，于是卡尔达斯拿出了照片。

"知道。"女人看到后回答。

"我们在找她。"

"她住教堂附近。"女人说。

卡尔达斯点点头,"但她不在家,几天前他家人就没了她的消息。他们很担心。"

女人抬起了眉头,那是个表示不理解的表情。

"莫妮卡的邻居卡门跟我们说,您周五早上碰到过莫妮卡。"

"对,在去莫阿尼亚的公路上。"女人确认。

卡尔达斯掏出笔记本,用牙齿拔掉了圆珠笔帽。

"周五?"

"周五,对。"

"您记得是几点吗?"

"晚上还控制白天的时候。"

卡尔达斯抬起眼微笑道:"那就是……"

"一大早。六点。"卡尔达斯记了下来。

"您在哪儿碰见她的?"

"她要去莫阿尼亚,我要回这儿。"女人说,然后她解释到,自己每天晚上在一家咖啡馆做清洁,"六点半前必须都扫干净、晾干了,这样才能开始卖早餐。"

"明白,"卡尔达斯说,"您在什么位置碰见她的?"

"什么叫什么位置?"

"在莫阿尼亚的一条街上,还是在这附近?"

"离她家很近,"女人说,"海边一条很窄的公路上。"

探长想起了是哪段路。

"您确定是她吗?"

"为什么这么问?"

"如果晚上还控制着白天……"探长微笑着。

"天还不太亮,但足够我知道是她了。我俩当时就隔了一米。认出她不难。"

卡尔达斯表示赞同。

"您当时是走路吗?"

"是。"女人确认,"我着急的话会开车,"她边说边指了指停在排水沟里的一辆有点儿旧的小车,就在房子入口的旁边,"但如果来得及又没下雨,我更喜欢走路。"

"您和她打招呼了吗?"

"没,"女人说,"我不觉得她看见我了。她很着急。"

"怎么个着急法?"

"就好像是要赶不上船了。"

"那个点儿有去维戈的船?"

"第一班六点开，"女人回答，"当时马上就六点了。我还看了看表，想着她怎么也赶不上了。"

"您怎么知道她要去坐船？"

"那个点儿那么着急还能去干什么？"

"最后一个问题：您记不记得莫妮卡当时带着很大的袋子？"

罗莎莉亚闭上眼努力回忆。

"书包可能吗？"

"当然。"卡尔达斯合上了笔记本，"抱歉惊扰您了。"

"没事。我有个儿子，所以一开始……"

"明白。"卡尔达斯说。他多少次向其他母亲确认了与眼前这位母亲一样的预感，那些场景他无法忘怀。

"您真的不喝杯咖啡吗？"女人问。

"不用了。"卡尔达斯回答。

探长点燃了一支烟，沿路往下走，顺便观赏着从拉萨雷托看到的河口景色。远处维戈港上的船只进进出出；但在紧靠缇兰的那片区域，只有几只木筏在波光粼粼的海面上静静地漂浮着。

他还看到"雾人"安德烈斯正叼着烟斗坐在他的小船上晒太阳，这让他想起，有次在伦敦看到塞尚的画中一个打牌的人。那是在一座很小的博物馆里，就在河边，当时阿尔瓦坚持要去参观。

卡尔达斯停下来吸烟，他一边看着"雾人"一边想着自己的父亲，直到他听到吠叫声越来越近。此时他知道，埃斯特韦斯就要出现了。

Marcha（档位）：1. 移动或离开某个地方的行动；2. 船舶、机车、汽车等的速度；3. 机制的运作；4. 项目或公司的发展；5. 出于特定意图的人员流动；6. 为游行或列队打节拍的乐曲。

在返程的路上，当车开过房屋和大海间的那段路时，卡尔达斯告诉他的助理，罗莎莉亚星期五早上就是在这里看到莫妮卡·安德拉德蹬着自行车呼啸而过的。

"也可能她没打算坐船。"埃斯特韦斯说，"您也看见了，这路也通到英国人的房子那儿。"

"你知道怎么开到那里吗？"莱奥·卡尔达斯问。

"差不多。"他的助理回答。

在到达莫阿尼亚港前，他们驶上了朝山的方向开去的一条岔路，然后又拐进了另一条更窄的支线。转了几个弯后，埃斯特韦斯减了挡。

"应该是这个。"他边说边停在了一座木质结构、漆成了绿色的石房子前。

两人下了车，迎面而来的是遮住了河口方向的桉树散发的强烈气味。来自世界另一处的那些树木遍布在所有山坡上，维京人和柏柏尔人都未能攻下的山峰就这样被它们侵占了。

莱奥·卡尔达斯按了门铃，片刻的等待后，他后退了几步去看侧面的外墙。百叶窗紧闭。他从墙头往里看，发现后院里也没有任何动静。

"好像没人。"卡尔达斯说。

"您总得让他俩有时间穿衣服吧，探长。"埃斯特韦斯笑了，但卡尔达斯并不觉得他们在卧室里。

他环顾四周，想找个人问问，而就在公路的另一侧，他看到一位老人正坐在石凳上晒太阳。老人旁边是一辆装满了红叶的手推车。

"你再等等，"卡尔达斯对助理说，"我去问问那个先生知不知道他们的事儿。"

059

他穿过马路,老人刚看到他靠近,就弯腰从地上抄起了用来清扫树叶的耙子。老人把耙子靠在石凳上,触手可及,以备所需。

"您好,"卡尔达斯问候道,老人则从上到下打量他,"请问这是沃尔特的房子吗?"

"谁的?"

"沃尔特的。"探长重复道。他直呼英国人的名字,试图打消老人的不信任。

老人伸长脖子看了看那座房子,摇头否认。

"您确定?"莱奥·卡尔达斯问。

"确定,"老人回答,"那儿只住着一个英国人。"

"是吧……"

"您的朋友也快把门铃按坏了。"

卡尔达斯看向他的助理,后者的手指已经嵌在门铃里了。卡尔达斯努力引起助理的注意,当埃斯特韦斯看过来时,卡尔达斯示意他不要再叫门了。

"英国人在不在家您知道吗?"探长问。

"看起来不在。"老人说。

"确实,看起来不在。"卡尔达斯笑了,"但您今天上午看见他了吗?"

老人侧头望向探长的背后,当卡尔达斯看到老人握住耙子时,就知道埃斯特韦斯穿过马路走过来了。

"今天上午您看见那个英国人了吗?"卡尔达斯又问了一遍。从老人的表情看得出,他并没有看见。

"那您知道他可能在哪儿吗?"

老人垂下了目光。假如他知道,也不会轻易说出来。

"我们从维戈警察局来的,"卡尔达斯希望自己的解释能让老人开口,"我们需要找到他。您知道他在哪儿吗?"

老人静静地看着探长。

"问——您——知——不——知——道——英——国——人——在——哪儿——"埃斯特韦斯提高嗓门字正腔圆地说。

"我没见他好几天了。"过了一会儿,老人终于说。

"从哪天起?"探长想知道。

老人皱起了眉。

"问您从哪天起没见到您的邻居!"阿拉贡人扯着嗓子喊道。

老人赶忙躲远。

"我听得很清楚。"老人反感地说。

"那为什么不回答？"埃斯特韦斯说。

老人盯着埃斯特韦斯的眼睛，抓起耙子，探长生怕老人把它一下拍到自己助理的头上。

"您回答前不需要想想吗？"老人问，卡尔达斯注意到，埃斯特韦斯在这天早上第二次脸红了。

老人努力回忆，但实在记不清最后一次见到邻居是什么时候了。

"没事。"卡尔达斯跟他说，然后问了一下英国人是不是一个人住。

老人点了点头，于是卡尔达斯拿出了莫妮卡·安德拉德的照片。

"猫真可爱。"老人说。

探长点点头。

"您认识这个女人吗？她住在海边的一个房子里，离墓地不远。"

老人看着照片，然后抬头问：

"确定她是缇兰的？"

"她来自维戈，"探长说，"几个月前搬到了河口这边。"

"怪不得我不认识。"老人嘟囔着。

"她是英国人的朋友。"

"是吗？不过……"老人的表情证实他对莫妮卡一无所知。

"这个女人经常骑着自行车，"卡尔达斯补充道，他想看看这是否能帮助老人想起些什么，"您也没印象见过一个骑车的女人吗？"

老人把照片还给了他们，又最后一次摇了摇头。假如莫妮卡真来过这位老人的邻居家，那他也并没有看见。

卡尔达斯两人穿过公路，在回车里前，卡尔达斯走到英国人房子的门前。他掏出一张名片，在背面写下自己的电话和几句话："请随时给我打电话。有急事。"接着他把名片从门缝里塞了进去。

"咱回维戈？"埃斯特韦斯启动引擎的时候问，"早就是吃饭的点儿了。"

卡尔达斯看了下表。

"先从莫阿尼亚码头过一下，"他打开车窗后说，"看看那儿有没有人见过莫妮卡他们。"

Llave（钥匙）：1. 启动锁的工具；2. 调节管道中气体或液体通过的阀门；3. 某些武器的发射机制；4. 查出隐藏或秘密的东西的方式；5. 在五线谱上确定音高的音乐符号。

卡尔达斯两人把车停在莫阿尼亚的海滨大道上，对面就是皇宫城墙后面的树林。他们走向小小的客运码头。左侧，停泊在码头的帆船桅杆不停摇晃。右侧，在隔开码头与渔港的沙滩上，几只翻石鹬把喙埋进岸边堆积的海藻中饕餮。

海事站是个带有玻璃墙的临时结构。门关着，玻璃上用胶带贴着一块告示，上面写着：

"船上售票。"

卡尔达斯走进与海事站同处小玻璃建筑中的那家咖啡馆。

"下午好。"莱奥·卡尔达斯说，吧台后看报纸的女服务员抬起了目光。她应该不到二十五岁，一头长发，脸上露出友好的微笑，一侧的鼻翼上挂着鼻环。

"您知道从维戈来的船几点到吗？"探长问。

服务员看了看挂在咖啡机上方的钟表。

此刻是两点半刚过两分钟。

"应该还正离开维戈。"

"开过来要多久？"埃斯特韦斯问。

"很快。"服务员女孩说。

虽然"很快"并不是埃斯特韦斯最喜爱的回答，但他还是保持了微笑。

"很快？"

"不到一刻钟，"女孩解释，"三点整就又要往维戈开了。"

拉斐尔·埃斯特韦斯看了看自己的领导。

"咱们有时间吃点啥吗？"

"就十分钟？"卡尔达斯就像从未听过比这更不可思议的提议一样答道。

"我就知道。"阿拉贡人叹了口气，然后要了一瓶不带气的水。

当服务员把水和一小碟花生摆在拉斐尔·埃斯特韦斯面前时,卡尔达斯走到了咖啡馆和海事站间的玻璃隔板前。两个区域间的门是锁着的。

"那个大厅没人用吗?"卡尔达斯问服务员。

"只在下雨时开,这样等着的乘客就能不被淋湿了。票是在船上卖。"服务员女孩说。

卡尔达斯在埃斯特韦斯身旁坐下,他的助理正在翻阅报纸。他还没喝水,但小碟子里已经只剩花生的香味了。

"您看,老公已经出院了。"埃斯特韦斯指着报纸的时事版说。新闻旁配的又是那张照片,照片上女士的脸走了形,那是她在和丈夫吃晚饭时被两个入室盗窃的蒙面小偷打的。

报纸上刊登了丈夫的出院情况。住院若干天后,这位丈夫回了家,他三根肋骨和两臂骨折,头部和双手上缝了四十针。他拒绝了在这种状况下接受拍照,但卡尔达斯明白,那些最深的、难以愈合的伤口是看不见的。

"这里说他们想卖掉房子。"埃斯特韦斯说。

"可以理解。"卡尔达斯回答,他想到了自己的父亲,清了清嗓子。

"您听说葡萄牙的事儿没?孩子的尸体找到了。"

探长点点头。他早上正在浴室里刮胡子的时候突然听到了广播里的这条新闻,然后赶忙关了水龙头,以便听到详细信息——一只猎犬在一片湿地中发现了小男孩儿的尸体,他被藏在植被里面。法医检查尚未证实,但警方认为这是"凯门鳄"的另一名受害者。

"儿童和老人,"埃斯特韦斯喃喃道,"怎么这么多混蛋?"

服务员回到吧台后问莱奥·卡尔达斯:

"您确定什么都不点吗?"

探长抬起手,用几乎听不见的"谢谢"拒绝了好意。

"我能再来点儿花生吗?"埃斯特韦斯问。女孩笑了,她又往埃斯特韦斯面前的碟子里倒满了花生。

莱奥·卡尔达斯合上报纸,把莫妮卡·安德拉德的照片放在了吧台上。

"您认识她吗?"

女孩瞥了一眼照片,随后目光扫过埃斯特韦斯和探长。

"您两位是谁?"女孩一问,卡尔达斯就知道她肯定认识莫妮卡。

"我们从维戈警察局来。"

"警察?"

卡尔达斯和埃斯特韦斯同时点了点头。

"出什么事了吗?"

"没有,"卡尔达斯说,"我们只是在找她。"

"她叫莫妮卡,每天都到这儿来。她住缇兰。"

女孩指着西边说。

"我们从她家过来的,"埃斯特韦斯插嘴道,"不过她不在家。"

"您知道我们在哪儿能找到她吗?"探长问。

服务员看了眼码头说:"我觉得在维戈吧。"

"在维戈?"

女孩点点头。

"莫妮卡是维戈人,她在那儿工作。两位没问问她家人吗?"

"没有。"卡尔达斯撒谎道。虽然他们是因为莫妮卡·安德拉德父亲的担忧才跨过河口来找莫妮卡的,但卡尔达斯宁愿隐瞒这一点。

"她应该在那儿。"女孩又说了一遍。

"您为什么这么想?"探长很好奇。

服务员指了指两位警察身后的玻璃窗,卡尔达斯两人转过身去,虽然并不明白是什么意思。

"什么?"探长又问。

"自行车。"女孩说。

码头的栏杆上倚靠着两辆自行车。

"有一辆是莫妮卡的?"

"灰的那辆,"服务员说,"从周五起就绑在那儿。"

"从周五起?"

"对,从周五上午起,"女孩补充,"我来这儿上班的时候车就在那儿了。"

"您几点开始上班?"探长问。

"八点。"女孩回答。

星期五一早,罗莎莉亚·克鲁斯在沿岸的蜿蜒小路上看到了莫妮卡骑车经过。他们这会儿刚确定了莫妮卡要到哪里去。

"莫妮卡应该是坐了六点或七点的船。"

女孩推测。

"但她不常在早上去维戈对吗?"

"莫妮卡周一到周四都是下午去,坐三点的船,"女孩解释道,"周五是她唯一一天上午去的。"

"每周五都这么早吗?"

女孩摇摇头,"她周五一般坐九点的船。"

探长又观察了一下锁在栏杆上的两辆自行车。

"另一个也是从周五起就在了吗?"

"另一个?"

"另一辆自行车,"卡尔达斯解释,"周五早上这两辆车就都在了吗?"

女孩笑着说:"另一辆是我的。"

"哦。"探长低声道。

服务员注意到一位客人在外面的一张桌子上坐下了,于是问探长还需要了解些什么,然后就出去接待客人了。

卡尔达斯看了看埃斯特韦斯面前的小碟子。它就像被布擦过一样熠熠发光。卡尔达斯看了看时间,还差一分钟到两点四十。

船随时都会抵达,他想抓紧时间先看看自行车。

Tendencia（趋势）：1. 人和事物对某些目的的趋向或倾向；2. 使一个物体向另一个物体或事物倾斜的力。

在海边放了四天后，莫妮卡·安德拉德自行车座的黑色接缝上蒙上了一层薄薄的海盐。那是一辆灰色的城市休闲车，车把上固定着一个金属筐。一根可伸缩的螺旋钢锁将车固定在码头的栏杆上。

"这是猛地一扣能锁上的那种。"埃斯特韦斯拽螺旋锁时，一股干沙从车的挡泥板里掉落，"车都四个晚上了还在这儿，很怪，您不觉得？"

"是，很奇怪。"探长嘟囔着，不过他想的不仅仅是自行车。

他观察着这座浮桥，一对爱人正在舷梯上等待渡轮抵达。

阳光明媚，但风中带着浓浓的湿气。卡尔达斯看到渡轮穿过木筏向这边驶来，而对岸的城市也熠熠闪光。如果莫妮卡·安德拉德真的星期五早上坐船去了维戈，那卡尔达斯他们恐怕应该去那边找她。

卡尔达斯隐约看到维戈后面的群山上空一架飞机飞过，他打电话给克拉拉·巴尔西亚，请她查看最近几天从维戈机场起飞的乘客中有没有医生女儿的名字。

"好的，莱奥。还有什么事吗？"

"有，"卡尔达斯说，"你去查查一位英国男性公民，叫沃尔特。"

"沃尔特然后呢？"克拉拉·巴尔西亚问。

"我不知道他姓什么。是英国人，住在缇兰。很可能跟莫妮卡在一起。"

挂了电话，卡尔达斯搓搓手，然后把双手放进了外套口袋里。

"你不冷吗？"他问助理，埃斯特韦斯耸耸肩。

"我宁愿冷点儿也别太热。"他漫不经心地说，眼睛却盯着前面不远处停泊的一艘船，那红色的船体已经开始褪色。船的甲板上，一团黑色物质堆成了一座小山。

"那黑玩意儿是啥？"埃斯特韦斯问。

"贻贝。"卡尔达斯回答，然后两人沿着地面水泥未干时一条狗踩出的足迹朝船那边走去。

船就在他们下方了，两人俯视着堆积在船尾的贻贝。他们身旁正是此前采收贻贝的水手使用的起重机和篮子，用来捞起海中一字排开的某只木筏的渔网，并把贻贝从网绳上剥落下来。

甲板上有四名水手在劳作，其中一名正将贻贝铲入一个漏斗中，而他的几位伙伴则按个头儿对贻贝进行分类，并将它们装在船舷上堆放的网袋中。

几只海鸥正盯着这艘船，它们期盼着有摔碎的贻贝被丢弃到水里。

"你觉得之前往莫妮卡院子里探头的那个人是个水手吗？"莱奥·卡尔达斯低声问。

"他穿的衣服橘黄色，"埃斯特韦斯说，"可能是水手。"

Vela（帆）：1. 守夜；2. 夜间工作时间；3. 哨兵或警卫，尤其是夜间工作的；4. 蜡或其他材料制成的圆柱体，轴上带有灯芯，可点亮并发光；5. 受风驱动使船行驶的布。

    连接维戈港和莫阿尼亚港的渡轮是一艘长约二十米的白色双体船，伴随着咯咯的声响驶近了码头。一条蓝色条纹装饰着船的两侧，在船头略宽，在船尾略窄。船舱内部可容纳七十名乘客，舰桥后露天的上层甲板上还能再坐三十多名乘客。船名用印刷体写着：昂斯海盗号。

    船身平行码头靠近，船长走出舰桥，从船舷边探出头，与此同时，水手衫上印着航运公司标志的一名船员正将船固定住。

    "稳了！"水手一边在船尾系上第二根绳索一边大喊。船长走回舰桥关掉引擎，然后走上甲板，在一张长椅上坐下，开始在阳光下翻看报纸。

    当最后一名乘客下船后，等待登船的人走下舷梯，一个接一个地向客舱走去。一位女水手正在那里等待，她坐在一张桌子后面，负责卖票。

    莱奥·卡尔达斯跟在大家后面上了船。虽然双体船停泊了，但他还是感受到了以前登船时的那种不适感。虽然没有发动机的振动，他还是觉得地面不稳，此外，他也不喜欢那股杂糅着塑料、柴油和潮湿的气味。甚至在码头上听起来令人回味的绳索的嘎吱声，此刻在船舱里听起来也显得刺耳。

    "您好！"卡尔达斯向女水手打招呼。

    "往返吗？"水手问，只见她把指尖在下唇沾湿，再从一沓票中搓出一张，准备沿虚线撕开。她也穿着跟同伴一样的水手衫。

    "不。"卡尔达斯先回答，然后压低了声音说，"我是想问您几句话。"

    水手把那沓票搁在桌子上，旁边是收钱的铁盒子，然后她狐疑地看着卡尔达斯。

    "问我？"

    探长点点头，"您能过来一下吗？"

"我正工作呢。"女水手说。

莱奥·卡尔达斯小心翼翼地拿出了警徽,尽量不让其他乘客看到。

"我得问您几个问题。就一小会儿。"

"只能一小会儿。"水手嘟囔着看了看表。接着她锁上了放钱的盒子,把钥匙放在口袋里,跟探长走上了浮桥,埃斯特韦斯正等在那里。

女水手对探长的助理上下打量了一番。埃斯特韦斯的大块头似乎比探长的警徽更能打动她。

"两位这么紧急地要问什么?"水手问道。

这时三人离双体船有几步的距离,但水手还是时刻扫视着船舱的入口。

"我们在找这个女人。"

水手看了眼照片。

"您知道她是谁吗?"莱奥·卡尔达斯问。

"稍等一下好吗?"水手说完就跑去迎接两位新乘客了。

通过玻璃,卡尔达斯他们看到女水手卖完票先跟一位女士交谈了几句,才又返回浮桥。

"刚才在说什么来着?"水手问。

"在说我们正在找这个女人,"卡尔达斯再次拿出照片,"她每天都坐这个船去维戈。"

"我好几天没见她了,"水手说完就看到又有两位旅客刚走下舷梯,于是再次道歉,"能稍等我一下吗……"

"我们很急。"埃斯特韦斯边说边挡住了水手的路。

"我也急着给这些乘客卖票啊。"

"那就找一位同事卖吧。"阿拉贡人提议道。

女水手回到船上,把售票的事交代给了之前捆绑绳索的那位水手。

"你这坏脾气是饿得吗?"莱奥·卡尔达斯问助理。

"我可没功夫比较:饿就是饿,脾气差就是脾气差。"

之前的那位女水手回到码头的时候,拉斐尔·埃斯特韦斯已经离开了浮桥,因为卡尔达斯请他去车里等。

"如果刚才我的搭档冒犯到了您,还请见谅。"探长试图让谈话离开尖刻的方式。

不知道女水手是否接受了道歉,但至少表面上看不出来。

"您想知道什么?"

女水手不安地四处张望,卡尔达斯知道她在看埃斯特韦斯在哪儿。

069

"我搭档上别处咆哮去了。"卡尔达斯说,随即,女水手的脸上隐约显露出会心的笑容。

卡尔达斯又把照片拿了出来。

"您从哪天起就没看到她了?"

"周四,风暴后那天。"

"周四?"

水手点点头。

"她坐最后一班回的莫阿尼亚。"

"您确定?"虽然水手的回答非常笃定,但探长还是问道。

"当然确定,如果有变化我都会注意到。莫妮卡一直是坐九点半的船,她总是坐在前排。"水手指着船头的长凳说,"但周四她坐的是最后一班,十点半那班。而且差点儿就没赶上。我们正松开绳索的时候她进来的,然后我算账的时候她就坐在那个角落里。"水手指着船舱尾部的一条长凳回忆道。

"那周五呢?"

"周五我没看见她。"

"但她周五一早就骑车来码头了。那个是她的。"莱奥·卡尔达斯指着莫妮卡的自行车说。女水手也看了过去。

"可能坐的是早上的船吧。我印象中她周五去维戈的时间要早。"水手边盯着锁在栏杆上的自行车边说,"我要是穿她那种长裙可蹬不了自行车。"

卡尔达斯并不关注莫妮卡穿了什么。

"那您为什么没见她呢?"

"我们这班岗从下午两点开始。"水手解释,"我能告诉您的就是她周四坐最后一班回的家,但第二天坐哪班去的维戈我就不清楚了。"

"船员们早上还有另一班岗?"

"您觉得我们上几个小时班?"

卡尔达斯没作声。如果他想带着莫妮卡·安德拉德跟英国人一起走了的结论回维戈,那么他必须找到一位跟他们共享了旅程的人。

"我上哪儿能找到您早班的同事呢?"

"现在吗?"

探长点点头。据他推测,在海上来来回回工作了八小时后,船员们这会儿正在家休息。

"我也不知道。"水手说。

"一个人的住址您都不知道吗?"

女水手摇头的方式并不能让卡尔达斯信服,不过他也没有再坚持。

"电话呢?"

"也没有。"水手确认,"但您要是不想等到明天的话,可以问问我们在维戈的办公室。可能他们有您想要的信息。"

卡尔达斯在水手衫上找到了航运公司的名称,而女水手正犹豫着是否在上船之前把忍了好久的疑问问出来。最终还是好奇心占了上风:

"这个女孩出什么事了吗?"

莱奥·卡尔达斯用一个新的问题回答了她:

"您是这里人吗?"

"是。"水手说。

"您认识一个叫沃尔特的男人吗?"

"什么?"

"一个英国人,"卡尔达斯解释,"住在缇兰比较高的地方。"

"沃尔特·科普吗?"

"应该是……"探长说。

"照相的那个?"女水手边按下假想的相机快门边问道。

"没错,"卡尔达斯说,"您说他姓什么?"

"科普。"水手重复道,提起这个名字就让她展露出了笑容,"他有时候下午坐船到海上拍照片。他人很好。"

探长点点头。

"您最近见到他了吗?"

女水手望向天空努力地回忆着。

"好几天没见到了。"

"是吧,"莱奥·卡尔达斯喃喃道,"您见过他跟莫妮卡在一块儿吗?"

"应该没有吧……"水手不太确定。

"或许在船上见过?"

"没有,"这次水手非常确定,"他们肯定没一起坐过船。莫妮卡老是一个人。如果他们俩一块儿,我肯定会注意到。"

"当然。"探长赞同。

船长发动了双体船的引擎,船尾升起的一团灰色烟雾很快就消失了。

"我得撤了。"女水手说,探长陪她走到了船舱口。

"人不多啊。"卡尔达斯说。

"怎么会多呢?"水手在机器的轰鸣声中大声回答,"市里的工作越来越少了,干嘛要费劲过去呢。这边过得更好。"

"确实。"探长的肯定让女水手来了兴致。

"以前的渡轮上坐满了人,去工厂和造船厂上班。现在好多穿过河口的只是去找工作。大家有的是时间,但没钱。都应该学学沃尔特——拍照片,不用花钱。或者是找个其他的乐子。什么都行,就是别在家里瞎琢磨。"

"您说的是。"

"回头我们船上坐的都会是去看精神病的人。"

卡尔达斯笑了。

"您觉得我开玩笑吗?绝望的人可太多了,船开到河口中间的时候,我要是看见谁从船舷探出身,我都吓得发抖。我有时候都想在入口搜身,好保证乘客的口袋里没装石头。"女水手苦涩地说,然后补充道,"连单桅帆船的情况都不好。"

"什么帆船?"

女水手指着卡尔达斯他们之前在码头上看到的那艘贻贝采收船。

"去木筏上收贻贝的那些船,"水手解释说,"我们叫单桅帆船。"

卡尔达斯看了看那艘船。

"单桅帆船不该有船帆吗?"他问。

水手耸耸肩。

"以前有吧。"水手说,然后她摸着昂斯海盗号的船体说,"这些也早不是蒸汽船了。"

之后响起了一阵即将开船的短促鸣笛声,女水手随即进入了船舱。

卡尔达斯点燃了一支烟,站在码头上目送双体船离开。

卷起衣袖的拉斐尔·埃斯特韦斯正靠在引擎盖上等待。当他看到探长走近时,用手指敲了敲手表。

"咱吃不吃饭啊?"他抗议道,但卡尔达斯没理他。

探长打开副驾驶座的车门,探身从储物盒里拿出笔记本记下了英国男人的姓氏。又在下面写下了莫妮卡·安德拉德经常乘坐渡轮的时间。

"已经三点多了。"阿拉贡人并不放弃。

"我知道。"卡尔达斯坐进了车里,"咱们去维戈。"

"要不在这儿吃点儿?"埃斯特韦斯提议,"可以去咱看见的海边那个平台。"

"不了,"探长一边系上安全带一边回答,"还是回维戈吧,咱们去港口酒吧吃。"

埃斯特韦斯对港口酒吧菜肴的憧憬让他又加了一脚油。

"您刚才有啥成果没?"

"那个女水手不会去警察局投诉。"莱奥·卡尔达斯回答。

埃斯特韦斯假装全神贯注地看路。几个转弯之后,他问:

"但莫妮卡和英国人到底一起坐船没?"

"我一会儿告诉你。"探长说。卡尔达斯正跟克拉拉·巴尔西亚通电话,告诉了她英国人的姓氏,也请她联系上早班的船员。

挂断电话后,他把车窗开大了一些,闭上了眼。

他无法忘记女水手的话:当她看见有人从船舷探出身时,会吓得发抖。

Gancho（钩）：1. 用来钩、抓或挂东西的弧形工具；2. 顶部弯曲的棍子或手杖；3. 有能力吸引人们注意或诱使他们做某事的人或事物；4. 弯曲手臂打出的拳；5. 人或事物的吸引力。

卡尔达斯和埃斯特韦斯走进港口酒吧。下午三点半，饭厅里依旧热闹非凡，码头工人、商人、高管们纷纷前来狼吞虎咽。

"哎哟，我最爱的播音员！"克里斯蒂娜看到他们时说。

"我们还能吃饭吗？"

"肯定还有吃的。"克里斯蒂娜说。

墙边有一张空桌。桌子很小，不过卡尔达斯他们也就两人。

"那里？"卡尔达斯指着桌子问。

克里斯蒂娜扫了一眼饭厅。

"你们可以坐最里面。那儿更舒服。"

跟宽敞与否比起来，探长更关心私密度。

"就我们？"

"没错。"克里斯蒂娜保证。

埃斯特韦斯看到隔开饭厅和厨房的柜台上摆放的菜肴，舔了舔嘴。另一边，两位厨娘正看着炉子。还有一位女人正在擦一口锅，随后把所有锅一起挂在了墙上的钩子上。

克里斯蒂娜端着杯子、餐具和餐巾纸走过来。

"头盘是特色婆婆汤或肉馅卷饼。"

"我要汤。"卡尔达斯说。那肯定是整个一上午小火慢炖而成。他想不到更好的头盘了。

"特色婆婆汤里有啥？"埃斯特韦斯问。

"婆婆、土豆、青椒和欧芹。"

埃斯特韦斯朝克里斯蒂娜瞪大了双眼。他太饿了，以至于无法消化这轻松的笑话。

"开玩笑的，"埃斯特韦斯阴沉的脸让克里斯蒂娜退却了，"没有欧芹。"

"是鱼汤，"卡尔达斯插话，"非常好喝。"

"行吧。"埃斯特韦斯同意了。

"两份做得超级好的婆婆汤……"克里斯蒂娜写下来，"二道呢？鸡肉串还是鳕鱼？"

"鳕鱼。"莱奥·卡尔达斯毫不犹豫。可他的助理没拿定主意。

"鳕鱼，怎么做的？"

"您想要什么式的？"

"妈呀！我搞砸了……"埃斯特韦斯嘟囔道。

莱奥·卡尔达斯再次插嘴道："煎一下，跟我的一样。但他那份炸土豆换成沙拉，对吧？"

"不不，"埃斯特韦斯反对，"我也要薯条。"

"你不是节食吗？"

"时不时地。"

"时不时地？"卡尔达斯问。

克里斯蒂娜已经把大汤碗端来了。

"您还没说船上那女的说了什么。"

埃斯特韦斯边舔嘴边说。两碗热汤足以缓和他的情绪："您问出什么了吗？"

"不多。"

"莫妮卡跟英国人在一起，我肯定。"

"有可能，"卡尔达斯说，"咱们会知道的。"

克里斯蒂娜撤走了大汤碗和两个汤盘，然后摆上两个金属盘子。几大块白色的鳕鱼在其中一个盘子里闪亮。埃斯特韦斯直接用手捏起了盘子里的炸土豆。

"天哪！这土豆！"他把土豆送进嘴里时喊道。

"鳕鱼就更别提了。"探长一边说一边给自己夹了一块。

阿拉贡人没看鳕鱼。他还在忙活土豆，已经在他的盘子里堆了好多。

"真正的炸土豆这么好吃，我真是不懂怎么有人买冷冻的。那些根本没味儿。"

"但是更方便。"莱奥·卡尔达斯说。

"道理我懂：更方便，不用削皮也不用切，不用解冻就直接炸，每块儿还都一

075

样大……"埃斯特韦斯边回答边把另一块土豆送进嘴里,"真应该把发明冻土豆的人毙了。"

两人喝餐后咖啡的时候,卡尔达斯接到了克拉拉·巴尔西亚的来电。

"你找到莫妮卡了吗?"探长问。

"莫妮卡和英国人都没找到。没人用他们俩任何一个的名字预订机票。但是我电话联系上了一名船员,是莫阿尼亚的。你半小时后见他可以吗?"

"在莫阿尼亚?"

"不,"克拉拉·巴尔西亚回答,"他在这儿,在维戈。他来这儿买点儿东西,说回家之前能来趟警察局。我怎么跟他说?"

卡尔达斯看了下表。二十分钟后他得到广播电台,之后他想去趟艺术与机械工艺学院,跟莫妮卡的同事们聊聊。

"你跟他说行。"

"上早班的一个船员半小时后会去局里,"卡尔达斯挂了电话跟他的助理说,"我有节目,得你去接待了。"

"好。"

"让他看看莫妮卡的照片,看他能不能确定莫妮卡周五坐船的事。"

"咱有英国人的照片吗?"

"没有,但你上网找找看。"卡尔达斯说,"不过我觉得你用不上,看起来所有人都知道他。"

Lapso（时段）：1. 步骤或过程；2. 两个端点之间的时间；3. 陷入罪责或错误。

从港口酒吧出来后，卡尔达斯陪拉斐尔·埃斯特韦斯走回汽车，从储物箱里取出他黑色封皮的笔记本。

"不用我送您？"埃斯特韦斯问。

电台确实在去警察局的路上，就在阿拉梅达公园的一座石头建筑里，但卡尔达斯已经点燃了一支烟。

"我走着去吧。"说完，卡尔达斯把笔记本夹在腋下，赴他与《电台巡逻》的约会，这档广播咨询节目让他每周两次不得不坐在《维戈之声》的麦克风前。

在接下来的一小时里，他只能与愚蠢的节目导演共处，那就是圣地亚哥·洛萨达，卡尔达斯还要忍受他厚重的嗓音和他对除自己外一切的蔑视。卡尔达斯知道听众打来电话会报告噪声问题、路面坑洼、交通信号灯倒塌、交通灯故障、路灯损坏，以及其他投诉，而他也只能将这些转由民警处理。去年夏天休假前，他再次请求索托局长不要让他继续参加节目。为了不利用他和节目导演的相处不快说事，也为了不给局长借口重申警察的形象高于任何个人关系，卡尔达斯当时说自己在节目中的存在没有必要。

"我在广播里什么用都没有。"卡尔达斯总结道。

"对于民众而言，知道我们会露面很重要啊，莱奥，"局长回答，"要让他们觉得，可以来找我们解决问题，觉得投诉时我们会倾听他们。"

"局长，我同意要倾听他们。但是我没能力解决他们的问题。几周以来，我们都没有收到一通来电是关于我能力范围内的事的。他们为什么不另请高明呢？"

"请谁？"

"谁都行。"卡尔达斯说，同时很后悔自己没事先想好一个人，"请一位民警……"

局长思索了一会儿。

"我不明白，莱奥，你为什么要改变一件很好的事。"局长后来说。

"什么？"

"节目很受欢迎。如果运转良好，我们为什么要改变它？"

"因为我不觉得它运转良好？"

"你不觉得？"

"不觉得。"

"但我们不觉得它不好。"索托局长说。

"您诸位不觉得不好？"

卡尔达斯琢磨"诸位"都是谁。

"节目实现了它的功能。"

"局长，我不知道它要实现什么功能，但我想再次请您注意，我在节目上几乎没开过口。您听过节目吗？"

局长并没答话，再次摆出了思考者的姿势。

"我知道洛萨达不是好相处的人。"局长随后说。

"局长，我不是因为他，"卡尔达斯打断了他，"我保证不仅是因为他。"

"不是他？"

卡尔达斯摇摇头。

"我保证。"他重申。

"好吧，"局长在又一阵可能的聚精会神后同意道，"给我几天的时间考虑一下。"

局长很快就答复了。第二天上午，局长敲响了卡尔达斯办公室的门。

"关于你跟广播电台合作的事情，我想你是对的，"索托还是操着前一天官方的嗓音开始了对话，"哪有人认为自己有道理的时候，就是有道理。"局长补充道，听到这儿，卡尔达斯知道，他这一局输了。

"是吧。"

"然而我们有重要的动机让这些事维持原状。"

索托又拿出复数人称的"我们"来做挡箭牌。

"局长，恕我直言……"卡尔达斯并未让步，但局长打断了他。

"莱奥，我只请你再坚持几个月。"局长严肃地说。

"几个月？"探长问。他每个月都要去广播台八次。局长意识到了吗？

"几个月，对。两个、三个、四个……"索托在数到四后没再继续，卡尔达斯这才松了口气，"我们快年底的时候再来讨论这件事，你觉得怎么样？"

探长看着墙上悬挂的日历,差点儿想问局长他说的是哪年的年底。

"好吧。"卡尔达斯嘟囔,他也知道自己别无选择。

"几个月,莱奥,"局长抵着办公室的门重复道,他脸上恬适的笑容仿佛是他在帮卡尔达斯什么忙,"就几个月。"

但探长已经不再介意日期的事儿了,他在想自己父亲的那本傻瓜名录。他打算局长一出办公室就给父亲打电话,让他把局长的名字加到名录里。假如索托的名字已经在上面了,那就让父亲标上下划线。

"非常感谢。"局长说。

卡尔达斯也冲他笑了笑。随后局长出去了。

Espiral（螺旋）：1. 围绕一个点绕圈所描绘出的曲线，每绕一圈离原点就会越远；2. 螺旋桨；3. 以极快且不受控制的方式发展的过程。

圣地亚哥·洛萨达以装腔作势的语调结束了节目，并引导观众回头收听下一次节目。然后他缓缓抬起手，请坐在玻璃另一边的音响师逐渐调高了《电台巡逻》结束曲的音量。

当标示着麦克风处于开启状态的红灯掐灭时，卡尔达斯摘下耳机放在桌子上，旁边是他之前坐下时调成飞行模式的手机。跟他每次来电台时一样，在那张记录听众投诉的页面下方写着节目的收效："民警案件九起，卡尔达斯零起。"卡尔达斯看着页面的边缘。上面有他无意识地画出的几条螺旋线。

圣地亚哥·洛萨达离开录音室前往控制室。通过玻璃，卡尔达斯看到他张牙舞爪地训斥着音响师。

蕾韦卡——节目制作负责人，则是从控制室来到了录音室。

"他怎么了？"卡尔达斯问。节目的录制一切顺利。

"随便什么事吧，"蕾韦卡回答，"您知道他什么样。"

卡尔达斯起身来到窗前，观察着在阿拉梅达公园里散步的人，人们的头顶是几乎被这些天的风雨扒光的栗子树。他注意到一位老人，用绳子牵着一条几乎同样苍老的狗。他们走得很慢，步子很小，仿佛是互相牵着对方往前走。

妈妈组在老地方，靠近主喷泉。她们边聊天边盯着在花园里追逐嬉戏的小朋友们。

"他们又在池子里种新的花了吗？"卡尔达斯一边开启手机信号一边问。

"种新的？"蕾韦卡走到卡尔达斯旁边说，"他们是把杜鹃花全刨了，再用那些地中海荚蒾做替代。您觉得这正常吗？"

卡尔达斯看看花坛中的小白花，虽然并不让他讨厌，但他还是摇摇头，表示赞同蕾韦卡的观点。之后，卡尔达斯的手机嘀嘀地响了几声，把他的注意力从花朵上移开。他有两通局长的未接来电，还有一条埃斯特韦斯的短信：船员仍没有出现。

卡尔达斯等蕾韦卡离开录音室后，给局长回电话。

"你到底跑哪儿去了？"索托局长问。

"倾听民众。"

"什么？"

"在电台。"

"啊……好吧。"局长说，"关于医生的女儿有什么进展吗？医生已经给我打过两次电话了。"

"我们找到了她的自行车。就锁在莫阿尼亚码头的栏杆上，她在那儿上的船。从周五一早起，车就一直放在那儿。"卡尔达斯解释。

"也就是说，她可能是周五早上坐船来了维戈吗？"

"看起来是，不过我们正尽量找哪个水手来确认她什么时候跟谁上的船。"

"你觉得莫妮卡不是一个人来的？"

"她好像跟一个叫沃尔特·科普的人来往频繁。是个英国人，但是他既不在家又不接电话。他俩有可能在一起。"

"你之前跟我说莫妮卡带走了牙刷是吗？"

"是。"探长这样回答，以便让局长能为自己的安宁找到依据。他并未提到莫妮卡没带避孕药的事儿。

"那这两个人肯定是上哪儿去了。"

"有可能。"莱奥·卡尔达斯说，"无论如何，我想着去趟艺术与机械工艺学院。看看莫妮卡是不是周五的确没过去。"

"医生说他们从周四起就没在那儿见过莫妮卡。"

"他们跟她的父亲说没任何音信只意味着：他们是跟他这么说的。"

"有道理。"局长承认，"而且如果她的男朋友是英国人，他们可能在英国对吗？"

"我们不知道他们是不是情侣，"莱奥·卡尔达斯指出，"而且在从维戈起飞的航班里，他们俩的名字没有出现在任何乘客名单里。"

"他们可能是从其他机场飞的。"

"的确可能。"卡尔达斯说，"我会请克拉拉查实的。"

"我来吧，"局长说，"你去艺术与机械工艺学院，有任何情况都打给我。"

卡尔达斯说完再见仍站在窗前，手里拿着手机。

"有个女孩儿失踪了？"一个声音问道，卡尔达斯一转身，看到圣地亚哥·洛萨达正坐在录音室里的一张椅子上。

卡尔达斯没听见他进来，也不知道他进来多久了。

"刚才那是私人对话。"

"失踪从来都不是私事。"

"我打的电话是。"

"新闻还没报吗？"

圣地亚哥·洛萨达就是一只鬣狗。机会偶然在他途经的路上放上了猎物，他绝对无意不战而退。

"没登新闻。"

《电台巡逻》节目的这位制作人全当没听见探长的回答。

"我们可以抢先在节目里播报……"

"别想了。"卡尔达斯打断了他。安德拉德此前已经直言不讳：他不希望媒体介入。

"你想想格洛丽亚……她姓什么来着？"

她全名是格洛丽亚·森普伦。卡尔达斯记得很清楚，但他没作声。

"你知道我说的是谁，莱奥。"

"这次不一样。"

"为什么？上回多亏我们才找到了格洛丽亚。我们时而有用时而没用吗？"

卡尔达斯思忖了一个方案：只告诉洛萨达有个无子女的成年女性跟一个男性一起走了，不过他还是决定不开口。如果进展顺利，星期四的节目前，人应该已经找到了。

"女孩儿叫什么？"播音员仍然坚持。

探长拿起桌上的笔记本，穿上外套。他很庆幸在跟局长通电话时未提及安德拉德医生的名字，虽然他意识到自己提到了莫妮卡的工作地点。这个细节肯定没逃过洛萨达的耳朵。

"是艺术与机械工艺学院的学生吗？"

"别想了。"卡尔达斯走向门口试图结束这场对话。

"你不应该只把我们当成展示你的橱窗。"

探长猛地停住了脚步。

"你说什么？"

播音员并未退缩：

"即使在你看来这像个跳板，但这是家广播电台，"他的声音变得浑厚起来，就像他播音时那样，"我们靠播报新闻为生。"

"跳板？"莱奥·卡尔达斯问，"朝哪儿去的跳板？"

洛萨达看着卡尔达斯，脸上挂着探长极其厌恶的玩世不恭的笑容。

"你应该知道啊……"他嘟囔着。

卡尔达斯咒骂着播音员走出电台，一步两级台阶地下到大门处。他刚踏上街道的路面，手机就又响了起来。

"您在哪儿？"埃斯特韦斯问。

"正从电台出来。"卡尔达斯说。

"那船员刚到。"

卡尔达斯深深嘬了两口烟，终于把它点燃了。

"他认识莫妮卡吗？"

"我还没跟他聊。您过来吗？"

"不了，"把自己关进警察局是卡尔达斯最不想做的事，"我要去那家学院，看看那儿的人怎么说。你跟他聊吧。别忘了问问他英国人的事儿。"

拉斐尔·埃斯特韦斯挂上电话，请昂斯海盗号的这位船员跟他来到了一间屋子，里面摆着一张白色的桌子，桌子两旁各有一把椅子。埃斯特韦斯一屁股坐在了一把椅子上，他请男士在另一把椅子上坐下。

"我们在找一个女人，"埃斯特韦斯开口道，"我们认为她周五早上坐了你们的船，我得跟您确认下。"

"上周五吗？"水手问。

"对，上周五。这个女人，"埃斯特韦斯拿出照片，"您慢慢想，不着急。"

男人认真端详着这张照片。

"您认识她吗？"

水手的手势让警察摸不着头脑。

"我想，眼熟。"水手回答。

"您想，眼熟？"

水手又看了眼照片。

"对。"他严肃地说。

"这叫什么狗屁回答？"

水手浑身一颤。

"什么？"

卡尔达斯的助理把一根手指杵在照片上，挡住了医生女儿的脸。

"您认不认识她？"他问。

水手蜷缩在椅子上。

"我觉得认识。"

"那您倒是直接说呀！我问您的不就是这吗？"

Instrucción（指令）：1. 指导或被指导的行动；2. 获得的知识；3. 某过程或事项进行的程序；4. 为达某一目的的规则或警告；5. 给某人的特定命令。

1885 年，来自维戈慈善团体合作社的三百名成员达成共识，准备创建一所学校，教授各种手工艺和工业门类。他们深信，该指令将有助于该市工业的发展，同时将使劳动者有机会开设自己的工作室，成为独立的企业家并接收学徒，从而为当地低迷的经济带来繁荣。

次年，他们在马戏街三号租用了一栋建筑，创办了维戈艺术与机械工艺学院，很快，学院工作室的数量就已无法满足日益增多的入学需求。

在早期的那些年，学院的活动由机构援助以及公司和公民的无私捐赠来资助。其中一位慈善家是何塞·曼努埃尔·加西亚·巴尔翁，他是一位带着巨额财富从古巴返回加利西亚的银行家，当他看到该学院的授课条件如此恶劣时，决定出资在他坐拥的一块地皮上建造学院新的总部厂房。他将这项工作委托给了法国建筑师米歇尔·帕塞维奇，后者当时正在为维戈市设计建造几座最美丽、最具代表性的建筑。

后来落成的是一座庄严的三层建筑，自 1900 年以来，这里培养了机械师、机器操控师、雕刻师、画家、模型制作者和其他类型工匠。正如合作社成员此前预测的那样，人才的准备促进了城市工业活动的繁荣，在不到一个世纪的时间里，维戈的人口增加了二十倍。

由于后来学校归市政所有，加西亚·巴尔翁将这座建筑捐赠给了维戈市政府，但他唯一的条件是：这里的教室将继续用于提供免费的技术教育；否则，该建筑将被他的后代收回。

莱奥·卡尔达斯来到了艺术与机械工艺学院。他不记得自己是否进入过这里，毕竟在后来矗立起的更高大的建筑物间，这座石头建筑几乎很难被注意到。大门旁边，有位流浪汉正坐在布艺折叠椅上，旁边放着一辆塞满了废物的超市小推车。他脚下有条狗，还有个装着些许硬币的易拉罐。

当卡尔达斯来到学院大厅的时候，他确定了自己确实没来过。四周是石头墙面，脚下是黑白格子相间的大理石地面。高高的天花板用装饰条修饰，从那里吊下来一盏铁艺灯。大厅的一侧有张布告牌，上面是各种活动的广告。另一侧有座木钟，下面是张贴学院公告的玻璃橱窗。卡尔达斯在其中一份文件中读到了莫妮卡·安德拉德的名字。她是助教，辅助陶艺工作室的米格尔·巴斯克斯老师。

"请问陶艺教室在哪儿？"卡尔达斯问一个男生。

"在地下室。"男生告诉他去那里要先穿过一座院子。

探长沿着金属楼梯往下走，来到了夹在学院和隔壁大楼间的那座院子里。卡尔达斯注意到了一株山茶花，想起上周他父亲庄园里的那株被风吹倒的事。

他沿着地上箭头的方向来到了一扇带有瓦檐的门前。一位出来吸烟的女人白大褂上沾满红渍，于是卡尔达斯知道，这就是他找的地方。

工作室内自然光不足。天花板比上面一层的要低很多，几根悬挂的荧光灯管照亮了工作室的不同分区。

仅靠门边的烘房里有三座炉窑。最小的那个跟卡尔达斯在莫妮卡·安德拉德的工作室里看到的那个差不多大，看上去就像酒店的保险箱。而最大的那个跟家用冰柜的容量差不多。一个架子上摆放着几十个装着颜料的塑料罐。虽然一些标签上的骷髅图标警示了其成分有毒，如果有人想取用的话，还是举手可得。

接下来的房间宽敞得多，四个女人和三个男人正在两张大桌子边忙碌。右边桌旁的那几个正在小木板上塑造黏土形象，而在另一张桌上，几个人正用釉或氧化涂层装饰已经烧制好的作品。

卡尔达斯之前对莫妮卡·安德拉德的学生的设想跟现实大相径庭。除了一位年轻女人，其他人都得三十多岁了。最年长的一位应该有七十岁左右。

房间的一面墙上挂着锯子、面罩和一卷用于打磨的钢丝绒。旁边是一个由一整块花岗岩制成的水槽。

这里比街上冷，还弥漫着雨夜的气味，泥泞潮湿。

"我在哪儿能找到米格尔·巴斯克斯？"卡尔达斯问。

"不知道他是不是在办公室。"一个女人说。

卡尔达斯来到了放着几台机器的下一间屋子。有一台层压机和一个带标牌的手动挤压机，上面写着：请为他人着想，清理干净。

地上排着六个电动陶轮。

一位学生刚开始为一只陶罐塑形。她将双手拇指伸入黏土堆中做出中央开口，并用沾满泥浆的手指夹住团块,使之在转动时上升,形成一个圆柱体。

"请问米格尔的办公室在哪儿?"

女人指指一扇半开的门,卡尔达斯推开门时看到一个男人正蹲在一个打开的文件柜前。

"米格尔·巴斯克斯?"

男人关上文件柜站起身。

他没比卡尔达斯年长多少,体型也跟探长一样,不过微驼的背部让他看起来个子要更低。一头灰白的短发,嘴巴很大,看人的时候眼睛会眯起来。

卡尔达斯在某处读到过约翰·福特的一句至理名言:跟漂亮的脸蛋相比,演员更需要一张令人过目不忘的脸。这位陶艺老师正长着这么一张脸。

"我是探长卡尔达斯。"莱奥介绍说。

陶艺师微微上扬的嘴角使得他的眼睛眯得更小了。

"电波巡航者是吧?"他从牙缝间挤出了这个问题。

莱奥·卡尔达斯无奈地抿了抿嘴。

"莫妮卡·安德拉德跟您一起工作对吗?"

米格尔·巴斯克斯点点头。他脸上的笑容消失了。

"有她消息了吗?"

"还没有。"卡尔达斯说。

陶艺师把手伸进长袍的一个口袋里,掏出一包香烟——他的白大褂比任何一位学生的都脏。

"出去说好吗?"他问,"这儿不让吸烟。"

Permiso（许可）：1. 有权威的人表达的同意；2. 对在规定期限内暂时不工作、服兵役或履行其他义务的授权。

两人都点燃了香烟，坐在蚕豆形的深色座椅上，旁边是院子里仅起装饰作用的两根铁柱子。

米格尔·巴斯克斯告诉卡尔达斯，这些座椅是他的学生们利用课上多余的黏土烧制的。

"这个也是他们搞的，"他指着墙上的一块浮雕说，"一开始是为了实验各种固定方式的。我们把它挂上去，然后它就一直待那儿了。"

"很漂亮，"卡尔达斯赞叹，接着他指着工作室的门口说，"您的学生都是这样的吗？"

"这样？"

"就都不是小孩了。"卡尔达斯笑了。

米格尔·巴斯克斯耸耸肩。

"探长，这不是职中。这儿是教手艺的，如果你有点儿才能又很走运，那你就能在这儿把工作和爱好结合起来。有的人很晚才发现自己喜欢什么，还有的人单凭直觉来的，他们也不知道会不会哪天找到自己喜欢的东西。"米格尔·巴斯克斯每说一个词都伴随着手势，"糟糕的不是投入激情是早是晚，可怕的是死的时候还没找过对什么有激情。或者是因为懒，或者是生活没允许你这么做。"

卡尔达斯看着山茶花，想到父亲很晚才开始的酿酒事业。他吸了口烟，还是问他感兴趣的事儿："您知道她可能在哪儿吗？您的……嗯……"他不清楚该如何称呼医生的女儿。

"严格来说她是我的助教，"米格尔·巴斯克斯说，"不过我们陶艺师之间不分等级。"

"您知道她可能在哪儿吗？"卡尔达斯重复道，"她父亲说从周四后她就没

087

来过。"

"没错。"陶艺师很笃定,"周四她跟平日一样来上了课,但是周五就没再出现。"

卡尔达斯开始在笔记本上记录。

"上课的时间是?"

"课都在下午,但我们周五早上有辅导会。其实就是花点儿时间跟每个学生单独聊一聊,解答下疑问。"陶艺师说,"一般整个上午也就来两三个学生,所以我们就利用这个时间收拾下工作室。比有课的时候要清闲很多。"

"那您说莫妮卡没来?"

"她周五既没来辅导会,也没来下午的课。"陶艺师确认,"学院给我打电话让我批准……"

卡尔达斯打断了他:

"您当时在哪儿?"

他放下了夹着香烟的手。

"我在里斯本。"

"里斯本?"

陶艺师点点头。

"周五有个展出我的作品的展览开幕,所以我周四就过去了。主要是要确保他们别把有些造型摆反了。"他笑了笑,"那可不是第一次了。"

卡尔达斯也报以微笑,然后在本子上记下了信息。

"您说有人给您打了电话?"

"啊对,秘书处周五快中午的时候给我打电话,说有份订单到了,但工作室没人。"

"您怎么办的?"

"当然是给莫妮卡打电话。要不还能怎么办。"

"她接电话了吗?"

话还没出口陶艺师就先摆手。

"没。"

"您当时觉得奇怪吗?"

"觉得啊,她一上午都没来,很诡异,"陶艺师说,"莫妮卡很守规矩,有事的时候都会提前告诉我。她不会玩消失。"

"您说她下午也没来?"卡尔达斯又问。

"没来。"陶艺师摇摇头,"我们只好临时取消了课程。"

卡尔达斯点点头，接着再次翻看他的记录。

"所以她周五就没来……直到今天。"

"直到今天。"陶艺老师肯定道。

探长把烟挪到嘴边。

"莫妮卡最近状态怎么样？"

"状态怎么样？"

"您觉得她有没有比以前更忧虑？"卡尔达斯问，"或者是……我也不知道，比如更保持距离，或者更开心什么的。"

米格尔·巴斯克斯开口前又把脸皱出了另一种怪表情。

"我没发现什么异常。"

"最后一天，周四，她状态好吗？"

"探长，这我不知道。我周四早上就去里斯本了。下午我们在布展，到那儿要开四个多小时的车。"

卡尔达斯又查看了自己的记录。

"但您知道莫妮卡周四在这儿对吧？"

"我当然知道。好几个学生那天来上课了。"

"那您知不知道学生们有没有发现什么异常？"

"不，"陶艺师说，"我不知道。"

"学生们没跟您说什么吗？"

"有几个问起了莫妮卡。他们想知道她是不是都好。"

"出于什么原因？"

"我觉得是因为好几天没见她了吧。"

"哦，"卡尔达斯喃喃道，"那您怎么回答的？"

米格尔·巴斯克斯摊开双臂。他能回答什么？

"您那边有眉目了吗，探长？"

"看起来莫妮卡像是出门了，"莱奥·卡尔达斯道，"她带了些东西走。您知不知道她可能去哪儿了？"

米格尔·巴斯克斯吸了口烟，好一会儿，他才长长地吐了出来。

"不知道。"

"您印象里她有没有准备去旅行……"

陶艺师摇摇头。

"如果她有打算，也不会跟我说。"

"她可能不是一个人出门的。您知道她是不是在跟谁约会？"

陶艺师的第一反应是又吸了口烟。

"我觉得没有。"他说,"不过莫妮卡很谨慎,以至于昨天以前我都不知道她父亲是……"他挥动双手试图找到合适的词。

"杰出人才?"卡尔达斯帮他把话说完,只见陶艺师的脸上浮现出一丝笑容。

"没错,杰出人才。"他说,虽然两人心知肚明,换个其他场景,他们都不会用这个词来形容安德拉德医生。

探长回到失踪者亲密关系的话题。

"莫妮卡有伴侣吗?"

"没有。"陶瓷师说,但他又马上更正,"我觉得没有。"

"她从没跟您提过跟谁走得更近?"

"没。"

探长决定放手一搏:

"可能是个英国人?"

陶艺师望向天空,在记忆深处搜寻。

"是叫沃尔特吗?"

莱奥·卡尔达斯点了点头。

"您认识他吗?"

"听过。"

"您都知道些什么?"

陶艺师的眼睛陷入了皱纹里。

"他拍动物照片。海豚、鸟……"

"您见过这些照片吗?"

"莫妮卡让我在电脑上看过一些。"陶艺师说,"那您是觉得他们可能在一起?"

"可能。"

"您不确定?"

"不,"卡尔达斯回答,"我不确定。"

烟抽完了,两人在一只黏土烟灰缸里掐灭了烟头。

"每天来学校的学生是同一批吗?"卡尔达斯问。

"不全是。"米格尔·巴斯克斯说,"学院的工作室周一到周五的四点到九点开门。有的学生每天来一会儿,有的一周来一两个下午……"

"您知道今天来的这些学生里,有谁上周四在吗?"

"至少有个女学生在。"

卡尔达斯靠近山茶花,把长满叶芽的一枝拉向自己。

"您介意我跟她聊几句吗?"

"我没问题。"米格尔·巴斯克斯边说边伸手梳理山茶花的叶子,"再过两个月开得就特别漂亮了。这下面太阳从来照不到,这儿的潮湿哪儿都比不了。山茶花就跟黏土一样,它喜欢潮湿。"

卡尔达斯抬头看看院子四周的围墙,点点头。

这株山茶花还能在此处避风。

Confianza（熟悉）：1. 人对某事或其以某种方式发生报以的希望；2. 确定性，尤其是在采取困难或承诺的行动时；3. 相处时的熟悉和简单，尤其见于友情或亲属关系。

"莫妮卡出什么事了不是吗？"当莱奥·卡尔达斯亮明自己的探长身份时，那位女学生问。

她叫多洛雷丝，年龄应该跟莫妮卡·安德拉德相仿。如果她大的话，也就是大两岁左右。她刚洗过的袍子上有褪色的油漆污渍，没能用肥皂和水清除。

"我们只是在找她。"

"您确定她没出什么事？"多洛雷丝穷追不舍，同时非常不安地看着老师。

他们仨站在关着门的办公室里。陶艺师此前说让卡尔达斯他们俩单独聊，但后者认为没有必要。

"他们觉得莫妮卡跟那个英国人在一块儿。"米格尔·巴斯克斯安慰道。

"什么英国人？"女学生感到奇怪，"那个摄影师吗？"

"您认识他吗？"

"我知道他叫沃尔特，跟莫妮卡住得不远，"多洛雷丝说，"我也知道他比莫妮卡大很多岁。您为什么觉得他们在一块儿？"

"他们俩我们都没找到。"卡尔达斯说出口后察觉，这并不是个有力的理由。

"那您觉得他们在哪儿？英国吗？"

"可能。"

莱奥·卡尔达斯观察到多洛雷丝满脸疑惑。

"您觉得很奇怪？"

这位陶瓷学徒的目光在她眼前的两个男人间游移。

"怎么了，多洛雷丝？"米格尔·巴斯克斯问。

"周四下午她遇到了什么事。"多洛雷丝神秘地说。

"莫妮卡吗？"陶艺师吃了一惊。

"我觉得是。"

"遇到什么事了？"

"我不知道，米格尔。但是有事。"

"莫妮卡跟你说的吗？"老师追问。

"不，她什么都没跟我说，不过……"多洛雷丝话说了一半。

"不过？"

"不过她的状态跟平常不一样。不像她。嗯……"多洛雷丝更正，"一开始像她。"

"什么叫一开始？"

"那天下午。"

卡尔达斯跟陶艺师一样云里雾里。

"您可以从头到尾告诉我们吗？"

"从头到尾？"

"周四发生的那些。"

多洛雷丝在袍子上蹭了蹭手，琢磨着从哪里讲起。

"是这样，"她说，"我上周四比平时晚到了一会儿。当时大概七点的样子。工作室里已经没什么人了。只有蒙特塞、帕科和格洛丽亚，"说到这儿，多洛雷丝看了看陶艺师，"我到的时候在院子里碰见了莫妮卡。她说要去找一位制琴师聊两句，但很快就来。"多洛雷丝回忆道，接着她总结了一句，"到这儿都还好。"

莱奥·卡尔达斯和米格尔·巴斯克斯都点点头。

"后来莫妮卡来的时候一切如故。就是很正常。"多洛雷丝继续说，"不知谁还说了一句，她看起来像是从一位英国画家的一幅画里走出来的，那位画家给穿长裙的女人画肖像，就跟莫妮卡一样。我不记得画家叫什么了。"

"梅雷迪斯·法拉姆顿？"米格尔·巴斯克斯问。

"对！"多洛雷丝说。

陶艺师则咬着嘴唇，仿佛在为自己的博学道歉。

"我们几个女学徒都不认识这画家。"多洛雷丝坦承，"我们就在帕科的手机上找那些画，就画上的模特跟莫妮卡像不像开了会儿玩笑。然后我们就继续工作了。蒙特塞和帕科很快就走了，莫妮卡在指导格洛丽亚，她当时对一个陶瓷盘上的画很绝望。过了好久之后，莫妮卡跟她说了米格尔你跟我们说过的：让她第二天再继续，看看是不是晚上会灵光乍现。所以格洛丽亚收拾东西走了。"

"只剩下你们俩。"

"对，我正忙着上釉，莫妮卡跑这儿跑那儿。你知道她是什么样的。"多洛雷丝跟老师说,"她把所有东西整理好,检查了池子里的板子……总之,她忙了好一阵子。然后她出去了。"

"去哪儿了?"

"她没跟我说。"多洛雷丝回答,"不过她一会儿就又进来了,然后直接走到了最里面。最重要的是,我上完釉边洗刷盘子边大声说:我们俩得想着走了,因为人都走完了。但是莫妮卡没吱声,所以我就过去了。"多洛雷丝指向工作室最里面的几间屋子,"我在库房、机器室、挂衣间都没找到她,我看见办公室的门关着,就想着她应该在这里。我用手背敲敲门,"多洛雷丝边说边做动作,"但没人来,所以我就把门打开。当时这里没开灯,我一开灯,看见莫妮卡就坐在那儿,坐在你椅子上。"

"没开灯?"米格尔·巴斯克斯感到疑惑。

"对。"多洛雷丝流露出跟老师一样的困惑,"莫妮卡吓了一跳。看她那么震惊,我只好跟她道歉。"

"她跟你说了什么?"

"什么都没说。"多洛雷丝回答,"她就坐在那儿,用手掌撑着前额,喘着粗气,就快哭出来的样子。"

办公室里的三个人看向桌子,仿佛莫妮卡·安德拉德就在那儿。

"我问她一切都好吗,她没抬眼,只是点点头,但是看得出来她不好。"多洛雷丝回忆道,"她让我别管她,但我过了一会儿又回来了,看看她需不需要什么。她又说什么都不需要,还让我先走。不过我没听她的。我一直徘徊到九点多,我又探头进来提醒她,如果再不走她要赶不上船了。我提出来陪她到港口,但她还是坚持她没事,让我先走。"

"那您就留下她一个人了?"

多洛雷丝摊摊手。

"我还能怎么办。"

卡尔达斯想起了昂斯海盗号的女水手说过的话。莫妮卡·安德拉德没有像往常一样坐九点半的船回莫阿尼亚,而是乘坐了十点半的最后一班船。马上要启航的时候莫妮卡才上了船,还坐到了船舱最靠里的座位。

"您说莫妮卡状态不好,是指什么?"

多洛雷丝想了一下说:

"我觉得她吓傻了。"

这句回答让卡尔达斯惊异:

"吓傻了?"

"她当时脸上就是听到坏消息之后的表情。"多洛雷丝解释,"我还问她是不是家里人或者什么朋友出事了,但她不想回答。她只是又冲我摆摆手,让我别管她。"

"您确定当时这个工作室里只有她和您?"莱奥·卡尔达斯问。

"万分确定。"多洛雷丝说,"其他人都走了。"

探长今天下午数过,工作室里一共有九位学生。加上米格尔·巴斯克斯是十个人。

"为什么上周四人那么少?"

女学生用头示意了一下陶艺师。

"米格尔当时在里斯本,"她说,"莫妮卡没他的号召力。"

"她来的时间还不长。"陶艺师辩解。接着,多洛雷丝补充说:"不管怎么样吧,反正米格尔不在的时候总是人来得少。"

"是吧。"卡尔达斯若有所思,他注意到桌子上有部略显古老的座机电话,"您记不记得听到莫妮卡在办公室里跟谁说话?"

多洛雷丝摇摇头。"我什么都没听见,"她说,"而且门关着。"

"无论如何,她都不会在这儿打电话,"陶艺师插了一句,"工作室里没信号。石墙,还是地下室……我们打电话得到院子里。"

"确实。"多洛雷丝说。

"那这部座机呢?"

"这是高岭土的。"

"什么的?"

"瓷的。"陶艺师省略了不必要的细节。多洛雷丝则指着陶艺师说:"这是他做的。"

探长停下来欣赏这部电话。从外面看,根本看不出它是假的。甚至落在桌子边缘的电话线也弯曲了一点儿。

"做得真好。"

"谢谢。"陶艺师低声说。

桌子上,电话旁边只有几张纸。探长环顾四周。靠墙的架子上摆放着各种瓶子和其他造型,但卡尔达斯没看到他要找的东西。

"没有电脑吗?"卡尔达斯问。

"台式机没有,"米格尔·巴斯克斯说,"如果需要的话,莫妮卡和我会带笔记本来,不过这儿也没有无线网。这样我们也更清净。"

卡尔达斯翻着他的记录,然后向多洛雷丝再次提起上周四的下午:

"您说莫妮卡把自己关到这里之前正好出去了一趟。"

"对。"

"出去了多久?"

"我不知道,"多洛雷丝回答,"没多久。"

"您有没有注意到她出去的时候拿没拿手机?"

多洛雷丝抬起头看着天花板仔细回忆。

"没。"她过了会儿说。

"她没带还是您没注意?"

"我没注意,"女学生说,"不过莫妮卡习惯把手机装到袍子的口袋里。"

"您还说她回来的时候什么都没说……"

"她没跟我说话就走过去了,"多洛雷丝重申,"就直接来这儿了。"

"那时她状态就不好了吗?"

"我当时正仔细上釉。没注意看她的脸。"

"那您最后是几点走的?"

"九点多。"

"莫妮卡当时平静点儿了吗?"

"她平没平静我不知道,我是不平静。"多洛雷丝说,"第二天我听到课程暂时取消就更慌了。我赶紧给她打电话,想问问她怎么样了。但她手机关机了。我后来联系上了莫妮卡的一个朋友。"

"是埃娃·布阿吗?"

多洛雷丝点点头。

"我跟她说我周四发现莫妮卡有点儿反常,还问了她是不是莫妮卡的家人出什么事了。"

"她怎么回答的?"

"她说应该没有,还问我为什么这么说……但我没吭声。我跟她没那么熟,我也不想让她担心。我是不是做错了?"

"恰恰相反。"卡尔达斯说,虽然他也并不确定。

"我不明白,这些你之前怎么什么都没跟我说。"

米格尔·巴斯克斯满眼责备地看着多洛雷丝嘟囔道。

"米格尔,你就别让我更内疚了。"

探长正要提出另一个问题,这时,有人在办公室外敲门。一位女学生探进头来。

"什么事,玛尔塔?"米格尔·巴斯克斯说,女学生举着被黏土染红的手示意米格尔过去。

他们低声交流了几句，然后陶艺师走到卡尔达斯面前：

"您约了谁吗？"陶艺师问，卡尔达斯点点头。

片刻后，拉斐尔·埃斯特韦斯进来了。

"下午好。"他进门时嘟囔。很明显他心情不太好："我在这附近溜达了半小时了。您就不能开机吗？"

"不能。"卡尔达斯言简意赅。

他并没有向自己的助理解释，这地下室里没有信号。

Recuerdo（回忆）：1. 由过去所说或发生的事情构成的记忆；2. 表达好意而赠送的东西；3. 用于记住某人或某地的物品。

拉斐尔·埃斯特韦斯刚来办公室没多久，多洛雷丝就满脸悔意地出去了。门关上后，卡尔达斯替她向老师求情。

"您别怪她，"卡尔达斯说，"谨慎不是缺点。"

"我知道。"米格尔·巴斯克斯赞同，"但对于这个工作室里发生的事儿，我是负责人。多洛雷丝理应告诉我莫妮卡状态不好。"

"您的学生也不是孩子了。咱们在院子里就聊过。"

陶艺师叹了口气。

"大概您是对的吧。"他这么说更多地是为了结束这个话题，而不是被探长说服了。

拉斐尔·埃斯特韦斯指着办公室里的造型问：

"这都是黏土做的？"

"都是。"米格尔·巴斯克斯回答。

展示架的下层被花盆、瓶子等陶器占据，而其他几层则摆着人物和动物造型、烛台、一只茶壶、一套酒杯、瓷砖、一只折纸船以及一些抽象雕塑……其中一只放大版的黄色台球模型脱颖而出。它比足球还大，看着不像是黏土做的。

陶艺师解释说，他们帮当地一位艺术家用瓷土做十五只美式台球的放大模型，做好后要上一层釉。因为上色时的错误，他们不得不重新做了五号球，就是这只球。米格尔·巴斯克斯把上错色的球保留了起来，也表明那项工作的完成。

"能摸吗？"探长的助理问。

"小心的话可以。"米格尔·巴斯克斯笑着说。

拉斐尔·埃斯特韦斯用手拂过球的表面，然后把手指肚靠在了放在一旁的抹布造型上。虽然看上去像是谁清扫架子时忘在那儿的，但它并没有因为承受手指的压力而变形。架子上层那只船极薄的船体也并不是纸做的。

"几乎都是学生们做的。都是回忆。"米格尔·巴斯克斯评论。

卡尔达斯仔细地看着这些作品。陶艺师们不仅为它们塑形，还要负责勾画金银丝以及装饰场景。卡尔达斯在想，那位螺旋签名大师是否就是陶艺师中的一位。

"陶艺师会签名吗？"

"几乎都签。"米格尔·巴斯克斯说。

"用颜料吗？"

"或者刻在黏土上。"

陶艺师取下那只纸船让莱奥·卡尔达斯看，在船的下部，有人用锋利的工具刻下了一个名字。

"所有人都签自己的名字吗？"

"有的签名字或者名字的首字母，还有的用一个独特的标记……没有一定之规。"

探长翻着笔记本，翻到了《电台巡逻》听众投诉页。

"您熟悉这个签名吗？"卡尔达斯的食指指着他在节目期间画的众多螺旋之一。

"我不记得，"陶艺师说，"是谁的？"

探长并不知道。

"您有印象那个英国人画画吗？"

"我知道他拍照。"

莱奥·卡尔达斯点了点头。他依然认为，莫妮卡·安德拉德家工作室里挂的三张画应该是以照片为原型画的。

"这些有莫妮卡做的吗？"

"那个。"陶艺师指着最上层架子上的一个灰色猫头说。

"我能看看吗？"卡尔达斯问。

陶艺师把小船放回架子上，并请埃斯特韦斯把莫妮卡的作品递给探长。猫头的基座上刻着莫妮卡·安德拉德的姓名首字母。

米格尔·巴斯克斯告诉他们，这个猫头是莫妮卡在这个工作室两年学生生涯的第一年完成的作品。

"她是个好学生吧？"卡尔达斯说，"要不您怎么会让她留下来工作……"

"我见过比莫妮卡手更巧的，"陶艺师不得不说，"还有些人对技术的掌握更好。但这些都可以学。真正复杂的是找到一个懂陶瓷、爱陶瓷又明白怎么感染其他人的人。这是学不来的。"

"明白。"卡尔达斯说着把猫头交给了助理，请他放回最上层的架子上。拉斐尔·埃斯特韦斯摆放时，手背碰到了旁边的另一个作品。

"小心。"米格尔·巴斯克斯提醒道。

卡尔达斯退了一步抬头看。那是个坐在一张长凳上的男人，头上戴着一顶宽檐帽。

米格尔·巴斯克斯解释说，那个作品出自一位年长的陶艺师，他原来也是学院的老师。

"几年前，他就谁都不认识了，"陶艺师说，"他知道自己病了以后，把这个造型给了我，还交给我一张说明，让我在他死后按照说明用他的骨灰给这个作品上色。"

"用他的骨灰？"

"与其放进骨灰盒里，他希望他的骨灰能成为这个造型颜料的一部分。很美不是吗？"

"这可以吗？"探长问。

"为什么不行？"米格尔·巴斯克斯回答，"很多颜料都是从灰烬来的。"

"但人的骨灰……"

"灰就是灰，不管它之前是什么。"

有人敲办公室的门，一位学生请米格尔·巴斯克斯到制作室一趟。

"给我几分钟好吗？"陶艺师道歉道，然后他抓起桌上的一根铅笔，夹在耳朵上出去了。

当办公室里只剩下两位警察的时候，卡尔达斯走到陶艺师的桌边。

"那个船员怎么说的？"他一边端详着那部陶瓷电话一边问助理。

"啥也没说。"埃斯特韦斯说。

"什么都没说？"

"没说。"

探长在听筒内侧找到了米格尔·巴斯克斯的签名——一笔刻上的浅色姓名首字母。他还得继续寻找螺旋签名的所有者。

"但他认出莫妮卡了吗？"

"他说眼熟。"

莱奥·卡尔达斯把电话放回原处。

"那个英国人呢？"

"也眼熟。"

"只是眼熟？"

拉斐尔·埃斯特韦斯点点头。

"但这两个人周五坐船了吗？"

"可能坐了。"

"他没跟你确定？"

埃斯特韦斯哼唧了一声。

"跟我确定？"他回答，"这货连自己是不是水手都确定不了。"

办公室的门突然开了，米格尔·巴斯克斯的抵达致使两人终止了对话。

"我还能帮什么忙吗？"陶艺师问，"我得去工作室了。"

三人穿过制作室，那里的一些学生已经不是卡尔达斯抵达时看到的那些了。他们来到烘房，埃斯特韦斯在一组黏土样品前驻足，这些作品挂在两座大炉窑之间的墙上。

"烧黏土要几摄氏度？"埃斯特韦斯问。

"看情况，"米格尔·巴斯克斯陪两人来到了门口，"粗陶或瓦器，一千摄氏度左右。瓷器要一千两百摄氏度以上。"

卡尔达斯钦佩地吹了声口哨。

"这些炉窑能烧到一千两百摄氏度吗？"

"还能更高，"陶艺师说，"不过我们只要能让陶土变坚硬的温度。如果温度太高，它会变软，然后就熔化了，像火山熔岩一样。"

"明白。"

卡尔达斯把名片递给米格尔·巴斯克斯，而后者也承诺会对莫妮卡的缺勤保持谨慎，此外，一有她的消息就跟探长联系。

"最后一件事，"卡尔达斯请求道，"多洛雷丝提到，莫妮卡上周四去见了个人。我不知道记得对不对。"

卡尔达斯翻着他的记录，但陶艺师帮他补全了信息：

"去见一位制琴师。"

"对对，一位制琴师。您知道我们在哪儿能找到吗？"

又是开口之前，陶艺师先挥挥手，把手臂伸向灰暗的院子那边：

"制琴师是在另一栋楼，在附楼里。"他回答。

Acorde（和弦）：1. 一致的，和谐的；2. 与其他事物和谐或一致地做或说出的事物；3. 三个或更多个音一组，同时发出的和谐的声音。

附楼于 1904 年落成，其教室用于女性教育。这座建筑脚下的地皮位于通向海边的蓬特韦德拉街上，它旁边就是艺术与机械工艺学院主楼的侧立面。虽然两座建筑有各自独立的入口，但在内部由一座深色木制结构的图书馆连接起来。

卡尔达斯和埃斯特韦斯穿过图书馆，按照一位学生的指示，下了楼梯来到了一扇门前。从门里传来车床的嗡嗡声，并透出浓烈的清漆味。墙上的牌子写着："乐器手工制作。"

门后的工作室跟陶艺师们的那个截然不同。这里宽敞明亮，一扇巨大的窗户能让整个空间在白天沐浴在阳光里。天花板被钢结构穿过，以支撑上层礼堂的重量，让这里看起来像个火车站。

工作室紧靠门的区域用于制作手摇风琴。而靠里的区域则用于打造风笛和其他管乐器，卡尔达斯两人之前听到的车床也放在那里。窗户对面的墙边有一张木工工作台，上面有几个工具箱和一些展示乐器和乐队的旧照片。

一个光头男人正在一张桌子上检查一块木制品。卡尔达斯探长走了过去，问他是不是这个工作室的负责人。

"不，我不是。"他说完指了指窗边正在交谈的两个比他年轻的男人。

"哪一个呢？"莱奥·卡尔达斯问。

"两个都是。"对方回答。

教授风笛制作工艺的是卡洛斯·科拉尔，五十岁上下。他个子很高，几乎和埃斯特韦斯一样壮，身穿的黑色 T 恤在腹部绷得紧紧的。卷发、山羊胡和一只耳朵上闪闪发光的耳环使他看起来像个准备登船的海盗。

稍微年轻一点的手摇风琴制琴师身材苗条，肩膀较窄。他身穿一件质朴的白衬衫，袖口上的扣子也整齐地扣着。他叫沙伊梅·里瓦斯，他的形象更接近卡尔达斯对哲学教授的印象，但其实他是细木工、音乐家和调音师的结合体。

"我们能跟两位聊两句吗？"探长问他们。

两位制琴师从卡尔达斯的语调中感受到了接下来谈话的某种严肃性，于是他们一行人一起来到了工作室最里面。制琴师们靠在一张长桌旁，桌上嵌有突出桌面的若干小金属管，风笛的不同木制元素就在那里排列。前面是演奏管、吹管、高音旋管和超高音旋管。后面是还未拼装的旋管。

其中一些由非洲黑木、可可波罗或国王木制成，代替了传统风笛使用的锦熟黄杨木。旁边一张桌上的气囊也不都是牛皮做的了。许多音乐家更喜欢使用新型透气合成材料，这样就不需要经常拆卸乐器来通风。

拉斐尔·埃斯特韦斯看了看在窗边劳作的几位学生。

"他们都想造乐器吗？"他问。

"理论上是，"坦帕湾海盗样子的高个制琴师回答，"他们得学会这门手艺。"

"但最后都会干这个吗？"卡尔达斯的助理穷追不舍。

"不会是所有人。有些人带着明确的爱好来的，他们结束学习后会开设自己的工坊，但还有一些只是来试试。"

"也有人在这儿学习期间会做一件乐器，以后就一件都不再做了。"沙伊梅·里瓦斯补充。

"随便谁都能报名吗？"

"要通过入学考试。但确实谁都能报名。"

埃斯特韦斯点点头，然后他环顾四周，发现桌上摆放的乐器有的已经制作完成，还有的只做了一半。

"两位不是来注册的吧？"高一点的制琴师问。

"不是。"莱奥·卡尔达斯坦言后亮名了警察身份，"几天前您两位有谁见过莫妮卡·安德拉德吗？"

两位老师仿佛第一次听到那个名字一样面面相觑。

"见谁？"

"莫妮卡·安德拉德，"探长重申，"陶艺助教老师。"

"啊，莫妮卡，"沙伊梅转向自己的同事，然后垂下双臂模仿着医生女儿的连衣裙裙摆，"做陶瓷那个。"

"我知道了，知道了。"

"两位见过她吗？"

"几天前我们一块吃过饭。怎么了？"

103

莱奥·卡尔达斯没回答。

"哪天？"他反倒问。

"哪天来着？"科拉尔问。

"差不多三周前？"另一位说。

海盗老师闭上眼，努力地想对衬衣老师的计算进行肯定。

"对，可能是三周。"

但这和陶瓷学徒多洛雷丝跟探长说的对不上。

"上周四两位没见过莫妮卡吗？"

两位制琴师再次疑惑地互看了一眼。

"周四？"

"周四下午。"卡尔达斯给出了确切的时间。

"我不记得见过她。"一个说，"你呢？"

"我也没见她。"另一个说，然后制琴师们告诉两位警察，因为他们的教室不在同一座楼里，他们好几周见不到陶艺师们也不足为奇。

"有的时候我们会在秘书处或者哪个走廊里碰上。"风笛制造师说，"不过我记得上周一次都没见过莫妮卡。"

"上周没有。"另一位确认。

突然，门口响起了手摇风琴声，两位警察扭过头看见一个男人正在演奏。他是学生中最年轻的一位。

"太奇怪了，"卡尔达斯说，"有人刚跟我们说过，上周四莫妮卡从教室那里来了这边，来见诸位中的一个。"

"这里？"

"对，这里。"

"您确定？"

手摇风琴的和弦继续在屋子里回荡。

"莫妮卡本人在离开前跟她的一个学生说的，"卡尔达斯说，"她说要去找一位制琴师聊一会儿。"

"反正不是跟我聊。"

"也不是跟我。"

埃斯特韦斯指着一群学生说："是不是跟这群里的一个？"

卡洛斯·科拉尔摇摇头。

"那我们也应该会看见她，而且，"他看着刚才卡尔达斯的助理说的那群人说，"他们还不是制琴师。"

"会不会是楼上……"白衬衣突然说了半句。

海盗捋了捋山羊胡。

"啊,"他赞同道,"有可能是楼上。"

"楼上?"莱奥·卡尔达斯问。

"制造古琴的工作室在二楼,"一位制琴师边说边指着被钢结构加强件穿过的天花板,"老师叫拉蒙·卡萨尔。他跟莫妮卡关系不错。会不会是去找他了?"

Reconstrucción（重建）：1. 重新建造；2. 对记忆或想法的拼凑或唤起，以完成对事实或事物概念的认识。

    两位警察沿着附楼的金属楼梯爬上二楼的平台。一侧是一座观景平台，从那里能看到主楼教室里的灯光；另一侧有两扇门。其中一扇通向时装和制衣工作室。而另一扇门上，在一块羊皮纸和一把中提琴的小铸件上方，用凸起的字母写着："古乐器制作工作室。"

    这是一间白色墙壁的宽敞房间，天花板上打着石膏线，通过五扇大窗户能看到开始昏暗的街道。屋里摆着几张桌子和若干木工工作台，挂在高处的扬声器放着柔和的旋律，让人放松。

    四男两女正在霓虹灯下工作，只有一个头发卷曲、胡须灰白的男人抬头看了眼刚到的人。

    门口有两把竖琴放在地上。卡尔达斯看到墙上的架子上还有六七把，在更远的一个柜子里，还有其他一些从这里无法辨认出来的小型乐器。

    两人来到一个男人身旁，他正按铅笔标记切割一块木板。

    "您是拉蒙·卡萨尔？"卡尔达斯探长低声问道，他想尽量不破坏工作室的氛围。

    "他是。"男人指着开门时瞥了他们一眼的白胡子男人说。

    当拉蒙·卡萨尔意识到有人找自己时，站起了身。

    "我们能跟您单独聊两句吗？"卡尔达斯问。

    制琴师指着一扇关着的门说：

    "去我的办公室怎么样？"

    拉蒙·卡萨尔的办公室很小。只有一个堆满书的架子和一张桌子，桌上有个放在两个木楔上的弦乐器。尽管有冷空气从半开的窗户外吹进来，这里还是弥漫着浓重的清漆味。

"我刚上了一层漆，"拉蒙·卡萨尔解释道，好像在为桌子没法用道歉，"得一天才能干透。"

"这不是小提琴吧？"莱奥·卡尔达斯问。

"不是，"制琴师回答，"是把维奥尔琴（viola da gamba）。"

卡尔达斯摇了摇头，于是拉蒙·卡萨尔向他解释，维奥尔琴来自中世纪，是夹在两腿间演奏的。

"它名字里的'gamba'是意大利语。"他又说。

埃斯特韦斯用一根手指触摸维奥尔琴琴颈末端的装饰造型。是个女人形象，用与指板相同的木头雕刻而成。

"小提琴的话没这些装饰吧？"

"没，"制琴师回答，"小提琴没有。"

"这是您做的吗？"莱奥·卡尔达斯问，只见拉蒙·卡萨尔耸了耸肩，就像一个恶作剧的孩子被当场捉住。

"别觉得必须是大师，"他抚摸着自己的卷发说，"其实只需要有耐心。"

拉蒙·卡萨尔是个强壮的男人，个头不算太高。他浓密的头发有些蓬乱，上唇和下巴上的灰白胡须也没怎么打理。他说话的时候微微低下头，好用他的蓝色眼睛直接从眼镜玻璃上方往外看。

他原来开始制作风笛和手摇风琴的时候，下巴上的胡须还没怎么长出来。后来，趁圣地亚哥德孔波斯特拉大教堂荣耀门廊的乐器重建，他冒险制作了自己的第一把巴洛克竖琴。为了完善这门手艺，拉蒙·卡萨尔游历了英格兰和意大利，在那里他遇到了其他制琴师，从他们那里学会了制作维奥尔琴、凯尔特竖琴、鲁特琴和其他中世纪乐器。而这间工作室也从二十多年前开始教授这些乐器的制作。

"警察？"制琴师很惊讶，"出什么事了吗？"

"我们在找莫妮卡·安德拉德。您知道是谁吗？"

"当然知道，"拉蒙·卡萨尔回答，"她是陶艺工作室米格尔的助教。"

"她的家人已经好几天没有她的消息了。我们在努力找她。"探长说。

"不过我不知道我能帮什么忙。"

"莫妮卡上周四来找过您，对吗？"

假如莫妮卡真来过，看起来拉蒙·卡萨尔也不记得了。

"找我？"

"上周四下午她没来这儿吗?"

"周四?没来,"制琴师说,"她没过来。"

"好奇怪,"卡尔达斯说,"莫妮卡说她要来找一位制琴师,我们刚才在楼下,他们也说莫妮卡没去过。"

"等一下。"拉蒙·卡萨尔打断了卡尔达斯。

只见制琴师盯着紧密的门,仿佛在寻找什么能确定他想法的东西。

"她来过,"过了一会儿制琴师说,"上周四她来过一趟。"

两位警察对视了一眼。

"您跟她说话了吗?"

"没,我们没说成话。但她来过工作室。"卡尔达斯指着他的背后。

"莫妮卡是不是来找您的哪位学生的?"

"不是,"制琴师回答,"应该是来找我的。"

"应该?"

"我觉得是。"制琴师说完并没有闭上嘴,仿佛这一动作能帮助他更好地回忆,"但她几乎没进来。我当时正在辅导一位学生,她没敲门就进来了,就像您两位之前那样。开门后她跟我挥挥手。我后来再抬头看她的时候,她冲我做了这个手势,"制琴师在空中转了转手,"告诉我她晚点儿再来。"

"但她后来没再来。"

"没,没再来。"制琴师表示肯定。

"您觉得她为什么走了?"

拉蒙·卡萨尔也不知道。

"因为看见我正忙着辅导学生,或者是有人在电话里让她干什么急事。"

"她当时在打电话吗?"

制琴师予以肯定。

"所以我们一句话都没说上。她开开门,在门口用手机打电话,没多会儿就走了。"

"她走的时候还在打电话吗?"

"我记不清了,好像是的。"

"那您确定这是周四的事?"

拉蒙·卡萨尔毫不迟疑,"周四很晚的时候。"

卡尔达斯想起多洛雷丝看到坐在一片漆黑的陶艺办公室的莫妮卡时想到的事。用多洛雷丝的原话来说,"她当时脸上就是听到坏消息之后的表情"。

"您听到莫妮卡在说什么了吗?"卡尔达斯问。

拉蒙·卡萨尔摇摇头。

"这个工作室里大家都轻声细语。"他说,"而且莫妮卡就一直在门口没进来。"

"那您有没有注意到她表情的变化?"

"我不知道我理没理解您的问题。"

"您觉得她有没有突然激动,就像听到意外消息时那样?"

"我不知道……"制琴师迟疑了一下。

"您没注意?"

"确实没注意,"制琴师坦承,"我当时更关注奥斯卡。"

"奥斯卡是谁?"

"莫妮卡进门时正在跟我说话的学生。"

"没准他注意到了莫妮卡。"

"有可能,"制琴师说,"他应该也跟我一样看见了莫妮卡。"

卡尔达斯探长打开办公室的门,扫视着工作室里的学生。

"是哪个?"卡尔达斯问。

拉蒙·卡萨尔指了指一个男人,他扎了个马尾辫,正用刨子刨一块浅色的木头。

"那个,"制琴师说,"扎辫子的那个。"

Examen（考试）：1. 对某人或某物进行仔细观察，以了解其特征、品质或状态；2. 测试，旨在证明一个人对某一学科的掌握或其从事某一活动或担任某一职位的能力。

"周四？"奥斯卡问。

"她到得很晚，当时我正跟你说话。"

"她来工作室了？"

"她开门以后在门口打了招呼，但没进来，"古琴制琴师说，"她就在那儿打了会儿电话，后来就走了。"

"没再进来？"

"没有，但是她跟咱们挥了挥手。"拉蒙·卡萨尔模仿着莫妮卡的手势，"你不记得吗？"

奥斯卡的表情明白无误：他不知道在说谁。

"一个跟你年龄差不多的女人，个子很高，裙摆很长。"拉蒙·卡萨尔坚持解释，边说边用手向下比画着莫妮卡的衣着。

"是这个女人。"探长拿出照片给奥斯卡看。

"就是她，"拉蒙·卡萨尔越过他学生的肩膀看过去，"你想起来了吗？"

"可能吧……"奥斯卡说，不过在卡尔达斯看来，学生这么说只是为了避免与老师发生冲突。

"你记得她吗？"卡尔达斯还是问了。

学生先是看了眼制琴师才回答。

"可能吧。"他又说。

奥斯卡有印象在门口看到了莫妮卡·安德拉德，但是更多的细节就想不起来了。

"不好意思，没帮上忙。"他低声说。

他虽然是看着莱奥·卡尔达斯说的，但他的道歉其实是说给制琴师听的。

"他不记得也不奇怪。"拉蒙·卡萨尔低声说,这时奥斯卡已经又拿起了刨木块的刨子。

"为什么?"莱奥·卡尔达斯问。

拉蒙·卡萨尔把办公室的门掩上后说,那天下午莫妮卡打着电话进来时,他正试图说服奥斯卡再考虑考虑他准备辍学的决定。

"他只上了一个多月的课,"制琴师说,"但哪怕是从一英里外你也能感觉出来,谁是来求学的,谁是来混日子的。"

"不用考试就能入学吗?"埃斯特韦斯问。

"考试并不太严格。我们见过连扁铲和半圆凿都分不出来的。"拉蒙·卡萨尔笑着说,"幸运的是,还有些学生是真的感兴趣。奥斯卡除了兴趣还有耐心、耳朵准、观察力强……"

"那他为什么不想上了?"

"他跟我说是个人问题,但我觉得应该是这个。"拉蒙·卡萨尔用大拇指和食指指肚搓了搓。

"课很贵吗?"拉斐尔·埃斯特韦斯问。

"学院是免费的,"制琴师回答,"但奥斯卡没工作。他不住这边,那交通就是笔开销。最开始几天他试着找份至少上午能干几小时的工作,但这么长时间了情况还是没好转。"

"是啊,"莱奥·卡尔达斯赞同道,"对谁来说情况都不好。"

拉蒙·卡萨尔把门推开了条缝,指了指另一位学生,就是告诉卡尔达斯他们谁是老师的那个最年长的学生。

"那个也不住维戈,"制琴师说,"不过他的情况就不一样了。他住在亲戚家,估计是有好多房间。但奥斯卡嘛……"制琴师遗憾地咂咂嘴,"看看这几天他会不会重新考虑吧。我知道这很难,大部分注册的学生都不是孩子了,但是他没有子女要养,也没有更好的确定选项。他只有想当制琴师的梦。不试试就放弃了很可惜,两位不觉得吗?"

莱奥·卡尔达斯咽了口口水,看着正在桌上等待晾干的维奥尔琴。

"做古乐器的人能挣得多吗?"卡尔达斯问。

拉蒙·卡萨尔就像放气的轮胎一样叹了口气。

"有些人能,有些不能。但这不是最重要的。"

"是吧。"卡尔达斯探长回答,虽然他并不确定自己是不是真的懂了。

Amor（柔）：1. 促使我们去寻求我们认为好的东西或另一个人的幸福的感情；2. 使一个人被另一个人吸引的激情；3. 柔软，轻柔；4. 被爱的人；5. 完成某件作品时的用心。

三人从办公室出来后，停下脚步观察工作室里最年长的那位学生。他几乎已经把画在木板上的造型切割下来了。

拉斐尔·埃斯特韦斯低声问拉蒙·卡萨尔："他在干吗？"

"一朵雕花玫瑰。"制琴师回答。

他看到埃斯特韦斯一脸疑惑，就请两位警察跟随他来到了一扇橱窗前。

"这些是鲁特琴，"制琴师指着玻璃后面展示的两个大肚弦乐器说，"它们没有像吉他一样的音孔，而是面板上刻着镂空雕花玫瑰。需要练习很久才能弹得好。"

"练习，还得手好使。"埃斯特韦斯嘟囔道。

拉蒙·卡萨尔笑了。

"技巧跟耐心和毅力比起来没那么重要。好东西是一点一点做出来的，得慢慢品味。"

鲁特琴前面摆放着几个雕花玫瑰模型，在下一层架子上，有两把比门口的那些小一些的竖琴。拉蒙·卡萨尔告诉他们，其中深色木质、金属琴弦的那把是苏格兰女王玛丽一世竖琴的复制品，是按照他在爱丁堡买到的一些图纸制成的。

橱窗旁边的墙壁上装饰着两幅带有音乐图案的版画，还有一幅斯特拉迪瓦里在他的工作室里准备清漆的版画。

扬声器继续播放着轻柔的音乐，学生们仍沉浸在他们的工作中，对周围发生的一切视而不见。

"您的工作真美妙。"卡尔达斯说。

拉蒙·卡萨尔用手摸了摸他的卷发，点点头。

当拉斐尔·埃斯特韦斯走近一张桌子看上面摆放的不同木头时，古乐器制作老师告诉他，那是二年级的学生做乐器即将使用的材料。

"他们怎么选木头？"卡尔达斯的助理问。

"看和听。"制琴师说。

"看和听木头？"

"懂得怎么选跟懂得怎么用一样重要。你得会分辨好的纹理、会听声音……"制琴师用手指拂过一块浅色木板的表面，"你过来一下。"他低声说，卡尔达斯不确定他这么小声是为了不打扰大家还是为了感受木头说的话，"每块木头都有自己的语言。"

"那这块说的啥？"埃斯特韦斯问。

他声音很大，以至于拉蒙·卡萨尔回头看了眼学生们。他蓝色的眼睛饱含微笑。跟奥斯卡交换过眼神后，他告诉警察们，这块木头要做维奥尔琴的面板。

"像办公室里那个？"

"对，"拉蒙·卡萨尔说，"橱柜里那把也是。"

莱奥·卡尔达斯看向制琴师说的那把维奥尔琴。摆放它的橱窗跟鲁特琴的橱窗很像。泛红的清漆图层突出了木头的纹理，使它看起来十分华丽。很难想象，如此精致的乐器，竟然是从桌子上那块发白的木板而来的。

卡尔达斯在维奥尔琴上寻找着跟办公室里那把正在晒干的琴上一样的雕刻女性造型，但并未找到。取而代之的，是木头本身弯折起来形成的一个螺旋状装饰，就像一只蜗牛。

"为什么这把的一头不像另一把有个女人形象？"

卡尔达斯问。

"这把维奥尔琴是一个学生做的，"制琴师指着橱窗里的那把说，"办公室里的是我做的。我经常会给维奥尔琴做个雕刻女性形象琴头。"

"就像是个人签名？"

"差不多吧。"

"这个螺旋琴头也算签名吗？"卡尔达斯用手指在空中画圈。

"不算。"制琴师微笑道。

"不算？"

"不算。"制琴师重复道，"有时候我们会雕刻形象，但一般都会用这样一个螺旋装饰指板。"

卡尔达斯目不转睛地盯着螺旋看了一会儿，虽然他其实在想另一件事。

"您觉得很奇怪吗？"拉蒙·卡萨尔问。

"什么？"卡尔达斯探长把目光从橱窗移开，但并没回答制琴师的问题，"学院也有绘画工作室对吗？"

"在另一栋楼里，"制琴师指着门那边说，"从平台上能看见。"

拉蒙·卡萨尔陪他们走到门外。门关上后，屋里微弱的音乐声被从其他楼层传来的喧哗声盖了过去。

"这是把小提琴吧？"拉斐尔·埃斯特韦斯指着门上挂着的一个木头外观的乐器问。

拉蒙·卡萨尔摇摇头。

"不是。"他说，"是把柔音中提琴。"

然后制琴师走近走廊，指了指旁边那座楼的石墙上比平台稍低的几扇窗户。

"那就是绘画教室。"

卡尔达斯走到窗边。虽然从这个高度应该能看到教室的全部，但里面被几条白色窗帘遮住了。

"两位得沿着楼梯下去，穿过图书馆走到主楼，再爬到二楼。"

"这两栋楼只在图书馆那儿连着吗？"

"只通过图书馆。"制琴师重复道。

莱奥·卡尔达斯看看绘画教室的窗户，问道：

"您知道教绘画的先生叫什么吗？"

"是位女老师，叫埃尔薇拉。也是个好姑娘，就像莫妮卡一样。"制琴师说完停顿了一下，接着又说，"两位觉得莫妮卡可能在哪儿？"

"看起来像是跟谁一起离开了。"

"但两位觉得她还好吗？"制琴师问。虽然他们已经不在工作室里了，但制琴师还是低声细语。

探长的手势跟他的回答一样模棱两可。

"我们希望她很好。"

拉蒙·卡萨尔跟他们握了握手。

"这样，如果两位还需要什么，随时来找我。我每天都在这里面。"他指着门说，"每天下午吧。我上午要工作。"

探长卡尔达斯想：什么工作能和他古乐器制作教师的职业相结合呢？

"您上午做什么工作？"

"制作巴洛克乐器。"

"那跟下午一样。"

"不，"拉蒙·卡萨尔纠正道，"下午我教其他人做。"

Intimidad（隐私）：1. 非常密切的友谊和信任关系；2. 一个人最深的感情和信念；3. 仅影响个人并被认为不应被外界观察到的事物。

"您现在要去绘画班吗？"埃斯特韦斯边跟着探长下楼梯边问。

"对。"

"您还想着莫妮卡家工作室里的那几幅肖像？"

卡尔达斯耸耸肩。

"像那样的画不是一下就能画出来的。是会画画的人画的，但是莫妮卡的邻居和她父亲都不知道这人是谁。"

"那这又跟莫妮卡出走有啥关系？"

"我不清楚有没有关系，"卡尔达斯承认，"但咱们已经来了，看一眼也没什么损失。"

他们穿过图书馆，然后沿着一座先是石制后是浅色木制的楼梯向上爬。

"不过你如果不想进可以不进。"

抵达二楼后莱奥·卡尔达斯说。

"不不。我不在乎每天下午都待在这么个地儿，"埃斯特韦斯说，"我只是觉得咱们在这儿找莫妮卡是白费功夫。"

卡尔达斯敲了敲绘画教室的门，一个五十岁左右的女人立马开了门。她的包挂在肩上，大衣搭在胳膊上。

"您好？"

"您是埃尔薇拉吗？"

女人摇摇头，转身看向围成一圈站在画架前的一群人。

"两位等一下，我去叫她。"说完她走向那群人。

绘画教室十分宽敞，天花板很高，铺设地板的松木是加西亚·巴尔翁开设学院前请人从古巴带来的。除了卡尔达斯从古乐器制作室那边看到的四扇窗外，另一面墙上还开了一扇更大的窗户。在对面半掩着屏风的地方，卡尔达斯看到一座气势磅礴的石制壁炉，墙壁光滑，但没有烟灰。

整个房间里到处都是画板和可供坐下画画的画凳，一张桌子上摆放着若干杯子和瓶子、一个装有干花的花瓶和其他构成静物的物品。

门旁镶板的墙壁上挂满了装裱好的画。卡尔达斯从一个签名跳到另一个签名，寻找着螺旋，并未留意画上的图案。

"有个男的裸着。"埃斯特韦斯指着那群学生说。

卡尔达斯停下来。

"我没看见啊。"

"我也没，"他的助理承认，"但您看他们画的。"

虽然围成一圈的学生挡住了中间，但每个画架的画上确实都是一个赤裸的男人正面朝下躺着。

"所以他们拉上了窗帘，"探长说出了心理活动，"要有隐私。"

"要是他不在乎这些人，在两步远的地儿扒光躺着，我觉得他也不介意有人从另一个楼的窗户看见他。"

"这不是一码事。"卡尔达斯说。

"现在这个更糟。"埃斯特韦斯补充道。

背着斜挎包的女人又走了过来。

"埃尔薇拉这就来。"她说完就走了。

趁着等待老师过来，卡尔达斯继续检查画上的签名。他找不到那个螺旋签名，于是看着墙上挂的几幅版画打发时间。在一幅奥托·迪克斯的肖像画上面，有一幅米莱《奥菲莉娅》的复制品。探长紧紧地盯着画上溺水前的那个女孩。她浮在水面上的连衣裙那么长，就跟认识莫妮卡的人在描述医生的女儿时提到的裙子一样。

"两位找我吗？"背后传来一个声音。

卡尔达斯一转身，看到面前是一位比他个子稍低、或许也比他年轻几岁的女人。她穿着一件不太厚的灰色毛衣，一条彩色条纹的裤子。与肩齐的头发垂在长长的脖颈两侧。她的眼睛与头发一样黑，鼻梁有点儿弯，嘴很大。她的名字如闪电般出现在了探长的脑海中。

"你是埃尔薇拉·奥特罗？"卡尔达斯问，当然，其实他并不需要女人的确认，"我是莱奥·卡尔达斯。"

"看出来了。"埃尔薇拉回答，她微笑时脸颊上出现了深深的酒窝。

"两位认识？"埃斯特韦斯打断了他们。

"认识很久了。"埃尔薇拉仍然盯着探长说。

"拉斐尔是我的同事,"卡尔达斯介绍说,"我们在警察局工作。"

"我知道,"埃尔薇拉回答,"我在广播里听到过你几次。"

卡尔达斯探长在衣兜里找着烟盒。即使不能在学院里吸烟,这种触感也能让他感到宽慰。

此时,学生们开始收拾画架,他们的一阵交头接耳打破了此前教室的安静。

"抱歉打扰你们上课了。"

"一点儿也没打扰,"埃尔薇拉说,"有模特的时候我们都会早一点下课。"

然后她静静地看着探长,等待后者告诉她是什么事情把两位警察带到了她的工作室。卡尔达斯决定直奔主题:

"我们在找一个用螺旋签名的画家。"

"用螺旋?"

"就像这样。"卡尔达斯给她看自己的笔记本,"你认识谁这样签名吗?"

埃尔薇拉观察了一阵探长手里的标识,然后摇了摇头。

"我没印象见过。"她说,"你们为什么找这个人?"

卡尔达斯正要解释,突然被拉斐尔·埃斯特韦斯打断。

"我的天!"阿拉贡人越过探长的肩膀往后看。

卡尔达斯转过身去。刚才在台子上躺着的模特正光着身子走向屏风。

"怎么了,拉斐尔?"探长问。

"没事没事。"埃斯特韦斯说。

当卡尔达斯转头看埃尔薇拉时,发现这位绘画老师的脸上现出了酒窝,就仿佛她知道探长助理吃惊的原因似的。

埃尔薇拉·奥特罗的学生开始交谈着离开教室。

"您介意我趁着大家离开这会儿到处瞅瞅吗?"

埃斯特韦斯问。

"当然不介意,"埃尔薇拉回答,当卡尔达斯的助理走远几步去观赏一幅画时,埃尔薇拉趁机小声说,"莱奥啊,咱们多久没见了?"

"不知道。"卡尔达斯撒谎。

"二十年?"

"差不多。"卡尔达斯说完又补充道,"你变了一点。"

埃尔薇拉·奥特罗回以微笑。

"我现在不扎麻花辫了,"她说,"不过我还画画。"

"当年就看得出来你不会放弃。"

"而你现在是个警察……"

卡尔达斯点点头。

"我从来没想过。"埃尔薇拉说。

"我也没有。"卡尔达斯承认。

他本想再说些什么,但看到埃斯特韦斯回来了就闭了嘴。

最后一位学生刚出去关上了门。

"没人了吧?"

"就还有路易斯。"埃尔薇拉说。

"谁?"

"路易斯是模特,"老师指着被烟囱占据的教室一侧解释道,"他还在屏风后面穿衣服。"

他们说的这个男孩没多久就走出来了,背着一个书包向门口走去。他大约二十岁,穿上衣服显得更瘦一些。埃尔薇拉说,他是工程学院的学生。

"这样他能挣些钱支付开销。就像其他学生给更小的学生上私教课。"

探长正想评论两句,但被阿拉贡人抢了先:

"他去工程学院就是浪费时间,"埃斯特韦斯说,"去演情色电影能挣更多。"

女老师笑了,接着她问莱奥·卡尔达斯,为什么对螺旋签名如此感兴趣。

"我们正在调查一个女人的失踪,在她家有几幅画上有那个签名。"

"但我不知道那是谁的。"

"有可能是在这儿上学的,或者之前的学生。"

"为什么?"

"因为那几幅画画得特别好。"

埃尔薇拉听到这句恭维后脸上又出现了酒窝。

"应该不全是因为这个吧。"

"不全是,"探长坦承,"也因为失踪的女人在这所学院工作。"

埃尔薇拉·奥特罗盯着卡尔达斯的眼睛:

"在这里?"

莱奥·卡尔达斯点了点头。

"她叫莫妮卡·安德拉德。你认识她吗?"

"当然认识,她是陶艺师。"埃尔薇拉脸色沉重地回答,"她出什么事了?"

"我们觉得她只是出去几天,"探长说,"但她家人很担心,希望我们能查清楚，以防万一。"

"你们做得对。"埃尔薇拉评论道，接着她请两位警察帮她取下来六个大夹子。

"最近六年在这里学习过的学生都留了张画在这里。不过我不记得有那个签名。"

"所有的都有签名吗？"

"都签了，而且背后还都有学生的名字。"

三人分工合作，一张一张地仔细检查每幅画。但并未看到他们想找的签名。

"你介意我们看看再之前几年的画吗？"莱奥·卡尔达斯请求埃尔薇拉。

"之前是另一位老师，"埃尔薇拉说，"他们当时还不保存作品。"

探长递给她一张名片。

"上面有我的电话。"卡尔达斯指了指，"你如果想起来螺旋签名是谁的，可以告诉我一下吗？"

埃尔薇拉·奥特罗说她一定会这么做。

"我没有名片，"她说，"但你如果哪天想看我，就来我工作的地方找我吧。"

卡尔达斯看看空无一人的工作室。

"这地方不错。"

"对，是不错。"埃尔薇拉也同意，随后她问，"你父亲怎么样？"

"老样子，"莱奥·卡尔达斯笑笑，"相当好。"

"还酿葡萄酒吗？"

"是，还在酿。"

"人很难违背自己的心愿哪。"

"看样子是很难。你父母呢？"

"我父亲几个月前心脏病发作了。"埃尔薇拉对他说。

"抱歉啊，我不知道。"卡尔达斯说，"他现在怎么样？"

女老师脸上的酒窝消失了。

"他没挺过来。"

两位警察沿着楼梯往下走向学院的大门，卡尔达斯掏出手机，他的助理走到了前面。

"您要打给局长吗？"埃斯特韦斯问。他发现探长在楼梯上的脚步声不见了，就又爬上来找卡尔达斯。

"对，你先往外走。"卡尔达斯说，但其实他并没有打给局长。

他打了两次都没人接，就在语音信箱里留言：

"爸，是我，莱奥。你有空的时候打给我好吗？"接着他一步两层台阶地往下走，急匆匆走到街上。他需要抽根烟。

Gastar（态度）：1. 使某物因使用而老化；2. 把钱用在某事上；3. 消耗；4. 某人习惯性地持有某种态度；5. 使用或拥有。

莱奥·卡尔达斯走出艺术与机械工艺学院的时候，感觉到天凉了下来。之前在学院门口人行道上乞讨的那个乞丐仍然坐在布艺椅子上，旁边是那辆塞满了废物的超市小推车。那条狗也仍然趴在他脚边。

"所以是去找螺旋，"埃斯特韦斯说，"您就想不到更好的借口了？"

"我不懂你在说什么。"卡尔达斯回答。这时，乞丐的狗突然冲探长助理叫了起来，卡尔达斯吓了一跳。

"我就说之前干嘛千辛万苦非要去画画教室呢。"阿拉贡人并未理会那条狗。

"你愿意怎么想就怎么想。"

"您想让我觉得，您不知道这个女人在这儿工作？"

"我没想让你怎么样。"卡尔达斯边说边往后退，因为他看见那条狗已经后腿着地立起了身子，把拴在小推车上的链子绷得很紧。

"蒂穆尔，冷静。"乞丐用嘶哑的声音喃喃道。那条狗开始在吠声之间穿插呜咽声，卡尔达斯不知道它是打算攻击埃斯特韦斯，还是只是想被放开，这样它就能逃离埃斯特韦斯了。

"你对这条又干了什么？"卡尔达斯问他的助理。

埃斯特韦斯耸耸肩。

"来来来，咱们快走。"莱奥·卡尔达斯提议远离那只动物。

"您怎么认识画画老师的？"埃斯特韦斯不肯放弃。犬吠声逐渐平息，但埃斯特韦斯找到了他的那块"骨头"，不准备轻易放口。

探长吸了口烟。他不愿意在与埃斯特韦斯的谈话中卷入私人事物，但是他知道自己助理的一贯态度。他会不断重复同一个问题，直到得到答案。

"有一年夏天我给她单独辅导功课。"探长承认。

"您?"埃斯特韦斯不相信地问,"什么功课?"

"我不记得了。太久之前了。"

"是当学生的时候挣点儿小钱吗?"

卡尔达斯点点头。

"每个人都得找挣钱的门道,是吧探长?有的教教课,有的脱光了摆姿势。"

两人正准备离开,探长忽然看到两位年轻女学生走出学院大门,她们本要就此道别,但后来还是一起走了。

卡尔达斯想起,上周四,多洛雷丝也提出来要陪莫妮卡·安德拉德去港口。但因为医生女儿的坚持,最终多洛雷丝先走了,留莫妮卡一人坐在办公室里。

"咱回警局?"拉斐尔·埃斯特韦斯问。

"稍等一下。"探长目送着两个女孩儿在人行道上越走越远。

埃斯特韦斯朝那儿看了看,想找到吸引他上司注意的是什么。看起来一切正常。

"怎么了,探长?"

"没什么。"莱奥·卡尔达斯喃喃道。

"还在想那个女人?"埃斯特韦斯说。

卡尔达斯点点头。

"那就再上去请她喝一杯呗?"助理建议。

探长用看到双头怪似的惊异眼神看了看他。

"我想的是莫妮卡·安德拉德。"

"啊,莫妮卡呀。那我能问下您想的啥吗?"

卡尔达斯停了一会才告诉他:

"上周四晚上九点多的时候,莫妮卡一个人在办公室里,但她直到十点半才坐船回莫阿尼亚。"卡尔达斯说,"从这儿到港口需要多久?"

"十分钟吧,或者再多点儿。"埃斯特韦斯估摸着。

"差不多。"

埃斯特韦斯不清楚探长想得出什么结论。

"然后呢?"

"我在想,莫妮卡是一直待在学院还是去了其他地方。"

"您要怎么查呢?"

"你在这儿等我一下。"卡尔达斯说完又进了学院的门。

大厅里一扇开着的门上有个牌子,上面写着:秘书处。卡尔达斯看到里面一男一女坐在一张长长的桌子后面，全神贯注地盯着几台电脑的屏幕。

卡尔达斯问他们看守大门的是谁，但女人摇了摇头。没人负责看门。

"没有门卫吗？"

"有勤务员，"女人解释，"不过他们不会盯着大门。"

"也没有监控摄像头？"

"有，门口和图书馆有。看见了吗？"女人让卡尔达斯看显示器，上面一块一块的地图像是不同的内部视图。

"我能看一下上周四的录像吗？"

女人扭头看她的同事：

"没有录像。"男人说，"摄像头只是帮我们更好地控制情况。"

"您确定？"

"非常确定。"

卡尔达斯咂咂嘴。

"好吧。"他喃喃道，"我在哪儿能找到一位勤务呢？我想知道，上周四下课以后，晚上九点到十点一刻之间，是不是有人看到过一个人从这里离开。"

"我可以叫他们来，"女人拿起电话，"不过我得先跟您说，我觉得他们说不出什么，因为他们跟我们一样，九点下班。"

男人从电脑屏幕上抬起目光。

"您去问问拿破仑，"他提议，"他一般走得更晚。"

"问谁？"卡尔达斯问。

女人指着朝向街道的窗户。

"那外面是不是有个人坐在那儿？"她问。

卡尔达斯只看见了那个流浪汉。

"他还有条狗？"卡尔达斯问。

"就是他，"男人回答，"他叫拿破仑。他是我们这儿最接近门卫的人了。"

探长不是很信服。

"他会注意谁进谁出吗？"

"他的眼就跟猫头鹰的一样，"男人回答，接着他狡黠地看看探长，"您有硬币吗？"

莱奥·卡尔达斯拍拍口袋。

"有几个。"他说。

Clase（课）：1. 具有共同特征的元素组；2. 在社会中拥有相似条件、兴趣和生活环境的人；3. 细化，区别；4. 教授一堂课的场次；5. 教务机构的房间。

"您的朋友是人类吗？"乞丐一边抚摸着狗的后背进行安抚一边问。

拉斐尔·埃斯特韦斯正迈开大步沿着人行道走远。是探长之前建议他这么做的。

"我觉得是，"探长答道，"不过他跟狗处不来。"

"看出来了，蒂穆尔从没这样过。"乞丐为狗刚才大闹一场进行辩解，"这牌子只是为了让大家别来翻我小车。"

他说的牌子是固定在超市推车栏杆上的一块硬纸板。上面用粗记号笔写着两个单词："CAVE CANEM"。

"意思是当心有狗。"

"哦。"

"是拉丁语。"乞丐进一步解释。卡尔达斯又看了一遍牌子。

"您是警察对吗？"莱奥·卡尔达斯点了点头。

"那您是拿破仑吗？"

"Fama volat。"乞丐回答。

他看上去大概七十岁，深沉的声音从他浓密的灰色胡须中传出来。

"如果您不喜欢，我可以用别的方式称呼您……"探长提议。

"您觉得用'拿破仑'对像我这样的人不合适？"

流浪汉把一只手举到胸前问道。

卡尔达斯笑了笑。

"恰恰相反，"他说，"我觉得非常恰当。"

眼前的男人从椅子上站起身，蒂穆尔在他腿上蹭了蹭。

"要不要请我抽根烟？"

卡尔达斯把烟盒递给他。

"随便拿。"

"谢谢。"拿破仑说,"您有火吗?"

乞丐递还了烟盒。他只拿了一根。

"您一直在这儿休息吗?"

拿破仑吐出一口烟,他看着烟雾十分满意。

"基本上是。"他表示确定。

"上周四您在吗?"

"我等会儿就告诉您。"拿破仑说,"但您介意往旁边挪一下吗?"

"什么?"

"您可以站这儿,"他指了指,"站那儿的话挡住我的盒子了,我可是来讨生活的。"

莱奥·卡尔达斯看了看放在地上的易拉罐,里面也就三四个硬币。

"以前这个时候会满得装不下,但是我的捐助者日益减少,"拿破仑低声说,"就像奥古斯都在临终前说的:Acta est fabula。"

"意思是……"卡尔达斯说。

"意思是故事即将结束。"

探长挪到了流浪汉指给他的位置,把易拉罐和行人之间的空间空了出来。

"我刚才在问您上周四的事。您很晚才从这儿走吗?"

"您想知道什么?"

卡尔达斯拿出莫妮卡·安德拉德的照片。

"您认识她吗?"卡尔达斯问。

拿破仑看了眼照片。

"是莫妮卡,一位陶艺师。"他说,"我不知道她还有只猫。"

卡尔达斯看了看女主人怀抱里正看向镜头的那只灰猫。

"我好几天没见到她了。"流浪汉说。

"从哪天起?"卡尔达斯想确认自己能否信任对方的记忆。

拿破仑几乎脱口而出:

"从上周四以后。"

"您看见她回家了?"

拿破仑点点头。

"那您记得大概是几点吗?"

"当时已经过十点了,"流浪汉说,"差不多十点二十的样子。"

"您确定？"

流浪汉又点点头。

"当时我的女友们已经上床睡觉了，我也正开始收拾东西。"

"您的女友们？"探长微笑道。

"她们就在对面，"拿破仑指着路对面说，"在二楼。"

卡尔达斯看到了街道另一侧的那栋楼。二楼的窗前有两位老妇人。

当流浪汉抬手打招呼时，她们也冲他热情地挥了挥手。

"她们总是十点撤。"

"您说上周四莫妮卡出来的时候她们俩已经进去了？"

"是。"流浪汉用播音员的嗓音喃喃道，同时他盯着香烟，也用目光细细品味着。

"您注意到她了？"

"很难不注意，"流浪汉说，"她是个高个女人，而且总穿维斯塔贞女那样的长裙。"

假如卡尔达斯曾经知道过什么是维斯塔贞女，那他现在显然不记得了。

"她比往常出来得晚，而且几乎是跑着离开的。"流浪汉回忆道，"应该是很着急。"

探长点点头。之前的女水手提到过，莫妮卡登船的时候他们已经开始松开船的绳索了。卡尔达斯本想问莫妮卡当时是不是一个人，但此时，一个留着小胡子、戴着金属框眼镜的男人走过来把一枚硬币扔进了易拉罐里，于是卡尔达斯没说话。男人跟乞丐交谈了几句，然后给了狗一些零食才走进了学院。

"爱德华多也是位老师，"之后拿破仑解释，"他是金银匠。一位艺术家。"

"莫妮卡也经常跟您聊几句吗？"

莱奥·卡尔达斯问。

"她不是对钱箱最大的贡献者之一，但她每天都跟我打招呼。"流浪汉说，"聊天嘛，她不怎么聊。但我喜欢她。她的笑容里没有怜悯或怨恨，也没有恐惧、没有厌恶。我觉得就算我提着公文包打着领带，她的笑容也不会变。"

卡尔达斯咽了口口水，流浪汉接着说：

"蒂穆尔也喜欢她，对吧？"他看着自己的狗说，"我们希望她没出什么事。"

"我们希望。"卡尔达斯重复了一遍，"上周四她跟您道别了吗？"

"她那么着急，我觉得根本没看见我。"拿破仑说。

探长指向港口方向。

"她是朝那儿去的，对吗？"

"对，就像平常一样。"流浪汉说。

"她一个人？"

"对，她一个人。"

"您看到她的脸了吗？"

"没有。"

"您觉得她看起来状态好吗？"

流浪汉耸耸肩。

"我觉得她很着急。"

"我知道。"莱奥·卡尔达斯嘟囔道，然后他递过去那包香烟，"再拿一根一会儿抽。"

拿破仑感谢了他，装好了一支烟。

"咱们改天下午见。"卡尔达斯跟他道了别，接着抬头看对面的楼。拿破仑的女友们还在窗边。

"您欠我两枚硬币。"流浪汉嘟囔。

卡尔达斯在口袋里摸索。

"两个多少钱的硬币？"

"两枚硬币，"他用低沉的声音重复，"您觉得合适就行。"

"因为您提供的信息吗？"

拿破仑摇摇头。

"信息是免费的，但两个句子是两枚硬币。"

他说道，等到探长把硬币放进易拉罐以后他说："拉丁文课我一直都收费。"

Registro（登记）：1. 注册行为；2. 记录某些相关事件的文件，特别在必须被正式记录的情况下；3. 不想遗忘的事实或事物的书面关系；4. 处理和保存公共文件的办公室；5. 可以由声音或乐器发出的音符。

卡尔达斯沿着科隆街向下走，一直来到了阿拉梅达公园，在他经过电台大门的时候抬头看了看。窗户里透着光，卡尔达斯能想象得到，狂妄的圣地亚哥·洛萨达正坐在麦克风前，操着厚重的嗓音播音。卡尔达斯穿过公园继续向前，来到了路易斯·塔沃阿达街。埃斯特韦斯正站在警察局门口跟值班警察聊天。

莱奥·卡尔达斯看看表。

"你这就要走？"卡尔达斯问。

埃斯特韦斯摇摇头。

"我在等您，想着万一您还需要什么。"

"克拉拉还在里面吗？"

"她也在等您。"助理说，"局长可问了好多遍您在哪儿了。您不是在学院给他打过电话了吗？"

卡尔达斯探长做了个模棱两可的手势。

"你能来趟我的办公室吗？"之后卡尔达斯说。他的助理跟在他身后，但埃斯特韦斯预感到，这趟过去时间不会短。

卡尔达斯打开灯，把外套挂在黑色沙发椅的椅背上，然后把笔记本和莫妮卡·安德拉德的照片放在了桌上。接着他坐下来。

"乞丐跟您说的啥？"埃斯特韦斯问。

"上周四莫妮卡十点多离开的，这样看，她没有见其他人的时间。她得直接去赶船。"卡尔达斯小结道。

"她爸给局长打了好几次电话。我不知道他想让咱们干什么。"

"就现在而言，咱们要向法官申请授权，查看莫妮卡手机上的通话记录。"

"做这干吗？"埃斯特韦斯问。

"什么叫做这干吗？"

"就算咱们跪着求法官，她也不会给咱们授权。"

"总得试试。"卡尔达斯说，"你写一下公文吧？"

"这是命令还是我有的选？"

"拉斐尔，你别跟我逗好吗？赶快写，写好了给我带过来，你就能回家了。"

"那我能怎么写原因，"埃斯特韦斯哼唧道，"写因为莫妮卡的父亲十分紧张？"

莱奥·卡尔达斯叹了口气。

"你知道该怎么写。"

"我当然知道：就是有个成年女性，膝下只有只猫，她带着猫跟男同伴去海边散步了，有人看到她当时是骑自行车去坐船的，现在她家一切正常，没有任何事先举报或威胁让我们怀疑有人实施了犯罪。"埃斯特韦斯一边罗列着论点一边拿出一只手数着，"要不要我提前告诉您法官读完以后的反应？"

"你什么也别告诉我。你就写清楚这个女孩已经失踪五天了，批不批咱们到时候再看。"莱奥·卡尔达斯说，然后开始聚精会神地看笔记本上的记录。当他发觉拉斐尔·埃斯特韦斯还在那儿时，抬起了头。他的助理仍站在桌子另一边，直直地盯着他一言不发。

"我知道很晚了，"卡尔达斯站在他助理的角度说，"但是你越早把这事儿干完……"

埃斯特韦斯打断了他。

"我不是懒，探长，您知道我啥样。"

"那是为什么？"

"干一个我提前就知道没用的事我很不喜欢。这女孩跟那个英国人在一块儿，一知道咱们在找她就会现身。"

"可能。"探长承认。

"那为啥不再等两天？"

"打扰了吗？"克拉拉·巴尔西亚从办公室的门口探出头。

"没有，请进。"卡尔达斯说。

"您见过局长了吗？"

"还没，"卡尔达斯坦白，"你能关上门吗？"

克拉拉·巴尔西亚照做了，然后低声说：

"局长跟那个女孩的父亲什么关系？"

"医生给局长老婆做过手术,"探长解释,"看起来局长有笔人情债要还。"

"而且对方家很有钱,是吧?"

卡尔达斯点点头。

"医生自己家本来就不错,而且他还娶了西斯托·费若的女儿。"

"那个企业家吗?"女探员问,探长点点头。

"就是失踪女孩的姥爷。"

克拉拉·巴尔西亚扬起了眉毛。

"有人曾经想绑架他。他假装心脏病才逃过一劫。"

"真的吗?"埃斯特韦斯很惊诧。

卡尔达斯点点头:

"那帮人在他家门口举着枪走到他面前,他的反应是把手捂在胸前,用喘不上气的声音跟他们说,赶快通知他妻子给他拿硝酸甘油。那几个男的就跑了,留企业家在地上抽搐。"

"整个儿都是演戏?"阿拉贡人问道。

"整个儿。"莱奥·卡尔达斯笑了。

"你觉得会不会是有人扣留了莫妮卡索要赎金?"克拉拉·巴尔西亚问。

探长卡尔达斯摇摇头。

"看着不像。有人看见莫妮卡周五早上离开的家。她把自行车锁在了港口的栏杆上,而且今天下午过来的水手也说有印象在船上看见了她,对吗?"

"对,他有印象。"

"那莫妮卡跟英国人一起坐的船吗?"克拉拉·巴尔西亚问。

"水手不确定,但有可能。"

"好吧,一切迹象都表明莫妮卡主动走了。仅此而已。"克拉拉总结道。

"只差知道去哪儿了。"埃斯特韦斯说。

"你后来联系上圣地亚哥机场了吗?"卡尔达斯问。

"还联系上了拉科鲁尼亚机场。"克拉拉回答,"无论是莫妮卡·安德拉德还是沃尔特·科普,最近几天都没从加利西亚飞走。"

"你之前还跟我说,也没有任何一家酒店的登记里有。"

"酒店没有,露营地也没有。"克拉拉说,然后指着莫妮卡·安德拉德的照片说,"我还派巡逻队带着这张照片的复印件去了火车站和汽车站。但没人记得见过她。"

"有人见过英国人吗,沃尔特·科普?"

"我没找到照片,但如果没人对莫妮卡有印象……"

129

"确实。"卡尔达斯说,"你知道英国人是摄影发烧友吗?"

克拉拉·巴尔西亚之前就发现了:

"他有个相当漂亮的网站。"

"你看了吗?"

"我扫了一眼。"克拉拉这么说,但卡尔达斯知道应该不只是扫了一眼。

"然后呢?"

"几乎都是动物照片。大部分是海鸟。"

"你查到关于他的什么了吗?"

"查到一些。"克拉拉轻描淡写地说,"我知道他定居河口对岸之前住在维戈。他当时从英国过来,是为了去欧洲渔业控制局。他是海洋生物学家,"克拉拉补充了一句,"他退休以后,就在两年前,搬去莫阿尼亚住了,并没有回英国。"

"还有什么?"

"他离婚了,他的女儿在伦敦当医生。"

卡尔达斯和埃斯特韦斯疑惑地对视了一眼。

"所有这些你上哪儿知道的?"

"我在控制局有个朋友。我知道沃尔特·科普在那儿工作过以后,给我朋友打了个电话。"克拉拉解释道,"沃尔特曾经是她的上级。她说沃尔特很搞笑。"

"如果所有人都这么说,那应该就是了。"克拉拉·巴尔西亚又指了指照片。

"这只猫是莫妮卡的吗?"

"没错,"埃斯特韦斯说,"叫迪米特里。"

"但是猫在家吗?"克拉拉问,卡尔达斯听后笑了,他在想:克拉拉可不光是注重细节,她嗅觉灵敏。

"我们没找到它。"探长回答。

"肯定是莫妮卡带走了。"阿拉贡人指出。

"那最好。"巴尔西亚探员说。

"我不觉得它被带走了。"卡尔达斯不同意。

"但猫没在家啊。"埃斯特韦斯反驳。

"但它有可能在其他什么地方。"探长说,接着他告诉克拉拉,莫妮卡家里有一扇供猫进出院子的窗户,"另外,碗里还放着水和食物。如果还有人在喂猫,那它就应该还在附近,对吧?"

埃斯特韦斯耸耸肩,他并不同意。

"谁在喂猫?"克拉拉·巴尔西亚问。

"我们知道就好了。"卡尔达斯回答,"一般替莫妮卡照顾猫的邻居这次连莫妮卡要离开都不知道。"

"但喂猫的人肯定知道。"克拉拉说。

卡尔达斯点点头：

"我也觉得。"

"那你们准备怎么办？"克拉拉沉默片刻后问，"你们要去找媒体吗？"

"安德拉德医生不想惊动他们。"

"但那样的话，他的女儿用不了多久就能知道我们在找她。"

"我知道，"卡尔达斯说，"但医生不想。"

"那怎么办？"

"拉斐正要给法官写份申请，看看我们能不能查看她手机里的内容。"

"法官不会授权的，"埃斯特韦斯坚持，"而且就算授权了，也没啥用。"

"我觉得会有用，"莱奥·卡尔达斯说完告诉他们，一位学陶艺的女学生是怎么发现莫妮卡·安德拉德坐在漆黑的办公室里的。

"没开灯？"埃斯特韦斯很惊诧，他之前并没有听到多洛雷丝在陶艺工作室里的讲述。

"对。"探长说。

"哪天的事？"克拉拉·巴尔西亚问。

"上周四很晚的时候。"卡尔达斯回答，"告诉我的女学生很肯定莫妮卡是刚听到了什么坏消息。"

"坏消息，什么类型的？"

探长也没有答案。

"这是那个女学生自己做出的判断。但她没从莫妮卡嘴里问出什么。"

接着探长告诉他们，那天下午陶艺工作室里就只剩下莫妮卡和女学生两个人，而陶艺教室所在的地下室既没有固定电话又没有电脑，也没有手机信号。

"您之前怎么没告诉我没信号？"埃斯特韦斯问。

卡尔达斯的手势不清不楚，继续说道：

"莫妮卡把自己关进办公室之前出去过两趟。第一次是去找一位制琴师，"卡尔达斯说，"但没说上话。她在制琴师的门口打了会儿电话就走了。"

"这是上周四的事？"克拉拉·巴尔西亚问。

"对，上周四下午。"探长重复道，"之后莫妮卡就坐船回家了。第二天一早她就出门了，把自行车锁在码头，然后就消失了。"

"她带手机了吗？"克拉拉问。

"她手机关机好几天了。"

"太可惜了。"克拉拉说,"不过如果法官授权的话,咱们至少能知道她关机的时候在哪儿。"

"没错。"卡尔达斯赞同,"不过我最想知道的是,她那天下午跟谁打的电话,又是什么事让她的反应这么奇怪。"

"肯定是英国人打的,"埃斯特韦斯说,"他想说一下旅行计划,或者是求婚啥的。"

"这算坏消息吗?"

"就出去玩几天的话不算。"埃斯特韦斯思索了一下,"但要是很长时间,你得抛弃一切,那可就得想想了。尤其是还得丢掉这么好的工作,您不觉得吗?"

"可能吧。"卡尔达斯不想反驳他,"你写一下给法官的公文?我要跟克拉拉看点东西。"

拉斐尔·埃斯特韦斯只好听命。

"行吧。"他说,"但我赌只鞋,莫妮卡肯定跟英国人在一块。"

"一只鞋?"

"您想让我赌一双?"

"不用不用,"卡尔达斯说,"一只就够了。"

Razón（道理）：1. 人类思维的推理能力；2. 某人所说话语的准确性、真实性或正义性；3. 为证明某事或说服另一个人相信其所说的话而引用的论据；4. 原因。

卡尔达斯告诉克拉拉·巴尔西亚，他们发现莫妮卡·安德拉德的家被收拾过，甚至莫妮卡走的时候还丢掉了垃圾，任何准备离开几天的人都会这么做。

克拉拉并没有打断他，但卡尔达斯察觉到克拉拉的眼神出现了微妙的变化。

"你觉得有奇怪的地方？"

"你怎么知道是走之前扔的垃圾？"

"因为垃圾桶里没有新的垃圾袋。"

克拉拉·巴尔西亚点点头，于是卡尔达斯继续讲。

"如你所见，所有的一切都指向莫妮卡是主动离开的，很有可能是跟那个英国人一起，因为那个人也找不到。"

"那就都明确了。"克拉拉说，"但是呢？"

卡尔达斯笑了。总有个"但是"等着。

"但是有件事我从今天早上就一直在琢磨，"卡尔达斯说，"我想看看你能不能弄明白。"

因为不安，克拉拉·巴尔西亚的脖子像孩子一样抽搐了一下。卡尔达斯掏出了那包香烟。

"你介意吗？"卡尔达斯问。

"这是你的办公室。"克拉拉说。

莱奥·卡尔达斯拿出烟灰缸放在桌上，起身打开窗户。

"你冷的话告诉我，我就把烟掐了。"卡尔达斯说，他重新坐下以后直奔主题："你觉得一个要离开家几天的女人，会忘了带她的避孕药吗？"

克拉拉·巴尔西亚思考了片刻后回答：

"不常见，但也有可能。"她说，"药放在哪儿？"

"在浴室里，洗手池上面带镜子的小柜子里。"卡尔达斯边说边做了个打开柜子的手势，"我想不通的是，她忘了带药，但是几乎就在旁边的牙刷却被带走了。你不觉得奇怪吗？"

克拉拉·巴尔西亚脸上的表情先回答了探长：她跟卡尔达斯一样惊讶。

"你说的在理。"克拉拉说，"要么都带走要么都不带。你确定她在吃这个药吗？"

"我应该能确定。"探长答道。

"你看了吗？有没有打开药盒？"

莱奥·卡尔达斯把烟送到嘴边，点了点头。

"是把一周七天标在每个药丸旁边的那种。"卡尔达斯说，只见克拉拉·巴尔西亚点点头，示意探长她熟悉这种药，"有两周的药已经都吃完了，但第三周最后一个吃完的是周四的。"

坐在桌子另一侧的克拉拉·巴尔西亚目不转睛地盯着卡尔达斯。

"周四就是莫妮卡在家住的最后一晚，对吗？"

"完全正确。"卡尔达斯说，"所以我想问你：这种药是早上吃还是晚上？"

"没有一定之规。建议每天同一时间吃，但每个人可以决定自己的时间。"

"那一个月之间能停药吗？"

"不能，"克拉拉斩钉截铁，"一个周期后可以停，但是开始吃的那盒要整盒吃完。每盒就是一周期。"

"也就是说那些应该是这个周期的药。"

"如果都开始吃了，那当然应该是的。尤其是最后一次的药还是莫妮卡消失前一天的。"

"好吧。"卡尔达斯喃喃道，然后盯着放在烟灰缸里的香烟冒出的烟雾发呆。

"如果她忘了带药，那就说明她走得很着急。"克拉拉·巴尔西亚说。

"或者被什么吓着了，对吧？"探长问，此时他正想着莫妮卡的女学生是怎么形容莫妮卡当时的状态的。

"对，或者是吓着了。"克拉拉同意。

莱奥·卡尔达斯最后抽了一口烟，把它掐灭了。然后他把烟灰缸放到桌子下面。

"你准备怎么办？"克拉拉·巴尔西亚问。

"明天一早，埃娃·布阿会过来，她是莫妮卡的闺蜜。安德拉德医生说埃娃并不知情，但我还是想听她亲自告诉我。我还想再去港口跟渡轮早班的船员聊聊，看看有没有人能确定莫妮卡和英国人是上周五早上一起坐船来了维戈。"

"希望他们俩在一起。"克拉拉说。

"是啊，但咱们不能袖手旁观等他们出现。"

"当然。"克拉拉说，"你想让我做点什么？"

"我想请你明天去趟莫妮卡家。你知道缇兰的圣胡安教堂在哪儿吗？"卡尔达斯问，"从教堂中庭伸出来的那条路，第二个蓝色的房子就是莫妮卡家。"

"好的。"克拉拉说，"咱们有搜寻证吗？"

"没有，"卡尔达斯说，"我们根本还没申请。能把电话的事儿批准了，我就已经很满足了。"

探长注意到，对没有授权就直接查看民宅这件事儿，克拉拉有点儿不自在。

"你不用采集样本，"探长补充，"只是去看一眼。有可能你能看到拉斐尔和我忽略的东西。"

卡尔达斯还想加上两句，但此时，拉斐尔·埃斯特韦斯推门而入。

"我放在哪儿？"埃斯特韦斯问。他用手拎着纸的一个角说，就仿佛那纸上有病毒似的。

卡尔达斯快速地读了遍文件。如果之后法官不批准他们检查莫妮卡的手机数据，那绝不是埃斯特韦斯的错。

"非常感谢，拉斐尔。"卡尔达斯说。

"明天见。"阿拉贡人咆哮着走了。

克拉拉·巴尔西亚起身也准备跟着离开。

"还有什么事吗？"她问。

卡尔达斯又看了看笔记本上的记录。

"啊对。"他说，"你知道那个英国人有没有在照片上签名吗？"

女探员奇怪地看着他。

"我没注意。怎么了？"

"因为莫妮卡家里的工作室里有几张莫妮卡的画像，签名是这样一个螺旋。"探长把自己在笔记本上画的螺旋拿给克拉拉看。

"我没印象。"

"这些画非常写实，"探长回忆道，"把所有细节都画出来了。要么就是画画的人以莫妮卡为模特画了好几个小时，要么……"

巴尔西亚探员帮他说完了这句话：

"……要么是看着照片画的。"

"我是这么想的。"莱奥·卡尔达斯边说边打开电脑，"你能告诉我沃尔特·科普的网站吗？"

135

Aliento（气）：1. 呼气时通过嘴排出的空气；2. 呼吸的空气；3. 推动活动的道德力量；4. 灵感，推动艺术创作的刺激；5. 解脱，安慰。

    英国人的网站上有成百上千张动物照片，它们被归为两大类：鸟类和海洋哺乳动物。伴随着背景音乐，卡尔达斯看到一张照片捕捉的瞬间画面：一只鸟正在退潮后露出的沙子上啄食。

    照片的右上角有个签名，但并非螺旋，而是沃尔特·科普名字近乎透明的水印，怪不得克拉拉·巴尔西亚不记得看到过。图片下面是关于这种鸟所属的科和种的介绍，同时注明了照片拍摄的地点和日期。这张长喙黑尾塍鹬的照片，是去年夏天在英国比迪福德湾拍摄的。

    卡尔达斯看到了照片右侧的搜索栏。他输入了一个名字："莫妮卡·安德拉德。"屏幕中间出现的消息显示，没有匹配的结果。卡尔达斯又输入一个地点："缇兰。"几十张缩略图瞬间占据了屏幕。根据页面下方的说明，这只是将近五十页搜索结果中的一页。

    缇兰的照片是按日期排列的。最近的几张是上周三的，拍的是在峭壁上巡视海岸的一只鸟，看上去就像只企鹅。根据图片的注释，那是一只刀嘴海雀。上周三拍的还有一只在海面上休息的黑头海鸥。

    卡尔达斯从冬天的往前翻看到了秋天拍摄的，海鸟的缩略图几十张几十张地在屏幕上展开。有时，在海鸟的照片中会出现一连串鼠海豚红色鱼鳍的照片或一组成群结队的海豚在河口兜转的照片。

    全都是很卓越的照片，但正如克拉拉·巴尔西亚所说，照片上只有动物。根本没有医生女儿的踪影，也没有出现其他人。只有在几张鸬鹚家族的全景照片中出现了"雾人"安德烈斯，那些鸟在莫妮卡家门前的石头上筑巢，而安德烈斯就坐在他的船上，像布景中临时跑龙套的演员一样，嘴里叼着烟斗，金翅雀的笼子放在船尾。

网站的背景旋律循环播放，卡尔达斯翻看了一会儿照片后，也开始哼唱起来。先是竖琴在奏乐，之后又响起某种弦乐器的声音。卡尔达斯觉得很耳熟，他想，这音乐是不是阿尔瓦跟他住在一起时播放的哪张唱片里的。

就在卡尔达斯的记忆闪回六月的时候，突然，他办公室的门被猛地推开了。
"你来了多久了？"索托局长问。
卡尔达斯看了下表。他已经看了半小时的动物了。
"没多会儿。"他撒谎道。
"我想着你应该在忙医生女儿的事儿。"
"我还在看。"卡尔达斯说完把电脑屏幕转向局长能看到的角度。
"这他妈的是什么？"索托问。
屏幕上，一只蓝脸鲣鸟正在海上盘旋。
"这是那个英国人的网站。"卡尔达斯回答。
"就是你觉得跟莫妮卡在一起那个人？"
"就是他。"探长说，"他在缇兰拍的最近一张照片是上周三这张。"
"安德拉德的女儿没消息是从……"索托话说了一半。
"从上周五一早起。"
"你说上周三这张照片是最新的一张？"
"至少是在缇兰拍的最近的一张。"
"没有更新的了吗？就算是在其他地方拍的？"
"就算有我也还不知道怎么找到。"
"我觉得马尔瓦尔还没走。"索托说，接着他拿起电话叫马尔瓦尔过来一趟。

马尔瓦尔是最近才加入警察局队伍的，但如果工作中涉及电脑问题，你能想到的第一个人就会是他。
"看看你能不能找出来这个网站上传的最后一张照片。"局长对他说。
卡尔达斯起身把座位让给马尔瓦尔，但后者根本不需要坐下来。还没过三十秒钟，他就把照片找到了。
"这张，"马尔瓦尔说，"上周日的，前天。"
"这是什么？"局长问。
图片上浑浊的水中有个深色的斑点。
"一只灰海豹，"卡尔达斯读着下面的字说道，"照片是在一个叫布莱克尼海角的地方拍的。"

"那是哪儿?"

"我不知道。"卡尔达斯说。

马尔瓦尔输入了那个地点。

"是诺福克郡的自然保护区。"

"在英国吗?"局长问。

"对。"

大家沉默了片刻,盯着马尔瓦尔放在屏幕上的不列颠群岛地图。布莱克尼海角的位置被标记了出来。

"有哪张照片上有莫妮卡吗?"局长问。

"我很怀疑。"卡尔达斯低声说。

沃尔特·科普肯定花了几个小时拍摄灰海豹,因为有几十张它们的照片。一些展示了水中单独的海豹,另一些展示海豹群中正躺在沙滩上的几只。

卡尔达斯注意到,一张照片底部出现了一条橙色的线。

"这是船的栏杆吗?"他问边用手指抚过那条没有聚焦的线。

"看起来是。"马尔瓦尔说。

局长眯着眼睛靠近屏幕。

"我看不清。"他说。

马尔瓦尔从一张照片跳到另一张照片,直到海豹的照片变成了一系列黑白鸟类的快照,红色的喙和爪子十分醒目。

"蛎鹬。"马尔瓦尔大声读道。

"也是上周日在同一个自然保护区拍的。"

莱奥·卡尔达斯补充。

他们发现沃尔特·科普至少从周六开始就一直在布莱克尼海角,拍摄海豹的前一天,他花了一天时间拍摄不同种类的鸭子和鹅。他们查看了所有照片:没有一张上有人。

"周六和周日他一直在这个地方拍照。"卡尔达斯说。

"那周五呢?"局长问。

马尔瓦尔摇摇头,表示并没有出现周五的照片。

"再往前的一张照片是周三的这张,就是我进来的时候屏幕上的那张。"

局长告诉他们,医生每隔半小时就给女儿打一次电话,但她的电话还是关机状态。

"这上面有什么联系电话吗?"局长问。马尔瓦尔不断地打开、关闭图像,仔细搜寻着网站。

"什么都没有。既没有电话号码也没有邮箱。但有可能知道他是在哪儿发布最近几张照片的。"

"你能知道吗？"

"如果给我点儿时间，可以知道他联网的时候用的什么网络。"

马尔瓦尔开始在一个黑色的窗口上打字。

"周末的照片都是昨天晚上发布的。"过了一会儿，马尔瓦尔说。

卡尔达斯和探长对视了一眼。对他们来说，定位到一台电脑就跟魔术技法差不多。

"他当时连接的无线网络是 Sky，一家英国供应商。"马尔瓦尔补充道，"得联系他们才能知道他当时具体在哪儿。"

"但他在英国，是吗？"局长问。

"昨天肯定是。"马尔瓦尔说。

探员马尔瓦尔离开办公室后，卡尔达斯和索托盯着屏幕上布莱克尼海角自然保护区的位置标记沉默了片刻。

"明天得联系英国那边。"局长嘟囔道。

莱奥·卡尔达斯不太确定地点点头。

"你觉得有什么不对吗？"局长问他。

卡尔达斯耸耸肩。

"我知道你的小九九，莱奥。是什么？日期不对吗？"

"不是，日期没问题。他们可以上周五去伦敦，然后在那个保护区过周末。"

"那是什么？"

"不知道……"

"莱奥，别跟我说'不知道'。"

"您不觉得不辞而别很奇怪吗？"

"这也不是第一次有人突然离家了。"

"确实。"卡尔达斯承认，但他很难相信莫妮卡会放学生们的鸽子只是为了去看几只海豹。

"但你确实觉得莫妮卡跟这个英国人在一起，对吧？"

卡尔达斯并不确定，但是他决定就按局长想听到的答案回答。

"他们经常一起散步，而且又是同时离开的。觉得莫妮卡跟英国人在一起符合逻辑。"

"是，符合逻辑。"

"我们需要莫妮卡的电话记录。"卡尔达斯指着公文说,"上面会不会批?"

"让我试试,不过你也知道,碰上跟隐私权沾边的事儿,法官们都非常敏感。"索托一边粗略地读着公文一边说,"不过无论如何,你不觉得找到这个英国人更紧迫吗?"

"那我们做什么,局长?就翘着二郎腿等英国警方找到他吗?"

"不,当然不行。"

"而且,假如最后莫妮卡没跟他一起怎么办?"

局长摘下眼镜,冲着镜片哈了一口气。

"我想都不愿想。"局长低声道。

莱奥·卡尔达斯看着局长用仿岩羚羊皮眼镜布擦着镜片。

"医生怎么样了?"卡尔达斯问。

局长的一声叹气比其他任何解释都更能说明问题。

"他今天下午给我打了五次电话,"局长说,"我跟他约好了晚点儿再见一次。"

"我是您的话,不会提前跟他透露信息。"卡尔达斯建议道,"以防万一。"

局长看看探长,前者摘掉了镜片的眼睛看着空洞无神。

"这是他女儿。我总要告诉他点什么。"

"那就告诉他我们在努力找到莫妮卡。"莱奥·卡尔达斯建议,"这比告诉他错误信息强。"

Fondo（里面）：1. 中空物体的内部；2. 水底的平面；3. 建筑物的内部延伸；4. 距离入口或参考点最远的区域；5. 图纸和图形背景的表面；6. 人的亲密状态；7. 财产整体；8. 背景中的连续声音。

当卡尔达斯离开警察局时，大教堂的钟声敲响了十点。他把脖子缩进外套里，穿过阿拉梅达公园，走向太阳门。他抬头看着鱼人的雕塑，它的金属鳞片似乎反射着城市里的所有灯光。接着，卡尔达斯拐进了通往艾利希奥酒馆的小巷。

从酒馆里传来最靠近吧台的桌子上教授们热情的交谈声，但当卡尔达斯推开木门时，就仿佛有人按了个开关一样，沸腾声戛然而止，所有人的目光都集中在了他身上。

"晚上好，莱奥！"他们齐声向他打招呼，探长也点头示意。

教授们又像刚才一样回到了激昂的谈话中，莱奥·卡尔达斯走到酒馆最里面，那里只有一张桌子，被两个老顾客占据了，他们跟卡尔达斯一样都是艾利希奥酒馆晚间的常客。

卡尔达斯把外套挂在架子上，在角落里坐了下来。一会儿，卡洛斯拿着一瓶白葡萄酒和两个高脚酒杯从酒吧里走出来。他把东西都放在桌子上，向每只高脚杯里倒了半杯酒。

"今天是谈什么？"卡尔达斯好奇着教授们的议题，他跟卡洛斯碰了个杯喝了一口。

"那些大广告牌。"卡洛斯说。

卡尔达斯探长摇摇头。他不知道这是在说什么事。

"就是市政府刚开始往街上挂的那些画，"卡洛斯解释，"你不知道吗？"

卡尔达斯又摇摇头。

"看得出来警察可真是消息灵通。"卡洛斯笑了，"他们在二十世纪六七十年代盖成的建筑前贴上了画，让大家看到当年为了造这些楼被推倒的建筑是什么样的。这附近就有一个，在太阳门。你没看见吗？"

"没有。"

"哎，他们的作为真让人伤心。十五年以后要把这座城市折腾成什么样子。"

莱奥·卡尔达斯指了指教授们。

"那他们为什么争论？"

"没有争论。他们是很生气，因为在那些广告牌上并没有写当年授权拆除的市长和城市规划议员的名字。"

探长耸耸肩。

"如果广告牌是市政府行为，还能期待他们做什么？"

"我也这么跟几位教授说的。"卡洛斯说，"我给你上点什么？"

"来点儿热的。"卡尔达斯说，然后他就坐在桌边品起了白葡萄酒，顺便端详着艾利希奥酒馆石墙上的装饰画。这些画他看过几百次了。其中的好多幅挂在同一个地方已经几个世纪了，有几位画家也已经辞世。卡尔达斯知道在那儿他找不到螺旋签名，但是，他还是免不了要看上几眼。巴雷罗的几幅《宫娥》旁，一幅拉蒙·里瓦斯的油画上描绘了一个躺着的女人。卡尔达斯想起了倒在河里、长裙浮在水面上的奥菲莉亚，也随即想到了埃尔薇拉·奥特罗——那位绘画老师。卡尔达斯很开心这么多年后能与她重逢，也很高兴她仍然能继续画画，就像她二十年前梦想的那样。

卡尔达斯看到卡洛斯端着一盘炸小鱿鱼从吧台走过来，暂时不再去想埃尔薇拉。

"看得出来晚上还挺凉，"卡洛斯把鱿鱼放在葡萄酒旁边，"大家都是点热菜。"

"你从没想过提供热汤吗？"探长问。

卡洛斯的表情就仿佛是刚听到什么奇怪的外语。

"干什么用？"

"冬天能暖和点？"

"那我的炉子怎么办？"卡洛斯指了指一边的金属结构，就架在由橡木桶组成的高桌旁边。

卡尔达斯笑了。

"你要是愿意，我可以问我爸的女佣玛丽亚要食谱。她做得特别好。"

"做个汤也不复杂，"卡洛斯说，"诀窍就是把浮沫撇掉。"

"撇沫，还不能着急。至少玛丽亚一直这么说。"

卡洛斯满上两杯酒，在拿着他的那杯返回吧台前，他告诉卡尔达斯有个东西要给他。

"给我？"卡尔达斯问。

卡洛斯点点头。

"你走之前一定要提醒我。"

卡尔达斯探长消灭了炸鱿鱼，继续吃一小盘土豆炖裙子牛排。

艾利希奥酒馆渐渐坐满了人，但卡尔达斯邻桌的两位老顾客决定晚餐到此为止。他们站起身，互相帮着穿上了外套。也许是因为葡萄酒，也许是上了年龄，他们向外走时有些踉跄。卡尔达斯想，即使他的父亲持反对意见，渐渐年老的人是可以在城市里生活得很开心的。

卡尔达斯咂咂嘴，看了眼表。他决定到家以后再给父亲去个电话。他喝完了酒，从衣架上取下大衣，走到吧台结账，也跟卡洛斯道别。

"你是不是应该提醒我什么事？"卡洛斯边问边翻着大理石柜台上用铅笔写的那些账单。找到探长的那张后，他又取出了一个装在塑料袋里的玻璃罐，边嘱咐卡尔达斯要放进冰箱边递给了他。

卡尔达斯打开塑料袋，正要拿出玻璃罐，但卡洛斯制止了他，示意他不要声张。

"这是什么？"

"鹅肝酱，"卡洛斯说，"一块整肝。你喜欢吗？"

"我当然喜欢。"探长说，"你从哪儿弄来的？"

"佩佩·德韦萨前天去波尔多了。他给我带来的礼物。"

"他给你带了几块？"

"就这一块。"

"那你怎么不留着？"

"因为我不喜欢。"卡洛斯坦言，"但人家都大老远给我带来了，我也不能说不喜欢。"

"当然。"卡尔达斯又打开塑料袋看了眼玻璃罐里的东西，"看上去真……"

卡洛斯做了个手势，还真不完全是高兴的意思。

"给你了。"

莱奥·卡尔达斯扣上大衣，离开酒馆朝太阳门走去，边走边哼着沃尔特·科普主页的背景旋律。他来到从铁匠铺延伸下来的台阶前，在一块广告牌前驻足——那就是老教授们夜聊时辩论的对象。

一块有机玻璃面板上有一张大型黑白照片。照片上是座美丽的石头建筑，共有四层，阳台上有锻铁栏杆，建筑的拐角处是各间柱廊。图像上方是印刷体的文字，仿佛讣告一样写着建造和拆除日期：巴黎城大楼，1897—1972。在照片右下角的一个方框里，写着设计师的名字——赫纳罗·德拉·富恩特。

卡尔达斯观察着在旧址上建起的办公楼。它如此不起眼，以至于让卡尔达斯有种第一次见到它的错觉。卡尔达斯又转头看了看照片，把原来的建筑和现在占据了这片土地的垂直立面大楼进行了比较。与其说他感到遗憾，不如说是困惑。

他看了眼高台上的鱼人雕塑。看起来鱼人也并不明白。

Desvelar（失眠）：1. 防止犯困，使人不入睡；2. 发现，揭示。

    莱奥·卡尔达斯把卡洛斯送给他的鹅肝酱放进冰箱，脱掉大衣，打开电视好让自己不那么孤单。

    他把笔记本放在桌子上，坐进沙发里给父亲打电话。一阵嘀嘀声后并没有人接，于是莱奥·卡尔达斯又给父亲留了言，坚持让他给自己回个电话。

    卡尔达斯想：这个点儿父亲能在哪里，然后他起身去找日程本。他调低了电视的声音，拨通了他父亲女佣的电话。

    "谁呀？"电话另一头传来玛丽亚迷迷糊糊的声音。

    "玛丽亚你好！是我，莱奥，莱奥·卡尔达斯，你正睡觉呢吗？"

    "我已经上床了，"玛丽亚说，"但还没睡。怎么了？"

    "我在找我父亲。"

    "他不在庄园里吗？"

    "我不知道。"卡尔达斯回答，"我从下午就开始给他打电话，但一直没找到他。家里的电话和手机他都没接。我有点担心。"

    "我今天中午走的时候他好着呢。"玛丽亚说。

    "你知道他晚饭在家吃吗？"

    "家里吃的肯定是有……"玛丽亚确认。

    "那你觉得他……"

    玛丽亚打断了卡尔达斯：

    "现在是晴天吗？"

    莱奥·卡尔达斯走到窗前。

    "我这边是。"他回答。

    "那他肯定是看星星呢，用前几天他那个朋友给他带来的玩意儿。"

"望远镜吗？"卡尔达斯问。

"他把自己裹在羊毛毯子里，特别高兴。"听玛丽亚的讲述就仿佛她这会儿正看着卡尔达斯的父亲，"狗也跟着他。"

卡尔达斯很难想象，父亲怎么会坐在院子里观察天空。

"你确定吗？"

"特别确定。"玛丽亚语气平静地重复道，"之前有天晚上也是晴天，他熬到很晚才回屋。"

卡尔达斯探长半晌没说话，只听玛丽亚又说道：

"莱奥，你可以放心去睡了。你听我的，你父亲很好。我明天跟他说让他给你打电话。"

莱奥把头探出窗外，看向天空。最初他只看见最亮的几颗星，但几秒钟后，他看到天空中出现了其他的亮点。

曾经有段时间，阿尔瓦也对天文学着迷，有些夜晚，卡尔达斯也陪她看星星。阿尔瓦喜欢找一片远离城市灯光的海滩，躺在那里借助小活动星图观察星座，寻找其中的各种形状，不过卡尔达斯一直没能辨认出来。莱奥·卡尔达斯曾鼓励阿尔瓦买架望远镜，甚至想过送她一架。但阿尔瓦让他放弃了，因为她更喜欢凝视在开阔的海面上展开的苍穹，不愿有任何东西限制她的视野。

后来，天文学的魔力一点一点地消失了。过去那些星空下的夜晚只给卡尔达斯留下了以上回忆，还有一张如今有些破损的活动星图，从厨房里讲烹饪的那些书中间露出了一角。

卡尔达斯回到沙发上时稍微平静了一些，他一边哼着英国人那些照片的背景旋律，一边专注地看着笔记本上的记录。翻看了一遍之后，他得出了局长在理的结论：当务之急是找到沃尔特·科普。

卡尔达斯给克拉拉·巴尔西亚发了条信息，请她先不要去莫妮卡家，而是明天一早去一趟欧洲渔业控制局。很有可能沃尔特·科普的一些老同事会知道怎么能联系上他。

卡尔达斯再次调高了电视的音量，以便房间里有点声音。换了好几个频道之后，他终于停在了一部关于玛雅金字塔的纪录片上，希冀着它能帮自己入睡。

纪录片播放完了，莱奥关上电视准备上床睡觉。他正在浴室里刷牙，突然，在水龙头哗哗的水声中，他仿佛听到了手机铃声。他吐掉最后一口漱口水，回到客厅。他的手机正在茶几上震动。莱奥·卡尔达斯笑了笑。这么晚了，除了观星的人还会有谁。

"这么久才回电话啊。"卡尔达斯接起电话就说,连屏幕都没看。

"莱奥·卡尔达斯探长吗?"电话那头发问的并不是卡尔达斯期待听到的声音,而是一个有些陌生的男人。

"是我。"卡尔达斯回答,"请问您是?"

"我叫沃尔特·科普。"电话里的人说,同时,卡尔达斯也听出了对方的外国口音,"抱歉这么晚了,但是我看到了您的留言。"

"没关系。"

"您写了说很紧急。"沃尔特·科普解释。

"确实是。"莱奥·卡尔达斯说,"感谢您打给我。莫妮卡·安德拉德跟您在一起吗?"

"谁?"

"莫妮卡·安德拉德。"

"莫妮卡?"沃尔特·科普很吃惊,"我刚旅行回来。"

"莫妮卡呢?"

"我不知道。"英国人说。

"她没跟您在一起吗?"

"我刚从英国旅行回来。"沃尔特·科普再次强调,就仿佛这解释已经足够充分。

"我知道。"卡尔达斯说,"但这几天莫妮卡没跟您在一起吗?"

沃尔特·科普惊诧的语调已经说明了一切:

"在英国吗?"

卡尔达斯咂咂嘴。

"科普先生,您是哪天去英国的?"

"周四。"英国人说。

莫妮卡·安德拉德是周五才消失的。

"坐飞机去的吗?"

"当然。"英国人回答。

加利西亚和英国之间有很多航班,但克拉拉·巴尔西亚此前跟探长确认过,在最近一周的航班乘客名单里,没有找到这位英国人的名字。

"我能请问您是从哪里起飞的吗?"

"从波尔图。"科普回答。

"从波尔图……"卡尔达斯低声重复道。他们确实没有检查从葡萄牙起飞的航

147

班，但事实是，的确越来越多加利西亚南部的旅客从西葡边境的另一边起飞，毕竟两国边境线也仅仅是路肩上的一个标志而已。

"对，"英国人确认，"我刚从那儿回来。您为什么在找莫妮卡？"

卡尔达斯看了看时间。

"明天早上咱们几点能见一面？"卡尔达斯问。

卡尔达斯挂断电话后愣住了，呆呆地站在客厅中央。他又看了看时间，决定在第二天到来前，先什么都不告诉局长，好让他得到今晚喘息的机会。他很庆幸自己之前建议局长谨慎行事，让他不要平白给医生带去希望——否则此时已经变成了挫败感。

卡尔达斯点了一根烟，去厨房接了杯凉水。他喝水的时候看到烤箱的灯在闪烁，想起了陶艺教室里的那些炉窑，还有莫妮卡·安德拉德工作室里烤制黏土的那个。

凌晨三点钟的时候，卡尔达斯强迫自己上床睡觉。尽管他确信，英国人的那通电话会让他彻夜难眠，但躺下后不久他就睡着了。

他之前以为，如果自己睡着了，就会梦见安德拉德医生的女儿。但其实出现在他梦境里的是两条在他记忆中摇晃了二十年的辫子。

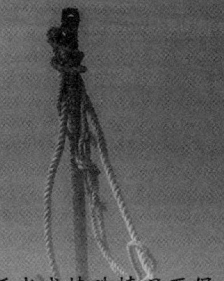

Reserva（保护区）：1. 为此后需要时或为某种适当或特殊情况而保存的东西；2. 为避免发现已知事物或想法而预防或小心；3. 谨慎，克制；4. 扩展受保护的自然土地以保护其生态系统。

当莱奥·卡尔达斯周三早上醒来时，太阳还没有升起。他像往常一样扎进淋浴间，在热水的冲洗下刮着胡子，而英国人打来的那通电话依然在他的脑海中挥之不去。

穿上衣服后，卡尔达斯到客厅拿起笔记本和莫妮卡·安德拉德的照片。然后他拿了件防雨外套就出门了。

街上很冷，街灯依然亮着。探长把手插在口袋里，沿着街向下走，来到了阿方索十二世大道。在仙女驾龙雕像附近，他驻足靠在栏杆上，凝视老渔民区那片大海。河口中央的一艘灯火通明的远洋客轮正载着游客向港口驶来。但卡尔达斯向更远处眺望，看着河口那边的海岸，黎明中，缇兰的轮廓若隐若现。

卡尔达斯抵达警察局后，到旁边的屋子冲了一杯咖啡。他喜欢刚煮好的咖啡散发出的香味，不过更让他着迷的是观察咖啡落下时的水流如何在表面形成一层泡沫。卡尔达斯回到办公室，在文件中扒出个空儿放下了咖啡。接着他坐下来，打算利用早间的宁静理顺思绪。他在脑中过了一遍为找到莫妮卡接下来准备采取的步骤。

他和沃尔特·科普以及埃娃·布阿的谈话还没有进行。莫妮卡·安德拉德的这位女性朋友时间不多，她跟卡尔达斯约定，把孩子们送到学校以后就过来找他。跟埃娃·布阿聊完以后，卡尔达斯会去港口跟昂斯海盗号的早班船员交谈。昨天来警察局的那位船员并没有给出强有力的证词，但或许他的同事能告诉卡尔达斯更多的事情。

探长还准备拜访安德拉德医生的妻子，虽然她丈夫有自己的版本，但卡尔达斯想确认妻子是否也不知道女儿的下落，并对可能迫使女儿离开的任何情况都不知情。

卡尔达斯回顾自己笔记本上的记录时，突然觉得，他似乎应该回趟艺术与机械工艺学院，再去找陶艺工作室莫妮卡的学生多洛雷丝和古乐器制作老师拉蒙·卡萨尔聊聊。有时，在面临讯问时，证人会忽略一些细节和感受，而这些只有在经过一段时间的反思后才会浮现。卡尔达斯想看看，在他们第一次见面的几小时后，多洛雷丝和拉蒙·卡萨尔会不会又想起了什么，能够拼凑出莫妮卡消失前那段时间发生的事情。

卡尔达斯想，局长会不会已经拿到了司法授权，让电信公司把莫妮卡手机中的信息发过来。接着他又想起来，在莫妮卡家的工作室里，还有一台被自己用报纸盖住的电脑。也许他们也能获得必要的权限来访问电脑中的内容。

卡尔达斯的咖啡已经凉了，他起身准备再去冲一杯。通过玻璃，卡尔达斯看到，警察局清晨的寂静已经逐渐让位于上午惯常的喧嚣。

克拉拉·巴尔西亚一般来得很早，但这会儿她的办公桌前还空荡荡的。卡尔达斯想请克拉拉跟航空公司确认，沃尔特·科普是否从波尔图起飞、莫妮卡又是否没有同行。当然，原则上是没有理由怀疑沃尔特·科普的：这个英国人并没有躲起来；恰恰相反，他一直在网站上发布他在布莱克尼海角的自然保护区拍摄的那些照片。但无论如何，卡尔达斯还是想确认，科普是否对他说了真话。

卡尔达斯刚端着新冲好的咖啡在办公桌前坐下，突然，局长推门而入。他外套还没脱，手机正贴在耳朵上。

索托没有跟卡尔达斯说话，只是示意卡尔达斯跟过去，然后他一边冲电话回答着一个又一个的单字，一边朝走廊尽头走去。

Sobre（信封）：1. 表示在同一垂直方向上，一物高于另一物，无论它们是否互相接触；2. 表示一个人优于另一个人；3. 一种扁平的、可封闭的纸制封面，其中放置要从一方发送给另一方的信件或文件。

卡尔达斯端着咖啡站在门口等候，直到局长结束了电话交谈，脱掉了外套。

"是安德拉德医生，"局长说完终于在椅子上坐了下来，并请探长在对面坐下，"他想知道我们是不是有新进展。"

"有。"探长回答。

"有吗？"

卡尔达斯喝了一大口咖啡确认道：

"那个英国人现身了。"

"在哪里？"

"在缇兰，他家里。"卡尔达斯说，"他昨天晚上从英国回来。"

"那莫妮卡呢？"

卡尔达斯又喝了一口咖啡才宣布："她没出现。"

索托站起身。

"她怎么会没出现？"

"她没跟英国人在一起。"卡尔达斯严肃地说。

"留在英国了？"

"局长，莫妮卡没去英国。"

"怎么会没去？"

"那个英国人说的。"

"那他说莫妮卡在哪儿？"

"他不知道。"卡尔达斯回答，"他听说咱们在找莫妮卡时吃了一惊。"

"你当时在他旁边吗？"

卡尔达斯摇了摇头。

151

"我昨天在他家留了张纸条,让他看到以后立马给我打电话,结果他晚上打给了我。他当时刚从波尔图回来。他也是从那儿去的英国。"

"从波尔图?"

"对。"卡尔达斯说,"所以在克拉拉检查的乘客名单里没有他。"

局长索托叹了口气,他盯着放在桌上的手机,仿佛是害怕它会再次响起来。

"你已经确认一切属实了吗?"

"我还没来得及。"卡尔达斯回答,"克拉拉一来我就让她打电话给波尔图,然后我去缇兰找那个英国人。不过不管怎么样,我都想不到英国人要撒谎的原因。"

"你想不到原因?"局长高声反驳,"可能是因为他天天见面的女人是跟他同一时间消失的。"

"不是同一时间。"莱奥·卡尔达斯纠正道,"沃尔特·科普说他是周四飞的英国,莫妮卡·安德拉德周五还在这儿。"

局长拿起一根圆珠笔,使劲捏在手里。

"这是如果这个男的说的是真的。"局长说。

"没人会冒险撒这个谎,因为像航班日期这种信息太好核实了。"

"我猜你是对的吧。"索托嘟囔道,然后他又默默地盯着电话。他仍然更担心维克托·安德拉德的反应,而不是这位医生女儿的情况:"你觉得发生了什么?"

卡尔达斯喝完了剩下的咖啡,开始用指尖在空咖啡杯的边缘来回滑动。他真想抽根烟。

"我没搞清楚。"卡尔达斯承认。

"绑架吗?"

"不,不是绑架。"

"她家很有钱。"

"我知道很有钱。"卡尔达斯说,"但有人看见莫妮卡骑车去了港口。没人强行带走她。"

"可能是后来登船劫持的。"

卡尔达斯又向局长解释,虽然莫妮卡周五上午要辅导学生,但她一般是坐九点的船,而不是像上周五那样坐最早的那班。

"绑架都不会是一时兴起,"卡尔达斯断言,"而且已经过去五天了。假如是绑架,早有人联系过莫妮卡家了。"

"可能,确实。"局长的眼神中透出一丝安慰,"那是怎么回事?"

莱奥·卡尔达斯耸耸肩。

"我们不能排除任何可能。"

"莱奥，我知道不能排除任何可能。"局长抗议，"我不是让你跟我来官方这一套，我想知道你的感觉。"

"莫妮卡有可能是逃走了。"探长思索片刻后说。

"逃走？她怕谁？"

"我哪知道啊，局长。您说让我发表看法，我就说了我的看法。"

"行行，不好意思。"索托说。

卡尔达斯列举了一些让他怀疑莫妮卡是逃走的原因。

"我觉得她本来没准备走，"卡尔达斯对局长说，"我感觉是有什么事让她匆忙离开的。"

"什么事？"

"不知道。"卡尔达斯回答，"但我觉得她走的时候很紧张，既没用钥匙锁门，除了个书包外没带走任何东西。而且如果她有时间准备行李的话，有些东西她就不会忘到家里了。"

"如果她没锁门，那会不会是因为她不会出门太久？"局长问。

"对。"卡尔达斯同意，"不过我不知道该怎么理解。如果她想着很快会回来，也不该把猫带走啊。"

"你确定她把猫带走了？"

"不，不确定。"探长回答。他虽然看着咖啡杯，但思绪已经飞离了警察局。他想象着医生的女儿抱着猫在家里跑来跑去，临时起意收拾了行李，然后在黎明前就蹬着自行车风驰电掣地走了。

"你想什么呢？"局长问。

"您记不记得莫妮卡的一个学生看到她坐在没开灯的办公室里？"

"记得。"

"我们需要法官授权搜查莫妮卡的手机。埃斯特韦斯写的公文您带给法院了吗？"

索托拉开桌子的一张抽屉拿出那份公文。

"我准备今天上午去。"

"您有把握说服法官吗？"卡尔达斯问。大部分法官要求呈递的犯罪证据比卡尔达斯他们现在能拿得出的更有力。

"法官倒不像安德拉德医生那么让我担心。"局长坦言道。

卡尔达斯明白了，局长并没有做到像自己想象的那么谨慎。

"您告诉医生他的女儿跟那个英国人在一起了？"

索托哼唧了一声。

153

"我跟他说的是，咱们怀疑莫妮卡跟一个男的出了国。"

"您为什么要说这个？"

"好让他安心啊。"局长边回答边用手背把桌上的电话推远了一些，"他昨天得给我打了二十多个电话。他就想着能快速解决。我也不知道他从哪儿看的，说百分之九十多的失踪事件都会在头二十四小时解决。"

"也确实是这样。"卡尔达斯说。每次出现失踪案，各类报纸都会负责再提醒一遍这个卡尔达斯熟知的数据。

"我知道是这样。"局长低声说。

卡尔达斯咂咂嘴。

"但我总得跟医生说点什么。"局长有些激动，"你知道的，他给我老婆做过手术。而且，我从什么时候开始得把你的建议当命令了？"

卡尔达斯保持沉默，索托提他等级分明倒没什么，但想到维克托·安德拉德未来还会干涉让他很不自在。如果单单是医生的出现就足以吓倒局长的话，那么卡尔达斯无法想象，在局长承认他们最初的几步调查走错了之后，他将如何设法让医生远离案件。

"您要和医生谈谈吗？"

索托瞥了眼电话。

"我得跟他承认，咱们浪费了最初几小时。"索托回答。他迟早要面对医生。

"今天周三，而从上周五早上起就没有莫妮卡的消息了。"卡尔达斯提醒道，"五天前咱们就错过了最初几小时了。"

索托低下了头。

"我知道。"

"而且自从医生来过这儿以后，咱们就一直专心……"一阵敲门声打断了卡尔达斯。

"谁啊？"局长提高嗓门，以便走廊里的人能听到。

"局长，打扰了。"一位警员打开门说，"有位女士到了，埃娃·布阿。她说跟探长约好了。"

"是的。"莱奥·卡尔达斯确定道，"你让她稍等一下。"

等那位警员关上门，卡尔达斯又说："来的是莫妮卡·安德拉德的朋友。您也想跟她聊聊吗？"

"还是你去吧。"局长把手上的文件对折后塞进了信封，"我带着这个去法院。"

Especial（特别）：1. 特别或特殊，有别于普通或一般；2. 非常适合或适用于达到某种效果；3. 旨在用于特定的、偶发的目的；4. 专门针对特定主题的广播或电视节目。

缇兰莫妮卡家的卧室里有张照片，照片里，莫妮卡·安德拉德旁边有个微笑的女人。眼前坐在桌子另一边的女人与照片上的那个只有一点点相似。埃娃·布阿现在的头发更长，跟那时比还瘦了好几斤。

"周四上午，"埃娃·布阿回答，"我打电话给她，看看她前一天晚上情况怎么样。"

"她状态不好吗？"

"挺好的。"埃娃·布阿说，"但是周三晚上的风暴巨大，我不知道她怎么能在那么个小房子里一个人安心睡觉。我是不行。"

"她行？"

"她行。"埃娃·布阿笑了，"她跟我说，大风把她院子里的冷杉连根拔起的时候，她担心了一下，因为怕树会砸到房子上。那棵树很大，不过后来倒到另一边了。我给她打电话的时候，她正等人去她家锯木头。"

"她跟您提到她准备出几天门了吗？"

"正相反，"埃娃·布阿回答，"她说她准备待在家里。她想周末休息一下。"

"您确定？"

"非常确定。"埃娃·布阿回答，"我家那个周末要去马德里，去看我姐姐，我叫莫妮卡跟我们一起去。我的几个孩子都特别喜欢她。但她跟我说她去不了，因为她老板在葡萄牙办展览，她得负责班里的事。跟暴风雨比起来，这事儿对她来说更让她敬畏。"

"她还跟您说什么了吗？"

"还说她周日要跟她爸爸吃饭。"埃娃·布阿并没有掩饰不悦的表情。

"您觉得这不是好事？"

"我不用觉得这事儿怎么样,探长,不那么兴奋的人是莫妮卡。"

卡尔达斯没打断她。

"这父女俩的关系一直不好。"埃娃·布阿补充道。

"为什么?"

"您还不认识莫妮卡的爸爸吗?"埃娃·布阿问,"他是那种觉得只有一条路是对的人:就是他自己那条路。但莫妮卡呢,她是精神自由翱翔的那种人,不会干涉其他人的生活。"

"她也不喜欢她父亲干涉她的生活。"

"没错。"埃娃·布阿承认,"维克托根本无法理解,莫妮卡怎么会做黏土或者住在海边简陋的小房子里就能快乐。她爸爸觉得她值得拥有其他的东西。维克托一直希望莫妮卡,你懂的……"

"像他一样?"

"没错,像他一样。"埃娃·布阿说,"莫妮卡呢,就一直在逃离。"

"逃离她父亲?"

"逃离她爸爸,也逃离这些期待。"埃娃·布阿回答,"所以莫妮卡才搬到了河口那边。她这么做是为了心理健康,为了能感受到在她的生活和她爸爸想给她的世界之间有片海洋。我还知道,如果不是为了她妈妈,她会走得更远。"

"我还没跟她母亲聊过。"

"阿梅莉亚也帮不上您什么,"埃娃·布阿忧伤地说,"她状态不好,几乎不出门。"

"她病了吗?"

"她缺血。"埃娃·布阿回答。

卡尔达斯不太确定这意味着什么,但他决定把对话拉回莫妮卡失踪的话题上。如果必要,过一会儿再说莫妮卡的母亲。

"所以,您也想不出来莫妮卡可能在哪儿?"

"想不出来。"

"但您觉得她离开奇怪吗?"

"维克托打电话告诉我莫妮卡放了他鸽子的时候,我没觉得多奇怪。当然,我没跟维克托这么说。"

"当然。"卡尔达斯请埃娃·布阿说下去。

"不光因为他们关系不好。"埃娃·布阿解释,"莫妮卡总是丢三落四的,她活在自己的世界里。她隔三岔五地就丢个手机,所以她忘了跟你约了见面并不奇怪。但让我惊讶的是,她周五没去学院,因为跟她工作相关的事,她都是很认真的。我不知道得发生什么事才能让她没去上班。您觉得发生了什么，探长？"

"我等着您帮我回答这个问题呢。"莱奥·卡尔达斯说。

从埃娃·布阿的叹息看得出来，卡尔达斯得到别处寻找答案了。

"医生跟我们说，莫妮卡没对象，对吗？"

"对。"埃娃·布阿说。

"但有没有伴儿呢？就算不是稳定的情侣？"

"她有可能是在见谁，确实。"埃娃·布阿思索了一阵后回答。

"见谁？"

"我不知道。"

"您的坦诚对我们来说非常重要。"卡尔达斯提醒。

"我知道很重要，探长。但是我确实说不出名字。"

"莫妮卡没告诉您是谁吗？"

"没有。"

"那您为什么说有可能有谁呢？"

"因为我了解莫妮卡。不过我不知道是谁。无论如何，我不觉得他们是认真的。"

"可能是莫妮卡圈子里的人吗？"

"莫妮卡没圈子，探长，"埃娃·布阿做了个鬼脸，"可能是个百万富翁，也可能是个流浪汉。"

"莫妮卡很受男人们欢迎吗？"

"很受欢迎倒没有，"埃娃·布阿说，"但她跟原来不一样了。"

"她原来什么样？"

"从小她就嫌弃自己个子太高、鼻子太大等等等等。直到没多久前，她才开始爱自己、懂得抓住机会，也给别人机会爱她。你别看，她身边一直有好男人。"

卡尔达斯想起拉斐尔·埃斯特韦斯瞥见的那个一身橘黄色衣服的男人，当时他正在医生女儿家周围的金属网围栏上趴着。

"莫妮卡有可能在见哪个水手吗？"

"可能。"埃娃·布阿说。

"一个年长的男人？"莱奥·卡尔达斯问。

"我不觉得有什么不可以的，"埃娃·布阿回答，"巴勃罗就比莫妮卡大二十岁。"

"巴勃罗是谁？"

"唯一一个跟莫妮卡保持了长久关系的男人。"

157

"他姓什么?"探长问道。

"巴勃罗·门德斯,"埃娃·布阿说,"跟莫妮卡一样特别的一个人,弹吉他、画画、搞雕刻……他在卡布拉尔区一个房子的底层建了个工作室。莫妮卡就是在那儿开始做黏土的。是巴勃罗鼓励她到现在这个学院的陶艺工作室报了名。"

"他画画?"

"巴勃罗吗?他画得特别好。"埃娃·布阿说。

"您见过他的画吗?"

"当然,见过很多。他手里总是拿着根铅笔。"

"您记得他在画上签不签名吗?"

埃娃·布阿思索片刻后回答:

"我不记得了。怎么了?"

卡尔达斯说,莫妮卡家工作室的墙上挂着几幅画,画上的莫妮卡正在为某个黏土形象造型。

"您见过这些画吗?"

"我没注意。"埃娃·布阿说,"我去过莫妮卡家好多回,但我记得只有一天去了她的工作室。"

卡尔达斯描述着那些画:

"看上去就像照片,签名是个螺旋。或许是巴勃罗画的。"

"肯定不是。"

卡尔达斯期待的并不是这个答复。

"肯定不是?"

"不是。"埃娃·布阿断然重复道,"莫妮卡是几个月前才搬到缇兰住的。如果画上莫妮卡是在她家,在缇兰的家,那不可能是巴勃罗画的。"

"为什么?"

"因为他们分手以后,巴勃罗就回布宜诺斯艾利斯了,那是五年多以前的事了。"

"他是阿根廷人?"

埃娃·布阿点点头。

"他父母是加利西亚人,但他是在阿根廷出生的。"

"那就没可能是他回来了?"

"那样的话,莫妮卡肯定跟我说了。"

"是吧。"卡尔达斯说,"您记得他们为什么分手吗?"

埃娃·布阿耸耸肩。

"不是什么具体的事,但我觉得他俩都不喜欢承诺。"

"所以没有很让人受伤。"

"一点都没有。巴勃罗和莫妮卡就像他们开始在一起一样,无声无息地就分手了。"

探长卡尔达斯在笔记本上写着什么,埃娃·布阿说:

"您记下巴勃罗的事儿是在浪费时间。"

莱奥·卡尔达斯停下笔。

"大部分失踪案都是感情关系引起的。"卡尔达斯解释道,他不知道埃娃·布阿为什么那么说。

"对这个我没有异议。"埃娃·布阿说,"但就算巴勃罗出现了,莫妮卡也不会抛下自己的学生不管。如果您了解莫妮卡,您就会觉得这事儿很蹊跷。巴勃罗已经去阿根廷五年了。莫妮卡见的人不是他。"

"那是谁呢?"

"我还是得说我不知道。我也不百分百确定真的有这么个人。只是我的直觉。但无论如何,不会是巴勃罗。您真的唯一在做的就是浪费时间。"埃娃·布阿坚持说。

"我只是在寻找线索。"卡尔达斯解释。

"那您得去别的地方找。"埃娃·布阿语气坚定但不带冒犯。

"为此我才请您来,来帮我找到线索。您能想到可能发生了什么吗?"

埃娃·布阿皱起了眉头。

"也许有人把她扣住了。"埃娃·布阿说。此时,卡尔达斯才意识到,原来埃娃·布阿从一开始就在担心这件事。

"虽然莫妮卡不张扬,但她家很有钱。"

卡尔达斯就像之前跟局长说的那样,向埃娃·布阿罗列了他认为这个假设不成立的各种原因。莫妮卡·安德拉德骑车到了码头,在老位置锁上自行车,然后登船前往维戈。没人绑架她。

"有人看到她离开了吗?"埃娃·布阿既惊讶又略感安慰地问。

探长点点头。

"而且看起来她把猫也带走了。"

"她带走了迪米特里?"

"猫没在家里。"

埃娃·布阿松弛地坐在凳子上。她的表情完全变了。

"太好了。"她低声说,"但莫妮卡没去学院吗?周五上午她要辅导学生。"

159

"没去。"探长说,"周五上午学院不得不关闭了陶艺工作室。"

埃娃·布阿听着,但卡尔达斯察觉到,她在想别的事情。

"您在想什么?"

"我在想,如果莫妮卡带走了迪米特里,那她就是不打算很快回来。"

卡尔达斯表示赞同:

"您能想到她可能去哪儿了吗?"

埃娃·布阿摇摇头。她并不知道。莫妮卡朋友不多。

"如果她还在维戈,她不会不去学院。"埃娃·布阿说出了自己的想法,"您查过莫妮卡坐没坐哪趟航班了吗?"

"从这里起飞的我们都查过了。但她也可能从别的地方乘坐飞机。"卡尔达斯的思绪已经开始沸腾了。有可能莫妮卡·安德拉德跟沃尔特·科普一样是从葡萄牙起飞的,而关于在她的银行流水上看不到机票购买一事,或许只是因为莫妮卡还有一个她的医生父亲并不知道的银行账户。这不难确认。

"您知道莫妮卡是不是在不同银行开了户?"卡尔达斯想看看埃娃·布阿是不是能提前就告诉他答案。

"不知道。"埃娃·布阿盯着墙壁说,"您真的觉得莫妮卡可能跟巴勃罗在一起吗?"

"我觉得我们不能不确认一下。"

突然,有什么事让埃娃·布阿的表情发生了变化。

"您跟沃尔特聊过了吗?"埃娃·布阿问。

"沃尔特·科普吗?"

"对,应该是他。一个住在莫妮卡家附近的英国人。或许他知道莫妮卡在哪儿。他们俩几乎每天都见面。"

"我们跟他聊过了,但他什么都不知道。"探长告诉埃娃·布阿,"沃尔特·科普可能是莫妮卡在见的人吗?"

埃娃·布阿笑了。

"不会,"埃娃·布阿说,"不会是沃尔特。"

"为什么不会?"

"就是不会。"埃娃·布阿回答,"也不是因为沃尔特不想。他很有趣,而且似乎说话从来都不认真,但是他老是说,如果交个加利西亚女朋友也还行。他是公开说的,您可别觉得这是什么秘密。有一次我们四个人一起在莫妮卡家吃晚饭,然后……"

"四个人?"

"沃尔特、莫妮卡、费利克斯和我,"埃娃·布阿数着,"费利克斯是我先生。"

"哦,抱歉,所以您四位一起吃完饭……"

"……费利克斯和我从缇兰走的时候,我们都觉得,如果莫妮卡同意,那沃尔特就开心坏了。"

"莫妮卡不愿意吗?"

"对她来说沃尔特是朋友。我觉得还是好朋友。"

卡尔达斯看了看笔记本。

"她也有敌人吗?"卡尔达斯问。

"莫妮卡从来不干涉任何人的生活。跟这样的人成为敌人很难。"

"有道理。"探长赞同。

"您为什么这么问?"

卡尔达斯耸耸肩。

"莫妮卡会不会是因为害怕?"

"害怕什么?"

"我不知道,"卡尔达斯说,"只是假设。莫妮卡有可能为什么事害怕吗?"

埃娃·布阿的反应是一脸犹豫地盯着墙壁。

"我不喜欢对别人指指点点,"她过了一会儿说,"尤其还是那样一个人。"

"哪样?"

"很特别。"

"我还是不明白。"卡尔达斯说。

埃娃·布阿开口前叹了口气。

"有个男孩住在莫妮卡家附近。我不知道他怎么了,但他不正常。好像是有什么缺陷。我去莫妮卡家那几次,这个男孩总在附近转悠。"

"莫妮卡怕他吗?"

"莫妮卡我不知道,"埃娃·布阿说,"但我怕他。"

Dispensar（提药）：1. 交予、授予或分配某物，通常是积极的或暗示爱意的事物；2. 提供某物，尤其是药；3. 免除义务；4. 免除已经犯下的轻微罪行。

拉斐尔·埃斯特韦斯还没出现在他的工位上没什么新鲜，但让卡尔达斯感到奇怪的是，克拉拉·巴尔西亚也还没到。

"你在哪儿呢？"卡尔达斯接起电话问。

"我在欧洲渔业控制局，你让我来的。"克拉拉·巴尔西亚说，此时卡尔达斯想起了昨晚自己发给克拉拉的短信，"我拿到了沃尔特·科普的一张照片，而且我应该知道怎么找到他了。"

"已经不用了。"探长说。

"人都现身了？"

"沃尔特现身了。"

"那莫妮卡呢？"

"她没有。"卡尔达斯说，"你可以来局里吗？"

"那这个我就不管了？"

"对，别管了。"卡尔达斯说，"我需要你办另外一件事。"

当克拉拉·巴尔西亚到警察局时，探长正坐在办公室的电脑前。

"你看见埃斯特韦斯了吗？"莱奥·卡尔达斯问克拉拉。

"他一般会晚点来。"克拉拉说。接着，她把一张照片放在桌上，在照片里，有一群人正看着镜头，他们正在一家酒吧里，旁边是彩色的花环和英国国旗。

"哪个是沃尔特·科普？"卡尔达斯问。

"这个。"克拉拉说，她指着的那个男人头发灰白，他正高举着一扎啤酒，就像自由女神像举着火炬那样，"照片上是告别聚会，他退休的时候同事们给他办的。"

卡尔达斯观察着这个英国人，看起来他似乎并没有因为要停止工作感到沮丧。

"他还在英国吗？"

探长卡尔达斯摇摇头。

"他昨晚坐飞机回来了。"

"坐飞机？"克拉拉·巴尔西亚问。

"他是飞到波尔图。所以你没能查到他的预订。"

"好吧。"克拉拉喃喃道，"那莫妮卡呢？"

"沃尔特不知道莫妮卡在哪儿。"莱奥·卡尔达斯依然盯着照片上的这个英国人。

克拉拉·巴尔西亚蹭了蹭鼻子。

"也就是说，不像埃斯特韦斯说的那样，是什么情侣的私奔。"

"看起来不是。"探长嘟囔着。

"你想让我去趟缇兰吗？"探员问。

"之后，"卡尔达斯请克拉拉在桌子另一侧的椅子上坐下，"首先要查证莫妮卡确实没跟沃尔特一起去。我虽然不觉得沃尔特·科普在撒谎，但还是要查一查，再看看其他飞去英国的航班，以免莫妮卡是坐其他航班去的。"

"我来负责检查。"克拉拉说，"其次呢？"

"其次也跟飞机有关系。"莱奥·卡尔达斯说，"我想确认一下，莫妮卡有没有去布宜诺斯艾利斯。"

"去布宜诺斯艾利斯？"克拉拉吃了一惊，于是卡尔达斯跟她讲了埃娃·布阿的来访以及医生女儿前男友的事。

"你觉得莫妮卡跟他在一起？"

"这就是我想查明的。"卡尔达斯回答。

"好。还有什么事吗？"

"有。"卡尔达斯说，"按埃娃·布阿的说法，莫妮卡·安德拉德的这个前男友是个艺术家，但我没在网上找到他的任何作品。要么就是他有艺名，要么就是他不出名。"

"我来找找？"

"可以麻烦你吗？在电脑里冲浪不是我的强项。"

克拉拉·巴尔西亚挥挥手表示她不觉得麻烦。

"他叫什么？"

"巴勃罗·门德斯。"卡尔达斯看着笔记说。

"你想看看他是不是用螺旋签名，对吗？"

克拉拉把探长想说的话提前问了。

"没错，虽然埃娃·布阿说，那些画肯定不是这个巴勃罗画的。"

"为什么？"

"因为在莫妮卡搬到缇兰很久之前，巴勃罗·门德斯就回阿根廷了。他没法画出来在缇兰的莫妮卡。"

"有道理。"克拉拉·巴尔西亚说。

"如果螺旋不是巴勃罗的签名就有道理。"卡尔达斯承认，"但如果是他的签名，那就意味着，虽然埃娃·布阿不知道，但巴勃罗和莫妮卡最近几个月又见面了。"

"你排除了签名是沃尔特·科普的可能了？"

"我什么都不排除。"卡尔达斯回答，"你问没问他画儿画得好不好？"

"没有。"克拉拉承认，"但我可以问问我朋友。"

"如果你查航班的事需要帮忙，你就随便拉个人帮你。"卡尔达斯拿起笔记本和两张照片建议道，"对局长来说，没什么事比这个优先级更高了。"

"你去哪儿？"克拉拉·巴尔西亚问。她已经起身走到了门口。

卡尔达斯看了下表。从莫阿尼亚开来的昂斯海盗号这会儿应该快靠岸了。

"我去跟船员聊聊。之后我想让埃斯特韦斯把我送到缇兰，我约了那个英国人。"

"你要再去一趟莫妮卡·安德拉德家吗？"

"怎么了？"卡尔达斯问。

"我之前一直在想避孕药的事，"克拉拉探员说，"你不记得是哪个牌子，对吗？"

"不记得。"

"这些药不能在周期的一半停药，那莫妮卡一旦发现忘了带药，就很可能会再去买。"克拉拉继续说，"我想到药物销售都是信息化的，如果提药了……"

"不会有很多巧合吗？"

"我也不知道会多会少，但试一下没什么损失。"

卡尔达斯也站起身。从警察局到港口需要五分钟，他要抓紧时间了。

"我觉得行。"卡尔达斯说。

他在警察局门口遇到了埃斯特韦斯。后者的脸色不大好。

"你还好吗？"卡尔达斯问。

"就那样。"

"你怎么了?"

"我的背,"埃斯特韦斯回答,"晚上又犯病了。没睡着。"

"你去看医生了吗?"

埃斯特韦斯把上身摇了摇,但看上去就像是用一整块石头雕刻的一样。

"这两周已经第三次了,拉斐尔。你必须得去看看。"

"已经没那么疼了,"埃斯特韦斯嘟囔道,"咱去哪儿?"

"我想着过会儿咱们去缇兰。"卡尔达斯回答,"但这之前,我要去趟港口,找一下从莫阿尼亚过来的船员。"

"昨天来这儿那个?"

"还有他的同事。"探长说。

埃斯特韦斯的脸上露出了厌烦的神色。

"您介意我不跟您去吗?这就让那帮人吞吞吐吐地烦我,太他妈早了。说实话,我没这心情。"

Zozobrar（倾覆）：1. 因强风和对流危及船只；2. 某事物面临失败或迷失的巨大风险；3. 由于不确定要做什么而犹豫，感到不安或忧虑。

    天没亮时，卡尔达斯探长看到的那艘驶入河口的远洋客轮已停靠在岸边。而当卡尔达斯穿过蒙特罗里奥斯花园时，客轮上装载的英国游客已经涌入了城市。凉棚下的长椅上，一群流浪汉聚集在那里睡觉，他们彼此遮盖、互相保护，免受寒冷和孤独的折磨。卡尔达斯觉得，在旁边躺着的那群狗里有一只可能是蒂穆尔，但是他并没有看到拿破仑。

    在体育项目码头的一座浮桥上，一些男孩在为他们的小艇帆船推下水前做检查。天气很冷但也晴朗，没有雾，吹拂的微风正好是行船需要的。

    卡尔达斯注意到一艘木帆船，它并没有像其他船那样绑在浮桥上，而是船身与石码头平行靠在那里。索具间晾着尺寸不一的衣服。甲板上坐着一个金发男孩和一只小狗，他们似乎正在阳光下谈心。

    从卡尔达斯小时候起，他就对乘帆船抵达这里的那些家庭很感兴趣。一对夫妇带着孩子们环游世界，一整年从一个港口驶到另一个港口。他们是会遵循准备好的航行计划，还是会任凭风和大海把他们带到下一个目的地？卡尔达斯还是个孩子时，就琢磨着，那些小孩不去学校而是在寝舱里上课会是什么样子。他当时一些同学的父母有船，但他不认识谁辍学去环游世界的。那些船尾飘扬的总是外国的国旗：英国、瑞典、荷兰……还有一些卡尔达斯那时还辨认不出国家的颜色组合。

    不过他非常羡慕。但他羡慕的不是第二天除了再次起航外再无其他计划的冒险或自由，而是住在船上的家庭所必须维系的亲密的关系。

    小时候，有很多次，卡尔达斯紧紧抓住码头的栏杆，双腿悬在水面上，他设想母亲依然健在，跟父亲和他一起取代了某个在船上生活的外国家庭。在那些想象中的航行里，他从不晕船，也不担心风暴会让船倾覆沉没。如果他们三个在一起，就算是沉入海底也无所谓。

在河口专门用于运送乘客的码头上,他看到了三座舷梯。一座通向驶往谢斯群岛的船,另外两座通向开往坎加斯和莫阿尼亚的渡轮。昂斯海盗号关闭了引擎,正等待着新旅客。两名水手正在登船处聊天。

"早上好!"卡尔达斯跟他们打招呼。

"一张?"一名水手边问边准备撕下一张票。

"不不,我不坐船。我是警察,"探长回答,"我想问两位几个问题。"

"您是一个人吗?"其中一名水手不安地探头望向码头。

莱奥·卡尔达斯点了点头。

"您昨天去警察局了,是吧?"

"是。"那名水手说。

"非常感谢您能去。"

水手狐疑地看着卡尔达斯。

"我是真心的,"卡尔达斯坚持说,"不是所有人都愿意帮忙。"

"不奇怪,"水手嘟囔着,"没律师的话,我不会再去了。"

"您觉得不自在了?"

"自在?"水手重复道,"我就差被那个疯子揍一顿了。"

"可能接待您的人昨天状态不好。"探长试图为埃斯特韦斯开脱。

"状态不好的日子咱都有,"水手反驳说,"只能忍着呗。还是您觉得,我们要是心情差,就他妈的能拿乘客出气?"

一通抱怨和道歉之后,卡尔达斯拿出了安德拉德医生女儿的照片。

"我昨儿就跟您那同事说了,这女的有时候来坐船。"此前被埃斯特韦斯冒犯过的水手说。

"每周都得有那么一天。"另一名水手很确定。

"上周五两位看到她了吗?"

昨天去过警察局的那位水手手势很明确:他并不确定。

"今天周几?"另一个问。

完了。卡尔达斯想。

"周三。"

水手挠了挠头。上周五太遥远了。

"我知道她坐过船没多久,但是我们每天要来回跑十六趟。"他把手指前后划动,仿佛是在穿越河口。

"她肯定坐的第一班船。"卡尔达斯试图帮他们回忆。

"六点那班？"

"六点或七点的。"卡尔达斯回忆着：咖啡馆的女服务员是快八点开始工作的，那时莫妮卡的自行车就已经停在码头了。

"有可能。"水手并不确定。

"您记得她是一个人吗？"

"我可记不了那么多。"水手笑了，"去维戈的头几班船人是最多的。"

"明白。"卡尔达斯低声道。接着他收好照片，而此时，船长正启动引擎，船尾升起了一团烟雾。

"您明白？"之前的水手问。

"当然。"

"您同事可怎么都想不通。"

探长没作声。他担心听到另一串责备，不过另一名水手说道：

"如果没什么能引起注意的东西，我们要记起五天前的一位乘客太难了。"莱奥·卡尔达斯听完，忽然想起了莫妮卡的猫。乘客把动物带上船应该不常见。

卡尔达斯正要开口，一阵短促的鸣笛声响起——船要开了。在码头攀谈的两名水手大步走下舷梯。被冒犯的船员进入船舱卖票。

"我得干活儿了。"另一位船员走远了几步，开始解开船尾的绳索。探长跟着他沿着码头走。

"能带动物上船吗？"

"拴住了可以，"水手回答，"得抱着或者关在笼子里。怎么了？"

"有可能那个女孩带了只猫。"

"猫？"水手把绳索抛在船舷上，又朝登船口走去。

"就是照片上这只灰猫，"莱奥·卡尔达斯走在水手一侧，又让他看了看照片，"您有印象吗？"

水手停下来看，但上层甲板传来一声喊叫，催促他上船。

"您介意在船里继续说吗？"水手建议，"起航以后，我一路都能跟您聊。"

还没等卡尔达斯回答，水手就进入了昂斯海盗号的船舱，而卡尔达斯仍站在码头上。虽然船的引擎还放在空挡，但船身在不停地震动。

"我们不收您钱。"看见卡尔达斯犹豫不决，水手鼓励他。

在船头的甲板上，另一名水手已经解下了最后一根绳索。

"好吧。"卡尔达斯咬咬牙，他深吸一口气上了船。

Puente（舰桥）：1. 立在地面凹陷处或其他地方的连接两侧的结构；2. 有助于让两种不同的事物接触或接近的东西；3. 驾驶船的平台；4. 将琴弦固定在乐器上的一块木头。

探长一上船，船员就关上了舱门，高音喇叭里的音乐声也戛然而止。随之响起的是一个男人的声音，提醒大家救生衣在哪里，紧急情况下如何正确弃船。不过总共也就十五位乘客，他们要么望向船外，要么看着手机，没人注意听安全事项。

甲板上的船员冲船长大喊，通知他绳索已全部解开，于是，昂斯海盗号慢慢地离开了浮桥。先是船尾，然后是船头。当船离开码头几米远后，船轰鸣着向前开了出去。

船舱里一股封闭空间的味道，还能闻到柴油和湿气。海浪撞击船体时哗哗作响，卡尔达斯试图通过玻璃向外看以转移注意力。他看到了吉亚山的黑色剪影，山后面显露出支撑兰德大桥的其中一个柱子，但当船驶入河口中央、摇晃变得更加剧烈时，卡尔达斯的不适感愈发强烈，让他无法专注于风景了。

他试着打开窗户呼吸新鲜空气，但玻璃上了锁。他四处张望，发现后面有扇门，门上有扇可以看到大海的舷窗。

"从那儿能出去吗？"卡尔达斯问一位乘客，还没等回答，他就已经打开了门来到了船尾的甲板上，他靠在栏杆上，下面的螺旋桨搅动着水面。

烟雾、噪声和燃料味让他感到不适，但不用再呼吸船舱里的窒息味道还是让他很满足。

"您还好吗？"之前鼓励他登船的水手问。

"不好。"莱奥·卡尔达斯坦言。

"您如果想吹吹风，可以坐上面。"水手指了指通向上层甲板的小梯子。

上面除了舰桥里正在驾驶的船长外，就空无一人了。一张警示牌写着禁止吸烟，另一张写着禁止向海里扔垃圾。一串大蒜挂在加利西亚区旗和西班牙国旗之间的天线顶部，保佑船免受邪恶的伤害。

船在前行，阵阵猛烈的风吹过甲板，但莱奥·卡尔达斯却很感激吹在脸上的冰冷，因为它带走了头晕的不适。

卡尔达斯看到，在船的前方，一队木筏散布在海上，仿佛在守卫着莫阿尼亚港。左侧的一大片房子是坎加斯。中间那片房子更稀疏的区域是缇兰，就是莫妮卡·安德拉德选择的避难所。

卡尔达斯的目光扫视着莫拉佐半岛，在他看来，那些房屋就像是溅上的水花，在海岸线上非常集中，但越朝山坡上走，房屋就越分散。

历史上并非一直如此。二十世纪前，村庄一般都坐落在高处，远离来自海上的危险。

卡尔达斯摸了摸头。他的头发湿漉漉的。他的防雨外套上也蒙上了一层小水珠。天上没有云，但这里的空气厚重，带着大量的盐分。卡尔达斯庆幸自己穿了件高领毛衣，能保护喉咙不受凉。

他从船舷一侧探出头，看到船开过翻起的泡沫。他想起了值下午班的那位女水手——她担心哪天会有谁从这儿纵身跳下去。

船长仍在舰桥里手握船舵。他一直没有回头往后看。其余乘客都在下面的船舱里，冬天一般都是这样。卡尔达斯想，如果他跳进海里，恐怕也没人会发现。

当船接近木筏的时候，一个急刹车让船猛地慢了下来。被当地人称作单桅帆船的几艘船靠在木筏旁，正使用金属篮子采集着贻贝。在甲板上劳作的水手们穿着黄色或橙色的防水服，就跟拉斐尔·埃斯特韦斯前一天早上在莫妮卡·安德拉德家的栅栏外看到的那个人一样。

"快到了。"水手从卡尔达斯的背后说，"您好点儿了吗？"

"好些了，谢谢。"探长说。

"您不冷吗？"

莱奥·卡尔达斯无所谓地挥挥手。确实很冷，但跟船舱里的眩晕比起来要好多了。

"之前我跟您提到一只猫。"卡尔达斯重拾上船前的话题。他把手伸进口袋，拿出照片。照片也因为湿气变得发亮。"有可能那个女孩周五早上带猫上的船。"

"我不记得。"水手很确定，"但也可能她没让猫露出来，好不打扰其他乘客。"

"有可能。"卡尔达斯说，"您记起那个女孩了？"

"我知道我见过她好多次，但我没法儿告诉您她上周五上午来没来。我不是跟您说了吗,去维戈的头几班人都很多。现在乘客越来越少了,但是早上还是有点人的。"

"您有印象上周见过一个英国男人上船吗?"卡尔达斯问,"一个拍照的男人。"

"我知道是谁了,"水手笑了,"年龄有点大,人很好。"

"对。"莱奥·卡尔达斯说,"他经常来坐船吗?"

"有时候来,"水手依然笑着回答,"不过我有两三周没见他了。"

水手下去做船靠岸的准备,卡尔达斯仍坐在阳光下的长凳上。随着船渐渐靠岸,冷风也停了下来。

上层甲板正对着石头码头,在那边的舷梯上几位乘客已经等待着登船回维戈。莫妮卡·安德拉德的灰色自行车还锁在栏杆上,旁边的那辆是那位戴着鼻环的女服务员的。

当船的引擎熄火后,卡尔达斯听到护舷跟船体摩擦的嘎吱声。卡尔达斯看了下表。穿越河口用了十二分钟多一点儿。他走下楼梯,跟水手们道别,然后跳上了舷梯。

他沿着舷梯走上码头,来到自行车旁。自行车跟昨天看的时候一样。卡尔达斯又看看昂斯海盗号。虽然船已稳稳地靠岸,但他仍能感觉到海浪在脑中摇晃。

几位乘客登船后在船舱里落座,而船员正在登船口聊天。船长还在上面的舰桥里看报,在报纸的事件版面,刊登着被蒙面者殴打的几位老人,或是被"凯门鳄"绑架的葡萄牙儿童,但并没有提到一个就在这里消失的女人。

卡尔达斯一直站在码头上,直到出现了下一位乘客。只见一个男孩大步走下舷梯。水手们一边撕下一张票一边继续攀谈。当男孩在船舱尾部的一张长凳坐下的时候,已经坐在那里的乘客谁也没有留意他。他如果溜出后门爬上上层甲板,也不会引起任何人的注意。

卡尔达斯看到码头的一个拐角处漂浮着一个苹果核,他想,大海到底埋葬了多少东西。

他又望向河口,清晨阳光下波光粼粼的海面让他几乎辨认不出对岸自己的城市。一艘拖网渔船在最近的木筏之间经过。船桨整齐划一地上下翻腾,就仿佛是同一个人在操作一样。不过,卡尔达斯能清晰地听到舵手对划船工们的吆喝声。

卡尔达斯目送他们远离,直到向外凸出的海岸遮住了他的视线,然后他朝莫妮卡·安德拉德家走去。

Mudo（哑口无言）：1. 被剥夺了说话的能力；2. 习惯性地或暂时地非常沉默或安静；3. 表示非常惊讶或兴奋；4. 没有对话的演出。

卡尔达斯把莫阿尼亚客运码头、渔港和奥孔海滩都留在了身后。在他走到前一天跟着安德拉德医生的车左拐的岔道前，他就已经脱掉了外套。

他沿着平行于海岸的那条狭窄的公路向前走，穿过果园和低矮的房屋，来到一个路口。在那里，他向一位正在院子里清扫落叶的女人问路。

"您走路的话不用沿着公路走，"女人对他说，"最好是顺着这个斜坡下去走到海滩。墓地和教堂就在旁边。不到一百米。"

卡尔达斯扭头看过去。只见一座非常陡峭的斜坡向下延伸到一片很小的海滩。但更远处被树木遮住了。

"在那边吗？"卡尔达斯犹豫着。

"别担心，"女人看了看卡尔达斯的鞋笑着说，"下面有条木栈道。几乎走完缇兰的整个海岸都不用踩沙子。"

卡尔达斯顺着女人说的地方往下走，发现来到了前一天早上两个贝类采集者耙沙子的那片海滩。架在沙地上的人行道延伸到通往教堂的小路，探长继续走，直到看见脚下出现了墓地石制十字架的影子。

来到教堂中庭后，卡尔达斯走近矮墙看着眼前的景象。他之前看到的那艘拖网渔船正随着舵手号子的节拍返回莫阿尼亚。

他还辨认出了"雾人"安德烈斯船尾关着金翅雀的鸟笼。安德烈斯正划向科尔代鲁寻找他的美人鱼。卡尔达斯想，或许安德烈斯来说，那些鸟儿的啼鸣就像是划船工听到的号子，在鼓励人前行。卡尔达斯盯着海面看了好一阵，忽然，一位年轻女子拿着一束黄色鲜花从斜坡上走下来。莱奥·卡尔达斯跟她打了个招呼，但她只冷漠地回应了一下，便朝墓地走去。

探长卡尔达斯朝反方向走去，脚下是那条通向医生女儿家的小径。莫妮卡的邻居卡门·弗雷塔斯家的门半开着,但却没有她的踪影。美杜莎在阳光下伸展开,躺在地上平静地打着瞌睡。

卡尔达斯推开蓝色木门,又在身后把它关好。他走近门廊,发现大门依然锁着。他敲了几下门环,想着万一安德拉德医生的女儿回来了,然而并没有人开门。

卡尔达斯绕过房子走到后院,朝莫妮卡的工作室走去。他把外套放在窗台上,双手搭在玻璃上向屋里看。电脑还在原处,就在几张报纸下面,跟他昨天离开时一模一样。虽然光线很暗,卡尔达斯还是看见了一些黏土造型,还有莫妮卡用来烤制陶瓷的炉窑。当远处墙上挂着的几幅画映入眼帘时,卡尔达斯拿出手机给克拉拉·巴尔西亚打电话。

"你找到巴勃罗·门德斯的签名了吗?"

"没有。我还在检查航班,"克拉拉回答,"确定莫妮卡没登机更紧急不是吗?"

"是。"卡尔达斯承认,"你们查出什么了吗?"

"她没从西班牙起飞去英国、或者阿根廷、或者任何地方。我们正试着找出她有没有从葡萄牙飞。"

"好的。"卡尔达斯说,"有了最终结果以后告诉我一下。"

"你在哪儿呢?"克拉拉探员问。

"在莫妮卡·安德拉德家。"探长回答。

"你怎么过去的?"

"坐渡轮。"卡尔达斯语气平静。

"你坐船了?"克拉拉·巴尔西亚感到吃惊。

"是。"卡尔达斯喃喃道,"你能告诉埃斯特韦斯我已经在缇兰了吗?"

"你要跟他说两句吗?他就在我旁边。"

"不用了,"莱奥·卡尔达斯回答,"就告诉他有空过来就行。提醒他带钥匙。我约了那个英国人。"

"你知道英国人之前的办公室就在艺术与机械工艺学院对面吗?"

"什么?"

"我今天早上忘了告诉你,不过沃尔特·科普之前上班的渔业局就在那条街另一边。安德拉德医生的女儿可能在搬到缇兰之前就认识英国人。"

"有可能。"探长说。

挂了电话后,卡尔达斯穿过院子,从厨房进了屋,来到浴室。他再次查看了脚爪浴缸下的锈迹,然后又看了看水槽上方柜门镜子里的自己。船上的风和湿气让他的头发乱糟糟的。卡尔达斯打开柜子，取出装避孕药的盒子。他打开盒子一侧的开口，抽出一板药，他要确认最后一次被服用的仍然是周四的那粒。把药放回药盒后，卡尔达斯看到了纸盒上印刷的好几个名称。

他带着药盒回到厨房，又给克拉拉·巴尔西亚打了个电话。

"我拿到药了。"

"是哪个牌子？"

卡尔达斯不太确定。盒子上的名称太多了。

"我都给你念一遍？"

"在你手里吗？"

"是。"

"你能拍张照给我吗？"

卡尔达斯没回答。地面上的水花让他呆住了。水痕从水槽那里开始，穿过厨房，直到猫碗前。有人在水龙头下接了碗水，把水放回原处的时候留下了这行水滴。

"你还在吗？"克拉拉·巴尔西亚问。

"在。"卡尔达斯哼了一声。

另一只猫碗也跟昨天的不一样了。里面的鱼形猫粮不见了，只有食物的残渣。

"怎么了，莱奥？"

"你记得昨天说到猫碗的事儿吗？"

"记得。"克拉拉回答。

"又被人重新装满了。埃斯特韦斯已经往这边来了吗？"

"还没有。他在我旁边。"

"你可以打开免提吗？"

卡尔达斯听到探员克拉拉·巴尔西亚和拉斐尔·埃斯特韦斯低声交谈了几句。然后他就听到了助理雷霆般的嗓音。

"您找到猫了？"

"没有。"卡尔达斯回答，"但有人把猫碗里装了水和吃的。"

"您确定？昨天猫粮还不少。"

"现在里面有鸡肉、胡萝卜还有些其他的，"探长俯视着猫碗，"水也换过了。地上全是水滴。"

"可能莫妮卡回家了。"

"她没有，"卡尔达斯反驳道，"她的自行车还在码头。"

"有人喂猫的话，那就是猫在那儿。"

"我也这么想的，"卡尔达斯说，"而且喂猫的人应该知道莫妮卡去哪儿了。"

"您问那位邻居了吗？"埃斯特韦斯问。

"她昨天就告诉咱们，莫妮卡什么都没托付给她。"

"但她有可能看见谁过去了。"

"确实。"卡尔达斯低声说，接着他弯腰抹了一下地上的水痕，"我觉得喂猫的人和我也就前后脚来的。"

"这人可能还在那儿。"拉斐尔·埃斯特韦斯指出。探长卡尔达斯比较怀疑。

"看起来不在。"但他还是条件反射地扭过头。

"您仔细看了吗？"

"没有，"卡尔达斯坦言，"但这儿没人。你过来吗？"

"来。"埃斯特韦斯说。

"背怎么样了？"

"好一点儿。"

"但你能开车吗？"

"不看两边的话能。"

"什么？"

"开玩笑。"

"好吧。"莱奥·卡尔达斯嘟囔着。然后他跟探员克拉拉·巴尔西亚说："克拉拉，你可以一起来吗？我想请你看一眼莫妮卡家。看看我们是不是漏掉了什么。"

"那航班呢？"

"你需要查很长时间吗？"

"应该不用。"

"那你查完了你们一起过来吧。"卡尔达斯说，"然后你跟马尔瓦尔说，让他负责找到那个阿根廷人。如果有问题，让马尔瓦尔直接找我。"

"好。"

"您就留在莫妮卡家吗？"埃斯特韦斯问。

"不，"卡尔达斯回答，"我去问问邻居是不是看见了什么人过来，之后我约了那个英国人。"

"您跟他约的哪儿？"

"这附近。"

"您觉得能见着他吗？"

"希望能。"探长说，"你们快到这儿的时候给我打电话。"

175

卡尔达斯收起手机，扫视了一下客厅。他嘶嘶地呼唤着猫，有那么一刻，他竟担心壁炉前的半人马雕塑会朝他奔驰过来。

他来到院子里，正要伸手拿他放在工作室窗台上的外套时，有什么东西让他突然回过头去。

房子看起来一切如故。但是他总觉得，有什么东西刚刚在什么地方挪动了一下。卡尔达斯透过窗户看了看厨房里，然后出于本能又看了一眼前一天上午埃斯特韦斯发现有人的那个地方。他用目光扫过整个围栏，仔细巡视覆盖在金属网上的每一片常春藤叶子，想看看是否有任何异常的响动。他什么也没发现。卡尔达斯竖起耳朵，但他只听到从远处传来的狗叫声，还有海浪拍打沙滩的声音。

他绕过房子往前院走，停下来展开大衣拿出了烟盒。他叼着烟把烟点燃，继续往前走。但他再次愣住了——对着小径的蓝色木门被人打开了。门还在铰链上微微摇摆，探长意识到，有人刚从这里离开。

他丢下烟快速跑过去环顾四周，但没看到任何逃跑的人。在他的左边，是通向邻居房子的小路、教堂和墓地；在他的右边，是通往观景台和其他海滩的小路。卡尔达斯决定朝右边走。他跑过那段小路，又沿着木栈道跑到莫纳观景台。有三个人在最大的那片海滩上散步，但卡尔达斯并不想踏上沙地。他们离得太远了。应该跑不了那么远。

卡尔达斯往回跑，跑回小径的时候他突然意识到，身旁的植被十分高大。逃跑的人可能蹲在里面的任何一个地方。他甚至连自己要追谁都不知道。

卡尔达斯从莫妮卡的房前跑过，继续跑向教堂的中庭。正清扫门前落叶的女邻居看到卡尔达斯靠近，停下了手中的活儿，不过她的小狗仍躺在那儿晒太阳。

探长在女邻居面前站定。

"您看见有人过去了吗？"

"从哪儿？"

卡尔达斯喘着粗气，有时他很理解他助理的心情。

"有没有人过去了？"他不耐烦地重复道。

"就刚才？"

"就现在，"卡尔达斯说，"在我之前有人过去了吗？"

"没人。"卡门·弗雷塔斯说。

"您确定？"

"我当然确定了，探长。"

莱奥·卡尔达斯低声骂着，扭身走上了小径。他在想，要不要顺着脚印去找，但最后还是决定不白费力气。逃跑的人肯定很熟悉地形。这个人可能藏在植被间或者附近的哪个房子里，甚至有可能顺着木栈道跑到了随便哪片海滩上。卡尔达斯快步走到了教堂中庭，探头往下看。采贝的女人门正刨着沙子。没有其他人。

前方，"雾人"安德烈斯的小船还在海面晃悠，附近是鸬鹚歇脚的那块大石头。

莱奥·卡尔达斯双手撑在矮墙上，低头斜倚在那里，出神地看着覆盖在堤岸上的植被。过了一会儿，他背靠大海坐下，脱了毛衣，在胸前摸着香烟，但他的烟不在这里，而是留在他扔到医生女儿前院的外套里了。

回去找烟之前，卡尔达斯停下来跟卡门·弗雷塔斯聊了几句。这位女邻居坚称对猫的事一无所知。

"您确定莫妮卡没带走它？"女邻居觉得奇怪，卡尔达斯告诉她猫没被带走。刚才在房子里的那个人还在喂猫。

回莫妮卡家的路上，卡尔达斯拔掉路旁一根长长的野草，叼在嘴里。他刚打开木门，裤兜里的手机铃声忽然响起。

"卡尔达斯探长吗？"是昨晚那个外国男人的声音，"我是沃尔特·科普。您到缇兰了吗？"

"到了，"卡尔达斯回答，"您在哪儿？"

"在海滩散步。"英国人回答。

"海滩？"

"对，您呢？"

"在莫妮卡家门口。"

"那咱们离得不远，"沃尔特·科普说，"您往右走的话会走到一座观景台。那里的几级台阶通向一个狭长的海滩。如果不麻烦的话，我在这儿等您。"

Objetivo（目标）：1. 基于事实和逻辑；2. 希望达到的、行动指向的目标；3. 真实存在，独立于知道它的主体；4. 一些光学仪器的透镜或透镜系统。

"在布莱克尼海角。"当卡尔达斯和沃尔特·科普沿着缇兰的海岸线走在湿漉漉的沙滩上时，后者操着他独一无二的外国口音说。沃尔特·科普是此前卡尔达斯远远看到的三个人之一，这也就说明，他并没有从莫妮卡·安德拉德家的木门处慌忙逃走。

眼前的英国人戴着小金属框眼镜，头发比他在退休聚会照片上的时候长。他的穿衣风格也变了。这会儿他蹬着一双靴子，穿着褐色的灯芯绒裤子，还有一件赭色夹克。夹克的夹层多得让人感到那件衣服仿佛是用各种口袋拼接成的。他脖子上挂着的相机吊在胸前，那就是所有人辨认他的物件。

"是诺福克郡的一个自然保护区。"

"我知道。"莱奥·卡尔达斯说。

"您知道布莱克尼海角？"英国人吃了一惊。

"昨天之前还不知道。"

莫妮卡的这位邻居愈发惊讶：

"直到昨天？"

卡尔达斯解释说，自己在寻找沃尔特身处何处时，看到了他发布照片的网站。

"照片很美。"卡尔达斯对沃尔特说。

"谢谢。"沃尔特告诉卡尔达斯，每年他都会去那个自然保护区观察灰海豹繁殖。从他职业生涯的第一年开始，即使是在搬到加利西亚之后，也没有任何一个十一月他错过了那场朝圣之旅。

"那您一定知道我是生物学家了。"

"对。"探长说，"您告诉我您是从波尔图飞的英国。"

"没错。"

"您总从那儿飞吗?"

"去诺福克郡都是从那儿飞,"沃尔特回答,"波尔图有直飞斯坦斯特的航班。然后只用开两小时的车就能到保护区。"

"您是自己去的吗?"

"我自己从这儿出发的,"沃尔特回答,"但萨拉在那边的机场接我。"

"萨拉是谁?"

"我女儿。她在机场接我,然后我们就共度周末。"

"是住的酒店吗?"

"有家叫国王武器的酒吧。他家楼上有房间。干净、便宜,而且啤酒还好喝。我每次都住那儿。"

"您女儿也是生物学家吗?"卡尔达斯问。

"差不多吧,"英国人笑了,"她是医生。"

莱奥·卡尔达斯也笑了。

"她马上就四十岁了。"科普望着海面说。

接着他补充道:"太不可思议了。"

两人继续沿着海滩向前走,那是缇兰最狭长的海滩。英国人告诉卡尔达斯,这片海滩叫维德拉,是"藤蔓"的意思,因为这里曾是一片从沙滩向上延伸的梯田,上面种植着葡萄藤。

"您认识莫妮卡多久了?"探长问。

"五六个月了吧,"科普回答,"从她搬过来之后。"

"之前不认识吗?"

英国人站住脚。

"为什么我们之前会认识?"

"莫妮卡在艺术与机械工艺学院工作,您在欧洲渔业控制局。两个地儿面对面对吗?"

"正好面对面。"英国人边肯定边重新迈开脚步,"莫妮卡我们俩开过好几次玩笑,说我俩做了好几年邻居,却非得跨过大海才能相遇。"

"之前您和莫妮卡甚至没见过?"

"见都没见过。其实我没接触过对面学院的任何人,我们局里也根本不知道街对面的楼里在干什么。有人说过那是某种民间大学,但是我们从来没想过那里面是艺术家、音乐家在传授手艺。莫妮卡告诉我都能在那儿学什么以后,我太吃惊了。这么个地方竟然没有每天见报不是太奇怪了吗?"沃尔特问,而卡尔达斯点点头。对他而言,那所学院也是个新发现。

"我应该是只接触过一个流浪汉。"沃尔特·科普说。

"拿破仑吗？"

"您认识他？"英国人问，"门口就有这么个天才，那里面的人得是什么水平，是不是？这位拿破仑说明，智慧和财富之间隔着一片汪洋大海。"

"确实。"莱奥·卡尔达斯表示赞同。接着他问道："您住这边多久了？"

"我是2005年从英国来的，当时是要让刚成立的渔业局运转起来。最开始是准备待一年，结果我现在还在这儿。"

卡尔达斯感到很吃惊，沃尔特口音这么重还能用这门外语精准地表达各种意思。他之前也跟沃尔特表达了这种惊讶，沃尔特当时笑了笑，仿佛他自己也觉得很神奇。

"您不思念家乡吗？"

"加利西亚跟英国没太大不同。幽默感很类似。在英国我们也不会有话直说，都是把话撂在桌边儿，跟这儿一样。这儿的土地也郁郁葱葱的，而且好在白天更长，日照更充足。"

"您一来加利西亚就住在缇兰吗？"

"没没……我退休之后来这边的，两年前吧。之前我住在维戈，离工作的地方不远。"

沃尔特指了指河口对岸的那座城市。

"您为什么搬过来？"

英国人边哼唧边寻找答案。

"应该是想离家乡更近一点儿吧。这儿更靠北一点。"

莱奥·卡尔达斯笑了。

"是个好原因。"

英国人露出嘲弄的神情，不过他并没有停下脚步，他张开双臂，仿佛要拥抱天空、海洋还有他们脚下这片荒野海滩。他深吸了一口气，让退潮的气息充满肺部，接着他问：

"您真的需要知道我为什么在这儿定居吗？"

"不，"卡尔达斯回答，"不需要。"

卡尔达斯正要问他莫妮卡·安德拉德的事，只见他突然停下，仰起头好透过眼镜向前看。

"发生什么事了吗？"探长问。

英国人指了指在海面上盘旋的一只鸟。

"您介意我照几张照片吗？"

卡尔达斯挥挥手，科普摘了相机套，又把遮住镜头的塑料保护盖拿开。

那只鸟仿佛此前一直在等待目击者，英国人刚对好焦，就见鸟儿兜了个圈向水面俯冲下去。片刻后，它叼着一条鱼飞出水面，然后靠近海面低飞着远去。与此同时，沃尔特·科普就像叩响机关枪的扳机一样一次又一次地按下快门。

当鸟儿消失在远方后，英国人翻看着刚拍的照片，整个捕鱼场景被捕捉了下来，为此他感到非常满意。

"您看到喙上黄色的尖和头上的黑色羽毛了吗？"沃尔特在屏幕上放大了一张照片，"它是白嘴端凤头燕鸥。一年里这个时候，它应该是在飞往非洲的路上。"

卡尔达斯看了眼照片，然后指了指浮在水面上的另一只鸟。它羽毛的颜色很浅，头却跟刚才科普说的那只一样黑。

"这只也是，对吗？"

生物学家扫了一眼卡尔达斯说的那只鸟，然后又回过头看着相机屏幕。

"不是，"他回答，"那是只红嘴鸥。"

"您怎么做到看一眼就认出来的？"探长很惊讶。

"我是通过画鸟认识它们的。"英国人边解释边像握笔那样攥紧了右拳，"那是个非常有用的练习。它能逼迫你注意到所有细节：喙和爪子的形状和颜色，尾巴、羽毛、飞翔时的姿势……所有这些都有助于你以后辨别它们。"

"您画画很好吗？"

"我是个特例。"沃尔特回答。

"特例？"莱奥·卡尔达斯问。他确信，沃尔特·科普要说的是，他能像照片一样复刻任何东西。

但他错了：

"我只会画鸟。"英国人说。

"什么？"

"我只会画鸟，"沃尔特·科普笑着重复，"我是不是个特例？我能画任何一只鸟，但您千万别让我画别的，我都不知道怎么下笔。"

"是吗？"

英国人挠了挠下巴。

"其实我不记得画过任何没有喙和翅膀的东西。"

Ilusión（幻影）：1. 期望或希望某事发生的人的心态；2. 被认为是真实的但其实是想象中的东西；3. 喜悦或热情；4. 没有真正根据的希望。

在倒置在维德拉海滩干燥处的木船附近，露营地的那片绿墙下，是卡尔达斯和埃斯特韦斯前一天看到的被植被包围的小屋。

莱奥·卡尔达斯走了过去。小屋的门上着锁，墙上的一个洞就是它的窗户。探长向里看，但只能分辨出物品的轮廓。

"这儿关了好几个月了，"英国人告诉他，"只有夏天开，这样露营地的客户想喝点儿什么的话，就不必爬到上面的咖啡馆了。"英国人解释的同时，探长拿出了打火机，把一只手通过墙洞伸进屋里。

火焰照亮了墙边堆放的几个啤酒箱子，卡尔达斯能看到沙子覆盖的地板上有几个破碎的瓶子，但没有新的脚印。他把手缩回来，又检查了房子四周。

"那个厂房是什么？"卡尔达斯指着海滩尽头更大的一座建筑问。那是座白色的单层建筑，铁皮屋顶，窗户被金属栅栏封着。

"那个厂房本来是要用来加工贻贝的，"沃尔特·科普告诉卡尔达斯，"不过后来项目黄了。从几年前开始，水手们就用它来保管器械。您要过去看看吗？"

他们正穿过退潮结块的沙子向厂房走去，突然，一个带着两条猎犬的人沿海滩从他们身边跑了过去。那人跑过时挥手跟沃尔特·科普打了招呼，但并没有放慢脚步。两条猎犬倒是跑了过来，来到英国人旁边，抬起鼻子要求抚摸。科普拍了拍它们的背，它们就再次沿着岸边飞奔而去，跑回了主人身边。

卡尔达斯的目光随着狗望向了峭壁的另一边，涨潮的时候，这些岩石会把这片海滩与下一片海湾隔开。在他的脑海中，医生女儿家那扇蓝色木门仍然在铰链上摆动。

"您今天上午去过莫妮卡家吗？"探长问。

"我从那儿路过了。"沃尔特·科普说。

"就刚才？"

英国人不知道该如何理解这个问题。

"'刚才'是指什么？"

"就在您给我打电话以前？"莱奥·卡尔达斯补充。

"不是。"沃尔特·科普回答，"我给您打电话的时候已经在海滩上散了一个多小时的步了。"

"一个多小时？"

"我可能确实没法再坐办公室了，但我每天早上都能走八到十公里。"英国人解释的时候冲卡尔达斯微笑着。

"您进莫妮卡家了吗？"

"我先从外面叫了她，就跟每天早上一样。我老是在栅栏那儿敲门，然后就在路上等她。"沃尔特扬了扬眉毛。

卡尔达斯并不记得在莫妮卡·安德拉德家的木门旁看到过门铃，于是向沃尔特请教。

"在我们这个岛上，我们有自己的门铃。"英国人说。

看起来莱奥·卡尔达斯并没有听懂，所以沃尔特·科普就用食指和拇指捏了个圈放到嘴边，然后吹了声响亮的口哨。

探长往前面岩石那里看了一眼。如果此时之前的两条狗听到哨声折返回来，他也不会感到奇怪。

"之后我进她家了。"沃尔特·科普又说。

"进屋了吗？"

"没进屋，但是我在院子里绕了一圈，还往窗户里看了看。"沃尔特说。

"您看到有什么奇怪的东西了吗？"

沃尔特摇摇头说：

"我看见莫妮卡不在家。"他的声音中流露出了一股恐惧，"您觉得她出什么事了？"

"我们不知道。看起来像是出门了。"卡尔达斯说。

"主动的？"

"可能是，"卡尔达斯回答，"她的东西少了几样。"

英国人停下脚步。

"她带行李了？"

"带的东西不多，但是确实带了。"探长向他确认。虽然卡尔达斯还有很多疑虑，但他看到英国人在听了他的回答后平静了下来。

"嗯，她要是带行李了的话……"科普如释重负地说。

"您最后一次见她是什么时候？"

"周四上午。"

"您确定？"

"确定。"科普毫不犹豫地说，"前一天晚上的暴风雨把她院子里的一棵树刮倒了，来砍树的人到之前我都一直陪着她。"

"之后呢？"

"之后我就去波尔图机场了。"沃尔特说，"您为什么这么问？从上周四上午之后就没她的消息了吗？"

"不不，"莱奥·卡尔达斯赶忙纠正，"我们知道她周四下午去了陶艺工作室，后来晚上又回家睡觉。周五一早她去了莫阿尼亚，要坐船去维戈，那之后就……"

"她坐渡轮去的维戈？"

卡尔达斯觉得是这样。

"她把自行车锁在了码头上，在老位置。"

沃尔特·科普吃惊地看了眼卡尔达斯。

"那应该是去坐船的。"

"您知道她是不是在见谁？"探长问。

这个问题让英国人更加迷茫了。

"是不是见谁？"

"她是不是有伴侣，啊呀，就是她是不是在谈恋爱？"

"您为什么这么问？"

"有可能是个水手？"

英国人揉了揉脖子后面，看起来不太舒服。之后他摇摇头说：

"没有，据我所知，没有。"

"她会告诉您吗？"

"我觉得会。"沃尔特想了一会儿说。

"她几年前有个阿根廷男友。您有印象吗？"

沃尔特·科普从小眼镜上方看着卡尔达斯：

莫妮卡从未跟他提起过巴勃罗·门德斯。

"我们不喜欢谈论过去。"沃尔特低声道。

"这是因为您和她……"卡尔达斯话没说完，就像根刺往英国人的高傲里扎了一半。

沃尔特·科普笑了，那绽放的笑容就像是破灭的幻影。

"莫妮卡都能当我女儿了，探长。"沃尔特反驳道。当然，他和探长都知道，年龄并不是不可逾越的鸿沟。

沃尔特·科普站在岸边。他望着前面的大海，但卡尔达斯几乎能听到他脑中的沸腾声。

"您在想什么？"卡尔达斯问他。

"我在想，莫妮卡每周五上午都去艺术与机械工艺学院，去解决学生们的问题。"

卡尔达斯告诉他，那天上午好几位学生都去学院等莫妮卡·安德拉德，但是她并未出现。

"她跟您提起过要去什么地方吗？"

"恰恰相反。莫妮卡不准备离开这儿。"

"莫妮卡告诉您的吗？"

英国人点点头。

"她跟我说整个周末都要待在家里。而且其中一天还要跟她爸爸吃饭。您跟她爸爸聊过了吗？"

"正是安德拉德医生报的案。"莱奥·卡尔达斯解释，"莫妮卡没去吃饭。"

"这倒也不太奇怪，"英国人说。但卡尔达斯并不确定，沃尔特说的不奇怪是莫妮卡不记事，还是埃娃·布阿已经告诉他的紧张的父女关系。

卡尔达斯决定听听沃尔特怎么说："是吗？"

沃尔特·科普摇摇头。

"莫妮卡很少说自己的事，但很明显她不想过多地跟她爸爸在一起。"

"他们关系不好吗？"

"我不知道该不该叫'不好'。"英国人回答，"有些父母渐渐远离，还有一些让孩子活在他们巨大的阴影里。"沃尔特·科普停了下来，仿佛在寻找某个词，之后他问道："您是爸爸吗？"

卡尔达斯坦言他并不是。

"哎，知道该把自己摆在什么位置不容易。"

这时，一首轻柔的旋律——就是打开沃尔特·科普网页时听到的那首——打断了两人的谈话，也正好让莱奥·卡尔达斯免去了接话的烦恼。

"您介意我接一下吗？"

科普接电话的时候，探长走开了几步，让河口的风吹拂着脸颊，他一边哼着小曲一边看着单桅帆船如何从最近的木筏上采收贻贝。正午的阳光洒在海面上，粼粼的波光让卡尔达斯看不真切对岸自己的城市。卡尔达斯扭头寻找观景台后莫妮卡·安德拉德的房子，但海滩上生长的植被把它挡住了。

"是渔业局的一个老同事打来的，"沃尔特·科普挂了电话以后说，"说是有个女警察正在询问我的信息。"

卡尔达斯流露出了同谋的神情。英国人走到卡尔达斯身边时，他还在哼着之前的曲子。

"您要是再这么哼下去，我就又要接电话了。"沃尔特·科普开玩笑说。

"很好听，"探长说，"是什么曲子？"

"是圣-桑《动物狂欢节》中的一个曲子，"英国人说，"叫《天鹅》。"

卡尔达斯并不熟悉这位作曲家，但他确信，之前阿尔瓦躺在沙发上看书的时候，某张唱片播放的音乐里一定有这个旋律。

Memoria（记忆）：1. 在脑中重建过去事件的能力；2. 记忆；3. 有纪念意义的建筑；4. 对事实或理由的陈述；5. 对特定主题的书面研究。

在被水手当作仓库的厂房附近，一根数米高的柱子立在岩石上，上面绘有白色和红色的条纹，似乎在巡视着海岸。沃尔特·科普告诉卡尔达斯，这是水手们做的标记，用来作为参考物准确定位他们的发现地。

"他们的什么发现地？"莱奥·卡尔达斯问。

"就是水手们能捕到很多鱼的地方。每个人都了解他自己的点。"

鱼在特定地点的繁殖通常是由于水下有岩石或为它们提供食物的藻类群。然而，在那片海岸，这些鱼聚集的区域大部分是水手人为创造的：他们将老化的木筏没入海中，以便鱼在框架间安身。沃尔特·科普解释说，这些位置是每个渔民家保守的秘密，只会代代相传。

"他们在海上的时候，选取海岸上的几个标记作为参考。通过这种方式，他们可以确定鱼类聚集的确切位置，并且随时返回。"沃尔特·科普说道。而卡尔达斯在想：这个系统跟定位手机位置的三角定位法没什么不同。"不一定都是这样的柱子，也可以是一棵树、一座房子、一个峭壁……任何一种第二天仍会待在原处的东西。"

卡尔达斯观察着眼前的柱子，与此同时，沃尔特·科普向他描述着缇兰海岸的独特之处，他的语气中透露出一种新人的钦佩之情，就仿佛他根本没有在过去的两年间每天早上穿越这里似的。他甚至还探头去看墓地下方的洞口，然后开始激动地描述传说中的鬼火，就好像那种现象正在眼前发生一样。

"这些传奇故事跟我老家岛上的老年人讲的那些很像。"沃尔特苦笑着承认。

"您家乡的人也迷信吗？"莱奥·卡尔达斯问道。

"表面上看不迷信，"沃尔特·科普笑了，"但其实内心还是相信这些的。在这方面我们也很像加利西亚人对不对？既务实又轻信，虽然肯定有人觉得这两样不可能同时拥有。"

两人抵达维德拉海滩的尽头后，眼前就是将这里与下一个海湾隔开的圆形岩石了。卡尔达斯爬上了其中一块，上面长着一片被桉树占据的小树林，只有极少的原始植被还在岩石底部的沙缝中挣扎。前一天上午，卡尔达斯和埃斯特韦斯就是沿着这片树林间的一条小路抵达拉萨雷托的。

"乌鸦巢。"背后的沃尔特·科普说。

"什么？"

"这片海滩的名字：乌鸦巢。"英国人解释说，卡尔达斯抬头看着树冠。

"前面有片侵入岩露出的地方。"

沃尔特·科普又说。

莱奥·卡尔达斯通过表情告诉沃尔特，他不明白这是在说什么。

"这些岩石来自岩浆。"

探长的表情并没有变化。

"就是慢慢冷却下来的熔岩。"英国人笑着说。

"火山熔岩那样的熔岩？"卡尔达斯问。

"对，来自地球内部的熔岩。您愿意的话，我带您去看。"

卡尔达斯谢绝了这个提议。他并不是到缇兰看岩石的。

卡尔达斯转过身，看到从那座白色厂房向海中延伸出去一座很小的石头码头，那里停靠着几艘小船。他双手插兜，腋下夹着防雨外套朝那个方向走去。英国人也跟了过去。

卡尔达斯走到防波堤坝的尽头，安静地站在那里，享受着被水包围的片刻。向左，在一片突出的海岸后，兰德大桥的一根支柱显露出来；向右，一片狭长的黑云仿佛悬在天边；对岸，城市伸展开来。莱奥·卡尔达斯看着眼前的城市，他把下巴埋在高领毛衣里，保护喉咙躲避寒冷的海风。

当卡尔达斯向后看时，发现沃尔特·科普正坐在码头上，把双腿悬在海面上。他背着风坐在那里，通过相机的镜头看着这个世界。

卡尔达斯穿上外套，点燃一根烟，在沃尔特·科普身旁坐下。

"来一根吗？"卡尔达斯把烟盒递向沃尔特。

"不了，谢谢。"沃尔特·科普正在拍摄一只在海滩不远处展翅的鸟，"我们的燕鸥朋友又出现了。"

趁着英国人为那只鸟定格，卡尔达斯探长利用防波堤提供的视角俯瞰整条海岸线，目之所及是一个接一个的沙滩、岩石和弯道。

卡尔达斯看到了"雾人"安德烈斯的小船,旁边的科尔代鲁岩石上有只鸬鹚正展开翅膀晒干羽毛。

"他也喜欢鸟。"莱奥·卡尔达斯说道。

"是。"沃尔特·科普回答,"不过我更喜欢让鸟自己选择给谁唱歌。"

"明白。"

"您知道吗?他留下来是想待在一条美人鱼旁边。"英国人并没有把右眼从取景器上移开。

莱奥·卡尔达斯点点头。

"为了一条美人鱼放弃一切,很美。"沃尔特·科普说,"您不觉得吗?"

"是吧。"卡尔达斯的回答很简短,"他每天都在那儿吗?"

"每天白天,还有好多天的晚上,"英国人说,"他不工作的时候就在海上。"

"他做什么的?"

"他是个探水人。"

"探水人?"

"寻找地下水源的人不叫这个名字吗?"沃尔特·科普问,"在我们那里叫'diviners',水的占卜师。"

加利西亚语里也这么说。

"就是用摆锤找水的人吗?"莱奥·卡尔达斯回答。

"用棍子。"英国人松开相机,用伸开的双手做出握在叉形支棍两端的样子。

"能找到吗?"

"您会惊叹的。"沃尔特·科普笑了笑。

两人又默默地看了一阵小船上的那位探水人。探长卡尔达斯率先打破了沉默:"这职业很神奇。"

沃尔特·科普点点头。

"在我们这儿,主要都是些异乎寻常的人。"

卡尔达斯想,眼前这位英国人本身也是个特别的人,既然话匣子打开了,卡尔达斯决定问问关于莫妮卡·安德拉德另一位邻居的事。

"听说还有个有问题的男孩。"卡尔达斯吸了口烟后说。

沃尔特·科普从眼镜上方看着卡尔达斯:

"什么问题?"

"好像是什么缺陷。男孩就住在莫妮卡家附近。"

"卡米洛?"

"可能吧。"卡尔达斯看到沃尔特·科普满脸不解,又问道,"您知道莫妮卡的朋友埃娃·布阿吗？"

"当然了。莫妮卡邀请过我去跟埃娃·布阿和她老公吃晚饭。"

"埃娃·布阿今天早上在警局跟我提到了这个男孩。"

"她怎么跟您说的？"

"说这个男孩很吓人。"

"卡米洛？"英国人很诧异，"吓人是为什么？"

"我不知道。埃娃·布阿说他老是在莫妮卡家周围转悠。这让莫妮卡很害怕。"

"探长，埃娃根本不认识这个男孩，"沃尔特有些激动，"卡米洛压根儿不会靠近他不认识的人。是其他人让卡米洛感到恐惧。我不明白莫妮卡怎么会害怕他。"

卡尔达斯后退了一步。

"我不清楚，但是莫妮卡的一位学生说，她消失前的那天下午看上去有点担心，所以我想会不会……"

英国人没让探长说完他的推断：

"卡米洛的病让他无法跟人正常相处，但是他就跟五岁小孩一样人畜无害。"沃尔特·科普语气坚定，"我能想到莫妮卡可能对卡米洛的二十种情感，但我向您保证，这里面没有恐惧。"

英国人有些激愤，他将镜头对准了一些栖息在海面上的海鸥，它们像船只一样正逆着风。卡尔达斯等到英国人拍完一连串的照片后，才再次开口。

"我跟您说了，上周四下午，在艺术与机械工艺学院，有人发现莫妮卡很担心。那天早上她状态好吗？"

英国人还是先用相机捕捉了一阵海鸥，然后才回答。

"早上很好。"他说完又补充道，"树倒了让她有点儿受惊，但她很好。"

卡尔达斯此前看到了被割断的树干和受损的院子围栏。英国人说得对：无论如何，莫妮卡还是幸运的。

"我当时照了几张照片。"沃尔特·科普把相机从脖子上取下，接着在屏幕上向后倒照片。在不计其数的鸟和海豹的照片后——那是他周末在布莱克尼海角拍的，终于出现了他要找的那几张：倒在院子里的树、被压倒的金属网、被连根拔起的根球的细节、地上的洞。"一位市政的人把树干切成了几大块，被我们推着滚到了栅栏旁边。"

"那是莫妮卡吗？"莱奥·卡尔达斯问。

沃尔特·科普又往回倒照片，直到屏幕上出现了莫妮卡·安德拉德站在被砍伐的冷杉旁。

"她之前就应该把树砍了,因为已经倒了一半了。"沃尔特·科普抖着手说,"我提醒过她一两次,但是她坚持要等到圣诞节后。她准备在工作室里做些造型装扮那棵树。"

"在她的小屋,"卡尔达斯低声说,但他看不出英国人目光里传达的含义,于是又说,"莫妮卡不是这么叫她的工作室的吗?"

"您知道这个名字是我起的吗?"

"小屋?"

沃尔特·科普点点头。

"您看过一部德国电影吗?叫《卡里加里博士的小屋》。"

卡尔达斯说他看过,虽然他其实只听过片名。

"莫妮卡的工作室也很神秘,里面还放满了造型,就跟卡里加里博士的怪物一样。"沃尔特·科普边说边向卡尔达斯展示着照片,在照片上,维克托·安德拉德的女儿正蹲在树被挖走后留下的大洞旁边,"莫妮卡很喜欢这个名字。"

卡尔达斯仔细看着英国人相机的屏幕:一只灰猫出现在照片的一角。

"您看到猫了吗?"探长问。

"什么?"

"莫妮卡的猫,"卡尔达斯说,"您今天早上在莫妮卡家看到了吗?"

"没有。"沃尔特·科普想了想说。

卡尔达斯看了下表,埃斯特韦斯和克拉拉·巴尔西亚应该快到了。

起身后,英国人问卡尔达斯:

"您要回维戈了吗,探长?"

"还不回去。我还要再转一圈。"卡尔达斯随便指向海岸的某处。

"我下午要去维戈还车。"沃尔特·科普说,接着他解释说,那是他降落到波尔图之后租的。

"您没有车?"

"几年前我送人了。如果您算笔账,估计您也会送人。"

卡尔达斯笑了。他不仅没车,而且坐车的时候只要不开窗就会晕车。

"您一有莫妮卡的消息就告诉我吧。"

沃尔特·科普说他一定这么做,然后朝探长伸出了手。

"您有什么需要也随时打电话给我吧,"沃尔特主动说,"我还要在这儿待四五天。"

"只待四五天?"莱奥·卡尔达斯有些吃惊。

沃尔特·科普说，在英国度过的上个周末，其间，他收到了一条坏消息。

"我的女儿萨拉，被发现有个肿块。她下周做手术，我想陪在她身边。"

"当然。"莱奥·卡尔达斯说，"严重吗？"

"用这儿的话说就是，'不算不严重'。"沃尔特·科普笑了笑，努力不丢掉他的幽默感，"不过看起来发现得很及时。"

"之后您还回来吗？"

"当然回来，不过不知道什么时候了。我现在更应该待在那边。我这次回来也是因为已经买好了票，而且我要去家里取些东西。"沃尔特·科普回答的时候目光追随着一只飞翔的鸟儿，"退休的好处就是你可以决定待在哪儿。我就像那只燕鸥：我可以在这儿过冬，也可以飞回我在那座岛上的巢。"

卡尔达斯已经走上了通往海岸的防波堤，又转身问英国人最后一个问题。

"您知道到哪儿能找到那个卡米洛吗？"然后卡尔达斯又仿佛找借口一样补充说，"或许他见过莫妮卡。"

"您可能在任何一条路上遇到他，就在您想不到的时候。"沃尔特·科普说，"他很容易认出来，因为他穿一身橙色。"

"橙色？"

"就像我跟您说的那样，他不喜欢有人靠近他。他穿这个颜色就是为了我们能远离他。"

卡尔达斯看了一眼遮住了医生女儿房子的那些树木。

"不过吧，您要是试着让他告诉您点儿什么，那就是浪费精力了。"英国人指出。

"为什么？"

"因为卡米洛不说话。"

"因为不会说话吗？"

"因为不说话。"

Fe（信仰）：1. 基督教三种神学美德之首；2. 一整套宗教信仰；3. 信心，对某人或某事的美好认知；4. 由于某人的权威或名声而赋予其证词的有效性；5. 对某事真实的确定。

卡尔达斯在圣胡安教堂的中庭找到了拉斐尔·埃斯特韦斯和克拉拉·巴尔西亚。只见埃斯特韦斯双手抱在脖子后面，拉伸身体，寻找着可以缓解他背部疼痛的姿势。克拉拉看起来却很享受：她倚在矮墙上看着河口，任凭头发被吹得有些凌乱。这冷风继续向早晨浸透着湿气。

卡尔达斯站到克拉拉旁边，水面上的阳光和对岸城市的微光迫使他眯起眼睛看向了近处，在那里，"雾人"安德烈斯正坐在船舷上慢悠悠地收起钓鱼线。

"你不知道那个男人是做什么的吧？"卡尔达斯这样向克拉拉打招呼。

克拉拉·巴尔西亚看了看海上那只小船上的渔民。

"做什么的？"

"找水。"

"那肯定有人要给他发奖章了。"拉斐尔·埃斯特韦斯插话道。卡尔达斯笑了。

"我是说他在岸上的时候。他是个探水人。用一根棍子找地下的水源。"

"能找到吗？"克拉拉·巴尔西亚的问题跟之前探长问英国人的一模一样。

"据说能。"

"我在这儿也能找到，还不用棍子。"埃斯特韦斯说，"这么多绿植肯定是因为到处都是水。我可真想在我老家也碰上这么个满嘴跑火车的人：'您好，我来用我的棍子找水。''哎哟亲爱的你过来，我这儿也有根棍子。'"埃斯特韦斯把手向后挥，仿佛要抽个耳光，不过这威胁的姿势还是变成了疼痛的表情和一声呻吟："哎哟，我去。"

"他这可太糟了。"等阿拉贡人闪到一旁继续咒骂的时候，克拉拉·巴尔西亚压低声音说，"来的时候是我开的车。"

"你找到我请你查的信息了吗？"

"葡萄牙那边也没有用莫妮卡·安德拉德的名字做的机票预订，"克拉拉说，"不过沃尔特·科普的查到了。他没说谎，他上周四下午飞的，昨天回来的。"

"我知道。"卡尔达斯说，"我刚见了他。"

"怎么样？"

卡尔达斯正要回答却突然停了下来，他看到"雾人"安德烈斯钓鱼线的末端钩着一条欧洲鲈鱼。鱼出水时使劲摆动着闪亮的身体，挣扎着想从鱼钩中挣脱出来，当安德烈斯抓住鱼鳃把鱼钩取下时，那条鱼继续摇晃着，安德烈斯把它扔进了船上的一只篮子里。

只见渔夫用布擦干双手，而笼子里的金翅雀仿佛在用歌唱庆祝着这项任务的完成。接着渔夫又在鱼钩上挂上诱饵，再次抛线。

莱奥·卡尔达斯想象着篮子里的那条鱼。他知道，在接下来的几分钟里，鱼还会张大嘴巴，在阵阵痉挛下寻找氧气。离开水的鱼经受的痛苦总是让卡尔达斯很不安。他觉得能在其中感受到溺水者的痛苦：他们紧张地喘着粗气寻找生命，却只能在水底缓慢死亡。

"您给我们讲讲英国人说了啥吧？"埃斯特韦斯有些焦躁，他的问题把探长的思绪拉了回来。

"沃尔特·科普上周四上午跟莫妮卡一起，之后他就去旅行了。"卡尔达斯回答，接着他解释，他在沃尔特·科普的相机里看到了医生女儿的照片，"从那儿往后他就什么都不知道了。"

"您信他？"埃斯特韦斯表示怀疑。

"他为什么要撒谎呢？"莱奥·卡尔达斯问，"如果他们想一起走，一起离开就行了。他们是两个自由的成年人。"

"他每天上午跟莫妮卡散步，然后两人一起消失了，现在说他几天前就什么都不知道了？咱们是突然开始相信巧合了吗？"

"他们不是同时消失的，拉斐尔。沃尔特是周四下午飞的英国，莫妮卡那天下午一直跟她的学生们在一起。她第二天才离开的。"

"我们核查了所有航班，"克拉拉·巴尔西亚补充，"莫妮卡没跟沃尔特一起走。这一点毋庸置疑。"

"他们可能不是一起飞的。"埃斯特韦斯承认，"但我不相信这英国人啥都不知道。"

卡尔达斯的目光没有离开叼着烟斗的渔夫。"家里有人。"卡尔达斯仿佛自言自语道。

克拉拉·巴尔西亚和埃斯特韦斯对视了一眼。

"在莫妮卡·安德拉德家？"

卡尔达斯点点头，"谁？"

"我不知道。给你们打过电话之后，我又在她家待了一会儿。我走的时候发现木门开着。"

"是那个英国人。"埃斯特韦斯说。

"不可能。他当时正在海滩上散步。"

"会不会是您进去的时候开的？"

"不是。"卡尔达斯毫不迟疑地说，"我当时看到木门还在晃动。我确定有人刚离开，但是那个人沿着公路跑了，或者是躲到哪儿了，因为我在路上没看见有人。"

"可能是风吹开的。"克拉拉·巴尔西亚指出。

"我觉得不是，"卡尔达斯说，"应该是喂猫的那个人。"

"如果有人来喂猫，那肯定是因为知道莫妮卡喂不了。"

"对。"探长回答。

"但为什么要逃跑？"拉斐尔·埃斯特韦斯问。

三个人沉默了一阵。之后，卡尔达斯提出了一件可能推出答案的事情：

"你记不记得，昨天你好像看见有个穿着橙色衣服的人，从栅栏外探出头？"

"不是好像看见，"埃斯特韦斯纠正道，"我发现那个橙色家伙的时候他就瞬间消失了。"

"有人提到了这附近的一个居民，"卡尔达斯说，"他经常穿那个颜色的衣服。莫妮卡的朋友埃娃·布阿也说，她每次过来都看见了那个人。那人就几小时几小时地守在莫妮卡家附近。"

"会不会就是今天你没追到那个？"

"我也在想。"卡尔达斯看着海面上的随便一处出神。

"今天不做弥撒。"一个声音从他们背后传来。

警察们转过身，看到一个瘦弱的男人推着一辆独轮车，里面放着几块红瓦。他身穿运动鞋、帆布裤和一件深色连帽拉链运动衫。

"我们不是来做弥撒的。"卡尔达斯说。

"我开玩笑的。"男人放好独轮车，跟几位解释，他就是在这座教堂里主持弥撒的人。

"我还以为这儿没有牧师。"卡尔达斯说。

"没有虔诚的信徒倒是真的，"牧师笑着说，"也没钱雇泥瓦匠。"

据他说，他的教区在莫阿尼亚中心，但是圣胡安教堂需要的时候他也会过来。

"有的时候是教民需要我，有的时候是被掀起的瓦片。"

三位警察同时抬头看向教堂顶，按牧师的说法，从教堂内部的漏水情况来看，暴风雨想必毁坏了不少瓦片。说完后，牧师询问是什么原因让这三位陌生人来到了他教堂的中庭。

"我们是警察。"卡尔达斯说，而当他们提到莫妮卡·安德拉德的失踪时，从牧师的表情看得出，他并不熟悉莫妮卡的名字。看了照片后他也没认出来。

"三位觉得她出什么事了？"牧师问。

"根据我们掌握的证据来看，她上周五早上离开了，但我们不知道她去哪儿了，也不知道为什么离开。"卡尔达斯回答，"已经好几天没她的消息了，她家里人很担心。"

牧师表示理解。"但如果是她主动离开的，还算是个好事，对吧？"牧师之后又问。

"理论上讲，是的。"卡尔达斯肯定道。

"我很想帮忙，但不知道怎么帮。"牧师先道了个歉，接着去取梯子。探长卡尔达斯跟在他身后。

圣胡安教堂内部有很多画像。内墙和地板是石头的，白色的天花板被深色的木板条穿过。入口左侧是一个洗礼池，另一侧的台阶通向唱诗班座椅区。牧师说，那座小管风琴是他的前任牧师遗赠的。

"他去世的时候年龄很大了，直到生命最后一刻还一直在做弥撒。有的时候说着说着就忘了，或者是跳过了某个仪式，或者重复好几次礼仪……"牧师笑着说，"教民们从来不知道要在这里待多久。"

卡尔达斯跟着牧师穿过长椅之间的过道，又走过将祭坛与中殿其他部分隔开的尖拱下方。在圣物存放处后的石墙上，卡尔达斯看到了被钉在十字架上的基督。旁边是施洗者圣约翰。

牧师走进一个小小的圣器室，卡尔达斯就站在门口。

"我们还在找另一个人。一个穿橙色衣服的人。"莱奥·卡尔达斯解释道，"是个男孩，好像有点儿怪。"

"肯定是卡米洛。"牧师断言道，然后在抽屉里翻找了一阵摸出了一把钥匙，"他母亲负责打扫教堂和墓地。卡米洛也消失了？"

"没有，但听说他经常在这附近游荡。"

"卡米洛到处游荡。总是跑个不停。"

牧师走出教堂，来到一座棚屋前，用钥匙打开了门。

"这儿是对溺水的人做尸检的地方，"牧师说，"尸体被放在桌子上，再叫医生过来。然后就下葬了。"

卡尔达斯把头探进小仓库。除了牧师刚提到的那张桌子，卡尔达斯还看到了圣人像和宗教游行时举起它们的架子。除此之外还有些工具，以及地上一把溅满油漆的梯子——牧师就是来拿它的。

两人举着梯子绕过教堂，这时，卡尔达斯再次提到了那个橙衣男孩。

"我们想跟卡米洛聊聊，"探长说，"他有可能在游荡时见过莫妮卡。"

"有可能。"牧师说，"不过就算他看见过，他也什么都说不出来，他不会说话。"

"能用手势告诉我是或不是就行。"探长让牧师不要多虑，"我们在哪儿能找到他？"

他们把梯子放在独轮车旁边，接着牧师指了指从莫妮卡房前通过的那条路。

"看看他这会儿在哪儿吧，"牧师说，"不过他跟他母亲住在拉萨雷托。沿着这条路走到头……"

"我应该知道怎么到拉萨雷托。"卡尔达斯表示无须更多的说明。

"到了以后随便找个人问问，"牧师建议，"大家都认识卡米洛。"

趁着牧师再次进入教堂，卡尔达斯走近埃斯特韦斯和巴尔西亚。

"我去找找这个卡米洛。如果莫妮卡托他喂猫，他应该知道些什么。你们俩去莫妮卡家。"探长说。接着他冲克拉拉·巴尔西亚补充道："你看一眼莫妮卡的东西，看看能不能找出点儿什么。"

"好。"

"之后我想请你们挨家挨户跟居民聊一聊。"

"挨家挨户？"埃斯特韦斯抗议。

"至少是莫妮卡家附近的那几个。总该有人看到了什么。"

拉斐尔·埃斯特韦斯扬扬头，提醒探长他的背很痛，克拉拉·巴尔西亚看到后，做了个手势让探长放心。她可以负责探访居民。

"如果居民问起来莫妮卡怎么了……"

"就说没怎么，"卡尔达斯记得安德拉德医生请他们小心行事，"我们只是要找她谈话。"

"没人会信。"克拉拉·巴尔西亚说。

"没人信更好。"

牧师又来到了中庭。他竖起梯子，把它靠在教堂一侧。
"强壮的那位，"牧师看着拉斐尔·埃斯特韦斯说，"您介意我爬梯子的时候帮我扶一下吗？"
阿拉贡人本来正在绕圈活动着脖子，听到牧师的话停了下来。
"您看我长得像是想扶梯子的吗？"埃斯特韦斯嚷嚷道。
"我不知道啊。"牧师迟疑了，他不知道这位警察是认真的还是在开玩笑。牧师转头问莱奥·卡尔达斯："他怎么了？"
埃斯特韦斯仿佛这个问题是问他的一样：
"您的教堂没人来，屋顶的瓦还松了。您真的关心我怎么了吗？"
牧师再次疑惑地看了看探长，后者连忙主动扶住了梯子。
"他背很疼，"卡尔达斯嘟囔着，"他得去看医生。"
牧师在屋顶上评估了一下瓦片受损情况。一两分钟后，他顺着梯子下来，又对埃斯特韦斯说："恕我多言，"牧师说，"但您会浪费精力。"
埃斯特韦斯没明白他这是在说什么。
"去看医生，"牧师解释，"您会浪费精力。我这个肩膀之前有问题，几乎每天都困扰我。"牧师转动关节，看得出疼痛已经是过去的事了，"我花了好几个月看各种医生：肌肉啦、肌腱啦、拍 X 光片啦、做核磁共振啦……没用。"
埃斯特韦斯无奈地摇摇头。
"您知道谁给我治好的吗？"
埃斯特韦斯并不知道。
"坎加斯的一个治疗师。"牧师得意扬扬地透露。
"治疗师？"
"对，治疗师，或者叫药师。随便怎么叫吧。"牧师说，"他先在我身上涂了药膏，然后猛地拽了一两下，我的肩膀就复位了。痛苦一时，幸福一生。"
"那就跟鞭刑一样吧。"卡尔达斯说，他最近在一本杂志上读到，一些宗教人士仍在鞭打自己，为自己的罪孽赎罪。
"差不多吧。"牧师笑了笑，接着问阿拉贡人，"您想知道他在哪儿看病吗？"
"不用了。"埃斯特韦斯咕哝道，他既不想听从一位牧师的建议，也不想把背交到一位江湖郎中手里。
"你还是应该让他给你看看。"牧师建议，"我发誓这是我最大的信仰。"

Senda（小路）：1. 比大型牲畜道更窄的道路，主要向行人和小型牲畜开放；2. 做某事或实现某事的程序或手段。

卡尔达斯从莫妮卡·安德拉德的蓝色房子前经过，然后继续往前走。当沿海小路不再是土路时，他通过木栈道穿过了莫纳海滩。

抵达观景台时，卡尔达斯看了眼维德拉海滩：除了把海藻铲进拖拉机的那个人外，那里空荡荡的。海滩尽头伸入大海的防波堤上也空无一人。之前，沃尔特·科普就坐在石头上，双脚悬荡在水面上，但此时也已经没有英国人的踪迹。

在水手用作仓库的白色厂房附近，卡尔达斯看到穿过树丛、通向拉萨雷托区域的公路支线。卡尔达斯沿着木台阶走到底，来到沙滩上往前走。不过，他还没到住宅区，就找到了卡米洛。

他已经走过了一半的海滩，心不在焉地抬了下头，猛然发现远处出现了亮橙色的衣服。是卡米洛正沿着海岸往这里走。只见卡米洛迈着短小的步伐，摇摇晃晃地走着，双手把很大一本书捧在胸前。

为了表示友好，卡尔达斯抬手远远地打了个招呼。然而，这个手势并没有产生预期的效果。相反，男孩转身向后走去，离探长越来越远。

"等一下，卡米洛！"卡尔达斯喊道，但这只是让男孩加快了脚步。

探长紧随其后，也加快了脚步，但他倒是不用跑起来，因为卡米洛也没这么做：卡米洛的仓皇逃离更像是一种摇摇摆摆的前进，而且每走三四步都会回头看一眼。

考虑到这个男孩不愿接触人，并且交流困难，卡尔达斯决定不贸然靠近他，而是保持几米的距离跟在后面。

"卡米洛，我得跟你聊聊。"每过一会儿卡尔达斯就会说一句，而且他特意重复着卡米洛的名字，希望拉近与他的距离，"我是警察，卡米洛，我需要你的帮助。"

探长本以为卡米洛是要躲回家里，但当他来到维德拉海岸尽头时，并没有朝拉萨雷托的方向向上走，而是沿着海岸继续前行。他已经走过了那座厂房，愈发气喘吁吁地朝下一片海滩——乌鸦巢——走去。卡尔达斯跟在后面，不停地跟卡米洛说话。他能听见男孩的呼吸声。

卡米洛避开了几块大石头，又往前走了几米。但没多久他就放弃了。他的双脚插在沙地里，那本书捧在胸前，他开始前前后后地轻微摇晃。

"我只想问你几个问题。"莱奥·卡尔达斯从卡米洛背后跟上来时再次说。然后卡尔达斯绕了一大圈走到卡米洛面前。

卡尔达斯觉得，卡米洛大约二十岁。虽然驼背让卡米洛看起来矮小，但其实他应该比探长要高一些。他深色的大眼睛并没有看向探长，而是迷离地看着大海。

"你明白我说的吗？"探长并没有提高音调，但回答他的只是那前后摇晃，"我得知道莫妮卡在哪儿，就是蓝色房子里住的女人。"探长指了指，"他家人从几天前起就没她的消息了，我觉得你能帮我找到她。"

眼睛盯着水面，身体前后摇晃。

"你看见她了吗？"

一前一后、一前一后。

卡尔达斯拿出莫妮卡和猫的照片。

"你看，"卡尔达斯走过去给他看照片，"这是莫妮卡。你知道她在哪儿吗？"

卡米洛发现探长靠近，不禁打了个寒战：他闭上眼睛，摇晃得更剧烈了，而且满脸惊恐，仿佛丢了魂儿一样。通过他半张的嘴，莱奥·卡尔达斯看到灰白的牙齿在牙龈上杂乱无章地排列着，就像是溅到墙壁上的脏水印。

"我不会伤害你的，卡米洛。"卡尔达斯对男孩的反应很吃惊，于是轻柔地说，"我只需要你告诉我，你有没有看见她。"

为了安抚卡米洛，探长用一只手拍了下他的肩膀，然而，卡米洛就像触电一样甩起他已经僵硬的手臂。那本其实是笔记本的书掉落在沙滩上。

"哎！那位！"传来一声喊叫，"别招他。"

卡尔达斯转过身，看到了收海藻的那个男人。他这时已经爬上了两片海滩分界处的一块岩石上。

"您别碰他。"男人再次警告。只见他手握叉子站在峭壁上，活脱脱一个波塞冬。

"我对他什么都没做，"莱奥·卡尔达斯解释，"但我需要跟他聊聊。我是警察。"

"我知道您是警察，但是您想让他跟您说什么？您没看出来他不会说话吗？"

卡尔达斯当然看出来了。

"他只用点头或摇头就行。"

"那您离他远一点，"男人对卡尔达斯说，"您没看见他害怕您吗？没看见他现在什么样子吗？"

卡尔达斯弯腰捡起了笔记本，然后走远了几步。他希望卡米洛的痛苦也能随之远离。

他一边等待男孩恢复，一边看着手里的笔记本。封面上用六种语言印着一句话，"二十张绘画纸"。但这二十张纸现在只剩五六张。其他页面都沿着笔记本每页的虚线撕掉了。第一张纸上画着厨房里莫妮卡的猫，画得如此逼真以至于从远处看就像一张照片。在纸的右下角，出现了探长一直在寻找的螺旋签名。

"这是你画的吗？"卡尔达斯问，不过卡米洛没有回答，于是卡尔达斯举着画转身问收海藻的那个男人，"这是他画的吗？"

但男人离得太远了，连最粗的线条他都看不清。

"应该是吧，"男人回答，"据说他画得很好。"

"卡米洛，这画是你的吗？"卡尔达斯重复了一遍，"这个签名是你的？"

男孩并没有看他。他已经把手放回了胸前，眼睛盯着地平线，前后摇晃。

卡尔达斯克制住了想要靠近的欲望。他很难相信，这个与世隔绝、前后摇晃的男孩会是这些精湛画作的作者。

卡尔达斯又看了看画的细节：灰猫的每一根毛，还有陶土水碗旁地面的水滴……如果不是因为无法在这么短的时间内画好这样一幅画，卡尔达斯就会以为画上画的就是今天早上的一幕。

他翻过页，接下来在笔记本上出现的画面让他更加惶惑了。画的仍然是莫妮卡的厨房，但这次出现在画里的正是卡尔达斯本人。画上的他右手拿着手机，左手拿着莫妮卡忘在浴室里的那盒药。这是今天的事！卡尔达斯还记得他当时在厨房里跟克拉拉·巴尔西亚交流避孕药的事。这才过了多久？一小时？两小时？卡尔达斯看了看画。这么短的时间能画出这样一幅画？

"卡米洛，这画的是今天早上。"探长十分困惑，"你今天早上去莫妮卡家了？你给我拍了张照片？"

卡尔达斯确信卡米洛把他拍下来了。

201

如果不是照着照片画，怎么可能如此精确？

卡尔达斯又回到之前的问题：

"卡米洛，这是你的签名吗？你画了我？"

没有回答。

"如果你在这儿不回答我，我就得把你带到警察局了。"

一前一后、一前一后。

"你今天早上去莫妮卡家了，对不对，卡米洛？你去喂猫了。"虽然没有得到任何回答，但卡尔达斯还是随着思绪问出了一连串的问题，"莫妮卡请你去喂猫的吗？她让你在她不在的时候照顾猫，对吗？莫妮卡·安德拉德在哪儿？卡米洛，她的家人很担心她。告诉我她在哪儿吧。"

卡尔达斯朝卡米洛走近了一两步，眼前的男孩似乎缩了缩。

"卡米洛，莫妮卡·安德拉德在哪儿？如果你去喂她的猫，那应该是她喂不成。你怎么知道她不在家的？莫妮卡跟你说的吗？"

"是我告诉他的。"回答卡尔达斯的声音让他吃了一惊。

罗莎莉亚·克鲁斯——上周五早上看到莫妮卡·安德拉德骑自行车离开的那个女人——正沿着乌鸦巢海滩快步走来。

卡尔达斯很疑惑：

"您告诉卡米洛的？"

"卡米洛是我儿子。"罗莎莉亚说。看到她满脸通红，探长明白她是从家里一路跑下来的。

"您儿子？"

罗莎莉亚·克鲁斯点点头走到男孩身边。

"卡米洛，亲爱的，回家吧。"罗莎莉亚先对卡米洛说，又问卡尔达斯："您不介意他回家吧？"

卡尔达斯表示不介意，然后他目送卡米洛沿着通向拉萨雷托的小路渐渐远离了海滩。他认为卡米洛离开是好的。无论如何，他什么也问不出来。

罗莎莉亚·克鲁斯向卡尔达斯解释，是她告诉儿子，莫妮卡上周五一早就离开了。卡米洛没看见莫妮卡回家，就去看看她的猫怎么样。

"他们俩是朋友，"罗莎莉亚说，之后她又补充道，"用他们自己的方式做朋友。卡米洛爱待在莫妮卡家，因为莫妮卡知道怎么跟他相处。她给他空间，看他的时候也没有怜悯。还欣赏他的艺术。"

卡尔达斯打开画册，让罗莎莉亚看画着他自己的那幅画。

"这是您儿子画的吗?"

女人点点头,并走到卡尔达斯旁边仔细端瞧。

"是。"罗莎莉亚指了指画上的螺旋,"他的签名是姓名'卡米洛·克鲁斯'里的两个'C'。"

卡尔达斯注意到,男孩随母亲姓。

"您愿意的话,画您留下吧。"罗莎莉亚主动说。

卡尔达斯问,卡米洛是不是照着照片画的,但罗莎莉亚却说:

"都是凭记忆画的。他只需要看上一眼,就能像那情景还在眼前一样画出来。"

"凭记忆?"莱奥·卡尔达斯很惊诧。

"感觉不可能,对吧?"男孩的母亲说,"他从小就开始忍受别人的目光、嘲笑。几乎所有人都觉得他脑子有缺陷。无知……"罗莎莉亚喃喃道,接着她眼眶湿润地看了一阵子那幅画又说,"您觉得一个有缺陷的人能画出这个吗?"

Eco（微弱的声音）：1. 当声音的波被障碍物反射时的重复声音；2. 上述重复中发出的声音；3. 受前因影响的或某事之后发生的事物；4. 听上去微弱、模糊的声音；5. 谣言或关于某事的不确切消息。

    昂斯海盗号把莫阿尼亚附近的木筏留在了身后，接着它加大马力，速度开到了十节。卡尔达斯探长坐在上层甲板上，把下巴埋进高领毛衣，打开了卷起的那幅画。

    此前，他沿着海岸小路从乌鸦巢海滩回到了莫阿尼亚，一路上他双手插兜思绪万千。他从莫妮卡·安德拉德家门口经过时，里面模模糊糊传来两位探员的声音。卡尔达斯犹豫了一下，还是决定不进去了，于是他继续向前走。

    他到达港口的时候昂斯海盗号也刚到，只见十几名乘客正在下船。莫妮卡·安德拉德的自行车锁在金属栏杆上，仿佛在等莫妮卡下船好载她回家。

    卡尔达斯仔细观察着画的细节，在船的阵阵轰鸣中，他跟卡米洛·克鲁斯母亲的交谈在他脑海里不停回荡。

    之前罗莎莉亚解释说，卡米洛从小就很难与他人交往，她也是花了好几年才明白，卡米洛拒绝母亲的亲吻并不是因为不爱母亲。"他怎么了？"卡尔达斯听到后问。

    "没人能做出诊断。"罗莎莉亚的语气中透露出习惯性的无奈，"其实他就是一个有特别之处的十九岁男孩。难道我们不是每个人都有些奇怪的地方吗？"

    罗莎莉亚还解释，卡米洛一直都跟动物有接触，因为它们好像比人更理解他。

    "您觉得莫妮卡不在的这段时间，卡米洛还能继续给那只猫送吃的吗？"罗莎莉亚·克鲁斯问探长，"卡米洛知道猫没人照看，我也不知道怎么能拦着不让他去。"

    "我觉得没问题。"探长这么回答。

卡尔达斯卷好画，把它重新放进外套的口袋里，然后他抬头望向天空。他看到了一朵鸟状的云，还有几架飞机划过蓝天的痕迹，就像是从一边编织到另一边的线。小时候，他父亲教过他怎么通过飞机尾迹预测天气变化。当潮湿使尾迹变得如此宽厚时，即使当时万里无云，也过不了两个晚上就会下雨。

　　卡尔达斯在脑中过了一遍他最近在笔记本上的记录。他今天下午想再回艺术与机械工艺学院找多洛雷丝聊聊。或许多洛雷丝今天会想起什么昨天她漏掉的事情。

　　接着，卡尔达斯闭上眼，专心感受着正浸透他肌肤的空气，他觉得，仿佛每穿过一海里自己都汗流浃背一次。

　　"真大啊，是吧？"这个声音让卡尔达斯吓了一跳。

　　说话的是卡尔达斯去缇兰的路上跟他交谈的那位水手，这时他正站在长椅之间的过道上。

　　"您不觉得很壮观吗？"沿着水手的手从船舷望去，只见远洋客轮正停泊在维戈港，"我看报道说有十二层，虽然有些是在海面下。"

　　莱奥·卡尔达斯看着那个剪影，它遮住了维戈的整个老城区。一直让卡尔达斯觉得不可思议的是：竟然有这么多人愿意在这么一艘巨轮上度过一个又一个假期，况且他们还要睡在不透风的封闭船舱里。从船头到船尾的一排黄色救生艇本应让人放心，但它们却让探长感到不安。

　　"我在想……"水手话说了一半。

　　卡尔达斯知道，他爬上甲板是有话要说。

　　"在想什么？"

　　"在想咱们去那边时您问我的事，"水手说的是他们两人在前往缇兰时路上的对话，"关于那个穿长裙子的女孩。"

　　卡尔达斯安静地看着水手，等他讲下去。

　　"她有可能上周有一天一大早坐了船。"

　　"周五？"

　　"我觉得是。周三天气特别差，所以我们只是中午那会儿开了趟往返。在海里可不能冒险。所以应该是周四或者周五。"

　　探长知道周四上午莫妮卡在缇兰，所以应该是周五。

　　"不过我没看见那个英国人。"水手又说。

　　"没事，我刚见过他。"

　　水手确认了罗莎莉亚·克鲁斯的证词，也排除了莫妮卡在缇兰出事的可能，这让卡尔达斯感到开心。

"那个英国人，他人很好，"水手再次开口，"是吧？"

"确实。"

随后这位船员看了会儿那艘远洋客轮，即使对他这样习惯了的人来说，巨大的客轮从海上看去依然让人惊叹。

"做那个船来的也是英国人。"

"什么？"

水手指了指远洋客轮。

"船上有四千个英国人。之后整个城市里都是他们。"

"那艘船从英国来吗？"

"从南安普敦来。"水手说，"这个应该要去加那利群岛。"

"之后再开回英国吗？"

"它的母港在那儿呀。"

"所有在这儿停靠的远洋客轮都是母港在英国吗？"莱奥·卡尔达斯问。

"我不知道是不是所有的，但是好多都是。您前几天没看报纸上说的吗？今年已经来了五十万英国游客了。"

从莫阿尼亚起航十三分钟后，昂斯海盗号再次抵达了维戈。卡尔达斯一上岸就拿出了手机。

"你们还在缇兰吗？"

"当然了。"克拉拉·巴尔西亚回答，"我正在问附近的居民，但是没人有莫妮卡的任何消息。"

"你可以从你那边看到维戈港。"

"对，能看到。"

"能看到那艘船吗？"

"大的那个？"

"对，大的那个。你猜不出它要往哪儿开吧？"

克拉拉应该知道五十万英国游客的事儿，因为卡尔达斯根本不用再多说什么。

"我现在就给费罗打电话，让他查查一下从上周四起在维戈靠过岸的船。应该没多少。"

"查从上周五起的就行了，不过用不用我跟他说？我快到警局了。"卡尔达斯说。

"你在维戈？"

"对。"

"那个男孩呢？"

"我见过他了。螺旋签名的那些画是他的。我之后跟你们说。"卡尔达斯说完问道，"埃斯特韦斯在你旁边吗？"

"没有，"克拉拉·巴尔西亚回答，"他背很疼。他在车里等我。"

"看看他能不能好点儿吧。"卡尔达斯嘟囔道。

"我说服他去看看了。他约了个今天下午很早的时间。"

"约的牧师说的那个治疗师吗？"

"不是，"卡尔达斯听到耳机里传来克拉拉的笑声，"约了个理疗师。"

"他确实得干点什么。"

"我跟他说了，首先得把背弄好，"克拉拉·巴尔西亚玩笑道，"其次得换掉沙发。"

卡尔达斯表示赞同。

"挨家挨户地问，你辛苦了。"

"没关系，"克拉拉说，"而且这样我更清净。埃斯特韦斯跟我一块儿的时候，总是有狗冲着我们叫。"

Fidelidad（逼真）：1. 不背叛信任的人的态度；2. 执行或实现某事的准确性。

卡尔达斯在港口外围待了几分钟，他一边抽着烟，一边寻找朝码头聚焦的监控摄像头，看看能不能借此了解莫妮卡·安德拉德下船后的去向。他没看到有离得近的摄像头。

但确实看到很多英国游客，他们利用远洋客轮中途靠岸来这座城市旅游。人数如此之多，导致卡尔达斯想，沃尔特·科普一定是方圆几英里内唯一一个没有四处走动的英国人。

卡尔达斯到警察局时，奥尔加和费罗迎了出来。奥尔加告诉卡尔达斯，局长已经找过他好几次了。而费罗是要说，他已经找到了巴勃罗·门德斯，就是曾经与莫妮卡有过亲密关系的那位阿根廷画家。

"据他说，他五年前走的，之后就再也没回来。他跟女朋友住在布宜诺斯艾利斯，他们有个年龄很小的女儿。"费罗说，"我找到了他的签名，不是螺旋，是字母小写的他的名字，中间没空格。"

探长对费罗表示感谢。

"克拉拉没给你打电话吗？"费罗拿出了一张纸条。

"从上周五起，有三艘远洋客轮在维戈停靠过：本图拉号、巴尔莫勒尔号和海洋独立号。"费罗念道，"最后这个就是今天停在港口的那个。我十五分钟前管登记处要了登船清单，他们应该很快就会发给我了。"

莱奥·卡尔达斯来到自己的办公室挂上外套。他正要去找局长，但突然助理打来了电话。

"克拉拉跟我说您已经不在这儿了。"拉斐尔·埃斯特韦斯打了个招呼。

"我坐一点的船回维戈的。"卡尔达斯说。

"您可是开始喜欢上了啊。您不晕船了？"

"如果能吹风就不晕。"

"那个橙衣男孩怎么样？"

卡尔达斯告诉他，螺旋签名其实是卡米洛·克鲁斯姓名的首字母，今天早上在莫妮卡家的人也是卡米洛。

"他去喂猫了。"

"他告诉您的？"

"他不说话，"卡尔达斯强调，"但他带着一个画册，里面有今天早上的画：一幅画上画着莫妮卡的猫，另一幅上是我，穿着我现在这身衣服，在莫妮卡家打电话的样子。应该是我跟克拉拉和你打电话的时候，他看见我了。"卡尔达斯讲道，"他能有时间画这么幅画……这么逼真，而且是凭记忆画的，太不可思议了。画在我这儿，之后我让你们看。"

"我不知道啥时候能去局里。我吃了饭要去做个按摩。"

"肯定很有用。"

"但愿吧。"只听阿拉贡人叹了口气，"但是我就要晚点儿过去了。"

"没事。"卡尔达斯说，"你知道吗？渡轮的那个水手说，他应该看见了莫妮卡上周五早上坐船来维戈。"

"吸烟斗的那个渔民也说那天看见莫妮卡走了。"埃斯特韦斯说。

"那个渔民跟你们说的？"

埃斯特韦斯说，是渔民告诉克拉拉·巴尔西亚的。

"他说看见莫妮卡骑车朝莫阿尼亚去了，很早的时候，莫妮卡还背了个包。"埃斯特韦斯说完沉默了一会儿，然后说，"这姑娘不在这边。"

卡尔达斯从很早前开始就这么认为了。

"克拉拉跟你说远洋客轮的事了吗？"

"没。"

"几乎所有在维戈停靠的客轮，要么之前去过英国，要么之后要去。"

"您看，最后还是我说的对吧。莫妮卡跟那个英国人走的。"拉斐尔·埃斯特韦斯说。卡尔达斯能想象到，虽然埃斯特韦斯背疼但肯定还是笑了。

"还有什么事吗？"

"有。"埃斯特韦斯说，"克拉拉还想再问一两个居民，看现在的时间，我们想着就在河口这边吃了，之后再回维戈。有啥推荐吗？"

Línea（航线）：1. 连续不断的点；2. 在任何身体上的条纹；3. 剪影或侧影；4. 方向、趋势或指示；5. 前后排列或一个接一个排列的人或物；6. 绘画中的线条，与色彩相对；7. 一种将电流从一个地方传导到另一个地方的介质；8. 陆路、海路或空中的航线。

卡尔达斯敲了敲门，索托局长挥挥手让他进来。局长没坐在办公桌旁，而是坐在常用来接待访客的圆桌那边。他正摆弄着手指间的一根圆珠笔，这是他紧张时习惯做的事。

"法官对查看莫妮卡的电话怎么说？"莱奥·卡尔达斯问。

"我把公文交给她秘书了。法官一早上都在忙。"

"是哪个法官？"探长问。自从七号法庭的法官退休之后，维戈的八个初审法庭都是女法官当家了。

"弗洛雷斯。"

听局长说完，莱奥·卡尔达斯满意地点点头。她还是好沟通的。

"你有什么消息给我吗？"索托看着卡尔达斯探长手里的笔记本问。

"目前没有太多消息。"探长坦言。

"莱奥啊，刚才安德拉德医生又打电话了。我就是等你来好给他回电话。"局长指了指桌子中间的电话说。

"那您要告诉他什么？"

"他想知道最新进展。"

卡尔达斯叹了口气。医生指的是什么进展呢？

"医生知不知道我们不是这么工作的？"

"他只知道他没有女儿的任何消息。"索托严肃地说。

卡尔达斯按捺不住了，他用讽刺的语气将自己的不同意见表达得一清二楚：

"那您是想让我告诉您进展吗？还是咱们打电话给医生，在莫妮卡父亲听的同时您也就了解情况了？"

局长用力攥着圆珠笔，卡尔达斯惊叹它竟然没被折断。

"你刚才说没太多消息。"

"我说了没太多，但是有那么点，"卡尔达斯说，"虽然这些都不会比手机记录有用。"

"说来听听。"

"我们相当肯定，莫妮卡不是被强制带走的。至少有两个人看到她周五早上骑车去了莫阿尼亚。她的自行车还锁在码头，就在莫妮卡坐渡轮的时候常锁的位置，一位船员说他好像也记得周五一早莫妮卡坐了船。"

"好像记得？"

"他知道是上周靠后的某一天早上。"卡尔达斯说，随后他讲到，英国人的相机里有上周四早上给莫妮卡在缇兰家里拍的照片，"所以只能是周五了。"

"那个英国人怎么说的？"

"说从上周四后就没莫妮卡的消息了，还说莫妮卡上周末没什么特别的计划。"

"有的话会告诉英国人吗？"

"他们俩每天一起散步。是很好的朋友。"

"超越朋友关系了吗？"

"看起来没有。"

圆珠笔又被转了两圈。

"那英国人在哪儿过的周末？"

"在英国，一个叫布莱克尼海角的自然保护区。"

"他一个人？"

"还有他女儿。"卡尔达斯看到局长皱起了眉头又补充道，"我看见了他拍的照片，我还知道他们在哪儿住的。而且我们也查过了，英国人只买了一张一个人从波尔图飞英国的机票。莫妮卡·安德拉德没有坐任何飞英国的航班。"

局长的嘴唇就像马嘴一样颤抖起来。

"如果您想跟英国人聊聊的话，我可以让他过来。"莱奥·卡尔达斯说，"他还要在这边待几天。"

"就几天？"

"他要回英国了。"卡尔达斯解释，"他女儿被查出了肿瘤，要做手术。他想陪着女儿。"

"什么时候手术？"

"下周。"

"你核实了吗？"索托问。

"没有，但没人会编这么件事儿，随便找个其他借口更简单。"

"是，我也觉得没人会。"

"我们联系了港口，想看看莫妮卡会不会是买了船票。"探长说，而他看到局长充满希望的眼神后，立马制止了他，"我们还没拿到乘客名单，但莫妮卡和沃尔特·科普都不是小孩了。我想象不出他们会是出逃的恋人。"

局长揉搓了一会儿圆珠笔才开口。

"你怎么想，莱奥？"

"什么我怎么想？"莱奥·卡尔达斯一边回答一边琢磨着是安慰局长还是告诉他真相。

"就是所有这些，医生女儿的这件事。你觉得发生了什么？"

"说实话吗？"

"当然。"

"我觉得她受到了惊吓逃走了。"

被局长松开的圆珠笔掉在桌子上，只见局长像是闻到臭味一样皱了皱鼻子。

"为什么？"

"看上去她明显很着急，"卡尔达斯说，"既没带走猫，也没托人照看它。"

"但你听到医生说的了：莫妮卡丢三落四的。"

"您问我是怎么想的，我觉得她受到了惊吓，有什么事迫使她放下手里的事逃走了。"

"什么事吓到了她？"

"不知道。"卡尔达斯抓住机会让局长改变想法，"英国人和莫妮卡的闺蜜都说，莫妮卡不想周日跟她爸爸吃饭，但这看起来也不是提前两天一大早逃走的原因。"

局长咂咂嘴说：

"那也太夸张了，莱奥。"

不过卡尔达斯想，如果可以的话，局长本人也会逃离安德拉德医生的。

"我们得查查手机上的活动，才能拿到更多信息。"

"看看法官怎么说吧。"局长叹了口气。

"我去当面跟法官再解释一下。"卡尔达斯说，"咱们最好也检查一下港口附近的摄像头，看看莫妮卡下船后去了哪里。"卡尔达斯补充道，然后他看了看时间，"我看看有没有人能在法官下班前把我带过去。"

索托局长又拿起了桌上的圆珠笔。

"那咱们跟医生怎么说呢？"

卡尔达斯把人称从"咱们"换成了"您"："您就实话实说：我们不确定他女儿出什么事了，但是我们仍在努力调查。"

Temporal（暴风雨）：1. 属于时间或与时间相关的；2. 持续一定时间的事物；3. 世俗的；4. 会随时间消失，并非永恒的；5. 风暴或暴风雨；6. 持续的阴雨天气；7. 属于太阳穴或与太阳穴相关的。

自 1880 年起一直作为监狱和法院大楼的建筑与广告牌上展示的那些建筑不同，在二十世纪那风雨飘摇的几十年里，它并没有被拆除。这座建筑甚至逃过了一家市政公司的劫数：1986 年，那家公司希望将建筑拆除，以建造一座有树木和楼梯的公园。葡萄牙建筑师阿尔瓦罗·西扎和他的其他同事得知这一消息后备感震惊，他们公开反对该项目，为这座建筑争取到了法律保护，让它在未来也免遭被拆除的尝试。

那些建筑师不再与市长合作，但为这座城市留下了一座独特的建筑，后来被修复为当代艺术博物馆。

在那次事件发生前不久，法院搬到了位于扩展区拉林街的一座现代建筑内，本想能长期保留该位置。然而，日常生活的逐步司法化迫使法院不断扩建，并再次迁址到曾由综合医院占用的巨大建筑中。

卡尔达斯探长向守在入口处的警察打了招呼，然后乘电梯上到了五号初审法庭。

他敲敲门，然后推开门向里看。协助弗洛雷斯法官的司法秘书罗伯托把目光从电脑上移开，抬头看了一眼。

"你好莱奥，请进。"罗伯托一边继续敲键盘一边跟探长打招呼，然后他又朝探长身后瞄了一眼，"大力士没跟你来？"

卡尔达斯笑了。

"大力士背不舒服。他还不适应当爸爸。"

"我不知道他有孩子。"

"其实他还没有。"探长指了指通向法官办公室的过道说，"法官大人在吗？"

罗伯托点点头：法官在。

"局长带过来的文件她看了吗？"

"我几分钟之前给她了。"罗伯托回答，"我们一早上都没歇着。"

"我可以进去吗？"卡尔达斯问，但其实他们两人都知道，伊莎贝尔·弗洛雷斯的法庭一直向卡尔达斯敞开大门。

法官正坐在桌子后面阅览文件。她桌子上摞着成堆的文件，跟探长的办公桌十分相似。这些文件让法官在对比下显得更小了，虽然她其实跟卡尔达斯一样高。法官一头金色短发，干净的脸保持素颜。她开庭时穿的黑色长袍此时正挂在墙上的挂钩上。

伊莎贝尔·弗洛雷斯是位一丝不苟的法官，无论对身边一起工作的人还是她自己，都严格要求。申请递交给了弗洛雷斯当值的法庭，这让卡尔达斯感到开心，但他也明白，弗洛雷斯不会无缘无故批准侵犯莫妮卡·安德拉德的隐私。如果卡尔达斯想看到莫妮卡电话里的内容，那他必须拿出掷地有声的理由。

"大人，我能跟您说件事吗？"卡尔达斯站在门口问。

"下午好，卡尔达斯。当然可以，请坐。"

卡尔达斯没坐下，他不想让一座座文件山挡在他们中间。

"您看到我们昨天发送的一份调查报告了吗？是份失踪检举。"

"看到了。"法官说，"暂停审理，等待更多信息。"

"今天早上局长给您带来了一份公文，是关于失踪者手机的。罗伯托跟我说，他刚把公文给您。"

"那应该就在这儿。"

法官放下正在读的东西，从一个金属筐里拿起了几份文件。第二份就是卡尔达斯说的那份公文。

"局长亲自带过来的？"伊莎贝尔·弗洛雷斯有些诧异。

"他本想跟您说几句，但您当时正在开庭。"

法官的眼神告诉卡尔达斯，她希望听到更明确的答复。

"对局长来说这个案子优先级很高：他认识失踪女孩的父亲。"

"好吧，我们来看看能做些什么。"法官准备阅读那份文件。

"您愿意的话，我可以直接跟您讲。"莱奥·卡尔达斯主动提出。

"那更好。"法官说完又提出了具体要求，"只说事实。"

卡尔达斯从头讲述了莫妮卡·安德拉德的失踪案，并按伊莎贝尔·弗洛雷斯的要求尽量只讲发生的事情。

"莫妮卡有伴侣吗?"法官问。

"据我们所知,没有。"

"之前她收到过威胁吗?"

"也没有。"

"她有没有对可能引起我们警觉的人发表任何评论?"

"没有,"卡尔达斯说,"但我们知道她至少通了一次电话,制作中世纪乐器的制琴师看到她打手机了。"

"争吵起来了吗?"

"我们不确定。"探长说。

"但有人看到她打电话时一惊一乍了吗?"

法官追问。

"应该没有。"

伊莎贝尔·弗洛雷斯扬了扬眉毛。

"您去她家看过是什么情况了吗?"

卡尔达斯点点头。

"我们跟她父亲一起去的。"为以防万一,卡尔达斯补充道。

"家里一切都井井有条吗?"

"表面上看是的。"卡尔达斯坦言。

弗洛雷斯法官张开双臂,双手在桌子上摊开。

"卡尔达斯,没任何迹象表明这是起令人不安的失踪案。"

"大人,已经五天没有女孩的任何消息了。如果我们能追踪到手机信号,或者查出女孩离开前跟谁通的电话……"

"一个没有子女的成年人有权决定消失几天,"法官打断了卡尔达斯,"而且也有权关机。还有权不让我们干涉,就算局长跟女孩的父亲是再好的朋友也一样。"

"不是朋友,"卡尔达斯说,"女孩的父亲是外科医生。他给局长的妻子开过刀。"

伊莎贝尔·弗洛雷斯在公文上找到了失踪女孩的姓名,做出了大胆的推测。

"是维克托·安德拉德的女儿?"法官问,卡尔达斯边说是边想,安德拉德医生是不是也给法官的某位家人做过手术。

伊莎贝尔·弗洛雷斯叹了口气,然后开始从头到尾阅读那份公文。只见法官嘴角一勾,咬住了嘴唇内侧,神情中透出几分不安。

"说实话,我还是不明白我为什么要授权。"法官读完后说,"女孩离开并不意味着就要把她的生活公之于众。"

"大人，您了解我的。我不会无事生非，我们只想确认女孩没出事。"

"卡尔达斯，这不是我信不信任您的问题，而是个比例问题。"法官说，"仅仅因为局长欠女孩父亲的人情债，就让女孩的隐私遭到破坏，这我不能允许。没有真正的理由让我们担心她出事的话，手机的事不可能。"

"那至少授权我们查看一下摄像头吧。"卡尔达斯说。

"什么摄像头？"

"有可能拍到莫妮卡·安德拉德上周五早上在维戈下船的所有摄像头。我们最好能知道她朝什么方向走了，是一个人还是遇到了其他人。"

"您已经看过录像了吗？"法官问。警察先查看录像并不罕见，如果他们发现重要的东西，之后会申请必要的许可以使该程序合法化。

"没有。"卡尔达斯回答。

"您确定？"

"确定。"

"那为什么这么担心呢？一个女孩背着包离开了家。不管局长有多想找到她，这都不是让人惊慌的原因。"

"我来这里请求您授权我们，不是因为局长。"卡尔达斯探长说，"事情看起来不太妙。"

"为什么？"法官问。在她在维戈工作的这两年里，每当卡尔达斯探长预感到事情不妙时，基本都是准的。

"如果您让我拿出铁证，我什么都拿不出来。"卡尔达斯开口道。

"说说看，卡尔达斯。"法官催促道。

"莫妮卡上周四坐最晚的那班船回了家，周五天还没亮就走了。她快速收拾了东西——她应该没找到猫，但还是走了，没交代任何人照顾猫。她应该很着急。"

法官的表情告诉卡尔达斯，这些理由并不充分。

"她也没带走避孕药。"探长补充，"药还在浴室的架子上。她带走了牙刷，却没带药片。"

"她可能已经停药了。"法官说，"所有人的浴室里都有过期的药。"

"她还在吃，"卡尔达斯很笃定，这让他自己都有些吃惊，"上周五之前的药都吃过了。一个女人收拾行李时带上牙刷，却没带就放在旁边的药，这正常吗？"

法官举起了双手手掌，仿佛在说，这里面有太多的可能性。

"她也没通知工作单位，但要知道，通常就算只是要迟到几分钟她都会打电话。"

"这可能有点奇怪，卡尔达斯，但是不足以推断发生了犯罪。她可能去远足或者旅行了，甚至她也有权开始新的生活。"

"我们查过了，她没有坐任何航班。"卡尔达斯说，"另一件事她也已经做过了。"

"什么另一件事？"

"与她此前的生活决裂。"莱奥·卡尔达斯回答，"几年前，莫妮卡放弃了一份工作，跑去教做陶瓷，这是她喜欢的。她也放弃了维戈，搬到了河口对岸的一座小房子里，那里她有一间做泥土造型的工作室。现在就是莫妮卡想要的生活。她在新生活和此前的生活之间亲手摆上了几公里的距离。"

这时，莱奥·卡尔达斯的手机响了，他看到屏幕上显示的是克拉拉·巴尔西亚的名字。卡尔达斯看看法官，后者挥挥手让他接电话。

"你说，克拉拉。"

"刚才我们要从莫妮卡家走的时候，有个人来找她。"

"找她干什么？"

"他有一家专门安装金属网紧固件的公司。他之前跟莫妮卡约好了，来看一下怎么能把暴风雨中倒下的金属网修好。"

"他们约的今天吗？"探长问。

"是。"克拉拉回答，"他们上周四通的电话，约的今天中午。"

"好的。"卡尔达斯说。

挂上电话后，卡尔达斯向法官转达了这个最新消息，而法官咬着嘴唇听着。

"如果莫妮卡今天约了这个人，那很显然她没准备离开。"卡尔达斯总结道。

伊莎贝尔·弗洛雷斯点点头。他们两人都知道，一个要与旧生活决裂的人不会费心去修缮自己的房子。如果要抛弃一切，一片金属网算得了什么？

法官拿起公文，在页面空白处写下了些什么。

"只是她上周打的电话，好吗？"

卡尔达斯没有反对。

"您授权我们定位手机吗？"

"好，这个可以。"法官说，"还有港口附近的监控录像。"

Diligencia（尽职）：1. 执行某事时的小心谨慎；2. 快捷、灵敏、迅速；3. 行政事项的办理；4. 用于运送乘客的大型马车。

莱奥·卡尔达斯朝警察局走去，手里拿着此前司法秘书罗伯托交给他的纸质文件夹，里面是几份法庭公文。

卡尔达斯在路上接到了三通电话。第一通是警员费罗打来的，他告诉卡尔达斯，在最近几天停靠过维戈港的那些远洋客轮乘客名单里，没有出现莫妮卡的名字。

第二通电话来自圣地亚哥·洛萨达，就是卡尔达斯从很久以前就开始参加的那档电台节目的播音员。

"你能来趟电台吗？"洛萨达问卡尔达斯。

"周三我不做节目。"

"我知道。"电话那头说，"但我想跟你聊聊。"

"你说吧。"卡尔达斯停顿片刻后嘟囔道。

"是关于你昨天说到的事。"

前一天下午，洛萨达听到了卡尔达斯的通话，而他不会放过任何可以刨根寻底的信息。卡尔达斯确定，洛萨达说的是莫妮卡失踪的事。

"我不记得跟你说过什么。"卡尔达斯说。

而洛萨达并不拐弯抹角。

"是艺术与机械工艺学院的事。那个女孩还没有出现吗？"

"我不知道你在说什么。"

"那就是还没出现。"洛萨达挂断电话前重复道。

第三通电话是埃斯特韦斯的。他是想感谢探长的推荐。听上去就像是背痛已经消失了一样。

卡尔达斯之前推荐他们去玛鲁西亚餐厅的露台吃饭，或者去坎加斯致敬一下首长餐厅。

"你们在哪家?"

"在玛鲁西亚。"埃斯特韦斯说,"您说得对:这感觉就像是在船上。天不好的话,估计更壮观。"

卡尔达斯想象着河口对岸的他们,正坐在悬在海上的那座露台上。潮水应该已经涨了很多,他们大概可以通过地板上的木板条间的缝隙看到脚下的海水。

"我刚去过法庭,"卡尔达斯对他们说,"法官大人愿意帮咱们。"

"手机吗?"埃斯特韦斯问。

"手机。还有任何一台可能拍到莫妮卡在维戈下船的监控摄像头。"莱奥·卡尔达斯说,"你们什么时候来?"

埃斯特韦斯耽误了好一阵才回答:

"他们刚把鱿鱼端上来。"他结结巴巴地说。

玛鲁西亚的鱿鱼很不一般。卡尔达斯不止一次感受过。

"好了,你们别太慢了啊。"卡尔达斯说,"得尽快查看监控录像。"

"我一小时以后要去理疗,"埃斯特韦斯提醒道,"您想让我取消吗?我现在已经没那么疼了。"

"不,拉斐尔,不用。"莱奥·卡尔达斯回答,"但你告诉克拉拉,让她尽早来局里。"

跟埃斯特韦斯告别后,卡尔达斯给父亲打电话。响了几声后,卡尔达斯没有再留言就直接挂断了。

留言做什么?反正父亲也不会听。

在警察局门口值班的两位警员异口同声地告诉卡尔达斯:

"局长在等您。"

卡尔达斯探长先用指关节敲了敲门,门一推就开了。只见局长一只手紧紧攥着一支圆珠笔,另一只手把电话举在耳边。莱奥·卡尔达斯挥了一下装有法官授权书的文件夹,索托就赶忙结束了通话。

"同意了?"

"手机和监控。"

"这么简单?"

"简单倒没有。"卡尔达斯说。他向局长讲述,最初法官是如何不情愿,后来莫妮卡和修金属网的人的约定又如何让法官改变了看法。

"莫妮卡什么时候约的这个人?"局长问。

"周四,她消失前一天。"莱奥·卡尔达斯说。

"他们见面了吗?"

"那个人说没有,是莫妮卡打的电话。"卡尔达斯解释,"您跟安德拉德医生的通话怎么样?"

索托局长开口回答前,他的嘴唇先颤动了一下。

"他很生气。"

"生您的气?"

"生大家的气。"

"正常。"卡尔达斯说。卡尔达斯之前也接触过发生失踪案的其他家庭。所有人都经历过相同的阶段:先是害怕,然后是生气。随后很快就会出现痛苦和愧疚感。

"他一直问咱们为了找到他女儿都在做什么。"局长抱怨,"我已经不知道跟他说什么了。"

"这可不是小事。"卡尔达斯把文件夹递过去。局长伸手接过文件夹。

"咱们直接去要,对吧?"局长一边快速审阅文件一边问。

"当然。"卡尔达斯说。他们两人都知道,比起法庭的公务员,警察通常更有说服力。如果是警察索要信息,公司一般都会尽职尽责。

"你去负责监控摄像头。"索托抽出了相应的文件,"我去跟马德里说,让他们优先处理手机的事。"

卡尔达斯召集了三对穿着制服的警察,把弗洛雷斯法官签名文件的复印件交给他们,让他们分头行动,拿到港口附近的所有监控录像。

"你们一拿到什么监控就传给克拉拉·巴尔西亚。"事情的紧急程度不言自明。

然后,卡尔达斯对奥尔加说:

"你打电话给市政府,看看他们在那个区域有没有交通摄像头,如果有的话,让他们把上周五早上的影像发过来。"

"好。"

"你收到以后发给克拉拉。"

"克拉拉不在。"奥尔加说。

"她很快就到。"

卡尔达斯看看表,已经快三点了。艺术与机械工艺学院下午的课要四点才开始。如果他抓紧时间,还能在港口酒吧随便吃点儿什么。

Discrepancia（分歧）：1. 分歧，个人异议；2. 两个事物被相互比较时展现的差异。

莱奥·卡尔达斯走进港口酒吧，站在一进门左侧的吧台，等待服务员领他就座。在离卡尔达斯最近的一张桌子旁，坐着位只身一人的顾客，他也是中午的常客。此时他正在享用蒸开的贻贝，只见他先挤了几滴柠檬汁，然后把贻贝送进嘴里。

这让卡尔达斯回忆起在艾利希奥酒馆的一个下午，当时一位教授把整整半个柠檬汁挤在了一盘鸟蛤上，此举引发了支持者和反对者之间的争吵。支持者辩称，柠檬酸更加突出了软体动物的风味；而其他人则说，过去挤柠檬是因为必须掩盖不新鲜食材的难闻气味，这种习惯压倒了贝类的风味，让食客无法拥有极致的享用。当分歧让双方语气激昂、开始动手威胁的时候，卡尔达斯把另一盘鸟蛤放在了桌子上，此前感到不平的那群人吃掉原味的鸟蛤后，争论渐渐平息。互相的辱骂停止了，双方成员都开始发出愉悦的呻吟声，吸引来了其他食客的目光。

阿尔瓦也习惯在鸟蛤上挤柠檬。只要柠檬汁没洒到卡尔达斯的那半，他倒也不介意。

"下午好啊，电台巡逻员。"克里斯蒂娜笑着跟卡尔达斯打招呼。有张小桌子的食客刚离开，克里斯蒂娜正忙着撤走脏桌布。"给我一分钟，然后你就能坐这儿吃了。"

卡尔达斯坐下后点了一瓶苏打水和一盘跟另一桌一样的贻贝。菜被克里斯蒂娜摆到面前时，卡尔达斯想，这贻贝会不会来自迫使渡轮在靠近莫阿尼亚时减速的某只木筏。

卡尔达斯一边把第一只贻贝送入口中，一边透过玻璃看着街道。只见一辆蓝色的汽车通过，接着是一辆红色的，再后来是个骑自行车的男人。之后又通过了一辆出租车，但那时卡尔达斯的思绪已经远远地飞到了河口对岸的港口。

在他的想象中，天还没亮，安德拉德医生的女儿就骑自行车抵达了莫阿尼亚，她把车锁在码头的栏杆上,看起来就像是很快会回来取车一样。

卡尔达斯想起,莫妮卡的那位女学生提到,米格尔·巴斯克斯不上课的时候班里的人总是会少一些。那么上周五,在大家知道米格尔不会去学校的情况下,又有多少学生去参加上午的辅导课了呢?卡尔达斯觉得去的人肯定很少,甚至一个人都没去。

莫妮卡上周五下午没去上课,这是个事实:若干学生在工作室门口没有等到她。卡尔达斯从一开始就觉得,莫妮卡周五上午也没去艺术与机械工艺学院,但他现在意识到,事情也可能并非如此。

他任凭举起贻贝的手停在空中,仔细思考着自己的推断。看到莫妮卡的证人们一致称她背了个书包,但这并不意味着莫妮卡要离开好几天。这甚至都算不上什么特别的事实。或许莫妮卡只是习惯背书包。此外,莫妮卡是那个周五唯一的工作室负责教师。会不会是她单独授课比辅助米格尔·巴斯克斯时需要更多的材料?那她背了个大包是不是就顺理成章了?卡尔达斯拿出笔记本记了下来,这样他就能反复思考这些细节。

他想起了牙刷。他之前把牙刷不在刷牙杯里归因于莫妮卡打算在外过夜,但现在他意识到了其他的可能性。周五莫妮卡要一整天待在工作室,所以她必须在维戈吃午餐,那么饭后刷牙就是再正常不过的想法了。

卡尔达斯下意识地继续吃着贻贝。他思绪万千。他的注意力又从牙刷转移到了那盒避孕药,里面周五的药丸原封未动。克拉拉·巴尔西亚很笃定地告诉过卡尔达斯,这种药必须每天同一时间服用,但即使如此,莫妮卡·安德拉德难道不能晚上再吃药吗?

另一个让人警觉的原因是莫妮卡的猫。在过去的一天半里,卡尔达斯一直在努力琢磨,到底是什么原因促使莫妮卡既没有带走猫也没有把它托付给谁就只身离开的。最简单的可能性竟因为过于明显而让卡尔达斯感到脸红:莫妮卡会不会打算当天就回去?

卡尔达斯吃完了贻贝,他把手举到鼻子前闻了闻,然后起身去用肥皂洗手。他回到桌边,从外套口袋里拿出了像羊皮纸一样卷着的那幅画。他看着画中正在莫妮卡·安德拉德家的自己,这是那个在路上到处徘徊的男孩画的,他的前后摇晃是他对卡尔达斯问话能做出的唯一回答,而他也是发现莫妮卡无法喂猫后前去照顾猫的人。卡尔达斯为惊扰了他感到抱歉。

他看了看表:差五分四点。他转头向克里斯蒂娜点了杯黑咖啡,像往常一样作为用餐的句号。

"你不点二道菜了吗?"克里斯蒂娜很诧异。

"我没时间了。"探长说,当然,其实他也没什么胃口。

Peregrino（朝圣者）：1. 穿越陌生土地的人；2. 因虔诚或祈求去参观圣所的人；3. 奇怪、特殊或罕见的；4. 从一处到另一处的鸟；5. 暂时身处凡间、将要去往永恒的灵魂。

拿破仑看到莱奥·卡尔达斯出现后，把一只手放在了狗身上。在环顾四周并确认探长助理没跟来后，拿破仑轻轻地拍了拍蒂穆尔的背，让它继续在自己脚下打瞌睡。

"维斯塔贞女出现了吗？"流浪汉问。

卡尔达斯摇摇头，把烟递了过去。

"拿个一两根吧。"探长对拿破仑说，但后者还是只拿了一根。当他把烟叼在嘴里时，他浓密的灰色胡须完全把烟盖住了。卡尔达斯等拿破仑点好烟后才开口。

"昨天我忘了问您，莫妮卡经常背着一个书包吗？"

"A remotis，探长。"

"什么？"

"请您靠边站站，您挡着我的盒子了。"拿破仑指指地上的易拉罐，"如果看不见它，我的客户就溜走了，还会认为我没在工作。"拿破仑补充道，接着他指了指右边，"您愿意的话，我们在那边谈。"

就像他每次从椅子上起身那样，流浪汉看了看街对面房子的第二层，挥了挥手。探长看到，被流浪汉称作"女友"的那两位奶奶也笑着在窗口跟他挥挥手。卡尔达斯和拿破仑走开了几步，把盒子和其他财务留给蒂穆尔照看。

"您刚才跟我说什么？"拿破仑问，然后他自问自答道，"对了，书包。她有时候是背着个书包。"

"很大吗？"

"我不知道您说的大是个什么概念，探长。不是个小香包，但也不像去圣地亚哥德孔波斯特拉朝圣的那些人背的那么大的包。"

"我想也不会。"莱奥·卡尔达斯笑了，"昨天您跟我说，莫妮卡上周四比平时

223

走得晚。"

"是的。"

"然后您周五没见到她。"

"没，我没见到她。"拿破仑确认。

"您几点钟到这里的？"

"一如既往，十二点左右。"

卡尔达斯探长流露出一丝不快。

"好吧，"他说，"我还以为您一天都在这儿。"

"Quandoque bonus dormitat Homerus。"

卡尔达斯虽然没听懂，但还是笑了笑。一个流浪汉能如此轻松地把拉丁语融入对话中，这让探长感到神奇。

"优秀的荷马偶尔也要睡觉。"没等探长要求，拿破仑就翻译了出来，"我也不能二十四小时工作呀。"

"我已经欠您两个硬币了。"卡尔达斯说。

"暂时。"拿破仑清了清嗓子。

卡尔达斯想起来，他好像之前在蒙特罗里奥斯花园里看到了拿破仑的狗，就在为城市中的流浪汉提供夜间庇护的凉棚旁边。

"有可能是您的这只吗？"探长问。

"跟庇护所比起来，既不下雨也不太冷的时候，我和蒂穆尔更喜欢住街上。"拿破仑证实了卡尔达斯的想法，"至少我们能在一起睡。"

卡尔达斯扭头看蒂穆尔，它仍然目不转睛地盯着自己的主人。

"我曾经听人说过，一个孩子只需要两样东西就能快乐。"拿破仑对卡尔达斯说，"您知道是哪两样吗？"

卡尔达斯探长摇摇头。他并不知道。

"第一样是一条狗，"流浪汉揭示，"第二样是一位允许他养狗的母亲。"

探长佯装微笑，但其实他悄悄咽了口唾沫。流浪汉的话让他想起了自己母亲最后的那段日子。当时她刚绝望地从医院回到家里，卡尔达斯还记得父亲的沉默、房间里弥漫的刺鼻的气味，还有趴在卧室门口的那条小母狗——它只在必须喝水时才会起身，以便再多守候母亲一天。母狗和卡尔达斯的母亲同时过世，在那个遥远的夏天，卡尔达斯的童年发生了巨变。

"如果哪天您在港口公园里看到我和年老的蒂穆尔，就打个招呼吧。"拿破仑掐灭香烟坐回布艺椅子上，"我们在那儿扎营的都很热情好客。"

卡尔达斯向他保证一定这么做。或许他能带瓶父亲的酒，就像被邀请到别人家做客时那样。

"您喜欢葡萄酒吗？"卡尔达斯问。

拿破仑捋了捋胡须，用发问代替了回答：

"您听说过三次打击吗，探长？"

"没有。"莱奥·卡尔达斯坦言。

"Vulnerant omnes，ultima necat。"

"恐怕要给您三个硬币了。"卡尔达斯说。

"所有的都让人受伤，最后的把人杀死。"流浪汉翻译道，"就像参议员对恺撒大帝动的刀子一样。"

"我还是没懂您在说什么。"

"别担心，"拿破仑说，"您显然很着急，而有些事必须慢慢讲。您把硬币放在盒子里吧。您来看我们的那天，咱们再聊三次打击的事。"

Giro（旋转）：1. 绕一个点或一个轴转动；2. 为对话、业务及其不同阶段提供的地址；3. 表达一个概念时单词的排列方式；4. 远程汇款；5. 相对于原始方向或意图的变化。

卡尔达斯走进陶艺工作室，一股强烈的热浪扑面而来。探长把两根指头伸进毛衣领，好把布料拽离他的皮肤。他看到两台大炉窑中的一台亮着红灯，于是明白了这高温是从哪儿来的。

他穿过烘房，来到隔壁的工作区域，这里的温度适宜多了。一个戴着一串珍珠项链的女人正跟一个鼻子和耳朵上都穿了孔的男孩共用一张高桌，他们穿着同样的工作服，不时交流几句。卡尔达斯觉得自己很喜欢这种交融的氛围，在这里，外貌各异的人因为同样的热爱聚集在一起。

两个年轻女人和一个看起来退休好几年的男人正在使用陶轮。只见他们一只手握住陶轮的杠杆，或拉紧或放松，以便调整到合适的转速；另一只手放在陶艺制品上，随着旋转为它塑形。每位学生的脚边都放着一只小碗，里面是一把刮刀、一把毛刷和一块海绵。在旁边是一些钩子，用来在结束后把陶艺制品从陶轮上拆下来。

"米格尔在吗？"卡尔达斯问。

"我在这儿。"背后传来一个声音。陶艺师正在石制水槽那里洗手。

米格尔·巴斯克斯擦干了手，卡尔达斯跟着他走进了办公室。卡尔达斯盯着那个有宽檐帽的造型，总有一天它将被作者的骨灰上色，想到这里卡尔达斯想起了父亲。他空下来之后得再给父亲打个电话。

"我到底把它扔哪儿了？"米格尔·巴斯克斯一边翻着白大褂的口袋一边说。

"我有烟。"卡尔达斯说，他琢磨着如果有一层烟雾隔着，米格尔也能在聊天的时候更轻松。

两人一起走到庭院的山茶花旁坐下，卡尔达斯把烟盒和打火机递过去。

"有什么新消息吗？"米格尔·巴斯克斯点燃了一根烟。

"没有。"卡尔达斯说,"那个英国人找到了,但是莫妮卡没跟他一起。"

"如果莫妮卡还不出现,学生们准备把带有她照片的海报到处贴一贴。他们还让我告诉您,他们愿意帮着搜寻。"

卡尔达斯清了清嗓子。

"目前我们还没准备走这一步。"

"您觉得她在哪儿?"

"她应该是上周五早上坐船来了维戈,但除此之外我们什么都不知道了。"卡尔达斯回答,"莫妮卡经常背着一个书包是吗?"

"对,一个皮书包。"

"我们本来以为带着书包可能是她要去旅行,但也许并没有这么复杂。我在想,她会不会还是跟其他的周五一样来了这里。"

"来了这里?"陶艺师吃了一惊。

"您当时不在,对吗?"

"对,我在里斯本。我前一天去的。"

"那您怎么能确定莫妮卡没来?"

米格尔·巴斯克斯有些犹疑:

"因为莫妮卡没出现,所以课才被取消了。"

"是下午的课,对吗?"卡尔达斯问,而陶艺师点了点头。

"但莫妮卡是坐很早的一班船来的维戈。或许她早上在这里。"

米格尔摇摇头说:

"早上秘书处打电话通知我材料到了,但陶艺工作室关着门。我昨天跟您说了。"

"对,您跟我说了。"卡尔达斯承认,"但您怎么知道莫妮卡不在?"

"如果她来了的话,门会开着。"陶艺师斩钉截铁地说,"而且我给她手机打了好几次电话也没找到她。"

"但恰恰在那里面接不到电话,"卡尔达斯想起,昨天他在陶艺工作室的时候,拉斐尔·埃斯特韦斯尝试打给他电话未果,"里面没信号。"

米格尔·巴斯克斯吸了口烟。

"您觉得她当时在工作室里?"

"如果每周五她都来的话……"卡尔达斯回答。

"但没人看见过她。"

"我确信早上你能神不知鬼不觉地进入学院,下到这个院子,再扎进陶艺工作室。"探长说,"如果没课的话,这儿应该没什么人。"

227

"周五上午我们有辅导课。"

"上周五几个学生来参加辅导课了？"

米格尔又抽了口烟答道：

"上周五好像没人来。"

"对吧？"卡尔达斯说。

米格尔·巴斯克斯透过烟雾出神。

"探长，我不知道我明不明白您的意思。您认为莫妮卡当时在这里面？"

"我不知道，"卡尔达斯说，"我只是在考虑这种可能性。给您送来的材料后来是怎么处理的？"

"是几袋黏土。放到烘房里了。"

卡尔达斯确实刚才在门口看到了几只袋子，就放在炉窑旁边。

"谁给他们开的门？"

"某个勤务员。"

"这个人有没有查看莫妮卡在不在里面，您知道吗？"

"我不知道，但我估计没看。"

Seguro（确定）：1. 没有危险或风险；2. 肯定会发生的事；3. 对某事十分肯定；4. 不失败或不怀疑的人；5. 保证在发生损坏或损失时进行赔偿的合同；6. 防止装置、机器或武器的非人为操作或增加闭合牢固度的机制。

卡尔达斯来到大厅，他抬头看了一眼门口上方的摄像头，然后走到了秘书处。之前在里面工作的一男一女这会儿仍全神贯注地看着电脑屏幕。一块玻璃隔板将两人与另一侧的一位勤务员隔开。

探长亮明了身份，那个女人主动提出愿意尽力帮忙。她知道大家在找莫妮卡·安德拉德。

"您确定门口的摄像头不会录像吗？"卡尔达斯问。

"非常确定。"回答的是那个勤务员。她叫玛丽亚，她个子很高，一头红色长发，围着一条丝巾，脸上挂着灿烂的笑容。

"可以借一步说话吗？"

卡尔达斯跟着勤务员穿过大厅走到图书馆，又来到隔壁的一间屋子。这间铺着镶板墙的房间非常宽敞，一幅巨大的画上画着该市的第一位编年史学家。

"这儿很漂亮，对吧？"玛丽亚对卡尔达斯说，"这儿有时会开音乐会、办演讲……这是学院里我最喜欢的一间。"

探长很想知道这座楼的安保措施怎么样。这里显然有很多值钱的东西。

"我们勤务员都在，不过我们不负责安保，"女人解释，"我们从来没遇上过什么大问题。"

"没人巡逻吗？"

"几年前有个安保公司负责晚上巡逻，但是我们不用他们好久了。预算少，您懂的。"女人感到遗憾，"现在我们只能轮班。我也正想跟您说这件事。"

"轮班吗？"

"上周四最后一班，还有莫妮卡。"女人说完，她脸上的笑容消失了，"我上周四很晚的时候见过她，比往常都晚。我还吓坏了她。"

"在这儿？在学院里吗？"

"当然了。"

"您可以给我讲一下吗？"卡尔达斯请求。

"我当时在院子里，然后……"

"请您讲得详细些。"探长打断了她。

玛丽亚照做了：

"就是我刚才说的，九点下课。但总会有人要多待一会儿，收拾东西之类的，我们勤务员就得有一个人等着这些散兵游勇，最后再快速检查一遍，确保灯都关了、楼里也没人了。这之前是巡逻的人干的活儿，他们走后就变成我们的了。"

卡尔达斯点点头。

"上周四呢，轮到我留下来。我下楼到院子里，去检查陶艺和丝网印刷工作室的灯关没关好，结果我发现有个水龙头在滴水。我就走过去把它拧好，然后我感觉有人正从陶艺工作室的窗户往外看。我最开始觉得有点儿奇怪，后来我看出来了是莫妮卡。我走了过去。"女人说，"当然了，我没从她看的方向走过去，当时又都比较黑了，所以看到窗户另一边的我，她快吓死了。"

"后来呢？"

"就没什么了，我打开门，看见莫妮卡还惊魂未定地坐在一张椅子上。我告诉她，其他老师都走了，她跟我解释说米格尔不在，所以她耽误了更多时间。"

"当时几点？"

"十点多一点儿。"勤务员回忆道。

"您和莫妮卡还说了什么吗？"

"没有，"勤务员回答，"我们互相道歉，我是因为吓住了她，她是因为走得太晚。我陪她走到学院门口，她跟我说了晚安，然后急匆匆地走了，几乎是跑走的。"

"您介意咱们下到院子里看一下吗？"

两人返回大厅，又沿着楼梯下到了此前卡尔达斯跟米格尔聊天的院子里。玛丽亚指了指她看到莫妮卡的那扇窗户，还有她去关紧的那个水龙头。

"莫妮卡当时往哪儿看？"莱奥·卡尔达斯问。

勤务员指了指他们走下来的楼梯。

"当时灯光怎么样？"

"很少的灯亮着，"玛丽亚说，"就只有门上这盏灯。"她指了指陶艺工作室小房檐上的一盏壁灯。

"但大厅的光能透下来一些,对吗?"探长看到院子上方有好几扇窗户。

"有一些吧。"

"莫妮卡是怎么在看呢?"探长问。

"我当时觉得她很警惕。"

"为什么?"

玛丽亚用手搓了搓下巴说:

"因为她没有紧靠着玻璃。她从里面看着楼梯,大概离窗户有一米远吧。"勤务员回忆,"我不知道我说清楚没有。"

"您说得非常清楚。"卡尔达斯说,"就像是她不想让人从外面看见她吗?"

勤务员发现卡尔达斯明白了她的话以后笑了笑。

"差不多吧。其实我能看见她是因为我去关水龙头了,但要是有人穿过院子走到工作室,应该不会看见她。"

卡尔达斯看着那扇窗户,上周四,安德拉德医生的女儿正是透过那里观望庭院的。他想起了多洛雷丝的话,她形容莫妮卡当时"吓傻了"。

"您觉得莫妮卡当时很惊恐吗?"

"我刚才跟您说了,她吓了一大跳。当时很晚了,这楼又古老,人又都走了,她还没注意到我……您想象一下。"

"莫妮卡跟您说她在等谁了吗?"

"没有。"玛丽亚说,"相反,她跟我说她正要走,而且很明显确实是那样。她的东西都放在门边的地上,而且灯也都关了。"

"当然。"莱奥·卡尔达斯说。

"我觉得她应该是看见我了。"

"什么?"

"我估计她准备走的时候看见有人顺着楼梯下到了院子里,但是因为我没再上去,而且我在暗处,所以她可能想看看是谁再走。以防万一。"

"有可能。"卡尔达斯说,"您说当时学院里没别人,是吗?"

"没了,"勤务员说,"莫妮卡是最后一个。之后我关了所有的灯,锁上门然后回家了。"

谈话终于来到了卡尔达斯已经反复思考了几小时的地方。

"这楼晚上是空的吗?"

"对。"

"到几点为止?"

"到早上八点,那时候我的同事会来开门。"

如果莫妮卡坐早上六点的船过来，那么她大约在六点十五到达维戈。

"那如果有人八点之前就到学院了，也进不来吗？"

"进不来。门还关着。"

"那假如有老师有什么急事呢？"

玛丽亚又揉了揉下巴才开口。

"有些老师有大门钥匙。不是所有老师都有，但有几个有。"

"莫妮卡·安德拉德是其中之一吗？"

"不不不，"勤务员的回答很清楚地表明，莫妮卡在学院的等级地位中还处于较低的位置，"莫妮卡有工作室的钥匙，但大楼的没有。大楼的钥匙只有在这儿工作了很久的人才有。"

"米格尔·巴斯克斯有这把钥匙？"莱奥·卡尔达斯问。

"对，米格尔是其中之一。还有几位制琴师、金银匠爱德华多、图书管理员……"

"您确定莫妮卡没有这把钥匙吗？"

"非常确定。"

"那您没印象莫妮卡上周五早上来过？"

"她周五不在，探长。这我能打包票。整个上午陶艺工作室都关着。其实还收到了黏土订单，是我来开的门好让他们把货放进去。"

"我正是为此想跟您聊聊的。"卡尔达斯坦言，"您当时进工作室里了吗？"

"没有。"玛丽亚说，"我把门打开，告诉送货的把袋子放到门口，然后我们就出来了。"

"您看没看一眼里面？"

"为什么要看？"

"以防有人在里面。"

"我没看。"勤务员说，"不过里面也没人。"

"您都没进第一个厅怎么会知道里面没人？"

"灯都关着。"玛丽亚回答得很自然。

"您也确定一上午都没人看见莫妮卡吗？"

"上午下午都没有。"玛丽亚重申。她跟探长解释，那天上午她来过院子好几次，每次都看见陶瓷工作室关着门也关着灯。"我知道米格尔在葡萄牙，所以我想着应该是取消了辅导课。"

"所以您和送货员把袋子放在门口，关上门，然后直到周一都没人再进入工作室。是这样吗？"

"没错。"勤务员先肯定，然后补充道，"当然，除了清洁工。"

"清洁工？他们什么时候打扫的陶艺工作室？"

"都是快中午的时候打扫，这样下午上课好用。"

"您知道上周五是谁打扫的吗？"

"打扫这下面的一直是同一个人。"玛丽亚说，"如果您想找她聊聊，她可能还没走。"

玛丽亚去找清洁工，莱奥·卡尔达斯就在院子里等待。

那是个年轻的女人，头发染成了金色。她已经换好了衣服准备回家。

"您是广播里的卡尔达斯吗？"玛丽亚引荐之后，那个女人问。

"对，是我。"

"您的声音听起来更老。"女人说，接着她说，上周五她彻底清扫了陶艺工作室：包括教室、办公室，甚至柜子都擦干净了。

"一切都很正常吗？"

女人看了眼勤务员笑了。

"一团糟。"

"有什么特别的原因吗？"

"一直都这样。您可不知道这种土有多难打扫。"女人抱怨道。

"您如果能想起上周五的情况，那就太好了。"卡尔达斯请求。

女人又看了眼勤务员。

"是因为那个助教，对吗？就是那个没出现的老师？"

"对，"卡尔达斯说，"她当时不在工作室，对吗？"

"在里面？"女人反问道，"那里面一个人都没有。"

"有没有什么事情引起您的注意？"

"比如说？"

"您发现有什么异样，有东西摔碎了或者没在原处，或者任何异常的细节。"

女人思考了几秒钟。

"没有，"她说，"我觉得没有。"

卡尔达斯向她表示感谢，还请她一旦想起什么就给警察局打电话。

"您觉得她出什么事了？"女人拢拢嘴。

卡尔达斯尽量安抚。

"有人有时会离开吧。"卡尔达斯说。

"那就是跟我一样。"清洁工说完转身离去。

233

当楼梯上已经看不见清洁工时，卡尔达斯感谢了勤务员，也准备沿着楼梯上去。

"探长，还有件事。"玛丽亚拦着了他，"如果要进行地毯式搜索的话，我们都愿意帮忙。我敢肯定所有人都愿意配合。"

"非常感谢。"卡尔达斯摸了摸口袋里的烟盒。

他没有告诉勤务员，此前米格尔已经表达了学生们希望配合搜索的意愿。

他也没有告诉她，他们不知道应该到哪里找莫妮卡。

Ruido（噪声）：1. 含糊的声音，通常令人不悦；2. 诉讼、骚乱或分歧；3. 无关紧要的事物显示出表面的重要性；4. 某些事实的公众反响。

卡尔达斯接到索托局长的电话时，正在艺术与机械工艺学院的大厅里。接电话前，他找了个比较私密的角落。那幅卷起的卡米洛的画从卡尔达斯外套的口袋里露了出来。

"你在哪儿，莱奥？"局长问。

"在艺术与机械工艺学院。我一会儿就回去。"

莱奥·卡尔达斯说，他想在回警察局前到二楼找一下埃尔薇拉·奥特罗，让她看看卡米洛的画。

"有什么新消息吗？"

"暂时很少。"探长坦言，"我们正在收集监控录像，看看能不能找到什么。您跟马德里那边要手机了吗？"

"电信公司承诺明天一早就都发过来。"局长回答。

"不能早点儿发吗？"

"定位好像不行。但是他们跟我保证，明天就都有了。"

卡尔达斯扫了一眼学校大门，惊奇地发现圣地亚哥·洛萨达正跟两位年轻学生交谈。

"我去。"卡尔达斯低声说。

"明天如果真能拿到已经不错了，莱奥。"

"我不是针对电话的事儿。"卡尔达斯连忙说。

"怎么了？"局长问。

"洛萨达正在捅马蜂窝。"

"洛萨达？"

"电台那个。"卡尔达斯说，"他在这儿呢，在学院，正在到处问。"

235

"他知道什么了吗？"

"之前只是因为昨天听见我打电话推断出了一些模糊的细节。但这会儿估计差不多都知道了。"

"好吧，传出去也没法避免。"局长也只得接受。

"是。"莱奥·卡尔达斯说，"但安德拉德医生说得很清楚：他不想让女儿的事成为闹剧。"

"他这么说的？"

"一字不差。"

"那我去找洛萨达谈谈，看看能不能止住他。"

"止不住。"卡尔达斯说，"就算不是洛萨达，也会有其他人。有太多人知道我们在找莫妮卡了。而且洛萨达是条食人鱼。闻到血腥味之后，咱们再怎么说他都不会放手。"

"你让我试试。"

"您想想跟他谈的交换条件吧。"卡尔达斯刚建议完就后悔了。如果局长要被迫补偿这位播音员，也许卡尔达斯继续留在节目里就是代价的一部分。

探长挂了电话以后仍然站在原地。从这个角落里，卡尔达斯看到洛萨达试图从学生们那儿挖出信息，之后只见他穿过大厅，继续在学院里寻找零落的拼图。播音员一离开学校大门，卡尔达斯就趁机出去了。他手里拿着卡米洛的画，这本是他再见埃尔薇拉的借口。流浪汉坐在布艺椅子上，忠诚的蒂穆尔守在他身边。卡尔达斯跟他们打了招呼后快步向警察局走去。

他已经走了一半，突然，一个念头让他停在了路中间。虽然几米外就有一块有机玻璃面板，但卡尔达斯甚至没有注意到上面有旧皇家电影院的影像。那座具有东方韵味的电影院于1963年被拆除，替代它的是一座平淡无奇的办公楼，地下室里建了座小教堂。卡尔达斯转身走回了艺术与机械工艺学院，确定洛萨达没在附近之后，他走进了秘书处。他来到勤务员玛丽亚旁边，此时后者正因为同事的一句评论哈哈大笑。

"您还有空吗？"莱奥·卡尔达斯低声问。

"当然。"玛丽亚说。探长示意玛丽亚跟随自己来到楼外，这里的汽车噪声能避免他们的对话被窃听。

"当时热吗？"莱奥·卡尔达斯问道。

"什么？"这位勤务员问。她脸上的微笑变成了诧异的表情。

"上周五上午，您陪着送货员去陶艺工作室放黏土袋子的时候。"探长解释，

"您记得里面热吗?"

"陶艺工作室里老是很热。"

卡尔达斯知道,只有在某台炉窑工作的时候才会这样。

"上周五也很热吗?"

玛丽亚抬头努力回忆。

"对,也很热。"她之后说。

"您确定?"

"非常确定,"勤务员确认道,"我记得开门的时候送货员还感叹了一句。"

卡尔达斯愣在人行道上,他试图平息脑中的骚动。

"您还想知道什么吗?"过了一会儿玛丽亚问道,把卡尔达斯从他的思绪世界里拉了回来。

"之前跟我说过话的那个清洁工已经走了吗?"

"对。"

"您知道她的电话吗?"

"秘书处有。"女人确认。

卡尔达斯等在原地,勤务员没过多久就拿着一张写着电话号码的小纸条回来了。

"还有什么事吗?"勤务员把纸条递给卡尔达斯。

"没有了。"探长说,但他接着又补充道,"我可以请您帮个忙吗?"

勤务员站在那里等卡尔达斯开口。

"咱们说的话您别告诉任何人。"卡尔达斯说。

"没问题。"玛丽亚回答。

"任何人都别说。"卡尔达斯直视勤务员的双眼说,而后者则向他保证会守口如瓶。

探长拨通了清洁工的电话,他一边听电话一边朝警察局走去。

"对,上周五很热。"电话里的女人说,"有哪个炉子开着的话,那个工作室就像个桑拿间。"

卡尔达斯停住脚。

"有哪个炉子在运转吗?"

"运转倒没有,"女人澄清,"但还在散热气。"

"是关闭的吗?"

"当然,"女人说,"炉子冷下来之前都关着。"

"您之前跟我说那天上午应该没人去过工作室……"

"我是这么觉得。"

"那怎么解释炉子还热着?"

"那儿总那样,"女人解释说,陶艺师们会把炉窑设定好时间,"炉子上好像是有个表,能自动关闭。您为什么不去问问米格尔呢?他能跟您说得更清楚。"

"好的,我会的。"卡尔达斯说。他之前在陶艺工作室看到了三台炉窑。最小的那台跟微波炉差不多大。最大的那台比莱奥家厨房里的冰箱还大一些。

"您记得是哪个炉子很热吗?"

"大的那个。"清洁工回答。

她一刻也没犹豫。

"您周一也打扫陶艺工作室了吗?"

"没有彻底清扫。"女人说,"但是快中午的时候,我去看过,好保证下午上课没问题。"

"您记得那个炉子周一还关着吗?"

"没,"女人说,"已经打开了。"

"谁打开的?"

"应该是米格尔吧。"

"米格尔老师?"

"当然了,"女人说,"他当时在。"

周一到周四都是下午才有陶艺课。

"他周一上午在工作室?"

"对,就跟平时一样。"女人说,"如果他不在才奇怪。"

卡尔达斯跟清洁工道别后,拨打了另一个电话。电话响了几声后转入了语音信箱,但卡尔达斯没留言就挂了。他站在街边看着来往的车辆,举手拦下了一辆出租车。

"去法院。"他对司机简洁明了地说。

Trastorno（紊乱）：1. 某物的功能或某人的活动发生的变化；2. 不安；3. 某人思想或行为方面正常功能的紊乱；4. 健康的轻微损害。

"下午好，卡尔达斯。"当卡尔达斯进入法院大楼时，背后传来问好的声音，"您又来找我了？"

卡尔达斯一转身看到了执勤的弗洛雷斯法官。

"理论上讲不是。"但卡尔达斯不排除之后会上去找她的可能性。

"那个女孩的事有进展了吗？"伊莎贝尔·弗洛雷斯一边穿过大厅一边问。

"没有。"卡尔达斯坦言。他看到法官手臂下夹着一个纸袋，上面印着水果店的商标。

"是苹果，以防我要执勤到很晚。"法官笑着说，接着她来到电梯前按亮了电梯按钮，"跟电信公司那边也申请过了吗？"

"明天就都发过来。"卡尔达斯确认，"我们正在查看港口的监控。"

"怎么样？"

"还为时尚早。"卡尔达斯回答。

电梯停在了底层，门开了。伊莎贝尔·弗洛雷斯走进电梯，但卡尔达斯还站在大厅里。

"您不上吗？"法官问。

莱奥·卡尔达斯摇摇头，然后指了指他要去的地方。

"是为了安德拉德女儿的事？"法官问。

卡尔达斯不愿透露更多的细节。

"我想咨询件事。"他简单地说。

电梯的门关上了，卡尔达斯听见里面传来一声"记得告诉我进展"。之后他走到大厅一头，这里是法医研究所的办公室。

卡尔达斯看见古斯曼·巴里奥正坐在办公室里翻阅杂志，面前摆着一杯咖啡。

"你为什么永远不接电话？"卡尔达斯问。

"就跟你从来不说下午好一个原因。"

验尸官摘下老花镜，合上杂志。之后他在白大褂的口袋里翻找了一通，然后漫不经心地一摆手说："我应该是把手机忘车里了。来杯咖啡吗？"

卡尔达斯看了看咖啡杯。

"你别这个样子，我们现在有新咖啡机了。"巴里奥说，"来不来一杯？"

"我应该需要。"莱奥·卡尔达斯同意了。

"黑咖啡，对吧？"

"对，黑咖啡，不加糖。"

古斯曼·巴里奥走出办公室冲咖啡，卡尔达斯就在这位验尸官的椅子对面坐下来。就在他落座的时候，他听见卡米洛的画被椅子扶手挤压的声音。巴里奥端着咖啡回来的时候，卡尔达斯正在桌子上把画展平。

验尸官端详着这幅画，卡尔达斯探长跟他讲了卡米洛·克鲁斯的事。

"他一个问题都回答不了，"卡尔达斯说，"但用了不到一个小时就画好了这幅画。"

"莱奥啊，精神异常有可能起到正面作用。这些疾病的基因还没研究清楚，但似乎阻止这些患者与人交往的机制可以让人产生注意力高度集中的能力。"巴里奥把咖啡杯放在桌子上后，坐在了探长对面，"在大多数情况下，所谓的才华横溢并不意味着质量上的超越，而是速度上的优势。咱们惊讶的是，有人可以快速完成我们其他人需要很长时间才能完成的工作。"

"最让我惊讶的是，这个男孩只看了我一眼。"卡尔达斯说，"这全是凭记忆画的。"

验尸官像钢琴家一样用手指敲着额头解释说："这里面切断某个连接的改变可能开辟出新的通路，引发让人叹为观止的结果。这就表明咱们的大脑还多么有待探索啊。这类人就像是探险家。我们知道人类能做一些特定的事情，就是因为像他们一样的人展现出来的。"

巴里奥伸出手，卡尔达斯把画递了过去。验尸官看了几秒后才重新开口：

"在很多情况下，这种再现最微小细节的能力也让人失去创造力。如果你给这个男孩一支笔一张纸，让他画一座想象中的房子，他可能都不知道怎么动笔。你会很震惊的，莱奥。"验尸官说，"有的人能整本整本地背诵书籍，但是却听不出话里带不带讽刺。就好像是抽象思维的大门被上了锁。"

验尸官把画沿着桌面推了过去。

"你来这儿是因为这幅画吗?"

"不是,"卡尔达斯说,"有关系,但是另一件事。"

"那来吧。"

探长先喝了口咖啡。如果能再点根烟,他就更舒坦了。

"有办法能知道炉子里放没放过尸体吗?"

"人的尸体?"

"当然。"

"在家里的炉子里?"

"不是,"卡尔达斯说,"陶艺师用的那种炉子,用来烧黏土的。"

古斯曼·巴里奥用诧异的表情请探长说得更具体些。

"我们在找一个女人,"莱奥·卡尔达斯说,"她是画画那个男孩的邻居。也是艺术与机械工艺学院的陶艺助教。她有可能是主动离开的,但是我总觉得有什么不对。"

"什么?"

"就有点儿什么。"卡尔达斯用手扇了扇鼻子前的空气,跟他父亲谈到酒时做的动作一样,"上周五陶艺工作室关着,她就是那时候消失的。但里面的一台炉子是热的。直到三天之后才有人看见炉子被打开了。"

"你觉得女人之前被放进了炉子?"

卡尔达斯挠了挠头。

"我不知道。"卡尔达斯边想边说,"有人看见她走的时候带了去上课时背的书包。他们学院八点才开门,但是有几位老师有大门钥匙……"

验尸官举起手打断了他:

"那台炉子有多大?"

"跟这个柜子差不多。"卡尔达斯指了指。

古斯曼·巴里奥看了看他存放物品的那个双开门金属柜子。

"也就是说,能放下一个人。"

"完全放得下。"

"你说虽然工作室关着,但是炉子是热的?"

"对。"

"那他们怎么跟你解释的?"

"我没问陶艺工作室的人,我不想引起他们的警觉。"卡尔达斯坦言,"但是打扫学院的清洁工说,陶艺师经常给炉子设定时间,晚上烧制陶艺作品。"

"那就说得通了。"验尸官说,"这些炉子能保温好几个小时。"

"确实说得通。但我一直在想,直到周一才有人看见炉子被打开了。这时间太长了。"卡尔达斯嘟囔道。

他沉默了一阵子,看着画上正在打电话的自己,旁边还有螺旋签名。之后,卡尔达斯说出了把他带到验尸官办公室的问题:

"多长时间能在炉子里烧完一具尸体?"

"要看温度……"

"比如一千两百摄氏度。"莱奥·卡尔达斯指出。

"妈呀,这个温度的话用不了多久。简单来说吧,火葬场的火化炉最多也就是七百摄氏度。烧两三个小时就什么都不剩了。"

"什么都不剩?"

"我就这么一说,莱奥。"古斯曼·巴里奥纠正道,"还有骨灰剩下来。"

"有很多吗?"

"一个正常体格的人大概能剩下两公斤多吧。你没见过骨灰盒吗?"

"要找到 DNA 的话不可能,是吧?"

"别想了。"验尸官盖棺论定,"我现在说的'什么都不剩'是字面的意思。高温会让 DNA 变性。"

"但有可能知道是人的骨灰吗?"

"假如能找到什么的话,可以。但是一千两百摄氏度烧了好几个小时的话……"

巴里奥的话以一声"啪"结束,几乎让莱奥·卡尔达斯的希望破灭了。

"哎?那有味儿吗?"

"什么叫有没有味儿?"

"身体燃烧的时候不应该有浓烈的肉被烧焦的味儿吗?"

"火葬场什么味儿都没有,当然,我不知道是不是因为火化炉有特殊处理,或者是因为密封得好。"巴里奥承认,"我可以问问。"

卡尔达斯正要问下一个问题,手机突然响了。他看看屏幕。是索托局长。

"你他妈的在哪儿呢,莱奥?"局长一上来就说。

"发生什么事了吗?"

"发生的事就是,你一小时前就跟我说你还有五分钟到。"

局长如此烦躁让卡尔达斯感到吃惊。

"我正往那儿去。"卡尔达斯谎称。

"那你快点儿。"索托说,"安德拉德医生在我办公室里,他想知道新的进展。"

"什么新的进展?"卡尔达斯问。

"你快来吧。"索托只是坚持道,"别让医生等。"

Asistir（出席）：1. 帮助、青睐或协助；2. 陪同某人参加公共活动；3. 通过执行特定任务来服务或照顾他人；4. 照顾病人；5. 出现在某处。

"就这些吗？"当卡尔达斯探长把他们自昨天上午起采取的所有行动告诉维克托·安德拉德医生后，后者问道。

"我知道不太多，"卡尔达斯坦言，"但我们确定，您女儿手机里的信息能让我们取得更多的进展。"

"在那之前呢？"

"我们正在查看港口的监控录像。"

"里面出现我女儿了吗？"

"暂时还没有，"卡尔达斯承认，"不过我们也刚开始看。"

"除了监控呢？"

"就是我刚跟您说的：我们在等手机的事。"卡尔达斯重复道，因为他不想把他的怀疑分享给女孩的父亲，"那样我们就能知道莫妮卡都去过哪儿，还有她离开前联系过谁。"

安德拉德医生摸着他的光头，他得琢磨一下探长刚透露给他的这些信息。

"您觉得这是寻找失踪者的方式？"医生问。

卡尔达斯在座位上挪了挪屁股，他看看上司想寻求支持，但索托局长在这场谈话中只是扮演了一位中立旁观者的角色，让自己远离医生的粗鲁。

"在您看来我们应该做些什么？"卡尔达斯只得问莫妮卡·安德拉德的父亲。

"请不要要求我来做您的工作，探长。"医生伸出的那根手指就像一根木棒，"不过找这个聊聊又找那个聊聊，然后坐着等，这不是找人的方式。莫妮卡有可能是被关在哪儿了。"

"如果是绑架，早就有人联系家里索要赎金了。"

安德拉德医生捋了捋耳朵上方长出的灰白头发。

243

"诸位连地毯式搜索都没做。"

"医生啊，在哪儿做地毯式搜索？"

"在我女儿家周围，她可能待着的地方有十来处。"

"您女儿不在缇兰。"莱奥·卡尔达斯说，"她上周五早上离开的那儿。我刚才跟您说了，好几位邻居都看到她去了莫阿尼亚港口，去坐六点开往维戈的船。"

"他们怎么知道她要去坐那个船？"

"因为时间表明的，而且莫妮卡把自行车锁在了码头上。"探长指出，"还有，船员也好像记得莫妮卡上了船。"

"好像记得？"

"我们在查看监控，"莱奥·卡尔达斯重申，"很快我们就能证实了。"

"那如果最后证实不了，诸位浪费了这宝贵的时间呢？"

卡尔达斯完全可以回答说，现在是星期三下午，而莫妮卡是上周五早上就不见了，那段不应错过的宝贵时间早已过去。

"您要求我谨慎行事，"卡尔达斯最终说，"如果开始地毯式搜索，秘密就藏不住了。"

"没错。"索托局长第一次放弃了中立插话道，"你进来的时候，我正跟安德拉德医生解释，或许我们应该向那个方向迈一步。"

"哪个方向？"卡尔达斯问。

"我认为我们应该跟媒体聊聊。"索托回答。之后他对莫妮卡的父亲说："让莫妮卡自己和跟她接触过的人都知道我们正在找她很有必要。"索托说完转向卡尔达斯寻求肯定，"不是这样的吗？"

"我昨天就建议了，但医生……"

"……医生不想人尽皆知，"局长指出，"这一点我非常赞同。但是谨慎地揭示一则消息不会把事情变成闹剧。"

局长停顿了一下，卡尔达斯意识到，圣地亚哥·洛萨达这个名字马上就要出现在对话中。

"我们跟《维戈之声》的一位播音员合作了很久了，"局长的话印证了卡尔达斯的预判，"他叫圣地亚哥·洛萨达，在这个地区有非常广泛的听众基础。他可以慎重地处理这件事。"

卡尔达斯看着局长，他不明白后者怎么能大言不惭地用慎重来形容洛萨达。

"我知道他是谁，"安德拉德医生指着探长说，"是您在电台节目的主持人不是吗？"

卡尔达斯点点头，索托继续说：

"正是如此，我们非常确定洛萨达在处理这件事的时候会避开那些敏感的细节。如果您同意，明天我们就可以在《电台巡逻》节目里播报这个消息，请市民合作给我们控制的线路打电话。不要煽动的情节，也不涉及棘手的事物。当然，还是要看您觉得行不行。"局长坚持道，就仿佛明天这么一档专门针对莫妮卡·安德拉德失踪案的节目还不是既成事实一样。

安德拉德医生的灰色眼睛死死地盯着探长。

"您明天也在节目里吗？"

"当然，"局长代卡尔达斯回答，"莱奥会确保一切都不偏离轨道。"

医生低头用两根手指挠着鼻尖，思考着这个提议。卡尔达斯则在想，如果医生不想把他女儿的失踪公之于众，局长该如何设法让洛萨达保持沉默。卡尔达斯了解这位播音员：想控制住他，没门儿。

然而，当安德拉德再次抬起头时，卡尔达斯看出，他已经相信了关于温顺记者的故事。

"那地毯式搜索呢？"医生问。

"我们可以组织搜查队，明天一早就开始工作。"局长索托看过时间后向医生保证。

Contorno（周围）：1. 围绕特定地点或居住区的领土或区域；2. 勾勒图形或构图的一组线条。

"看到莫妮卡了吗？"莱奥·卡尔达斯问。

克拉拉·巴尔西亚指着屏幕。

"在那一大群里没有，但那边还有三个人。"克拉拉的食指随着几个人影移动。

卡尔达斯趴在费罗的肩膀上，凑近了屏幕。他看到的只是几个影子，他们从一只街灯处走远，消失在黑暗中。监控录像下端显示，当时是十一月十五日早上六点十四分。还有一个多小时才会天亮。

"没有更好的监控录像了吗？"

"我们没找到还有哪个摄像头是冲着码头的。"费罗说。

眼前的影像是海事站的监控摄像头拍摄的，就在远洋客轮码头附近，但是跟穿越河口的渡轮停靠的浮桥离得很远。几名乘客沿着舷梯下船后，仿佛一支游行队伍一样朝卡诺瓦斯·德尔卡斯蒂略街走去。克拉拉·巴尔西亚此前指出的几个人影走的是另一条路线，他们下船后左转消失在黑暗中。

"确定不在那里吗？"卡尔达斯指着那一大群人问。

"确定。"克拉拉·巴尔西亚说，"那些人全都出现在了港湾酒店还有交管局的一段监控里。那些看得相当清楚。我们可以再放一遍让你也检查一下，但莫妮卡不在里面。"

"不用了。"卡尔达斯说。

"如果莫妮卡·安德拉德确实坐的这班船，那肯定是往那边走的那几个女人之一。"克拉拉说。卡尔达斯再次盯着屏幕上那几个模糊的影像，费罗正反复地重新播放。

"你们怎么知道是女的？"

克拉拉指着其中一个人的脚。

"我们也不是百分之百确定,但是你看,这个人的腿看不到,对吗?有可能是穿着外套,但看起来更像是穿着长裙的女人。"

屏幕上只能看见一个侧影,确实看起来很明显,地面上腿部的位置是整体移动的。

"那就是莫妮卡了,"莱奥·卡尔达斯说,"莫妮卡老是穿到脚踝的长裙。"

"也可能是穿着长外套的男人。"克拉拉有些迟疑。

"是她,克拉拉。"探长重复道,"她坐这班船穿过了河口,而且穿着这身衣服。而且如果她要去艺术与机械工艺学院的话,走这边也符合逻辑。之后她会走过哪儿?"

"她得穿过游艇俱乐部。要么就是从游泳池旁边,要么就是再往那边一点,靠近游船的浮桥那里。但无论如何,那边没有录像。"

"游艇俱乐部里没摄像头吗?"

"有几台是冲着船的,还有在楼里的,"探员费罗跟卡尔达斯说,"但冲着步行区的只是实时监控。"

"就是说不录像。"卡尔达斯嘟囔道,这让他想起了学院大门口的那个摄像头。

"没错。"

克拉拉·巴尔西亚在桌子上铺开了一张维戈市港口附近的地图,用红圈标出了游艇俱乐部和艺术与机械工艺学院的位置。

"莫妮卡可以沿着海边一直走到滨海大道尽头,也可以在任何时候穿过蒙特罗里奥斯花园,然后沿着某条街上来。"克拉拉画出了几条可能路线。

"这个现在不重要,"卡尔达斯说,"当务之急是确定莫妮卡有没有去学院。"

"这不难,学院旁边有家银行,对面还有一家,"费罗指着地图说,"这儿好像还有家药店。肯定有哪个摄像头能拍到莫妮卡。"

"对。"卡尔达斯说,然后他盯着地图上的红圈看了一会儿。

"如果咱们想看那些录像,还需要法庭新的授权。"克拉拉·巴尔西亚说,"咱们拿到的授权写得很清楚,'港口附近的摄像头'。只有这个的话,恐怕……"

"恐怕咱们找不到莫妮卡了。"莱奥·卡尔达斯喃喃道。他是在自言自语,下意识地道出了他的预感。不过他相信克拉拉·巴尔西亚和费罗肯定没听懂,于是他故意盯着地图上的一个红圈,假装没看到两位探员狐疑的对视。

"莱奥,你说恐怕咱们找不到她是什么意思?"克拉拉·巴尔西亚问。

卡尔达斯没作声。

"你觉得她死了吗?"克拉拉紧追不放。

"我只是怀疑,不过我确实一直在想一件事。"卡尔达斯说完,把上周五早上陶艺工作室里的大炉窑还在发热的事告诉了他们,"那是烧黏土的炉子,能烧到一千两百摄氏度。比火葬场炉子的温度还高。"

"你觉得是有人把莫妮卡……"克拉拉试图寻找一个合适的字眼,但最终还是只找到了刚才探长用来说黏土的那个词,"你觉得是有人把她烧了?"

"直到好几天以后才有人看见那个炉子被打开。"

卡尔达斯继续推断:"验尸官说,那么高的温度会把人变成一小堆骨灰,根本不可能做 DNA 鉴定。"卡尔达斯扫了一眼四周,看到椅背上挂着克拉拉的包,"就算是用你的包,也够装走烧剩下的东西。"

费罗想象着那个场景叹了口气。但克拉拉·巴尔西亚还是尽量设想着真实发生的事。

"他们是不是在烧什么作品,你问了吗?"

"我不想打草惊蛇。"卡尔达斯坦言。

"你怀疑谁?"

卡尔达斯摇摇头。他没有嫌疑人,也没找到作案动机。

"莱奥,你别介意我的问题,"克拉拉说,"但所有这些推断都只是因为一个散热的炉子吗?"

"差不多吧。"卡尔达斯承认,"莫妮卡前一天就在这个学院遇到了什么事,以至于她躲到了办公室里。有可能是因为一通电话。"卡尔达斯向两位探员说,古乐器制作工作室的老师拉蒙·卡萨尔那天看见莫妮卡在打手机,"但也可能是因为其他任何事。但我很明确的是,莫妮卡失踪前的那天晚上,在几分钟的时间里,她就从本来没什么事变成把自己锁在黑暗里,绝非偶然。"

"莫妮卡就不可能是简简单单离开了吗?"克拉拉问道。

"可能。"卡尔达斯探长嘴上这么说,心里却不信,"无论如何,我很确定学校里一定出了什么事。"

"如果莫妮卡带走了东西,我不明白为什么你觉得她离开有什么奇怪。"

"她带走什么了?"探长问,"其实咱们连表明她带了衣服的证据都没有。确实好几个人看见她骑车的时候背了个书包,但是她经常背着书包去学院。而且她没锁门就走了,也没托任何人照看她的猫。"探长盯着电脑屏幕上静止的人影说,"如果咱们好好分析,从她家里缺少的什么东西能看出来她是主动离开家的?"

虽然这只是个反问句,但克拉拉·巴尔西亚找到了答案:

"牙刷。"

"确实,莫妮卡拿了牙刷,"探长说,"但避孕药被留在浴室里了。你要是过几个晚上才回去,你会不带吗?"

克拉拉摇摇头。

"我之前就跟你说了我不会不带。"

"如果那天一切正常,莫妮卡直到晚上才会回家。周五她要负责上午的学生辅导和下午的课。如果她知道要一整天待在外面,带着牙刷去上班是有可能的,不是吗?"

"我在存包处就放了个牙刷。"克拉拉·巴尔西亚承认。费罗也举起手,表示他也是。

"这就是了。"卡尔达斯边说边感到一丝窘迫,他只是在抽屉最里面放着一小盒牙线,"那就是个普通的周五,跟其他周五唯一不一样的就是,她坐了更早的船。"

克拉拉·巴尔西亚点点头。

"局长对炉子的事怎么说?"

"他对炉子毫不知情。"卡尔达斯坦言。

"你不是刚见过他吗?"

"我不能当着安德拉德的面告诉他。而且,在我拿到比预感更确切的东西之前,我也不想跟他说。咱们看看莫妮卡的手机定位在哪儿,还要做一下监控录像的查看申请,看看还有谁一大早去了学院。"

"学院晚上开吗?"

"早上八点开,但有些老师有大门钥匙。"

"莫妮卡有?"

"她没有,至少理论上讲没有。但辅助她的那个讲师有,还有其他几位老师也有。也可能还有更多的人有。"

卡尔达斯拨通了弗洛雷斯法官的电话。

"下午好,法官大人。"

"卡尔达斯!"法官问候道,"我还以为您忘了跟我讲事情的进展呢。"

"我们确实有进展:在一个监控录像里,上周五早上出现了一个在维戈下船的女人。我们觉得是莫妮卡·安德拉德。"卡尔达斯讲道,"根据她走路的方向判断的,她朝艺术与机械工艺学院方向走了过去。所以她有可能是在那儿度过了最后几小时。"

"最后几小时?"

卡尔达斯更正了他的部分说辞:

"如果有那么最后几小时,或者是她逃走前的最后几小时,我们认为她是在学院里度过的。"

"您还需要查看更多的监控,是吗?"法官问。

"没错,"卡尔达斯表示,"学院附近几家银行的摄像头有几个是朝着学院的。"

然后他就静静地等着法官做决定。

"只是要看学院门口的监控吗?"伊莎贝尔·弗洛雷斯问。

"原则上来说是的。"探长边说边向费罗和巴尔西亚竖了竖大拇指,"我们得核实莫妮卡是不是进了学院,有没有人跟她一起。如果能证实这些,到时候我们可能还需要其他什么。"

"一步一步来,莱奥。"弗洛雷斯法官拦住了卡尔达斯,"我们先来看监控录像,之后的事再说。"

"好的。"

法官叹了口气说:

"指令什么时候要?"

探长推断,法院里这会儿一定工作繁忙。

"银行今天已经下班了。我们下午能拿到指令就行。"

"好。还有什么事吗?"

"有。"卡尔达斯知道,如果法官能在失踪的消息传开前就对此做好准备,她会更开心一些,"恐怕明天就要开始有动静了。"

"多大的动静?"

"我们正在组织行动队,到河口对岸搜查。"

卡尔达斯无法看到法官的表情,但他猜得出来,应该跟费罗和克拉拉·巴尔西亚此时的惊讶差不多。

"您不是刚跟我说看见莫妮卡在维戈下了船吗?"

"是,但是安德拉德医生坚持要做地毯式搜索。他觉得如果不这样,那就是我们没有竭尽全力找他的女儿。他是个很会游说的人……"

"这么会游说,这事肯定要被报道出来了。"法官说。

"的确,明天的电台节目里我们要聊一下这个失踪案。"

"您参加的那个节目?"

卡尔达斯表示没错。

"如果莫妮卡没出事,那就是找到她最快的办法了。"

"如果莫妮卡没出事,确实是的。"法官赞同,"无论如何,现在袭击老人的那几个还逍遥法外,估计也不会给别的新闻腾出什么位置。"

卡尔达斯挂了电话后，手机屏幕上显示的是通话列表。卡尔达斯看到，在他父亲的名字旁边，标着他尝试联系父亲的次数。

"真的要在缇兰地毯式搜索吗？"克拉拉·巴尔西亚问。

卡尔达斯却正想着他的父亲。为什么父亲不回电话呢？

"莱奥？"

"什么？"

"去缇兰找莫妮卡会不会是浪费时间？"

"有可能。"卡尔达斯说，"安德拉德医生和局长都知道咱们觉得莫妮卡不在缇兰，但是他们一个坚持要在莫妮卡家周围找，另一个又不敢怠慢。我还能怎么办？"

克拉拉·巴尔西亚指着显示器，画面还静止在莫阿尼亚蒸汽船的几位乘客下船那里。

"这个画面可是真的。如果穿裙子的女人是莫妮卡……"

"是她，但我还是不准备说什么。就满足医生地毯式搜索的愿望吧，"卡尔达斯探长说，"而且，摆出在河对岸找莫妮卡的样子，对咱们也有好处。"

"这倒是。"

卡尔达斯刚在手机上按下父亲的电话号码，门突然开了，拉斐尔·埃斯特韦斯闯了进来。卡尔达斯探长等电话响了几声后，才来关心他助理的理疗怎么样。

"怎么说的？"

"按他的说法，就一小口子，但是肌肉在周围弄了个结，就跟保护伤口的盾牌似的。"

"他给你弄好了吗？"克拉拉·巴尔西亚问。

"说是会感觉好点儿，"阿拉贡人回答，"简直就像是偷拍那种娱乐节目：你到诊所的时候疼得要命，然后你在小床上躺下，张三就开始使劲按你最疼的地方。我甚至一度觉得那狗娘养的在故意用胳膊肘扎我。"

费罗装作在看屏幕上的什么东西，克拉拉·巴尔西亚也转过头以免笑出声来。卡尔达斯没忍住。

"您别笑。"埃斯特韦斯说，"有那么一两次，要不是因为我太疼，我早就起来拧他的脖子了。"

"没人跟你说最好把你绑起来吗？"卡尔达斯开玩笑说，但他的助理仿佛没听见。

"就这我还得付钱。"埃斯特韦斯抱怨。

"但你好点儿没?"

"可能好了一点儿吧。"埃斯特韦斯承认。

"那就好,"卡尔达斯说,"明天咱们工作很重。"

拉斐尔·埃斯特韦斯指着显示器。

"莫妮卡出现了还是怎么?"

"看不太清,"卡尔达斯坦言,"但看起来是她。"

"我看看。"埃斯特韦斯凑到屏幕前,"哪个是?"

费罗指了指消失在黑暗中的那个穿长裙的人。

"可能是莫妮卡·安德拉德,也可能是'埃及艳后'。"阿拉贡人指出。

"确实。"卡尔达斯说,"你记得提醒我,看看'埃及艳后'是不是也把自行车锁在莫阿尼亚码头了。"

"我会的。"埃斯特韦斯边向克拉拉·巴尔西亚挤眼边说。

"得了,来我办公室吧,"卡尔达斯对他的助理说,"我有事跟你说。"

阿拉贡人靠着椅背,双臂垂在身体两侧,默默地听着卡尔达斯的话。

"那咱现在要干嘛?"

"什么都不干。"卡尔达斯说。

"啥都不干?"

"直到通过手机定位知道莫妮卡在哪儿,还要看学院外的监控录像录到了什么。"

桌上卡尔达斯探长的手机屏幕亮了,探长赶忙拿起来看是谁。但并不是他等待的信息,于是他又失望地把手机放回了两座文件山中间。

"出什么事了?"拉斐尔·埃斯特韦斯察觉到了探长恼怒的表情。

"没事。"卡尔达斯谎称。

"十分钟里您都看了四回手机了。"

卡尔达斯停顿片刻后才回答。

"我找不到我爸,"卡尔达斯说,"我一整天都在给他打电话。"

"您给他留言了吗?"

"留了好几条了。"

"那肯定是手机静音了。"埃斯特韦斯说。

"或者是忘到哪儿了,"探长说,"他不喜欢带手机。"

"肯定是。"埃斯特韦斯又说,但之后他问,"我把您捎过去?"

"捎到哪儿?"

"头儿啊,别开玩笑了,还能捎到哪儿? 您父亲家啊。"

"谢谢你拉斐尔。"卡尔达斯拒绝了他的提议,"理疗师没建议你多休息吗?"

"我能开车,"埃斯特韦斯坚持,"坐着我最舒服。"

莱奥·卡尔达斯看了看表。

"要半个多小时才能到。"

"我有空儿。"

"你家那位呢?"

"她周三下班晚。"埃斯特韦斯回答,"我真的不介意。我呢多坐一会儿,您呢更放心。"

"你确定?"

"探长你又不是不知道我是什么样的人。我不是挑漂亮话说的那种。"

Postura（姿势）：1. 某人全身或身体部位放置的方式；2. 对某事采取的态度；3. 移植的植物或树木幼苗；4. 契约或协约，调整或协议；5. 一组同时产下的蛋；6. 赌博游戏中每个玩家在每一轮下的赌注。

出城之前，卡尔达斯探长请埃斯特韦斯先在他家楼下停了一下。埃斯特韦斯助理等在车里，没有熄火，卡尔达斯三步并作两步地爬上楼梯。他进门以后冲进了厨房，取出了前一天晚上艾利希奥酒馆的卡洛斯送给他的鹅肝。正准备离开时，卡尔达斯忽然瞥见了烹饪书籍中间夹的那张阿尔瓦的旧星座图。

"这玩意儿是认星星用的吧？"卡尔达斯上车的时候埃斯特韦斯问。

"我给我爸带过去，"卡尔达斯边说边又打开了点儿车窗，"有人送了他一台望远镜，他好像还挺好天文这口儿。"

"我喜欢看天，但我认不出啥星星。"

"我也喜欢。"

两人一路上没再说什么。埃斯特韦斯专心看路，卡尔达斯要么闭着眼睛、要么看向窗外。车里有很浓烈的药膏味儿，是之前理疗师往探长助理僵硬的背上涂抹的。

埃斯特韦斯看到路旁有一只被撞死的猫，想起了一件事。

"我跟您说没？我们看见莫妮卡的猫了。"

"在她家？"

"在院子里。很大一只，金属色的毛。从我们旁边过去的时候看都没看我们。就跟我们不存在一样，它走到栅栏旁边，一跳，没了。"埃斯特韦斯说，"我就不明白了，怎么有人想养看见你就走的动物。活得有多糟糕，才会相信养只猫能让生活变好啊。"

卡尔达斯没听出来埃斯特韦斯是不是在开玩笑。

"我们还看见那个橙衣男孩了，"埃斯特韦斯补充道，"他也有点儿猫样。他朝着我们过来的，一看见我们就转身走了。"

"他怕人。"卡尔达斯解释。

"我知道。"埃斯特韦斯说完停顿了一下，"我怕的是看见这样的人。"

"看见哪样的人？"

"自从我家那位怀孕，我就到处遇见有问题的人。我很怕遇上什么事。"

"大家都为孕妇担心，拉斐尔，"埃斯特韦斯的坦言让卡尔达斯感到吃惊，"但大部分问题都能在产检里查出来。"

"可能吧。"埃斯特韦斯不自在地活动了一下肩膀，仿佛是想把不适感抖下去。他背部又出现了痉挛，探长从他扭曲的面部表情看得出来。

"又难受了吗？"

"没什么事儿。"埃斯特韦斯谎称。

"理疗师说没说是因为你睡沙发上？"

"说了睡沙发没好处。但是三月份之前我还是先这么着吧。"

"一直到三月？"

"到孩子出生。"

"你睡觉还是姿势不好的话，你等着看四个月后背会啥样吧。我不想多管闲事，"探长说，"但你不能跟你家那位聊聊这事吗？"

"我们每天晚上都聊。"埃斯特韦斯说，"她坚持一起睡，但我还是想睡沙发。我块儿太大了，睡觉还不老实。我可不想伤害他们。"

Rígido（僵硬）：1. 不能弯曲或扭曲；2. 严谨、严厉；3. 不适应需求或情况。

十一月中旬的那个下午，太阳在六点半之前就落山了，当卡尔达斯和埃斯特韦斯抵达探长父亲的庄园时，天已经黑透了。

"是这儿吗？"

埃斯特韦斯把车停在大门口，探长下车推开大门，闪到一边，让埃斯特韦斯把车开了进去，停在卡尔达斯父亲的车旁边。

屋里没亮灯，屋外的大灯也都关着。卡尔达斯借着车灯的光走到房子门前。门锁着，他按响了门铃。确定并没有人开门之后，卡尔达斯绕到了屋子后面，探头看院墙里面的酒窖，也黑漆漆的一片。

"不在吗？"埃斯特韦斯问。

"看着是不在。"

"这车是您父亲的？"助理透过打开的车窗问探长，此时他仍坐在方向盘前，僵硬地挺着背。

"是。"莱奥·卡尔达斯回答。

"那他就应该在附近吧？"

"应该是。"

"您没钥匙？"

探长摇摇头。他卧室的抽屉里有一把，但他忘了拿。

卡尔达斯掏出手机，又拨响了父亲的电话。仍然没人接。

"您要是愿意，我可以过去试着开开门。"

埃斯特韦斯自告奋勇，不过对他来说，"试着开开门"只是种委婉的说法，实际上哪怕遇到一点点的阻力，他都会把门一脚踹开。

"你还是在这儿等我吧。"卡尔达斯决定还是自己想办法看看父亲在不在家。

他先是扒着客厅的一扇玻璃窗往里看，但一片漆黑，什么都看不到。接着，卡尔达斯围着房子绕了一圈，检查了一楼的窗户。所有的都关着，但没有一扇窗户安装了防盗网。卡尔达斯抬头看上层，发现房子后里面有间浴室的小窗户开着。他找来把凳子，爬上去以后探进了窗户里。他已经爬进浴室一半的时候，听到了几声狗吠、还有汽车鸣笛的声音。卡尔达斯用脚探到了凳子，又滑回了凳子上。

　　他绕到房子前面，看到父亲的狗正在车旁吠叫。埃斯特韦斯看见探长过来，不再按汽车喇叭了。他之前出于防范已经把车窗都关上了。

　　卡尔达斯命令狗离开，但这只动物并没有理会。

　　"是您父亲的吗？"埃斯特韦斯把车窗降下来几厘米，通过缝隙问探长。

　　"是。"卡尔达斯看着狗说。狗并没有后退，这让卡尔达斯很安心。

　　他又看向小路，隐隐约约看到有人走近。虽然漆黑一片，卡尔达斯还是认出了父亲。他穿着大衣、戴着冬天的帽子，胳膊上挂着一只柳条筐。

　　"你好啊，莱奥。"在狗吠声中，卡尔达斯父亲的问候几乎听不清。

　　卡尔达斯迎面走上前拥抱了父亲。

　　"你上哪儿了？"

　　"采蘑菇去了。"

　　"一整天吗？"

　　卡尔达斯的父亲耸耸肩。

　　"你能招呼一下你的狗吗？"探长对父亲说。

　　"不是我的。"

　　"行了，你招呼一下。"

　　卡尔达斯的父亲轻轻地吹了几声口哨，听得出来他不太会吹。就算狗听到了，它也没有理会。相反，探长父亲的出现似乎让狗更加有底气了。

　　"它叫什么？"卡尔达斯问。

　　"我不知道。"

　　"总有个名字吧。"

　　"谁知道。"父亲说。

　　"那它这样的时候你怎么办？"

　　卡尔达斯的父亲看了看车前怒气冲冲的狗。

　　坐在方向盘前的埃斯特韦斯似乎对窗外传来的犬吠声没什么反应。

　　"我从没见过它这么生气，"父亲说，"你们干嘛了？"

　　"什么都没干。"卡尔达斯说，"有些狗只要见到拉斐尔就会紧张。"

　　"紧张？"父亲问，这时的狗看上去已经是头猛兽的样子了。

"对。您能拉住它吗?"

"拉住它,怎么拉?"

"我不知道……"卡尔达斯发现狗并没有戴脖圈,"您没有狗链吗?"

卡尔达斯的父亲放下篮子,装作手里拿着吃的的样子,把狗引到了通向酒窖的院子里。

"你们在这儿等了很久了?"

"没多久。"卡尔达斯说。

拉斐尔·埃斯特韦斯仍坐在车里。

"所以你就是埃斯特韦斯,"卡尔达斯介绍之后,他的父亲边把手伸进车里边说,"莱奥跟我说过你。你们留下来吃晚饭吗?"

埃斯特韦斯看看探长。他不想得罪探长的父亲,但他们之前确实约好了要尽早回维戈。

"不了,"卡尔达斯回答,"我就是来看看你好不好。"

"我怎么会不好呢?"

"我已经给你打了二十次电话了。"

"我出门了啊,莱奥。没法接电话。"

"手机呢?"

"在家里。"父亲回答得很自然。

"你为什么不带?"

"我去采蘑菇就是为了能安安静静的。"父亲举了举篮子。

"您去采蘑菇了?"埃斯特韦斯伸长脖子问。

"是呀。"

"有很多吗?"

"要看日子。"父亲说。

"您去哪儿采?"阿拉贡人问。

卡尔达斯的父亲可不是那种到处传播秘密的人。

"在山里。"

埃斯特韦斯并未气馁,他指着黑暗处说:"那边吗?"

"或者另一边。"父亲回答。

"您采得多吗?"

卡尔达斯的父亲摇摇头,今天不是他最好的收成。

"没多少。"他边说边打开了篮子盖,里面只有几个松乳菇和两个橙盖鹅膏。

卡尔达斯的父亲走到旁边开灯，探长跟了过去。

"爸，你从哪儿来？"卡尔达斯低声问。

父亲的回答也是耳语。

"从采蘑菇的地方来。"

"采了一整天，就这么点儿？"

"我也不想就这么多。"卡尔达斯的父亲说。随后他觉得窃窃私语到此为止就好，于是声音洪亮地说："你们不喝一杯吗？"

"我们得回去了。"卡尔达斯拒绝道，"我之前跟拉斐尔约好了要很快回去，对吧？"

埃斯特韦斯点点头。

"一杯都不喝吗？"父亲坚持道，"来都来了……"

"改天吧，"埃斯特韦斯说，"我想在我家那位到家前回去。"

"那我就什么都不说了。"父亲说完看向儿子，"你留下过夜怎么样？"

"不可能。"卡尔达斯说。

"我明天早上可以把你送到维戈。"

"我想一大早就去局里。"

"我每天都早起，"父亲争辩道，"把你送过去不麻烦。"

探长看了看他的助理，而助理挥挥手，表示他不在乎自己返回维戈。

"确定？"卡尔达斯问。

"确定。"另外两人同时回答。

"他确实很着急。"看到拉斐尔·埃斯特韦斯开上返程的路后，卡尔达斯的父亲说。

"他女朋友怀孕了。他对照顾女朋友这件事很上心。"

"你根本不用强调，他连车都没下。"

"那是因为他背不舒服。"莱奥·卡尔达斯为埃斯特韦斯开脱，这时他的手里拎着的塑料袋正像钟摆一样摆动，里面装着鹅肝酱和阿尔瓦的活动星图，"他把我带过来已经很不容易了。"

"但他不是那种食人魔吗？"

"埃斯特韦斯？"卡尔达斯笑了，"他没耐心，容易生气，控制不住自己，不过其实他非常善良。"

父亲走向酒窖松开了狗，只见这只动物鼻子朝上跑了一圈，嗅着空气里的气味，但并没有叫。之后它跑进了黑暗里。

"那我得把他从我的傻瓜名录里擦掉了。"

父亲嘟囔着。

"你在傻瓜名录里写了埃斯特韦斯？"跟在后面的卡尔达斯问。

"用铅笔写的，"父亲指出，"还在等着确认。"

"但你根本不认识他啊！"

"还不都是你讲的，"父亲边进屋边说，"你想想你都说了什么。"

探长在院子里停下脚步，意识到父亲说得很有道理。父亲只不过是用卡尔达斯提供的线条慢慢勾勒出了这幅画，就像孩子用线把一堆点连起来后组成图形一样。如果出现的图像有些扭曲，那主要责任确实是卡尔达斯的。

"你晚饭想吃点什么？"父亲打开冰箱看了眼说，"我把蘑菇洗一下？"

探长拿出袋子里的鹅肝，用刀挑断了封在玻璃罐上的封条。

"这是什么？"父亲问。

"鹅肝，我的朋友卡洛斯送的。"卡尔达斯边开罐边说，"从法国带来的。"

父亲的脸上闪现出担忧的神态。

"你不喜欢？"

"不是不喜欢。"

"那是因为胆固醇？"莱奥·卡尔达斯虽这么问，但其实他并不知道父亲的胆固醇情况怎么样。

"是因为我的原则。"父亲回答，"我读到过，鹅的肝脏被切除的时候，鹅还活着。这样就不会造成伤害。"

"不会造成伤害？"

"不会对肝造成伤害。"

"我去。"莱奥·卡尔达斯叹了口气，盯着鹅肝说，"你要是不想，咱们就不开了。"

父亲凑到罐子旁边，闭上眼深深地闻了一口。

"天哪……"父亲又闻了一次后说。

"怎么了？"莱奥·卡尔达斯问。

"我觉得这个香气超越了我的原则。"

父亲为自己的做法感到可笑。

"那怎么办？"

"不是你切的肝吧？"

莱奥·卡尔达斯无辜地举起双手。

"也不是你非常善良的朋友切的?"父亲继续说。
"你别瞎说。"
"那你从柜子里拿两个高脚杯吧。我去拿酒。"说完,父亲朝酒窖走去。
一会儿,父亲拿着两瓶酒笑呵呵地回来了,还带来了一通辩解:
"而且啊,莱奥,咱们怎么知道那个鹅肝的故事就是真的呢?"
"我不知道,"卡尔达斯回答,"我是刚听你说的。"
"对吧?"父亲说着打开了第一瓶酒,"没准是个假新闻呢?"

Auxiliar（助教）：1. 提供协助；2. 帮助或营救处于危险中的人；3. 初级公务员；4. 负责帮助或替代现任主讲的教师；5. 为临终者施行最后的圣礼；6. 协助构成被动语态和复合时态的动词。

两人站在厨房里喝完了一瓶葡萄酒，也吃完了半罐鹅肝。他们热了些卡尔达斯父亲的女佣前一天就准备好的豌豆，然后打开另一瓶酒，在桌边坐下。

"维戈那边有什么新闻吗？"

"没有。"卡尔达斯刚说完，就想起了有机玻璃面板和上面被拆除的标志性建筑的照片——它们可是见证了维戈一度可能成为的样子。

"面板就在街上吗？"

"就在每个建筑前面，人行道上都有一张特别大的照片。"莱奥·卡尔达斯张开手臂比画着，"那些房子被拆的时候竟然没人上街游行，太不可思议了。当时负责新建筑项目的建筑师，还有批准项目的市长，他们看见这些面板应该很害臊吧。"

"应该吧。"父亲评论道，"其实有几位资深建筑师拒绝了这种回顾展，因为他们说不想面对其中的一些作品。"

"太正常了。"

"不过也不能用现在的眼光评论过去的事。"父亲说，"那个时候看起来是在进步，根本谈不上你说的没人游行，而是压根儿没有人提出反对。在村镇里不也一样。这片儿有多少老的石头房子都被拆了？换成了真的很碍眼的砖头房子？但是砖头房子有保温层，那出生在石头房子里的人可就不在乎新房子丑不丑了。那时的进步就是告别童年的寒冷。"

"太可惜了。"

"不管怎么样，回顾过去、从好事坏事里吸取经验是好的，但你也不能就活在老明信片里。就算只是为了精神健康，我也更愿意去想我要嫁接的葡萄藤，而不是那些垂死的藤蔓。"父亲边说边抬起了酒杯，盯着里面的葡萄酒看了一阵，"对了，我跟没跟你说，我要种红葡萄了？"

"为什么？"

"什么叫为什么？我有时候真是不明白你是怎么当上探长的。"

卡尔达斯提醒父亲，从他小时候起，就一直听父亲说这片土地有多适合种阿尔巴利诺和其他品种的白葡萄。

"我知道我当年是怎么说的，但是气候变化比我还快，这也不是我的错啊。晴天的时段越来越长，雨水越来越少，这正好满足红葡萄的要求。而且啊，莱奥，这不会是就这一两年，这已经是大势所趋了。"

"那你都要种什么葡萄？"

"我还没想好。我想种梅伦萨奥和赤霞珠，但我也有可能会嫁接点儿别的。"父亲解释，"我的瑞士朋友布鲁诺，他坚持让我种内比奥罗。我找人在分析土壤，我不想弄错了。"

"挺好，反正你有时间。"

卡尔达斯的父亲透过葡萄酒看着他。

"这是我唯一没有的东西啊，莱奥，就是时间。"

卡尔达斯正要反驳，突然，他的电话响了。是索托局长打来的。

"你在哪儿呢？"局长问。

"在我爸这儿。出什么事了吗？"卡尔达斯问。

"安德拉德医生刚给我打过电话。他跟我提到了一个残疾的男孩，就住莫妮卡家附近。"

"他叫卡米洛·克鲁斯，他不残疾，"卡尔达斯纠正了局长，"他患有疾病。"

"管他呢，"索托说，"你见过他吗？"

"见过。"

"他怎么说？"

"他关于什么怎么说？"

"妈的，莱奥，你说关于什么。"局长很不开心，"你都想象不出来医生有多担心。莫妮卡的几个朋友好像都很怕这个男孩。她们说他老是在莫妮卡家附近转悠。"

"这男孩跟这事没任何关系。"

"你确定？"

"完全确定。"卡尔达斯说，"这个卡米洛可能会让不认识他的人害怕，因为他行为举止比较奇怪。但是所有接触过他的人都说他人畜无害。他有时候会去莫妮卡家那边，那是因为他们俩是朋友，仅此而已。"

"朋友？"

"对。"卡尔达斯说完停顿了一下，"我知道明天就开始地毯式搜索了，局长，但是咱们不应该在缇兰找莫妮卡。她上周五一早就从那儿离开了，她过了河口。我们看到她在维戈上的岸。"

"她出现在监控录像里了？你之前怎么没告诉我？"

"出现了一个穿长裙的人，只能是她了。"

"但是你们确定是她了吗？"

"不能百分之百确定，"探长坦言，"但明天手机就能帮咱们确认了。"

卡尔达斯听到电话那头的局长重重地叹了口气。

"无论如何，咱们还是要地毯式搜索，"局长说，"或许能找到什么东西，帮咱们知道莫妮卡在哪儿。"

"有可能。"莱奥·卡尔达斯说完挂断了电话。

"遇上什么事儿了？"父亲问卡尔达斯。

"上周有个女孩失踪了。我们在找她。"

"非常年轻吗？"

"嗯，其实已经三十三岁了。我也不知道我为什么说她是个女孩。"

"因为她就是个女孩。"父亲说。卡尔达斯笑了。

"她是维克托·安德拉德的女儿，维克托是个相当有名的心脏外科医生。你不认识他吗？"

"我好像听说过。"

"半个维戈都欠他人情。其中就包括局长。他们俩都在我面前的时候，我都分不清到底谁是我上司。"

卡尔达斯向父亲介绍了莫妮卡·安德拉德的情况，但并没有提她失踪的那部分事情。他说到了莫妮卡在缇兰海滩上的那座蓝色小房子，还提到她是艺术与机械工艺学院陶艺教室的助教。

"你去过那个学院吗？"卡尔达斯问。

"我没去过。"父亲边回答边摇了摇头，"不过奇琼·诺沃的儿子在那儿上学。你记得奇琼吗？"

莱奥·卡尔达斯在记忆中搜寻着，突然，一只在葡萄园上空盘旋的纸飞机出现在脑海里。

"奇琼就是折纸飞机那个？"

"那可不是简简单单的纸飞机啊，莱奥。有这么大吧，"父亲用手比画着，"而且能飞三四十米远，就跟老鹰似的。"

"他现在不做了吗?"

"不做了。"卡尔达斯的父亲回答,"他病了,连稳稳端着这个杯子不让酒洒出来他都做不到了。"

"天哪……"

"他儿子之前在外地工作,但奇琼情况恶化了以后,他就回来帮忙了。他儿子差不多一个月前来过一次,来拿酒,他跟我说是在你说的这个学院注册了。他想学着做乐器,再开个他自己的工作室。你记得他吗?"

奇琼·诺沃的儿子七八岁的时候,卡尔达斯就去马德里上学了。卡尔达斯只记得他喜欢爬树。最后一次见他的时候,那孩子前额还有一道摔伤留下的伤疤。

"不太记得了。"探长说,"他叫什么名字?"

"奥斯卡。"父亲说。

莱奥·卡尔达斯眼前一亮。在古乐器制作教室跟他说话的那个扎着辫子的学生不就叫奥斯卡吗?

"他扎着辫子?"

"没错。"

"那我就是昨天刚见过他。早知道的话……"

"那下回你可以告诉他你是谁,过了这么久了,他见到你肯定也很开心。你还得去那边吗?"

卡尔达斯叹了口气。

"恐怕还得去。"

"好啊,那你要是看见他,替我给他个拥抱。"

卡尔达斯说一定会的,然后用叉子戳起了留在盘子里的两颗豌豆。随后他把酒满上,用餐巾擦了擦嘴,喝了一口。

"埃尔薇拉·奥特罗也在那个学院工作,"把酒杯放回桌子上时,卡尔达斯说,"她是绘画老师。"

"就是那个埃尔薇拉?"父亲问。他询问的语调就跟卡尔达斯十七岁那年父亲开埃尔薇拉·奥特罗玩笑时的语调一样,那一年,卡尔达斯每周去埃尔薇拉家两次,帮她辅导几个稍弱的科目。

"对,就那个埃尔薇拉。"卡尔达斯笑着说。父亲还像对待一个青少年一样对待自己,让卡尔达斯觉得很有趣。"我好多年没见过她了。"

"她怎么样?"

"你不是跟我说过她父亲去世了吗?"

卡尔达斯的父亲喝了口酒。

265

"我没仔细给你讲,也不会告诉你还有好多人都去世了。人到一定年龄之后,最好别去深究谁还活着、谁走了。主要是还想提着那股劲。"

俩人吃完了晚饭,起身把盘子拿到厨房。卡尔达斯在把盘子放进洗碗机之前,打开水龙头把它们冲了冲。就在水声中,他注意到酒精正让他的脑子嗡嗡作响。

卡尔达斯擦干了手,看到父亲站在窗前。

"一朵云都没有。"父亲说。

卡尔达斯决定利用酒精在这一刻赋予他的力量,"你应该加上栏杆。"

"在哪儿加?"

父亲用指关节敲了敲玻璃。

"在窗户上加。"

"好把我自己关起来吗?"

"好让别人不容易进来。坏人越难进越好。"

"防那些人我已经有开瓶器了。"

父亲边回答边拍了拍右边的裤子口袋。

"爸,我没跟你开玩笑。"

卡尔达斯的父亲依然看着窗外。

"莱奥,我不想在自己的家里还当个人质。我住这儿是因为这儿让我感到自由。我要是想把自己关起来,就跟你一样去维戈住了。"

"您不看报纸吗?"卡尔达斯刚问完就后悔了,他并不想吓唬父亲。

"我当然看了。正是因为我看报纸,我才知道到处都是不幸的事儿。"父亲回答,"有那么多战争,那么多暴力死亡,现在这些事只有在咱们身边发生时才能引起咱们的注意了。"父亲说着指了指南边,那是米尼奥河流经的西葡边境,"河那边二百公里的地方又发现另一个孩子死了。你知道吗?"

"知道。"卡尔达斯说。所有的媒体都报道了,说失踪数周的男孩尸体在葡萄牙被发现。

"是一个叫'凯门鳄'的男人把小孩骗走的。"

"我知道。"

"竟然有人能对儿童下手,这确实让我害怕,"父亲坦言,"几个可能进屋的小偷没啥吓人的。"

"每个人都应该怕威胁到自己的东西。"

"但是害怕的人是你,不是我。"父亲的声音依然平静,"你给我打电话的时候老想知道我身边有没有人陪着,你现在又跟我说要封窗户……莱奥,你是警察,你当然会担心这些事，但我担心的是葡萄园能旗开得胜，春天的时候能有充足的雨水。我可以忍受对死亡的恐惧，但是我不想对活着也恐惧。"

卡尔达斯看着父亲映在窗户上的身影，很后悔提起这个话题。几乎每次父亲跟他小声说话的时候，父亲都是对的。卡尔达斯想，是时候休息了。

"你给我找件睡衣或者 T 恤什么的？"

"你这就要睡觉了？"

"明天我还有很多事。"

"但是还不到十一点呀。而且这周都能看见狮子座流星雨。作为一个名字的意思是狮子的人，你可不能没看流星雨就上床啊。"

"算是星星吗？"

"按安东尼奥·莱莫斯的说法，它们是彗星的尘埃，不过对你我来说，是流星无疑了。"父亲说，"你知道吗？有人送了我一台望远镜。"

父亲这么一说，卡尔达斯想起了还放在厨房台面上的袋子，里面装着活动星图。

"我给你带了这个。之前就放在我家里。"

父亲吃惊地看着活动星图。

"你从什么时候起对天文学感兴趣了？"

莱奥·卡尔达斯没回答。

"这是阿尔瓦的吧？"父亲推断。

"要不还能是谁的呢？"

"也是。"

267

Farol（灯）：1. 一个透明的盒子，里面放置着发光体；2. 由铁环构成的容器，里面放置了用于照明的火把；3. 没有依据的做法或自夸的说法；4. 在游戏中为了迷惑或吓唬对手而做出的错误赌注；5. 烟丝包的护套。

卡尔达斯父亲的葡萄园像一座露天剧场一样朝南呈梯田状下降到河边。房子和为保证温度稳定设计成的半下沉酒窖位于高处，因此房子的后墙从这里看上去仿佛是悬在庄园上方。在一座朝南的平台上，卡尔达斯的父亲搭建了他的天文观测营地，旁边是一台气动压榨机，盖着油布等待下一次葡萄收获。这个营地里有几把躺椅、一张塑料桌子、安东尼奥·莱莫斯送给父亲的小型望远镜，还有一盏野营灯。卡尔达斯的父亲点燃灯之后起身回家拿毯子，还要关掉房子外面的大灯。

卡尔达斯在一把椅子上坐下，掏出一包烟。手机响起时，他已经抽了两口。

"探长，我是沃尔特·科普。"英国人说完又为此时打扰探长致歉。

"没事。出什么事了吗？"

英国人告诉他，缇兰的几位居民收到信息，说需要志愿者在该地区搜索一个失踪的人。

"我手机也收到消息了，我猜说的应该是莫妮卡。"

卡尔达斯确认第二天确实要在莫妮卡·安德拉德家附近进行地毯式搜索，这引来了英国人的一连串发问：大家不是看到莫妮卡上周五坐船离开了吗？她的自行车不是还在港口吗？为什么要在莫妮卡家附近找她？警方现在又觉得是在那里发生了什么吗？

卡尔达斯理解英国人的紧张，但并不想向他透露自己的怀疑。

"按照规定，只要莫妮卡还没出现，我们就不能排除任何可能。"卡尔达斯只是简单地回答。

他掐灭了烟头，伸手拿起阿尔瓦的活动星图。它由两张重叠的塑料片组成。下面的塑料片是一张星图，上面的塑料片可以旋转，上面的圆窗能够显示出在特定时刻可以观察到的天空。卡尔达斯看了看表，把塑料圆盘转到了相应的日期和时刻，好让活动星图显示的星星与天空中的相对应。然后他试图找到北方。

父亲房子外的大灯掐灭了，没多会儿，父亲就打着手电回来了。他已经戴上了一顶羊毛帽，遮住了耳朵。除了毛毯外，父亲还带来了那瓶没喝完的葡萄酒和两只酒杯。父亲的狗也跟着跑了过来，在父亲落座后，狗就在父亲脚边卧下了。在野营灯的黄光照射下，狗的棕色皮毛看上去是橘黄色的。

"你应该给它起个名字。"卡尔达斯说。

父亲把酒倒进酒杯。

"当年给你起名就够麻烦的了……"父亲嘟囔着，虽然父子俩都知道，莱奥的名字来自他母亲对唱作家雷欧·费亥的狂热喜爱。

"我不能再喝了。"探长说。

父亲递给他一只毛毯，自己也裹上了一只。

"你知道这个怎么调吗？"莱奥·卡尔达斯像摆弄扇子一样让手里的活动星图一开一合。

"差不多，不过现在已经没人用这玩意儿认星星了，"父亲回答，然后他指着探长放在桌子上的手机说，"用电话更方便。"

"用手机吗？"

"你对着天空拍张照，屏幕上就能显示出来所有识别好的星星。"

"用你的手机就行吗？"

"不行。得安装软件，我没装。安东尼奥·莱莫斯非说那是熟悉天空的最好方式，但是我每次都弄得一团糟。而且扫描天空再给每个光点都起上名字，我也不喜欢。我甚至都不怎么用望远镜。"父亲坦言，"我发现我最喜欢的就是到这儿来静静地看天，不用去想每个东西都叫什么名字。就跟我在路上碰见各种女人一样，如果我不认识她们，我就能安心欣赏她们。但要是我知道了她们叫什么、是谁的女儿，我看她们的方式就变了。"

卡尔达斯想要反驳，却找不到适当的词，因此他只是一开一合地移动着活动星图的塑料片。

"阿尔瓦怎么样？"父亲突然问道，就仿佛是对活动星图塑料片的摩擦做出了条件反射。

"应该很好吧。"

"你还见她吗？"

卡尔达斯犹豫了一下，但还是决定告诉父亲实情：

"我觉得她应该跟什么人在一起了。"

269

卡尔达斯的父亲喝了一大口酒。接着他把酒杯放在桌上，又把椅子尽可能地放平了，看上去就像是要睡觉那样。

"那你也应该找个人，莱奥。"父亲边说边挪动身体寻找最佳姿势，"相爱、守候，那是小说里美好的情节，但是真实生活里我们需要温度。"

卡尔达斯坐在那儿，双手搭在膝盖上，看着夜空出神。他想的不是阿尔瓦，而是在他脑海中的一角晃荡了好几年的两条辫子。

"你不躺下来吗？"父亲问卡尔达斯。

"什么？"

"咱们是来看流星的。狮子座流星雨。你记得吗？"

"是，是。"卡尔达斯说。他把自己的椅子也像父亲那样放倒，几乎平行于地面。

"现在就到了我最喜欢的时刻了。"父亲说，"准备好了吗？"

随后，父亲并没有等待儿子回复，就伸手把野营灯关了。

卡尔达斯发现夜变得更黑更模糊了，不过这种感觉只持续了片刻。当他的双眼适应黑暗后，满天繁星顿时亮了起来。

"是不是很棒？"父亲说，而当卡尔达斯正想开口时，父亲又补充道，"虽然你不会相信，但是如果咱们不说话，星星还会更亮。"

两人盖着毯子并排躺在那儿望着天空，但看了好一阵子仍然没有出现流星的影子，于是莱奥·卡尔达斯问：

"应该往哪儿看？"

"什么？"

"要看狮子座流星雨的话，应该往哪儿看？"

"往上看。"

"你也不知道往哪儿看，对吧？"

"你别说话了好吗。"父亲说道，卡尔达斯知道他一定在黑夜里偷笑，"还是我得提醒你，我的傻瓜名录里刚留出一个空位。"

卡尔达斯继续躺在那儿，直到烟瘾上来才坐了起来。他划了根火柴，小心避开桌上的酒杯找到了香烟，然后趁机观察着四周。

在这个没有月亮的夜晚，天空中的繁星和几乎完全黑暗的庄园凸显了此时的寂静。只有一座山坡后微弱的光芒表明那后面有人烟。在河的另一面，葡萄牙那边的群山上倒是布满了灯火通明的住宅。远处一排红色的小灯拉出的一条线映入卡尔达斯的眼帘。

他靠近望远镜，取下镜头盖，对准了远处像余烬般闪烁的灯光。

"那些红色的小点是什么？"卡尔达斯问。

"哪些？"

"就对面那些，在葡萄牙那边。"探长指向对岸。他发觉父亲在黑暗中坐了起来。

"是风车。"父亲说，"我不知道它们为什么叫这个名字，它们除了搅扰风景之外也不磨什么其他的东西。"

卡尔达斯笑了。

"有这么多风车吗？"卡尔达斯问。

父亲叹了口气说：

"总有一天会把山给搅了。"

父子俩又在那儿待了将近一个小时，其间他们看到若干颗流星划过天空，留下明亮的轨迹。卡尔达斯又玩了一阵子望远镜才又在父亲身旁躺下来，而父亲仅仅在伸手拿葡萄酒的时候才会挪动身子。

星空下，卡尔达斯过了一遍第二天要做的事情。他理解维克托·安德拉德没找到女儿的焦虑，但也担心他的干涉会让调查走形、会波及无辜。想到卡米洛的母亲得知医生的绝望直指卡米洛时会有多痛苦，卡尔达斯咽了口唾沫，随后他又想到了沃尔特·科普，这位英国人的女儿病情还不明晰，所以他不得不放弃对海鸟的拍摄，返回英国。他还想起了炉窑的余温，这种情况下的毫无希望让卡尔达斯不寒而栗。

他蜷缩在椅子上，盯着天空中的一个亮点。前半夜的潮气起来了，卡尔达斯深深地呼吸着葡萄园的味道。

卡尔达斯在黑暗中看到了父亲戴着羊毛帽的头，想起了小时候爷俩躺在草坪上在云朵里寻找各种形状的情景。卡尔达斯听到缩成一圈的狗呼吸的声音，慢慢闭上了眼睛。

他请埃斯特韦斯今晚把他送到庄园来，本是因为不放心独自一人的老父亲。

但躺在父亲身边，感到安全的却是莱奥·卡尔达斯自己。

Evidencia（证据）：1. 如此清楚明了、无须解释的事实；2. 司法程序中的决定性证据。

站在人行道上的莱奥·卡尔达斯每只手里的酒袋里都装着三瓶酒，他目送着父亲离开。此前，卡尔达斯再次提出让父亲考虑安装防护栏，父亲也再次回答了他，跟他讲了年龄如何改变了自己面对死亡的方式。年轻时的悲壮或光鲜，随着岁月都逐渐失去了所有魅力，只是成为日益颓废的必经之路。

"有时候走条捷径也没那么壮烈。"父亲在车上微笑着宣布，但卡尔达斯并没有回以微笑，于是两人在剩下的车程里都没再说话。

卡尔达斯看到汽车尾灯的红光在街角消失后，走进了还一片寂静、半睡半醒的警察局。他来到办公室，把两袋葡萄酒靠墙放在地上。他的桌上摆满了文件。在卷起的卡米洛的画旁，是法官授权他们查看艺术与机械工艺学院附近监控的文件。

索托局长进来的时候，卡尔达斯正在读那份授权书。

"早上好，局长！"卡尔达斯问候道，然后他悄悄看了眼表。

"我约了安德拉德医生。"

"现在吗？"

"他之前打电话问我，能不能在去医院前先见咱们一面。他八点半就得到手术室，所以这会儿应该快到了。"

"他有什么特别的事吗？"

"他对那个邻居男孩特别执着。"

卡尔达斯的目光在桌子上寻找着卡米洛的画。

"昨天我就跟您说了，那个男孩跟这事没关系。"

"我也转达了，但医生坚持说他肯定参与了。你看看你能不能说服医生吧。"

"咱们真有必要在这上面浪费时间吗？"莱奥·卡尔达斯问。

"至少咱们要倾听啊,莱奥,"索托的语调变得温和起来,"之后咱们怎么合适怎么做,好吗?"

卡尔达斯探长知道他别无选择,也懒得反驳。

"我是要去搞杯咖啡,"局长说,"你也来吧?也让我在医生来之前看一眼那个监控画面。"

"您看到了吗?"卡尔达斯指着屏幕上的人影说,"她是朝那边走的。"

"说实话看不太清。"

"确实。"探长承认,"但如果她坐的这班船来的维戈,那这个人只能是她了。裙子和走的方向都吻合。"

"你觉得她是往哪儿走?"

"往艺术与机械工艺学院走。"

"确定?"局长问,"不是说她没去那儿吗?"

"我有种预感,她应该是学院开门前到的。"卡尔达斯解释,"有几位老师有大门钥匙。昨天下午我给法官打了电话,请她授权咱们查看学院附近的监控,好证实这件事。学院附近有几家银行,还有家药店,莫妮卡肯定会出现在某个监控里。"

局长一边搅着咖啡一边点点头。

"法官怎么说?"

"她授权了,"探长说,"指令就在我办公室里。"

局长凑过去,看着屏幕上的静止画面,上面是上周五一早搭乘昂斯海盗号的乘客在维戈港下船的情景。

"那如果莫妮卡去了艺术与机械工艺学院,之后她又去哪儿了呢?"

"或许她就没出来。"莱奥·卡尔达斯回答。

"什么?"

探长因为手里没夹着烟,只好把咖啡端到嘴边。

"这只是种可能。"卡尔达斯说。

但局长知道,卡尔达斯不会无缘无故这么说。

"你觉得她没从学院出来?"

卡尔达斯从局长的口吻中听出了一丝警觉。

"监控录像和手机信息能帮咱们打消疑问。手机信息还没拿到吧?"

局长并没有回答:他们两人都知道还没拿到。

"你到底在想什么,你要跟我说吗?"局长坚持道。

卡尔达斯把咖啡放在桌子上,用手搓搓脸,思索着该如何开口。

"我觉得莫妮卡上周五没做什么反常的事。只是离开家的时间比往常早，仅此而已。咱们已经可以排除她想离开几天或者要旅行的可能性了。任何航班或航船上都没查到她的名字。"

"她也可以用其他方式离开，"索托提出，"去车站买火车票或者大巴票也不需要登记姓名。"

"开车走也不需要，"探长补充，"但我不觉得她走了。她家里什么都没少。"

"你不是跟我说她出门的时候背了个旅行包吗？"

"不完全是。"卡尔达斯回答，"碰到莫妮卡的女邻居说她背的是书包。"

"我说的就是这个。"

"但这没什么奇怪的，莫妮卡去上课的时候一般都背书包。"

"好，"局长说，"所以你觉得她是去了学院？"

"就像所有的周五一样。"卡尔达斯毫不犹豫地回答，"有了监控录像和手机就都证实了。"

"那莫妮卡在哪儿？"

卡尔达斯琢磨着是否在证实莫妮卡进入学院前先不说出自己的怀疑，不过他还是决定全盘托出，

"在陶艺教室里有好几个烧黏土的炉窑。三个炉子里最大的那个可以轻轻松松容下一个人。"

"我去！莱奥，你想说什么？"

"学院上周五去过那个教室的勤务员和清洁工都说当时里面很热。所以虽然没上课，但肯定有炉子在烧。清洁工很确定其中一个炉子的炉门当时关着。"

"大的那个？"

卡尔达斯点点头。

"直到三天之后的周一才有人看见炉门被打开了。"

"你觉得是有人把莫妮卡……"局长没敢说完他的问题。

"这些炉子能烧到一千多摄氏度。昨天我去找了巴里奥，他说用这种高温来烧一个人的话，什么都留不下。"

"什么都没有？"

"有倒是有，就是一把没法鉴别的灰烬。据巴里奥说，这是处理尸体最好的方法。"

"我去！"

"是吧。"

"你问过莫妮卡的学生了吗？也可能是他们开的炉子？"

"我没问，"探长回答，"既没问学生也没问主讲老师。我现在还不想问。"

"为什么？"

"我不想打草惊蛇，万一还留下了什么证据呢。如果监控录像和手机信息能证实莫妮卡确实去了陶瓷工作室，那咱们需要向法官申请查封那里。之后就有时间查清楚了。"

局长又看了一眼屏幕上渐渐离开船只的那个模糊的身影。

"就不可能是莫妮卡去别的地方了吗？"

"去哪儿？"

"比如去谁家了，我哪儿知道？"

"有可能啊局长。当然有可能。"

"但你不认为是这样。"

"对，我不认为。"卡尔达斯坦言，"因为前一天莫妮卡在学院里碰到了什么事。"卡尔达斯说，接着他告诉局长，那天值勤的勤务员看见莫妮卡从一扇窗户里警惕地向外看。

"警惕什么？"

"我不知道，但是她第二天再回到那里就消失了，这肯定不是偶然。"

局长摆弄着已经放凉的咖啡，直到一位穿着制服的探员敲门后探进头来。

"来了？"局长问。他之前交代过，只要一看见安德拉德医生的车就来通知他。

"刚来。"

Instinto（本能）：1. 一组反应模式，动物应用它有助于保护个体的生命和物种的存续；2. 遵从深层原因的动机，实施或感知它的人却无法察觉；3. 允许重视或欣赏某些事物的能力。

莱奥·卡尔达斯告诉维克托·安德拉德：有了莫妮卡手机的信息、地毯式搜索，再加上电台中对公众配合的号召，他相信这一天的调查会取得很多进展。

"您是说您诸位除此之外就什么都不做了吗？"坐在桌子另一边的安德拉德医生问。

"我没有这么说。"卡尔达斯回答，"我们还在寻找可能展开的线索。"

安德拉德这么早来可不是来浪费时间的。

"但警方不准备逮捕那个男孩，是吧？"

"罪名是什么？"

"罪名是什么？我女儿消失了还不能算是原因吗？您还想要什么？"

探长尽量保持冷静。

"需要能证明那个小伙子犯了罪。"

"我正在跟您说，他对我女儿有企图，他总在我女儿身边转悠。"

"跟那个小伙子打交道的人都说他不会伤害别人。"

"所有人在伤害别人之前都是无害的，探长。"

"我向您保证，居民们的观点是一致的。"

"我女儿的朋友们观点也一致。"维克托·安德拉德说，"她们都害怕那个男孩。"

"那是因为她们不认识他，但非常有可能的是，其实是那个男孩害怕她们。他不懂得怎么跟人打交道。他甚至穿橙色的衣服好让大家远离他。"

"您说到点子上了。"医生指着卡尔达斯说，"人在智力下降的时候，就会展现出动物的本能。"

"我觉得我没懂您的意思。"

"自然界中醒目的颜色表示警告。任何生物出于本能都知道，要远离颜色鲜艳的动物。这种色素只意味着一件事：有毒。如果那个男孩穿成这样，那是因为他知道这个颜色的意思。"

"您肯定不是认真的吧。"卡尔达斯低声说，然后他看了一眼局长，希望他能放弃旁观者的身份，来支持自己，"您真的要因为一个人穿一身橘黄色的衣服就说他有罪吗？"

"自然界中有时会出现异常，但自然本身就会纠正这些异常。"安德拉德医生继续说，"还是您觉得，一头失明的狮子或者一条识别方向能力受损的海豚还能存活下去？这是个医学问题。我们的功能被扭曲了。我们的祖辈不仅关心个人健康，更是要关心群体的健康。身体状况不好的孩子就不会活下去，这在当时既不是悲剧也不会引发道德争论。人们当时很自然地认为，甚至一些出生健康的孩子都活不到成年或者超过父母的年龄。往前推不了多久，这样一个孩子根本就不会有变成怪物的机会。他会直接从母亲的肚子里进入垃圾桶。"

医生把长在耳朵上的头发弄平，就仿佛是要梳理心情。

"我们真的要听这些蠢话吗？"莱奥·卡尔达斯问。

虽然他问的是局长，但回答他的是安德拉德。

"幼稚社会的禁忌影响到警察理解现实的方式，这才是愚蠢。"

"您是指哪个现实？咱们关心的事的现实，还是穴居人的现实？"

维克托·安德拉德盯着卡尔达斯的眼睛看了一会儿，深吸一口气说：

"探长，咱们关心的事有三个现实，"医生边列举边伸出手指数着，"第一，我的女儿莫妮卡仍然下落不明；第二，一个能力错乱的男孩对她有企图；第三，您的偏见导致您无法把两件事联系起来。"

虽然卡尔达斯内心已经沸腾，但他还是控制住了。他没说真正持有偏见的人是医生，也没有提到监控录像中出现了一个穿长裙的女人，在维戈港下了昂斯海盗号。他之前跟局长约定过，直到确认艺术与机械工艺学院附近的监控录像拍到了莫妮卡，或者莫妮卡的手机把她定位在了维戈，这些情况都先不告诉医生。

"我想跟您太太聊聊。"

"为什么？"

为什么？这算什么回答？

"因为消失的是她唯一的女儿？"探长也同时发问。

"阿梅莉亚情况不太好，"维克托·安德拉德看着局长说，"她会痛苦的。"

"但她有可能了解什么重要信息，"卡尔达斯反驳，"一些咱们忽略的信息。莫妮卡跟她母亲的关系很好。"

277

局长严肃地瞪了一眼卡尔达斯，安德拉德医生则满脸不屑。

"跟她聊聊是我们的义务。"探长坚持道。

安德拉德伸出一根手指，就像让小提琴手停止演奏的指挥棒一样。

"请诸位不要打扰她。"医生说。

之后，他看了眼手上的巨大表盘，站起了身。

"还有人在手术室等我。"医生说，而卡尔达斯情不自禁地流露出了同情患者的表情。

安德拉德医生注意到了。

"我是专业的，探长。私事不会进入手术室的门。您也应该这样，把您的矫情放在一边，干干净净地履行您的义务。"

"警察的义务不包括逮捕一位无罪的公民。"

安德拉德医生走过来，用猛禽般的面孔俯视卡尔达斯。

"要是那个有毛病的人跟我女儿的失踪有关系，我敢保证您会记得我的。"

医生向局长告辞后离开了。

"你别去打扰他夫人。"就剩下两人时局长对卡尔达斯说。

别去打扰？卡尔达斯想：这算什么狗屁命令？

Empañar（水雾）：1. 水蒸气覆盖在玻璃或抛光表面上；2. 贬低一个人的威望；3. 泪水填满眼睛；4. 给孩子穿尿布。

莱奥·卡尔达斯来到街上，安德拉德刚才的话还回荡在他耳边。医生的恐吓模样和局长几乎完全顺从的态度都让他感到愤怒。卡尔达斯点燃了一根烟，靠在警察局门口的一辆警车上。

天慢慢亮了起来。虽然之前没有下雨，但窗户还是蒙着一层水雾，汽车也都被一层薄薄的潮气包裹着。

卡尔达斯看看表，银行应该要开始营业了。他急着想赶紧开始在维戈市的搜寻，现在又加上了为对岸的那个男孩撇清嫌疑的紧迫。

抽完烟后，卡尔达斯回到办公室，找到了莫妮卡学生的电话。多洛雷丝是上周四最后一个离开工作室的人，她应该记得当时最大的那台炉窑是否在运转。卡尔达斯觉得现在打电话给她有点儿早，所以只是发了条短信，请多洛雷丝联系他。

两分钟后，卡尔达斯接到了多洛雷丝的来电。

"找到莫妮卡了吗？"

"还没有。"卡尔达斯问多洛雷丝上午有没有空来警察局一趟。

"当然可以，"多洛雷丝说，"我不到半个小时就能到。"

探长把手机放在桌子上，打开电脑，扫了一眼新闻。各大报纸的头版头条都在报道马德里和塞维利亚昨晚的突击行动。消息来源指出，有个小组正在准备对我国的关键基础设施实施大规模恐怖袭击。在被搜查的一处住址发现了若干袭击目标的平面图，以及大量待引爆的熵炸药。

维戈的头条新闻给人带来了更多希望：

根据当地造船厂签署的一份合同，该造船厂将制造三艘海洋船舶，这将使二百多名工人重返原来的工作岗位。

探员克拉拉·巴尔西亚敲门的时候，卡尔达斯正在阅读这篇文章的详细报道。

279

"请进，克拉拉。"

"你有法院的文件吗？"克拉拉问。

"你去复印几张吧。"莱奥·卡尔达斯把文件递过去，"然后你带上五六个人，派其中一个去市政府看一下交通监管录像，其他人你们去排查一下学院附近的区域。你们找到什么就赶紧送过来，好吧？我想让费罗也可以同时查看录像。"

"好。"

"费罗来了吗？"探长问。

"来了。"

"那你让他做好准备，"卡尔达斯说，"我之后会去找他一趟。"

克拉拉·巴尔西亚刚走，门玻璃上就出现了拉斐尔·埃斯特韦斯的巨大身影。

"早上好！"埃斯特韦斯一进门就跟探长说，之后他压低声音告诉探长，走廊里有个女人找他。

"是多洛雷丝，莫妮卡的一个学生。"莱奥·卡尔达斯解释，"我找她聊的那天你不在吗？"

"不在，"埃斯特韦斯说，"我后来才到的。"

"那你请她进来吧，你也留下。"卡尔达斯说，"你也听听看。"

Sentido（在理）：1. 真诚地表达或表现出一种感觉；2. 容易被冒犯的人；3. 通过某些器官感知外部或内部刺激的能力；4. 存在的理由或为某事辩护的理由；5. 词、句子、信息或作品的含义；6. 某事的倾向或意图；7. 某处两个相反方向中的每个方向。

"您之前说莫妮卡有可能跟她的英国朋友在一起，"多洛雷丝说，"跟沃尔特在一起。"

"那已经被排除了。"莱奥·卡尔达斯告诉她，"沃尔特·科普回来了，但他也从上周四开始就没有莫妮卡的消息了。"

"但是警方现在还是觉得莫妮卡离开了，还是认为……"多洛雷丝没敢说出另一种可能。

"我们知道莫妮卡上周五早上离开了家，坐船来了维戈。之后去哪儿了我们就不知道了。"

"她如果是主动走了是最好的，对吧？"

卡尔达斯并没有回答，于是多洛雷丝向埃斯特韦斯求助。只见阿拉贡人点点头，好让多洛雷丝平静下来。

"您介意再跟我们讲一遍上周四下午莫妮卡的情况吗？"探长问道，"我想请我的同事也听一下。"

"没问题。"多洛雷丝说完，又向他们讲述了一遍那天从她到达工作室开始直到离开发生的事，包括她走时莫妮卡的情况：那时莫妮卡把自己关在米格尔·巴斯克斯的办公室里，里面一片漆黑。

埃斯特韦斯跟莱奥·卡尔达斯交换了眼神。

"她没开灯？"埃斯特韦斯问。

"没错，她没开灯。后来她还抱住了头，"多洛雷丝说着把自己的前额埋进了手掌里，"喘了一阵子粗气。"

"她跟您解释发生什么了吗？"埃斯特韦斯问道。

"没有。"多洛雷丝回答，"她平静下来之后跟我说没什么事，还让我回家。"

"您回家了吗？"

"没有，因为很明显她遇上什么事了，我不想留她一个人那样。我等了一会儿，没见她出来，就又去问她需不需要什么，但是她还是坚持说自己很好，又让我回家。"

"您那天跟我说，莫妮卡看起来像是听到了什么坏消息。"卡尔达斯说，"您现在还这么觉得吗？"

"她脸上就是那种表情。"多洛雷丝肯定道，"我也不知道为什么，但是我当时以为是有人过世了。我甚至问了莫妮卡，是不是她家里有人出事了，但是她还是跟我说她想一个人待着，让我不要再问她。"

"所以您就走了。"

"我还能做什么呢？"

探长看了眼拉斐尔·埃斯特韦斯。

"你怎么想？"

"咱得知道莫妮卡从工作室出来干了啥。"探长的助理说。

"去见几位制琴师了。"卡尔达斯回答。

"您怎么知道？"多洛雷丝问。

"因为古乐器制作老师记得她去过那儿。而且您也跟我说过莫妮卡是要去找他们。我还记下来了，"卡尔达斯翻着他的笔记，"在这儿。"

"莫妮卡出去过两次，"多洛雷丝指出，"第一次是去找几位制琴师的，去了好久。不过后来就回来了。"

"回来的时候是好好的吗？"

"非常正常。"多洛雷丝确认，"回来以后她就继续指导我们，我们甚至还跟她开玩笑，因为有人说她像一幅画里的女模特。"

卡尔达斯记得画的事。

"所以，莫妮卡出去了两回？"卡尔达斯问。

"没错。第一回是去找制琴师，当时我们大家都在；后来是只剩下我们俩的时候，她又出去了一趟。"

"这第二回之后她就立即把自己关在黑暗里了？"

"没错。"

"那您也不知道她是去了哪儿吗？"

"她没告诉我，"多洛雷丝回答，"不过她最多出去了五分钟。"

"有可能是出去打电话。"埃斯特韦斯说。

"我也这么觉得。"多洛雷丝说，"工作室里没信号，必须出到院子里才能打电话。没办法知道她当时是不是接到了电话或短信吗？"

"我们正在做这件事。"卡尔达斯说。之后，卡尔达斯在笔记本上画了一道线，准备向多洛雷丝解释这天早上请她来警察局的原因。"您记不记得，您那天离开的时候，有没有哪台炉窑正在工作？"

多洛雷丝闭上眼努力回忆。

"还在运转的没有。"多洛雷丝说，"之前我们用一台烧制了泥釉陶，但我走的时候已经关了，在冷却。"

埃斯特韦斯抑制不住好奇心，问她泥釉陶是什么。

"泥釉陶是有颜色的黏土作品。"

"是用最大的炉窑烧的吗？"卡尔达斯问。

"不是，用的最小的那个。"多洛雷丝用手指比着几厘米的长度，"是差不多这么大的作品。"

"您确定大的炉窑没开吗？"

"确定。"多洛雷丝斩钉截铁地说，"为什么这么问？"

"因为周五中午打扫工作室的清洁工说，她觉得当时里面很热。"

"那应该是小炉窑的余温，"多洛雷丝推断，"要好几个小时才能完全冷却。"

"有道理。"莱奥·卡尔达斯说，尽管他并不这么认为。

卡尔达斯在笔记本上写下了什么，然后再次对莫妮卡的学生专程跑过来表达了感谢，接着他站起身。

"如果您想起什么其他细节，记得告诉我们。"卡尔达斯说，"如果您不把咱们今天上午的谈话透露给任何人，那就太好了。"

"当然。"

"不跟任何人提任何事，好吗？"卡尔达斯打开玻璃门时重复。

多洛雷丝睁大双眼看着他，尽量不让泪水流出来。

"希望警方能尽快找到她。"多洛雷丝的声音听上去像是在惋惜，"我几年前读过一本小说，里面的女主人公从她瑞典的家逃走，换了种身份在澳大利亚定居。大家花了好几十年才找到她。我跟您两位说这个，您肯定觉得我很傻，但是这个想法我一直挥之不去。"

Exposición（展览）：1. 出于商业或文化目的公开展示工业、艺术或科学作品；2. 以书面或文字的形式对主题或事项进行解释；3. 物体相对于地平线基点的位置；4. 向照相底版或感光纸上照射光线，使其感光；5. 在某些音乐作品中，呈现了稍后要重复或发展的内容的初始部分。

卡尔达斯一直陪多洛雷丝走出警察局。回局里以后，他去找了趟局长，但仍然没有关于莫妮卡·安德拉德手机的消息。

"如果十点还什么都没收到，我就向马德里申诉。"索托向卡尔达斯保证，而后者也觉得这么做是谨慎的。

"你要去缇兰吗？"

"为什么？"

"再过半小时就要开始地毯式搜索了。"

"就是浪费时间。"

"也不用整整一上午都在那儿。"索托指明，"但是咱们这边总得有人去，哪怕只是一开始的时候呢。"

卡尔达斯看了下表。

"你要是不愿意去，我可以派别人。"局长说。

"不用了，"探长反对，"还是我们去吧。"

"今天早上你背怎么样了？"

"差不多了吧。"拉斐尔·埃斯特韦斯边回答边坐到了方向盘前，"理疗师警告我了，今儿可能会不舒服。"

"那你能开车吗？"

阿拉贡人瞥了卡尔达斯一眼。

"我这不开着呢。"

莱奥·卡尔达斯笑笑，然后又把车窗开大了点儿。虽然没下雨，吹进车里的空气还是非常潮湿。卡尔达斯抬头看了看，只见前一天在天际线延伸的那条乌云带已经蔓延到了地面。今晚他父亲不能去看星星了。

"谢谢你昨天送我。"

"谢啥。"埃斯特韦斯说。

"对了,"卡尔达斯忽然想起,"我爸让我转交给你几瓶酒。我放办公室了。"

"哦,谢谢。"助理回答,停顿了片刻后,他又提起了多洛雷丝的到访。他们俩都认为,上周四下午莫妮卡行为的突然变化一定与她的失踪有关。

"咱什么时候能知道莫妮卡给谁打的电话?"

埃斯特韦斯刚问完,探长的手机就像被召唤了一样响了起来。

"希望现在就能知道。"卡尔达斯探长让助理看了眼手机屏幕上显示的索托局长的名字,"有马德里的消息了吗?"卡尔达斯一接电话就问。

"还没有。"局长回答,"但是既然你们去缇兰了,就找那个男孩聊一聊吧。"

"那男孩跟这事没任何关系。"

"正是啊。"索托说,"正好当着所有人的面帮他洗清嫌疑。"

索托和卡尔达斯都明白,这个"所有人"就是对维克托·安德拉德的委婉指代,不过也可能医生是对的。

"咋了?"探长挂断电话后,埃斯特韦斯问。

"安德拉德医生一早就来过局里。莫妮卡的一个朋友跟他说,卡米洛·克鲁斯老围着莫妮卡的房子转悠,所以医生认定那个男孩跟这事一定有关系。他想让咱们逮捕卡米洛。"卡尔达斯省去了医生的谩骂中那些最粗暴的细节。

"您和局长没告诉医生,看监控莫妮卡可能在维戈吗?"

"我们不能拿出一个只能勉强辨认出人影的视频录像,"卡尔达斯说,之后,他仿佛自言自语道,"我也没告诉医生我觉得他女儿进了炉子。"

"您还这么觉得?"

"等等看监控是不是确定莫妮卡去了学院,但是如果上周四下午最大的炉子关着,清洁工又说炉子周五是热的,那肯定有人开过炉子。"

"每天炉子都开,也没……"

"我知道。"莱奥·卡尔达斯说。

"陶艺老师,莫妮卡的头儿叫什么?"

"米格尔·巴斯克斯。"

"您问他了吗?没课还开了那个炉子,他很可能知道为啥。"

"我没问。"卡尔达斯说。

而埃斯特韦斯在探长的声音中听出了疑虑。

"米格尔·巴斯克斯上周四可就去里斯本了。"埃斯特韦斯说。

"是。"卡尔达斯回答,"他周四去里斯本布展,因为展览周五开始,莫妮卡也是在那天失踪的。"

"那就应该是别人。"

"别这么快就排除他。"卡尔达斯说,"他可以周四去里斯本、入住酒店,然后连夜回维戈见莫妮卡。"

"见莫妮卡?"

"有什么不行?莫妮卡六点十五在维戈上岸,那她六点半就能到学院了。"

"那会儿学院开吗?"

卡尔达斯说直到八点才开。

"但是米格尔有大门钥匙,"卡尔达斯解释道,"要杀死一个人,把尸体装进炉子,再回到车上,一个半小时绰绰有余。他下午两点之前就能回到里斯本。正好赶上展览开幕,也拥有了完美的不在场证明。"

"您会冒险整个周末把一个尸体留在炉子里?"埃斯特韦斯表示怀疑。

"如果你能确定没人会比你早开炉门,为什么不行?"莱奥·卡尔达斯回答,"学院的勤务员周一上午见到了米格尔·巴斯克斯,但其实周一他们没课。他有好几个小时的时间可以彻底清理炉子和工作室。而且,听巴里奥说,在那样一个炉子里焚烧尸体,最后啥也认不出来。没有尸体的话,也就没有谋杀。"

卡尔达斯惊讶地发现这个理论非常站得住脚,随着他刚才的一番阐述,蛛丝马迹被渐渐编织在了一起。

"听着不错。"埃斯特韦斯说,然后他又急忙更正,"哎呀,您明白我的意思。"

卡尔达斯笑了笑,通过车窗向外看。他们正穿过架在河口上的兰德大桥,卡尔达斯突然注意到了圣西蒙岛上废弃的麻风病院,这让他想起了卡米洛的橙色衣服——它就跟麻风病人的铃铛一样,提醒大家远离。卡尔达斯伸长脖子、闭上双眼,集中精神感受风从窗缝里钻进来吹在脸上。

他越琢磨自己的假设,越觉得有道理。

Contingente（队伍）：1. 可能发生也可能不会发生的事情；2. 可能的事件，偶然；3. 可供指挥的军队；4. 在某些情况下通过更大的贡献或协作而与其他人区别开来的一组人或事物。

那天早上，在教区神父家前面的广场上，几乎没什么停车位。

卡尔达斯和埃斯特韦斯沿着斜坡来到缇兰圣胡安教堂的中庭，被召集参加地毯式搜索的志愿者们也在那里。民防犬队的几条狗突然吠叫起来，民防队的队员们都备感惊讶。

卡尔达斯和埃斯特韦斯坐在墓地旁边的矮墙上，观察着正在聆听指令的人群。一名民警和一名民防队员站在高处的石阶上，向那些要在地面上寻找莫妮卡·安德拉德的人解释操作流程，他们强调，无论有任何发现都要告知小组负责人。他们要求大家要特别注意难闻的气味、昆虫的大量聚集以及同时从同一个地方飞起来的鸟群。

志愿者们被分成几个小组，每组都拿到了一张莫妮卡的照片和一张待搜索区域的地图。他们中的许多人是学生，但也有些老年人。卡尔达斯探长通过凌乱的头发认出了沃尔特·科普。他与队伍中的其他人一样，正在听地方警察最后的指示。

卡尔达斯环顾四周，但并没有看到卡米洛从不远处观察这里。

卡尔达斯倚在矮墙上，想看看卡米洛会不会在海滩那边。在岸边，有另一组由当地皮划艇运动员、水手和潜水员组成的小队，他们正在接受从维戈赶来的水上警察分队成员的指示，但卡尔达斯没看到男孩的踪迹。他觉得可能得在拉萨雷托才能找到卡米洛了。

卡尔达斯身后有人正拿着草耙清扫墓地，与此同时，探长凝视着彼岸他自己的城市，那里此时正与天空和大海一样一片灰暗。与往日一样，"雾人"安德烈斯正甩出钓鱼线，并没有理会岸上正在发生的事。

他钓鱼的样子让卡尔达斯想起了哈维尔·克拉的一首歌。歌曲讲述了一个水手的故事：水手每天早上去鱼市卖掉他钓鱼的收获，再用换取的钱购买他当天所需的东西。然后他会去酒吧喝酒，当夜幕降临他要回家休息时，在返程的路上，他会去港口把剩下的硬币扔进水里，把它们还给大海。卡尔达斯很喜欢这个故事，也很爱这首歌。他曾经给阿尔瓦唱过一次。

"叫什么名字？"阿尔瓦当时问他。

"《在瑞士海岸》。"

"瑞士有海岸吗？"

"歌里唱的有。"

指令发号完毕后，莱奥·卡尔达斯走过去跟沃尔特·科普打招呼。科普之所以来参加搜索，是因为警方需要有熟知海岸各个角落的志愿者，但他不明白的是，好几个人都看到莫妮卡离开了缇兰，为什么还坚持要在这里寻找她。

卡尔达斯跟他解释，这是失踪案的常规操作。

"您什么时候回英国？"

"周一。"科普说。

卡尔达斯向他保证，一定会把最新进展告诉他。随后，卡尔达斯和埃斯特韦斯与本次行动的各位指挥官会合。

这里的部分区域植被高大、地势起伏不平，还布满水井和山洞，让本次地毯式搜索变得复杂起来。沿海的角落和缝隙也让海上搜寻不那么简单。大家已经知道有几位目击证人当时看到莫妮卡·安德拉德正前往莫阿尼亚，但是他们还是会把其他地方也纳入搜索范围。

"一个水下洞穴俱乐部的潜水员也来了，负责搜查洞穴。"民警中最资深的一位指着海滩向卡尔达斯和埃斯特韦斯解释。

"太好了。"卡尔达斯说。

"两位会待到行动结束吗？"

卡尔达斯和埃斯特韦斯对视了一眼。

"需要吗？"探长问。

"如果之前没找到莫妮卡，那我们两点会在这儿集合。"

另一位民警回答，他的意思应该是卡尔达斯两人坚持到那时就行。

从教堂的中庭望去，能看到各个搜索小组四散开来。有的前往通过莫妮卡家门前的那条沿海小路，有的沿着墓地围墙边的斜坡往海滩走。海上的风吹来了汽艇动动的声音。

"你介意一早上都待在这儿吗？"莱奥·卡尔达斯问旁边正在俯瞰全景的

助理。

"说实话不介意。"

"那你就留这儿吧。"探长提议,"我想回维戈,我可以坐渡轮回去。"

"我把您送到码头吧?"

"好,等会儿去。"卡尔达斯刚说完,他的手机就响了,屏幕上显示的一连串号码应该是某部总机的,于是卡尔达斯推断,这是弗洛雷斯法官从法院打来的。

卡尔达斯走开几步,接通了电话。

"卡尔达斯?"电话里确实传来法官的声音。

"上午好,法官大人。"

"您方便说话吗?"

"当然方便。您请说。"

法官清了清嗓子说:

"您昨天跟我说的事进展怎么样?"

"慢慢推进吧。"探长回答。

"警方拿到莫妮卡·安德拉德手机的信息了吗?"

"还没收到。"

"但是今天要发给警方,对吗?"

"对,今天上午。"

"监控录像呢?查看过了吗?"

"我们还在收集录像。今天一早开始的。"

法官停顿了一两秒以后再次问道:

"所以还没有证据表明那个女孩来了维戈?"

"证据还没有,"卡尔达斯说,"但就像昨天我跟您说的,我们确信事情是这么发生的。所有的证词都指向这一点。"

法官又停顿了片刻。

"您觉得今天上午能确定这件事吗?"

"能,我觉得能。"法官对细节如此感兴趣让莱奥·卡尔达斯觉得有些奇怪,"出什么事了吗?"

"没有,哎,也有吧。"伊莎贝尔·弗洛雷斯在犹豫,"刚才大法官来问这件事。他是维克托·安德拉德的好朋友,他们原来是同学。安德拉德今天早上忧心忡忡地给大法官打了电话,说时间一分一秒地过,但他觉得咱们在胡乱搞,因为犯罪嫌疑人在缇兰,咱们却在维戈找他女儿。好像说是有个男孩,是个邻居,经常盯着莫妮卡家……"

"我认识那个男孩,法官大人。他叫卡米洛·克鲁斯。"莱奥·卡尔达斯没有遮掩他的不悦,直接打断了法官。

"这事让我跟您一样恼火,"伊莎贝尔·弗洛雷斯说,"我也不喜欢有人干预我的工作。"

"想象得出。"卡尔达斯言简意赅,然后他掏出一根烟点燃。

"关键是女孩的父亲坚持说那个男孩有什么企图,他怀疑……"

"我知道他怀疑什么,"卡尔达斯边说边吐出第一口烟,"但卡米洛是莫妮卡的朋友。莫妮卡还有几张卡米洛给她画的画。"

"卡米洛是画家?"法官很吃惊。

"差不多吧。"卡尔达斯说,"您应该看看他的画,跟照片似的。"

"我还以为这男孩有什么残疾。"

"没有,不是残疾,但是他确实行为举止有些奇怪。是那种从远处盯着你看的人,但他不会靠近。"

"安德拉德说他女儿害怕这个男孩。"

"不是她女儿害怕,"卡尔达斯纠正,"是莫妮卡的一个女性朋友害怕他,但是这个女朋友也只见过卡米洛一两次。相反,所有跟卡米洛住得很近的人都说卡米洛根本不会伤害别人。"

"您也这么觉得?"

"我没理由有其他想法。"

"您见过他吗?"

"当然。"卡尔达斯提到他来缇兰这边参加地毯式搜索,"我不想空手回维戈,我要在那之前再见一下卡米洛,把他的涉嫌参与一次排除干净。"

"您介意告诉我进展吗?"法官请求,"如果安德拉德想来的话,我也不得不接待他。"

卡尔达斯抽了口烟,发出了他答应法官的声响。

挂上电话后,卡尔达斯就继续站在教堂的中庭,他看到"雾人"安德烈斯也像他一样,正在小船上吸烟。伴随着海浪轻柔拍打沙滩的节奏,卡尔达斯能听到搜查附近区域的志愿者的低语。他也清晰地听到了墓地里草耙清扫地面的声音。

他闭上眼试图集中注意力。神父不是说过,负责打扫教堂和墓地的是卡米洛的母亲吗?卡尔达斯转身看了看青苔覆盖的墙壁和石十字架下"缇兰教区墓地"的铭文。

他掐灭了烟头,推开了大门。埃斯特韦斯跟了上去。在壁龛墙之间的过道里,两人看到罗莎莉亚·克鲁斯正在扫地。

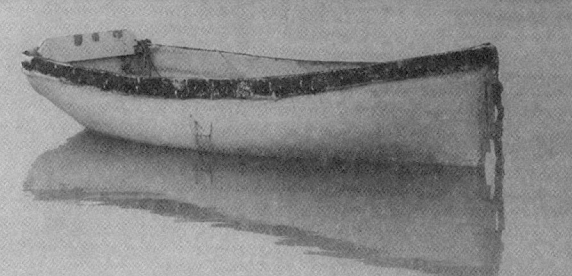

Fantasía（幻想）：1. 理想地创造或再现不存在的事物；2. 由意象形成的画面；3. 虚幻的思想或事物；4. 高级的、出色的虚构、童话、小说或故事；5. 由歌剧片段组成的音乐作品。

"她不是去坐船了吗？"罗莎莉亚·克鲁斯放下草耙问。此前，探长刚跟她说想再跟她聊聊。她今天没有围披肩，而是戴着一条围巾。墓地里的不同角落里堆着她扫到一起的泥土、树叶和花瓣，之后她会集中清理。

"什么？"

"我看见莫妮卡骑着车的那天早上，我觉得她是要赶去坐船。我没跟您说吗？"

"您跟我说了。还有另外一位邻居也这么想。"卡尔达斯说，"您现在为什么不确定了？"

"因为有这么多人在这里找莫妮卡，"罗莎莉亚回答，"您问蒸汽船的水手了吗？莫妮卡坐上船了吗？"

"当然问了，"卡尔达斯说，"而且没错，他们觉得莫妮卡上船了。"

卡尔达斯告诉罗莎莉亚，莫妮卡的自行车也锁在浮桥旁边，而听到这儿，罗莎莉亚皱了皱眉头。

"为什么还来了潜水员？"罗莎莉亚问，"是觉得莫妮卡有可能从船上掉下去了吗？"

"在找到她之前我们得一直找。"探长避开了罗莎莉亚的问题，"您儿子怎么样？"

罗莎莉亚抿抿嘴唇，靠在了草耙上，仿佛仅仅提到卡米洛就让她不得不休息一下。

"抱歉我昨天吓着他了，"探长说，"我那时不知道他会是那种反应。"

"有人靠得太近就会让卡米洛愣住，"罗莎莉亚·克鲁斯解释，"我都不能拥抱他。他觉得亲切不是这么表达的。"

罗莎莉亚的眼眶湿润了，卡尔达斯咽了口唾沫。他赶忙把目光移向旁边的壁龛，只见它们排列成了不规则的网格，有些墓碑是白色大理石做的，另一些用的深色石头；有些嵌着死者的肖像，而另一些则只在十字架和两个日期旁边刻着姓名。还有一些地方暂时用砖堵着，那是些没有墓碑的壁龛，似乎在等着主人到来。拉斐尔·埃斯特韦斯就靠在还没有启用的一个壁龛上。

"我还得再见您儿子一下。"卡尔达斯坦言。

"为什么？"

"因为他可能知道莫妮卡去哪儿了。"

"莫妮卡走的时候卡米洛还在家睡觉。他怎么会知道莫妮卡要去哪儿？"

"不管怎么样，我们还是想跟他聊聊，"卡尔达斯说，"我们可以通过您跟他沟通吧？"

探长注意到罗莎莉亚的脸色变了。

"有人怀疑我儿子吗？"

"没有。"莱奥·卡尔达斯撒谎说。

男孩母亲的嘴角扭出一丝苦笑，她知道探长没说实话。

"探长，您不用跟我拐弯抹角。卡米洛从小就这么生活了。我们对有人骂他、躲避他、打他、嘲笑他、不相信他这些事都习惯了。都是因为他跟别人不一样，因为没人理解他。所以他才愿意跟莫妮卡在一起。莫妮卡看他的时候没有嫌弃、没有怜悯，"罗莎莉亚说，随后她补充道，"也没有恐惧。"

卡尔达斯提醒罗莎莉亚，莫妮卡·安德拉德的失踪案将在当天下午被某些媒体报道出来，他试图让罗莎莉亚明白，从第一刻起消除她儿子的嫌疑非常重要。

"但是卡米洛跟这事什么关系都没有啊。"罗莎莉亚·克鲁斯回答，她还没意识到这件事会对卡米洛造成怎样的影响，"我再跟您说一遍，莫妮卡是为数不多的几个让卡米洛觉得相处很舒服的人。"

"我知道。"探长说，"正是因为这个，才有可能有人会指向卡米洛。流言蜚语的伤害可能会很大。"

"从很久以前开始，我就不在乎别人怎么想了。"罗莎莉亚坚持。

莱奥·卡尔达斯叹了口气，他意识到，面前这位女士并不知道媒体骚扰的巨大破坏性，并不知道媒体会如何深挖隐私中的每条裂缝而根本不在乎会给别人带来怎样的附带损害。

卡尔达斯联想到自己刚入职没多久以后碰到的一个案子。在维戈的一所特殊教育学校里，一位残疾未成年女孩指控一名教师多次对她实施强奸。尽管调查人员认为投诉中有诸多疑点，但被指控的强奸犯的身份还是出现在了各家报纸的头版头条上。这些报纸利用他们的知情权，毫不犹豫地践踏了一个被告的清白，把他描述成了一头怪物。卡尔达斯是被派往那位老师家执行逮捕的警察之一，以防老师会被街头呼喊报仇的人群处以私刑。几周后，妇科研究证实，一切都是那位未成年人的幻想。但彼时那个男人已经永远被打上了烙印。

卡尔达斯探长无法忘记，当警方通告老师无罪时，等在警察局门口的几位记者表现出的失望之情。局长建议他们在头版进行报道，但其中一个记者心安理得地回应：

"无罪可卖不出去。"

卡尔达斯看看他的助理，埃斯特韦斯冲他比了个手势，建议他最好不要坚持。探长也同意。他看了看时间，跟罗莎莉亚道了别。

如果埃斯特韦斯能开车送他，他还能赶上十一点钟的渡轮。

Transparente（透明）：1. 通过它可以清楚地看到物体的物件；2. 透光的；3. 清楚的、明显的，理解起来毫无疑问，也不会模棱两可的。

十一点整，昂斯海盗号缓慢地穿过木筏，从莫阿尼亚起航。莱奥·卡尔达斯选择了舰桥后的上层甲板，而其他乘客则待在船舱里避寒。

卡尔达斯搓搓手，看了看乌云密布的天空。大雨将至现在已经毫无疑问了。卡尔达斯把毛衣的高领拉起来，下巴缩了进去，又把防雨外套的拉链拉到了最上面。他还在想着罗莎莉亚·克鲁斯，还有这位母亲听到自己儿子可能被怀疑后的顺从。

"都是因为他去照顾那只猫，是吗？"罗莎莉亚之前问探长。之后，她仿佛自言自语地低声说道："如果卡米洛能像他拥抱动物那样拥抱我，能像他跟动物沟通一样跟我沟通，我愿意付出一切。我怎么能拦着不让他去照顾猫呢？"

卡尔达斯咽了口口水。他相信，莫妮卡·安德拉德的手机定位很快就会为卡米洛洗清一切嫌疑。

渡轮穿过渔港码头的防波堤时，卡尔达斯转身凝视缇兰海岸。他站起身来，靠在栏杆上，看着一支搜索队正仔细搜查着布满岩石的那片区域。

潜水员的充气艇和其他参与搜索的小艇遍布海岸附近。

卡尔达斯辨认出了教堂，也知道植被的后面是被遮蔽的墓地。刚才在与卡米洛·克鲁斯的母亲交谈时，卡尔达斯透过一个壁龛的透明墓碑看到了里面的骨灰盒，思绪一下飞到了艺术与机械工艺学院的炉窑里。

当渡轮离开木筏区加快速度后，卡尔达斯又在长凳上坐下。在他眼前，大海、天空和城市形成了一个铅灰色的整体。两艘商船从装卸码头附近驶过，几艘渔船在成群的海鸥护航下返回港口。

当卡尔达斯注意到第一滴雨时，还在想着炉窑。雨越下越大，船长透过舰桥的一扇窗看看卡尔达斯，示意他躲起来。

卡尔达斯没动身，只是蜷缩在他的防雨外套里。不知为何，他喜欢待在这上面，可以迎面感受风吹雨打，就仿佛自己是个立在帆船顶端的瞭望台。

船长暂时离开船舵，打开一扇窗玻璃，探出身子和卡尔达斯说话。

"下面没雨。"船长几乎扯着嗓子喊。

"我听到啦。"莱奥·卡尔达斯回答，"但我不喜欢去下面。"

船长迟疑了一下，然后邀请卡尔达斯过去。

"您想来舰桥里吗？"

"不用了，谢谢！"卡尔达斯回答，"我还是想留在这儿。如果没风的话我会晕船。"

卡尔达斯下了船，沿着舷梯的斜坡走上码头，一路避开地面上已经开始形成的水坑，向警察局走去。

穿过蒙特罗里奥斯花园时，卡尔达斯在雨中跑来跑去的几条狗里认出了蒂穆尔，于是放慢了脚步。他看到拿破仑推着装满东西的手推车走到混凝土凉棚下，在那里，几个无家可归的人也正躲避这场倾盆大雨。只见拿破仑一屁股坐在一张长凳上，低头盯着地面。

卡尔达斯很笃定，与手推车相比，更让拿破仑感到沉重的是生活。

Visionar（审片）：1. 相信被捏造的东西是真实的；2. 在工作会议中，从技术层面或批判性地检查某个视听记录。

卡尔达斯抵达警察局，挂上防雨外套，来到审片室。费罗和克拉拉·巴尔西亚仍在检查监控录像。

"有什么发现吗？"

"还没有。"克拉拉说，"你裤子淋湿了。"

"湿了一点。"卡尔达斯看了看自己膝盖下面颜色变深的裤腿，"有哪个录像里能看清艺术与机械工艺学院大门的吗？"

"正对面有个监控，是欧洲渔业控制局的，就是失踪者的英国朋友原来的工作单位。"克拉拉·巴尔西亚说，"从这个监控里能看清大门，但只有七十二小时的录像。"

"那就没办法帮咱们知道上周五有谁进去了。"

"帮不了。"

"不过……"

"不过？"卡尔达斯相信后面有转折。

确实有。

"不过从学院旁边银行的这个监控里，能看见人行道和斑马线。"克拉拉指着画面的背景说，"如果莫妮卡从港口去学院，她应该会从这儿经过。"

"如果直接去的学院，确实会。"

"看见了吗？"克拉拉指着屏幕，"她得跟这两个人一样从这里穿过。"

卡尔达斯凑近显示器。确实有两个人正横穿街道，不过看上去比两个黑点也清楚不了多少。卡尔达斯想，这怎么可能辨认出莫妮卡呢。

"完全看不清啊。"

"摄像头是聚焦大门的，莱奥，不是后面的街道。"

"我知道。"探长说,"但没有更清晰的了吗?"

"我们目前为止看过的,没有。不过我们也刚开始看。我们得看这三个银行的录像。"克拉拉请卡尔达斯看那张用红色标记出监控摄像头的地图,"我们还收到了市政厅交管局那边的监控,摄像头在这儿,"克拉拉仍像往日一样一丝不苟,"如果能看清车牌,那肯定图像很清晰。哦,对,街对面的药店也有个监控摄像头。负责安装的安保公司也会把录像发给我们。"

卡尔达斯看了眼地图。

"你们觉得找到莫妮卡需要多久?"

克拉拉·巴尔西亚看看费罗。

"我们得看从几点到几点的?"费罗探员问。

莱奥·卡尔达斯挠挠脖子。

"从六点十五开始,那时是莫妮卡的船刚到维戈,到八点为止,那是学院勤务人员开大门的时间。"

"八点之后不用?"

"对,原则上不用。"卡尔达斯说,"你觉得你们需要多久?"

费罗也不知道该如何回答。

"看莫妮卡多久出现吧。"

Detenido（逮捕）：1. 暂停或停止运动的事物；2. 中断的动作或运动；3. 不够流畅，分辨率低；4. 被主管当局暂时剥夺自由。

莱奥·卡尔达斯敲敲局长办公室的门，然后探进头去。

"能进吗？"卡尔达斯问。

索托局长正在打电话，但他示意卡尔达斯进来，在他对面坐下来。挂电话之前，局长冲电话那头简单说了几个单字。接着局长对卡尔达斯说：

"莱奥啊，我一直在想炉窑的事。真希望你是错的。"

"我也希望是。"

"你去过缇兰了？"

"当然。"

"怎么样？"

"大家要搜寻一上午。有警犬、潜水员等等。埃斯特韦斯留在那儿了，以防万一。"卡尔达斯说道，虽然他和局长心知肚明，这不是局长想问的事，"手机那边怎么样了？"

"那个男孩呢？"局长穷追不舍。

"那男孩跟这事没任何关系。"卡尔达斯回答。

"你见他了吗？"

"没有。"卡尔达斯承认，"但您听我的：他没有参与进来。"

"莱奥啊，咱们要让医生放心的话，光有你的预感可不够。"

"这不是预感。莫妮卡·安德拉德离开缇兰的时候，卡米洛在自己家里。"卡尔达斯说，"电话公司什么都没发过来吗？"

"你确定？"

"确定。"卡尔达斯断然回答，"您为什么不向马德里那边要手机定位，然后就明白了呀。"

298

"我刚申请过,"索托说,"但还得等等。"

"等什么?"

"现在他们在开展反恐行动。已经逮捕了将近二十个人,但是犯罪团伙的另一部分还没找到。"索托说,"恐怕这是他们今天的优先事项了。"

卡尔达斯叹了口气。他也知道这件事,它大到足以让其他任何事黯然失色。

"有没有告诉您什么时候能发过来?"

局长摇摇头。

"他们让咱们有点儿耐心。"

卡尔达斯返回了审片室,只见克拉拉·巴尔西亚和费罗正盯着屏幕。

"靠近点儿,莱奥,"克拉拉对卡尔达斯探长说。费罗正反复播放着一小段视频,上面出现了几个人。

"是她吗?"

"我觉得是。"

卡尔达斯凑上去,看到屏幕上有两个女人,她们正穿过艺术与机械工艺学院和另一侧银行间的一条狭窄的街道。卡尔达斯立马明白了克拉拉和费罗说的是谁。黑白画面十分模糊,看不清人脸,但其中一个女人的外形跟莫妮卡·安德拉德的吻合:高个子,浅色头发,穿着及脚的长裙。

"可能是。"卡尔达斯说。

"这是早上六点二十八分拍下来的。"克拉拉·巴尔西亚指着地图说,随后她又指了指上面的另一处红点对费罗说,"你在这个监控里找到这个时间。"

两个女人穿过斑马线的画面消失了,费罗寻找着克拉拉刚才所说的图像。

"你为什么要看这个监控的?"卡尔达斯问,"她也可能从这儿走吧?"

"是。"克拉拉说,"但是这是个自动取款机的监控,能看清楚。如果她经过那里,就很容易能认出她了。"

两分钟后,费罗找到了图像。上面清晰地显示出一张女性的面庞,卡尔达斯根本不用跟照片比对就知道,她不是莫妮卡·安德拉德。

"不是她,对吧?"克拉拉·巴尔西亚问。

"不是。"

费罗又调出对着艺术与机械工艺学院大门旁斑马线的监控,然后按下播放键,直到画面中又出现了一个女人。

"必须得这样一个人一个人看吗?"卡尔达斯问。

"没有其他办法。"

就这么一种过程：图像快进，直到有哪个女人出现在斑马线上。然后费罗暂停录像，花上几秒把这段标记出来，再继续播放。如果有疑问，他们就试着看看能否在其他监控录像中找到同一个人。

录像的时间走到六点三十二分的时候，下起雨来。从那一刻起，很多出现在斑马线上的行人都打着伞。

"这样咱们永远都找不到莫妮卡。"卡尔达斯急躁地说，因为他看到，街上的人越来越多，而且有时连雨伞下的人是男是女都看不出来，"有没有可能拍摄到大门的不止一个摄像头？"

克拉拉说并没有。

"交管局的冲着汽车。能看见一部分人行道，但大门看不见。"

"药店的呢？"

"还没发过来。"

"那快去催一下吧。"卡尔达斯边说边起身离开了审片室。

等待让他焦躁不安，他去办公室拿了根烟。他看见了地上的葡萄酒，那是今天早上他从父亲的酒窖里带来的。一袋是给拉斐尔·埃斯特韦斯的，毕竟他前一天晚上没有品尝到。其他三瓶是卡尔达斯的，不过他已经决定要送出一瓶了。

卡尔达斯拿着烟，穿过警察局来到街上，与刚才监控录像中的情景恰恰相反，卡尔达斯发现雨停了。

他回到办公室，打开一袋酒，拿出一瓶装进了塑料袋。接着他穿上防雨外套，跟克拉拉打了个招呼，就向蒙特罗里奥斯花园走去。

卡尔达斯在凉棚下找到了把脸埋进书里的拿破仑。

Escaparate（橱窗）：1. 店铺用玻璃封闭的外部空间，用以展示待售商品；2. 橱窗；3. 某人或某事炫耀的样子。

听到卡尔达斯清了清嗓子，拿破仑合上正在看的书、抬起头。

"您知道戴夫·罗比希吗？"

卡尔达斯没听清那个名字。

"他跟您一样，是警察。"流浪汉说。

"您说他叫什么名字？"

"罗比希。"拿破仑重复道，"他住在漂浮在湖上的一座房子里，就在新奥尔良附近。"拿破仑指了指书补充，"值得一读。"

卡尔达斯想，不知道拿破仑做文学推荐是不是也收费。

"您是来问维斯塔贞女的事吗？"

"不是。"卡尔达斯递上塑料袋，"我把承诺的酒给您带来了。"

"您不必这么客气。"

"我觉得您是喜欢葡萄酒的。"

流浪汉贪婪地往袋子里看了看。

"Trahit sua quemque voluptas，①"他先是回答，然后没等卡尔达斯问就主动翻译了一下，"每个人都受自己激情的引诱。"

然后他指了指跟他一样在凉棚下寻求庇护的流浪汉们。

"我们这儿几乎所有人都对酒瓶情有独钟。我跟您讲三次打击了吗？"

"您上回说有时间了给我讲。"

"您现在有时间吗？"流浪汉边说边推开长凳上的几张旧报纸，为探长腾出地方。

---

① 原文为拉丁文，出自维吉尔的《牧歌》。

卡尔达斯看了眼手机：既没有新消息也没人打电话。

"当然。"当卡尔达斯在拿破仑身边坐下时，浑身湿漉漉的蒂穆尔出现了。它先过去嗅了嗅探长，以确保他不造成任何威胁。然后它把湿乎乎的嘴靠在主人的大腿上，让主人使劲挠了会儿它耳朵后面，最后才躺下。

"在这儿的几乎所有人都经受了三次打击，改变了我们的命运。它们让我们从正常生活沦落到了这般田地。对不对蒂穆尔？"拿破仑边问边夹了夹两腿间的狗，"三次打击，就三次。第一次通常发生在家里，就在你觉得最安全的地方。你遭遇了背叛，不知道能求助谁。你内心的撕扯、你女人的不忠，这些你要找谁说？这种事你能相信谁？在生活中我们身边有很多人，但在某些情况下我们永远是孤独的。你不会到处宣讲你的不幸：你被戴绿帽了；你洗完澡出来，你的女人为了不看你把灯关了，还开始用力呼吸装成睡着的样子。或者甚至是连装都懒得装了。这些事你找谁说去？"拿破仑盯着地面说："你下午不想回家。你下班之后就消磨时间。有一天，你厌倦了到处转悠，走进了一家酒吧。你开始喝酒，找到了一丝舒适。但那是个陷阱：那是第二次打击。"

拿破仑打开塑料袋，拿出酒瓶举到眼前。

"Non facit ebrietas vitia, sed protrahit。这是塞内卡说的，说得很对：醉酒不会创造新的恶习，但会让旧的恶习凸显。那么慢慢地，工作单位会发现你行为举止有些奇怪。而有一天，第三次打击降临，就把你推到了街上：你失去了赚钱的方式。我们中的大多数人都是这么走过来的。按这个顺序，或者相反顺序，"拿破仑说，"在不景气的这些年，许多人丢掉了饭碗，但每天早上还是出门装作去上班。他们没告诉家里人，出于害臊，或是想着能找到新工作就不用丢脸的。他们先是跑遍了各家办公室和公司，当路线烂熟于心以后，他们就开始在这儿停一下，在那儿歇一会儿。他们开始喝酒，直到有一天被发现。家里人不但不安慰，还嫌弃你。因为你丢了工作、撒了谎、酗酒……而你不得不到处借钱。就像海明威小说里的老头说的那样，'开始是借，后来就是祈求施舍了'。然后你也不知道怎么回事，有一天你坐在城市的人行道上，希望没一个人认识你。所有一切都归结为一个词：屈辱。因为绝对的孤独是可怕的，但被人群包围的孤独更是令人耻辱的。当你一无所有的时候，你就会盯着地面，用纸盖上易拉罐，以减轻硬币掉落时的叮当声给你带来的痛苦。"

卡尔达斯掏出一包烟，叼了一根。然后他把烟盒递给拿破仑。

"最开始我很害怕街道，"流浪汉抽了一口烟后继续讲道，"一切都让我害怕：无论是独自一人还是旁边有人。公园也让我恐惧，但是在收容所我也睡不安稳。在公园里至少我还能抱有幻想，想着这只是临时的情况。但是在收容所里，我身边的人已经在我刚跌入的这口井里待了很多年。我受不了被像他们一样对待。我不想让这些衣衫褴褛的幽灵把我当成同类。"拿破仑指了指其他人,"最开始我看上去跟普通人没什么区别。但是有一天,就仿佛有人按下了开关一样,有人开始用惊恐的眼神看我,结果所有人都开始这么做。我甚至丢掉了我的名字,开始跟我的狗叫一个名字,"拿破仑回忆道,接着他跟探长解释,他都是用征服者的名字给狗起名,"我花了几个月的时间才接受了变化后的我,不过我现在已经学会在其中找到尊严了。之前出于羞愧我不敢看别人的脸,害怕有人认出我来。现在我也不看别人的脸,但是是为了不影响收入:假如你盯着旁边人的眼睛看,他们就会受到惊吓、加快脚步,我也就没硬币了。"

"您在街上多少年了?"莱奥·卡尔达斯问。

"长出这样一个络腮胡需要的时间。"拿破仑回答。

"这么多年您都没尝试找过工作吗?"

"我已经有工作了,我是拉丁语老师。"

"那倒是。"卡尔达斯笑了,"这个社会允许您这样的人流失,真的病得不轻。"

"Vitam regit fortuna, non sapientia。①"

"运气比智慧重要,"探长尝试推断,"对吗?"

"您在认真听课。"流浪汉挤了挤眼,"从西塞罗之前就是这样的,从人类直立行走起。如果说最近几年事情的变化越来越快,那也并不是朝着更好的方向变的。世界上的人越来越多,但做同样的事需要的人越来越少。要么就采取行动,要么我这口井会吞噬几乎所有人。Caveant consules!②"拿破仑喊道,"特权者做好准备吧!"

两人静静地坐在那儿吸烟,直到卡尔达斯探长的手机响了起来。卡尔达斯看到屏幕上出现了克拉拉·巴尔西亚的名字。

"找到她了吗?"

"我们有两个候选人,"克拉拉说,"不过雨伞挡住了脸。我们正尝试在其他的监控里找她们。"

"药店的监控呢?"

"我就是因为这个给你打电话。"克拉拉说,"你在哪儿呢?"

---

① 原文为拉丁文,意为支配生活的是财富而非智慧。

② 原文为拉丁文,意为特权者小心点!

"三分钟就能到，"莱奥·卡尔达斯说，"能看到大门吗？"

"看不到。"克拉拉说，"摄像头在药店里面，橱窗里的几个广告牌遮住了外面，什么都看不到。"

"什么都看不到？"

"什么都看不到。"克拉拉重复道。

卡尔达斯挂了电话，揉揉眼。

"那个维斯塔贞女？"拿破仑问。

"是。"卡尔达斯低声道。

"Veritas filia temporis，①"拿破仑说，而此时的卡尔达斯已经不知道他欠拿破仑几个硬币了，"真理是时间的女儿。会出现的。"

---

① 著名的拉丁语谚语，意为真理是时间的女儿。

Impasse（死胡同）：1. 死路；2. 休止符。

　　卡尔达斯回到警察局来到审片室。此时，克拉拉·巴尔西亚和费罗已经证实，伞下的其中一个女人不是莫妮卡·安德拉德，他们正忙着核实另一个。

　　十五分钟后，在他们从不同角度看了一遍又一遍后，并没有任何进展：身高和及脚的衣服都吻合，还有走路的方式——那是认为自己身材过高的人特有的微微驼背，但是没有出现能够辨认出是莫妮卡的脸部图像。他们也没证据表明那个女人进入了艺术与机械工艺学院。

　　卡尔达斯站起身。手机信息的缺失让他们走进了一条死胡同，这让他感到紧张。

　　"没人能认出她的雨伞或者她走路的方式吗？"费罗问。

　　"她父亲？"克拉拉·巴尔西亚提议。

　　卡尔达斯在手机里找到一个号码，抄在了桌上的一张纸上。

　　"他父亲不行。"卡尔达斯说。不到万不得已，他不想把医生牵扯进来。"但这是莫妮卡·安德拉德的闺蜜，"卡尔达斯在纸上标注了埃娃·布阿的名字，"她肯定能帮上忙。"

　　卡尔达斯来到局长办公室告诉他，虽然图像还不是最终结论，但监控中出现了一个跟医生的女儿外形吻合的女人。

　　"咱们不能再申请一次手机信息吗？哪怕只是定位？"

　　局长不愿再坚持。马德里那边跟他说得很清楚，那天早上要优先跟踪手机的是另一件事。

　　"但他们给了一架带热像仪的无人机，是特殊系统编队配备的，可以到人迹罕至的地方进行搜索。"局长说，"明天就送来。"

"用不上。"卡尔达斯回答,"咱们需要知道的是上周五手机在哪儿。"

"刚才圣地亚哥·洛萨达也打来了电话,"索托说,"他想跟你一块准备一下今天下午的节目,但你没接他电话。"

"没什么可准备的。"卡尔达斯反驳道。

"咱们说好了要帮他的。"

"咱们说好的是去做节目,好让他不再多管闲事,"探长纠正了局长的话,"我愿意到节目现场谈论案件还不够吗?"

"做节目需要数据嘛。首先他想要些照片,好登在社交网络上,还想对失踪者进行进一步了解。"

"我现在就跟费罗说,请他发一张照片。"卡尔达斯说,"关于详细信息,请您提醒他,我们只想说是在寻找艺术与机械工艺学院的一位女老师,不会再更多地提及莫妮卡的生活。"

"要不你直接跟洛萨达说?"

"他不会听我的。"卡尔达斯赶忙找理由,虽然他知道,即使是局长也无法阻拦圣地亚哥·洛萨达放弃榨取更多的信息,"您知道我做节目的时候会不会收到听众的直播来电吗?"

"这档节目一直都接听来电啊,莱奥。这就是我们要找的,请听众配合。"

"我们要找的是让洛萨达玩儿得开心,好给咱们充足的时间找到莫妮卡。"卡尔达斯再次纠正。

卡尔达斯探长正要起身,手机响了。

"洛萨达?"局长问。

"不是,是埃斯特韦斯,他还在缇兰。"卡尔达斯又一屁股坐在椅子上,"拉斐尔,你说。"

首先,埃斯特韦斯告诉探长,搜索行动没有结果,仍在继续,接着他又说,在下雨前他去海滩上转了一圈。

"我看见卡米洛沿着木栈道走,就跟过去了。您猜他是去哪儿?"

卡尔达斯把手机紧紧贴在耳边,做出安然自定的表情看了眼局长,仿佛电话那头跟他聊的是下雨这件事一样。

"去哪儿?"卡尔达斯问。

"去莫妮卡·安德拉德家,"探长助理说,"他又去了。"

卡尔达斯沉默了。

"他应该是听见我了,所以藏起来了。我后来在院子里找到的他,就在莫妮卡的棚屋后面,他一直前后晃悠。我试着跟他说话,但他都不看我。我就放他走了。"埃斯特韦斯说,"我也不知道我做得对不对。"

卡尔达斯没有改变语调,以便与他的表情保持一致。

"对。"

"有什么新消息吗?"探长告别阿拉贡人后,索托局长扬着眉毛问。

卡尔达斯一挥手说没什么要紧事。

"那边还在搜索,不过也不会在那边找到她。"

"谁跟埃斯特韦斯一起呢?"

"没人啊。"

"莱奥!你别让他一个人哪。咱们现在的麻烦已经够多了。"

探长盯着墙上的一个点。

"你想什么呢?"索托问,卡尔达斯觉得是时候指出正确方向了。

"我觉得陶艺师可疑。"

"谁?"

"莫妮卡·安德拉德在陶艺工作室的上司。他叫米格尔·巴斯克斯。"

"但是莫妮卡消失的时候,他不是在葡萄牙办展览呢吗?"

"确实是个完美的不在场证明,但是从里斯本到维戈只用五小时。他可以布完展回来,第二天开幕式前再回到里斯本。米格尔·巴斯克斯有学院大门的钥匙,当然也有工作室的。而且他也会操作炉窑。清洁工上周五发现还热着的炉窑,就是他周一打开之后清洁的。他有足够的时间把里面的任何东西清理干净。"

"他也出现在监控里了?"

"我不确定。"莱奥·卡尔达斯承认,"我们现在主要还是在找莫妮卡。但想认出他们俩不容易。几乎所有人的脸都被雨伞挡住了。"

"咱们可以在交管局的监控里或者是通过收费站的车里找找他的车。"

"确实可以,"卡尔达斯说,"但能不能找到我深表怀疑。米格尔·巴斯克斯是个非常谨慎的人。您应该看看他们在工作室里工作的那份耐心。如果我是对的,他选择周五给自己制造不在场证明,那他既不会是开自己的车回来的,也不会带着手机。"

局长低头看着桌子。之后他问道:

"那他有什么杀人动机呢?"

这是局长第一次推测莫妮卡可能已经死了。

"我还不知道。"卡尔达斯说,"我没去审他也没去问他的学生,以免打草惊蛇。那样他会把仅存的东西也都销毁的。在他起疑之前,我想请法官授权查封工作室，好进行彻底搜查。"

"我很难想象出弗洛雷斯法官会仅仅因为一个直觉推断就让咱们查一个公共建筑。"

"所以咱们需要莫妮卡的手机定位，需要知道她失踪前几小时、几天都联系过谁。监控录像上看不到学院大门。也就是说，就算莫妮卡的朋友确认画面上出现的就是莫妮卡·安德拉德，咱们也无法证明她进入了学院。"

"莫妮卡的朋友对莫妮卡和那位陶艺师的关系怎么说？"局长问。

"她没特别提到米格尔，但是她确实跟我们说，莫妮卡可能在跟谁约会。"卡尔达斯尽量照搬埃娃·布阿的原话，"不管怎么样，她都不觉得是在认真相处。"

"为什么？"

"我推测正是因为莫妮卡没告诉她那人是谁吧，"卡尔达斯说，"对吗？"

"有道理。"索托承认，"所以你觉得可能是感情原因？"

卡尔达斯耸耸肩，表示他也不知道是感情原因还是任何其他原因，不过他坚持请局长向马德里申请。

"咱们需要手机信息才能有进展。"

局长用双手搓了搓脸，探长向后推开椅子站起身。

"你准备去干什么，莱奥？"

"出去抽根烟。"

局长透过指缝看着卡尔达斯。

"我还想把情况提前透露给法官，"卡尔达斯停顿了一下补充说，"我也觉得是时候拜访一下莫妮卡的母亲了。"

"你都听见安德拉德医生说的了：他太太情况不太好。"局长反对。

"他太太跟女儿的关系很好，或许她能告诉咱们什么动机。"

"有可能。"索托说，"但是没经医生允许，我不想让你去找她。"

Pelaje（皮毛）：1. 动物的毛发或绒毛的性质和质量；2. 一个人或事物的性格和品质。

　　卡尔达斯从警车上下来，戴上了帽子。眼前的房子有两根支撑大门的柱子，卡尔达斯按响了一根柱子上的门铃。他跟接电话的女人说明了自己的警察身份，然后在雨中等待。卡尔达斯听到门里有条大狗在门缝处嗅闻的鼻息声，很庆幸埃斯特韦斯没有来。维克托和阿梅莉亚·安德拉德住在一座宏伟的石房子里，房子坐落在帕斯托拉阳光庄园旁边，在一条因致敬安德拉德医生的岳父而被命名为西斯托·费若的街上。

　　几棵百年老树从院墙上探出头来。

　　过去这个地区较为偏远，但许多船东和罐头厂主那时就已经在这里建造了自己的住宅。他们洞察到港口和河口提供的自然条件，选择在十九世纪的最后几十年定居维戈，并推动这座当时的小渔村转型发展成为今天的大城市。

　　开门的是一位四十岁左右的女人，她穿着护士服：白大褂、白衬衫、白裤子。

　　"人找到了？"女人紧张地问。她脖子缩进肩膀里，脸皱成了一团，仿佛这样就能躲雨似的。

　　一只眼神忧郁、浅棕色皮毛的大丹犬走过来嗅了嗅探长，接着后退了几米继续保持警惕。

　　"还没有。"卡尔达斯说，然后他向女人解释，他过来是想跟莫妮卡的母亲聊两句，"她可能能帮我们找到莫妮卡。"

　　"阿梅莉亚夫人吗？"女人很惊讶，"她四年前患了脑梗，从那以后连喃喃自语都很难了。您不知道吗？"

　　"我知道她身体不好，"卡尔达斯坦言，"但不知道这么严重。"

　　护士请卡尔达斯跟在身后，沿着绣球花间的小路来到房子的前廊。这座房子正如从外面看上去那样宏伟、质朴。房门刚才护士出去的时候被打开了，那是座厚实的木门，跟所有窗户一样漆成了深绿色。

"阿梅莉亚夫人看上去还不错。"女人提前告诉卡尔达斯，然后她在门垫上蹭着运动鞋，直到她确信已经弄干了才停下，"但其实她做什么都离不开人。"

两人走进一间宽敞的大厅，那里挂着一幅巨大的油画肖像。卡尔达斯认出了画中是安德拉德医生的妻子。他之前在莫妮卡床头柜上的一张照片里见过她。

"您说她几乎不能说话？"

"不能说任何能让人听懂的话。"

"但有人告诉我，莫妮卡经常跟她说话。"

"莫妮卡经常来看她，"护士说，"她不能过来的时候也会打电话。"

卡尔达斯一脸疑惑。

"阿梅莉亚夫人戴着耳机，莫妮卡会跟她说话。"护士解释。

"那她能听懂吗？"

护士不太确定。

"有的时候能看见她眼睛突然放光。但还有的时候她就是呆呆地看着什么地方，或者是把电话搁在桌子上，你已经不知道是她没听出那是谁的声音，还是她再也听不出了。"

"您怎么跟她交流呢？"

"非常艰难。"护士流露出无奈的表情，"只用看上她一眼就能明白她要什么的只有医生。他是个天使。"

卡尔达斯不确定护士是不是认真的。

"安德拉德吗？"

"您无法想象出他对妻子有多无微不至。从夫人上次发病以后，医生就只是上班的时候才会离开她。他已经四年没为其他的事而活了。"护士说，"现在他女儿出事以后，他几乎连晚上都不休息。我从没见他流过泪。看看莫妮卡能不能尽快出现吧，因为看医生受苦太让人难受了。"

护士穿过一条走廊，走廊的宽度足以展示两旁的家具。

"莫妮卡经常来吗？"走在旁边的莱奥·卡尔达斯问。

"每周都会来一次。"

卡尔达斯觉得蹊跷。

"我还以为医生很少见他女儿。"

"他们从来碰不上，"护士解释，"莫妮卡一般是在医生在医院的时候来。"

护士的语调表明，莫妮卡是故意这么做的。

"我知道他们关系不太好。"莱奥·卡尔达斯帮她把话挑明。

"没错。"护士确认,"希望莫妮卡出现以后他们能把这个问题解决了吧。"

"是有什么特别的原因吗?"

"我觉得是因为行为风格吧。莫妮卡有点儿……"

护士没找到合适的字眼,在头上挥了挥手,仿佛是在搅动空气。

"梦想家吗?"

"没错,梦想家。但医生却恰恰相反。他有多优秀就有多严格。对自己严格,但是对他身边的人也一样。"护士特意强调了这一点,表示自己能达到要求也很不容易,"他工作非常忙,但即使这样,晚上也还是会照顾他的妻子。他完全可以再请一位护士负责那段时间,好休息一下,"护士说,"但他想自己来。"

"父女俩经常吵架吗?"

"不常吵,因为他们都尽量回避。之前在这儿工作的仆人跟我讲过,莫妮卡上大学的时候有一次他们俩吵得很凶,莫妮卡后来就不想再回家住了。"护士说完压低了声音,"不过我其实从来没听他们争吵过。"

护士在通向一个巨大房间的滑动玻璃门前停住脚步,用手指指里面。

玻璃门的另一边有个女人,她灰白的头发在脖颈后扎起。她坐在一张正对画廊的扶手椅里。一身黑衣的她正呆呆地盯着后花园里的什么地方。她让卡尔达斯探长想起了在一部老电影里看到的一位女管家。

"她能这样一坐好几个小时。"护士低声说。

"您觉得她想念女儿吗?"

护士非常缓慢地点点头。

"四天了,她不愿意穿黑色外任何其他颜色的衣服。如果我试着给她换个颜色,她就会身体僵硬。医生说,当我们表达自己的其他方式不好用时,颜色就是表示心情的方法,因为它刻在我们的骨髓里,是我们的天性。你已经不知道该怎么想了。"

卡尔达斯咽了口口水。

"莫妮卡最后一次来是什么时候?"

"上周四,"护士回答,"她去上课之前来了一趟。"

"她当时状态很好吗?"

"对,挺好的。"

"她跟您说什么了吗?"

"莫妮卡不太喜欢交流。至少她很少跟我说话。她来了以后陪她母亲在那儿坐了半小时,"护士补充道,"然后就走了。"

"您确定最后这次您没发现什么异常吗?"

"没什么异常,"护士说,"跟往常一样。然后从那以后她就再也没来过,也没打过电话。就仿佛是被大地吞噬了一样。"

311

Constancia（铁证）：1. 对决心和目标坚定不移的精神；2. 事件的真实性、确定性或准确性。

卡尔达斯走出安德拉德医生家，趁着不下雨走到了离此处不远的法院。弗洛雷斯法官告诉卡尔达斯，安德拉德医生刚来过一趟，表达了他对橙色衣服男孩的满心疑虑；卡尔达斯则向法官阐述了自己对陶艺师的怀疑。卡尔达斯还告诉法官，他们正在努力查证监控录像中一个女人的身份，以及手机信息的事被一场反恐行动耽误了。

法官默默地听着，并在卡尔达斯把申请递过来以后承诺，一旦证实莫妮卡上周五早上确实去了学院，她就会授权搜查陶艺教室和监听米格尔·巴斯克斯的手机。

探长把另一份文件放在桌上。

"我们还想查看失踪女孩的电脑，看看有什么发现。我们知道电脑在哪儿。"

伊莎贝尔·弗洛雷斯表情扭曲地读完了这份公文。进入一台个人电脑意味着对隐私的绝对侵犯。

"我们只想查看她的最后几次搜索和电子邮件，"卡尔达斯指出，"仅此而已。"

法官狡黠地笑了笑。

"我保证。"探长坚持道。

在其他情况下，法官一定会拒绝，但卡尔达斯这次带着授权走出了法官办公室。

探长走下楼梯，来到法院门口。又开始下雨了，卡尔达斯就站在门口。他点燃一根烟，拨通了埃斯特韦斯的电话。

"你还在缇兰吗？"

"当然了。"阿拉贡人说，"到两点才集合，不过看这个雨，估计要更迟。您想让我回去了还是啥？"

"不是。"莱奥·卡尔达斯回答，"我需要你去莫妮卡家一趟，把她的电脑带过来。电脑在她小屋的那张高桌子上，你记得吗？"

埃斯特韦斯用沉默表达了他的迟疑。

"法官授权了，拉斐尔。"

"就不能也授权我给那个女邻居的狗也来一枪？"阿拉贡人提议，"我每次一到那条路，它就他妈的来烦我。"

卡尔达斯问他是否又看见过卡米洛。

"没，但得有人告诉他，不能再去一个失踪者的家了。"

"你也听见他母亲怎么说的了。"卡尔达斯说，"只要猫的主人没法喂猫，他就还会去。"

"他喂的可不是猫，是嫌疑。"埃斯特韦斯说，"把猫带回他家不更好吗？"

"有道理。"卡尔达斯说，"你如果看见他母亲，跟她说一下。"

挂了电话后，卡尔达斯站在那儿吸烟，而雨下得越来越大。卡尔达斯没看见有空车能打，但一辆小轿车在法院门口停了下来。司机降下车窗。

"莱奥！"他冲这边喊了一声，卡尔达斯认出，那是每天下午坐在艾利希奥酒馆吧台旁一张桌子边的一位教授。"用我带你去哪儿吗？"

卡尔达斯戴上帽子，穿过倾盆大雨跑到车上。十五分钟后，他走进了警察局。

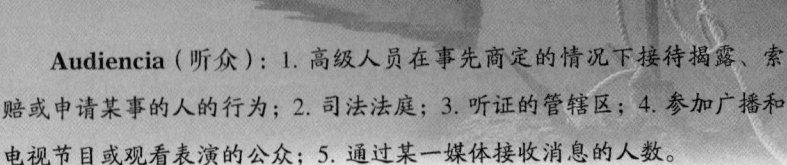

Audiencia（听众）：1. 高级人员在事先商定的情况下接待揭露、索赔或申请某事的人的行为；2. 司法法庭；3. 听证的管辖区；4. 参加广播和电视节目或观看表演的公众；5. 通过某一媒体接收消息的人数。

"对，我又打了一次电话。他们跟我说，假如是个小女孩，或者咱们找到了暴力迹象，或者现在仍是案件的关键几小时，那他们就能提前受理。"索托局长总结了大意，"但如果是个成年女性，还是将近七天前自愿离开的……"

"好吧。"莱奥·卡尔达斯说。他不想听这一套，虽然他知道人家说得在理。

"无论如何，"索托补充，"他们觉得今天下午或者明天上午就能发过来点儿什么了。"

"这个呢？"卡尔达斯拿起局长办公桌上的一张纸问。那张纸上印着莫妮卡·安德拉德的照片，上面用红色的大字标着："失踪。"照片下面，用比较小的字写了联系方式。

"是圣地亚哥·洛萨达做的，"索托说，"下午节目结束以后，他们要在全城贴这张海报，还要把它发在所有社交平台上。"

卡尔达斯注意到了联系电话。一个是警察的，但另一个是洛萨达在《电台巡逻》每期节目里不厌其烦重复的电话号码，用来鼓励听众联系电台。

"为什么会有电台的电话？"

局长之前没注意上面的电话号码。

"什么？"

"这是节目的电话，"卡尔达斯说，"您不知道吗？"

局长摇摇头，卡尔达斯找到了洛萨达的电话号码。然后他开了免提，把手机放在桌子中间。

电话那边传来播音员播音时的那种假声：

"哎哟，莱奥，什么风把你吹来的。"

"你为什么把电台的电话号码放在海报上了？"

"我整个儿一上午都在找你。"洛萨达已经抛弃了播音腔。

"咱们这不是说上话了吗,电台的电话得从海报上消失。"

"咱们约定过要合作找到那个女孩。"

"给你们打电话不是合作,而是阻碍。"

"我不明白。"

卡尔达斯不想跟他浪费时间。

"我不在乎你明不明白,但是你不能把这个海报贴出去或者放网上。"卡尔达斯宣布,"懂了吗?"

"节目期间我们要接到打给同一个号码的电话。"洛萨达很激动。

"做节目的时候没办法,"卡尔达斯说,"但节目一结束,我们警方就是唯一的联系人。"

办公室的门开了,克拉拉·巴尔西亚探进头来。局长示意她过会儿再来,门又关上了。

"我已经做了二百张海报了。"

"那你要是不把电台的电话涂了或者擦了,那些海报已经可以拿去回收了。"

"你上司可没觉得分发海报有什么问题。"

"局长就在我旁边。"卡尔达斯说。

"你好,圣地亚哥。"索托打了个招呼。

"咱们不是约好了像往常一样把咱们的电话告诉听众吗?"播音员问,而卡尔达斯抢先回答:

"这事儿跟节目的听众没有任何关系。"

"啊,是吗?"

卡尔达斯对局长说:

"您看到了吧,让我去电台谈这个案子不是个好主意。"

回答他的是洛萨达:

"我从昨天就开始绞尽脑汁,因为是你们请的我。"

"我们也很感谢你,"索托赶紧给他捋毛儿,"真的。"

"咱们约好了我来对新闻进行独家播报。"圣地亚哥·洛萨达坚持说,"但是几小时前,所有的社交平台就开始谈论正在搜索一个在缇兰失踪的女人。而你莱奥,你甚至都没接我电话,好让我知道这说的是不是同一个女人。我不得不通过其他来源查到这位女老师确实是缇兰的居民。"

卡尔达斯笑了。洛萨达既没提到安德拉德也没说到西斯托·费若,那是因为他还不知道失踪的人是谁。

"你知道的，这不受我们控制，"局长说，"有数十名志愿者在帮着做地毯式搜索。"

"我们也努力合作了，到今天下午之前都不让这个新闻见光。"

门又开了。还是克拉拉·巴尔西亚。

卡尔达斯静悄悄地站起身，走到门口。

"埃娃·布阿正在审片室看监控录像，"克拉拉对他说，"好像认出来了。"

卡尔达斯回到桌旁，但没有坐下。他在空中挥了挥手，请局长跟洛萨达周旋，然后就溜出了办公室。

Complejo（情节）：1. 由各种元素组成；2. 复杂，杂乱；3. 为共同活动集中起来的一组建筑物或设施；4. 通常被压抑并与经历相关联的想法、情绪和倾向，常扰乱一个人的行为。

"怎么了，克拉拉？"卡尔达斯探长看到克拉拉探员的表情后问。

"她不确定。"克拉拉·巴尔西亚说。

此时，埃娃·布阿正目不转睛地盯着黑白屏幕，卡尔达斯问她：

"没认出她吗？"

"我本来以为认出来了，但现在我又不确定了。"埃娃·布阿重复道，她的音调听起来像是对失望的警察们表示同情，"看不到脸太难判断了。可能是莫妮卡，我没说不可能，但是这么件事我也不想出错。"

卡尔达斯试图将她拉回起点。

"您的第一印象是什么？"

"什么？"

"您第一次在屏幕上看到这个女人想的是什么。"

埃娃·布阿毫不犹豫。

"那时是莫妮卡。"

"那时是莫妮卡？"卡尔达斯重复时着重强调了"那时"。

"对，"埃娃·布阿回答，"我就是那么想的。"

"那为什么您改变看法了？"

"我也不知道。"埃娃·布阿说，"可能是因为走路的方式，因为步子看起来更小。我也并没有改变看法，"埃娃·布阿纠正卡尔达斯，"我不能保证那不是莫妮卡，但是只看这个，我不能就这样盖棺论定。"

卡尔达斯问克拉拉·巴尔西亚：

"她看过所有图像了吗？"

"对，两个最清楚的。"

卡尔达斯把拳头举到额头前，用手指敲击了几下，仿佛这样能帮他理清思路。接着他指了指屏幕。

"您认不出雨伞吗？"卡尔达斯问，"看起来好像是彩色的。"

"我没印象，但有可能是她的。"埃娃·布阿说。

"衣服呢？"卡尔达斯又问。

埃娃·布阿再次看了看显示器。

"宽松的衣服确实是她的风格。"埃娃·布阿说，"我可能就是因为这一点觉得这是她。"

"鞋子呢？"克拉拉·巴尔西亚问。

埃娃·布阿再一次盯住屏幕。

"主要是基本看不清，"埃娃·布阿眯起眼睛，"是平底的吗？"

克拉拉·巴尔西亚点点头，她也觉得是。

"莫妮卡总是穿平底鞋。"埃娃·布阿解释说，她的这位朋友从十几岁开始就有身高情节。

探长又弹了弹脑门，接着他问克拉拉·巴尔西亚：

"你们请她看港口的录像了吗？"

"那个看不清啊。"克拉拉说。

"没事。"

费罗一通操作后，街道的图像从显示器上消失了，取而代之的是上周五一早抵达维戈的昂斯海盗号。

这段录像卡尔达斯看过太多回了：刚下船的乘客们进入了街灯照亮的一片区域。大部分乘客像一支游行队伍一样朝卡诺瓦斯·德尔卡斯蒂略街走去，只有三个人转向了游艇俱乐部方向。

"是那个吗？"埃娃·布阿用手指着正慢慢消失在屏幕上的那三个人中的一个。根本不用有人告诉她。

"我们觉得是。"

"那个确实看着像莫妮卡。"埃娃·布阿说，"不过这么远的距离确实很难看出来。这跟另一个是同一个人吗？"

"可能是。"

卡尔达斯让埃娃·布阿跟着他来到办公室，聊一件比较私密的事情。他请埃娃·布阿在办公桌的另一侧入座。

"您要水还是咖啡？"

"水吧,"埃娃·布阿说,"谢谢。"

卡尔达斯走出办公室,他没有直接去拿水,而是回到了审片室。克拉拉和费罗正开始检查街上另一个摄像头拍摄的图像,卡尔达斯请他们放下这个活,先去网上查找米格尔·巴斯克斯的信息。

在搜索引擎的查找结果中,出现了莫妮卡·安德拉德的上司接受采访的几段视频。费罗按卡尔达斯的指示点开了其中一个,于是屏幕上出现了米格尔·巴斯克斯。他坐在一把椅子上,戴着他的角框眼镜,T恤外面套了一件半敞的格子衬衫,正在谈论他所从事的职业的特点。

"得在上周五上午的录像里找这个人,"卡尔达斯对克拉拉和费罗说,"在学院附近。我得回办公室了。"

"有雨伞遮着,不会很容易认出他的。"克拉拉·巴尔西亚回答。

卡尔达斯耸耸肩。他手里已经没有其他的牌可出了。

"他有多高?"费罗问。

"差不多这么高吧,"卡尔达斯把手比画到他额头一半的位置,"找一找身高平均水平的男人。"

身高平均水平这个概念太模糊了,费罗的表情显示出了他的疑惑。他们连一个莫妮卡·安德拉德那样的高个儿、金发女人都没认出来,要认出一个身高平均水平的男人就更难了。卡尔达斯拿着水回到办公室,并为耽误了时间表示抱歉。

"有人给您打电话了。"埃娃·布阿指着卡尔达斯之前放在桌上的手机说。

"没什么急事。"卡尔达斯探长看到屏幕上显示的是拉斐尔·埃斯特韦斯的名字。之后他把手机调到静音状态,然后屏幕朝下放在桌子上,以免他们再受打扰。

"您见到阿梅莉亚了?"听卡尔达斯说他走访了安德拉德医生家后,埃娃·布阿问。

"我见到她了,"卡尔达斯说,"仅此而已。"

"我好几年没见过她了。"埃娃·布阿坦言,"她现在怎么样?"

探长抿了抿嘴。

"她知道莫妮卡的事吗?"埃娃·布阿追问。

"护士觉得她很想莫妮卡。"卡尔达斯避重就轻地回答。

"太可怜了。"埃娃·布阿表示遗憾。

"您之前怎么没告诉我她是这个身体状况?"

"主要是维克托和莫妮卡都从来不提她的情况。他们不说她是更好了还是更差了,所以我之前也不想跟您说这些。"埃娃·布阿解释,"每次我跟莫妮卡聊天,

319

她都会告诉我她又去看阿梅莉亚了或者给她打电话了,虽然我也知道,阿梅莉亚几乎没法儿跟人交流了,做什么事身边都需要有人。但莫妮卡提到她时总是给人她很好的印象,仿佛只要不提到她的病,她就会变成一个健康人。"

"我不是想埋怨您。"埃娃·布阿喝水时,卡尔达斯说道。之后卡尔达斯又问,她是否知道莫妮卡和她父亲很少在家里碰面。

"我之前就跟您说了,他们关系不好。维克托没有恶意,但是如此过度地保护,如此严厉最后肯定会让人窒息。"

"我听护士说,莫妮卡上大学的时候,跟她父亲发生过一次严重分歧。"

"确实是遇到一个问题。"

"为什么?"

"莫妮卡在圣地亚哥的那几年我们的关系还没这么近。我知道她和她父亲发生了冲撞。有人跟我说警察还介入了,但我也不知道是不是真的。"

"警察?"

"莫妮卡没提过,就好像是这事儿让她感到羞耻。"

"为什么是羞耻?"

"不知道。"埃娃·布阿说,"这只是我的直觉。但我能告诉您的是,从那儿以后,父女俩的关系就再也回不去了。"

"这么多年莫妮卡都没跟您讲过吗?"

"从来没有。"埃娃·布阿说,"莫妮卡就是这样,如果她想让你知道什么事,她会想办法让你知道的;但是如果她不想让你知道,那你最好别问,否则你唯一能得到的就是她更加封闭了。"

"是吧。"

"您真的对那件事感兴趣吗?"埃娃·布阿问完又喝了口水,"都过了十五年了。"

"我还想跟您聊另一件事。"卡尔达斯打开了他的笔记本。然后他拔掉圆珠笔笔帽,准备好记笔记:"昨天我问您,莫妮卡是不是在跟谁约会,您说如果是也不奇怪。"

"对。"

"您想过可能是谁吗?"卡尔达斯说阿根廷人已经被排除后,又问埃娃·布阿。

"我跟您说了,莫妮卡让人摸不透。你只能知道她想让你知道的事。"

"那您为什么说她有可能在见谁呢?"

"我只是回答您的问题。我也不知道为什么。"

"也是直觉?"

埃娃·布阿用微笑回复了卡尔达斯的微笑。

"跟莫妮卡一直都这样。说实话，我之前根本没想过，但您问我的时候，我想着，也确实有可能。可能是她最近给我打电话少了，所以……"

"我想问问您，这个人有没有可能是米格尔·巴斯克斯，就是莫妮卡在艺术与机械工艺学院的上司。"

"米格尔？"埃娃·布阿很吃惊，"不会了。我觉得不会。"

"不会了？"

"莫妮卡最开始老是说他。一会儿'米格尔这样'，一会儿'米格尔那样'。莫妮卡曾经很迷他。您认识米格尔？"

卡尔达斯点点头。

"那您肯定看到了，他不是传统意义上的帅哥，但是很有魅力。"埃娃·布阿继续说，"莫妮卡说她的女同学里有一半的人都有点儿爱上米格尔了。我想着她应该也是吧，虽然她一直都喜欢高个子的男人。米格尔不高。"

"他和莫妮卡有过……"卡尔达斯问。

埃娃·布阿摇摇头：

"米格尔不感兴趣。对莫妮卡或者其他女生都不感兴趣。他很清楚他是老师，其他人是学生，"埃娃·布阿说，"而且他当时也有伴侣。"

"现在没了吗？"

"不知道。"埃娃·布阿回答，"我知道他一直没结婚，谈过好几个女朋友，但是他现在跟没跟谁在一起我不知道。"

卡尔达斯看了下笔记本。他什么也没写，但圆珠笔尖杵着的地方留下了蓝色笔油的痕迹。

"莫妮卡很喜欢米格尔，但是已经不是当年的感情了。她崇拜米格尔，也感谢米格尔给了她在他身边教书的机会。她在米格尔身上得到的支持就像她从英国人沃尔特那儿得到的类似，"埃娃·布阿解释，"他们给莫妮卡提供了她一直需要，却无法在父母那里找到的稳定感。"

"明白。"卡尔达斯说。

"而且他们俩都能让莫妮卡开心。"埃娃·布阿补充，"有的时候，莫妮卡跟我讲她跟沃尔特散步，或者是她跟米格尔一起上课，就跟我讲我的哪个孩子在游乐园的一个下午一样。"

卡尔达斯又低头看了看笔记本，从蓝色笔油那里开始画了一条横线。

"警方找总在莫妮卡家附近转悠的男孩谈过了吗？"埃娃·布阿问，"我发誓，我每次去都看见他在那儿看。我觉得他对莫妮卡有什么想法。"

"上周五清晨有人看见莫妮卡骑着车去莫阿尼亚。您也刚看见她从第一班渡轮上下来。"卡尔达斯说,"那时候卡米洛还在床上。"

"莫妮卡就不会是在躲他吗?"埃娃·布阿思考了片刻后问。

卡尔达斯摊摊手,表示一切皆有可能。

卡尔达斯探长把莫妮卡·安德拉德的这位女朋友送出警察局,点了一根烟,站在那儿抽了一会儿。雨又下起来了。卡尔达斯抽完烟回到了审片室。在监控录像的头半个小时里,并没有出现米格尔·巴斯克斯的身影,但费罗和克拉拉·巴尔西亚已经数出来了将近二十个身高平均水平的男人,但他们的脸全都被雨伞遮住了。

"我们需要有人帮我们认人,"克拉拉·巴尔西亚抗议道,"或者至少帮我们排除谁不是。现在这样找就是浪费时间。"

卡尔达斯回到办公室瘫坐在椅子上。他把手机屏幕翻了上来,看到有两通未接来电。都是拉斐尔·埃斯特韦斯打来的。

"你找到电脑了吗?"卡尔达斯给他拨了回去。

"嗯,我拿着呢。"阿拉贡人说,"但我想跟您说件事儿。您记得被暴风雨刮倒的那棵树吗?"

"当然记得。"

"参加搜索的一个志愿者就是来切树、后来想把它运走的市政员工。我跟他聊了会儿,他跟我说,莫妮卡让他把树切成大块儿,回头好做乐器。这是上周四上午的事儿,下午莫妮卡就去找制琴师了。"

"那应该是因为这个。"卡尔达斯说。

"我确定。"阿拉贡人表示赞同。

探长与他告别,把手机放在桌子上,用手搓了搓脸,尝试重新拼凑出上周四下午莫妮卡的行踪。

他睁开眼的时候看着笔记本愣住了。他在上面画了个螺旋。

Presumir（假设）：1. 根据掌握的征兆或迹象假设或考虑某事；2. 某人为自己或他的东西感到自豪；3. 非常担心自己的外表是否有吸引力。

佩佩·西尔维亚曾是圣地亚哥德孔波斯特拉的警察。卡尔达斯跟他合作过好几次了。最后一次合作就在几个月前，他们捣毁了一个专门在电话商店抢劫的团伙。佩佩接到莱奥·卡尔达斯电话的时候正在警察局里。

"我这儿什么都没有。"佩佩敲击键盘后说。卡尔达斯此前刚跟他说过，想查一下维克托·安德拉德和他女儿为什么争吵，以至于警察都介入了。

"这是什么时候的事？"

"我不知道具体日期。"卡尔达斯回答，"女孩现在三十三岁，这事儿是她读大学的时候，所以大概是十四五年前。"卡尔达斯计算着。

"介入的会不会是民警？"

"不知道。"卡尔达斯坦言，"我也不知道去那儿能找谁。"

"交给我吧。"佩佩·西尔维亚承诺他会去问一下圣地亚哥德孔波斯特拉的民警，也会去找一下已经退休的警察——那帮人每天下午都去新街的一家小酒馆聚会。"可能会有人记得。"

在审片室，费罗和克拉拉·巴尔西亚仍然坐在显示器前寻找着米格尔·巴斯克斯。

"我们的候选人太多了。"克拉拉·巴尔西亚看到卡尔达斯进来时无奈地说，她举着一张写满了数字的单子，那是她记录下来的那些人在录像中出现的时间。

卡尔达斯鼓励两人继续寻找，还告诉他们，埃斯特韦斯很快就会带来莫妮卡·安德拉德的电脑。

"我去帮拉斐尔？"费罗问。

"让马尔瓦尔去吧，"探长说，"你们继续找那个陶艺师。"

"你要出去？"克拉拉问卡尔达斯。

"我很快回来。"卡尔达斯说。

他决定在艺术与机械工艺学院的课开始前再去一趟。即使几位制琴师还没到，或许勤务人员也能告诉他米格尔·巴斯克斯有没有固定伴侣，以及米格尔是不是像埃娃·布阿说的那样能把感情生活和工作分得那么清楚。

他在街上走了几步，但大雨又迫使他返回警察局拿了把雨伞。然后他向上走到了加西亚·巴尔翁街。他把雨伞挪开后才看到了那个摄像头，上周五黎明前，就是它拍摄到了一位穿着及脚长裙的高个女人。

拿破仑常坐的街角空荡荡的，卡尔达斯想，不知道拿破仑是否会不顾下雨仍来赴他与人行道的约。

Sentimental（感情）：1. 令人感动的，表达或激起温柔的感情；2. 容易兴奋或受到影响、或倾向于感情用事的人；3. 与两人之间的爱意或恋爱关系对应。

卡尔达斯进入艺术与机械工艺学院，来到右边的门前。勤务员玛丽亚并没坐在她的隔间里，有人告诉卡尔达斯，玛丽亚请假去帮助寻找莫妮卡了。

"有什么消息了吗？"秘书处的那对工作人员问。

"还没有。"卡尔达斯回答。他很后悔没能在缇兰教堂前聚集的志愿者中认出勤务员。

"她跟五六个学生一起去的。"秘书处的女员工说，"不过如果明天还要继续搜索的话，已经有更多的人报名了。"

"米格尔正在组织明天过去的队伍。"男员工说。

"米格尔·巴斯克斯？莫妮卡的上司？"

"对。"男员工确认。

"他在楼下吗？"

"还没。不过我们所有人都通过手机保持联系。您看见了吗？"男员工指着手机屏幕上的小组对卡尔达斯探长说，"已经有八十多个报名的了。"

卡尔达斯也不确定第二天会不会继续做地毯式搜索，还是那片区域就算是排查完成了。

"我们还要去贴海报，我们已经印了四百张带照片的传单，要去城里分发。学生下课以后我们就给大家。"女员工指着一个架子说，"我们都准备好了。"卡尔达斯走过去。他看见了三十来张大幅海报，还有一摞传单。海报和传单的内容都跟他之前在警察局里看到的那张纸一模一样：照片，"失踪"字样，下面写着两个电话号码。

"这些从哪儿来的？"卡尔达斯问。

"《维戈之声》给我们发的文档，让我们打印出来。"女员工说，"他们一上午

325

都在宣传今天下午的一档特别节目。"

"我很抱歉，但是恐怕这些不能分发。"卡尔达斯表示遗憾。

"什么？"

"这个电话是媒体的。"卡尔达斯指着电台的电话说，而为了避免模棱两可，他临时想了个更有说服力的说法，"如果不是受害者家属或者安全部门指定的电话号码，通过其他电话让公民合作是违法的。"

那对员工疑惑地对视了一眼。

"两位不知道吗？"

"不知道。"

"有两个选项，"卡尔达斯说，"要么把每张纸上的这个号码抹去，要么重新印一遍不带这个电话的部分。"

卡尔达斯抽空儿给圣地亚哥·洛萨达发了条短信，威胁说如果再让他看见莫妮卡的照片跟电台的电话一起出现，他就不参加下午的节目了。发完短信后，两位员工也已经涂掉了海报上的电台电话，并准备重新印刷传单。

"几位制琴师几点到？"卡尔达斯问。

"今天是周四吧？周四……周四……周四……"女员工一边念叨一边查看着课表，"加利西亚传统乐器这门课四点开始。"

"古乐器制作那边呢？"

"周四……周四……周四……"女员工又开始低声重复，"古乐器制作正在演练。"

"什么意思？"

"他们正在上课。"

"拉蒙·卡萨尔在楼上吗？"

"应该吧，"女员工说，"应该在。"

卡尔达斯走出秘书处，在门口布告栏上已经张贴的一张海报前停下，涂掉了上面的电台电话。走过通向陶艺工作室院子的楼梯时，卡尔达斯下了几级台阶。他看到了用黏土余料制成的座椅，还有那株山茶花。此时那里还空无一人。因为还没拿到手机定位或者显示莫妮卡的清晰图像，他们还不能查封陶艺工作室，这让卡尔达斯感到遗憾。他还是想在媒体热议此事之前，能开展实地调查。

卡尔达斯又退了回去，跟莫妮卡·安德拉德上周四一样，他穿过图书馆来到附楼，然后爬到第二层，也就是古乐器制作工作室所在的楼层。

他在走廊旁边的楼梯平台上站了一会儿。在另一座楼里，稍低一些的位置，绘画教室的灯已经开了，以便为这个雨日早晨微弱的自然光做些补充。

卡尔达斯看到了一扇窗后的埃尔薇拉·奥特罗。她几乎背对着窗户，身体微微朝一位女同学的画架倾斜，用一只手在纸上比画着，引导学生应该怎样继续作画。

卡尔达斯想，或许埃尔薇拉了解米格尔·巴斯克斯的感情生活。他们两位都是这所学院的老师，彼此了解也是自然的事。卡尔达斯决定见过拉蒙·卡萨尔之后去绘画教室找埃尔薇拉聊聊。

他在走廊里多站了一会儿，从上面看着埃尔薇拉。只见她穿着一件绿色羊毛毛衣，背部微敞，露出了脖子根部。这让莱奥·卡尔达斯想起了他们还是孩子的时候，在那些遥远的岁月里，他给埃尔薇拉辅导几门头疼的功课，有多少次，卡尔达斯都看着埃尔薇拉的脖子出了神。

忽然，卡尔达斯看见一位年长的女人从另一扇窗探出头，看到了他。她应该是通知了埃尔薇拉，因为后者转过身来。他们四目相对时，卡尔达斯探长赶忙离开了走廊，快步走到了古乐器制作工作室的门前。

Madera（天分）：1. 位于树皮里的树木的坚硬部分；2. 用于任何木工活的打磨件；3. 人们对某项活动的才能或天分；4. 管乐器两个亚科之一名称的通用术语。

"对，几周前莫妮卡跟我说过那棵树。她给我看了好几张手机拍的照片。那是棵 Piceaabies，一种红杉树。"拉蒙·卡萨尔说，而卡尔达斯在想，他是不是也得像拿破仑每次翻译拉丁文一样准备好硬币，"莫妮卡跟我说树已经不太稳了，她担心会砸坏房子，所以我们约好了在一月残月的时候把它砍了。"

卡尔达斯无法抵抗自己的好奇心。

"为什么要选一月残月的时候？"

"冬天残月的时候，树的浆液集中在根部，树干几乎是完全干净的，"古乐器制作师解释道，"这样就能避免以后浆液中的淀粉造成木材腐烂。"

拉蒙·卡萨尔打开了旁边的一间屋子。

"这间是我们切割和准备木材的机器间，"拉蒙说，"跟我们的工作间隔开，就能隔绝噪声和粉尘。"

在房间最里面靠近窗户的地方，两名学生正在用带式角磨机校准一块木板。他们戴着防护手套和面罩，以保护眼睛、鼻子和嘴巴免受刨花伤害。当他们看到有人进来，放下了手中的活。

"这就是红杉木，"拉蒙·卡萨尔用脚尖指了指门口地上的一块树干说，"这块是几年前从斯洛文尼亚带来的。我们在等着它自己裂开。看见了吗？"

拉蒙弯下腰摸着一条裂痕说，"与其直接切割，我更想像制琴师那样沿着木块的天然缝隙把它分开。"

随后拉蒙示意莱奥·卡尔达斯跟他回工作间，以免打断学生们的进度，然后他抬手向两位学生表示感谢。

"所以那棵树没能坚持到一月。"

卡尔达斯点点头。

"上周的暴风雨把它刮倒了。上周四有个市政员工去运树。树枝都运走了，但是莫妮卡希望能留下树干，切成大块，说可能用得上。这是很好的木材吧？"

"我一直觉得是。"制琴师回答，"斯特拉迪瓦里就是用红杉木制作小提琴桁架杆和面板的。"

"我猜莫妮卡上周四下午来找您就是为了这件事。"

拉蒙·卡萨尔用蓝色的眼睛望向门口，就仿佛他还能看到莫妮卡站在那里打电话一样。

"还没有任何消息，对吗？"

"还没有。"莱奥·卡尔达斯说。

"那太遗憾了。"制琴师捋着胡子低声说。卡尔达斯探长不知道他说的是莫妮卡·安德拉德，还是被扔在莫妮卡院子里的那块木头。

卡尔达斯扫视着教室四周橱窗里摆放的乐器，闻到了一位学生正涂抹的清漆味。他很喜欢这个让他压低嗓门的空间，这里就像一只远离城市喧嚣的气泡。卡尔达斯突然想起，奇琼·诺沃的儿子也在这儿学习。

"您知道吗？我认识那天跟咱们说话的那位长头发男学生。"

"奥斯卡吗？"

"对。"莱奥·卡尔达斯说，"我那天没认出他来，因为我上回见他时他还很小，不过他是我父亲朋友的儿子。"

"他就是刚才咱们在机器间见到的两位学生之一。"

拉蒙·卡萨尔指了指关上的屋门。

"就是戴面罩的一个？"

"梳辫子的那个。"制琴师边说边把手举到脖颈后面，"第一学期的新学生基本上在那里面准备材料的时间要比在这些工作台上的时间多。"

卡尔达斯之前只注意到了防护面罩遮住了两位学生的脸，但没看到他们有谁扎了辫子。

"他父亲动手能力就非常强。做的纸飞机能飞很远很远。"

"奥斯卡手也很巧。"制琴师说。

"我可以去跟他打个招呼吗？"

"当然可以。"拉蒙·卡萨尔说。

卡尔达斯看到制琴师打开机器间的屋门，从那里挥挥手示意奥斯卡过来。

"你知道我是谁吗？"卡尔达斯问。

奥斯卡·诺沃疑惑地看着他。手里拿着防护面罩。

"您是警察，不是吗？您那天过来问那位女老师的事。"

"我还是卡尔达斯的儿子，"探长说，"酿葡萄酒的卡尔达斯，你父亲的朋友。"

"那位炼金术士？"

探长笑了，他已经忘了，他父亲的几位朋友曾经用这个名号来称呼他父亲。

"我是莱奥。"卡尔达斯探长伸出手，"我父亲告诉我你在这儿读书。你前一段刚去我父亲庄园那儿拿过几瓶酒，对吧？"

"我爸不想喝其他的酒。虽然他已经不怎么能喝了。"

"我知道奇琼身体不太好。"

"他病情发展很正常，"奥斯卡·诺沃说，"他还清醒，但是跟他交流越来越困难了。"

卡尔达斯想，或许父亲说并不讨厌直奔死亡的想法是有道理的，虽然可能要放弃几年好时光，但也能避免之后的悲惨。

"咱们没见过吧？"奇琼·诺沃的儿子问。

莱奥·卡尔达斯告诉他，在自己前往马德里求学之前，他们俩在他父亲的庄园里见过一次。

"你还很小，"卡尔达斯说，"你不记得很正常。"

"我一点儿印象都没有。"奥斯卡笑了。

"我记得你父亲，还有他做的特别大的飞机，"卡尔达斯张开双手，"我父亲跟我说你也会做。"

奥斯卡耸耸肩，觉得那没啥了不起的。

莱奥·卡尔达斯环顾四周。

"每天都能来这么个地方真是太棒了！"

"是。"奥斯卡承认，"我以前一直想学做乐器，但一直没机会。我现在都三十六了。"

"看不出来。"卡尔达斯说。

"是吗？"奥斯卡笑笑，"开始新的冒险有点儿晚了，不过现在出现了这个机会。我可以选择在最后一站上车，也可以选择看着火车开走。"

"您最终决定留下，我们都很开心。"一旁的拉蒙·卡萨尔说，"您有天赋，还学得很快。"拉蒙边说边友好地拍拍奥斯卡的肩膀，"这是一位制琴师。"

等拉蒙走远后，奥斯卡·诺沃向探长坦言："我还不确定能不能学完两个学期。"他低声道，"我回来是想帮我妈照顾我爸。如果他情况恶化……"

"我明白。"

俩人握手告别，并承诺一定给家里人带好儿。卡尔达斯目送奥斯卡打开机器间，戴好防护面罩，然后关上了身后的屋门。

卡尔达斯正准备向拉蒙·卡萨尔告别，忽然听到了短信提示音。短信没有落款，电话号码也不是某位联系人的，但卡尔达斯还是立马明白了发信人是谁。

Reproducción（复制品）：1. 可创造新生物的生物过程；2. 原创或已有作品的副本。

卡尔达斯用指背敲了敲绘画教室的门，然后等了几秒。他能听见里面有人说话，但是没人来开门。他不想再等了，于是转动门把手推开了门。

他在当天上学的一群学生里看到了埃尔薇拉·奥特罗的绿毛衣和棕色的头发。看上去所有人都比埃尔薇拉年长。大家注意到探长后，埃尔薇拉走到门口，然后看看两边，仿佛她觉得应该还有什么人。

"今天就我自己。"探长说。

"有莫妮卡的消息了吗？"

探长摇摇头，"我们还在找她。"

"我们也在组织大家明天上午去帮着搜索。"这位绘画教师说，"我们刚才正说这事呢。"

"明天有没有搜索还不确定。"卡尔达斯告知她。

"已经有将近一百个人报名了。"埃尔薇拉说。

"我知道。是米格尔·巴斯克斯在协调，对吧？"

"对，"埃尔薇拉确认，"他特别难过。太可怜了。"

对话就这么自然过渡到了陶艺师身上，卡尔达斯很满意。

"你知道他和莫妮卡之间是只有工作关系，还是……"

"只有工作关系。"埃尔薇拉回答，"为什么这么问？"

"莫妮卡有可能刚开始一段恋情。"卡尔达斯轻描淡写地说。

"跟米格尔？"埃尔薇拉很诧异。

"我们不确定。"

"米格尔有伴侣啊，莱奥。"

"你认识他的伴侣吗？"

"我几个月前认识的。"

"他们还在一起吗?"

"据我所知,在一起。"埃尔薇拉说,"你问米格尔了吗?"

卡尔达斯摇摇头。

"应该是其他人。"埃尔薇拉说。

卡尔达斯就没再坚持。

"可能吧。"他简单地说。

有位学生需要老师的指导,所以卡尔达斯就站在门口等着埃尔薇拉,顺便看着墙上的那些画作。卡尔达斯的目光停在了《奥菲莉娅》——米莱画作的那幅复制品上,然后情不自禁地想到了莫妮卡·安德拉德,想到了她那条宽大的连衣裙。

"我得走了。"埃尔薇拉回来以后,卡尔达斯对她说,"你要是想到什么有用的信息,就给我打电话。"

埃尔薇拉·奥特罗咬了咬嘴唇。

"那个……"埃尔薇拉说,"刚才是开玩笑。"

"什么?"

"那条短信。"埃尔薇拉解释——好像这有必要一样,"看见你在上面,我就没忍住。希望你没觉得有什么。"

"没事。"卡尔达斯谎称。

"而且我也知道你不是看我的。"看到卡尔达斯脸红,埃尔薇拉笑着说,"你是在找路易斯吧?"

"找谁?"

"那个工程系学生。"埃尔薇拉的脸上出现了两个酒窝。

卡尔达斯想起来了,那位工程系学生的赤身裸体那天让拉斐尔·埃斯特韦斯惊叹了好久。

"是。"卡尔达斯也笑了,"他今天不来吗?"

"今天早上没来。"埃尔薇拉说,"但他每天下午都来。"

"下午我应该来不了。"

埃尔薇拉·奥特罗盯着卡尔达斯几乎黝黑的双眼。

"那你随时来。"埃尔薇拉提议,"就算路易斯不理你,咱们也可以去喝一杯,聊聊近况。"

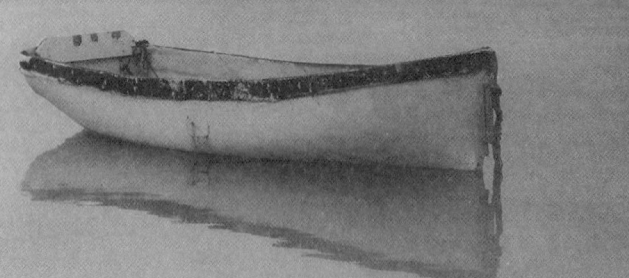

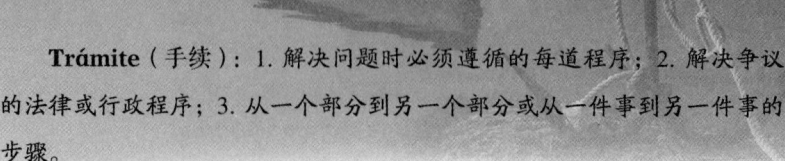

Trámite（手续）：1. 解决问题时必须遵循的每道程序；2. 解决争议的法律或行政程序；3. 从一个部分到另一个部分或从一件事到另一件事的步骤。

在警察局里，费罗和克拉拉·巴尔西亚仍然没能认出米格尔·巴斯克斯。他们已经查看了所有监控，筛出的候选人也减少到了四位行人，但目前为止，雨伞阻止了他们更进一步。

"埃斯特韦斯还没到吗？"莱奥·卡尔达斯有些惊讶地问道。

"他大概二十分钟前到的。"克拉拉·巴尔西亚回答。

"他不在工位上啊？"

"他要把电脑带去做指纹检测。估计这会儿正跟马西德在暗室呢吧，看看试剂能显示出什么。"克拉拉说的是在紫外线照射下能看到指纹的那个房间。

"我去看看。"

"等一下，莱奥。"克拉拉·巴尔西亚拦住了他，"咱们不能请法官授权查看其他的监控吗？"

卡尔达斯的回答却是另一个问题："哪里的其他的监控？"

"街尽头的监控能告诉咱们，女孩或者是这四个人，"克拉拉指了指显示器上静止的画面，"他们是留在了艺术与机械工艺学院那儿，还是离开了。"

"或者还能看见陶艺师从另一边来。"费罗补充道，"他不是从港口过去吧？"

"应该不是。"卡尔达斯说。

"你怎么想？"

"我觉得行。你们去要监控吧！"

"那授权呢？"克拉拉犹豫道。

"如果是同一条街上的，我觉得不用重新授权。"

卡尔达斯开门正要出去，迎面撞上了局长。

"我正找你呢。"索托说,"你能来我办公室一趟吗? 安德拉德医生想跟你聊聊。"

"他已经在这儿了?"

索托说:"是。他刚到。"

Paciente（患者）：1. 有耐心；2. 接受或遭受施动方行动的主体；3. 患有疾病或正在接受治疗的人；4. 正在或将要接受医生检查的人。

    维克托·安德拉德医生在桌子上放了好几本书。卡尔达斯探长看到了最上面一本的书名。是关于身体紊乱和性的。

    "这是我们医院图书馆的书。"医生看着卡尔达斯说，根本没在意旁边的局长，"我带过来，看看这样您会不会理解不是我自己想出来的。如果您不想读，我可以给您概括。"医生拿起第一本书，"在性方面，他们无法分辨哪些是被社会接受的行为，哪些不是，因为缺少共情，他们很难理解负面行为的含义和他们自身的举止会造成的结果。但是，不懂如何相处并不意味着他们就没有任何其他年轻人的渴望，如果不懂得如何疏导，所有这些被压抑的炙热感情最终就会以暴力方式爆发，虽然这不是紊乱本身造成的，而是由共病症引起的。"

    "我不懂'共病症'这个词什么意思。"莱奥·卡尔达斯说。

    "意思是，在这些患者中，同时患有其他相关疾病的是大多数，"安德拉德医生解释，"与其他人群相比，正如过敏或胃肠道疾病在这些人中更多发一样，激动、自残，或对他人的攻击也更常见。我带来的只是这些研究，但其实还有几十部与此相关的著作。"

    卡尔达斯看着医生将书和卷宗一本一本地在桌子上摊开。他想起了卡米洛双脚陷进沙子里不停摇晃，充满痛苦。卡米洛的反应跟莫妮卡父亲描述出的攻击性主体的形象似乎格格不入。

    "您把这些跟一个整天无人看管、到处游荡，还对我女儿抱有企图的男孩联系起来，就会明白我的恐惧并非无缘无故。"

    探长抬起头，他看到了金属框眼镜后医生发黑的眼圈。

    "我理解您的恐惧，"探长说，"但没有证据表明卡米洛具有您所说的攻击性。我也不认为这个男孩跟您女儿的关系是您想象的那样。"

"那是什么样的？"维克托·安德拉德问。

"对莫妮卡而言，卡米洛不是个陌生人，甚至都不单单是个邻居，"卡尔达斯说，"是朋友。"

医生拿起了桌上的一本卷宗。

"几年前，史班格勒医生就列举了患有这些紊乱性疾病的患者在社会关系方面的缺陷。"医生边说边翻到了卷宗其中一页，摆在探长面前，"您介意读一下这些缺陷中的第一个吗？"

"'建立和维持友谊极其困难'。"卡尔达斯朗读出来。

"您看到了，说的不是'困难'，"医生强调，"而是'极其困难'。交流问题制约了他们的生活。"

"医生，您了解您女儿。她懂得怎么跟有交流障碍的人相处。"莱奥·卡尔达斯说，而安德拉德医生盯着他。他们俩都知道，卡尔达斯说的是医生的妻子。

卡尔达斯探长做好了准备，等着医生用权威的语调当着局长的面数落自己不顾一切冲去了他家的事。然而，训斥并没有被等来。

"您记得莫妮卡书房里的那些画吗，医生？就是您不知道是谁画的那些。"卡尔达斯问，而安德拉德点点头，"是那个男孩的。"

"什么叫'是那个男孩的'？"

"是那个男孩画了那些画。"

"小屋里的那些？"

"对。"

医生的反应并不是卡尔达斯所期待的。

"那就是了！"医生叫道，"这家伙对莫妮卡非常着迷。您想想，他得在工作室窗外趴多少个小时才能画出那么多细节啊！您自己也说过，那些画看上去跟照片一样。如果他们是朋友，莫妮卡就会大大方方地摆姿势，但那男孩是远远地看着画的，就像一个捕食者。"

卡尔达斯请医生稍等，他从局长办公室出来去了趟自己的办公室。他拿着卡米洛给他画的那幅画回来了。

"他只看了我一眼。"卡尔达斯说。然后他解释说，那个男孩不仅能非常详尽地再现场景，而且他可以凭记忆作画。

但安德拉德医生好像没有听卡尔达斯说话。他只在关注那幅画。

"这是莫妮卡家，"医生低声说完提高了嗓门，"他画您的时候在我女儿的家里！"

"我知道。"

"您知道？"

"他今天又去了一趟。"卡尔达斯故作镇定地说，"他每天都去喂猫。"

"怎么会？"安德拉德非常气愤，"您怎么会觉得这正常？"

"是莫妮卡请卡米洛在她不在的时候去照看猫的。"

"卡米洛告诉您的？"

"他母亲告诉我的。"卡尔达斯说，"卡米洛不会说话。"

"他应该知道莫妮卡在哪儿。"

"他恐怕不知道。"

"您问了吗？"

卡尔达斯没有直接回答。

"莫妮卡周五早上从缇兰走的。"卡尔达斯解释，"我们正在等她手机的信息和定位。"

"如果她手机开着，咱们就能立马知道去哪儿找她。"索托插话。

"我已给她打了一百次电话了。"安德拉德医生喃喃道，"她关机了。"

"无论如何，"索托说，"我们都能知道她关机的时候在哪儿，以及到那时为止都发生了什么。"

"我们必须谨慎行事，"莱奥·卡尔达斯补充道，"但一切都指向她上周五坐第一班渡轮来了维戈。"

"那她在哪儿？"医生问。

卡尔达斯看到医生眼中的绝望，终于下定决心告诉了他：一台监控拍到了一位穿长裙的女人在维戈港下船。

"我们觉得是莫妮卡。"卡尔达斯总结道。

Cerco（黑眼圈）：1. 包围或环绕某物的东西；2. 大桶、轮子和其他物体的环；3. 军队的围攻，包围广场或城市？试图攻下；4. 围成圈的一群人；5. 圆周运动；6. 在加利西亚海岸，用于捕捞沙丁鱼的围剿技术。

"我甚至不明白诸位是怎么看出这是个女性的。"安德拉德医生眯着眼睛盯着显示器说。

"那天早上第一班船上的船员有印象您女儿上船了。"卡尔达斯说，"如果她是坐这班船来的维戈，那这个人应该是她。"

"如果她没来维戈呢？"医生问。

"我刚跟您说过，船员……"

"我听到了，探长。"维克托·安德拉德打断了卡尔达斯，"船员有印象她上船了。也就是说，他们不确定。"

"所以我们在查看监控录像：好确定是莫妮卡，追踪她的行踪。"

医生从前往后摩挲着他的光头，仿佛这样就可以梳理一下似的。

"如果不是她呢？"医生不肯放弃。

对此卡尔达斯并没有答案，但局长接过了话。

"我们也正在她家附近搜索。"局长提醒医生，缇兰的地毯式搜索刚刚结束。

"所以警方也无法排除莫妮卡没上船的可能性。"

"我们认为她上船了。"莱奥·卡尔达斯又解释了一遍，"但我向您保证，在我们拿到确凿的证据前，我们不会排除任何可能。"

"这是咱们唯一的图像吗？"索托局长问。

"港口的就这一个。其他的监控也拍到了一个女人，"卡尔达斯边说边示意费罗把图像调出来，"但是那些图像也不太清楚。"

安德拉德再次专注地盯着屏幕，当打着伞的那个女人走过人行道时，卡尔达斯注意到，医生挺了挺身子。埃娃·布阿第一次看到这段录像时也是类似的反应。

"可以往回倒一点吗？"医生说。

女人沿着人行道向后退，医生的鼻子贴在显示器上追随着她移动。随后医生又后退了一点，从另一个角度看这段录像。

"是您女儿吗？"莱奥·卡尔达斯问道。

"一开始我觉得是，但现在我又不确定了。"医生说，"这是在哪儿？"

"就在艺术与机械工艺学院旁边。"卡尔达斯回答。

安德拉德指了指屏幕下方的钟点。

显示的是六点三十六分。

"时间对吗？"

"对。"

"学院这么早就开门了吗？"

"不是。"探长说，"但有些老师有大门钥匙。"

安德拉德医生摘下眼镜，从口袋里掏出眼镜布擦了擦。他把眼镜戴上前先使劲地揉了揉眼，仿佛是要揉去双眼的黑眼圈。

"照顾我妻子的护士问过我，是不是排除了绑架的可能性。会不会有人等着我们付钱？"

卡尔达斯说应该没有，"已经过去一周了，医生。假如真有人要钱，应该在最开始的几个小时内就联系您了，好在我们警方介入前设法收取赎金。"

安德拉德戴上眼镜，盯着屏幕。

"今天下午，探长要去电台讲您女儿的事。"局长提醒道，"很可能有人见过莫妮卡。"

"关于这个，"安德拉德说，"要不要奖励能提供信息帮我们找到莫妮卡的人？"

当地广播电台和报纸的数字版已经提到了在缇兰展开的搜索。一旦得知失踪女子是一位著名医生的女儿，而且她富有的祖父几年前曾遭遇绑架未遂，报纸的头版头条和电视台就会加速对新闻的报道，直到变得势不可当。之后会收到几十封善意公民的来信，他们会声称在不同的地方见过莫妮卡；但也会有愿意出售信息的奸商，所谓的先知、疯子、恶作剧者和虐待狂打来电话，他们除了向别人伤口上撒盐外别无所求。莱奥·卡尔达斯想让医生明白，引起过多人的兴趣并不好。媒体的关注可以帮助他们敲开几扇门，但是聚光灯不仅能照亮儿，也能让人眼花缭乱。

"最好不要透露您家的经济状况良好，"卡尔达斯说，"知情人会在没有外界刺激的情况下帮忙的。"

"他们为什么要帮忙?"医生问。

卡尔达斯想起阿尔瓦不时引用的一句话,就是关于陌生人的慷慨大方。但他记不清确切的句子了,只记得那句话出自某部戏剧。

"为了帮忙。"

Huella（指纹）：1. 人或动物走过时，脚在地上留下的痕迹；2. 印在纸上的印记；3. 某人或某物留下的痕迹、信号、印迹；4. 深刻而持久的印象；5. 暗示，提及。

局长去送安德拉德医生了，卡尔达斯来到埃斯特韦斯的办公桌前。

"我们在电脑上发现了莫妮卡·安德拉德和另一个人的指纹。马西德已经把另一个人的倒进 SAID 里了，"埃斯特韦斯说的是一个能够把数字化指纹与被拘留者的指纹进行比对的自动化系统，"不过没发现啥匹配。"

"估计是卡米洛·克鲁斯的。"卡尔达斯低声说，"你来得及告诉他母亲把猫带走了吗？"

"我没找着她，但我跟好几个邻居聊了聊，"埃斯特韦斯说，"认识这个男孩的人都说，他从来没惹过事儿。但是在莫妮卡家附近看见他的志愿者已经开始议论了。"

卡尔达斯发现索托局长过来了，赶忙做了个手势让他的助理别出声。

"地毯式搜索怎么样？"局长在他们旁边停下问。

拉斐尔·埃斯特韦斯起身时无法掩饰苦痛的表情，接着，他向局长汇报了上午发生的事：房子周围的区域已经搜查过了，但没有什么结果；虽然下午潜水员才会潜入岩底，行动还是被宣告结束了。

"艺术与机械工艺学院有将近一百人报名参加明天的搜索。"莱奥·卡尔达斯也说。

"除非手机定位要求，"局长说，"缇兰不会再有搜索了。"

"定位不会指向缇兰的，您相信我。"

局长让卡尔达斯集合他的人尽快到他的办公室开会。他希望每个人都清楚接下来的步骤。

局长消失在走道尽头后，埃斯特韦斯舒坦地一屁股坐下来。

"你们把电脑给马尔瓦尔了吗?"莱奥·卡尔达斯问。

"马西德还想先做个测试。"埃斯特韦斯扭动脖子说。

"你还是没好多少吗?"

"坐着的话不是太疼。"埃斯特韦斯承认。

"听我的:开完会,你就回家休息。"

"今天这儿没我事儿了?"

"明天拿到手机信息以后,咱们所有人就会有事做的。"

"我跟理疗师约定的是明天做第二次治疗,"埃斯特韦斯说,"他又要用胳膊肘戳我了。"

"几点?"

"挺早的,九点。我要打电话取消吗?"

"没事儿。"

"确定?"

"确定。"探长说,"走吧,去局长那儿。"

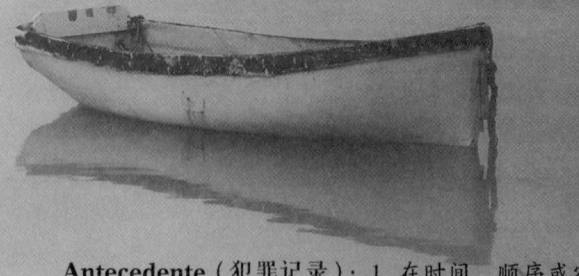

Antecedente（犯罪记录）：1. 在时间、顺序或空间上靠前；2. 用于理解或判断事件的该事件之前的数据或情况；3. 省略三段论的第一个命题；4. 证明某人过去犯下罪行；如果再犯，可能构成情节加重。

局长请卡尔达斯大声还原出莫妮卡·安德拉德失踪前的几小时。

"从哪里开始？"

"从你认为重要的部分开始。"

探长从上周四上午讲起。

"前一天晚上的暴风雨刮倒了一棵树，莫妮卡就跟她的朋友沃尔特·科普一起在家等待，等市政员工过去把树切成几块以便挪走。莫妮卡跟她的这位英国朋友说，那个周末她没什么特别的安排，只是要去跟她父亲吃顿饭。莫妮卡跟她的另一位朋友埃娃也是这么说的。她还联系了一家金属网公司，希望他们能尽快过去修复院子里破损的地方。他们约定的是公司昨天也就是周三过去，所以莫妮卡显然没准备去任何地方。"

"请继续。"索托在记笔记。

"周四下午，莫妮卡先去看望了母亲，然后去了艺术与机械工艺学院。"探长继续说，"主讲老师米格尔·巴斯克斯那天早上到里斯本去了，因为第二天他在那边的一个展览开幕。所以莫妮卡留下来负责工作室的事情。周四的课本来一切正常，直到晚上最后一刻。"

"最后一刻怎么了？"

"莫妮卡离开了工作室几分钟，回来以后把自己锁进了办公室。"

"一片漆黑，对吧？"埃斯特韦斯指出。

"对，一片漆黑的办公室。"卡尔达斯确认，"当时跟莫妮卡在一起的学生觉得，莫妮卡是听到了什么坏消息，但莫妮卡不愿告诉学生到底发生了什么。"

"没人知道她出去以后做了什么吗？"局长问。

"她的学生记得莫妮卡那天下午总共出去了两次。第一次，我们知道她去的哪儿，因为她自己说了；是去找一位制琴师。我们认为，应该是要告诉制琴师树倒的事。"莱奥·卡尔达斯向大家解释说，几周前，莫妮卡就把她那棵冷杉的木头许给了拉蒙·卡萨尔，"我们确认了莫妮卡来到了古乐器工作室门口，但没进去。拉蒙·卡萨尔看到莫妮卡在门口打电话，但莫妮卡没跟他说上话就走了，回到了陶艺教室。"

"那她第二次出去什么都没说吗？"

"没有，但应该是出去打电话。"卡尔达斯回答，"陶艺工作室在地下，没有信号，所以需要出去才能打电话。但是电信公司不给我们发数据的话，我们也无法证实这件事。"

"我已经跟你说了，莱奥，最晚明天一早拿到数据。"局长有些懊恼地重申，"后来发生了什么？"

"那位学生回家了，莫妮卡独自一人留在工作室里。"卡尔达斯向大家讲，一位负责检查情况的勤务员看见莫妮卡当时警惕地看着院子，而且在看到勤务员以后吓了一跳，"门口的流浪汉看见莫妮卡跑出学院，一位船员记得莫妮卡差点儿就错过了最后一班十点半的船。她骑车从莫阿尼亚码头回了家。"

"有人确认她是直接回家的吗？"

"她的女邻居在快十一点的时候听见了莫妮卡的声音，还看见了灯光，所以莫妮卡应该是下了船直接回的家。"

卡尔达斯等局长做完笔记。

"继续继续！"

"接下来就是上周五早上了：缇兰的另一位居民刚打扫完莫阿尼亚的咖啡馆，在回去的路上碰到了莫妮卡，当时快六点，莫妮卡正骑车往港口去。"卡尔达斯继续说，"她坐上第一班船，六点十五抵达维戈。"

"所有这些咱们都确定吗？"

"就是出现在录像里的那个高个儿女人。"

"医生没认出她。"

"因为看不清。"莱奥·卡尔达斯反驳道，"但是如果有个穿着长裙的高个儿女人下了那班船，应该是莫妮卡。"

"她就不能是坐更晚的船来的吗？"

探长认为不会。

"那位女邻居看到她飞快地蹬着自行车，就是为了不错过六点的船。"

"邻居怎么知道莫妮卡是往哪儿去？"

"因为在那边，如果你看见有人急匆匆地往港口方向走，而且有一艘船马上要起航,你就知道她是赶着去上船。"卡尔达斯探长解释,"那个时间哪儿都还没开门,她还能去哪儿呢?而且她的自行车还锁在码头,就在老位置。"

"好。我们就假设她坐六点的船来了维戈。后来她做了什么?"

"走到了艺术与机械工艺学院。"

"这件事还没有证据,"索托说,"对吧?"

"有。"

卡尔达斯发现克拉拉·巴尔西亚的表情很僵。

"怎么了,克拉拉?"

"莱奥,我们不太确定。"克拉拉说。

"应该是打伞的那个女人。"

"他父亲也没在那个图像中认出她。"局长提醒道。

"莫妮卡的朋友也没有。"克拉拉·巴尔西亚补充道。

"因为被伞遮住了。"卡尔达斯很激动,"他们没认出她,但也没排除是她的可能性。你看不清一个人的话是没法认出她来,但是手机的三角定位会告诉我们那是莫妮卡。"

"看到她进学院大楼了吗?"索托局长这回是直接问的克拉拉·巴尔西亚。

"从我们拿到的监控录像上看不到学院大门。"克拉拉说。

"我们会调看艺术与机械工艺学院外更多的监控录像,以确认莫妮卡没有去别的地方。"卡尔达斯插话道。接着他补充:"也能看到都有谁从其他方向过来。"

"你还在想那个陶艺师?"

"我还在想,在这个学院里一定发生了什么事。莫妮卡是跑回家的,就像在寻求庇护。"

"那她第二天为什么还回来?"局长问。

"我不知道。"卡尔达斯说,"无论如何,她来得比平常早,那时候学院大门应该还关着。"

"可能是忘了什么。"克拉拉·巴尔西亚指出。

"有可能。"局长说,"你们想一下,假如不管出于什么原因她反正要离开,那就有可能走之前想去办公室拿点东西吧。"

克拉拉·巴尔西亚和埃斯特韦斯都表示赞同。卡尔达斯闭上眼试图集中精神。

"你想什么呢,莱奥?莫妮卡也不一定死了。有可能是去了任何地方。"

卡尔达斯向局长提了个问题:

"那为什么周五早上大的炉窑是热的?"

索托不知如何回答,但埃斯特韦斯找到了答案。

"可能是她走之前烧制了什么东西。"

"或者是她前一天把东西留在那儿烧制，然后来取。"克拉拉·巴尔西亚推断道。

索托局长看了眼探长，满心期盼莫妮卡·安德拉德的失踪只是一次出逃。然而，卡尔达斯对此表示怀疑。

"米格尔·巴斯克斯亲自负责清扫了那个炉窑。"

"如果他回到维戈发现炉门关着，打开它也实属正常，"局长说，"这也不能把他变成嫌犯。而且周四、周五他还都在里斯本。"

"从里斯本到维戈开车连五个小时都用不了。他可以周四晚上开车过来，然后周五下午回去参加开幕式。"

"你跟他聊过了吗？"

"如果您问的是我有没有给他施压，那就是没有。"莱奥·卡尔达斯回答，"我觉得莫妮卡失踪前一天给他打过电话，但是在收到通话信息之前我都无法证明。而且，没有手机定位，也没有清晰的图像，我也不能证明莫妮卡上周五早上去过陶艺工作室。所以，我觉得最好不让米格尔·巴斯克斯知道我们在怀疑他。"

"你不觉得太复杂了吗？"局长问。

"什么太复杂？"

"所有这些。"

卡尔达斯闭了会儿眼，当他再次睁开眼的时候，发现其他人的目光中也满是疑惑。

"可能吧。"卡尔达斯低声说，"但是如果她是出走，为什么没带猫，也没托任何人照顾猫？她为什么没用钥匙锁门？为什么没拿浴室里一眼就能看见的那盒避孕药？为什么跟那家修围栏的公司约的是昨天去？"卡尔达斯一股脑儿地说出了所有问题，并没有给别人回答的机会，"您看不出来吗？没有任何迹象表明，莫妮卡·安德拉德计划离开家好几天。"

索托没作声，尝试消化着莱奥·卡尔达斯刚抛出的一连串问题。

"但局长说的有理，"埃斯特韦斯说道，"这些不能把女孩的头儿变成嫌疑犯。"

"他有作案可能，也有完美的不在场证明。"

"但他出于什么？"克拉拉·巴尔西亚问，"动机是什么？"

卡尔达斯说出了实情："我还不知道。"

"你至少知道米格尔·巴斯克斯有没有犯罪记录吧？"局长问。

"没。"卡尔达斯说。

"你没拿到,还是他没有?"

"他没有。"卡尔达斯说。

"我要跟你说的话你别往心里去,莱奥。"索托开口打破了办公室里弥漫了几秒钟的沉默,"但是客观地说,这有点儿荒谬了,你怀疑离这儿四百多公里外的一个人,只是基于……"局长停顿了片刻,试图找到合适的词,"你是基于什么呢?直觉吗?这说不通。"

卡尔达斯想要反驳,但索托举手示意他先听完。

"你说他有不在场的证明,也有作案的可能。确实是。"局长指着他做的笔记说,"但在你刚才的叙述里,莫妮卡失踪前跟好几个人单独接触过。咱们把这些人都排除了吗?"

Sospecha（怀疑）：1. 基于表象或线索的推测；2. 不信任，疑虑；3. 认为某人实施了犯罪。

"沃尔特·科普是周四下午飞的英国。他女儿去机场接了他，然后俩人周一前一直在一个自然保护区看海豹。"莱奥·卡尔达斯说，"他周二回来的，而那时莫妮卡·安德拉德已经失踪好几天了。"

局长把目光从他仍然在写的笔记上移开。"证实了吗？"他问。

"沃尔特·科普让我看了那个周末他拍的照片，克拉拉也核实了机票预定。"

"是张往返机票，"克拉拉说，"一位乘客。莫妮卡·安德拉德没有坐那架飞机，也没坐任何其他航班。她也没坐船去英国。这个我们也核实过了。"

"这个英国人的行踪掌握了吗？"局长问。

"他今天上午参加了缇兰的搜索。"埃斯特韦斯说。

"不过他周一要去英国。"探长指出。

"又去英国？"

"他女儿要在伦敦做手术，"莱奥·卡尔达斯解释，"他准备在女儿康复之前一直陪着她。"

局长的目光中有太多的疑问，之后，他重新拿起了他列的名单，上面是跟莫妮卡·安德拉德接触过的人。

"下一个是去切树的市政员工。关于他，咱们知道什么？"

卡尔达斯叹了口气，表明他认为这是在浪费时间。

"什么都不知道吗？"局长穷追不舍。

"他今天上午找我聊了几句。"拉斐尔·埃斯特韦斯回答，"他也是搜索的志愿者。"

"他跟你说的什么？"

"说莫妮卡让他把树干切成大块，因为可能能做乐器。"

349

"他跟你说他上周五做什么了吗？"

"他说了他跟同事一块儿清理树和树枝，一直干到周六。"

"好。"索托说，然后他的手指滑向了名单上的下一个名字，"现在到了莫妮卡去找的那位制琴师：拉蒙·卡萨斯。"

"卡萨尔。"卡尔达斯纠正道，"他叫拉蒙·卡萨尔。"

"卡萨尔。"索托修改了名字里的最后一个字，又反复描了几遍。

"但莫妮卡没跟他说上话。"卡尔达斯说。

"你怎么知道？"

"莫妮卡在古乐器工作室门口打了会儿电话就走了。我之前跟您说过。"

"这是他跟你们说的。"

"对。"

"莫妮卡告诉她的几位学生，她要去上面找一位制琴师，结果回来就非常害怕地把自己锁进黑暗里了。她一直等到比平常更晚的时候回家，待了没几个小时，第二天早上就失踪了。"局长概述道，"但是制琴师不仅说他没跟莫妮卡说上话，还说莫妮卡压根儿没进他的工作室。听起来不奇怪吗？"

拉斐尔·埃斯特韦斯、克拉拉·巴尔西亚和费罗都点点头。

"你怎么看，莱奥？"

卡尔达斯没作声。虽然看起来他的眼睛在墙壁上搜寻着答案，但其实他想的是陶艺师们的那个大炉窑。

"你怎么能确定这个拉蒙·拉萨尔说的就是真的呢？"局长穷追不舍。

"当时有个学生跟他在一起，"卡尔达斯说，"他叫奥斯卡·诺沃，是我父亲朋友的儿子。莫妮卡去的时候，他正和拉蒙说话。"

"这个学生也这么说吗？"

"差不多吧。"

"'差不多'是什么？"

卡尔达斯讲，奥斯卡·诺沃那天下午正在跟拉蒙·卡萨尔说自己准备辍学的事。

"他父亲情况不太好，所以……"

局长对奥斯卡·诺沃的家庭情况不感兴趣。

"他看没看见莫妮卡？"

"他印象中是看见了，"探长答道，"当时拉蒙·卡萨尔正试图说服他再重新考虑一下辍学的决定，所以他也没太留意门口。"

"你找他聊的时候制琴师也在吗？"

"是。"卡尔达斯承认,于是局长满腹狐疑地噘噘嘴。

"无论如何,"卡尔达斯继续说,"莫妮卡·安德拉德第一次离开工作室的时候跟几位学生说了,她是去找一位制琴师。但是她第二次出去以后再回来才把自己关进办公室的。"

"她第二次可能也是去那儿。"局长说。

"你说过莫妮卡第二次出去是很晚的时候,对吗?"克拉拉·巴尔西亚说。

"是的。"

"或许她第一次没跟制琴师说话,是因为制琴师正忙着招呼那位学生,"克拉拉说,"但后来莫妮卡又过去,好私下里找制琴师说话。"

"无论如何,莫妮卡上去是要给制琴师木头的。"卡尔达斯补充道,"咱们需要知道的是莫妮卡给谁打的电话。"

"那是假如她真的给谁打了电话。"索托局长嘟囔着,"明早就知道了。"

局长看着卡尔达斯的眼睛说:"你一直说,上周四莫妮卡在学院里遇到的事跟她的失踪有关。"

"这是我的想法,局长。"

"那你为什么要坚持怀疑一个离这儿那么远的人,不去怀疑待在这儿的人呢?"

卡尔达斯思考了片刻才开口,"您的名单上还有什么人吗?"

"名单上没了。"索托说,"但今天上午莫阿尼亚市政府给我打来了电话。看起来莫妮卡的那个怪邻居还在往她家去。我都不敢想象,这事儿让医生知道了会怎么样!"

"卡米洛把照顾猫当成了个人使命。埃斯特韦斯本来今天上午要跟男孩的母亲说,如果他还想继续喂猫,就先把猫带回他们家,直到事情解决,但埃斯特韦斯没找到他母亲。"

"我一直在想这事儿,"局长说,"如果从第一天起那个男孩就跑去喂猫了,那是因为他知道莫妮卡·安德拉德喂不了,对吗?"

"按理说是。"

"他怎么知道的?"局长问,"不是莫妮卡告诉他的?"

卡尔达斯摇了摇头。

"是他母亲告诉他的。"卡尔达斯刚一开口就后悔了。

"他母亲?"局长吃了一惊。

"罗莎莉亚·克鲁斯,就是周五早上看见莫妮卡赶去坐船的那位女邻居,她是

351

卡米洛的母亲。"

局长好好琢磨了卡尔达斯的话，然后万分震惊地问：

"你在跟我说，嫌疑人的母亲就是看到莫妮卡骑车离开的证人？"

"他不是嫌疑人。"

"他不是'你的'嫌疑人，莱奥！"索托斥责道，特意强调了"你的"二字，"你怎么知道他母亲不是在袒护他？"

"还有其他居民也看见莫妮卡·安德拉德骑车去了港口。"卡尔达斯想起"雾人"安德烈斯证实了罗莎莉亚·克鲁斯的版本，"那个男孩只是在照顾朋友的猫。您都看见了，他既没有躲起来，也不在意有人看见他去了。假如咱们有手机数据的话，这些疑问就都解决了。"

"但咱们没有。"局长抬高嗓门，拍了下桌子。

其他在场的人交换了一个明白自己身份的眼神，卡尔达斯再次体会到了一种不舒服的感觉：对于他的上司来说，这种情况下的一切都不如维克托·安德拉德的反应重要，仿佛调查的最终目标不是为了找到莫妮卡的下落，而是为了让医生满意。

局长对克拉拉·巴尔西亚说："你们在监控录像里找陶艺师的同时找一下制琴师！"

克拉拉在手机上输入了拉蒙·卡萨尔的名字。

"是这个吗？"克拉拉举着手机屏幕上的一张照片问探长。

卡尔达斯看到了卷曲的头发和浓密的胡须。

"现在头发更花白了，不过是他。"

"你要去做什么？"局长问卡尔达斯。

"我五点要去电台。"探长说。

"关于这个，"索托抱怨，"洛萨达打电话来抗议了：你原来答应过他是独家报道。"

"所以我今天才去他那儿。"

"他说你不接他电话。"

"他还想要什么？"

"他想知道对岸的地毯式搜索有没有什么发现，还想让咱们给他发个莫妮卡的档案，他好准备节目。"

"您不会给他的吧？"

"当然不会，但我总得提前给他透露点什么。"

"您就把咱们承诺过的再说一遍，她是位住在缇兰的陶艺老师，就完了，洛萨达不需要知道更多信息。"

"他本来想直播的时候采访一位家人,但我跟他说了不可能。"

卡尔达斯看看时间,合上了笔记本。

"去电台之前,我还想再去一趟艺术与机械工艺学院,"卡尔达斯宣布,"今天早上他们在大门口贴了带莫妮卡照片的海报。有可能有人还有什么咱们不知道的信息。"

"你顺便去跟你朋友再聊一下也行。"

"跟谁?"

局长读出了纸上记的古乐器制作学生的名字。

"跟奥斯卡·诺沃,"局长说,"看看他是不是真的在工作室门口看见了莫妮卡。"

"奥斯卡·诺沃不是我的朋友,"莱奥·卡尔达斯纠正道,"是我父亲朋友的儿子。"

"都行吧。"索托说,"你应该跟他聊聊。"

卡尔达斯正要起身,探员马尔瓦尔推开办公室的门探进头来。

"能进吗?"

索托示意他进来。

"你查看过电脑了?"卡尔达斯问。

马尔瓦尔点点头,"没太多内容。是台新电脑。买了不到三个月,而且还没怎么用。存的几乎全是泥土造型。"

"你进去还顺利吗?"

"谁都能进去,"马尔瓦尔说,"连密码也没有。我查看了电子邮件,但没发现什么重要信息。里面内容特别少,她很有可能还有个直接从手机查看的账户。"

"有可能。"卡尔达斯说,"她最后查看的网页呢?"

"我想说的就是这个。"马尔瓦尔回答,"她最后一次开电脑是在上周四晚上十一点左右。她打开了音乐,上网搜索了一下。"

"搜的什么?"

"葡萄牙司法警察的电话。"

索托局长从椅子上站了起来。

"还搜其他东西了吗?"卡尔达斯问。

"没有了。"马尔瓦尔确认。

大家围坐在局长的办公桌旁分配任务。费罗会再次扎进审片室。优先事项已经不仅仅是确认打伞的女人没有走离学院了,他还要在某个监控录像中找到莫妮卡的

353

上司,好把他锁定在维戈。克拉拉·巴尔西亚负责跟里斯本那边沟通,以便确认莫妮卡联系过他们。

"您最好也能打几通电话,"卡尔达斯看着局长说,"看看上面能不能帮上忙。"

"对。"

探长重新打开了笔记本,翻到一个人的名字出现才停下来。莫妮卡·安德拉德访问葡萄牙警方网站的时候,米格尔·巴斯克斯理论上正在里斯本。

卡尔达斯已经有好多年都不相信偶然事件了。

是时候施压了。

Montaje（布展）：1. 将设备、机器或装置的部件放置在适当的位置；2. 选择已经拍摄的材料并排序，以构成电影的最终版本；3. 出于装饰或广告目的，将照片及其他元素组合起来；4. 准备好以便显得真实的闹剧。

"您上周四上午从维戈去的里斯本。您自己一个人，开车去的。然后您在目的地用餐，下午在国家瓷砖博物馆检查您参加的集体展的布展情况。到这里我说得都对吗？"卡尔达斯此前向陶艺师解释，他们正在重新审问莫妮卡身边的这些人。

"对。"米格尔·巴斯克斯说。

"其他三位参展的艺术家叫特里·戴维斯、索菲娅·贝萨和维尔吉尼娅·弗罗伊斯，"卡尔达斯继续，"他们也在展览前一天检查了布展情况。是这样吗？"

"是。"

"布展完成后，您四位跟博物馆馆长玛丽亚·安东尼娅·平托共进晚餐。对吗？"

"对。"

"之后呢？"

"之后我们喝了一杯。"

"五个人吗？"

"只有维尔吉尼娅·弗罗伊斯和我。"

莱奥·卡尔达斯的目光迫使陶艺师解释了更多的细节。

"不是您想的那样。"陶艺师说，"维尔吉尼娅是里斯本大学的美术教授。我们是多年的好友了。"

"两位一直待到几点？"

"快到午夜十二点吧。"

"之后呢？"

"之后我就回去睡了。"米格尔·巴斯克斯回答。

"在酒店里吗？"

355

米格尔摇了摇头。

"我在阿尔法玛区租了一间公寓,离博物馆不远。对我来说那比酒店舒服得多,"米格尔说,"也更便宜。"

此外,公寓也没有接待员能确认你进出的时间——卡尔达斯想。

"您是通过网站租的吗?"

"是。"

"展览开幕式是周五下午六点。您之前都做了什么?"

"没什么特别的。"米格尔说,"我跟一位朋友吃了午饭,后来就去开幕式了。"

"那周五上午,跟您的朋友吃饭以前呢?"

"我一上午都在看书。"

"在公寓里吗?"

米格尔·巴斯克斯点点头,"当时在下雨,我不太想出门。"

"您几点约的那个朋友?"卡尔达斯在心里算着,如果米格尔九点前离开维戈,一点前就能到里斯本。

"一点。"米格尔回答。

卡尔达斯记下了陶艺师朋友的名字,然后看了看手机。

"给我几分钟好吗?"卡尔达斯假装要回个电话。

探长走进旁边的屋子。索托局长正通过显示屏看着他对陶艺师的审问。

"您听到了吗?"卡尔达斯问,"从周四午夜十二点到周五下午一点,他都没有不在场证明。总共十三个小时。开得快一点的话,到里斯本也就用四个多小时,返回又是用同样的时间。他还有三个来小时的富余。"

"时间他确实有。"

"而且他很紧张,"探长指着屏幕,上面显示的米格尔正在搓手。

"是。"局长说,"但你不能因为这个就逮捕他。谁面对这些白墙都会不舒服。"

"我知道。"卡尔达斯说,"跟葡萄牙警方联系上了吗?"

索托点点头,"他们的系统里没有记录莫妮卡·安德拉德的来电。无论如何,他们会去问一下上周四值夜班的警员,看看他们是不是记得什么。"

"监控录像呢?"

"你的人正在看。"局长指的是费罗和克拉拉·巴尔西亚。

卡尔达斯返回陶艺师那里前,先去了趟审片室,他想看看是不是有什么证据了。

"你们找到什么了吗?"卡尔达斯站在门口问。

"我们拿到了NH酒店门口的监控录像。"克拉拉·巴尔西亚说,"酒店跟艺术与机械工艺学院在一个街区。"

"然后呢?"

"打伞的高个儿女人没从这儿经过,这一点可以确认。所以她要么进了艺术与机械工艺学院,要么进了学院和酒店之间两个门洞中的一个。"

莱奥·卡尔达斯对陶艺师更感兴趣。卡尔达斯需要拿到证明陶艺师上周五早上也在维戈的图像,才能逮捕他。

"没有米格尔·巴斯克斯的踪迹吗?"

"有四五个男士的头被雨伞遮住了,"克拉拉·巴尔西亚说,"可能在其他的录像里能看到点儿什么,但是我觉得都不是他。不过有一个人倒是有络腮胡。"

这一点出乎卡尔达斯的意料。

"是制琴师吗?"他问。

"我们不确定,"克拉拉说,"但有可能。你来看看。"

卡尔达斯走到屏幕前。有位身体健壮的路人举着雨伞,从伞的边缘看过去,隐隐约约地能分辨出他的胡须。看得非常不清楚,但克拉拉说得对:有可能是他。卡尔达斯要关门的时候发现埃斯特韦斯坐在门后,背部僵硬地靠在墙上。

"拉斐尔,你怎么还在这儿呢?"

"因为有审问,我想着我可能还有点儿用。"

莱奥·卡尔达斯笑了。

"行了,快回家吧,"卡尔达斯说,"别在沙发上睡了。"

埃斯特韦斯慵懒地站起身。

"你走之前去我办公室一趟,"卡尔达斯对他说,"我桌子下面有两袋酒,一袋里有三瓶,另一袋里有两瓶。完整的那袋是你的。"

"谢谢头儿。"

"你要谢也不用谢我。"

莱奥·卡尔达斯回到了审讯室,米格尔·巴斯克斯已经站了起来。白墙正在侵蚀他的耐心。

"我能走了吗?"米格尔问,"我的学生还在等我上课。"

探长没有理由留住他。

"当然。"探长对米格尔抽出宝贵的时间表示感谢,"您随时都可以离开。"

357

Opresivo（压迫）：1. 给某些东西带来压力；2. 产生不安或痛苦的感觉；3. 通过剥夺个人或群体的自由或通过武力和暴力手段来控制他们。

　　莱奥·卡尔达斯走出警察局，戴上帽子，沿着城堡街来到了蒙特罗里奥斯花园。他没在凉棚下躲避小雨的流浪汉人群中看到拿破仑。蒂穆尔也没跟其他的狗一起跑来跑去。

　　卡尔达斯穿过木板路，遇到了几位正在儒勒·凡尔纳雕像前拍照的游客。他们整齐划一地穿着黄色雨衣，那是他们从天一亮就抵达维戈港的远洋客轮上下船时拿到的。本图拉号船尾笔直，仿佛是被砍成那样的，而船头绘有英国国旗。它比这座城市中的任何一座建筑物都大。

　　走到滨海大道尽头后，卡尔达斯沿着体育项目码头的木板路向前走，一直来到这座海上通道的红灯前面。他一路只遇到了三个也不畏惧下雨的跑步者。在防波堤的右侧，河口映出钢铁色的天空。在左侧，只见浮桥边排成一排的休闲游船，还有游艇俱乐部的大楼；后面是几座花园；再往后是朝向大海的外墙。

　　卡尔达斯看着偷走了城市边际线的这艘巨大的远洋客轮。而在供穿越河口的渡轮停泊的码头上，卡尔达斯没看到昂斯海盗号。他倒是在对岸隐隐约约看到了它，从这里望过去好像也没那么远。

　　卡尔达斯沿着海岸线向西看，找到了圣胡安教堂。树木遮住了莫妮卡·安德拉德的蓝色房子和路上的其他房屋。卡尔达斯看到了维德拉海滩上露营地的围墙，还有左边拉萨雷托的房屋群，仿佛悬在海岸上。有那么一刻，卡尔达斯暂时把米格尔·巴斯克斯抛到脑后，想象着卡米洛游荡在某条小路上。

　　卡尔达斯掏出烟，弯下腰挡着潮湿的风，点燃了一根。当他靠在海面上方吸烟时，陶艺师再次占据了他的思绪。

　　国家瓷砖博物馆馆长佐证了米格尔·巴斯克斯的声明：馆长上周四的确请参展

的几位艺术家共进晚宴。维尔吉尼娅·弗罗伊斯和米格尔比其他人都走得晚。周五跟米格尔吃午饭的那位葡萄牙朋友也证实，他们确实是在阿尔法玛区的一家餐厅见的面。当时陶艺师心情很好，虽然他不愿意延长餐后点心的时间，因为他开幕式前还有点事要处理。卡尔达斯推断，如果米格尔晚上开车去了维戈，又在午饭时返回里斯本，那他要处理的事肯定是午休。

陶艺师在十三小时中没有不在场证明，而那段时间又与莫妮卡·安德拉德的失踪重合。在卡尔达斯此前得知上周五上午大炉窑还在散热时，他脑海中的一盏灯就被瞬间点亮了。从那以后，他所获取的一切信息都只是在不断加深他找到罪魁祸首的那种内心感受。故事已经在他的脑海中成形了，但是还缺少一个细节，一个对探长来说至关重要的细节：为什么。所有接触过米格尔·巴斯克斯和莫妮卡·安德拉德的人都说俩人关系很好，甚至有人说是非常好？对两个人而言，陶艺都是一种精神层面的奋斗，他们都不会在结束学院的工作后就将其束之高阁，他们回到家后，陶艺也都一直陪伴在左右。莫妮卡曾多次表示，她非常感谢米格尔让她实现了为热爱之事献身的梦想。

在两个人一起工作的这段时间里，他们从未有过任何分歧。至少没有过任何重大分歧。而且，他们之间除了工作伙伴关系外，看起来也没有更多的亲密关系。陶艺师从很久之前就有了伴侣，莫妮卡看上去也对缇兰的独居生活感到开心，在那里，她可以逃离城市的喧嚣和父亲的压迫。

卡尔达斯靠在河口上方，他找不到米格尔·巴斯克斯想要伤害助教的任何动机。然而，当风掀起一阵海浪使卡尔达斯被迫闭上眼睛时，许多场景就像电影一样扑面而来：莫妮卡把自己锁在学院里，对院子警惕恐惧，仓促地赶上最后一班渡轮，第二天早上回到学院，那个过热的大炉窑，还有葡萄牙警方的电话。

卡尔达斯接到法院来电时，他正在回警察局的路上。

"卡尔达斯，"弗洛雷斯法官问候道，"罗伯托说您给我打电话了。有新进展了吗？"

"我的预感可能是准的，法官大人。"

"那个陶艺师？"法官想起了卡尔达斯的猜测。

"对。"卡尔达斯回答，"上周四晚上，莫妮卡到家后在电脑上搜索了葡萄牙司法警察的电话。没找到通话记录，但当时莫妮卡的上司就在里斯本。莫妮卡应该是怀疑什么了。"

"警方跟陶艺师聊过了吗？"

"我们请他来局里接受了审问。"莱奥·卡尔达斯确认，"他没有不在场证明。"

"没有不在场证明？"法官重复。

"据他说，上周四大约午夜十二点他回到了一间公寓，他在那儿一直待到第二天下午一点。"

"这就是十三个小时。"伊莎贝尔·弗洛雷斯低声说，"安德拉德的女儿是什么时候失踪的？"

"周五早上六点一刻左右，她失去了踪迹。"

片刻的沉默后，法官独自得出了结论：陶艺师当时可能在维戈。

"逮捕他了吗？"

"没有。"探长回答。

"没有？"

"如果没有证据表明他当时在维戈，我们不能逮捕他。而且……"卡尔达斯不想说出来。

"而且？"

"而且我不明白是什么动机能让他……"

又是一句说了一半的话。

"您还是觉得莫妮卡已经不在了吗？"

"恐怕是。"

法官又对米格尔·巴斯克斯的声明产生了疑问："对葡萄牙警方电话的事，陶艺师什么反应？"

"我们没提这件事，"探长坦言，"还有莫妮卡出现在监控录像的事也没提。我们已经请科学家介入了，一旦有图像或手机的三角定位证实莫妮卡去了学院，我们就会封锁陶艺工作室并逮捕陶艺师，"卡尔达斯继续说，"但与此同时，最好不让他知道我们掌握的信息。"

"明白。"

"不过我们要对他进行跟踪。我们还需要查看他的手机。我之前给您打电话就是这个事。"

电话那头儿又沉默了片刻。

"好吧。"

"我们还需要向电信公司申请电话转接和手机定位。还要调看里斯本和维戈之间的收费站监控。"探长补充道。虽然他确信，如果去里斯本是精密计划的一部分，那么米格尔·巴斯克斯会把手机留在公寓，开另一辆车回维戈。

"好。"法官说，"您把这些写下来发给我。警方什么时候能收到女孩手机的信息？"

"明天前我们什么都拿不到，"莱奥·卡尔达斯回答，"看看陶艺师那边的会不会快一些。"

探长与法官告别，他收起手机前看了眼屏幕上显示的时间。艺术与机械工艺学院下午的课已经开始了。卡尔达斯没来得及去港口酒吧吃饭，虽然或许小镇酒馆那边还剩下些土豆鸡蛋饼和吧台上的某个空座。

Relación（恋爱关系）：1. 一件事与另一件事的联系或对应；2. 人与人之间的相处或交流；3. 任何类别的名称或元素列表；4. 对某一事实的揭露；5. 带着爱意的相处。

当卡尔达斯来到街角的时候，看到了拿破仑，他坐在人行道的老位置上，正看着街道。

"下午好，探长。"拿破仑问候卡尔达斯。

在拿破仑车里繁多的物品中，卡尔达斯没有看到之前的那瓶红酒，他觉得拿破仑应该已经喝完了。

"您觉得那瓶酒怎么样？"卡尔达斯问。

但流浪汉其实还没有来得及品酒。

"我的女友们把酒放在冰箱里了，"拿破仑说着把头扭向了街对面的房子，"白葡萄酒应该冰着喝。"

"懂酒的人都这么说。"

拿破仑指了指艺术与机械工艺学院的大门。

"嘈杂的大楼里，维斯塔贞女的事儿正闹得沸沸扬扬。"他边说边抚摸着狗背，"我说得对吗？"

"您说得对。"卡尔达斯回答。

"Felix qui potuit rerum cognoscere causas，"拿破仑正要翻译，卡尔达斯就从口袋里掏出一枚硬币放在了易拉罐里，"传说中的那个人能知道所有事情的缘由。"

卡尔达斯一进学院，迎头看见一个画架，上面是今早他已经看到过的海报放大版：上面是莫妮卡的照片，下面是"失踪"两个红字，再往下只有一个联系电话。旁边的桌子上准备了许多海报和传单，供离开学院的人到外面分发。

所有走进学院的学生都会停下来看一眼海报。然后一些学生就走开了，另一些则加入了这件事的讨论队伍，他们叽叽喳喳的声音在这座大楼里显得有些奇怪。

卡尔达斯的手机也在遭受着不同寻常的轰炸。索托给他打了三通电话。第一通，告诉他已经派了更多的人手接听电话；第二通，告诉他市长来电话了，亲自表达了对这件事情的关注。

"市长也是医生的朋友吗？"卡尔达斯问。

"他不是。"索托说，"他是从我这里知道莫妮卡的父亲是谁的。他打电话关心这件事，是因为莫妮卡任教的单位是个市政机构。在某种意义上，莫妮卡是他的员工。"

第三通电话，索托提醒卡尔达斯，记得跟古乐器制作工作室的那位学生交流一下。

"跟你那个朋友聊聊，"索托对卡尔达斯说——虽然卡尔达斯一直不厌其烦地说，那只是他的一个熟人，"确定一下莫妮卡到底有没有和制琴师说上话。"

在卡尔达斯和索托几通电话的间隙，还有几通圣地亚哥·洛萨达的电话卡尔达斯并没有接。毕竟一会儿就要和他在电台见面了，卡尔达斯不愿意与这位播音员保持不必要的联系。

卡尔达斯看到了玛丽亚——那位勤务员——从走廊走过来。

她戴了另一条围巾，但脸上的笑容还跟上次一样。

"您好，探长。"玛丽亚问候卡尔达斯，"电台节目里就是这么跟您打招呼的吧。"

"那个节目五点才开始。"卡尔达斯说，"我知道您也参加了缇兰的地毯式搜索。"

"我没能帮上什么忙，"玛丽亚有些不开心，"我们本来明天要去更多人的，但是我们刚接到通知说行动取消了。"

"对，取消了。"

玛丽亚抬起了一边的眉毛，"这是好消息还是坏消息？"

卡尔达斯的表情模棱两可。

"我们也应该取消集会吗？"

"我不知道这事儿。"

"明天中午十二点，我们组织了一场集会，盼望莫妮卡回来。我们正在准备横幅。"

勤务员指了指门口。

"就在学院前面的街上。我们应该取消吗？"

"不，不用取消任何事。"卡尔达斯说。他们旁边一直有学生走来走去，因此卡尔达斯提议离开大门，找一个更加私密的地方。随后，卡尔达斯低声问道："您又想起来什么别的事了吗？"

"我应该已经把我知道的都说了，"玛丽亚说，"但是我也还在不停地想着莫妮卡。我一闭上眼就能看到她一个人在黑暗的教室里，定定地看着通向院子的楼梯。我还想到我对她的惊吓，早知道会那样的话，我就不会靠近那扇窗户了。"

"现在大家都知道莫妮卡失踪了，肯定对她的议论更多了吧。"

"探长，所有人都一直在讨论她。根本不说别的事儿。"

"有没有人提到莫妮卡那之前几天跟谁发生过争执？"

"没有，"玛丽亚一边回答一边摇头，"恰恰相反，我听到的都是说莫妮卡对所有人有多亲切。虽然保持距离，但是很亲切，我不知道我讲明白没有。"

"您讲得非常明白。"卡尔达斯微笑，"有没有人暗示过莫妮卡和谁在一起？"

"您说恋爱关系？"玛丽亚自问自答，"据我所知，没有。"

"没恋爱关系那么正式的那种呢？"

"也没有，"玛丽亚说，"但是莫妮卡也不是那种把自己的事到处说的人。她低调到我们大多数人之前都不知道她竟然住在对岸。"

"莫妮卡和陶艺工作室的人走得更近吧。"

"那当然了。"玛丽亚说。两人继续压低声音说话。

"和米格尔呢？"

"尤其和他。"玛丽亚说，"他们从几年前起，就每天要在一起好几个小时。"

"他们关系那么好？"

"没有人会和米格尔关系不好。"玛丽亚说，"他人可好了，您认识他吗？"

卡尔达斯点点头。

"米格尔是第一个主动提出来要去帮忙找莫妮卡的人，他还组织了明天的集会。"玛丽亚说，"如果说谁最想让莫妮卡早些被找到，那一定是他了。"

当玛丽亚回到她的办公桌前时，卡尔达斯看了看表。还有几分钟节目就要开始了，但是电台离这里并不远。如果抓紧的话，他还有时间找奥斯卡·诺沃问问上周四发生了什么。

Campanada（敲钟）：1. 钟舌的敲击；2. 丑闻或意想不到的新奇事物。

卡尔达斯到了二楼的楼梯平台，不过这次他没有在观景平台停留。几小时之前，他从这里俯视绘画教室时被埃尔薇拉·奥特罗看见，并收到了埃尔薇拉的一条短信："你被人发现以后还会脸红？"

卡尔达斯马上就知道，她说的是那次期末。当时，卡尔达斯帮她复习她不太拿手的两门科目。卡尔达斯跟她讲解理论，然后监督她练习，但卡尔达斯无法将注意力集中在练习册上。每次埃尔薇拉低头的时候，她的两个辫子就会落在肩上，然后卡尔达斯就会忘却眼前的册子，呆呆地看着埃尔薇拉那修长的脖子，就好像那里有吸铁石一样。有一次，埃尔薇拉低着头微笑着问卡尔达斯，他是否不是老师，而是想吸埃尔薇拉血的吸血鬼。二十分钟以后，结束了辅导的卡尔达斯已经来到了街上，脸却依旧通红。

卡尔达斯来到古乐器制作工作室门口，他拉下手柄，推开了一条门缝，正好刚刚能看到里面的情况。他不想在制琴师拉蒙在的时候和奥斯卡·诺沃讲话。

卡尔达斯看到了他父亲朋友的儿子，后者正在工作台上加工一块木头。卡尔达斯又把门推开了一点儿，看了看旁边，确认拉蒙·卡萨尔不在这里，才抬手招呼奥斯卡。

"拉蒙在哪儿？"奥斯卡走过来以后，卡尔达斯悄悄问他。

"在办公室，要我叫他吗？"

"不，你出来一下。"卡尔达斯轻轻地说。奥斯卡出来以后，卡尔达斯又关上了门。

他们走远了几步，来到楼梯平台最里面。

"怎么了？"奥斯卡问，他觉得卡尔达斯有点神秘。

"我只想问一件事，"卡尔达斯开口，"你还记得拉蒙·卡萨尔怎么跟我说的莫妮卡吗？"

奥斯卡的表情告诉卡尔达斯：他并不知道这是在说什么。

"拉蒙说，莫妮卡到工作室的时候，这里只剩下你和拉蒙两个人了，"卡尔达斯说，"莫妮卡开门的时候在打电话，但后来还没等进门就离开了。"

"啊，这件事。"

"但是你跟我说，你不是很确定。"

"因为当时我不在状态。"奥斯卡一边说一边理了理他的辫子。

"这个我知道，"卡尔达斯说，"我想让你告诉我，你是记不清了，还是完全没印象。"

"我没明白你什么意思。"

"我是在问，你到底在门口看没看见莫妮卡，"卡尔达斯解释，"她是不是在打电话这些细节倒无所谓。"

"我是真的不确定。"奥斯卡说的话和上次一样。

卡尔达斯正想接着问，古乐器工作室的门开了，一个胳膊上有文身的女学生溜了出来，急步向他们走来。

"您就是那个在电台做节目的警察，对吧？"这个学生低声问。卡尔达斯表示肯定后，女学生说她叫蒂娜。然后她又用同样的保密口吻问奥斯卡："你在跟他讲那个失踪女老师的事吗？"

回答她的是卡尔达斯："您要跟我说些什么吗？"

"他没和您说？"蒂娜问。

"我确实没明白那件事有什么重要的。"奥斯卡说。

"你们为什么不让我来判断那件事重不重要呢？"卡尔达斯打断他们。

"你都不知道是不是同一个老师，蒂娜。你会把拉蒙卷进麻烦的。"

"就是同一个！"蒂娜边反对边扭头看看工作室，她努力不喊出来，"门口不是有她的照片吗？你当时没看清是因为你戴着切割木材的防护面罩，但我发誓就是她。"

卡尔达斯看着这个女孩，心想她大概二十五岁。她满胳膊的文身很像鱼鳞，两个眉毛上各戴着一个金属珠子，下嘴唇上也有一个。

"我们那天在切割室切木头，"蒂娜没有抬高声音继续说，"嗯，确切地说，是他在切木头，"说着她指了指奥斯卡，"我在给一把鲁特琴选琴盖的材料。好吧，这不重要，重点是，那个女老师进来了，问我们知不知道拉蒙在哪儿。是这样，对吧？"

"有人进门了是真的。"奥斯卡承认。

"我瞄了一眼工作室,没看见拉蒙,"蒂娜继续说,"我就想着他出去了。女老师跟我说她还要回楼下,问我能不能给拉蒙带个话:她跟我说,她家院子里有一棵树倒了,拉蒙可以转天去看看需不需要那棵树的木材。她还跟我说,她住在一个通往教堂的蓝色房子里,等等等等吧,"蒂娜嘟嘟囔囔地说,"还给我画了一张怎么到她家的图,让我给拉蒙。"

卡尔达斯警觉了起来:拉蒙讲到莫妮卡的时候,并没有提到这件事。

"这是什么时候的事?"

"周四。"蒂娜说,"我只周四来。我工作那边只放我一天假。"

"上周四?"

"上周四,对,七天前。"蒂娜回答。她说话很急,还时不时看看门那边,好像生怕被里面的人发现一样,"听说那个女老师周五早上就失踪了,是吗?"

卡尔达斯点点头。

"那可是前一天下午发生的事。"

"你把那个图给拉蒙了吗?"卡尔达斯问。

"我没给他,因为我要提前走,"蒂娜回忆道,"我把它放在了拉蒙的办公室里,上面附了一个字条,我就走了。"

卡尔达斯没有说话,蒂娜觉得这是在鼓励她讲下去。

"这重不重要?"蒂娜边问边看着奥斯卡,然后又对卡尔达斯说:"您还不知道更严重的事儿:我今天问了拉蒙,他说他没看见图,也完全不知道这件事。但我发誓,莫妮卡就是让拉蒙在她失踪的那天早上去她家的。"

奇琼·诺沃的儿子抬头向上看,就好像在祈求上苍赐予耐心一样,而此时,从学院的某个地方传来了五声钟响。

"五点了?"卡尔达斯吓了一跳。《电台巡逻》五点整开始。

"是的,"蒂娜说,"我要进去了。"

卡尔达斯从口袋里掏出手机:十四通未接来电。

当蒂娜返回工作室后,奥斯卡请卡尔达斯别太把她的话当真。

"蒂娜有点儿爱幻想。"奥斯卡对卡尔达斯说。

"但是她和我讲的这些事儿是真的,对吗?"卡尔达斯在奔下楼梯之前问奥斯卡。

"有个女人进到工作室问拉蒙在不在,是真的。剩下的,图的事儿还有那女人跟她说了话这些,我不知道。"

Consciente（有鉴别能力的人）：1. 明确自己的行为及其后果的人；2. 有能力认清现实。

卡尔达斯差不多五点十分才到《维戈之声》。问候了门卫以后，他一步两个台阶地跑上一楼，推开了播音室的门。节目制作人蕾韦卡听到响声后探出头看了眼过道。

"他到了。"蕾韦卡说。音响师把这条消息通过内线重复给圣地亚哥·洛萨达，好让他在播音室也能听到这个消息。

卡尔达斯向蕾韦卡和音响师道歉。他知道，播音员肯定已经把不耐烦发泄到了他们身上。卡尔达斯在声音控制室看到了玻璃另一边的洛萨达。在令人不安的背景音乐下，他正提高声音凸显自己的重要性。

蕾韦卡告诉卡尔达斯，已经有听众看到莫妮卡的照片后来电说，他们应该可以提供帮助。

"我们首先要连线一位女学生，其次是一位住在缇兰的女士，然后我们再接入听众来电。"

红灯灭了，节目进了第一段广告，卡尔达斯也走进了播音室。

"你跑哪儿去了？"洛萨达吼道——这跟他在麦克风前用的声音很不像，"我只好在你不在的情况下做了介绍。"

卡尔达斯想，至少自己逃掉了平时洛萨达在《电台巡逻》里经常说的那些陈词滥调。

"我在忙工作。"卡尔达斯回答。

"你的工作不让你接电话吗？"

"重要的电话我会接。"

"我们之前说好了，独家新闻是我的，"洛萨达抱怨着，"但是从几小时前开始，所有人都知道了，有个女老师失踪了。"

"那你想让我干什么?"

"我想让你干什么?"洛萨达回答,"至少你可以接电话,贡献点儿时间给我们。这叫合作。我为了让你们能找到这个女孩,准备了一天这个特别节目。你不仅不合作,还在一个直播节目里迟到!"

"你别以为你做了多大牺牲,好吗? 你准备这个节目,完全是为了你自己。我也从来没要求过和你合作。"

"你是没有,但你的上司要求了。"洛萨达说。

"那你就知道该找谁抱怨了。"

洛萨达继续责备着卡尔达斯缺乏诚信,但是卡尔达斯已经戴上了耳机,在他听来,那些指责就像遥远的噪声。卡尔达斯打开笔记本,写下日期,随后他看着空白的页面,试图在脑中整理思绪,想弄明白那个有文身的女学生刚告诉他的那件事。

卡尔达斯本以为,这么多年的经验已经让他炼就了火眼金睛,但他却没能在拉蒙·卡萨尔的眼里看到一丝恶棍的气息。如实说的话,米格尔·巴斯克斯的眼神也没有让他觉得不舒服。卡尔达斯想,帮助了自己那么多次的直觉是不是开始不管用了。他知道,在特定的情况下,什么人都有可能犯罪,但是这件案子处理起来让他十分不舒服,就好像踩在流沙上一样,每走一步都会陷得更深。

当音响师提醒他们做好准备的时候,洛萨达还在抱怨。

"这是最后一条广告了。"音响师说。

播音室的红灯又亮了,直播再次开始。洛萨达等背景音乐播了几秒后靠近话筒,用他那虚伪的声音提醒听众,这是一期专题节目,目的只有一个:找到艺术与机械工艺学院那位女老师的下落。接着,洛萨达问候了探长,而后者仅仅简单明了地讲了一下这起失踪案,以免影响到听众的证词。

探长话音刚落,圣地亚哥·洛萨达就接入了莫妮卡·安德拉德的一名女学生,这位学生表示,莫妮卡是个积极的人,也是位负责任的老师。而她和学院里的其他老师同学一样,也对莫妮卡的失踪感到忧心。莫妮卡上周五没有去上课,主讲老师又正在里斯本出差,因此他们不得不取消了那节课。没人知道莫妮卡究竟出了什么事,但大家都相信,通过节目一定能找到一些线索。女学生还号召听众参加明天在学院门口举办的集会。

"现在在线上的是失踪者的一位邻居。"洛萨达在告别女学生之后说,"卡门,下午好。"

"下午好。"

"您在缇兰住,对吗?"

369

"我家离她家非常近。"卡门言之凿凿地说。据她讲,莫妮卡是个低调的邻居,但是她总是乐于帮助别人。卡门还解释说,上周五早上自己在附近的一条路上看到了莫妮卡。

"那片区域今天都被排查过了,对不对,探长?"

"是的。"卡尔达斯说,"看起来莫妮卡不在那儿。"

"以前她离开的时候都会告诉我,让我帮她照顾植物和猫。"卡门·弗雷塔斯补充道,"但这次她什么都没说。"

洛萨达问她有没有看到或者听到什么奇怪的事情。

"没有。"她说,"探长之前来的时候,我就已经和他说了。"

"您的邻居们呢?"

"有个住在教堂附近的女邻居说,那天晚上有只公鸡一直不停地叫。我也不知道这事儿是什么意思。"

洛萨达看了看卡尔达斯。

"探长?"洛萨达严肃地问,把话递给了卡尔达斯。

"我不是兽医,"卡尔达斯说,"我恐怕也帮不上什么忙。"

洛萨达告别了卡门·弗雷塔斯,开始接入其他听众的电话。接下来这一位听众来自莫阿尼亚,在维戈工作。他经常在渡过河口的船上遇到莫妮卡。他说,莫妮卡很独来独往,除此之外他也说不出什么了。然后一位先知打电话来为莫妮卡的家人提供服务;还有几个听众说,曾经在不同场合看到过她:在电影院,在美容中心做足部护理,在一个超市里推着一辆装满货的推车,与一只狗待在澳巴奥海滩,几天前在一艘起航的帆船上,在一辆正在加油的汽车里——那辆车当时在通往马德里方向的一个加油站里……

洛萨达让大家加快速度,省略细节,好不断接入下一位听众。一位有沟通障碍的听众刚一犹豫,洛萨达就挂断了电话;还有另外两位听众说对上节目感到紧张,于是洛萨达一直催促他们,使得他们还没来得及透露好像在哪儿看到了莫妮卡就主动挂了电话。

当节目再次进广告的时候,卡尔达斯责怪洛萨达:"你不能又让大家合作,又这样对待大家!"

"我怎么对待大家了?"

"都不让他们解释。"卡尔达斯说——他对每通电话都在本子上做了记录,"他们既不习惯于和警察说话,也没有上过广播节目,会迟疑是很正常的。"

"这是个直播节目。有很多来电,如果我们耽误时间的话,一半的电话我们都接不了。"

"你是想找到一个失踪的人,还是想破节目里接到来电数量的世界纪录?如果没有时间接电话,那就最好不要做节目!"卡尔达斯说。这让他想起这家广播电台的夜间节目《守卫》的播音员。他和洛萨达不同,他照顾听众的感受,会默默等着听众自己说完。

广告结束后,第一通电话又是一位先知打来的,他说他清晰地感知到了莫妮卡生命的力量。随后有个女人说莫妮卡可能就是那个在她家门口睡了三夜的女人,而另一个男人说他上午在英国商场百货门口与莫妮卡擦身而过。下一位听众没有看见莫妮卡,他打电话是想说,根据他的经验,公鸡夜啼是一个可怕的预兆:他母亲逝世的前一天晚上,一只公鸡也夜啼不止。

接下来,他们接入了一个莫阿尼亚的居民,他是个业余跑步爱好者。

"这周我是晨跑,但上周我是夜跑。"他说,"我是护士,我每周在医院上班的时间都不一样。但我每次跑步的路线都一样:从莫阿尼亚沿着海岸跑到缇兰的教堂,然后跑上斜坡,再沿公路跑回来。那个区域的照明不太好,所以我夜跑的时候都会戴个头灯。"

洛萨达靠近了话筒,卡尔达斯知道他又想要求那个听众说重点。

"让他说完。"卡尔达斯用手掩住了话筒说。

"上周四晚上,我到缇兰的时候,在教堂前面的路上看到一个年轻男人。"那位听众继续说,"那片区域很安静,我从来没在那个时候遇到过任何人。"

"那时候是几点?"卡尔达斯问。

"凌晨两点的样子。"

"请您继续。"

"他看到我的时候,转身就跑。因为那里是你们地毯式搜索的地方,也符合你们给出的日期,我就琢磨着也许这很重要。"

"您说得对。"卡尔达斯说。

但与其在广播里说,不如让他去趟警察局,卡尔达斯正想提议,却被洛萨达抢先一步。

"您能描述一下那个男人的样子吗?"洛萨达问。当听到那个听众回答的时候,卡尔达斯的假设在那个下午第二次地动山摇。

"我没法描述他,因为我基本就没看清,但我看到了他穿着颜色鲜亮的衣服,"那个人回忆道,"我觉得是橘黄色。"

卡尔达斯向蕾韦卡做了个手势,在空气中挥舞了几下圆珠笔。蕾韦卡向卡尔达斯确认，这个夜跑者的联系方式已经记好了。警方可能需要他去做笔录。卡尔达斯看着笔记本发呆，他在想卡米洛·克鲁斯。卡尔达斯几乎没注意听下一个电话：一个男人说，他可能在上周六的一辆火车上看到了失踪者。

一分钟后，音响控制室里的蕾韦卡举起了指示牌，上面写着："市长在线上。"

充满虚荣心的洛萨达宣布，今天节目里的最后一通电话是市长打来的，市长以个人名义给《维戈之声》打电话参加节目。市长对洛萨达的倡议表达了感谢，宣称他愿意为失踪者的家人提供任何帮助，并宣布要前往在学院门前召开的集会。他明确表示，自己与所有市民一样，也对陶艺老师的失踪深表遗憾，不过他相信，一切都会尽快得到愉快的解决。

"成百上千的家庭欠这位青年的父亲一个人情。"市长就像演讲一样继续说，"多年来，他的手术挽救了许多生命。作为市长，我想让安德拉德医生和他的妻子知道，他们随时能把我当成朋友，我也将随时与他们合作。而且，我确信，我所代表的所有市民也愿意这样做。"

洛萨达看了眼卡尔达斯，瞬间明白了一切。

"女孩是外科医生维克托·安德拉德的女儿？"洛萨达远离话筒，低声问卡尔达斯。

卡尔达斯耸了耸肩，他还继续想着那件橘黄色衣服。

"莱奥，你们为什么没跟我说？"洛萨达又开始嘟囔，他趁着市长讲话，正在努力补全这张拼图，"所以，她的姥爷是工业大亨西斯托·费若？"

"想必是吧。"卡尔达斯说。洛萨达摊开双臂表达他的愤怒。如果早知道女孩的这种身份，这期节目他就会准备得不一样了。

当洛萨达告别市长的时候，这个节目已不再围绕一位陶艺教师展开，而是有了新的走向。卡尔达斯担心这个案件也会如此。

由于节目只剩下告别的时间了，在戏剧性的抑扬顿挫中，洛萨达在节目里罗列着莫妮卡消失的各种可能原因，虽然卡尔达斯一再断然否定，在节目结束的时候，洛萨达还是暗示有人可能绑架了安德拉德医生的女儿。

Testificar（做证）：1. 在司法行为中作为证人声明；2. 在物质和道德层面具有确定性和真实性地来声明、解释和表达某事；3. 参照证人证词或真实文件，依职权确认或证明某事。

卡尔达斯从电台出来后还在后悔上了节目这件事。之前他已经提醒过局长，如果有人在电台揭露失踪案与安德拉德医生的关系，流言就会使调查变得困难。

离开电台之前，节目制作人蕾韦卡交给了卡尔达斯一份名单，上面记录着节目中所有来电听众的姓名。蕾韦卡略带诧异地向卡尔达斯透露，由于时间限制，节目未能接通两个人的来电，这两个人都参与了地毯式搜索，据他们称，他们在莫妮卡居所附近也看见了一个穿橘黄色衣服的青年。

这件事在卡尔达斯脑子里挥之不去。早上在警察局，埃娃·布阿也询问过他，是否存在莫妮卡正在躲避卡米洛的可能。卡尔达斯虽然不这么认为，但这个观点却无法避免地在他的大脑中不停回荡。

卡尔达斯穿过阿拉梅达公园时，关闭了手机的静音模式。不到三十秒后，他就接到一通来电。

"莱奥，方便说话吗？"圣地亚哥德孔波斯特拉的探长佩佩·西尔维亚问道，"一位资深警员向我提起了维克托·安德拉德和他女儿的事。"

"他们为什么会打起来？"卡尔达斯问。

"实际上并没有打起来。"

"啊？"

"那是十六年前的事。安德拉德的女儿刚进大学，来告发一个打女朋友的男人。她其实都不怎么认识他们，"佩佩·西尔维亚说，"他们是她楼上的邻居，棍棒声让莫妮卡听到了。那个被打的女人不敢来，但是医生的女儿来了警察局，说要举报那个家伙，她说如果有人打她，她也会希望有人替她出头。但因为她还没成年，差几个月十八岁，所以我们通知了她的父亲。你还在听吗，莱奥？"

"在听。"

"我以为你挂电话了。嗯,然后她父亲几个小时以后来了维戈。他父亲个儿很高,谢顶,习惯指挥别人。他是医生吗?"

"对,是外科医生。"

"我说的吧。他父亲来了之后就劝他女儿撤回举报。他不愿意女儿去举报一个有暴力倾向的人,还要在法庭上举证。然后她父亲就开始不开心地唠叨说,这会给生活带来很多不必要的麻烦,谁让她插手别人的私密生活,等等。你知道的,一个人拥有的越多就越怕失去。"佩佩·西尔维亚说,"他女儿急了,喊嚷着跟她父亲争辩,但是最后还是听了父亲的话。她最后没有举报,所以我们才没查到她的数据。后来我们得知,父亲又给女儿在邻里安静的区域租了个公寓。"

卡尔达斯消化着这些信息。怪不得安德拉德医生不理解为什么有人会在广播里无偿帮忙寻找失踪的女人。

"那个打人的男人是谁?"卡尔达斯问。

"是个贱人。他和那个可怜的女孩结婚之后还在一直打她。"佩佩·西尔维亚回答,"有一天他失手了:那个女孩最终坐上了轮椅。"

"真过分!"莱奥·卡尔达斯嘟囔着,"他现在在哪儿?"

"七八年前卧轨自杀了,"佩佩·西尔维亚说,"这是那个贱人一生中做得最好的事了,为什么不早点儿做?话说,你为什么对这么久以前的事感兴趣呢?"

"因为医生的女儿——她叫莫妮卡·安德拉德,"卡尔达斯回答,"她从一周前就音讯全无。我正在调查她出了什么事。"

"天啊,"佩佩·西尔维亚说道,"我真心希望她没出什么事。"

Obesión（执念）：1. 固定观念产生的情绪障碍；2. 决定某种态度反复出现的想法。

"你怎么看那通电话？"索托问他。正在警察局门口等待卡尔达斯的局长，请他一同前往街角的罗莎莉亚·卡斯特罗咖啡厅。那里已然成了局长和一些警员的第二个家。"那个穿橙色衣服的男孩在莫妮卡消失的那天晚上就在现场。医生已经要求咱们采取行动了。"

"咱们让那些听众来警局吧，"卡尔达斯说，"但是卡米洛凌晨两点游荡也说明不了什么。好几个人都在几小时后看见莫妮卡去坐船了。"

"拜托，莱奥！"索托局长已经厌倦了这种陈词滥调，"谁看见了？男孩的妈妈吗？如果安德拉德医生知道的话……"

"没有必要让他知道。"

"问题不是他知不知道，而是嫌疑人的母亲为这个嫌疑人提供了不在场证明。"

"还有其他证人看见莫妮卡是骑自行车离开的，"卡尔达斯说，"咱们还有港口的监控录像。"

"从那个录像里什么也看不出来。"

"能看到一些必要的东西：一个高个儿女人在被人看到前往港口二十分钟后，在对岸的维戈下船。时间对得上。"

"你怎么知道是她？"索托追问。

"还能是谁？"

"我不知道，"局长说，"可能是任何人。但很明显那个男孩对莫妮卡·安德拉德有企图，那天晚上他还一直在莫妮卡家附近转悠。"

莱奥·卡尔达斯抿了一口咖啡。

"您觉得卡米洛·克鲁斯杀了莫妮卡并在当晚伪造了不在场证明？"

"我可没说他把莫妮卡杀了。"索托说。

"无所谓了,您觉得卡米洛为了制造不在场证明,把莫妮卡的自行车锁到港口,让一个长得很像她的女人在天亮之前过河,然后又说服几个证人证明在开船前一刻看到莫妮卡去了港口?是这个意思,还是我理解错了?"

"那怀疑一个陶艺师夜里开四百公里到这儿用炉子把莫妮卡烧成灰再回里斯本不是更离奇吗?"局长一边搅拌咖啡一边说。

"这个男孩儿基本不能正常说话,您知道吧?一有人靠近他他就浑身发抖。他又不是能运筹帷幄的马基雅维利。"

"那个陶艺师也不像是啊。"

"这点您说得对。"

"你又去学院探访过了吗?"索托喝完咖啡后问。

"对。"

"和你的朋友说上话了吗?"

"嗯,我跟他聊了。"

"然后呢?"索托问,"他有没有在古乐器工作室门口看到莫妮卡?"

"奥斯卡当时在说他不会继续上课的事儿,"卡尔达斯回答,"他脑子不在那儿。"

"我没问你这个吧,莱奥,对不对?"

"他不记得了。"

"那就是没看到。"

"咱们出去好吗?"卡尔达斯不舒服地说,"我想跟您说点儿事儿,但我也想抽根烟。"

俩人在街上的遮阳棚下躲雨。卡尔达斯跟局长提到了蒂娜,这位古乐器制作工作室的学生此前信誓旦旦地保证,安德拉德医生的女儿上周四下午的确去过他们那里。

"莫妮卡上楼是想告诉拉蒙·卡萨尔她家树倒了,让他转天去看那些木材,"卡尔达斯说道,"但因为当时制琴师出去了,莫妮卡就画了一张怎么去她家的简单示意图,把图给了这个蒂娜,请她转交制琴师。"

"蒂娜把图给制琴师了?"

"蒂娜把图放在了制琴师桌上,还留了个便签,做了翔实的说明。"

索托陷入沉思,卡尔达斯深深地抽了一口烟。

"制琴师什么都没和你说，对吗？"索托问他，卡尔达斯摇了摇头并吐了一口烟。

"我第一次和他聊的时候，他跟我保证，他好几周都没莫妮卡的任何消息了，就连在学院也没和她碰过面。"

"你和他说那个图的事了吗？"

卡尔达斯说他没能问这个问题。

"我当时去电台要迟到了。"卡尔达斯解释说，"但是蒂娜今天问过他。拉蒙·卡萨尔并不知道什么图和便笺。"

"或者只是他这么说。"

"对，"卡尔达斯承认，"或者只是他这么说。"

"所以这些事情指向什么呢？"局长索托问。此时他们还站在遮阳棚下看着落雨。

"这些基本明确地指向了莫妮卡两次离开陶艺教室做的事，"莱奥·卡尔达斯说，"第一次是在七点左右：莫妮卡上楼想和拉蒙·卡萨尔说话，但是发现制琴师出去了。莫妮卡不想让她的教室没人看管，就没有多等，只留下了那张图和一些说明。第二次是在莫妮卡快下课的时候，那时候她班里就只剩一个学生了：她应该是又去了古乐器工作室，想亲自向制琴师解释。"

"有道理。"

"拉蒙·卡萨尔说，这第二次俩人也没说上话。"卡尔达斯继续说，"莫妮卡在门口打电话，然后就离开了，没有进去。"

"但是你的那个朋友，理论上当时和制琴师一起在那儿，却说他不记得莫妮卡。"

"对，第二次他不记得。"

"那要么你朋友记性不怎么样，要么制琴师在撒谎。"

卡尔达斯探长唯一确定的是，那天下午有什么事情让莫妮卡·安德拉德感到不安。

"还有另一种可能，"卡尔达斯说，"奥斯卡·诺沃没有注意，但就像制琴师坚持说的那样，莫妮卡·安德拉德在和谁通电话。"

索托难以置信地看着他："你还在怀疑那个陶艺师？"他问，而卡尔达斯在回答之前先抽了口烟。

"莫妮卡查了葡萄牙司法警察的电话，而米格尔·巴斯克斯当时就在葡萄牙。"

局长深深地叹了一口气，就好像吸烟的人是他一样。

"都一周了，咱们还是老样子。"他唏嘘道。

"老样子？什么样子？"

"还是不知道侦查的方向。"

"距离失踪过了一周了，"卡尔达斯强调，"但咱们是从周二早上才开始调查这件事的。才过了不到三天。咱们甚至还没收到从马德里来的任何信息。"

在回警察局的路上，索托再一次提起了电台节目，还有听众们指出的见过安德拉德医生女儿的不同地点。

"咱们需要更多的人手。"卡尔达斯说。

局长说："会有更多的人参加进来的。你听洛萨达说这是绑架了吗？"

"不会是有人为了赎金绑架了莫妮卡，局长。要真是那样的话，几天以前他们就和莫妮卡家联系过了。"

"我知道，但是我有信心她还活着，"索托说，"也许就只是离开了。"

"如果是离开了，她不会过了这么久还不知道全城都在找她，"探长说，"这个雪球可越滚越大，越滚越快了。"

局长又深深地叹了一口气。

"没什么好惊奇的了，"卡尔达斯说，"闹剧才刚刚开始。"

Acceso（准入）：1. 到达或接近的行为；2. 抵达某个地方的入口或通道；3. 相处或交流的可能性；4. 狂喜或兴奋。

卡尔达斯和索托回来时，警察局里的气氛比他们刚出去时又紧张了许多。

"要查实所有这些的话，要疯了，"克拉拉·巴尔西亚刚看见他俩就开始抱怨，"电话一直响个不停！"

索托保证今天下午会来四名探员提供支援，卡尔达斯则问克拉拉是否已经让那个电台听众来警察局举证。

"我没联系到他，"克拉拉一边拿着名单一边说，"电话号码不对。"

"怎么会不对呢？你打过了吗？"

"我打过了，"克拉拉说，"电话那头儿是个马德里的女人，她连莫阿尼亚在哪儿都不知道。"

卡尔达斯拿着名单去了办公室，给电台打电话。

"你那里还有来电听众的电话号码吗？"他问蕾韦卡。

"应该还有。"

"你能把夜跑那个人的电话再告诉我一下吗？"

"当然。"蕾韦卡说。卡尔达斯等着她找号码："你把号码弄丢了吗？"

"没有，我觉得是你们抄错了。"

"找到了。"片刻之后，蕾韦卡把数字一个一个念给了卡尔达斯。

卡尔达斯发现，没人弄错，这个号码就是名单上记录的那个。

"你确定那个人用这个号码打给电台的？"

"我也不清楚他用哪个号码打的，因为屏幕上没显示出来，"蕾韦卡说，"但我问他个人信息的时候，他说他叫萨姆埃尔，然后给了我这个联系电话。"

"但这个号码不是他的。"

"那就是不想露面呗，"蕾韦卡说，"毕竟给电台提供信息和去警察局举报是两

379

回事儿。"

"有可能。"卡尔达斯觉得蕾韦卡说得有道理,他挂了电话,站在那儿静静地看着手机,他回想起莫妮卡刚上大学时去警察局报案的场景,觉得这么好的姑娘应该有人为她出头露面。

克拉拉·巴尔西亚敲了敲门。
"你核实过那个电话了吗?"她一边进门一边问。
卡尔达斯告诉她,纸上的号码就是那个听众留下的。
"如果他就住在这附近,不愿意惹上麻烦也在情理之中,"克拉拉说,"尤其是指认了一个有病的男孩之后。"
"对,我知道这很正常。"
克拉拉没有离开的意思,于是卡尔达斯知道,她来办公室的目的不只是为了打听那个听众的事儿。
"怎么了?"卡尔达斯问。
"你能来一下吗?"
"去哪儿?"
"来审片室。我们想让你看点东西。"
"你们找到她了?"
"没找到莫妮卡。"
"找到陶艺师了?"卡尔达斯追问。
克拉拉摇摇头。
"是制琴师。"

卡尔达斯双手撑在桌子上,眼睛盯着屏幕。这是他头一次看这段录像,摄像头位于加西亚·巴尔翁街上的某处。在对面的人行道上看不到艺术与机械工艺学院,但是往前一点的地方可以看到酒店。装点在人行道花盆里的花在屏幕上看着都是白色的。
"就是现在过来的这个男人。"费罗对卡尔达斯说。
"这个,对吧?"卡尔达斯一边说一边指着视频里出现的身影。那人打着伞,朝学院的方向走去。屏幕下方角落里的电子时钟显示着日期和时间:上周五早上七点零五分。
"就是他。"费罗说。
"你注意看。"克拉拉说。

打着伞的男人停下了，在口袋里翻找着什么，这时，移开的雨伞下露出了他的脸。虽然只有一瞬间，但卡尔达斯还是看到了拉蒙·卡萨尔的卷发和浓密的胡子。

费罗放大了画面，虽然卡尔达斯并不需要。

"是他吗？"克拉拉问。

"对，是他。"

卡尔达斯回到办公室，一屁股坐进椅子里，他在想，艺术与机械工艺学院在早上八点之前并不开门，那么制琴师为什么要提前一小时来呢？拉蒙在人行道上的画面和此前那个双臂文身的女学生的叙述，仿佛黑暗的疑云缠绕在卡尔达斯周围，让他不知道作何解释。

卡尔达斯再次对还没拿到莫妮卡的通话记录感到遗憾。埃娃·布阿没排除医生的女儿正在谈恋爱的可能性，卡尔达斯想，拉蒙和莫妮卡之间的关系会不会比拉蒙所说的更进一步。但是卡尔达斯马上就排除了这种可能：如果两人关系亲密，莫妮卡就不会给拉蒙画去她家的示意图了。

电话又响了，是弗洛雷斯法官。

"下午好，法官大人。"

伊莎贝尔·弗洛雷斯说，大法官刚刚又来找她了。

"安德拉德医生还在担心那个邻居。"法官说——而卡尔达斯明白，"担心"这个词只是在委婉地形容一个已经歇斯底里的人，"好像有位听众在节目里提到了这个邻居。"

"对，有位听众来电说了，"卡尔达斯说，"他说在莫妮卡失踪的前一天晚上，他在那片区域看见了一个穿橘黄色衣服的人。"

法官问卡尔达斯有没有对此采取什么行动，但后者回答说并没有。

"来电的那个人留下的联系方式是假的。我们不能证实他所说的信息，"卡尔达斯说，"但是就算这是事实，卡米洛就住在那附近，他整天游荡，不免会有人看见他。"

"我希望你说得有道理。"法官说，但卡尔达斯察觉到，这件事仍然让法官感到不自在。卡尔达斯确信，法官正在后悔为什么在这个案件出现的时候正好轮到她值班。"对了，对米格尔·巴斯克斯的电话监听刚刚批下来了，警方可以过来取了。"

卡尔达斯几乎已经把陶艺师的事情忘了。

"我们明天可能会再申请一个别的东西，法官大人。"卡尔达斯说，"如果莫妮卡的电话信号消失在学院里，那就得调查在上周五那天前几个小时跟莫妮卡通话的所有手机。"

"除了陶艺师,您还怀疑别人?"

卡尔达斯告诉法官,监控录像拍到制琴师在学院附近,而莫妮卡就是前一天去跟制琴师聊过之后行为变得奇怪的。

"那个制琴师也能用到烧黏土的那个炉子吗?"法官问。

"不能,"卡尔达斯说后又点犹豫,"我也不知道。"

卡尔达斯刚把电话放到桌上,门没有敲就被推开了。

"你能来趟我的办公室吗?"索托问,"医生来了。"

Análisis（诊断分析）：1. 区分和分离事物的各个部分以了解其组成；2. 对某事——尤其是作品或著作——的详细研究；3. 为某诊断目的进行的检查；4. 精神分析治疗。

"您要逮捕那个家伙吗？"安德拉德医生又在问卡尔达斯。医生的前额几乎和他巨大的腕表一样锃亮。

卡尔达斯否定了。

"您没听到那个给节目打电话的人说吗？我女儿失踪的那天晚上，卡米洛·克鲁斯去过她家。"

"卡米洛就住在附近，"莱奥·卡尔达斯解释，"很多参加地毯式搜索的人今天早上也看见他了。发现他在那片区域晃悠不是什么奇怪的事。"

"半夜两点也不奇怪？"

"什么时候都不奇怪。"

安德拉德并不同意。

"但那个听众还说卡米洛一看见他就逃跑了。"

"卡米洛见谁都会躲，安德拉德医生。"卡尔达斯说。

"躲开是躲开，逃跑是逃跑！"

"我知道。"卡尔达斯承认。

"诸位为什么不把那个听众带来，请他亲自说一下看到了什么？"

"我们试过了，但是他留下的联系方式是假的。我们既不知道他是谁，也不知道他说的是不是真的。"

"撒这个谎对他有什么好处吗？"

卡尔达斯并不准备说出他的想法。

"我只是说我们不知道。"

"就没有办法联系到他吗？"

"恐怕没有，"卡尔达斯又重复了一遍，"如果他不想留下真实的联系方式，那就说明他不想作证。毕竟有的人觉得举报犯罪会给生活带来麻烦。"

安德拉德医生伸了伸脖子，用他的鼻子指了指卡尔达斯，然后继续坚持要求逮捕卡米洛。

"我不知道您在等什么，卡尔达斯！"安德拉德指责道，"一定要等晚了才采取行动吗？"

"我不能向您透露调查的细节。"

"为什么不能？"安德拉德急了。

卡尔达斯看向索托求助，但是索托早就又披上了医生患者的外衣。

"我觉得你可以解释一下为什么你认为卡米洛跟这件事情没关系。"

卡尔达斯疑惑地用手摸了摸头，并在脑中梳理了一下所有细节，就仿佛这真能整理他的思绪一样。

"首先，有很多证人在那天早上看到了莫妮卡。我们觉得，就是给您看过的录像里的那个女人，虽然我们还需要时间证实。"卡尔达斯说，"其次，您女儿家房间不凌乱，也没有发现任何打斗过的迹象。据此，我们并不觉得这是一个暴力事件。尽管如此，出于安全起见，我们展开了一个由上百人和专业警犬一起参加的地毯式搜索，结果并没有发现什么。"医生正想说些什么，但卡尔达斯抬手示意医生请他陈述完，"关于那个男孩，不管您给我带来的心理学研究怎么说，但事实上他会躲避所有的肢体接触。连他母亲都从来没能拥抱过他，所以很难想象他会对任何人产生性冲动。也从来没有他对任何人进行攻击行为的记录。卡米洛整天晃荡，但是从来没有离开过他的舒适区。这个舒适区和今天早上搜索的区域重合。"卡尔达斯最后总结道，"莫妮卡不在那儿。"

"那个小伙子对那片区域了如指掌，"安德拉德反对道，"他可以把莫妮卡关在任何地方。"

"卡米洛一直独来独往。如果没有别人的帮助，他不可能劫持一个像您女儿这种身形的人。而且，他能把您女儿关在哪儿？"卡尔达斯问，"他又为什么要这么做？动机是什么？"

安德拉德医生摘下了眼镜，哈了哈气。然后他拿出了一块绣着他姓名首字母的布开始擦拭。不戴眼镜，他近视的双眼仿佛蒙上了一层灰。

"我没说是绑架。"安德拉德说，卡尔达斯听到他声音沙哑，"那片区域都是水井。那个男孩可以把我女儿埋在任何地方。"

卡尔达斯看了看索托，但索托只是闭紧了嘴唇，并没有说话。

"安德拉德医生，"莱奥·卡尔达斯说，"现在我们调查的是失踪案而不是刑事案。我们现在没有受害人，也没有作案动机。甚至连是否发生了犯罪都不知道。今天早上的地毯式搜索意在找到一个活着的人，而不是尸体。因此我们才在广播里对大家进行了号召。我不否认您设想的事情可能发生了，但根据现在的情况，它也只是一种可能。"

"所以，她人在哪儿？"

"明天我们会拿到您女儿的手机信息，我们会明确地知道她都去了哪儿，以及在失踪前和谁联系了。"

安德拉德医生重新戴上了眼镜。

"诸位无法想象没有消息有多令人不安。这种不确定的感觉让你喘不上气，让你睡不着觉，让你无法生活。"

"您感到焦虑很正常，"卡尔达斯说，"但是请您相信我们。给一个无罪的人安上罪名不会让您找到莫妮卡。"

安德拉德医生叹了口气。

"我希望您说得有道理。"

"您应该休息。"卡尔达斯补充道，"这件事可能要很长时间。"

"如果拖得太久，我不觉得我会坚持得住。"安德拉德医生嘟囔。

"解决这件事可能要很长时间，"卡尔达斯重复了一遍，"还可能会更艰难。您需要坚强。"

医生理了理耳朵上的头发，好像是要从脆弱中舒缓过来。

"真相即使再残酷，"安德拉德医生说，"面对它也不会比不知道我女儿在哪儿更糟。"

卡尔达斯不说话了，虽然他知道安德拉德医生想错了。当希望被真相浇灭时，痛苦会更加剧烈。

卡尔达斯还记得几个月前和阿尔瓦看的一则专题报道，那是关于"凯门鳄"的，就是葡萄牙警方仍未能抓捕的儿童杀人犯。警方发现了被埋在海滩上的一具尸体。身份被确认后，一位警察前去通知与孩子生前住在一起的祖父母。镜头前的那位警察说，孩子的祖父当时还坚信他的孙子一定还会笑着出现在门口，所以收到死亡通知时，祖父拿着分析报告拒绝接受事实。

"我不管这张纸上说了什么，"祖父说，"这不是我孙子。"

虽然警察向祖父解释，DNA 检测是最终结果，但老人仍不愿放弃那个好几个月以来支撑他每天起床的希望。

"我的孙子还活着，"警察离开时，祖父坚定地说，他眼里含着泪水，手放在胸口的位置，"我能感觉到他就在这儿。"

Seguimiento（跟踪）：1. 寻找某人或某事的步骤，走向此人或此事；2. 继续已经开始的事情；3. 从事的科学、艺术专业或所处的社会地位；4. 对某个业务过程或某人、某物的动向进行的细心观察。

卡尔达斯整个下午一直待在警察局。他先召开了一个组织工作的会议。虽然他们得到了增援，但每当有新的电话打来，所有人的任务就又变得更加繁重。会上还部署了对米格尔·巴斯克斯的跟踪和法官已批准的电话监听。他们还决定介入莫妮卡父母家的电话和安德拉德医生的手机。维克托·安德拉德医生此前已经明白，既然他女儿的身份已经被公开了，就会有人往他家里打电话。

会后，卡尔达斯亲自接待了几个来电称见过莫妮卡的证人。然后他继续查阅监控录像。与此同时，因为索托坚持要找到那名夜跑听众，卡尔达斯委托克拉拉·巴尔西亚联系附近所有的医院，在他们的员工中寻找一位名叫萨姆埃尔，来自莫阿尼亚的护士，但徒劳无功。

在下午快结束的时候，卡尔达斯终于有一刻空闲，他躲进办公室试图理清思绪。另外两段监控录像显示，拉蒙·卡萨尔在上周五一早七点出现在了学院附近。但是，他们无法确定在那片刻之前出现的打伞女人是谁。

到第二天前他们也无法知道，莫妮卡那天上楼去见制琴师的时候是否在打电话，和谁打的电话，还是像索托怀疑的那样，她根本就没有打电话。

卡尔达斯想吸烟，他起身打开窗户。天已经黑了，外面雨下得很大。

他从抽屉里拿出烟灰缸，点了一根烟，开始想关于制琴师的事。他还想到炉窑的余温和莫妮卡失踪前寻找的葡萄牙警方电话。他觉得明天会是紧张的一天，特别是如果从通话记录里发现了些什么，那将成为他们调查的方向。

他掐灭了烟，合上笔记本，伸手去拿卡米洛的画。卡尔达斯把画展开，看到画中的自己正在莫妮卡的厨房里打电话。他决定回家之前再去趟学院，他知道有个人可以帮他更好地了解拉蒙·卡萨尔和米格尔·巴斯克斯。他看了眼时间，差二十分钟九点。如果他抓紧的话，还来得及。

卡尔达斯穿上防雨外套，把画卷起，放进口袋，关了灯。他走出警察局，理了理外套的帽子，大步走了起来。

在艺术与机械工艺学院门口，有电视台的人正在为专题报道拍摄资料。卡尔达斯认识那个跟摄像师在一起的女记者，但是他借助外套的帽子溜了过去没被发现。

卡尔达斯进了学院，一进门就看见大厅里大海报上的莫妮卡·安德拉德的眼睛。他听到背后有人清嗓子，便回过头去。只见一个梳着马尾辫的女人盘着腿坐在门口，膝盖上放着一个小提琴盒，她是受卡尔达斯委托前去跟踪陶艺师的一位警察，此刻她看上去就像个普通学生。

卡尔达斯走向主楼的楼梯，遇到一队各年龄段的学生。卡尔达斯等他们走下来后，一步两个台阶地上了楼。

当他来到绘画教室门口的时候，走得最晚的几名学生正在向老师告别。

"你好，莱奥，"埃尔薇拉·奥特罗向他问好，"我还以为你今天下午不来了呢。"

"我还是挤出时间来了。"

埃尔薇拉看看教室一头的屏风。

"路易斯摆造型刚结束，"她假装严肃地说，"现在应该正在换衣服。"

"我不只是来看他的。"卡尔达斯微笑道，"你还想一起喝点什么，聊聊近况吗？"

Abrigo（外套）：1. 穿在其他衣服外防寒的某种衣服；2. 防寒；3. 避难所，一个不受恶劣天气或任何其他威胁影响的地方；4. 帮助、庇护或保护。

卡尔达斯推开了艾利希奥酒馆的门，请埃尔薇拉先进去。此前，他们俩从学院出来边走边聊，最开始，时而欢笑时而沉默，然后，对话就渐渐围绕莫妮卡。

"下午好，莱奥。"当教授们看到莱奥·卡尔达斯进来时，齐声从他们常坐的那张桌子那儿向他问好。卡洛斯也撑着柜台，抚摸着他的小胡子迎接卡尔达斯。

埃尔薇拉把伞放到门边，看了看周围，石墙上全是画，她跟所有第一次看到这景象的人一样，为之震惊。空气里充斥着红酒和烧木材的气味——后者来自为酒馆供暖的壁炉。

"你从没来过吗？"俩人在酒馆最里面的一张小桌边坐下时，卡尔达斯问埃尔薇拉。

"从没来过。"她说，"你经常来吗？"

"有时候来。"卡尔达斯回答，但其实几乎每天下午，他都会出现在同一张桌子旁，简直成了餐厅布景的一部分。

鼻头上架着眼镜的卡洛斯走了过来，他手里挂着两个玻璃酒杯。他把酒杯放在大理石桌子上，然后就一直盯着埃尔薇拉看，直到卡尔达斯开口介绍。

"埃尔薇拉，第一次来。"

"欢迎欢迎啊！"卡洛斯用洪亮的声音说道——圣地亚哥·洛萨达一定愿意为拥有这副好嗓子开个高价。

"对了，那个鹅肝……"卡尔达斯没有说出具体的形容词，而是亲了亲手指肚。然后他跟卡洛斯说，他和父亲俩人昨天晚上就一口气把鹅肝吃完了。

"那可是法国来的。"卡洛斯说，就好像这就说明了一切似的，"你们喝什么？"

"我喝可口可乐。"埃尔薇拉说，而卡洛斯越过眼镜看了看她。

"你这给我带来的什么人？"卡洛斯仍然声音洪亮，卡尔达斯忍不住笑了。

"怎么了？"埃尔薇拉感到迷茫。

卡尔达斯问她：

"白葡萄酒还是红葡萄酒？"

"只有葡萄酒？"

"没有别的。"

"啊，"埃尔薇拉说，"那就跟你点一样的。"

埃尔薇拉起身去看何塞·托梅的一幅画，这让卡尔达斯想到了卡米洛的画。当埃尔薇拉坐下时，卡尔达斯已经把卡米洛的画在大理石桌上展开了。

"这就是你之前在我班上找的螺旋，对不对？"埃尔薇拉指着签名问。

卡尔达斯表示肯定。

"你现在知道是谁画的了？"

"一个有沟通障碍的男孩画的。"

埃尔薇拉噘噘嘴，表示怀疑。

"我可觉得他沟通得非常好。"

卡尔达斯笑了。

"最难以置信的是，他只看了我一眼就能画出这么多细节。"

"他用手机照下来了？"

"他没有手机，"卡尔达斯向她解释，卡米洛也不会说话，"他全凭记忆画的。"

埃尔薇拉把画举高对着光看，然后又把画放下。

"画里是莫妮卡家吗？"

"对，"卡尔达斯说，他看到卡洛斯来了，把画又卷了起来。"你觉不觉得这种地方，冬天应该提供热汤？"当卡洛斯离得很近的时候，卡尔达斯问埃尔薇拉。

"谁冷谁去坐火炉旁边，那又不是个摆设！"卡洛斯边把一盘鱿鱼放到桌子上，边对埃尔薇拉挤挤眼，"尝尝看怎么样。"

酒馆渐渐人满，然后又渐渐散去了一半，卡尔达斯和埃尔薇拉在那最靠里的小桌边分享着回忆，对视和欢笑。每隔一段时间，他们就会在对话里提到莫妮卡。

"你们不知道别的了吗？"

"到目前为止就知道这些。"

"那些人不是说在市里好几个地方看到莫妮卡了吗？"埃尔薇拉问，在绘画课上大家也听了那个节目。

卡尔达斯承认那不太可能是莫妮卡。

"有人跟我们说莫妮卡从不缺课。如果她就在这座城市里，还没有理由地缺勤，那就太奇怪了，不是吗？"

埃尔薇拉同意。

"是，"埃尔薇拉说，"但是她前一天的状态那么奇怪的话……"

"你怎么知道的？"

"米格尔跟我们几个老师讲了：前一天莫妮卡把自己锁在办公室里，几乎哭了出来，但是没人知道为什么。"

卡尔达斯既没有确认也没有反驳，只是继续听她往下说。

"她的事和这几天的学院都让人难过。"

"学院这几天怎么样？"

"很伤心，"埃尔薇拉说，"就好像我们都在害怕最糟的情况一样。"

"学院的气氛平时很好吗？"

"非常好。你为什么这么问？"

"我不知道。"卡尔达斯有些迟疑，"因为经常有人说艺术家们都很自私……"

"因为总有一两个白痴，"埃尔薇拉打断了他的话，"但也总是这少数的人让人印象深刻。不过一般来说，人越好越受人尊重。"

卡尔达斯赶忙利用这个机会问米格尔是否如此，埃尔薇拉表示肯定。

"这个水平的艺术家得有多慷慨才会毫无保留地与他人分享知识啊！一直有人请他去做展览。但他也没办法做出所有他想创作的作品，因为我们的课占用了他很多时间。也正是出于这个原因，他才向校方领导请示聘用莫妮卡，好有更多创作的空间。"埃尔薇拉一边说，一边用她深色的眼睛看着葡萄酒，"可怜的他今天在学院就像个游魂一样。他组织了一个集会，但我不知道这种东西有没有用。"

卡尔达斯的表情模棱两可，但他没有偏离这段关于陶艺师的对话。

"你跟我说过他有伴侣。"

"叫苏珊娜，他们在一起有些年了。苏珊娜比米格尔年轻许多。她曾经是米格尔的信息技术老师。"埃尔薇拉微笑的时候，双颊出现了两个酒窝，"你看：米格尔一直强调要与他的学生保持距离，却和他的老师好上了。"

"你们其他人也这么谨慎吗？"

"莱奥，我们的学生都是成年人了。你看我班上：有时我是班里最年轻的，但我也不是个小姑娘了。"

卡尔达斯本想说她其实也没什么改变，但最终还是没说出口。埃尔薇拉倒是说出来了："你倒是没怎么变，"埃尔薇拉就像会读心术一样，"还是这双害羞的眼睛,还穿高领毛衣,现在倒还挺适合你。你已经不像个装成大人的小孩了。"

卡尔达斯感觉脸颊有些烫。他需要出去透透气。

"我爸给我买的,为了让我在葡萄园里御寒,后来我就习惯了。"卡尔达斯承认,"你陪我出去一趟?"

"干什么去?"

"吸烟。"

两个人在一个胡同尽头的屋檐下面避雨。卡尔达斯点燃了一根烟,埃尔薇拉则看着酒馆旁边的玻璃建筑。

"那里是建筑师学会吗?"埃尔薇拉问。

"对,是它的后墙。"

"那他们可差点儿就赶上了。"

"什么?"

"那里写的是1973年竣工,"埃尔薇拉指出,"你看过那段时间以前那几年被拆的建筑物的照片吗?"广告牌全城都是。

"有些就像个玩笑。"卡尔达斯承认。

"我的公寓在卡诺瓦斯城堡街上。虽然那个高楼没什么意思,但那个地方棒极了。从露台能看到所有的河流,直到谢斯群岛,"埃尔薇拉边说边用两只手比画着可以看到的景色范围,"但出乎我意料的是,那里原来竟有一个通往海滩的温泉浴室。你知道那里原来有海滩吗?"卡尔达斯摇摇头,埃尔薇拉继续说,"温泉被拆了,海滩被排干了水。为了在旁边建一座二十层的酒店,还拆毁了一个特别棒的市场。"埃尔薇拉言语中透露着惋惜,"所有的都拆了,然后在城市和海之间建了一堵混凝土墙。每次看到大门旁边的广告牌,我都会为住在那里感到内疚。"

"那些广告牌放在那儿,就是为了让大家提高意识的。"卡尔达斯说。透过建筑师学会的玻璃墙,他看到里面有几个雕像围成一圈,于是又想到了米格尔·巴斯克斯。卡尔达斯换了话题,"你也做展览吗?"

埃尔薇拉摇摇头。她把外套落在了酒馆里,现在正抱着双臂御寒。

"比起艺术家,我更像教师。我从小就喜欢画画,怎么说呢?"埃尔薇拉微笑着,想起了以前莱奥去家里给她补习,可她除了画画什么都不干的那段时光,"我更喜欢和人接触。我的工作很完美,我教得很享受,大家学得也很享受。我从没想过靠卖画为生,也不会适合我:绘画需要独处,但是我已经够孤独了。而且,梦想也不会替你交房租。"

埃尔薇拉低头看了一眼脚下,当她抬头的时候,发现莱奥正盯着自己的脖子发

391

呆，就像几年前一样。

"你抽完了吗？"

"啊？"

埃尔薇拉用手搓着胳膊。

"你还要再抽一根？"

"不了。"卡尔达斯说，"你冷吗？"

"有点儿。"埃尔薇拉说。

在酒馆的桌上，卡洛斯已经为他们准备好了葡萄酒和几个火腿炸肉饼。埃尔薇拉问起了卡尔达斯父亲的葡萄园，还有卡尔达斯去电台做节目的事。后来，两人的对话再次回到了艺术与机械工艺学院。

"我还认识了拉蒙·卡萨尔。"卡尔达斯就像平时审讯时那样抛出了半句话。

"拉蒙作为一个音乐人，能打九分；作为制琴师，十分；为人，十一分。你见过他的教室了吧，就像他这个人一样：有音乐、有天赋，低调、平和。每次我上楼和他说话，我都不舍得离开。"

"你知道他和莫妮卡的关系吗？"

"拉蒙和谁的关系都很好。他随时愿意帮助别人。"

"我的意思是，他们之间是不是有比同事更进一层的关系。"

埃尔薇拉用奇怪的眼神看着卡尔达斯。

"我不觉得他们有什么别的关系，"她说，"拉蒙都不住在这儿。"

埃尔薇拉对卡尔达斯说，拉蒙在对岸的亚罗萨河口那边有一座房子，要往北开一个多小时的车才能到那里。

"他每天开车往返？"

"每天。"埃尔薇拉回答，"我们跟他提过几次在维戈租个房，但是他根本不想提这件事。他在家里有一个小工作室，可以继续做乐器，他还有个船。那里有让他幸福生活的一切。"

卡尔达斯突然眼前一亮。

"一只帆船吗？"他问。

"我无法想象拉蒙·卡萨尔会用摩托艇。"埃尔薇拉说着，脸上又出现了两个酒窝，"他修好了一只旧的木帆船。"

卡尔达斯喝完了葡萄酒，起身借口去厕所。在厕所里，他给警察局打了个电话。费罗还没有离开，卡尔达斯让他找一下下午给《电台巡逻》节目打电话的听众名单。

"名单里应该有一个女人说,她看到了莫妮卡坐着帆船从维戈港起航。"卡尔达斯说。

"嗯,有这么一位,"费罗说,"叫卡米纳。"

"你知道有人联系过她吗?"

"不知道。"费罗有点犹豫,"我在看监控。"

"没关系,你把她的号码用短信发给我。"

卡尔达斯回桌之前接到了信息,他拨通了那个电话,但对方关机了。

俩人从酒馆出来的时候雨下大了。埃尔薇拉撑开了伞,卡尔达斯系上了外套上的帽子。

"咱们可以打一把伞。"埃尔薇拉说。

卡尔达斯贴着埃尔薇拉挤在伞下,俩人一直走到王子街。卡尔达斯一抬头,看到了鱼人雕像的金属鳞片闪闪发光。

"你知道迈斯帕拉吗?"埃尔薇拉问。

莱奥不知道。

"在哪儿?"

"在曼努埃尔·努涅斯街。"埃尔薇拉说,"你会喜欢的。"

埃尔薇拉指向一边,但是却移步向另一边走去。卡尔达斯就跟着她走着,没有问这是要去哪儿。卡尔达斯感受着她的体温,和她撑着一把伞静静地来到一座由混凝土和玻璃墙组成的公寓前。那里曾经有一个温泉浴室。

Inseguridad（不安）：1. 涉及某种风险；2. 产生不确定性或引发怀疑；3. 不稳固或不稳定的感觉；4. 缺乏信心。

  卡尔达斯到露台上吸烟，他还没靠近栏杆，就看到了埃尔薇拉之前所描绘的河口景象。左边的渔港开始了每晚的喧嚣。在陆地上，一辆辆的卡车经过；在海面上，一艘艘船只在海鸥的护送下到达，卸载货舱。一切都将在黎明前售卖。

  雨已经停了，但是天空中大朵的白云还压得低低的。这一夜没有星星可供他父亲观赏。在海的另一边，莫拉佐半岛就像一个镶有金边的暗色桌子，坎加斯和莫阿尼亚那边则灯火通明。但是在两座小镇之间，在莫妮卡选择的安身之地，却静悄悄的，没有多少亮光。

  卡尔达斯抽了一口烟看向右边，在码头，桅杆林立，就是在那里，一个摄像头曾拍到莫妮卡上岸。

  卡尔达斯曾以为莫妮卡是要去艺术与机械工艺学院。但无论是安德拉德医生还是埃娃·布阿都无法确定那个打伞走在学院附近的女人就是莫妮卡。如果他们说对了呢？如果莫妮卡待在游艇俱乐部，没再往前走呢？

  好几个摄像头都拍到拉蒙·卡萨尔那天一大早出现在了维戈。尽管胳膊有文身的女学生很确定，拉蒙并没有提到此前一天他与莫妮卡有过任何接触。如果莫妮卡上周四上去的时候没有留在门口呢？如果莫妮卡是更晚上去的，而且那时已经没有学生留下来了呢？拉蒙·卡萨尔曾笃定地说，莫妮卡出现在古乐器工作室门口的时候，他正在和奥斯卡·诺沃处理一件重要的事儿。但是，奥斯卡·诺沃没想起来见过莫妮卡。如果制琴师只是想拉个证人来证实某件从未发生过的事情呢？

  无论卡尔达斯怎样思考，都觉得拉蒙·卡萨尔并不像是能卷进一场失踪案的人，就跟米格尔·巴斯克斯一样。之后，卡尔达斯想到了埃尔薇拉在酒馆说的一句关于拉蒙·卡萨尔的话，"他随时愿意帮助别人"。难道，拉蒙·卡萨尔是在保护莫妮卡吗？

制琴师有一只帆船。如果他在日出前起航，在早晨就可以抵达附近的任何港口。拉蒙有可能在帮助莫妮卡吗？帮她逃离那件让她把自己锁进陶艺办公室的事？如果是这样的话，那炉窑的余温和电脑上对葡萄牙警方电话的查询记录又是怎么回事呢？

"你抽那么多烟，不变胖，我就不奇怪了。"埃尔薇拉手里拿着一杯葡萄酒来到露台上。她靠在了栏杆上。

卡尔达斯不知不觉又点了一根烟，这时他正在脑中酝酿一个刚刚冒出来的理论，这个理论就像肥皂泡一样越来越大。

"你在想什么？"埃尔薇拉微笑着问。

"所有的事。"

埃尔薇拉问下一句的时候表情变了。

"你觉得她还活着吗？"

"我不知道。"

"你不知道，但你觉得呢？"

"我希望她还活着。"

"警方怀疑学院里的人吗？"

卡尔达斯抽了一口烟，把自己躲在烟雾里。

"你为什么这么问呢？"

"因为今天晚上咱们把这件事好好梳理了一遍。"埃尔薇拉说。

"我只是好奇。"卡尔达斯试图解释。

"你们怀疑谁吗？"埃尔薇拉追问。

"没有。"

"你别撒谎。"埃尔薇拉说。

"如果你不想让我撒谎，就别问我这样的问题了。"

卡尔达斯掐灭了烟，俩人回到了屋里。埃尔薇拉关上了露台的推拉门，盘着腿坐在沙发上，就像个小姑娘。

他们聊起了卡尔达斯父亲的葡萄酒和望远镜。然后又聊到了埃尔薇拉的父亲，他几个月前刚刚去世。埃尔薇拉很平静地说，她想到父亲的时候，就会回忆起父亲把还是小女孩的她抱在怀里，给她念故事听。

"你觉不觉得，"埃尔薇拉问，"有时候只能在很久以前发生的事里找到庇护？"

"可能是吧。"卡尔达斯扯谎，他不想告诉埃尔薇拉，在他的童年回忆里，他能想到的更多的是恐惧。

之后,他们聊了一些不那么悲伤的事情。卡尔达斯跟埃尔薇拉讲了一件他刚当警察时的糗事,埃尔薇拉听得哈哈大笑;而埃尔薇拉也给卡尔达斯讲了一件趣事,是关于她的一个最成熟的女学生与路易斯的——路易斯就是那个在她的绘画课上当模特的工程系学生。

卡尔达斯边听那件趣事,边用微笑遮掩他的担忧。他不记得自己的裸体在过去遭到过责备,但埃尔薇拉每天见到的那个人的阳刚之气竟然让埃斯特韦斯都发出惊叹,这让卡尔达斯感到不安。

埃尔薇拉把酒满上,而当交谈转向新的话题时,卡尔达斯忘记了那个工程师,把注意力集中在了埃尔薇拉的嘴唇、脖子、赤裸的双脚和她说话时舞动的双手上。

"你对我说的话不感兴趣,"埃尔薇拉微笑着说,"对不对?"

卡尔达斯给了个似是而非的回答,而埃尔薇拉亲吻着他上了床。

Encuentro（接见）: 1. 两个或多个事物在某处相遇的行为，有时会产生碰撞；2. 找到某人或某事；3. 反对，矛盾；4. 争吵、打架或争执；5. 为了解决或准备某事而对两个或更多的人进行的采访；6. 对不同颜色印刷效果的调整；7. 体育比赛。

卡尔达斯早上到的时候，整个警察局正在全速运转。他比平时起得晚了一些，还回家洗了个澡，换了身衣服。

卡尔达斯走进办公室，扎进椅子里，愉快地伸了个懒腰。昨天不充足的睡眠和几杯红酒造成他这会儿有点儿口干和眼睛不适，但这在他看来都无关紧要。

他伸懒腰的时候，脚碰到了地上的酒袋，他赶忙低头挪开。当他抬头的时候，正看到拉斐尔·埃斯特韦斯站在桌子的另一边。埃斯特韦斯带进屋的还有涂在他背上的薄荷药膏的味道。

"头儿，早上好啊。"

"你好些了吧？"卡尔达斯问他。

埃斯特韦斯点点头。

"我确实需要休息，"他说，"克拉拉跟我说了，监控录像里那个男的是古乐器工作室的制琴师。"

卡尔达斯让埃斯特韦斯在对面坐下来，告诉他说，莫妮卡那天不止一次去找过拉蒙·卡萨尔，但后者在试图掩盖这件事。埃斯特韦斯听得一脸疑惑。

"怎么了？"

"没啥，"埃斯特韦斯说，"我就是不太能接受，失踪案的嫌犯怎么会是制琴师这么个人。"

"我可没说他有嫌疑，"卡尔达斯否认，"说不定他只是帮莫妮卡藏了起来。"

"藏起来？要躲谁？"

"我不清楚。"卡尔达斯说，"你知道看见莫妮卡在帆船上的那个听众联系上了吗？"

埃斯特韦斯点点头。

"就是在外面等着的那俩。"埃斯特韦斯指了指一个男人和一位年长些的女人,卡尔达斯之前就看到他俩坐在走廊的长椅上。

卡尔达斯将剩下的咖啡一饮而尽,准备去见见那个给节目打电话的女人。

"您看报了吗?"阿拉贡人问探长,听语气像是个坏消息。

"又有老人被打了?"

"不,是医生的闺女,"埃斯特韦斯一边说一边在空气里比画着,"她的照片占了头版半个版面。"

"我觉得还挺正常的。"卡尔达斯无奈地说。然后他问埃斯特韦斯,除了涂药膏之外,是否还在吃药对付后背的疼痛。

"布洛芬。"埃斯特韦斯说。

"你现在带着呢吗?"卡尔达斯问。

卡尔达斯把莫妮卡的照片展示给坐在桌子对面的那对夫妇。而埃斯特韦斯则站在旁边。

"您确定是这个女人?"

"我确定,"卡米纳言之凿凿地说,然后看向她丈夫,"是她,对不对,安图乔?"

安图乔皱了皱眉。他不像妻子一样善言辞。

"是,是这个女人。"卡米纳确信。

"两位还记得船是什么样子的吗?"

"是个木头船,挺漂亮的。"卡米纳边说边用手比画,就像船就在面前一样。

埃尔薇拉跟卡尔达斯讲过,制琴师有一只木头船,是他亲自修好的。

"确定是木头的?"

"是木头的,很漂亮。"卡米纳重复道,"你不是盯着船看了半天,然后觉得很漂亮吗?"

安图乔连头都没动。

"这是上周五的事儿?"

"对,上周五。"卡米纳说。

"是几点?"卡尔达斯继续问。

"是几点来着? 安图乔,是早上八点吗?"卡米纳问他丈夫,他丈夫满脸疑惑,可卡米纳却觉得那就是赞同,"对,大概早上八点。"

"那个船在哪儿?"

"正起航。"

"从浮桥还是码头？"

卡米纳转头把问题重复给她丈夫："从浮桥还是码头？"

安图乔盯着前面。

"从浮桥？"卡米纳说。

她丈夫做了一个只有她能懂的动作。

"不对，"卡米纳说，"是码头。"

"就她自己吗？"

"就她自己吗？"卡米纳问。

安图乔又做了一个动作，卡米纳解释道："他觉得不是一个人。"

"那您觉得呢？"卡尔达斯看着卡米纳的双眼问，"她是一个人吗？"

"我怎么知道？"卡米纳回答，"那个点儿我还在床上呢。"

"我……"埃斯特韦斯低语。

"您没看见她？"

"是我老公安图乔刚做完心脏手术，要定时出门散步，"卡米纳非常自然地说，"我的心脏好着呢。"

"我再问一遍啊，"卡尔达斯说，"到底是谁看见那个女孩在船上？"

"我老公安图乔。"卡米纳说。

卡尔达斯看向那个男人。

"您看见了？"

"我不是已经说了是他吗？"卡米纳又回答道，"他一看见海报就跟我说，'我也不知道我那天是不是在一艘船上看见了这个姑娘'，所以我们才给节目打的电话。"

"但是是您给节目打的电话。"

"那当然了，我老公不会打。"

"那请让我们跟您丈夫单独聊一会儿，好吗？"

埃斯特韦斯陪卡米纳去过道的长椅上坐下，当阿拉贡人回来后，卡尔达斯再次开始问询：

"是这个女人吗？"

安图乔挠了挠头。

"是还是不是？"探长追问。

安图乔做了一个难以辨认的表情。

"您仔细看看，"卡尔达斯把相片靠近安图乔，而后者很服从地看了好半天。

"要不我来问？"埃斯特韦斯问卡尔达斯。

"不用。"卡尔达斯说,然后他又问安图乔,"您确定是这个女人吗?"

这已经是安图乔第三次挠头了,卡尔达斯明白,在没有翻译的情况下是无法和他交流的。

"把他妻子叫来吧。"卡尔达斯让助理埃斯特韦斯去找卡米纳。

十分钟以后,这对夫妇离开了警察局。因为卡米纳的帮助,警方现在得知,在那艘可能发现了莫妮卡的船上还有两个人。目击者不能确定他们都是男人,还是其中一个是女人。那只船他倒是记得很清楚:是只古老的帆船,有浅色木甲板,船体漆成深色,可能是绿色,也可能是蓝色。

卡尔达斯回到办公室,看到手机屏幕亮了。在他询问那对夫妇的时候,他收到了一条来自埃尔薇拉的短信和四通索托打来的电话。

卡尔达斯点开了埃尔薇拉的信息:她拍了张她家附近广告牌的照片,就在被推平的旧市场下面。埃尔薇拉写道:"有时随着时间的流逝,我们一开始觉得丑的东西最终都会变得美好。"信息的最后是一个吐舌头的表情。

卡尔达斯微笑着又读了一遍信息。他正想着要怎么回,索托就进来了,他满脸不安,这个表情卡尔达斯看到过好几次了。

"你刚才去哪儿了?"

"在审讯几个证人。"卡尔达斯说,"怎么了?"

"咱们拿到莫妮卡手机的信息了,"索托一边说一边用手指着墙,就好像这面墙是透明的,能透过它看到河对岸一样,"看起来她没有离开缇兰。"

Entidad（整体）：1. 实体或存在；2. 构成事物本质或形式的东西；3. 某物的价值或重要性；4. 被视为一个单位的集体。

    局长索托，探长卡尔达斯，探员埃斯特韦斯、巴尔西亚和费罗又重新在局长办公桌旁坐下。费罗打开了一张地图，上面标注了莫妮卡失踪前二十四小时的手机移动线路。

    "莫妮卡周四上午一直在家。下午快三点的时候，她出门去莫阿尼亚码头坐船过河。"费罗一边说一边用手划过地图上标注的路线，"到了维戈以后，她到了这片区域。从移动的速度来看，她当时应该在车上。"

    "那里有什么？"索托局长问费罗，他这会儿指着的那个点是什么。

    "那是她父母家，"卡尔达斯说，"莫妮卡在上课前去看望了母亲。"

    "她在那里大概待了半个小时，"费罗继续说，"然后她三点五十坐另一辆车是去了艺术与机械工艺学院，对吗？"

    卡尔达斯探长点点头。

    "课是四点开始。"

    "下一次移动就是晚上十点一刻了。她离开了学院，到了维戈港，坐上了船。十点四十五分，她在莫阿尼亚港下船，然后就直接回家了，"费罗指了指缇兰，"她移动得很快，想必是在骑自行车。"

    卡尔达斯又点点头。

    "然后呢？"

    "然后就什么都没了，"费罗说，"信号就一直在她家没再移动过。从晚上十一点到凌晨五点手机一直在那儿，后来就关机了。"

    "莫妮卡的手机是在家关机的？"卡尔达斯问。

    "即使不是在家关的，也是在家附近，"费罗说，"有的区域信号塔很少，不会和城市一样精准，但我觉得手机是一直放在同一个地方没动。"

大家盯着地图，都没有说话。

"其实这些咱们之前就知道了。"卡尔达斯说。

"那她在哪儿？"索托问。

"如果手机关了，就是不想让咱们知道她在哪儿。"

"如果不是她自己关的呢？"索托追问。

卡尔达斯告诉大家，拉蒙·卡萨尔有只帆船，目击证人看到莫妮卡上船驶离了港口，会不会是拉蒙·卡萨尔帮莫妮卡逃走了。

"逃走？躲谁啊？莱奥。"

"我不知道。"莱奥·卡尔达斯说，"无论如何，咱们都要去一趟缇兰，查封莫妮卡家。她的通话记录呢？"

"这是手机关机前七天所有的通话记录。非常少。"克拉拉指着桌上两页纸中写得不那么密密麻麻的一张，"这些呢，是她关机后接到的电话。如大家所见，关机后的来电要多得多，但我还没来得及查看。"

"没事儿，先说说你已经发现的吧。"卡尔达斯说。

"从后往前的话，最后一通电话是打给葡萄牙波尔图司法警察的，"克拉拉说，"上周四晚上十一点十九分打的，这通电话总共持续了三十八秒。"

"给波尔图打的电话？"卡尔达斯很惊讶，因为陶艺师当时不在波尔图，而在里斯本。

"对，给波尔图打的。"

"得问问那边。"索托局长命令。

"我刚才问了。"克拉拉说，"他们查到了莫妮卡的来电，但不知道来电的原因。"

"他们没记录？"局长问。

"估计她是以个人名义找的谁吧。"埃斯特韦斯说，"要是有人往这儿打电话找我，也不会有记录。"

"有可能。"卡尔达斯同意，"那之前呢，莫妮卡给谁打过电话？"

"和一个……"克拉拉刚开始说就被卡尔达斯打断了。

"等一下。"卡尔达斯说。他要特别寻找一通电话，就是很可能莫妮卡在第二次离开陶艺教室时打的那通。卡尔达斯想知道，上周四快下课的时候，当莫妮卡来到古乐器工作室的门口时，她是不是在打电话。这样就能证明拉蒙·卡萨尔有没有撒谎。"在晚上八点到九点之间有电话吗？"

"我正要说，再往前一个电话就是在晚上八点三十八分打的。"克拉拉说，"就像我刚才说的，一共也没几通。"

"那通电话是打给谁的?"卡尔达斯问。

"打给一个莫阿尼亚的兽医诊所,"克拉拉说,"这通电话打了大概两分钟。"

"给一个兽医诊所?"

"对,"克拉拉边确认边用手扫过那份通话记录,"她前一天也差不多在同一时间打给了这个诊所。"

卡尔达斯拿起了桌上的手机,让克拉拉把兽医诊所的电话告诉他,并打开了手机免提。

是一个男人接的电话。卡尔达斯表明了自己的身份,然后问对方是不是认识莫妮卡·安德拉德。

"当然认识,是迪米特里的莫妮卡。"电话那头儿这样说,就好像莫妮卡和她的猫是个整体一样。

男人知道莫妮卡失踪了,但他不知道莫妮卡在上周联系过兽医诊所。

"那种俄罗斯蓝猫非常健康,但她有可能是直接跟兽医聊的,"这个男人应该是个兽医助理,"我给您转过去?"

"莫妮卡·安德拉德经常把她的猫带来打疫苗。"称自己名叫埃米利奥·鲁埃达的兽医说。

"她最近带猫打过疫苗吗?"

"没有。"

"但是莫妮卡上周给您打了电话。"

"对。"

"那个电话有什么具体原因吗?"

"差不多吧。"兽医说。卡尔达斯判断,莫妮卡和兽医之间应该不只有给猫打疫苗这件事。

"您还有什么想告诉我们的吗?"

在回答前,兽医沉默了许久。

"有。"

"那我洗耳恭听。"卡尔达斯说。

"您等一下,我关上门。"兽医说。几秒后,他回来说:"莫妮卡和我,我们有时候会见面。"

"见面?"

"没错。"

"您说的见面是指恋爱约会吗?"

"不不不，我已经结婚了，还有两个孩子。但是……"兽医不知道怎么结束他的话。

"但是有时候会见莫妮卡。"卡尔达斯帮他说完。

"对。"

"你们多久见一次？"

"有几个月我们是每个月见三四次，但现在我们见得少了。"

"有什么原因吗？"

"这主要取决于她，一直是她给我打电话。"

"莫妮卡知道您已经结婚了吗？"

"是啊，她当然知道。"

"但是是她打电话问您能不能见面的？"

"她会给诊所打电话。"兽医解释道。

"你们通常什么时候见面？"

"一般是上午，她前一天会通知我，我会约一个出诊时间。"

"我看到莫妮卡前一天，就是上周三，也给诊所打电话了。"

"对。"

"那上周四下午两位是不是也不是要谈猫的事儿？"

"是。"

"周四上午你们见面了吗？"

"见了，但不是您想的那样。"

"我不确定懂没懂您的意思。"

"我们约好了见面，但是我到她家的时候那儿还有其他人，"兽医说，"有个市政的小伙子正用电锯锯一棵倒了的树。"

"所以您没进去？"

"没进去。"兽医说，"莫妮卡出来和我道歉，还说会再给我打电话。"

"然后您就回了诊所。"

"没错。"

"下午的时候，莫妮卡又打电话约您第二天见面了吗？"

"打了，但她第二天没时间见面。她给我打电话说她对上午发生的事情很抱歉，还说会再打给我。"

"之后她又给您打过电话吗？"

"没有。"

克拉拉之前就在检查来电清单，发现在莫妮卡失踪后下一周的周二下午，有两通兽医诊所的来电。克拉拉用荧光笔把它们标红,并推给了卡尔达斯。

"那您后来给她打了吗?"

"我周二下午给她打了两次,"兽医所说跟来电清单吻合,"但她手机关机了。"

"您知道莫妮卡·安德拉德失踪了吗?"

"我昨天听说了地毯式搜索,今天也听到了电台节目。"兽医很严肃地说。

"她和您说她准备去什么地方了吗?"

"没有。"

"您上周四晚上在您自己家睡的吗?"

"那当然了,我每天都在家里睡。"

"和谁?"

"和我妻子,还有两个孩子。"

"那您周五上午做了什么?"

"我把孩子送到学校,然后就去了诊所。我在那里从九点待到两点。"

"您都见到谁了?"

"两个兽医助理和几个客人,"兽医说,"我得看看日程表才能知道上周五都接待了谁,不过我每天工作都不少。"

"您知道我们会核实您说的所有这些吧?"

"我懂。"

"您和莫妮卡还通过其他方式联系吗?"

"像发短信这种并没有,"兽医说,"我都结婚了,莫妮卡每次都在我快下班的时候给诊所打电话,基本上是过了八点半,那个时候几位兽医助理都走了。"

"您从来不给她打电话?"

"有时候会打,但是一接通就挂。"

"为了不让她忘记您?"

"对。"

"您知道莫妮卡还在见其他人吗?"

"有可能。"兽医说,"她手机里有个约会应用。"

"她经常用吗?"

"她说她不经常用,但是谁知道呢。"

"我得请您来警察局一趟。"

"我想着就是。"兽医说。

"您今天能来吗?"

"能。"

"今天上午可以吗?"

"我能诊所关门了再去吗?"兽医说,"我今天有很多客人。"

"请您把手机和日程表都带来。"

"好的。"

卡尔达斯挂了电话,看了看其他人。

"应该顺着这条线查下去,对吧?"

"他有不在场证明。"索托说。

"无所谓,局长。莫妮卡把自己锁在办公室之前,刚跟这个人通了电话,"卡尔达斯回忆说,"然后第二天莫妮卡就消失了。如果她是为了逃离什么人,这不就是一个候选人吗?"

克拉拉继续跟大家念通话记录。

"莫妮卡除了打给葡萄牙波尔图司法警察和兽医,五点四十五给一家金属网公司打了电话。除此之外当天下午就没其他通话了。"

"上午呢?"

"上午给莫阿尼亚市政府的市民服务打了电话,后来接到了一位市政员工的两个电话。"

"这应该是说树倒了的事。"

"我觉得市政员工给她打电话,是问她家怎么走。"埃斯特韦斯补充道。

卡尔达斯赞同。

"还有什么吗?"

"当天上午她还给拉蒙·卡萨尔打了两个电话。"克拉拉说,"是那个制琴师,对吧?"

"对。"卡尔达斯边说边想,制琴师可没提到这事儿,"他们什么时候通的电话?"

"他们没通话,"克拉拉说,"莫妮卡打了两次,但是都没接通。拉蒙·卡萨尔一次都没接。"

"你可能要跟制琴师谈谈了。"索托说。

卡尔达斯同意。

"我把他的电话给你?"克拉拉一边看着通话记录一边说。

"不用了。"卡尔达斯说,"拉蒙·卡萨尔会参加那个集会。咱们可以请他之后来局里一趟。"

索托局长看了看表。

"这么说的话，之前你们还来得及去缇兰看一眼。查封一下莫妮卡家，再去找一趟卡米洛·克鲁斯。"

"为什么？"

"什么为什么？"索托局长提醒卡尔达斯，莫妮卡的手机信号就消失在她家那儿，而当晚有个跑步的人也正是在那附近看见了卡米洛。

卡尔达斯不想争辩。

"好吧。"他叹了口气。

Móvil（手机）：1. 可以移动或自行移动；2. 没有稳定性或永久性；3. 在物质层面或道德层面推动某物的东西；4. 通信系统的便携设备。

　　车正开在兰德大桥的侧方位车道，准备好一过河口就驶向莫拉佐半岛方向。浪潮的气息从打开的窗缝钻了进来，由于潮水退去，一些区域的海滩露出了大片的沙地。

　　此前车刚启动以后，卡尔达斯便跟他的助理就兽医、制琴师和卡米洛·克鲁斯交换了意见。不过此时，他们已经很长一段时间都没说话了。卡尔达斯已经把莫妮卡抛在脑后好一会儿了，他现在满脑子都是埃尔薇拉·奥特罗。

　　早上俩人告别的时候，埃尔薇拉扶着门告诉卡尔达斯，如果还想来见她，现在他已经知道地址了。俩人都知道，双方都迫不及待地期待着再次相见。

　　"你也知道上哪儿找我。"卡尔达斯说。

　　"九点以后在艾利希奥酒馆对吗？"埃尔薇拉一边笑一边回答，她微笑的时候又露出了两边的酒窝。

　　车刚转向，车载音响里就传出了埃斯特韦斯的手机响铃声。挡风玻璃中央的屏幕上出现了克拉拉·巴尔西亚的名字。

　　埃斯特韦斯按了接听键，问候了他的同事。

　　"探长跟你在一起吗？"克拉拉问。

　　"你好，克拉拉，"卡尔达斯直接说，"怎么了？"

　　"我正在查莫妮卡关机之后给她打过电话的那些号码，"克拉拉说，"她父亲用手机打给她的有一百三十通，用家里的座机打的有四十几通，还有从医院打的六七通。她的朋友埃娃·布阿给她打了差不多一百次。莫妮卡的那个女学生也试图联系了她几十次，她的英国朋友和那个陶艺师也一样。"

　　"说重点，克拉拉，到底怎么了？"

"有三通来电是从葡萄牙来的。有人上周五就想联系她，后来有一天又打了一次。"

"号码是谁的？"

"我只知道是个手机号码，但因为是国外的，电脑上查不到持有人的姓名。"

"你给这个人打电话了吗？"

"没有，我想先告诉你一下。我去打吗？"

"还是把号码给我吧。我来打。"

"我刚把号码发给你了，你手机静音了？"

"有可能。"卡尔达斯说。

卡尔达斯在汽车的屏幕上拨出了那个电话号码。车载音响里先是响起拨打电话的声音，随后一个男人用葡萄牙语接起了电话："喂？"

"早上好！"卡尔达斯先问候了对方，说明了自己是谁，然后询问对方是谁。

"我是探长瓦斯康塞洛斯。"电话另一头儿的男人用标准的西班牙语回答。

卡尔达斯和埃斯特韦斯对视了一眼。

"您是司法警察吗？"

"对，是北部警署的。"

"我们得知最近一周您给莫妮卡·安德拉德打了很多次电话。"

"对，"瓦斯康塞洛斯说，"我是给她回电话，但她没接。出什么事了吗？"

"从上周五开始，莫妮卡就失联了，"卡尔达斯说，"您知道她可能在哪儿吗？"

"不知道。"瓦斯康塞洛斯回答后沉默了片刻，听得出来他很担心，"卡尔达斯探长，您在负责调查这件事吗？"

"对。"

"我们能见一面吗？"

"什么时候？"

"越快越好。"

"您在哪儿？"莱奥·卡尔达斯吃惊地问。

"我在波尔图，"瓦斯康塞洛斯探长说，"但我可以去越维戈。"

"直接在电话里说会不会更方便？"

"不会的。"瓦斯康塞洛斯斩钉截铁地说，"您今天能接待我吗？"

能使瓦斯康塞洛斯放下他所有的工作，驱车一百五十公里从波尔图赶到维戈来，想必这件事非常重要。

409

"当然能。"卡尔达斯告诉他,自己所在的警察局在路易斯·塔博阿达街。
"我知道在哪儿,我两个小时以后到。"
"您不想先告诉我点什么吗?"
"不。"瓦斯康塞洛斯说,"两个小时以后您就都知道了。"

Laberinto（迷宫）：1. 由街道和十字路口人为建造的地方，使进入其中的人迷失方向，难以找到出口；2. 纠结的事情；3. 部分内耳。

卡尔达斯仍想弄清瓦斯康塞洛斯那通电话的意图，他一直在想，能有什么事情一定要当面说。当他还在冥思苦想的时候，车已经停在了教区神父家的门前，卡尔达斯和埃斯特韦斯两人沿着通往缇兰教堂和墓地的斜坡走下去。

"你觉得会和陶艺老师有关系吗？"在电话里听到卡尔达斯说他与葡萄牙探长通话的事时，索托问他。

"有可能。"卡尔达斯回答。不过他满腹狐疑，总觉得就像是在他走到迷宫出口前的最后一个转角时，突然又有人让他迷失了一样。

到达中庭的时候，卡尔达斯发现并没有记者，这让他松了口气。这天上午的重要新闻在河对岸，是那场即将在学院门口进行的集会。

墓地大门紧闭，一切似乎都很平静。卡尔达斯从中庭的矮墙探出头，点了根烟，望向海滩。有三队穿着防水外套和雨鞋的渔夫正在岩石间耙着此刻裸露出的沙地。潮水很低，空气中全是礁石上晾晒的海藻味。

前方，海面在这个周五的上午仿佛被染成了深绿色。叼着烟斗的男人如期出现，在鸬鹚歇脚的那块大石头附近举着钓鱼线——据说他曾在那里看到过一条美人鱼。卡尔达斯能听到那位探水人船尾木笼子里金翅雀的颤音。

当两艘拖网渔船从木筏之间经过时，卡尔达斯也清楚地听到了舵手们的号子。那声音就像帆船比赛里的鼓声一样，敲打着划桨的节奏。

右边，几艘渔船的索具摩擦着海底。更远的地方，一艘帆船乘风扬起了风帆。卡尔达斯记起了拉蒙·卡萨尔，他环顾四周，发现了无数个可以停靠小型船只的地方。

卡尔达斯抽了口烟，把下巴藏进高领毛衣里，又看了看海对面那个他刚度过了一晚的大楼。

"幸好有人早上心情不错啊。"埃斯特韦斯边说,边双臂交叉在头上伸展。一只手里还举着一卷封条。

"谁啊?"

"您啊。"

"你为什么这么说?"

"从咱一下车到现在,您一直在吹口哨。"埃斯特韦斯说。

埃斯特韦斯做完拉伸后,俩人沿着小路来到莫妮卡的那座小房子前。助理用钥匙打开大门,欢迎他们的还是那座跃跃欲试的半人马雕像。

埃斯特韦斯去卧室寻找手机,卡尔达斯开始查看壁炉上面的架子。突然,他愣住了,他感觉身后有什么在动。那座雕像真的跑起来了?他慢慢扭头,看见半人马雕像还在原地,靠近他的是莫妮卡·安德拉德的那只灰猫。猫在卡尔达斯的腿上蹭了蹭背,继续往前走向厨房。卡尔达斯看到猫喝的是新换的水,于是想,卡米洛是不是还在这附近,就像画下他那天一样正藏在哪儿偷偷观望。卡尔达斯看看周围,并没有橘黄色男孩的身影。

猫吃饱了之后,就走到后院的门前开始喵喵地叫起来。

埃斯特韦斯冲进了厨房,手上还戴着橡胶手套。

"您听见猫叫了吗?"

"就在那儿,"卡尔达斯说,"我觉得它是想出去。"

埃斯特韦斯把门刚开了一条缝,猫就跳了出去,消失在陶罐的后面。

"你看到手机了吗?"卡尔达斯探长问。

"没找着。"埃斯特韦斯说。卡尔达斯也跟着去翻找了一通,也没找着。

手机最后的信号就是从这里发出的,但看起来手机现在已经不在这儿了。

"要是先关机再把手机带走的话,那就是不想让咱知道手机去哪儿了。"埃斯特韦斯说。

"对。"卡尔达斯边说边再次琢磨:莫妮卡这是在逃避谁?

埃斯特韦斯在房子的两扇门上都交叉着贴上了封条。莫妮卡的工作室小屋门前也贴了——在那儿他们也没有发现手机。之后,俩人走出院子,关上了栅栏门,埃斯特韦斯把那儿也缠上了胶带。胶带上交错印刷着警察徽章和鲜明的大字:"禁止通行"。

"咱们去看看那个小伙子。"卡尔达斯说。

"去哪儿看？"埃斯特韦斯问。

"去他家。"卡尔达斯说，"你介意开车去吗？这样咱们就不用再回来取车了。我走着去。"

Herida（伤口）：1. 生物某处的刺裂或撕裂；2. 冷兵器造成的打击；3. 冒犯，委屈；4. 困扰和折磨灵魂的东西。

"为什么要当众指控他呢？"罗莎莉亚·克鲁斯问。

"那不是指控。"

卡米洛的妈妈显然不接受这个解释。

"一个穿橘黄色衣服的男孩，还看到人就跑？那个男人说的就是我儿子。这儿的人都知道他穿什么衣服，举止是什么样。您应该阻止他被卷入这些的。"

"我们做节目是为了让听众帮忙，"虽然卡尔达斯理解这个女人有足够的理由生气，但还是做出了解释，"那个男人只是说看到了一个……"

"我知道他说了什么，"罗莎莉亚打断了卡尔达斯，"不用重复了。那个男人在说谎。"

"他撒谎了？"

"凌晨两点我儿子正睡觉呢。"

"也许那个听众看到的不是您儿子。"

罗莎莉亚看了一下她家的井和小菜园。

"谁能还他清白？"罗莎莉亚问，"卡米洛从来没伤害过任何人。"

"我知道。"卡尔达斯安慰着罗莎莉亚。

"从昨天开始，别人看我家的眼神就像看怪物的窝。"罗莎莉亚一蹶不振地低语。虽然她已经习惯了与生活战斗，但对她儿子的中伤看起来仍让她备受折磨。

卡尔达斯听见了此起彼伏的狗吠，他知道埃斯特韦斯过来了。

埃斯特韦斯在房子前院的水泥地上与他们会合，他问候了罗莎莉亚，然后指了指井后面的鸡棚。

"我能看看吗？"他问。

"当然可以。"得到罗莎莉亚的同意后，阿拉贡人朝那里走去。

"您能帮我跟您的儿子谈一谈吗？"莱奥·卡尔达斯问。

"谁知道他现在在哪儿？"罗莎莉亚说，"而且他也什么都说不出来。您也知道和他交流很困难。"

"他也许知道一些对我们有用的信息。"

罗莎莉亚看着卡尔达斯的眼睛，"卡米洛一直在家睡觉，那个听众说的不是真的。"

"您完全确定吗？"

"完全确定。"罗莎莉亚说，"我每天晚上都会起来给他盖被子。我只能在他睡着的时候亲他。"

卡尔达斯咽了咽唾沫。

"那大概是几点？"

"我上了个凌晨四点的闹表，"罗莎莉亚说，"但是四点之前我也会醒几次。"

罗莎莉亚又解释到，除了墓地和教堂的工作，她还负责打扫莫阿尼亚的一家咖啡厅，那里六点半开始卖早餐。

卡尔达斯点点头，这些他都知道：罗莎莉亚打扫完咖啡厅回来的路上看到了骑着车的莫妮卡。

"我害怕睡过了迟到。那个上班时间不好，但我只用去一个小时，这样卡米洛起床的时候我就在家了。"

"那上周四晚上呢？"

"就跟平常一样，吃完饭以后，卡米洛就回房间画画去了。我都不知道这么多画该怎么处理了！"罗莎莉亚感叹道，"后来他就睡着了。"

"几点睡着的？"

"我也不知道。"罗莎莉亚说，"我一点还是一点半起来喝水，他那会儿已经睡着了。"

"您确定吗？"

"我路过他的房间，还给他关了灯，"罗莎莉亚说，"那会儿他已经睡着了。"

"他之后没可能出门吗？"

罗莎莉亚否认。

"他入睡很困难，但只要睡着，就能好几个小时睡得很沉。而且，他要是出去的话，我肯定知道，"罗莎莉亚边说边指着房子，"有一点点声音我都会醒，您也看见了我家又不大。"

"嗯。"卡尔达斯说。接着他问罗莎莉亚，她碰见莫妮卡之后是不是直接回

415

的家。

"当然了。"

"您几点到的？"

"六点多一点儿吧。"

"卡米洛还在床上？"

"睡觉姿势都没变，"罗莎莉亚，"他一整晚都没有动。"

卡尔达斯把仍在观察鸡棚的埃斯特韦斯叫了过来。

"咱们走吧。"卡尔达斯说。

"不跟卡米洛聊了？"埃斯特韦斯问。

卡尔达斯看了看表。他更想回维戈，在见兽医和制琴师之前，先和法官谈谈。况且那位葡萄牙警官也在来的路上了。

"咱们也不能一直等到他出现吧。"卡尔达斯说。

"但他在家啊。"埃斯特韦斯一边说一边指了指。

卡尔达斯看了眼罗莎莉亚，"您儿子在里面？"

罗莎莉亚因为撒谎被发现，表情显得有点儿不自然。

"他在里面吗？"卡尔达斯又问了一遍。

罗莎莉亚没说话，但埃斯特韦斯替她说了：

"我刚才从后窗户看见他了。"

"请让他出来。"莱奥·卡尔达斯对罗莎莉亚说。

"还是算了吧。"罗莎莉亚拒绝，"他不会说话。"

"请让他出来！"卡尔达斯坚持，他的语气听上去就像命令一样。

"他不会说话。"罗莎莉亚重复说。

"卡米洛！"莱奥·卡尔达斯朝屋里喊。

"求您了，别冲他喊。"罗莎莉亚低声请求。

"卡米洛，出来！"

"所有人都对他大喊。两位会吓着他的。"罗莎莉亚说。但她吃惊地发现，门突然开了，她儿子出现在了门槛儿那儿。

卡米洛穿着橘黄色连帽衫，胸前抱着画册。

"过来。"卡尔达斯命令卡米洛。

"卡米洛，快走。"罗莎莉亚用很小的声音跟他说。

男孩张开嘴，眼前的情形让他摇晃了起来，就像他之前在海滩上那样。一前一后，一前一后。

埃斯特韦斯朝卡米洛走过去。

"回屋去！"罗莎莉亚对卡米洛伤心欲绝地大喊。

卡米洛没有理会掉在地上的画册，摇摇晃晃地消失在了房里。

"我们必须跟他谈谈。"卡尔达斯很严肃地跟罗莎莉亚说。他明白，如果卡米洛没有犯罪嫌疑的话，不经他母亲允许，他们就不能进到房子里。

"这个可怜的孩子能跟您说什么？"罗莎莉亚说，"他连话都说不出来。"

埃斯特韦斯走到门前，掉在那里的画册有几页散落在了门前的地垫旁边，他面露痛苦地弯腰捡了起来。

"天哪，"当埃斯特韦斯把其中一页翻过来的时候惊呼道，"探长，快来看！"

罗莎莉亚·克鲁斯双手抱头，紧闭双眼，似乎想抹除眼前即将发生的一幕。

这幅画跟卡米洛的其他画一样展现出了照片般的逼真，上面还有他的螺旋签名。画里的莫妮卡·安德拉德躺在地上，鲜血正从她喉咙上的伤口往外冒。

她眼睛半睁。

已经死了。

卡尔达斯认出了画里莫妮卡的家。他刚才就在那儿。但与此前不同的是，画中的客厅里有一张浸满血的地毯。地上的半人马雕像好像想逃走一样。

卡尔达斯打开了画册，每页都用强烈的笔触画着同样的场景。有的画的是近景，有的画是远景，但在所有的画里，莫妮卡都一动不动地睁着眼睛，喉咙上带着伤口。

他们在一扇门后面找到了晃来晃去的卡米洛。

他从歪歪扭扭的牙齿中发出单调而深沉的呻吟。

"莫妮卡在哪儿？"卡尔达斯问。

一前一后，一前一后。

"她在哪儿？"

由于卡米洛不回答，卡尔达斯只好出去问他的母亲。

"卡米洛对莫妮卡做了什么？尸体在哪儿？"

"我不知道。"罗莎莉亚抽泣着，"他从来没有伤害过任何人。"

卡尔达斯回到屋里，一遍又一遍地问卡米洛，但得到的回复只有前后摇摆。

"把他带上车。"卡尔达斯对助理说。当看到儿子双手背在身后被带走的时候，罗莎莉亚号啕大哭。她哀求他们不要把卡米洛关起来，因为那样他一定会受不了。

"我发誓他从来没有伤害过任何人。"罗莎莉亚一直重复。

卡尔达斯坐进车里，闻到这个小伙子腋下刺鼻的气味。卡米洛的呻吟声接踵而至,就像从齿间蹦出的一连串祷词,还有他永恒的前后摇摆。

埃斯特韦斯发动了引擎,在土路上掉了个头。

男孩转身看着他泪流满面的母亲。随着车渐渐远离,他的呻吟声变成了从喉咙里钻出的尖叫。卡尔达斯探长透过后视镜看到罗莎莉亚仍在哭泣。她一个人站在路中间,站在泥土和悲痛欲绝之间。

Versión（版本）：1. 翻译；2. 每个人引用同一事件的不同方式；3. 对同一事件、作品或主题阐释的不同叙述或描述。

卡尔达斯探长把九张画在桌子上铺开。索托局长在此之前就已经看到了画上的场景，因为卡尔达斯在车上就拍照发给他了，还请他当即派鉴定科去莫妮卡家。

躺在地毯上的莫妮卡只穿着内裤和一件宽松的衬衫——这块地毯此时已不在原处。从她喉咙里流出的大量鲜血十分抢眼，血浸透了她的衣裳，并在身下汇成了血泊。

莫妮卡张着嘴，睁着眼，双手放在脖子附近，仿佛想在生命的最后一刻借此帮助自己呼吸一样。这幅画就像艺术与机械工艺学院里那幅《奥菲丽娅》的恐怖版。

"简直像照片一样！"索托惊叹。

"对。"卡尔达斯难过地说，"他画的跟他看到的一模一样。"

索托问卡尔达斯，这会不会只是卡米洛的想象，卡尔达斯否认了。

"所有都是真的，"卡尔达斯说，"卡米洛只需要看上一眼，就能凭记忆画出像照片一样的画作，但他不会想象。"

索托从一幅画看向另一幅画。

"这些画都一样吗？"

"我觉得是。"卡尔达斯说。

"不对，不一样。"埃斯特韦斯提醒他们注意。

"哪儿不一样？"

"时间。"阿拉贡人回答。

卡尔达斯注意看埃斯特韦斯指着的架子：那儿有个时钟。卡尔达斯对比了两幅画上的指针。

"你说的对，"卡尔达斯边说边把画按时间先后重新摆放，然后总结道，"第一张是十二点一刻，最后一张是两点多一点儿。"

"半夜吗?"索托问。

"对。"卡尔达斯边说边指着画中黑漆漆的窗户,"应该是上周四到周五的晚上。"

"就是给电台打电话的那个人看见他那会儿。"埃斯特韦斯说。

"对。"卡尔达斯感到惋惜,不过现在所有都对上了。

卡尔达斯还发现,随着时间的推移,画上的血迹也越来越大。

"你看我说得对不对,"索托说,"他杀了莫妮卡,然后盯着尸体看了两个小时。"

"看起来是。"卡尔达斯说。他不是很能接受这个事实:卡米洛杀了一个一直对他很好的人。

"卡米洛对她做了什么?"

卡尔达斯也不知道。

"卡米洛什么也没说,"卡尔达斯说,"他不会说话。"

"他妈妈呢?"

"他妈妈说,她也什么都不知道。"

"你信她吗?"

卡尔达斯直摇头。

"她一直在撒谎。她肯定早就看见了这些画,知道莫妮卡已经死了。所以她才声称,她在更晚的时候碰到了要去坐船的莫妮卡。她从一开始就在庇护儿子。"

卡尔达斯探长放在桌子上的手机响了,是弗洛雷斯法官打来的。卡尔达斯之前给她发了一张画的照片。

"确定她死了吗?"法官问卡尔达斯。

"您看到照片了吗?"

"照片里是一幅画,"法官说,"有可能只是想象。"

"并不是。"卡尔达斯坚称,"画这幅画的人,只画他看到的东西。"

"所以是他把莫妮卡杀了,然后在那儿画她?"法官疑惑地问。

"不。"卡尔达斯向法官解释,画是过了一段时间后凭记忆画的,"尽管眼前没有实物,他还是可以凭记忆把他看到过的任何东西画出来。"

"那尸体在哪儿?"

"我们还没找到。"

"那么,那些拍到第二天早上莫妮卡在维戈港下船的录像又怎么解释呢?"

"那就显然不是莫妮卡了,"卡尔达斯说,"手机定位也显示她没离开过家。"

电话那头儿沉默了，卡尔达斯推断，伊莎贝尔·弗洛雷斯法官应该正像她每次思考问题时一样咬着嘴唇。

"那个男孩承认了吗？"

"还没有，法官大人，"卡尔达斯说，"他不会说话。"

"只回答个是否也不需要会说话。"

法官说得有道理。

"他还没有承认，"卡尔达斯说，"但是他母亲一直在重复地告诉我们，她儿子从来没有伤害过任何人。这其实是在假设他有罪。"

"这个证据不充分：一位母亲有权不声明她的孩子有罪。"

"但是他妈妈给他做了一个不在场证明，"探长回答，"她说看见了莫妮卡往莫阿尼亚去，但她说的那个时间是莫妮卡死亡好几个小时之后。"

"您之前就知道这个证人是这个男孩的母亲？"

"嗯，我知道。"卡尔达斯愿意承担自己的责任。

"那码头的自行车怎么解释？"法官问。

卡尔达斯挠了挠头，他忘记了还有自行车这回事。

"应该是男孩的母亲带过去的吧。"

电话那头儿再次陷入沉默。法官和探长都知道，这件事里还有许多未解开的谜团。

"要指控一个人谋杀，我需要更多证据，而不只是一张画，这您知道吧？"过了一会儿，伊莎贝尔·弗洛雷斯法官问卡尔达斯。

"嗯，当然知道。"卡尔达斯说。之后他告诉法官，"鉴定科已经前往莫妮卡·安德拉德家搜证了，我们也派出了警犬。"

"咱们没有多少时间。"

"我知道。"莱奥·卡尔达斯在挂断电话前向法官承诺，有任何新的情况都会及时汇报给她。

卡尔达斯把手机放在桌子上，站了起来。他决定再下楼问一下卡米洛。他们只有七十二个小时，如果不能在这段时间指控他，就得释放他。

421

Cargo（负责）：1. 职业、手艺；2. 从事该职业的人；3. 政府、指挥处、监护所；4. 义务、责任；5. 某人被指控的罪行或过错。

卡尔达斯下楼来到了警察局关押犯人的地方。男孩就待在牢房的一角，他站在垫子上，双眼无神地看着墙壁。他跟此前在家里一样，仍然前后摇摆，并持续发出呻吟。

"我也不知道为什么他一口气能这么长。"负责看守他的警员快速地嘟囔了一句。

卡尔达斯靠近围栏，看着卡米洛清了清嗓子。他觉得有种难过的情绪涌了上来，不禁打了个寒战。卡尔达斯想：天性是何时偏离了它平静的轨道，怪物又为什么会吞噬无辜的人？

"为什么要捆他？"卡尔达斯看到绑着卡米洛手腕上的塑料扎带后问。

"他会不停地打自己。"警员解释。

"快开门吧。"卡尔达斯说。

卡尔达斯走进牢房，一股强烈的粪便气味让他皱了皱鼻子。此前，他们刚出发不久，卡米洛就拉在了车上。现在他又弄脏了某位警察给他换上的干净运动裤。

"卡米洛。"卡尔达斯轻声呼唤，因为他记得，卡米洛的母亲提醒过他们不要冲他喊叫。

男孩没有作出回应。他继续一边摆来摆去一边低吼着，同时盯着牢房的墙壁。

"我知道你能听见我说话，"卡尔达斯继续低声说，"我也知道你能听懂我的话。你为什么那么做，卡米洛？"

卡尔达斯并没有期待他回答，只是想着他可能会通过动作的变化有所表示。结果卡米洛什么都没做。

"你用刀割伤了她吗？"卡尔达斯问，他决定在紧逼之前先给男孩个机会，"是意外吗？"

一前一后。

当卡尔达斯离卡米洛只有一米远的时候,卡米洛就像怕别人会打他一样闭上了眼。他的摇摆和单调的低吼都变得更加剧烈。

"她人在哪儿?"卡尔达斯继续问,"你把尸体藏哪儿了?"

一前一后,一前一后。

当两位警员走进牢房,抓着卡米洛的手肘把他押送到审讯室时,卡米洛的呻吟变成了无休止的喊叫。卡尔达斯试图让卡米洛在对面坐下,并尽可能保持不动。

"探长。"有个声音叫卡尔达斯。

他刚才没注意到埃斯特韦斯过来。此时,助理已经站到了探长旁边,看着卡米洛的一举一动。

"局长让您马上上楼,"埃斯特韦斯说,"有人来找咱了。"

卡尔达斯咂咂嘴,示意警员把男孩带回牢房。

"是那位葡萄牙警察吗?"卡尔达斯边上楼梯边问助理。

埃斯特韦斯摇摇头回答:"是安德拉德医生。"

Oscuro（黑暗）：1. 缺乏光线或清晰度；2. 颜色或色调接近黑色，或与同类较浅的颜色或色调形成对比；3. 糊涂，无法理解；4. 不确定，以至于灌输恐惧、不安全感或不信任感；5. 伤心、阴郁，产生悲伤的事物。

卡尔达斯来到局长办公室后四下观望，但是并没有看到维克托·安德拉德。
"我还以为医生已经到了。"
"他在停车，"索托局长说，"来问问咱们莫妮卡手机的事儿。"
卡尔达斯看到索托已经收好了卡米洛的那些画，叠放在桌子上。
"咱们要跟他讲些什么，局长？"
"就讲实情：咱们抓到了一个嫌疑犯。我可不想再冒险，让他从别的渠道得知这个消息。"
但那只是真相的一部分。
"咱们也要告诉他，他女儿死了吗？"
"咱们还没有证据。"索托还是退缩了。
"那咱们告诉他，咱们觉得他女儿死了吗？"
"不，拿到证据之前就不说了。"索托边说边指着桌子上的那些画，"在医生看见之前，你赶紧把画拿走吧。"

卡尔达斯把那画放到了他的办公室，回到局长办公室时，他接到了一通电话。这次是克拉拉·巴尔西亚，她陪鉴定科去了莫妮卡·安德拉德家。卡尔达斯打开了免提。
"说吧，克拉拉。"卡尔达斯请她尽量简明扼要，因为医生随时可能出现。
"我就是想提前告诉你，画上画的都是真的。"
卡尔达斯瞥了局长一眼。
"你们找到什么了？"
"地面是被清理过的，但是我们通过试剂发现地面上曾有一大片血迹，"克拉拉说,"跟画上画的形状一样。"

索托还在无奈地叹气,突然,办公室的门开了,一位警员通知医生到了。卡尔达斯给医生让座,请他坐在局长对面。

"电话的事儿有消息了吗?"安德拉德医生并不想耽误时间。他的黑眼圈愈发明显,让他的脸看起来更加暗沉,甚至有点发灰。

局长点了点头。

"最后一次手机信号是从缇兰发出的,就在从上周四到周五的晚上。"

"在缇兰?"

"在您女儿家里。"

"也就是说她没离开家?"

"至少没带着开机的手机离开家。"

"那你们给我看的,那个在港口出现的女人呢?"安德拉德医生问。他是冲着卡尔达斯问的,后者此刻正站在桌子一旁。

卡尔达斯闭紧嘴唇,并摇头表示那不是莫妮卡。

"那我女儿在哪儿?"安德拉德医生边问边来回看着卡尔达斯和索托。

"我们还不确定。"索托说。

"到底发生了什么?"安德拉德医生问,"直说吧。"

卡尔达斯想,一个父亲有权知道自己的女儿出了什么事。

"我们在莫妮卡家发现了一些血迹,"卡尔达斯开始讲,"我们现在还无法确定那就是莫妮卡的,但很有可能是她的。"

"但你们觉得她还活着吗?"安德拉德医生问。

"我们还不能妄加推断。"局长回答。

"她还活着吗?"安德拉德医生又问了一次。这次他没有看着局长,而是看向了卡尔达斯探长,"卡尔达斯,请跟我说实话,"安德拉德医生追问,"她还活着吗?"

尽管索托用眼神央求卡尔达斯不要讲,但是卡尔达斯还是听从了医生的吩咐。

"有可能不在了。"

"有可能?有多少可能?"

"很有可能。"卡尔达斯说得更明确了些。医生毕竟也习惯于用委婉的方式来粉饰病人的病情,于是他明白了,这就是说几乎没有希望。

医生靠在椅子上,闭起眼睛,消化着卡尔达斯的话。虽然医生的慌乱只持续了几秒钟,卡尔达斯却觉得那仿佛就是永恒。之后,维克托·安德拉德又振作起来,搓了搓手，试图让自己显得沉着。

"你们要告诉我发生了什么吗？"

"现在还为时过早。"卡尔达斯说。

"今天早上，我们在缇兰逮捕了一个嫌疑犯。我们觉得他和这件案子有关。"索托告诉医生。

医生一语中的："是那个男孩，那个邻居对吗？"

索托点点头，而医生用他细长的手指指着卡尔达斯。

"我之前就跟您说了，卡尔达斯，"医生语气铿锵，就好像在回忆着一场失败战役中的微小胜利一样，"我提醒过您，这个人有毒。我跟您说了，他只有在被本能驱使之前才是无害的。"

"我知道。"卡尔达斯说。他为事实佐证了医生的话深感遗憾。

"那男孩对莫妮卡做了什么？"

"我们还在调查。"

"那你们为什么抓了他？"医生问，"事情发生了什么变化？"

卡尔达斯没有回答：他不想让医生看到画着他女儿的画。

"男孩在哪儿？在这儿吗？"

"在下面，"索托说，"在牢房里。"

"我想见见他。"医生说。

索托用求助的眼神看着卡尔达斯。

"恐怕这个不太可能。"卡尔达斯直截了当地说。

医生又一次闭上了双眼。这次是为了不让眼泪流出来。

"我之前就应该坚持让你们逮捕他。"医生很懊恼。

"即使那样，也不会改变什么。"卡尔达斯说，"在您来举报之前，所有的事情就都已经发生了。"

医生起身时不得不扶着椅背才能避免跌倒，他在那儿站了一会儿，目光呆滞，茫然无措。几天前卡尔达斯在这间办公室里认识的那位威风凛凛的男人已不复存在。

"他用鲜亮的颜色掩饰内心的黑暗。"医生低语，"他的灵魂是黑的。"

局长和探长陪医生来到门口，当他们穿过警察局时，奥尔加示意卡尔达斯有人来找他：罗莎莉亚·克鲁斯正坐在一把长椅上，她双手抱着头，盯着地面。

卡尔达斯在人行道上与医生告别。

"你们会把他关进监狱，还是会把他带到精神病院，就当他没犯罪一样？"医生问。

　　卡尔达斯本想告诉医生：如果他伸张正义，自己就会站在他身旁；但如果他寻求报复，自己就会与他对立。不过他最终还是保持了沉默。

　　卡尔达斯从口袋里掏出烟盒，点了根烟。他快速地抽了几口烟，又回到了警察局里。

Escena（景象）：1. 剧院中演出的舞台；2. 戏剧作品或电影的每一部分；3. 被认为值得关注的现实生活中的事件或对其的展现；4. 为了给人留下深刻印象而伪装出的夸张态度或表情。

"尸体在哪儿？"卡尔达斯第三次问罗莎莉亚了。

"就这两盒，"罗莎莉亚一边说一边把两盒药放在桌子上，"氟伏沙明早上吃，如果他很烦躁的话，就让他吃另外这个。"她一边说一边指着一瓶叫托吡酯的药。

"我们在莫妮卡家发现了血迹，所有都跟您儿子画的一样。"

"早上那个药他要就着牛奶吃，这样不伤胃。"

"您知道我们要指控卡米洛谋杀吧？"

"他很不安生吗？"

卡尔达斯叹了口气。

"有一点儿。"

"他安生下来的时候，可以给他一杯花果茶。"

"女士，我不知道……"

罗莎莉亚打断了他："孩子现在在哪儿？"

"在下面的牢房里。"

"关在里面？"

"当然是关在里面。"

"他会受不了的。"罗莎莉亚满眼含泪地说道。

"他可能要被关上好几年。"莱奥·卡尔达斯试图让罗莎莉亚明白眼前的状况。

"探长，您得帮帮他。"

"您应该帮帮我。告诉我莫妮卡·安德拉德的尸体在哪儿。"

"这件事我帮不上您，"罗莎莉亚一边说一边不停地哭，"我不知道在哪儿。"

卡尔达斯并不相信她。

"她的父母还在等着为女儿下葬。"

"我再说一遍，我真的不知道什么尸体的事儿。"

"您的儿子杀了莫妮卡，然后有两个小时站在原地不动。"卡尔达斯说。

"卡米洛，我的儿啊。"罗莎莉亚抽泣着。

"谁把他弄出去的？您吗？"

罗莎莉亚哭泣着，但是没有回答。

"您醒了之后，发现卡米洛没在床上，就出门找他了，对吗？"卡尔达斯猜想着，"然后您在莫妮卡家看到了那番景象。"

罗莎莉亚依旧没有说话。

"有一队刑侦警察正在收集证据。我们已经找到了血迹。我们还会查看自行车。"

罗莎莉亚透过眼泪看着卡尔达斯。

"我觉得我们会在自行车上找到您的指纹，"探长继续说，"是您把自行车带到了港口，就是要让我们相信莫妮卡从那儿离开了。"

门玻璃那儿传来了轻快的敲击声，埃斯特韦斯把头探进来："那个葡萄牙人已经来了。"

"我马上去。"卡尔达斯说。他的助理又关上了门。

"我能走了吗？"罗莎莉亚说。

"嗯，您能走了。"卡尔达斯说，"但您走之前，我的同事需要记录您的信息。我们得随时能找到您。"

罗莎莉亚擦了擦眼泪，把桌子上的药推到了探长这边。

"这个早上吃，这个如果发病了吃，"罗莎莉亚提醒卡尔达斯，"您会给他吃的吧？"

"这些要经过医生授权，"卡尔达斯说，"但我觉得问题不大。"

Reflejo（体现）：1. 已经体现出来的事；2. 对刺激的下意识反应；3. 不同于伤口所在位置的其他身体部位感受到的疼痛；4. 反射的光；5. 展示，样品；6. 能够对不可预见的事件做出快速反应的能力。

  瓦斯康塞洛斯探长比莱奥·卡尔达斯个儿高，且年长一些。他的一头短发中夹杂着些许白发，虽然他剃光了胡子，但还是能看到那里的皮肤比别处的颜色深。他穿着深蓝色西服套装、白色衬衣，没有系领带。脖子两边的绳子上各挂着一块镜片，可以通过磁铁吸在一起。他还拿着一只黑色公文包，活脱脱一个售货员的模样。

  "我要去冲杯咖啡，"一番寒暄后，卡尔达斯说，"您也来一杯吗？"

  俩人在卡尔达斯的桌子两边坐下。埃斯特韦斯则继续站着，他想把背挺直靠在墙上。

  "我听您的助理说，警方逮捕了一个男人。"瓦斯康塞洛斯用他非常标准的西班牙语说。

  卡尔达斯告诉他，与其说是一个男人，不如说是一个小伙子。

  瓦斯康塞洛斯一边听，一边把半袋糖倒进咖啡，用勺子搅拌起来。

  "为什么逮捕他？"瓦斯康塞洛斯问。

  "恐怕是因为谋杀。"

  瓦斯康塞洛斯停止搅拌咖啡。

  "我还以为莫妮卡只是失踪了。"

  "一个多小时以前，我们也这么以为。"莱奥·卡尔达斯回答。

  "但是……"瓦斯康塞洛斯有点疑惑，"是什么时候？"

  "我们认为是上周四晚上发生的，"卡尔达斯探长说，"就在她给您打电话的那一晚。"

  瓦斯康塞洛斯扭了扭脖子，就好像是要纠正颈椎的姿势似的，与此同时，两块镜片也跟着摆动起来。

"被抓的人认罪了吗？"瓦斯康塞洛斯问。

卡尔达斯摇了摇头。

"他是一个有沟通障碍的男孩。但认罪是早晚的事。"

"莫妮卡认识他吗？"

"认识。"卡尔达斯说，"他们还挺熟的，是邻居。"

瓦斯康塞洛斯抬头向上看，努力回忆着什么。

"缇兰的吗？"瓦斯康塞洛斯问。

"您知道缇兰？"卡尔达斯有些吃惊。就算维戈市里有的人每天能看到对岸的海滩，他们都不知道缇兰在哪儿。

"我去过一次。"瓦斯康塞洛斯说。

"去莫妮卡家？"

"当然是去她家。"瓦斯康塞洛斯的语气仿佛在说，其他的回答都是无稽之谈。

卡尔达斯想，也许自己弄错了，瓦斯康塞洛斯找他可能不是要以警察的身份交流。或许瓦斯康塞洛斯和莫妮卡之间的是私事。

"您和莫妮卡·安德拉德之间……"

"没有，我们之间什么都没有。"瓦斯康塞洛斯的脸上露出沉重的笑容，"莫妮卡是我办了很久的一个案子的证人。"

"一个案子？"

瓦斯康塞洛斯快速地抿了口咖啡，然后接续问着莫妮卡的死："警方确定是那个小伙子杀的吗？"

卡尔达斯和埃斯特韦斯对视一眼，同时点了点头。

"很遗憾，但确实是。"卡尔达斯说，"男孩的妈妈刚才也来过，她也这么认为。"

"怎么杀的她？"

"用什么东西割了喉。"卡尔达斯在自己的脖子上比画了一下画上伤口的位置，因为他觉得那些画是对现实的忠实体现。

瓦斯康塞洛斯盯着卡尔达斯的眼睛。

"就像是用手术刀割的？"

"我们也不确定。"

"我能看看尸体吗？"

卡尔达斯摇摇头。

"我们还没找到尸体。"卡尔达斯承认。

"那你们怎么知道……"瓦斯康塞洛斯一脸疑惑。

431

"我们在她家找到了血迹，"卡尔达斯说，"血迹的量足够判断她已经死了。"

瓦斯康塞洛斯又扭了扭脖子，卡尔达斯明白，这个调整颈椎的动作也能帮他调整思绪。

"既没有尸体，也没有那个小伙子的认罪，你们是怎么知道她是被割了喉的？"瓦斯康塞洛斯问。

卡尔达斯让埃斯特韦斯把那些画拿过来。

"凶手画了已经死去的莫妮卡。"卡尔达斯边说边翻到第一张画，展在桌子上。

瓦斯康塞洛斯往前探了探身子，然后把两片镜片吸到一起，架在鼻梁上。

"我知道这听起来可能有点儿奇怪，"卡尔达斯继续说，"虽然那个小伙子不会说话，但是他能把记忆中的东西用铅笔画出来，就像照片一样。"

瓦斯康塞洛斯抬起头，把眼镜分开，让两块镜片又落在了胸前。

"恐怕我和你们在找同一个凶手，"瓦斯康塞洛斯说，"你们听说过'凯门鳄'吗？"

Fuerte（堡垒）：1. 拥有很强的抵抗力；2. 健壮的，强壮的；3. 强大的；4. 性格坚强，精神抖擞；5. 坚硬的，不容易加工的；6. 有防御工事保护的地方，能够抵抗敌人的攻击；7. 可怕的，严重的，过度的。

"第一个是努诺·维洛佐，"瓦斯康塞洛斯开始讲，"大概是六年前被害的。接下来有若昂·席尔瓦、佩德罗·努内斯、加布里埃尔·萨、乌戈·费雷拉、圣地亚哥·席尔瓦、迪尼斯·卡瓦略、圣地亚哥·平托、弗朗西斯科·科斯塔。"他历数着，"弗朗西斯科就是九月被杀的那个孩子。"

"是刚找到的那个吗？"莱奥·卡尔达斯说的是最近铺天盖地的新闻对找到尸体的报道。

"对，"瓦斯康塞洛斯说，"一共是九个孩子，全都是男孩儿，年龄不相上下。最小的是七岁的迪尼斯·卡瓦略，最大的是十岁的圣地亚哥·席尔瓦和加布里埃尔·萨。另外还有三个失踪的孩子也符合这些特点，但是一直没找到，他们很有可能也是'凯门鳄'的受害者。"

"为啥叫凯门鳄？"拉斐尔·埃斯特韦斯问。

"几乎所有的尸体都被遗弃在了沼泽地区，在海边或河流附近的湿地，"瓦斯康塞洛斯说，"据说凯门鳄这类动物就经常把猎物的尸体藏到水里，所以我们就开始这么叫了。"

"你们怎么知道所有这些受害者都是同一个凶手所为？"

"因为所有人身上都留下了凶手独特的标记。凶手在对他们实施性侵后，都切开了他们的颈动脉。"瓦斯康塞洛斯边说边用手指着喉咙。

"用一把手术刀？"卡尔达斯问。

"我们觉得是。"瓦斯康塞洛斯回答，"伤口很整齐，出血量也很大。受害者用不了几分钟就因为失血过多而死。"

"就像莫妮卡一样。"卡尔达斯说。

瓦斯康塞洛斯点点头。

"对了，媒体还不知道脖子上的割伤是所有失踪案的共性。"瓦斯康塞洛斯说。

"我们不会把这个消息外传。"卡尔达斯探长保证。

瓦斯康塞洛斯打开公文包，拿出一只装着照片的黄色信封，他从里面取出两张照片放在桌子上。两张照片太像了，以至于卡尔达斯过了半晌才发现那是两位不同的受害者。两个赤裸的孩子正面朝上躺着，半身泡在水里。没有浸入水中的皮肤上遍布着深色的印记，那是从他们喉咙中流出来的血留下的血迹。两个孩子的手都举到了脖子附近，上面也全是血。

卡尔达斯探长也把卡米洛·克鲁斯的一张画展放在桌子上。展现在四位警察面前的是三幅一样的画面：一样的伤口，一样的血迹，一样的求生的双手。

当瓦斯康塞洛斯把照片放回信封里时，这间办公室里的所有人都非常笃定：这些凶案是一人所为。

迷茫的索托开始叹气。他此前接受卡尔达斯的邀请来参加会议时，还以为这个葡萄牙警察是来说米格尔·巴斯克斯和他上周在里斯本的事儿。

"这些孩子和莫妮卡有什么关系？"索托问。

"莫妮卡是案件最重要的证人，"瓦斯康塞洛斯说，"她是唯一可以当面指认'凯门鳄'的人。"

"唯一？"

"唯一，"瓦斯康塞洛斯确定，"还有别的证人从远处看到了一个男人和一个小孩儿，只有莫妮卡曾和这个男人打过照面。"

"这是什么时候的事？"

"三年前的九月，"瓦斯康塞洛斯边说边从公文包里拿出笔记本电脑，放在桌子上打开，"在夏天快结束的一周，莫妮卡·安德拉德在葡萄牙的阿菲菲附近租了间房子。她之前已经在那儿租过好几次了。她喜欢在阿尔达海滩的沙丘间晒太阳，在一年中的那个时段那里几乎没什么人。加布里埃尔·萨就是在那周消失的。"瓦斯康塞洛斯边说边在电脑里找到了视频文件。

"我正躺着，"视频里的莫妮卡·安德拉德正在回答问讯，"之前我在看书，但是那会儿我已经把书收到篮子里开始晒太阳了。"

卡尔达斯看到正在说话的莫妮卡，咽了咽口水。

"您当时确切的位置在哪儿？"有个声音问她。

"在阿尔达海滩尽头的那些沙丘那儿，"莫妮卡说，"在堡垒附近。"

"巴索堡垒吗？"

卡尔达斯看到屏幕里的莫妮卡·安德拉德有些犹疑。

"应该是吧,"莫妮卡边说边把手伸向一边,"就是靠南边一点的那个。"

"请您继续说。"那个声音说道,于是莫妮卡接着讲述。

"当时我正躺着晒着太阳,快睡着了,突然听到了孩子的笑声,我睁开眼……"莫妮卡回想细节的时候,停了一下。

"然后呢?"

"一只鸟滑翔着飞过,在它后面,有个男孩举着手臂跑过来,似乎想抓住它,"莫妮卡又停了一下,"那个小孩只穿了一件水绿色的泳裤,他没有……"莫妮卡没有继续说,而是晃了晃一只手。

"那个小孩只有一只手?"仿佛是为了在视频里留下证据,那个声音问道。

"对。我已经跟您的同事说过了。"莫妮卡说。

"您还记得他缺的是哪只手吗?"

"左手。"莫妮卡说。

"谢谢。"那个声音说,"请您继续。"

"那个男孩看见我的时候,在沙丘顶上停了下来,我当时,嗯……"莫妮卡犹豫了一下,"我没穿衣服,那个孩子就在那儿看着我。我的篮子里有几个苹果,我就掏出来一个想给他。我也不知道我为什么要这么做。应该是因为我看见他的残肢觉得他挺可怜,反正就是我想给他一个苹果。这时候,一个男人出现了。"

"那个男人做了什么?"

"什么都没做,他也在离我四五米远的沙丘上停了下来,就站在男孩旁边。他本来也微笑着,但他看见我的时候,笑容就消失了。我盖上了沙滩巾,还发现那个男人有点儿不自在,因为他看男孩的眼神就像是想让那个孩子远离我一样。我还以为是他觉得孩子看我光着身子不合适。我怎么知道其实在发生什么呢?"

"然后发生了什么?"

"我问他能不能给孩子苹果。"

"他说什么?"

"他什么都没说。"莫妮卡说,"那个孩子没等他说话,就从沙丘上走下来,拿了苹果,像举着奖杯一样举着跑走了。"

"那个男人呢?"

"跟在孩子后面走了。"

"之后您没再见过他们吗?"

莫妮卡摇摇头。

"嗯,那个小孩我倒是看见了。这几天在报纸上看见的。"

有人给莫妮卡展示了一幅肖像。

"是这个男孩吗？"

莫妮卡根本不用多看。

"就是他。"

"他们往哪个方向去的？"那个声音继续问。

"往南，"莫妮卡说，"往堡垒那边去了。"

"您后来又见到过那个男人吗？"

"没见到过。"

"您听见孩子怎么叫那个男人的吗？"

"没有。"

"您听到那个男人说话了吗？"

"也没有。"安德拉德医生的女儿说。

"您能描述一下他的外貌吗？"

"短发，深栗色或黑色，三十到四十岁之间，大众脸……"

"大众脸？"那个声音打断他。

"不好看也不难看。"莫妮卡解释道。

"身高呢？"

"有点矮。"

"特别矮吗？"那个声音问她。

"也不是特别矮，"莫妮卡说，"比我稍微矮一点。"

"您多高？"

"一米八二。"莫妮卡边说边面露羞涩。

卡尔达斯心想，在莫妮卡眼里，自己也是"有点矮"。

"有胡子吗？"

"没有。"

"身体上有什么特征吗？有文身、痣或者什么印迹吗？"

"我没看见有什么。"

"戴耳环，或者别的地方穿环了吗？"

"没有。"

"戴戒指、手链、项链，或者手表了吗？"

"我不确定，"莫妮卡说，"但没有引起我注意的东西。"

"您还记得他穿的什么吗？"

"去沙滩的衣服，"莫妮卡回答，"一件纯色的 T 恤衫，浅色的，还有一条沙滩裤。"

"他穿鞋了吗?"

"我当时在几座沙丘中间,"莫妮卡说,"我看不见他的脚。"

"您觉得您能认出他来吗?"

"我能。"莫妮卡斩钉截铁地说。

"您确定?"

"对,我确定。"莫妮卡·安德拉德重复道。瓦斯康塞洛斯合上了电脑。

"那个独臂男孩叫加布里埃尔·萨,"瓦斯康塞洛斯告诉大家,"他刚满十岁,虽然看着年龄更小一些。他失踪前正在沙滩上和他的几个表哥玩儿。一位目击者说,他看见男孩在一辆向北飞驰的房车里,我们就一直沿着这条线索调查,直到莫妮卡·安德拉德给我们打来电话。她回到缇兰以后在报纸上看到了这个男孩的照片。莫妮卡在电话里问我们,男孩是不是只有一只手。西班牙的报纸没有提这件事,但是莫妮卡知道。她到葡萄牙找到我们,并从第一时间起就开始跟我们合作。我们没再继续找那辆房车,而是在巴索堡垒附近找。那个小孩儿就在那儿,在水里被找到了,"瓦斯康塞洛斯说,"就是大家已经知道的'凯门鳄'。"

瓦斯康塞洛斯说,自那之后,他们给莫妮卡看了成千上万张嫌疑人的照片,但莫妮卡都没能从里面找到那个男人。

"上周四她找到了,"卡尔达斯说,"所以她才打电话通知您。"

瓦斯康塞洛斯点点头。

"我是第二天上午才知道,前一天晚上有个西班牙女人给警方总机打电话找我。我猜是莫妮卡,就给她回了电话,但是她没接。"瓦斯康塞洛斯说。

"莫妮卡没有您的号码吗?"莱奥·卡尔达斯有些吃惊。

"我给了她好几次。跟她丢手机的次数一样多。"

437

Singular（特别）：1. 唯一的，独一无二；2. 非凡的、稀有的或优秀的；3. 表示单个人或事物的语法概念；4. 仅两个人之间的比拼、战斗或争执。

"莫妮卡身边的人怎么没有一个提到过'凯门鳄'？"索托打开了窗户，但新鲜空气并没有让他的叹息声停下来。

"我之前提醒过莫妮卡，这件事很敏感，要想好和谁说。她说她不想告诉任何人，"瓦斯康塞洛斯说，"她暗示过我说她曾经有过一些不好的经历。"

"那些不好的经历应该和医生有关。"卡尔达斯指出。

"医生是谁？"瓦斯康塞洛斯问。

"莫妮卡的父亲，"卡尔达斯探长说，"是一位很重要的外科医生。您不知道吗？"

瓦斯康塞洛斯说他并不知情。

"莫妮卡和医生之间发生了什么？"局长问。

"莫妮卡刚到圣地亚哥德孔波斯特拉读本科的时候，想举报一个邻居，那个男人打他的女伴。莫妮卡那时候还未成年，警察局就通知了她父亲，"卡尔达斯向大家解释了安德拉德医生如何说服莫妮卡打消举报的念头，"那位邻居的妻子最后坐上了轮椅，莫妮卡一直都没有释怀，既没原谅她自己，也没原谅她父亲。从那时起，父女俩的关系就开始恶化。"

"你怎么知道这些的？"索托问他。

卡尔达斯耸了耸肩，毕竟现在不是说这件事的时候。

"您还能跟我们再讲讲这个'凯门鳄'吗？"卡尔达斯转头问瓦斯康塞洛斯。

"我知道的也不比刚才录像里的内容多多少：他不高不矮，不丑不俊，不胖不瘦，"瓦斯康塞洛斯打开文件夹，拿出了一幅模拟画像，"他是个幽灵，神不知鬼不觉地带走了九个儿童，强暴他们，还割开了他们的颈动脉。"

卡尔达斯拿起画，试图在画里的这个人脸上找到什么特别之处，但并未成功。

瓦斯康塞洛斯说得对：这可能是任何人。

"没有指纹，也没有DNA残留，"葡萄牙探长继续说，"他做事滴水不漏，而且应该很有煽动力，因为孩子们从来都不是被强行带走的。证人们都说看见一个男人和一个孩子一路跑着玩儿着，就像任何一个爸爸和孩子一样。诸位也听到了莫妮卡的证词：加布里埃尔·萨走到沙丘顶的时候在笑，紧接着出现的'凯门鳄'也在笑。孩子们都不怕他。"瓦斯康塞洛斯总结道。

"那小孩儿在追鸟，"埃斯特韦斯想了起来，"会不会是个喜欢动物的人？"

"跟动物有关是我们的两种假设理论之一。"瓦斯康塞洛斯对此表示肯定，"有一位证人说，在发现佩德罗·努内斯尸体的那条河附近，他曾经远远看到过'凯门鳄'和佩德罗·努内斯。这个小孩儿当时就像沙丘上的加布里埃尔·萨一样，也在追一只鸟。我们已经调查了鸟类学协会和观鸟俱乐部的成员。"瓦斯康塞洛斯继续说，"我们还调查了养狗的人，因为倒数第二个出事的孩子——圣地亚哥·平托，他从家里失踪的时候，他妈妈听到了附近有小狗的叫声。我们走访了狗的繁殖者、训练者和育犬协会；我们找到了当时刚出生的狗崽，拜访了养小狗的家庭；我们还去了相关展会，给所有的到访者拍了照片。所有这些照片莫妮卡都查看了，但是并没有发现凶手。"

"一种假设是他熟悉动物，"卡尔达斯说，"那另一种呢？"

"是个外科医生，"瓦斯康塞洛斯，"或者是从事医疗相关行业的工作。他知道在哪里下刀，而且切口整齐干净。他手很稳，而且能一刀致命。"

"也可能两个都有：医生，还喜欢动物。"埃斯特韦斯指出。

瓦斯康塞洛斯伸了伸脖子。

"我不是很懂。"瓦斯康塞洛斯说。

"埃斯特韦斯的意思是他可能是兽医。"卡尔达斯解释道。

"我们查了兽医学会所有人的资料，"瓦斯康塞洛斯说，"没有一个人符合。"

"您已经讲了您这边的所有信息，"卡尔达斯说，"让我来讲讲我们知道的事吧。"

卡尔达斯向瓦斯康塞洛斯解释说，上周四，莫妮卡负责监管陶艺教室，本来一切正常，直到晚上快八点半的时候，莫妮卡出去了。

"回来之后，她把自己关在漆黑的办公室里。"莱奥·卡尔达斯继续讲述，"看见她的那个女学生说，莫妮卡当时浑身发抖，但是她不想告诉那个学生为什么。下课以后，莫妮卡一直警惕地看着院子，后来在很晚的时候匆忙离开，赶上了最后一班回莫阿尼亚的船。在船上她也没坐老位置，而是坐在了最靠里的椅子上。很明显她在躲藏。"

"她应该是之前认出了'凯门鳄'。"瓦斯康塞洛斯说。

"他们应该是互相认出了对方,"卡尔达斯说,"这就解释了她为什么会害怕。"

"有道理。"

"关于莫妮卡离开陶艺教室那段时间,我们也掌握了一些情况。"卡尔达斯继续说,"比如说,她上楼去了古乐器制作工作室。那之前她刚去过一趟,想跟制琴师说她家院子里有棵树倒了,制琴师可以用那些木材。但那次她没见到制琴师,就给制琴师的几位学生留下了一些说明,所以她第二次上去是想跟制琴师亲自解释。目前为止,有什么问题吗?"

"还没有。"瓦斯康塞洛斯说。

埃斯特韦斯和索托也摇摇头,就像卡尔达斯也问了他们一样。

"在莫妮卡上楼找制琴师的时候,用手机打了个电话。这通电话时长大概两分钟。制琴师拉蒙·卡萨尔很确定莫妮卡没有进到工作室里,他说他看见莫妮卡的时候,莫妮卡正在门口打电话。"卡尔达斯继续重现整个事件,"我们觉得拉蒙·卡萨尔没说实话,因为当时和他在一起的学生不记得见过莫妮卡。不过除此之外,也没有别的事情让我们怀疑拉蒙·卡萨尔。"

"我觉得我越听越迷糊了,"瓦斯康塞洛斯说,"这件事和那通电话有什么关系?"

"马上您就明白了。"卡尔达斯宣称,"今天早上我们从电信公司拿到了莫妮卡的通话记录,我们发现那通电话是打给一家宠物诊所的。我们跟那个兽医联系上了,他承认他上周四下午和莫妮卡通了电话。兽医还说,虽然他结婚,有了家庭,但是他和莫妮卡保持亲密关系有一段时间了。只限于性关系。"

"我很难相信莫妮卡会跟'凯门鳄'睡。"瓦斯康塞洛斯评论道。

"莫妮卡从来没向任何人承认过她有情人。"卡尔达斯说。

"您觉得兽医撒谎了吗?"

"我觉得他说自己和莫妮卡有地下恋情是个很完美的脱身之计,"卡尔达斯说,"因为这样一来,他们之间联系过或者是我们会在莫妮卡家发现他的指纹都变得顺理成章了。"

一阵沉默之后,索托问哪里能找到这个兽医。

"他关了诊所之后就来。"卡尔达斯回答。

索托抬头看了一眼墙上的时钟。

"不能让他现在来吗?"

"可以，"卡尔达斯坦言，"但这样就会让他起疑心。"

"那还是等等吧。"

"那我们拿卡米洛·克鲁斯怎么办？"卡尔达斯问。

"什么怎么办？"索托瞬间问了回去。

"应该考虑是不是要放了他。"

"在找到尸体之前不能放。"索托干脆地反对道。

"局长，咱们不能在知道杀人犯另有其人的情况下，还关着他。"

"你这是已经把画里的当真了，但咱们其实连莫妮卡是否真的死了都还不确定。"

"您也听到克拉拉说的了，在莫妮卡家发现了血迹。而且那个男孩只画他看到的东西。"

"正是因为莫妮卡家里有血，那个男孩还去过那儿，才不能放了他。"

"莫妮卡的伤口和那些孩子的一样。"卡尔达斯说。

"那个伤口只是在画上，莱奥。"索托反驳道，"我们也不能确定，是不是那个'凯门鳄'所为。"

"您没有看到那些照片吗？"

"我当然看到了。我也没说不是这样，我只是说咱们没有证据。咱们一找到尸体，证实刀口和别的案子里的一样，就把卡米洛·克鲁斯放了。在那之前只能等着。咱们再关他几个小时也没什么损失。"

卡尔达斯并没有再坚持。他知道，所有释放卡米洛的理由与真正让局长担心的原因相比都是九牛一毛——局长关心医生的反应。

"不好意思，我想再问一下，"瓦斯康塞洛斯打断了他们，"我还是不明白兽医和那通电话的关系。有什么事说不通。"

"什么说不通？"卡尔达斯问。

"兽医确实符合我们要找的人的形象，"瓦斯康塞洛斯说，"但是莫妮卡根本没听过'凯门鳄'的声音。莫妮卡从来没听过他讲话。一通电话就引发了后面这一切，不太可能吧。"

"我也觉得有点儿怪。"拉斐尔·埃斯特韦斯说。

"但事实就是事实，"卡尔达斯看着他们俩说，"这个人符合咱们要找的人的条件，而且从时间上来看，莫妮卡正好是在那通电话以后开始害怕的。"

瓦斯康塞洛斯又打开了电脑屏幕。

"那个兽医叫什么？"

441

"埃米利奥，"卡尔达斯在他的笔记本里找了一下，说，"埃米利奥·鲁埃达。"

"埃米利奥·鲁埃达，兽医。"瓦斯康塞洛斯一边高声重复一边敲下了这些信息。

当电脑屏幕上出现图像时，所有人都凑了过来：那是一个黝黑的男人，瘦瘦的，没什么头发。

"不丑不俊。"卡尔达斯评论道，"有可能是。"

"好秃啊，"埃斯特韦斯说，"莫妮卡可没提过这个。"

"三年里能掉不少头发。"卡尔达斯说。

"'凯门鳄'也可能戴假发，"索托边说边看向瓦斯康塞洛斯，"他不会为了不被注意伪装自己吗？"

"很有可能。"尽管来自葡萄牙的探长嘴上这么说，他皱起的脸上仍然满是疑云。

"您觉得哪儿不对劲，瓦斯康塞洛斯？"卡尔达斯问他。

"我还是不明白，在没听过对方声音的情况下，是怎么在一通电话里听出对方的。"

大家盯着屏幕上的兽医都没作声，直到埃斯特韦斯做出一个猜想："估计是'凯门鳄'知道，他在跟唯一能认出他的人说话，然后他提醒莫妮卡，让她想起来他们怎么认识的。"

"这是想暴露自己？"卡尔达斯很诧异。

"我也不知道。"埃斯特韦斯退缩了，"只是种可能嘛。"

"这样也不对，"瓦斯康塞洛斯说，"莫妮卡躲了起来，就是因为她怕面对面遇到'凯门鳄'。这也就说明，'凯门鳄'意味着真实可触的危险，而不只是从电话那头儿带来的威胁。"

"就不可能是，莫妮卡上街之后看到了'凯门鳄'，然后他们互相认出了对方吗？"索托问。

"这样显然更合理。"葡萄牙警官说。

"咱们知道，莫妮卡不在教室的那段时间里，她除了打电话、上楼找制琴师，有上街吗？"

索托用了"咱们"，但其实他看的是卡尔达斯。

"咱们不知道，"卡尔达斯回答，"但我知道谁能帮上忙。"

Respirar（喘气）：1. 生物吸入和排出空气；2. 解决问题或完成艰巨任务后感到如释重负；3. 让空气进出房间或其他封闭的地方；4. 念出单词或宣布消息。

"对，维斯塔贞女上周四下午出来过一趟。"拿破仑说。

"您确定吗？"卡尔达斯与他再次确认。

"Æquam memento rebus in arduis servare mentem."①

"越是在复杂的情况下，越要保持头脑清醒。"瓦斯康塞洛斯翻译道。

"您刚让我丢了个硬币。"拿破仑嘟囔道。

"那您之前为什么没告诉我呢？"卡尔达斯问，但是自己又给出了答案，"我也没问您是吧？"

"Eo ipso。"拿破仑一边说一边抚摩着狗背。为了不让蒂穆尔叫，埃斯特韦斯不得不退后了几步。"您只问了她晚上离开的时间。"

"也对。"莱奥·卡尔达斯道歉，"她在门口待了多久，您记不记得？"

"没多久，"拿破仑说，"她几乎每天都到街上站一下，喘口气，然后就回去了。"

"喘口气？"

"探长，这也就是一种表达方式。她有时会看看我，我就会和她开玩笑：'怎么，想闻闻外面的空气？'"

"好吧。"

"她和您朋友做一样的动作。"拿破仑指着瓦斯康塞洛斯说。

"什么动作？"葡萄牙探长问拿破仑，于是拿破仑像他为了理清思路那样伸了伸脖子。

"做拉伸吗？"

---

① 原文是著名的拉丁语格言，可译为危难时记得保持冷静。

"对，然后深呼吸，就又回班儿上去了。"

"她出来的时候，一般街上人多吗？"

"挺多的。"

"您记不记得她上周四出来跟什么人说了话？"

"否。"

"是她没说话，还是您不记得了？"

"我不记得了。"

"也不记得她有没有在看着哪位行人吗？"

"也不记得。"拿破仑边说边指了指艺术与机械工艺学院门口默默站着的人群，"所有人都是为她来的。"

有人举着一条横幅，虽然从这边看不见上面写了些什么，但想必和莫妮卡·安德拉德有关。卡尔达斯一直关注着人群，希望能看到埃尔薇拉，但他还没找到。

"我知道。"卡尔达斯探长说。

"Ut ameris, amabilis esto."①

"说得对。"瓦斯康塞洛斯说。

莱奥·卡尔达斯摇了摇头，他并没有听懂。

"要友善对人，才会被友善对待。"拿破仑解释道。说完他又悄悄地跟卡尔达斯说："说到友善，我要再谢谢您给的葡萄酒。"

"您尝了吗？"

拿破仑吸了一口气，回忆着酒香。

"《圣经》里记载着，"拿破仑喃喃自语，"Bonum vinum laetificat cor hominis.②"

"我办公室里还有一瓶，"卡尔达斯低声说，"等这个案子结了，我再给您拿一瓶来。"

卡尔达斯往易拉罐里放了一些硬币，与拿破仑告别，走到了聚集在艺术与机械工艺学院门两侧的人群里。在街道对面的人行道上，几名摄影师和两部电台摄像机正拍摄着整个场景。

卡尔达斯推算，一共有将近三百人聚集在这里，表达期盼莫妮卡回来的心愿。卡尔达斯看见米格尔·巴斯克斯、多洛雷丝和陶艺班的学生们站在第一排。他们举着横幅，上面写着醒目的大字："莫妮卡，我们等你回来"。与他们在一起的还有

---

① 拉丁语：想要被爱，你应当可爱。出自《爱的艺术》一书。

② 拉丁语：好酒使人心情愉悦。

市长，他遵守了前一天在电台节目里的诺言。再往后还有教授加利西亚乐器制作的沙伊梅·里瓦斯和卡洛斯·科拉尔，以及跟蒂娜、奥斯卡·诺沃及其他学徒站在一起的拉蒙·卡萨尔。卡尔达斯还看见了爱德华多——这位金银匠前几天给拿破仑硬币的时候，拿破仑向卡尔达斯介绍过他。在横幅旁边站着秘书处的那两位工作人员和玛丽亚——上周四吓到莫妮卡的那位勤务员。埃尔薇拉·奥特罗和其他学绘画的学生在人群最外圈。几乎所有在场的人都举着印有失踪者头像的牌子。

有人把麦克风递给米格尔·巴斯克斯宣读宣言，此后市长将宣布活动结束，记者们也会蜂拥而上围住众人。

米格尔·巴斯克斯在令人动容的气氛中开始朗读宣言，但这位陶艺师的声音在莱奥·卡尔达斯听来仿佛只是背景里的噪声。他只关注着埃尔薇拉，而埃尔薇拉也正在看他。埃尔薇拉的表情很严肃，正如这个活动要求的一样，不过，她的双眸在冲卡尔达斯微笑。

Inicial（首字母）：1. 某事的起源或开始；2. 单词首字母。

卡尔达斯点了根烟，正要跟埃斯特韦斯和瓦斯康塞洛斯回警察局，突然，背后有人叫他。卡尔达斯一转身，看到了圣地亚哥·洛萨达。其实之前探长就在报道集会的记者中注意到了他。

"我知道你们抓了一个人。"洛萨达低声说。

"谁跟你说的？"

"真抓了吗？"

"没有。"卡尔达斯撒了谎。

"我知道这个人住在莫妮卡家附近。我还知道有一队鉴定科警察正在仔细搜查莫妮卡家。"

"我们当然在工作了。"

"所以，你们抓人是真的吗？"

"我不想跟你谈论案件的细节。"

"我不需要你跟我谈论，但是这次我可不能让别人抢了我的新闻。"

"你随便吧。"卡尔达斯不屑地转过身，回到他的助理和葡萄牙探长旁边。

但一个大声道出的问题让卡尔达斯停住了脚。

"他姓名的首字母都是 C，对不对？"

卡尔达斯退了回来。

"谁跟你说的？"

圣地亚哥·洛萨达看了看两边，在确定除眼前的几位警察外没别人能听到他的话之后，摆出了一副令卡尔达斯厌恶的恬不知耻的表情。

"卡米洛·克鲁斯？"洛萨达问。

"你休想把这个名字在节目里说出去，"卡尔达斯警告他，"你怎么也要等到我们搜集好证据,把他移送司法机关了再说。"

"你无权指挥我在节目里说什么不说什么。我每次听你的话,都会失去一次机会。"

"这个男孩跟这事儿没关系。"

"我的线人可是说,他妈妈都已经承认他卷入了这个案子。"

"你的线人?"卡尔达斯问,"你快别逗我了。"

"对不对吧?"

离俩人几步远的埃斯特韦斯靠了过来。

"我能跟咱的播音员朋友说个秘密吗?"

"我在和你的上司讲话。"洛萨达干巴巴地说。

"我这个事儿您估计有兴趣,"埃斯特韦斯边靠近洛萨达的耳朵边慢慢说,"要是您的电台在广播里提到这个男孩的名字,我就用我快出生的儿子的名义发誓,我会把您的牙齿一颗一颗地全拔了。"

洛萨达往旁边闪了一步。

"你威胁我吗?"洛萨达颤抖着。

"您确实特别聪慧,"埃斯特韦斯微笑道,"我倒要看看您是不是也特别勇敢。"

"莱奥,你听到了吗?他威胁我。"

"你跟他说了什么?"卡尔达斯探长问。

"没啥,"埃斯特韦斯回答,"我俩的私事儿。"

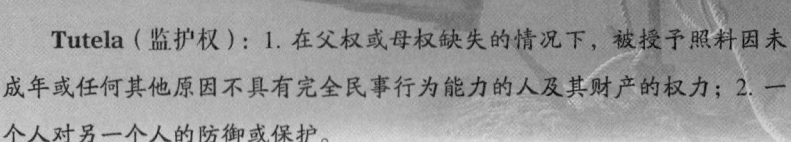

Tutela（监护权）：1. 在父权或母权缺失的情况下，被授予照料因未成年或任何其他原因不具有完全民事行为能力的人及其财产的权力；2. 一个人对另一个人的防御或保护。

到达警察局的时候，莱奥·卡尔达斯来到审片室，请费罗开始检查上周四在学院附近拍摄的影像。

"莫妮卡在晚上八点三十八分离开教室，打了个电话，"卡尔达斯对费罗说，"你找一下这个时间段的影像。"

然后卡尔达斯下楼去看被关着的男孩，他被绑着手，还在那里荡来荡去，发出那种似乎永无止境的呻吟声。卡尔达斯靠近牢房，轻声地跟卡米洛说，自己需要他的帮助来找到凶手，但卡米洛的反应依旧只是：一前一后。

卡尔达斯上楼回到办公室，给法官打电话。

"警方要把那个小伙子带来了吗？"伊莎贝拉·弗洛雷斯推测警方应该收集了足够的证据，准备把卡米洛的监护权移交给检方。

"恰恰相反，法官大人。"卡尔达斯说，"我想跟您说，他可能是无辜的。"

"那些画不是真的？"

"不，画是真的。"卡尔达斯回答，"我跟您说过，他只画自己看到的东西。"

"那所以呢？"

"卡米洛到的时候，莫妮卡可能已经死了。"卡尔达斯解释道，"在他的画里，我们找到了这个案子和另一个案子的相同点。而莫妮卡恰好是那个案子的证人。我觉得这回我们的方向对了。"

"警方要释放卡米洛吗？"

"局长想等先找到尸体再放。"莱奥·卡尔达斯回答。

"那如果在七十二小时内没找到尸体呢？"

"我们相信能找到。我们会给可能看到了什么的人施压，明天我们也会在莫妮卡家附近再次进行地毯式搜索，"卡尔达斯并没说搜索将集中在潮湿的区域或者海边展开，"我们还要再查一下上周四下午的录像。如果莫妮卡是那天晚上被杀的话，就没必要在周五的录像里找她了。"

"对，没有必要。"伊莎贝拉·弗洛雷斯说，而卡尔达斯知道她正在咬嘴唇，"警方需要新的法院指令吗？"

"不用了，法官大人，"卡尔达斯说，"我们这里手续很齐全。我就是想让您知道一下。"

"谢谢您通知我，卡尔达斯。"法官说。

卡尔达斯放下电话，仔细查看卡米洛·克鲁斯的那些画。他想试图寻找一些以前没有发现的东西，但他只看到了喉咙被割开、血流满了一地毯的莫妮卡。因为此前在视频中看到她生龙活虎地配合警方寻找杀人犯，现在这个画面让卡尔达斯更加痛苦。

他看了一眼时间。兽医随时可能来。尽管瓦斯康塞洛斯说，一通电话不可能让莫妮卡如此惊恐万分，但卡尔达斯还是觉得那通电话与案件有关。卡尔达斯内心深处的一个声音告诉他，兽医可能就是"凯门鳄"。

卡尔达斯把画放下，打电话给卡米洛的母亲。

"我是卡尔达斯探长。"

"孩子怎么样？"罗莎莉亚·克鲁斯问。

"挺好的。"卡尔达斯撒着谎。

"给他吃药了吗？"

"还在等医生授权。"

"不吃药的话，他会不安生的。"

"确实有一点。"卡尔达斯承认。

"您可以给他纸笔让他画画，"罗莎莉亚说，"他也许会安静下来。"

"我回头看看。"

"还关着呢吗？"

"对，当然。"

"律师说，你们不会把卡米洛关到监狱里。"

"他不应该被关在任何地方。"

"应该把他送到精神病院。"

"我再跟您……"

"那样最好。"罗莎莉亚打断了他。

卡尔达斯清了清嗓子，接着说最好让卡米洛回家。

449

"卡米洛不是凶手，但是您得帮我证明这件事。"

电话那头儿一阵沉默，卡尔达斯明白，卡米洛的妈妈不相信自己。

"罗莎莉亚，尸体在哪儿？"

"我不知道您在说什么。"

"如果没有尸检的话，我们就没办法放了您儿子。"卡尔达斯向罗莎莉亚解释。但电话那头儿仍是一阵表示极度怀疑的沉默。

Alto（身材魁梧）：1. 身材魁梧；2. 有相当可观的高度；3. 挺拔，坚立；4. 海拔高于其他地区的一块土地；5. 泛滥的河流，汹涌的大海；6. 停止，暂停。

埃斯特韦斯敲门的时候，索托、瓦斯康塞洛斯和卡尔达斯正围坐在局长的桌子旁边。

"埃米利奥·鲁埃达到了。"埃斯特韦斯说。

"这是那个兽医？"索托局长问。

"对。"卡尔达斯确认。

埃斯特韦斯闪到一边，请兽医进来之前冲着卡尔达斯探长摇了摇头。当那位到访者走进办公室时，所有人都明白了摇头的含义：兽医不可能是"凯门鳄"。

这个之前大家只在电脑里看见过脸的男人至少有两米高。和他相比，身高一米九，体重一百公斤的埃斯特韦斯都不值得一提。

卡尔达斯想起了埃娃·布阿的话：莫妮卡一直喜欢高个儿。

"大家好。"埃米利奥·鲁埃达害羞地说。

他只是来警察局说说自己外遇的细节，但是没想到有这么庞大的欢迎团在等他。

卡尔达斯站起来，把他从众人面前带离。

"您跟我去另一间屋吧。"卡尔达斯说。

二十分钟后卡尔达斯回到了局长办公室。兽医已经离开警察局了。他的证词与他今早电话里的内容丝毫不差，他还带来了他和莫妮卡的所有约会记录，都以莫妮卡猫的名义记在他的日程本上。他的手机里也存着几张两人的合照。

"他们很久以前就认识了。"卡尔达斯说，"他说的都是真的。"

"那通电话呢？"葡萄牙警官问。

卡尔达斯解释说，上周四上午，当兽医到莫妮卡家的时候，遇到了正在莫妮卡家伐树的市政员工。

"莫妮卡当天下午给兽医打电话道歉，说没有提前通知他，很不好意思。"卡尔达斯补充道，"他们约了这周见面。"

"这些我们都知道了，莱奥，"局长说，"但兽医有没有跟你说，他跟莫妮卡打电话的时候，注意到有什么异常？"

"什么都没有。"卡尔达斯回答，"电话是突然挂断的，挂断前莫妮卡只说了一句'我得挂了'。但他们有时候也这么告别。"

"你跟他说莫妮卡已经死了吗？"

"当然没有。"卡尔达斯说完看向瓦斯康塞洛斯，"您还没吃饭吧？"

瓦斯康塞洛斯摇摇头。

"还没有。"

Desatado（解开的）：1. 从被捆绑的带子或结中松开的东西；2. 不再害羞的人；3. 无序的、加速的、不停歇的。

卡尔达斯带瓦斯康塞洛斯来港口酒吧吃饭，在那里俩人发现，除了工作，他们还有很多相似之处。瓦斯康塞洛斯的父亲也在杜罗河岸的一座小酒窖里酿过葡萄酒。

"他七年前去世了。"葡萄牙警官讲道。

在他的童年里，就像卡尔达斯的一样，一年中的四季也被称作修剪、清理、开花和收获。

"您走之前提醒我一下，我给您拿一瓶我爸酿的酒，"卡尔达斯说，"我办公室里还有几瓶。"

在鳎目鱼之后上的是奶酪，吃完之后，瓦斯康塞洛斯陪卡尔达斯在街上抽了根烟，然后俩人又进去喝了咖啡。

"我不知道没有莫妮卡的帮助怎么能认出'凯门鳄'。"瓦斯康塞洛斯一边低声说一边搅拌着他放了半袋糖的咖啡。

"那些远远看见过'凯门鳄'的目击者也许能在视频里认出他吧。"虽然卡尔达斯这么说，但俩人都知道希望十分渺茫。

"那个被抓着的男孩呢？"瓦斯康塞洛斯问。

"他怎么了？"

"他有没有可能见过？"

"我们检查过他最近的画册了，"卡尔达斯探长说，"关于那天晚上他只画了九幅画，我们都给您看过了。"

"要是他还没敢画呢？"

"您觉得有可能？"卡尔达斯不太确定。

"咱们可以给他一支铅笔。"

453

"他妈妈已经请求过了，让我允许他画画，"卡尔达斯承认，"但是几位医生和狱警们都不建议。他不被绑着的时候，一直试图自残。生活不易，谁都不想在我们看管他的时候出问题。"

"您也怕惹麻烦？"瓦斯康塞洛斯问卡尔达斯。

"他这样有几个小时了。"卡尔达斯他们两人下楼看卡米洛·克鲁斯的时候，负责看管牢房的狱警对他们说。狱警还说，关在同一间牢房里的其他三个人不停地埋怨和辱骂卡米洛。

卡米洛依旧站在垫子上，裤子很脏，双眼无神，荡来荡去。他无休止的呻吟声越来越嘶哑了。

瓦斯康塞洛斯看着这个小伙子想：这样一个看起来不谙世事的人怎么能用如此高超的绘画技巧再现真实世界？

卡尔达斯请狱警打开牢门走了进去。呻吟声更大了，摇摆的速度也加快了。

"我们给你带来了这个，你可以画画了。"卡尔达斯说。

卡米洛紧闭双眼，身体依旧一前一后地摇摆。

卡尔达斯没有再靠近。他把几张纸放在地上，其中一张纸上放着一截短短的黑蜡笔，就是小孩儿用来涂色的那种。

"我们知道你没有杀人，卡米洛，"卡尔达斯探长说，"我们知道你是莫妮卡的朋友，你还帮她照顾迪米特里。"

一前一后，一前一后。

"是谁对莫妮卡动的手？"卡尔达斯问卡米洛，"告诉我们当时谁在那儿。帮我们画出来谁杀了她。"

直到卡尔达斯走出牢房，卡米洛才睁开眼。在卡尔达斯他们两个远离牢房围栏以后，卡米洛摇摆的速度才又慢了下来。

"把他的手松开，不要让他离开你的视线，"卡尔达斯交代，"他开始画画的时候告诉我。"

"如果他又自残怎么办？"

"那就再把他绑起来。"探长说完，又大声重复了一遍，以确保卡米洛听到，"如果他再伤害自己，你们就把纸拿走，把他绑起来。"

Vaivén（摇摆）：1. 身体从一边到另一边的交替摆动或移动；2. 不稳定，事物发展或存在期间的突然变化；3. 想要谋划之事物丧失或不可得的风险与矛盾。

"没有拍到大门口的图像吗？"瓦斯康塞洛斯问道。

"没有。"费罗探员坐在屏幕前回答。

"那我们怎么才能知道她是往哪边看的？"

"我们知道她出门接电话的大概时间。"卡尔达斯回答道。

"这要费点儿功夫了，"费罗说，"但是如果那个'凯门鳄'路过了学院门口，应该会被拍到。"

"至少那会儿没人打伞。"埃斯特韦斯评论。

"这一点你说的有道理。"卡尔达斯表示同意。

半小时之后，当费罗探员刚又找到一个和罪犯特征相符的男性的时候，有人通知他们卡米洛已经开始起笔画画了。

卡尔达斯和瓦斯康塞洛斯飞快地跑下楼梯，来到牢房前，只见卡米洛·克鲁斯背对着他们坐在地上，正用那段黑色蜡笔在两腿之间的纸上癫狂地描绘着。探长发现卡米洛就算是专注于绘画的时候，身体也会不停地摇摆。

"能帮我开个门吗？"卡尔达斯探长问。

狱警打开牢门，卡尔达斯一走进牢房，卡米洛就停止了涂绘。待卡尔达斯走得更近些的时候，卡米洛随即闭上了眼，身体摆动得愈发厉害，又开始不住地呻吟起来。

牢房里有人抗议了起来。探长从卡米洛的肩膀上方探身看去。

画还没有完成，但莱奥·卡尔达斯不禁咽了咽唾沫。这幅画描绘的场景他早就熟记在心。从车的后视镜中隐约可见拉萨雷托的房子。罗莎莉亚·克鲁斯一个人站在满是泥泞的路上，面部因哭泣而扭曲。

画完母亲之后，卡米洛又开始描绘起那幅卡尔达斯见过数次的图像：莫妮卡颈部被切开，躺在血泊之中。画钝了的蜡笔无法像铅笔那样表现出更多的细节，但是这张画与其他几幅大同小异，不多一点也不少一分。在这幅画中同样没有"凯门鳄"的影子。

"那个场景肯定让他印象很深，"卡尔达斯回到办公室时说道，"他在尸体旁边待了两个小时。"

"您怎么知道是两个小时？"瓦斯康塞洛斯问。

卡尔达斯从架子上取出卡米洛的那九幅画。

"您看画上表的指针。"

于是瓦斯康塞洛斯一页页地翻阅这些画纸。

"'凯门鳄'等了两个小时才处理尸体？"瓦斯康塞洛斯问道。

"我觉得不是'凯门鳄'把尸体藏起来的。"卡尔达斯探长回答道，并把卡米洛母亲做伪证的事情告诉了瓦斯康塞洛斯，"卡米洛的母亲一直认为是自己的儿子杀了莫妮卡。"

"您觉得是卡米洛的妈妈藏的尸？"瓦斯康塞洛斯问道。

"她拒不承认。"卡尔达斯探长坦言，"但是我想象不出来'凯门鳄'会等两个小时，然后进屋把尸体藏好，再把房子打扫得一尘不染。您怎么想？"

瓦斯康塞洛斯思索片刻。

"我赞同您的想法，"瓦斯康塞洛斯随即说道，"'凯门鳄'看到卡米洛出现应该就逃跑了。"

"在接下来的两个小时里，卡米洛应该就只是坐在尸体旁边晃动身体，直到他鼓足勇气出去求援，或者是有什么人帮他离开了案发现场。"

瓦斯康塞洛斯看着其中一幅画上莫妮卡的尸体。

"必须找到尸体，"瓦斯康塞洛斯说道，"如果'凯门鳄'没处理好尸体的话，那尸体上可能会有他留下的指纹。"

办公室的玻璃门被打了开来，局长探进脑袋。

"卡尔达斯，你能来一下我的办公室吗？"

"什么事？"

"过来再说。"索托局长言简意赅地命令道。

"我也该走了，"瓦斯康塞洛斯从椅子上站起身说，"我还有一个半小时的车程。"

"费罗把录像的备份都给您了吗?"

"除了那些拍到了车牌的录像,其他的备份都给我了。"

"什么车牌?"

"就是在莫妮卡在学院大门的时候,经过门口的车辆录像。"瓦斯康塞洛斯说,"万一'凯门鳄'是里面的某个司机呢?"

"我会提醒费罗的。"卡尔达斯承诺。

"只要您发现尸体的时候别忘了告诉我就行。"瓦斯康塞洛斯笑着伸出手,卡尔达斯探长与他握了握手,并保证一定做到。

瓦斯康塞洛斯正要开门离开时,卡尔达斯请他稍等片刻。

"等一下儿,"卡尔达斯说,然后他钻到桌子底下,从袋子里拿出最后两瓶葡萄酒中的一瓶,"您品品这个酒怎么样。"

Sigilo（秘密）：1. 消息或事件中被保守的秘密；2. 缄默。

"我们还在继续寻找。"探长告诉安德拉德医生，警方在他女儿的房子周边又展开了一次搜索排查。

"我今天早上咨询了一个法官朋友。"维克托·安德拉德医生说道，卡尔达斯当即意会这位法官朋友一定就是大法官了，"根据他的经验，假如找不到我女儿的话，那就很难定罪。即便是众口铄金也没用，必须得找到能定罪的证据。"

"司法机关确实是如此行事的。"卡尔达斯赞同道。

"他还说收集证据并将疑犯移交司法处置的期限是七十二小时。"

"确实如此。"

"假如在这个时间段内没能收集齐证据，你们就只能释放疑犯。"

"是的。"

"那你们怎么才能强迫他开口？"医生的双眼比早上更为深陷，他看向卡尔达斯问道。

"我们正在试图了解事情经过，但是被逮捕的那个人有交流障碍。"探长解释道。

安德拉德医生打断了他："卡尔达斯，你别跟我来这一套。我知道那个卡米洛是什么样子。我问的是你们会做什么来避免释放他，还是说你们会允许他保持沉默，直到别无选择，只能放了他？我知道你们一定有办法让人开口说话，只是你们一直无所作为。"

"我刚才已经和您解释过了，我们正在收集证据，好决定下一步如何行动。"

"您说的下一步行动是什么？"

"是把卡米洛移交法院，还是释放他。"

"释放他？"医生大声问道，"您是认真的吗？"

"这只是一种可能性。"索托局长犹疑地插嘴说道。

"这种可能性和我女儿可能已经不在人世的可能性一样高吗？"安德拉德医生用手拍着桌子大声责问道，"你们在等什么？等他良心发现自己认罪吗？你们为什么不履行职责，为什么不让他坦白一切？"

"我们不会折磨他，假如您是在暗示这个的话。"卡尔达斯说道。

"我当然是这个意思。"安德拉德医生伸出一根手指，就像是在挥舞一根短棍一般指着探长说道，"您到底是站在哪一边的？今天早上您告知我，我的女儿可能已经不在人世了，说你们已经逮捕了嫌疑人。那你们为什么逮捕他？您能和我解释一下吗？假如您没有勇气也没有气度让他坦白对我女儿的所作所为，那为什么要逮捕他？您还敢和我提折磨？"医生继续滔滔不绝地说着，眼泪夺眶而出。"我当然希望你们折磨他。我知道这种可能性不大，但至少我能让这个人生不如死，让全世界都知道这个人禽兽不如。卡尔达斯，您能想象这件事给我的家庭造成了多大的伤害吗？您知道这个人犯下的罪给我们带来的痛苦吗？"

医生用手扶住额头，不住地喘息着，唇间的唾液凝成了一张白膜。他用手帕擦干泪水，而卡尔达斯一直沉默着，他知道一桩命案就像是病毒，虽然只制造了一例死亡，但凡是与它有所接触的人，都不免会被感染。

待医生镇定一些之后，探长用一个刚失去女儿的父亲应得的真诚继续与他交流。

"卡米洛·克鲁斯不该对莫妮卡的事负责。"卡尔达斯没有使用谋杀这个字眼。

"我不知道我懂没懂您的意思，"医生回答道，"不该负责是什么意思？"

"就在几个小时以前，我们刚找到其他破案线索。"

"其他线索？"医生不耐烦地问道，"您能说得清楚点儿吗？"

"莫妮卡过去三年一直在协助警方调查一起重大案件。"卡尔达斯说。

"什么案件？"

"是桩谋杀案，"卡尔达斯回答，"我们认为她的遭遇有可能和这桩谋杀案有关。"

安德拉德医生用手摸了摸光头。

"您能告诉我是什么谋杀案吗？"

"我不能透露过多细节。"

"但是您刚说她跟警方合作了很多年。"

"三年多。"卡尔达斯确认，他还告诉医生，他们认为罪犯很可能就是犯下过多起命案的一个惯犯。

"多起命案？"

"是的。"卡尔达斯说道，但未道出具体数量，"现在所有证据都指明莫妮卡上周四遇到了这个罪犯，而且他们互相认出了对方。"

"在缇兰？"

"不，在维戈。"卡尔达斯说道，"但是我们认为这个逃犯尾随莫妮卡回了家。"

维克托·安德拉德医生无力地瘫靠在椅背上，取下眼镜，一边用手揉着眼睛，一边消化着刚听到的信息。

"那为什么卡米洛还被关着？"

卡尔达斯并不想告诉他卡米洛画出了莫妮卡的死状。

"因为今天早上我们还不了解这些情况，我们只能在找到您女儿之后才好板上钉钉，而且卡米洛身边的人也许能帮上忙，"卡尔达斯说道，并请求医生不要告诉媒体，"如果想要逮捕嫌犯的话，我们就要保守秘密，不能让嫌犯怀疑我们正在追踪他。"

"还有谁知道这些？"安德拉德医生问道。

"只有您和我们几个。"卡尔达斯答道，"莫妮卡不想让人知道她是警方案件调查的证人。她从不相信任何人，一直独自背负着这个秘密生活。"

安德拉德医生闭上双眼好止住悲泣。卡尔达斯知道他一定在记忆中搜索，回想起十五年前和女儿在圣地亚哥德孔波斯特拉警察局里的那场争吵。

Hebra（烟草）：1. 棉线、毛线、丝线等常被穿在针上用来编织的丝状物；2. 某些植物或动物纤维；3. 烟丝；4. 话头。

　　索托局长把医生送上车，卡尔达斯又去了牢房。卡米洛依旧坐在牢房的一角，手里一直抓着蜡笔不放。值班的狱警遵照探长的命令，待卡米洛画完一幅便将画纸拿到一边。

　　"探长，这个男孩儿太不可思议了。"狱警说着拿出一张画，画中正是他正站在牢房围栏的另一边。"我发誓他画画的时候，从来没有转身看过我一眼。他把画纸放在地上，背对着门坐着，全凭记忆画的，甚至连我的凯尔特结钥匙圈都画出来了。"狱警碰了碰钥匙圈，"他真是一次都没看我。"

　　"他还画了其他什么吗？"

　　狱警又拿出两张画纸。

　　"那个从车里看见的女人，他又画了一遍。"警员说着交给卡尔达斯一张画，内容与卡尔达斯之前见过的一模一样。"这儿还有一张猫的画。"

　　"就这些？"

　　"这你还觉得少吗？"

　　"不少。"卡尔达斯回答道，并请这位狱警把卡米洛画的所有画都拍照发给他。

　　"那你的手机的内存可要满了。"狱警笑着答道。

　　"没事儿，"卡尔达斯说，"你把所有的画都拍给我。麻烦你也告诉轮岗的狱警，卡米洛画完一张，就拍了发给我一张，任何时间都可以。"

　　卡尔达斯回到办公室，仔细地查看卡米洛的画。他又看到了死去的莫妮卡，还留意到原本摆在沾了血的地毯上的半人马像已经不在屋里了。把地毯挪走的人肯定不得不先挪走了那座雕像。就算这个人把整个客厅都整理得一尘不染，也不太可能耽搁时间，把半人马像的腹部都擦拭干净。

　　卡尔达斯伸手拿起电话通知克拉拉警官——她还在缇兰的莫妮卡的家里。

461

"你们好好找找雕像上的指纹。"探长说。

"我们一会儿就找,"克拉拉说道,"我正想给你打电话:我们有重要发现。"

"什么发现?"

"你留意到门廊的摇椅后面有个高脚花盆吗?"克拉拉问。

卡尔达斯记起门口有一个大陶罐,里面还露出来两个伞柄。

"放雨伞的那儿?"

"不是雨伞,是拐杖,"克拉拉纠正道,"但我说的就是那个大花盆。"

"花盆有什么问题?"

"我们在花盆里找到了新近抽过的烟草。"克拉拉说道。

莫妮卡不吸烟,但那个英国人抽。

"那有可能是任何人。"

"是没有压过的长烟丝。"

"我没明白。"

"是用在烟斗里的烟草,"克拉拉激动地说道,"花盆边缘的里侧有两个圆形的深色印记,那个天才,"克拉拉说的是现场鉴定科小组里的一位技术人员,"他确定有人在花盆边上敲了敲烟斗,把斗钵倒空了之后才走进屋。你知道这附近谁吸烟斗吧?"

卡尔达斯自然心如明镜。

"正是他做证说那晚见到莫妮卡去了莫阿尼亚码头,但实际上遇害人当时已经死了好几个小时了。"

"就是这个人,"克拉拉·巴尔西亚说道,"十五分钟前他还在教堂前边那片儿钓鱼。"

"你去看看他是不是还在那儿。"卡尔达斯说。

"糟糕,"沿着小路跑到教堂中庭,从矮墙上望过去的克拉拉说,"他现在已经不在那儿了。"

"快入夜了,"卡尔达斯说,"他应该往码头那儿去了。"

"我从这儿看不见。"克拉拉抱怨道。卡尔达斯听到克拉拉在电话的另一头咒骂了几声,然后又听到了她急促的喘息声,想必她一定是绕回大道,跑向了通向观景台的木栈道。

卡尔达斯一边接听手机,一边穿过警察局过道,来到埃斯特韦斯的办公桌前。

"你这会儿能开车吗?"卡尔达斯低声问道。

耳机中依旧传来克拉拉的喘息声。

"当然能。"埃斯特韦斯回答。

"那咱们出发吧。"探长催促道。

埃斯特韦斯站起身,跟在探长身后跑向了警车。

"我看见他了!"克拉拉喊道,"他正划向沙滩尽头的码头。"

"你盯住了他,"卡尔达斯说道,"但是别靠得太近,记住了吗?"

警车的四盏车灯同时亮了起来,卡尔达斯拉开车门。

"打开警笛。"卡尔达斯说。

"但咱去哪儿?"埃斯特韦斯坐进车内问。

"去缇兰,"卡尔达斯回答,"去逮捕一个人。"

Jaula（鸟笼）：1. 用间隔一段距离摆放一段的木条、金属丝、铁栏等材料做的笼子，用来关动物；2. 牢房，监狱。

"你现在在哪儿？"探长询问克拉拉，好确定在哪儿停车。

"在大的沙滩这儿，露营地这块儿，"克拉拉说，"你们呢？"

"我们已经到缇兰了，"卡尔达斯答道，他们从维戈开车过来只花了十五分钟，"'雾人'呢？"

"他正沿着码头走，我觉得他是往一个厂房走过去了，手上拿着个箱子。"

"是鸟笼。"探长说道。

他们把车停在露营地的入口，前往沙滩去和克拉拉会合。他们手里拿着没开灯的手电筒。

"他在哪儿？"他们找到克拉拉之后问。

"他开了厂房，"克拉拉指了指说道，"应该在里面。"

卡尔达斯望向矗立在维德拉海滩尽头处的那座厂房，就在停泊船只的防波堤一旁。沃尔特·科普告诉过探长，水手们把这座厂房用作仓库。

厂房湮没在黑暗中，似乎大门紧闭。

"里面没灯吗？"

"我不知道。"克拉拉回答。

"他看见你了吗？"

"应该没有。"克拉拉又说。

三人穿过干燥的维德拉海滩，靠近厂房。天色已暗，四周一片寂寥，唯有远处传来一艘船的引擎声和浪花拍打海岸的声响。卡尔达斯推了推门，但门被反锁着。卡尔达斯比画了个手势，让埃斯特韦斯从一侧的窗户查看里面的情况。

阿拉贡人爬上窗户，打开手电片刻来探视屋内情形。

"好像没人。"埃斯特韦斯回来时低声说道。

克拉拉摸了一下鼻子。

"你们闻到了吗?"

两位男士嗅了嗅空气,都闻见了烟草的味道。烟味似乎是从厂房的另一头飘过来的,他们于是循着气息前行,直到克拉拉停住了身,指了指地面。埃斯特韦斯打开手电,照向克拉拉所指的地方。"雾人"之前在这儿清空了烟斗,扔了一把沙子盖住了余烬,但余烬依旧散发着烟味。

"他知道咱们来了。"探长低声说道。

三人关掉手电,一动不动地站在原地,仔细地捕捉细微的声响。忽然,在海浪的低吟声中,清晰地传来一阵甜甜的鸟鸣声。

"金翅雀。"卡尔达斯低声说道。埃斯特韦斯指了指分隔两片海滩的岩石堆,那儿有一片树林环绕的小海湾,大家都称之为"乌鸦巢"。

三人静悄悄地前行,待走到分隔两片海滩的岩石处,停下脚步竖耳倾听。

"应该在那儿。"埃斯特韦斯爬上一块岩石,指着前方低声说道。这时,又传来一声鸟鸣,他们望向近处那片从海滩延展而上的树林。

"在树林里。"克拉拉隐约见到林中有人前行开路的微弱灯光。

三人兵分两路,埃斯特韦斯和克拉拉沿着沙滩向灯光处跑去,而卡尔达斯则从后包抄,沿着树林外围而上,好截住"雾人"的退路。

卡尔达斯跑进树林,在树丛中快速前行,关着手电以免暴露位置。跑着跑着,卡尔达斯突然被树根绊了一跤,于是他明白,自己难以在树林中摸黑前行。这时,他听见同伴们从海滩跑来的声响,于是停下脚步,期待一点光亮或是一记声响能把他引向"雾人"。片刻之后,卡尔达斯又听到一声鸟鸣,于是循着声音前行。最初鸟鸣声似乎还相对遥远,但不一会儿鸟鸣声在夜色之中变得愈加清晰。

卡尔达斯来到林中的一片空地,关掉了手电,听见鸟鸣声从另一面传来。卡尔达斯缓慢前行,他都是脚跟先落地,以确保没有踩到树枝或落叶,以免发出声响。

他走到空地的另一头,竖起耳朵听。鸟鸣声变得愈加清晰。他估摸鸟和他的距离不过十到十二米远,便继续屏息前行。

突然,卡尔达斯听到一记噼啪声,"雾人"手里的灯光又在林中亮了起来。

"别动,警察。"卡尔达斯一边喊着,一边打开手电,先迈开小步前行,待跑到树丛中的一小片空隙时,才加紧步伐往前跑。

正当卡尔达斯穿过两棵粗壮的大树时,双脚被什么东西绊了一下,向前摔倒在地。"雾人"从藏身的树后闪出身,用脚踢向卡尔达斯的腹部。

卡尔达斯弓身躺在地上,张开嘴大口呼吸以免窒息,这时他看见他的手电照到了绑在两根树干之间的鱼线上,鱼线绑得极低。他意识到他就像小加布里埃尔·萨一样，被鸟引入了陷阱。

卡尔达斯严阵以待，这时突然传来其他人的声响，"雾人"先驻足倾听了片刻，便赶忙动身离开，带着鸟笼跑到他手电掉落的地方。手电是被"雾人"之前抛出的，好让卡尔达斯像飞蛾扑火一般，加紧迈步跑向陷阱。

正当"雾人"弯腰拾手电时，埃斯特韦斯出现在树丛中。"雾人"还未来得及起身，埃斯特韦斯便飞身扑向他，把他扑倒在地。"雾人"被埃斯特韦斯的重量压得惨叫不迭，而埃斯特韦斯则怒气冲冲地用手肘击打他，然后把他翻过身朝向地面，把他的面部按在地上，双手则扭在身后。

"你被捕了！"埃斯特韦斯一边给他戴手铐，一边大声宣布道。

Confidencia（私语）：1. 秘密话语，私密消息；2. 信赖，信任。

  一个半小时后，安德烈斯依旧对卡尔达斯的提问缄默不言。尽管他的面部和颈部都受了伤，也不愿意行使他使用医疗救护的权利。他只是望着前方，静默不言，但每隔片刻都会把一只手合拢放到嘴边，好像拿着一支隐形的烟斗一般。
  卡尔达斯离开审讯室，给弗洛雷斯法官打了个电话。
  "卡尔达斯？"法官惊讶地问道。
  "晚上好，法官大人，您现在有空吗？"
  卡尔达斯也无须解释此事事关重要。
  "我在家。"法官说道，"你们找到尸体了？"
  "还没有，"卡尔达斯回答道，"但是我们又逮捕了一个人。"
  "谁？"法官问道。
  卡尔达斯知道此刻应该把法官尚未知悉的情况详细报告给她。
  "我们能见一面吗？"
  "这么严重吗？"弗洛雷斯问道，卡尔达斯则抛给她另一个问题。
  "您知道'凯门鳄'吗？"

  与弗洛雷斯法官通完话之后，卡尔达斯给瓦斯康塞洛斯打去了电话。
  "我是卡尔达斯。"卡尔达斯说道。电话另一头儿传来孩子们稚嫩的声音，卡尔达斯知道瓦斯康塞洛斯此刻也在家中。
  "找到尸体了？"
  "还没有，但是我们逮捕了一个人。"
  "'凯门鳄'？"
  "有可能是。"卡尔达斯回答道。

瓦斯康塞洛斯可不想含混。

"符合特征描述吗？"

"不完全符合，"卡尔达斯承认道，"这个人大概六十岁，而且住得离莫妮卡家不远，他们还互相见过面。"

"那应该不是'凯门鳄'了。"

卡尔达斯简明扼要地把"雾人"的情况介绍了一遍。

"他曾经去过莫妮卡家，但他一直声称自己不知道莫妮卡住在哪儿。"卡尔达斯解释，他还告诉了瓦斯康塞洛斯花盆中残留的烟草，"他还说过上周五见过莫妮卡，但我们知道那时候她已经不在人世了。在这个人的随身物品里，我们还找到了一把非常锋利的折叠刀。似乎是他用来割鱼线的。"

"他是渔民？"

"他是个探水人，但是他闲下来的时候就会去钓鱼。"

"什么是探水人？"瓦斯康塞洛斯问道。

"就是能找到地下水的人。"

"一名勘探家？"瓦斯康塞洛斯问道，"就是那种用一根摆锤找水的人？"

"这个人应该用的是叉子，"卡尔达斯答道，"但是大同小异吧。"

"探水。"瓦斯康塞洛斯低声自言自语道。

"他还用鸟笼养鸟，"卡尔达斯继续说道，并告诉瓦斯康塞洛斯整个逮捕过程，"他利用鸟把我引向了他。"

瓦斯康塞洛斯问这个被逮捕人是否有所交代，卡尔达斯说他一直缄默不言。

"我们把他单独关一个晚上，看看他会不会松口。明天我们再审问他。"卡尔达斯答道，"如果您能早点过来的话，我也可以等您来了再开始。"

"感谢，"瓦斯康塞洛斯回答，"我明天一早就到。"

卡尔达斯靠在椅子上查看未接来电，发现有好几通，但其中却没有自己期待的那个号码。他看了看时间，把手机放在了桌上。已经九点半了。他摸了摸之前撞到头的地方，发现头发上的血迹已经干透，都黏在了一块儿。

没多会儿，埃斯特韦斯来了。

"你怎么还在这儿？"卡尔达斯打开门问道。

"我正要走。"助理回答道，"我就是来跟您说法官来了。"

"谢谢。"探长一边揉着头，一边说道。

"您没事儿吧？"

"没事儿，你呢？"卡尔达斯问道。

"我也没事儿。"

468

"你的背不疼？"卡尔达斯问道。埃斯特韦斯刚才可是像一头水牛一般扑向"雾人"的，现在却一点儿也没有抱怨，这让卡尔达斯觉得奇怪不已。

"不怎么疼。"埃斯特韦斯说道，摸了摸肩膀，表示自己所言不虚，"我觉得伸伸拳脚有益无害。"

"三年前，莫妮卡在沙滩上看见过一个后来失踪了的男孩和尾随他的男人。"卡尔达斯讲述道，"她从那以后就开始和葡萄牙警方合作了。她是他们唯一可信的证人。"

"那为什么您认为'凯门鳄'和莫妮卡的失踪有关？"弗洛雷斯法官问道，她一边听着，一边用牙咬着嘴唇。

"有个消息一直没公开，就是这个人以割喉的方式残杀儿童，让他们把血流干。莫妮卡也是这样被杀害的。"卡尔达斯说道。

"假如图画上的情形确有其事的话，才能确定莫妮卡的死因。"

卡尔达斯把看管卡米洛的狱警发来的照片给法官看。

"您可以问一下那些看到卡米洛在牢房里画画的狱警们。他的画细致入微，不差分毫。如果他画了莫妮卡的尸体，那他一定是亲眼看到了。莫妮卡颈部被划开的样子和那些死去的孩子如出一辙，一定不是巧合。"

"假如这个人的犯罪手法没有被公开的话，那你们是怎么把这些案件联系在一起的？"

"通过通话记录，"卡尔达斯告诉法官，在莫妮卡的通话记录里，有一个葡萄牙的电话号码多次给莫妮卡打过电话，"机主是瓦斯康塞洛斯探长，他负责调查'凯门鳄'案件。他说莫妮卡是指证罪犯的唯一证人。您记得莫妮卡的最后一通电话是打给葡萄牙警方的吗？"

"我记得。"

"我们认为莫妮卡认出了嫌犯，她给瓦斯康塞洛斯探长打电话，想要告诉探长她找到嫌犯了。"

"'凯门鳄'也认出了她。"

"对，他也认出了莫妮卡。"探长说道，"正因为如此，莫妮卡才在失踪前的那个下午躲了起来。"

"这一切都发生在艺术与机械工艺学院吗？"

"对。"卡尔达斯答道，"我们现在基本能断定是发生在她离开教室的那段时间。"

弗洛雷斯法官显得有些疑惑。

"但你们逮捕的那个人住在哪儿？"

"他住在缇兰，"卡尔达斯答道，"跟莫妮卡住得比较近。"

"假如这个人就是'凯门鳄'，那为什么莫妮卡在学院里才认出他，而不是早在家附近就认出了他？"法官问道。

"这一点确实跟案情不符，"卡尔达斯答道，"而且他还有点儿年长。"

"其他都相符吗？"

"其他都符合。"探长向法官讲述了烟草、"雾人"与水的紧密联系、他的虚假证词、锋利的折叠刀和鸟笼。"遇害的那个孩子跑到莫妮卡面前的时候正在追一只鸟。另一个孩子在消失前，也有人看到他追着一只鸟。"

法官用牙咬着下唇，看着卡米洛的画。

"被逮捕的人现在在哪儿？"

"在审讯室。"卡尔达斯回答道，并说他拒不开口。

"您还要继续审讯他吗？"

"我们明天再接着审讯他，等瓦斯康塞洛斯到了之后，"卡尔达斯说道，"他想旁观审讯。"

"你们沟通顺畅吗？"法官问道。

探长点了点头。

"非常顺畅，"他坦言道，"他负责这样的案件调查再合适不过了。"

"那个卡米洛呢？"

"还在楼下不停地画画，"探长回答，"我们明天就得释放他了。"

"嗯。"

法官站起身准备离开。卡尔达斯对她的来访再次表达感谢，并告诉她明天他们将对比"雾人"的指纹和在莫妮卡屋内找到的指纹。此外，他们会尽快向法院提出申请，以便查看通话记录、监控录像、高速收费站、银行流水等信息，好找到在前几起案件发生时"雾人"在葡萄牙的证据。

"你们需要什么尽管开口。"弗洛雷斯法官主动说道。

莫妮卡·安德拉德的隐私已经不再重要了，当下的首要任务就是找到"凯门鳄"。

十点四十五分时，探长离开了警察局。他已经筋疲力尽，头上的伤口也疼痛不已，但是双腿却不自觉地把他带向老路，绕过鱼人雕像，走向黄昏大道。他推开艾利希奥酒馆的大门，红酒的香味、暖炉的热气和人们的私语声令他略感舒适。

"卡尔达斯，晚上好。"两位教授坐在门旁的桌边，向探长招呼。

卡洛斯看到他以后看了看表，他很少见到卡尔达斯来得这么晚。

卡尔达斯向卡洛斯走去，想在吧台喝上一杯红酒，但是卡洛斯却歪了歪头，示意卡尔达斯看向他的专座，他发现埃尔薇拉·奥特罗坐在那儿，埋头看着书。

"她九点就到了。"卡洛斯说道，"我一会儿把红酒给你送过去。"

卡尔达斯走到酒馆最里面。

"你在看什么书？"卡尔达斯坐到埃尔薇拉身边，好奇地问道。

埃尔薇拉合上书，把封面上的书名指给卡尔达斯看。

"我从那边拿的。"她说着指了指书架上放着的旧书。

"你应该是第一个看这些书的人。"

埃尔薇拉笑了笑，指了指坑坑洼洼的书页。

"这书有些年头了。"她留意到卡尔达斯耳朵上的血痂，问道，"这儿怎么了？"

"一点儿抓伤。"卡尔达斯不在意地答道，"你吃过饭了吗？"

"卡洛斯给我拿了点鱿鱼。"埃尔薇拉说道，"你吃了吗？"

"我刚点了一杯红酒。"

"你不吃晚饭了？"

卡尔达斯没有食欲。

"我可能更想现在就去你家。"

Gesto（表情）：1. 有含义的面部表情或手势；2. 面容，脸孔；3. 有特定目的的行为。

卡尔达斯很早就起了床，他披上一条毯子，走到阳台上抽起了烟。他摸了摸身侧，昨日"雾人"那一脚踢得用力，令他疼痛不已。

他昨晚几乎一夜无眠，只是用右臂搂着埃尔薇拉，而脑海里却不停地搜寻着那些解决谜团的拼图。他又看了看手机里卡米洛的画，回想了一番树林里的追踪。他想起自己被鸟鸣声所吸引，沿着斜坡向鱼线冲去，不由得再次庆幸，幸好在他摔倒后被"雾人"踢得快岔了气的时候埃斯特韦斯及时赶到。他不愿想象否则会发生什么。

卡尔达斯靠近护栏，观赏着海湾以及另一头儿缇兰孤零零的灯光。几个小时之后，对莫妮卡的搜寻又将重新展开。今天上午，没人会在鸬鹚休憩的岩石那头儿看到"雾人"了。在木船停泊之处，气垫船将会取而代之，运送潜水员潜入布满岩石的海底寻找尸体。

索托局长对莫妮卡还在世依旧抱有希望，还鼓励医生不要放弃，但是对于卡尔达斯来说，莫妮卡的死已成事实：被卡米洛描绘成死亡几乎与布偶没有脉搏一样，毫无二致。

卡尔达斯又查看了一下手机，他没收到更多的图片，也许是因为狱警们不想深夜打扰他，亦或许是因为卡米洛睡得不错。

卡尔达斯回到卧室，拾起衣服，走到屋外穿衣，免得吵醒埃尔薇拉。当他回屋吻别之时，又恨不得再次与她相拥而眠。

卡尔达斯回到自己的公寓沐浴，让热水把头发上的血痂都冲淋干净。他一边冲着水，一边剃着胡须。像往常一样，他用手逆着毛发的生长方向摸了摸脸，以免还有刮胡刀没有刮到的地方，然后就穿上衣，走上了大街。

他顺着罗米尔大街往下走了一段路，然后从阿方索十二世大道望向海湾，一艘远洋客轮正驶向码头，想要停靠在这座城市。此时晨曦未现，天空中依稀有几颗星星还闪烁着微茫。夜里的凉风把低空的云层吹向了城市，似乎预示着大雨的来临。

卡尔达斯向门口的警卫打了个招呼，把外衣放在办公室，就走去旁边的房间冲了一杯咖啡。一个刚值完班的警员对他说昨晚警察局被闹得鸡飞狗跳。

"怎么回事？"

"还不是那个奇怪的男孩！"警员说道。卡尔达斯马上下楼来到了牢房。

"卡尔达斯，"乌里韦警官抱怨道，他是一位资深狱警，昨晚刚好值夜班，"真是不寻常的一夜！"

卡米洛站在床垫上不停地摆动着身体，双手被塑料扎带捆绑在身前，一个手臂上缠着胶布，随着身体的摇摆，口里不断地发出无法辨识的呻吟声。

"发生了什么事？"

"他醒了之后就一直这样。"

"他为什么被绑着？"

"因为他不停地打自己。我只能叫医生来处理。"乌里韦狱警说卡米洛用前臂撞击牢杆，就好像要把自己打骨折一样。

卡米洛前一天还显得十分安静。卡尔达斯实在想不明白到底发生了什么，令他突然如此暴躁不安。

"另一个人下来之后他就这样了。"乌里韦狱警说道。

"另一个人？"

"就是你们昨天审问了一下午的那个人。卡米洛透过牢杆看见那个人经过之后，就把蜡笔扔在一边，不停地四处乱撞。我们把他就地制伏，捆绑起来，然后就叫来了医生。医生给他打了一针镇定剂，把他的伤口包扎了一下。他睡了两三个小时，但是醒了以后就不停地晃动身体，用喉咙发出声响，一刻都没停。他们都被逼疯了。"乌里韦警官说着指了指牢房里的其他人。

"另一个人呢？"探长问道。

"就好像一切都跟他没关系一样。我们都没听到他发出过任何声响。"

卡尔达斯走近牢房，看到"雾人"背靠在墙上，光着脚坐在地上。埃斯特韦斯扑倒他时的撞击，让他的脖颈处受了伤，经过一夜变成了黑色的血痂。他的嘴唇和鼻子也肿了一片。

卡尔达斯在牢杆外试着和他交流，但是"雾人"却一动不动，就像昨天一样，一直望着前方，没有任何言语或表情。

卡尔达斯回到办公室，看到昨晚有人在他的电脑屏幕上贴了一张黄色的便笺。卡尔达斯一眼就认出了克拉拉的笔迹："你说的有道理，请查阅你的电子邮箱。"她用粗头的记号笔留言道。

在邮件中克拉拉说道，虽然有血迹的地方都被擦拭得一干二净，但是在房子的其他几处还是找到了许多指纹。报告还需要等几个小时才能出来，但是克拉拉先对比了一下在莫妮卡客厅雕像上发现的那些指纹。

在从那个半人马雕像的腹部提取的指纹照中，有一张附了一个人名：安德烈斯·卡诺萨·布兰科，也就是这位被邻里们称为"雾人"的家伙。

Acorralado（围困）：1. 被追到无处可逃的地方；2. 如若不答应对方所求，就会被逼无路；3. 使疑惑或哑口无言。

"这可以证明'雾人'在莫妮卡遇害当晚曾去过她的房子。"卡尔达斯指了指卡米洛画中那尊摆在血迹斑斑的地毯上的半人马雕像，"他在抬起雕像抽走地毯的时候把指纹留在了雕像上。"

"你还是把所有推论都建立在一幅画上。"索托局长说道。

他俩和刚从波尔图赶来的瓦斯康塞洛斯探长一同坐在桌边。

"我们不是从画上找到这个男人的指纹的，而是从医生女儿的客厅里提取到的，而且从卡米洛看到他的反应也可见端倪。卡米洛看到他之后，就开始不停地叫喊和撞击，我们只能把他绑住，给他打镇定剂。但他醒了之后，还是一直不停地摆动身体和呻吟。"

"无论如何，"索托局长说道，"如果找不到尸体的话，就很难定罪。"

瓦斯康塞洛斯一边目不转睛地盯着卡米洛的画，一边伸着脖子。

"您有什么想法？"卡尔达斯问道。

"假如这个人每天都在莫妮卡家门口钓鱼的话，那就不可能是'凯门鳄'。而且六十三岁的年纪有些大了，我们一直定位的是较年轻的男性。"

"但是那晚他去过莫妮卡家，而且昨天他发现我们追踪，就匆忙逃匿，见自己被围困，还制作了个陷阱，对我拳打脚踢。另外，还有那些鸟，不可能全是巧合。"卡尔达斯说。

"您说的有道理，"瓦斯康塞洛斯说，"但如果他就是'凯门鳄'，莫妮卡肯定早就指证他了。"

"咱们要先找到尸体，然后证明他被逮捕时随身携带的折叠刀就是凶器。"卡尔达斯探长说道。

"现在刀在哪儿？"局长询问道。

"正放在几位天才那儿分析，之后瓦斯康塞洛斯会把报告寄给他们的法医，看看是否和遇害儿童的伤口吻合。"

忽然提及这些遇害儿童令大家都陷入一阵沉默。

"对于这个人，咱们还掌握了什么其他信息吗？"局长片刻之后问道。

"非常少。"卡尔达斯回答，"他叫安德烈斯·卡诺萨，应该是名探水人，他的工作就是为了凿井去寻找地下水。平常不工作的时候，他就整天钓鱼，有人说他曾经在钓鱼的那块岩石附近看见过一条美人鱼，所以他才留在缇兰定居。"

索托局长扬了扬眉，表示怀疑。

"听起来都挺玄乎的。"

"我也这么认为。"

"他是哪里人？"

"他是科尔库维翁人。"

"这是哪里？"瓦斯康塞洛斯问道。

"向北两小时左右车程，离菲尼斯特雷很近。"局长摆了摆手说道，"他有车吗？"

卡尔达斯已经将"雾人"的车牌号提供给瓦斯康塞洛斯探长了，让他的团队试着看看从前那几起案件发生之时，"雾人"是否在葡萄牙。此外，他们还须向法院申请，以便调查"雾人"的通信设备。

"法官会全力配合。"卡尔达斯说道。

这时，办公室的电话铃声响起，局长接起了电话。

"是埃斯特韦斯，"索托说道，"他说已经把人带到审讯室了，咱们过去吧？"

三人都站起了身。

"在昨天的审讯过程中，您提到过那几个孩子，或提到过'凯门鳄'吗？"瓦斯康塞洛斯向卡尔达斯问道。

"我只提到过莫妮卡·安德拉德，"卡尔达斯说，"在没有拿到证据之前，最好别让他起疑。"

"对，还是谨慎行事好。" 瓦斯康塞洛斯赞成道。

"今天他表现得怎么样？"局长问道。

"跟昨天一样，"卡尔达斯答道，"希望一晚上的监禁能给他施加些压力，但他似乎还是意志坚定。"

三人到达审讯室，通过闭路电视，他们看到"雾人"坐在房间内，他低着头，双手戴着手铐。

埃斯特韦斯站在门口等他们。

"我不进去了，" 瓦斯康塞洛斯说道，"我在电视上谈过许多次'凯门鳄'事件，还是别冒险了。"

卡尔达斯点头同意，然后打开了白色小房间的门。

"早上好。"卡尔达斯走进屋时打招呼道，但是"雾人"依旧没有反应。

然而，当他看见探长身后跟着的埃斯特韦斯时，身子不由得往椅子里缩了缩。

Destino（命运）：1. 无法避免的未知力量；2. 无法避免或改变的系列事件；3. 处于特定目的对某物或某处的使用或应用；4. 某人或某物的目的地；5. 工作地点。

时间过了近半小时，卡尔达斯探长试着让这位"雾人"开口说话，但就算是给他看了指纹的取证照片，和他说这些指纹是在莫妮卡家中找到的，而且还有克拉拉警官的指证，说他曾表示自己不知道莫妮卡的住处，也依旧无法从他口中撬出一个字。

"雾人"也不想和公共律师交流，律师就像一位旁观者一般陪同了整个审讯过程。

"莫妮卡家里有摄像头，"探长谎称道，"其中一个摄像头拍到你那晚到达时，进门前在花盆里清了清烟斗。"

"雾人"用透明的眸子看了看卡尔达斯，听到莫妮卡脖子上的致命伤和四溅的鲜血时，他也没有丝毫诧异。

"地面上满是血迹残留，血量足以判断有人死了。即使我们找不到莫妮卡，也可以一直监禁你。"卡尔达斯保证道，"雾人"看了看卡尔达斯，似乎对这一命运心无畏惧，"你为什么杀害莫妮卡？"

卡尔达斯只是常规性地问出了这个问题，并未期待"雾人"有所回应。然而，"雾人"终于有了些反应：他依旧沉默不言，但却耸了耸肩膀。

探长看了看录像机，确认工作信号灯是亮着的。

"你为什么这么做？"卡尔达斯重复道。

律师第一次开口说道："您可以不用回答。"

"雾人"对律师的建议置若罔闻，又耸了耸肩，就好像连他自己也不清楚杀害莫妮卡的动机一般，但是默然承认了自己的罪行。

"你对她做了什么？"卡尔达斯问道，"雾人"低下了头，"她的父母希望能让她入土为安，这合情合理，你觉得呢？"

"雾人"没有回答。

"你能赶紧说说莫妮卡在哪儿吗？"埃斯特韦斯问道，他一直站在探长身后。

"雾人"似乎不打算说出莫妮卡的下落。

"沿岸有许多水井，我们会去一一检查，"卡尔达斯说道，"迟早我们会找到她，但在你入狱之前，我们最好能先给莫妮卡做一下尸检。假如她的尸体一直下落不明，那么所有人都会认为你强奸过她。"卡尔达斯严厉地说道。

埃斯特韦斯走近"雾人"。

"你知道在监狱里，强奸犯会受到啥待遇吗？"埃斯特韦斯问道，然后故意亲切地拍了拍"雾人"受了伤的颈部，令他不由得露出了痛苦的表情。

"警官！"律师阻止道。

"那些强奸妇女或儿童的罪犯在牢里向来没有好果子吃。"探长站起身说道。

卡尔达斯离开了审讯室，想要和镜头后旁观了审讯的其他人交换一下意见。

局长和瓦斯康塞洛斯探长摘下了耳机。

"你们看到了吗？"卡尔达斯问道，"他承认了。"

"是的。"局长赞许道。

瓦斯康塞洛斯同样点了点头。

"他的态度依旧那么冷淡倒是不寻常，"索托说道，"他刚承认自己犯下了谋杀罪，但是依旧面不改色。"

"一起谋杀案总好过数十起，"卡尔达斯说道，"而且，他清楚如果找不到尸体的话，是很难起诉他的。"

"但他不是惯犯，没有前科，"局长说道，"入狱应该足以让他动容了，但他还是表现得事不关己。"

"您还要再进去吗？"瓦斯康塞洛斯问道。

"不着急。"卡尔达斯说道。大家一致认为应该等找到尸体的下落，或是鉴定科的警官们提供一些新的能够定罪的检验结果之后，再进行下一次审讯。

卡尔达斯看了一眼手机。弗洛雷斯法官给他打过几次电话，并给他发了一条短信询问案件调查的最新进展。

卡尔达斯并不是唯一接到电话的人。

"你在审讯室里的时候，我和安德拉德医生通了电话，"局长说，"有人在他的信箱里留了一封信，里面有一绺金色的头发和一张索要赎金的纸条。他一会儿就送来让我们分析。"

卡尔达斯叹了一口气。

"不可能是莫妮卡的。"卡尔达斯说道。这些小人利用莫妮卡一家的希望与痛苦作祟，令卡尔达斯感到愤恨。

"但是只要没找到尸体，我们就必须一一排查。"

"当然。"卡尔达斯同意。

"许多私家侦探都跟莫妮卡家联系过，迫不及待地想提供服务。"局长说道。

卡尔达斯看向瓦斯康塞洛斯，从他的表情看出他有些欲言又止。

"您有什么顾虑？"

"我在试图理解为何他一直就在莫妮卡的身边，但却一直没被认出来。"

"您认为他不是'凯门鳄'？"

"我已经不知道该相信什么了，"瓦斯康塞洛斯答道，并坦言已经对自己的直觉半信半疑了，"还是让证据说话吧。"

Culpa（错）：1. 有意识犯下的错误；2. 实施错误行为而应承担的责任；3. 使某人想对自己造成的伤害担责的行为或疏忽。

卡尔达斯探长一边准备着咖啡，一边和瓦斯康塞洛斯介绍说这台咖啡机是一个珠宝商送的致谢礼物。这时，奥尔加出现在门口。

"昨天的那位女士来了。"

"哪位？"

"卡米洛的母亲，"奥尔加说道，"她想找您。"

卡尔达斯让卡米洛的母亲来到办公室。

"您喝咖啡吗？"卡尔达斯问道，但她摇了摇头表示拒绝。

罗莎莉亚·克鲁斯因为哭泣与失眠而双目红肿。莱奥·卡尔达斯坐到了她面前，准备告诉她卡米洛受了伤，只能给他注射镇定剂的消息。

"您应该放了他，"罗莎莉亚请求道，"我发誓他什么都没干。"

"我知道。"卡尔达斯试着安慰她道。

"他什么都没干，"罗莎莉亚重复道，"什么都没干。"

"我们已经抓到杀害莫妮卡的凶手了。"卡尔达斯说道。

罗莎莉亚用手遮住面颊。

"他什么都没干。"她又重复说道。

"我们会放了他，我向您保证，"卡尔达斯试着让罗莎莉亚冷静下来，"我向您保证您的儿子今晚就能回到您身边。"

卡米洛的母亲望向卡尔达斯的眼睛。

"我说的是安德烈斯，"罗莎莉亚泪流满面地低声说道，"他什么都没干。"

"我不太明白您的意思。"

"我说的是'雾人'安德烈斯，"罗莎莉亚叹了一口气说道，"你们逮捕了他，但他和莫妮卡的死一点关系都没有。"

481

卡尔达斯清了清嗓子。

"安德烈斯·卡诺萨刚承认了自己是杀害莫妮卡的凶手。"

"安德烈斯是无辜的，探长，我向您发誓。全都是我的错。请您放了他，请您放了他。"罗莎莉亚失声痛哭起来。

"我刚跟您说过，安德烈斯已经认罪了。"卡尔达斯慢慢地重复道，好让罗莎莉亚能听明白他的话。

"如果安德烈斯认了罪，那是因为他想保护他。"

"保护谁？"

"保护那个孩子。"

"哪个孩子？"卡尔达斯问道，但他在罗莎莉亚·克鲁斯回答之前便领悟到：眼前这位母亲正是安德烈斯在缇兰见到的美人鱼。

"卡米洛是我们的孩子，"罗莎莉亚哭着说道，"是安德烈斯和我的儿子。"

Pesadilla（噩梦）：1. 引起痛苦与害怕的梦；2. 持续而深重的忧虑。

"您随时都可以开始。"卡尔达斯说完把用来录口供的手机往罗莎莉亚面前送了送。

罗莎莉亚开始叙述。她说那晚她醒了过来，像以前一样，起身去厨房喝水。她经过卡米洛的房间，本想给他盖被子，却发现床铺非常整洁，房间里空无一人。卡米洛并没有睡觉。

她在房子里和院子里找了一圈，都没有找到卡米洛，于是她决定去周边找找。她沿着卡米洛常走的路线，走到海滩，在礁石处和岸边找了找，然后走向那座蓝色房子。

"我知道卡米洛喜欢看莫妮卡做泥塑。他经常画莫妮卡，所以我想着他可能会在那儿。我从路上就听见了儿子的声音。他紧张的时候，会浑身僵直，发出啊啊啊的喊声，有时候会持续好几个小时。啊啊啊。"罗莎莉亚模仿着儿子的哀号声。

卡尔达斯比了个手势，请罗莎莉亚继续往下说。

"我听到卡米洛的声音之后，就推开栅栏门，走进了院子。我在门口敲了敲门，但是没人开门。我听见儿子就在门后啊啊啊地喊着，所以我推了推门，但门是反锁着的。我围着屋子转了一圈，从厨房走进屋子。走到客厅的时候，我看见儿子正在不停地摇摆。我走近一些，就看见莫妮卡倒在地上。她的样子看上去不怎么真实，就像是画的一样。到处都是血。我的儿子也浑身是血。我问他发生了什么，但他只在那儿啊啊啊地叫。"罗莎莉亚模仿着卡米洛，看向卡尔达斯，然后继续说道："我发誓卡米洛从来没有伤害过任何人，探长。我不明白他为什么会做这样的事。卡米洛本性善良，可能很难让人相信，但他不是个坏孩子。他如果要爆发的话，早就有无数个机会了，每天都会有人侮辱他或者取笑他。"罗莎莉亚泣不成声，她说卡米洛十五岁的时候，有一次回家实在难以抑制自己的怒气，于是就开始自残。"他有时候会用自己的手臂撞桌角，直到皮开肉绽都不觉得疼，但是卡米洛从来没有对别人使用过暴力。莫妮卡平时一直对他很好，我真不明白卡米洛当时到底是中了什么邪，才会攻击她。律师说卡米洛会被送进精神病院，我觉得这对大家都好。在那里他会被照顾得不错，会有能理解他的专家。"

卡尔达斯咽了咽唾沫，实在无法开口对她说其实关押囚犯的精神病院和她想象的样子有着天壤之别。

"所以，在那个时候您去找来了安德烈斯？"

罗莎莉亚回答说是。

"卡米洛怎么都停不下来，就好像着了魔一样。他就像被自己做的事情催眠了似的，一直紧盯着莫妮卡，双手全是血，像个疯子一样在莫妮卡前面不停地晃着身子。他也不嚷声，也不想离开，"罗莎莉亚又禁不住泣不成声，"我一个人没办法让他安静下来，也没法把他从屋子里弄出去。我把门关上，然后就动身去找安德烈斯。我到他家时，他已经睡下了，但是他套上衣服就跟着我走了。"说到这儿，罗莎莉亚的面部不禁紧皱了起来，"这么多年了，我从来没有向他要求过什么。"

"你们之后做了什么？"探长问道。

"我们先让卡米洛闭上眼睛，然后用毛毯把莫妮卡卷起来，好让卡米洛再也看不见她。但是卡米洛还是啊啊啊叫个不停。我们不能这样把他带出房子，害怕会把所有邻居都吵醒。所以我们学习电影里让人不喊闹的方法，往他嘴里塞了一块手帕。"

"然后呢？"

"安德烈斯把卡米洛带出了房子，我把卡米洛带回了家，用热水给他清洗了血迹，给他脱了衣服，让他躺在床上。我害怕他会窒息，就把他嘴里的手帕取了出来。但是他又开始啊啊啊地叫喊，我反锁了他的房间，然后回到蓝色房子里帮安德烈斯。我们得在天亮之前把莫妮卡从房子里搬出去。我们把一切都处理完之后，在莫妮卡的背包里装了些随身物品，就好像她收拾过行李一样。安德烈斯把她的自行车骑到了莫阿尼亚码头。他是利用退潮的时候沿着海滩走的，这样就没人会看见他。"

卡尔达斯看了看埃斯特韦斯，他点了点头确认自己也记得莫妮卡自行车的挡泥板上掉下的大量泥沙，这印证了罗莎莉亚的供词。

"我留在家里清洗血迹，弄干净之后就去上班了。那天我迟到了一些。第一批客人来吃早餐时，我还在打扫厕所卫生。然后我回到了家，发现卡米洛一动也没动地睡着了，我也去睡了觉。我本来以为自己会失眠的，但那天实在是累坏了，所以也熟睡了过去。再睁开眼时，我还以为这只是一场噩梦，但是当我走进卡米洛的房间时，发现满地都是他画的莫妮卡死去了的图像。我请求他别再画了，但是他依旧一张张不停地画。我都记不得从那天起自己烧了多少张画了。"罗莎莉亚叹息道。

她用手擦了擦眼泪，然后望向探长，就像是要为自己的供词做一个总结一般。

"你们怎么处理尸体的？"卡尔达斯问道。

罗莎莉亚用一个问题做了回答。

"你们会放了安德烈斯吗？"

"我们得先证实您说的一切都是真的。"

"所有发生的事情我都如实说了，你们还需要证实什么？"

"假如我们找不到尸体，那就很难证实您说的一切。"

"你们放了安德烈斯，我就带你们去找尸体。"

索托局长说："安德烈斯·卡诺萨已经认了罪，而且我们在莫妮卡的屋子里找到了他的指纹，不能放了他。"

"为了救卡米洛，安德烈斯会承认一切，"罗莎莉亚说道，"而且我刚指认自己的儿子犯下了谋杀罪，你们为什么还不相信？"

几位警官们互相看了看，卡尔达斯说道："也许您的儿子并没有杀害莫妮卡。"

"什么？"

"有可能当卡米洛到莫妮卡家时，莫妮卡就已经死了。"

"我不信，"罗莎莉亚说道，"您这么说是为了让我告诉你们尸体在哪儿。"

卡尔达斯将一只手搭在坐在罗莎莉亚面前的警官的肩膀上。

"这位是瓦斯康塞洛斯探长，他是今天早上从波尔图赶过来的。莫妮卡在一起案件调查中已经跟他合作了好多年了。他们试图逮捕一个危险分子，而这个人很有可能就是杀害莫妮卡的真凶。"

"卡尔达斯探长说的都是实情。"

"除了检查莫妮卡的尸体以外，我们没有别的方法能够证实这个猜想，"卡尔达斯继续说道，"这个凶手每次都会采用相同的方式割喉。我们在您儿子的画上看到的切口似乎跟凶手的手法一致，但是我们需要法医来鉴定。"

"如果能被证实呢？"罗莎莉亚问道。

"如果法医能证实的话，那么我们会试着让法官释放他们。我无法完全保证，但是法官是通人情的。我们也会让法官了解您现在正在全力协助我们调查案件。"

"安德烈斯也会被释放吗？"

"安德烈斯和卡米洛。"卡尔达斯答道。

罗莎莉亚低下了头。

"我觉得卡米洛还是去精神病院好些。"

"相信我，"卡尔达斯说道，"卡米洛是不会喜欢那地方的。"

Resto（尸体）：1. 整体的剩余部分；2. 减法运算后的结果；3. 剩余的食物或残渣；4. 尸体。

警队一个小时之后就到达了缇兰。弗洛雷斯法官、秘书和法医古斯曼·巴里奥组成司法鉴定小组，同乘一辆车。埃斯特韦斯和卡尔达斯带着罗莎莉亚·克鲁斯和想要一同前往的瓦斯康塞洛斯同乘一辆。此外，还跟着一辆殡仪馆的黑色面包车，好把尸体搬运走。

索托局长和安德拉德医生一同留在了维戈。医生刚到警察局没多久，他带来了别人用来敲诈他的那一绺金发，他还不知道，他原本重新燃起的那点希望即将被扑灭。

面包车沿着通向教堂中庭的小路开了下去，而其他车则停在了上方神父住宅的平台处。罗莎莉亚与探长一同走着。她一直低着头，虽然天未下雨，但一直戴着风帽好避开邻里们的窥探。

搜索行动已经终止，那些原本进行水上搜索的警员们也已经上岸帮助封锁现场。克拉拉探员和鉴定科的成员们也在现场，他们一早就到了莫妮卡的房子想要继续搜查尸体。

他们围着教堂绕行了一圈，然后向下走了三级台阶，推开围栏，从教区墓地大门上的石制十字架下穿过，然后跟着罗莎莉亚一起穿过了压实的土路，路两边的墙上插满了鲜花，写满了逝者的姓名和生卒日期。

卡米洛的母亲停住了脚步，指了指与地面平齐的一个壁龛，上面有一块白色石制的无名石碑。壁龛看上去像是空的，与其他的随处可见的空穴一样，用砖块或相似的墓碑压着。

"我需要一直待在这儿吗？"罗莎莉亚低声问道。卡尔达斯摇了摇头，然后让埃斯特韦斯陪着她去找个安静一些的地方。

两个鉴定科小组的警员，穿着白色的工作服，用铲子从侧边把石碑撬了开来。安德烈斯和罗莎莉亚上周四晚上用来封住墓穴的砖板随即显露了出来。

尽管大家都戴着口罩，但是当这两位警员敲头几块砖时，所有人都不禁往后挪了挪身体。当他们把壁龛的石砖都撬开时，卡尔达斯在画中看到过无数次的毛毯便呈现在了他面前。

警员们把包裹抬到地面上，从各个角度都拍了照片，然后看向刚戴上手套的法医。

"我们开工吧。"巴里奥医生低声说道。

他们小心翼翼地打开毛毯，里面包裹着的尸体面部肿胀，双眼脱眶，舌头吐露在外。沾满鲜血的衬衫就像是第二层皮一般粘在了死者的皮肤上，身体肿胀，充满了气体。

墓地瞬时被恶臭所笼罩。巴里奥医生向来不戴口罩，可这一次也忍不住回头闭上眼睛，用手捏住鼻孔。站在墓穴边上的司法秘书忍不住往后退了退，就连站得最远的人也禁不住远离了几步，纷纷用手遮住口鼻。

那些技术人员就像是在重复着仪式一般，先给尸体照了相，然后把死者的手套上袋子，以便提取指甲里剩下的基因留存。

"死者为女性，35岁左右，"法医开始大声说道，好让秘书能听到，"身穿白色衬衫和白色内裤。"法医撩起死者衬衣的下摆，检查了内衣，然后问道："我继续吗？"

司法秘书点了点头。

"尸体全身肿胀腐烂。导致死亡的直接原因为脖颈左侧的平整切口，"巴里奥医生继续说道，"切口边缘平整，但是脖子里面的血管受损，因此可见大量出血。"

一个警员走近尸体拍摄伤口，巴里奥医生继续检查死者头部。

"头骨上没有挫伤，也没有出血，"巴里奥医生一边说着，一边小心翼翼地分开死者的金色头发查看，"除了颈部的伤口以外，没有其他外伤。"

司法秘书继续记着笔记，巴里奥医生解开死者身上的衬衫扣子检查。尸体的躯干肿胀，全身布满绿色的瘢痕，腹部的颜色最深。

巴里奥医生检查结束之后，鉴定科的警员们把尸体抬上由殡仪馆工作人员抬到此处的担架。工作人员把尸体放进塑料袋子中，然后拉上了拉链。

随后，又有两名警员趴在地上检查盛放尸体的壁龛。他们先用手电筒打亮内部，然后从外部拍了几张照，其中一名警员探头进去寻找痕迹。

"什么都没有发现。"这位警员戴着口罩，从壁龛中出来时边咳嗽边说道。

近一个半小时后，警员们把尸体抬起，封存好壁龛。法官授权将尸体转移，警队离开了墓地。

卡尔达斯靠在教堂中庭的墙边，点了根烟，他用手摸了摸头发下的伤口，望向大海。在海面下的某一处，应该还能找到莫妮卡放着牙刷和衣物的背包。安德烈斯把包扔进海湾时，在里面压上了许多石头。

"要是咱们自己，肯定永远都找不到尸体。"弗洛雷斯法官走到卡尔达斯身边说道。两人都大口呼吸着海风，试图去除钻入鼻孔的尸体气味。

"永远都找不着。"卡尔达斯肯定道，并告诉法官罗莎莉亚一周打扫两次墓地，"来的时候在车里，她说他们选的这个藏尸壁龛原本是有主的，但是墓主后来决定火化。"

弗洛雷斯法官转身望向罗莎莉亚。她一直坐在一张石椅上，把头埋在双手之间。对自己的亲儿子有所怀疑令她深深地自责。

"希望尸检能证明凶手不是卡米洛。"法官低声说道。

"希望如此。"卡尔达斯说着，望向卡米洛的母亲，暗自发誓一定要捉住"凯门鳄"。

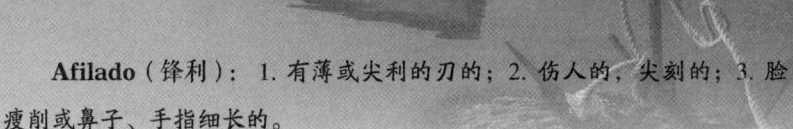

Afilado（锋利）：1. 有薄或尖利的刃的；2. 伤人的、尖刻的；3. 脸瘦削或鼻子、手指细长的。

努诺·费雷拉医生从波尔图赶来与巴里奥医生一道对尸体进行解剖，他为"凯门鳄"的六名受害者做过尸检。两人结束之后，一起来到走廊上找卡尔达斯和瓦斯康塞洛斯。

"是'凯门鳄'干的吗？"瓦斯康塞洛斯问道，费雷拉医生作了个肯定的表情。

"切口和孩子们身上的一样，"费雷拉医生确认道，"毫无疑问就是他干的。"

"他先把利器插入喉咙，然后垂直地移动它，切开血管。"巴里奥医生解释道，他只消看一眼就排除了安德烈斯的折叠刀就是凶器的可能性。"凶器的刀片更窄，更锋利，几乎不用使劲，就能造成极大的伤害。莫妮卡颈部的静脉和动脉的切口都十分平整。颈部血管密布，大量出血就能致命。莫妮卡在极短的时间里就失去了生命。"

"他对那几个孩子也是这样下手的，"费雷拉医生说道，"所有受害者的伤口都是一样的，凶手使用的凶器一直没变。"

"瓦斯康塞洛斯认为凶器有可能是一把手术刀。"卡尔达斯说道。

"有可能是外科手术刀，但也有可能是其他刀片薄且锋利的刀具，"巴里奥医生说道，费雷拉医生也十分同意，"凡是能够轻易划破器官的刀具都有可能。"

"你们找到'凯门鳄'的痕迹了吗？"

"如果你指的是生物残留的话，一点儿也没有，"巴里奥医生答道，"不知道鉴定科的同事们能否在地毯上找到些线索，但是尸体上没留下痕迹，指甲里也没有一点皮屑。"

"莫妮卡难道没有自卫吗？"

"似乎没有，"巴里奥医生答道，"她的手上和胳膊上都没有刀痕。"

489

"她一点儿也没有防卫，这种情况正常吗？"

"假如有人从背后靠近你，用尖锐的物件抵住你的脖子，你也会一动不动。"巴里奥医生说道。

"除非你知道凶手无论如何都会杀了你。"

"也许你知道的时候已经为时过晚了。"

"有可能。"卡尔达斯说道，"你说凶手是从背后攻击莫妮卡的？"

"是的，凶手是从背后袭击的，毫无疑问。"巴里奥医生回答道。

在卡米洛的画中，伤口是在脖颈的前侧。

"伤口不是在这儿吗？"卡尔达斯指了指脖子下方问道。

"是的，"巴里奥肯定道，然后走到探长身后，模仿凶手杀害莫妮卡的动作，"你看到了吗？首先把凶器这样插入脖子，然后往里面划开。"

"凶手用的是右手？"卡尔达斯问道。

两位法医都点了点头。

"凶手惯用右手，"巴里奥医生答道，"化验室刚给我打了个电话说他们在莫妮卡体内发现了阿普唑仑的残留物，虽然剂量不是很多。之后他们会把完整的报告传给我的。"

"是一种镇定剂，对吗？"

"是一种抗焦虑的药物，"巴里奥医生答道，"莫妮卡有可能有些紧张，吃了一片药。"

"你认为凶手到的时候，莫妮卡正在睡觉？"

巴里奥医生摊了摊手。

"不清楚，"他答道，"但是她吃的是镇定剂，而不是安眠药。"

"嗯。"

"听着，卡尔达斯，说起镇定剂，你知道昨天晚上值班医生不得不给卡米洛注射了一大管吗？"

"我知道这件事。"

"那位医生之后给他进行了治疗，发现了一些旧的疤痕，看上去像是自残留下的，这在这类病人身上是很常见的。"巴里奥医生说道。

"他的母亲告诉我们说，卡米洛更年轻的时候经常会自残到骨头都露出来。"卡尔达斯说道。

"你们要长期关押他吗？"

"我正想和法官商量尽早释放他。"

"如果是我的话，在关押他期间一定会一直绑着他，以防意外。"巴里奥医生建议道。

卡尔达斯感谢医生给的建议，取出手机。

"你看过他画画的样子吗？"卡尔达斯问道，一边在手机里搜寻着，"他一言不发，也控制不住自己的身体，但只要给他一支笔，就连你也不会相信他绘画的水平。"

"天哪，"巴里奥医生看到手机里描绘莫妮卡遇害的图画，不禁感慨道，"这是被害人。"

"卡米洛在死者面前待了两个小时，直到他的母亲把他带回家。看上去像照片吧？"卡尔达斯一张张地翻看着图片问道。

"他发现了死去的莫妮卡，然后就立马开始画了？"

"不是，"卡尔达斯答道，他告诉法医卡米洛画画全都只凭记忆，"比如这张画是昨天画的，你可以看见这张画和以前画的一模一样。我不知是该为他的绘画天赋感到惊奇，还是该为他对细节的记忆能力感到惊叹了。"

巴里奥医生看着卡米洛的画，卡尔达斯给他指了指画中的地毯。

"流这么多血是正常的吗？"

巴里奥医生点了点头。

"莫妮卡失去了近三升血，切开一根动脉就好像是拧开自来水龙头一样。"巴里奥医生确认道，然后把手机拿给从葡萄牙来的费雷拉医生看，后者刚走到一边和瓦斯康塞洛斯私下说话。

"还有其他的画吗？" 费雷拉医生看了其中一张之后问道。

"这些都是。"巴里奥医生一边说着，一边一张张地翻看。

"应该还有很多，"卡尔达斯说道，"卡米洛一整天都在画画。"

Custodiar（照料）：1. 小心守护；2. 看管某人，尤其是看守被逮捕人以防止他逃跑。

"自从那天起，卡米洛画的所有画几乎都是满身是血的莫妮卡。"罗莎莉亚坐在审讯室里回答道。卡尔达斯坐在她面前的椅子上，而瓦斯康塞洛斯和埃斯特韦斯则站在一旁听证。"我请求卡米洛别再画莫妮卡了，但是他根本不听。有一天下午，我把他所有的画纸都收了起来，但是他却开始画在了房间的墙壁上。"

"您说卡米洛的许多画画的都是莫妮卡死亡的景象，"卡尔达斯总结道，"那么不画她的时候，卡米洛都画些什么？"

"我不确定。"

"我们需要查看从莫妮卡遇害之后，卡米洛画的所有画。"卡尔达斯说道。

罗莎莉亚回答说这已经完全不可能实现了。

"你们逮捕卡米洛之后，我就把他那些之前没来得及烧掉的画都烧了。"

瓦斯康塞洛斯和埃斯特韦斯失望地相互对视了一眼，但是卡尔达斯却不依不饶。

"在这些图画中，是否出现过您不认识的男性？"

"有几个。"

"几个？"

"我以为是搜寻队的志愿者。"

卡尔达斯绞尽脑汁，在他的脑海中不停地搜索那些能在卡米洛所画人群中辨识"凯门鳄"的标识。正当此时，瓦斯康塞洛斯探长想到一个方法。

"所有的画都是以白天为背景的，还是有几张画的是晚上？"瓦斯康塞洛斯伸了伸脖子问道。

"我不记得了。"罗莎莉亚叹息道，她先看了看瓦斯康塞洛斯，然后又望向卡尔达斯，"我当时更关心的是如何处理掉这些画，而不是看他画的是什么。"

"没关系，"卡尔达斯安慰她说，"假如您的儿子见过他，一定可以再画一遍的。"

"假如卡米洛真的见过凶手，那个人肯定在这儿，"罗莎莉亚用手指了指太阳穴说道，"就好像他在眼前一样清楚。"

"您是最能和卡米洛沟通的人，"卡尔达斯说道，"您能问问他那晚见过什么人，然后让他画下来吗？"

"我可以问卡米洛，也可以让他画给我看，"罗莎莉亚说道，"但是卡米洛总是特立独行。他有可能立马就画，也有可能两周以后才画。他对时间有自己独特的理解。"

卡尔达斯让埃斯特韦斯下楼去把卡米洛带过来。

"我们会被怎么处置？" 埃斯特韦斯离开审讯室后，罗莎莉亚问道。

"安德烈斯和您会被移交司法处置。法官会听取你们的供词，然后再做定夺。"卡尔达斯说道，尽管弗洛雷斯法官已经事先知会他，假如尸检能证明"凯门鳄"才是杀害莫妮卡的真凶，那么她会判处罗莎莉亚和安德烈斯取保候审释放。

"那卡米洛呢？"

"卡米洛没犯事。"

"你们会怎么处置他？"

"他不用在这儿待着。"卡尔达斯说道，并解释说他们可以派一辆巡逻车把卡米洛送回家。

"他一个人在家能干什么？"罗莎莉亚问道，"他什么事都离不开我。"

"您没有什么亲属或者朋友能帮忙照顾他一下？"

罗莎莉亚摇了摇头，谁会在这种情况下主动伸出援手？

"假如没有人能照顾您的儿子，我们可以请社工替您照料一下，直到您回家。"卡尔达斯建议道。

罗莎莉亚又禁不住声泪俱下。

"探长，一切都是我的错，我四十三岁才怀上孩子。医生提醒我说孩子有可能有问题，但是我不想听医生的意见，"罗莎莉亚痛苦地说道，"是我带给儿子惩罚，让他过上这么痛苦不堪的生活。"

Daño（伤害）：1. 痛苦，折磨；2. 伤害；3. 眼疾；4. 肆意破坏他人财产所犯下的罪。

卡尔达斯探长走到过道上，拨通了电话。

"法官大人，我是卡尔达斯。"卡尔达斯招呼道。

弗洛雷斯法官说法医已经把验尸报告呈交给她了。

"现在可以确定是'凯门鳄'下的手了。"

"毫无疑问。"卡尔达斯赞同道，他还向法官表明，卡米洛可能见过凶手，"卡米洛的母亲说，假如他的儿子见过'凯门鳄'，迟早都会把他画出来。但是她不确定很快就能画出来还是要迟个几天半个月。"

"知道了。"

探长说会让卡米洛尽快开始重新画画。

"但就算我们真的确定卡米洛见过'凯门鳄'，"卡尔达斯解释道，"我们也不能强迫他。"

"这是自然。"

"假如他只是坐在尸体面前哭泣，别的什么都没干的话，那么我们也不能对他进行长期关押，他已经在牢房里待得够久的了。"卡尔达斯说道。

"他还在牢房里关着？"法官吃惊地问。

"是，双手还被铐着以防止他伤害自己。法医建议卡米洛被关押期间都要戴着手铐。"

"天哪。"

"我会让卡米洛去我的办公室待着，好让他画画时能更平静一些，之后他不应该再回到牢房里了。"卡尔达斯探长说道，法官应声同意，"但问题是我们也不能让他走出警局大门，这个年轻人害怕人群，他都走不远几步。"

"不能派车把他送回家吗？"

494

"这也不太能解决问题。"卡尔达斯说道,他告诉法官卡米洛几乎事事都要倚靠母亲,"当然,在他母亲被释放之前,我们也可以请社工照顾他。"

"我已经事先告诉过您,在罗莎莉亚坦白交代之后就即刻释放她。"

"是的,法官大人,但是我需要和您确认一下,"卡尔达斯说道,让法官觉得自己有意干涉她的工作令卡尔达斯觉得过意不去,"卡米洛遭了许多罪,我不想……"

"我说过今天晚上他就能和母亲一起回家了,卡尔达斯。"法官打断道,"他母亲供述的时候,你们可以把卡米洛一同带到法院来?"

"感谢您,法官大人。"探长答道。

卡尔达斯挂了电话,听到卡米洛的呻吟声沿着台阶而上,于是迎了上去。

"我们把他带去哪儿?" 埃斯特韦斯问道。

卡米洛走在他身后,双手戴着手铐,另一位狱警则拽着卡米洛的手臂押送他。

"去我的办公室吧。"卡尔达斯说完请埃斯特韦斯先跟自己一道去收拾桌子。他们想让卡米洛有足够的空间画画,也把所有可能对他造成伤害的物件都拿走了。卡尔达斯对罗莎莉亚所描述的卡米洛若干年前的自残行为印象深刻。

狱警把卡米洛带到走廊尽头,带进了卡尔达斯探长的办公室。卡米洛穿着一袭橙色衣衫站在门口,埃斯特韦斯则把办公桌上的一堆堆文件搁到书架上。卡尔达斯走近卡米洛,告诉他母亲一会儿就和他会合,然后提起了莫妮卡遇害的那个夜晚。

"如果你看见了杀害莫妮卡的凶手,别害怕,直接画出来,需要多长时间都没问题。"卡尔达斯柔声说道,好让卡米洛褪去嫌疑人的外衣,摇身变成捉拿杀害他好友的关键证人,"没有人会知道你画给我们看过凶手的样貌。"

卡米洛并没有看卡尔达斯,但是似乎听进去了一些他的话。这么长时间以来,卡米洛的嗓子里第一次不再发出呻吟声。他站着身,微微地弓着背,双手被铐在胯前,依旧不停地摇摆着,但却放松地安静了下来。

"卡尔达斯。"一个声音从门外传来,来人正是看守牢房的资深狱警乌里韦。

卡尔达斯走到过道上,乌里韦狱警递给他一支笔,把监护职责移交探长的签名文件放在一块木板上垫着。

"今天怎么样?"卡尔达斯一边签名一边客套地问道。

"你把那个小子领走之后,我就好过多了," 乌里韦狱警答道,"和他在一起五分钟我就够受了,难怪他母亲要把他送进精神病院。"

卡尔达斯条件反射似的望向办公室开着的房门。

卡米洛摇摆着身子看着他们,张着嘴准备开始啊啊啊地大喊,但声音却卡在喉头发不出声响。

"见鬼,"乌里韦警官低咒一声,与他一贯谨慎的作风大相径庭,"我不知道他在里边,我哪知道他这会这么安静……"

"别再刺激他了。"卡尔达斯说着把垫板还给了乌里韦狱警。

"他听见我说的了?"乌里韦问道。

卡尔达斯心里确信,嘴上却说:"肯定没有。"

乌里韦狱警刚离开过道,索托局长就过来找卡尔达斯。

"你能来一趟吗?安德拉德医生来了。"

在找到莫妮卡的尸体之后,卡尔达斯还未与医生会过面。

"我现在就去。"卡尔达斯答道。

卡尔达斯望了一眼办公室,看到书架上有个金属筒,在里面摆着的铅笔和圆珠笔之间露出一把剪刀的把手。

"你把剪刀拿走,"卡尔达斯低声对埃斯特韦斯说道,"别让卡米洛看见。"

"咱把他留在这儿?"埃斯特韦斯问道。

卡尔达斯看见卡米洛戴着手铐,不停地晃动着身子,双眼失神地望向地面,不发一言,似乎还在慢慢咀嚼着乌里韦狱警刚才说的话。

"让他坐在我的椅子上,但是把办公室门开着,留个人在门口看着。"卡尔达斯说道。

"咱把他妈带来?"埃斯特韦斯问道。

卡尔达斯否定了这个提议。

"等我回来再说,我一会儿就回来。"

"要把他的手铐摘了好让他画画儿吗?"埃斯特韦斯请示道。

卡尔达斯想起巴里奥医生的建议。

"还是等我回来再说吧。"卡尔达斯说道。

Responsabilidad（责任）：1. 义务的履行或做决定时的小心谨慎；2. 对某人或某事的照顾；3. 对某些行为或错误做出回应的义务。

"非常遗憾。"卡尔达斯说道。

安德拉德医生点了点头。他穿着白色的衬衫、黑色的西装，戴着用来守丧的黑色领带，整个人好像苍老了很多。

"您妻子怎么样了？"卡尔达斯问道，医生抬了抬肩膀。

"不知道，"医生颓丧地说道，"至少她的身体状态能让她少受点心理折磨。"

"您这几天睡眠怎么样？"

"睡得很少，"医生说道，"我希望一切都能尽快了结。"

卡尔达斯咽了咽唾沫，一切聒噪都会散去，但是痛苦却总是阴魂不散。

"我能否做些什么……"

"找到凶手就是最大的帮助了。"安德拉德医生说道。

"我们会竭尽全力。"

"已经知道谁是凶手了吗？"

"还不知道，"卡尔达斯坦诚地说道，"我们知道莫妮卡在上周四的课间休息时见过凶手。她上楼去找了一下制琴师，在这之前或之后去大街上透了透气。她应该是在那个时候看见了凶手，凶手当时应该是步行或是开车路过学院门口。"

安德拉德医生抬掇了一下挂下耳朵的头发。

"你们认为怎么才能找到凶手？"

"我们正在排查路人和来往车辆的监控记录。"探长说道。

"马德里的机构会寄给我们莫妮卡那天出校门时，艺术与机械工艺学院周围的所有通话记录清单。"局长补充道。

"需要些时间，"卡尔达斯说道，"但是我们一定会找到凶手。"

安德拉德医生摘下眼镜，用近视的双眼看了看两位警官。

"那些把我女儿埋进壁龛的人会被怎么处置?"医生问道。

"法官会裁决的。"索托局长立刻说道,好撇开些责任。

"自从他们知道卡米洛是无辜的,就一直在配合警方工作。"卡尔达斯说道。

安德拉德医生拒绝接受这样的开脱。

"假如他们从一开始就合作,我的女儿就不会在一个洞里待上一周了。"

"确实如此,"卡尔达斯说道,"但是卡米洛现在还有机会帮助我们找到凶手。"

医生难以置信地变了脸色。

"什么?"

"用他的画笔和记忆。"探长说道,并解释说卡米洛很有可能见过凶手,"他现在正在我的办公室,我们正试着让他为我们画出那个凶犯。"

安德拉德医生把眼镜放到桌上,用手揉了揉眼睛,双目因为痛苦与失眠而深陷眼眶,他接着又用手摸了摸已经秃了的脑袋,像是在梳理那些曾经长在那里的头发一般。

"为什么?为什么会发生在我女儿身上?"医生问道,这个问题一直萦绕着他。卡尔达斯无法作答,人生中许多重大事件的发生都具有一定的巧合性。一个小孩儿和一个杀人犯竟与一个隐没在无人沙滩的沙丘间的女人偶然相遇,同样的巧合让这个女人在上周四出门透气时与这个杀人恶魔再次相遇。

"很多人都会选择置身事外,但是莫妮卡不仅没有退缩,反而义无反顾地选择要揭发这个杀人凶手。"

安德拉德医生就算知道他女儿为此而牺牲,也难以获得安慰。

"您看看她的下场。"

"杀害莫妮卡的人是一个连环强奸犯,是一个强奸儿童,然后切开他们喉管的惯犯,"卡尔达斯说道,"如果我们找到这个凶手,那莫妮卡所做的努力就没有白费,她能让许多无辜的儿童免于被迫害的命运。"

安德拉德医生斜着眼看了一眼卡尔达斯,正准备说话,却被外面传来的声音打断了发言。

"天哪,天哪,"走廊上传来这样的喊叫声,"快来帮忙,快来帮帮我。"

卡尔达斯随即就听出了这是埃斯特韦斯的声音,于是一下子站了起来,打开门,迎面就碰到奥尔加警官,她的神色异样。

"是卡米洛。"她言简意赅地说道。

一行人跑向了卡尔达斯的办公室。五六个警察正围着卡米洛,而他本人则倒在办公桌上。埃斯特韦斯和费罗两人正拽着卡米洛的双手。一条深红色的血迹沿着卡米洛的喉咙一直淌到桌上。

安德拉德医生跑进办公室，把警察们都支开，在卡米洛身边弯下了身。

"快帮我让他平躺下来。"安德拉德医生一边脱去自己的外套一边命令道。

埃斯特韦斯和费罗两人抓住卡米洛的腋下部位，让他平躺在地上。他的喉咙处有一个巨大的伤口，下巴下方的皮肉都挂落下来。卡尔达斯听到他的喉咙里发出了类似吐泡沫的声音。

安德拉德医生用一只手接过别人递过来的毛巾，把它按压在卡米洛的脖颈处，然后使他侧卧躺着。

"小子，坚持住，坚持住！"医生一边说着，一边试着用毛巾止住出血，"有人叫救护车了吗？"

有人说已经叫救护车了，而此时卡米洛开始浑身抽搐。他的呼吸声粗重得就像是牙医的抽吸机。

"坚持住。"医生重复道，声音听上去万分沮丧，衬衫上沾满鲜血。

医生让费罗替他按住毛巾，然后自己把卡米洛穿着的衬衫从两边扯开。他想把卡米洛的双手分开好让胸腔部位露出来，却发现他还戴着手铐。

"谁能把他的手铐解开？"医生大声吼道，一个警员随即拿着钥匙弯下了身。

卡尔达斯看向埃斯特韦斯，发现他早已往后退了好几步，手上握着什么东西。

"是他自己干的，"埃斯特韦斯结结巴巴地说道，神情内疚而惊惧，"我听见有玻璃摔碎的声音，探头一看，发现他正在扎自己的喉咙。"

"用什么扎的？"探长问道。

"这个。"埃斯特韦斯说着，指了指自己手中的碎玻璃瓶颈。

"糟糕。"卡尔达斯自语道，他此时才想起桌子底下还有一瓶父亲的葡萄酒。

索托局长惊愕不已。

"他从哪儿找来一个酒瓶？"局长问道。

"是我的错，"卡尔达斯说道，"是我的错！"

卡尔达斯阖了阖眼，再睁开眼时，只见卡米洛瘫在地上，像一条脱了水的鱼一般喘息着，双眼翻白。医生跨坐在卡米洛身上，不停地用双手按压着他的胸腔，想让他恢复心跳。

探长不禁咒骂起自己的粗心大意，一旁的瓦斯康塞洛斯靠在门上，看着指认"凯门鳄"的机会随着卡米洛流淌的鲜血渐渐消逝。

Blanco（白色的）：1. 像雪或牛奶一般的颜色，太阳光未分解成其他色光的颜色；2. 同种物品中颜色最浅的；3. 物体之间的空隙；4. 苍白的，一般是由像惊吓或诧异这样强烈的情绪引起的；5. 行动或想法想要达到的目标。

周一下午，一辆优雅的灵车在人群中开着道，缓慢地沿着维戈墓地的主路前行。透过车窗玻璃可以看到一口原木棺材隐没在满车的花束和花环之中。

安德拉德医生走在车后，身子蜷缩在自己的黑色西装中。市长和维戈市的一些其他政要都走在队伍之中。当地的电视台都被拦在了护栏之外，但是有一些前来吊唁的人正拿着手机录着这支送葬队伍。尽管在告别女儿的仪式上，安德拉德医生得到了来自各方的安慰，但他却从未感到如此孤独。

在同一时间的缇兰，小小的教区教堂也为卡米洛敲响了丧钟，尽管来参加他葬礼的不过区区十几人。

卡尔达斯迟到了一些，他在墓地外头的中庭里站着。他站在矮墙边，探身望着一阵阵的海浪冲上沙滩。如此蔚蓝的天空似乎与悲伤毫不相称。在对面的海岸边，城市闪烁着光点。在近处海面露出的一块岩石上，一只鸬鹚正伸展着翅膀，好借着阳光取暖。这天下午，那艘载有金翅雀的船并没有停靠在岸边，只有一艘拖网渔船经过，一阵阵划桨声伴着舵手的吆喝声传来。

几个女人神情肃穆地从教堂走了出来。葬礼结束了。门口站着三个没有走进教堂的男人，这时也停止了攀谈，往后退了几步，就好像距离的远近能显示尊敬的程度一般。几个穿着殡葬馆制服的年轻人小心翼翼地走下坡道，走进教堂准备迎接棺木。

看着这些年轻人扛着一个白色的棺木，小心地就像是扛着一个孩子一般从教堂里走出来时，卡尔达斯内心不禁悔恨万分。

罗莎莉亚痛不欲生地跟在他们后面，安德烈斯则走在她的身边。卡尔达斯已经决定不起诉安德烈斯对他进行的攻击，弗洛雷斯法官也把他放了出来。周六的时候,当他们还在审讯室时,安德烈斯说当他得知罗莎莉亚怀上他们儿子的那一刻,就立马决定了留在缇兰。

"我留在这儿,就是想以后有一天能为他做些什么。"

"这一天终于到了。"卡尔达斯当时说道。

"是的,"安德烈斯回答道,"这一天终于到了。"

在维戈,载有莫妮卡遗体的灵车停在了家族墓地前;而在缇兰,那些抬着卡米洛的白色棺木的年轻人走下三级台阶,穿过石制十字架,沿着墓地的压实的土路缓缓前行。

神父洒了些圣水,然后工作人员便把卡米洛的棺木放入漆黑的壁龛。罗莎莉亚号啕大哭,抱住一旁的安德烈斯,然后倚靠在他的肩膀上,看着工作人员填封壁龛,每盖上一块砖就好像抽离走了一丝生命。

"上帝,愿逝者安息。"当最后几铲水泥封存住壁龛的边缘时,神父诵读道。

"愿神光永照于他身。"几个人齐声说道。

"安息。"

"阿门。"

神父随后合上了书。此时,只剩下远处传来的波浪声和从近处某户人家里传来的不合时宜的鸡鸣声。

卡尔达斯沿着小路,走近莫妮卡蓝色房子的铁栏处,警方的封条依旧禁止通行。从门口可以望见被风刮倒的树留下的坑洞,还有在院子另一头堆积如山的柴火。猫一直不见踪迹。

卡尔达斯继续沿着小路前行,穿过木栈道,来到莫纳观景台。他的父亲正倚靠在栏杆上,眺望着另一边海岸上的城市。

"结束了?"父亲问道。

"是的,结束了。"卡尔达斯回答道,他点了一根烟,站到了父亲身边。

"从这里望过去,整个城市都变得不一样了,你说呢?"父亲片刻后问道。

"埃斯特韦斯也这么说。"探长答道。

父亲没有提起卡尔达斯看到他赶来时红了眼眶的模样,为此卡尔达斯不禁十分感恩父亲。卡尔达斯总是不住地想到卡米洛的母亲,想起自己告知噩耗时她的宽容与理解,想起他其实想向她坦白被自己遗忘在办公桌底下的酒瓶。

"我向你们保证我不是……"卡尔达斯艰难地说道,但不知该从何处说起,"我忘记……"

罗莎莉亚用双手握住卡尔达斯的一只手,让他免于辩白的痛苦。
"我知道。"

卡尔达斯和父亲一道走回路上,爬上斜坡,来到了神父住宅前的平地上,父亲把车停在了那儿。海浪的低语声几乎传不到这儿。
"你现在想去哪儿?"父亲坐到方向盘前问道。
"去你家。"
"去我家?"
卡尔达斯打开了一点儿车窗。
"嗯。"卡尔达斯说道,虽然心里希望父亲能把他带到更远的地方。

Conciencia（心理）：1. 使人们得以从道德层面来评价现实与行为的是非认识，尤其是对自我行为的是非认识；2. 道德，良心；3. 对于现实的瞬时或模糊认识。

晚上吃过饭后，父子两人来到了后院，披着毛毯坐在了星空之下。棕色的狗卧在父亲的脚边，卡尔达斯点了根烟。他躺在一张尼龙椅上，望着满天的繁星却看不见一丝光亮，眼前唯见一块黑色的幕布，就像是在播放电影一般，投映着上周六那令人触目惊心的几帧画面：卡米洛一脸无助地听着乌里韦狱警说他母亲想把他送进精神病院；自己正在清理办公室，却遗忘了放在桌子底下的葡萄酒；听见局长在走廊上喊他，而片刻之后又听见埃斯特韦斯的喊声，试着阻止身穿橙色衣服的卡米洛再次把破酒瓶插进自己的喉咙。

卡尔达斯还看见安德拉德医生被鲜血染红了的白衬衫，看见赶来的紧急救护人员和用来遮盖尸体的绿毯，以及罗莎莉亚死死地拽着儿子冰冷的手不肯放开。

卡尔达斯一遍遍地设想着，假如当时他及时阻止乌里韦狱警说下去，假如自己检查了办公桌底下，或者派人密切关注卡米洛的话，也许结果就会不同。

"是你的手机在响吗？"卡尔达斯的手机又响了一声，父亲不禁问道。

"是。"卡尔达斯回答道。埃尔薇拉又给他发送了一段语音信息，但卡尔达斯依旧不想听。此刻他只想静静地望着天空，沉浸在让卡米洛身临地狱、并给他指了一条不归路的内疚之中，就像被一片阴霾所笼罩，就算是罗莎莉亚在墓地时的再一次谅解都无法驱除这场阴霾。

父亲站起身要回床上休息时，已是凌晨一点光景了。

"我再待一会儿。"卡尔达斯说道。

"你还没用望远镜看看呢。"父亲走时提醒道。狗也站了起来，跟在父亲身后。

探长承诺说自己一会儿就看，但依旧纹丝不动地坐着。这时突然从远处传来汽车的声响，棕狗开始狂吠不已。卡尔达斯一直听着动静，直到马达和狗吠声都平息下来。

卡尔达斯一个人坐在院子里的时候，起身了三次，他用手机照了照周围，总觉得听到了脚步声，尽管每次除了发现夜的漆黑以外都一无所获。对于乡下那一片寂静之中总是传来的窸窸窣窣的声响，卡尔达斯早已十分陌生了。

卡尔达斯想起晚餐时，他又向父亲提起在房子周边装上铁栅栏的必要性，而他的父亲则毫不在意地把手伸进口袋，就像是一位老警长抚摸自己的手枪一般，摸了摸他常年使用的起瓶器，表明但凡遇到闯入者，自己都是全副武装的。卡尔达斯每次都对父亲说的话付之一笑，但他不会放弃自己的坚持。自己的疏忽大意已经闹出了一条人命，他可不想再添一份心理负担。

卡尔达斯不再抬头看天，他把目光移向那些红色的灯光，这些灯光是葡萄牙境内架设在山上的风车发出的。他又掏出手机，搜索刊登在网络上的当地报纸的头版新闻。

对莫妮卡案子的关注度依旧很高。卡尔达斯仔细阅读着各条新闻的大标题，看看内容是否提及发生在葡萄牙的儿童连环遇害案。

卡尔达斯一直担心媒体会得到消息，引起"凯门鳄"的警觉，但他无疑是多虑了。没有人将莫妮卡的死联系到"凯门鳄"身上——这个令只有一河之隔的国家为之震动的人。

Caos（乱麻）：1. 宇宙形成之前不定形的、不确定的状态；2. 混乱。

"你昨晚几点睡的？"父亲早晨问道。

"三点左右。"卡尔达斯回答。

"六点左右你房间的灯就亮了。"

"我睡不着。"探长说道。昨晚回房之后，卡尔达斯躺在床上继续在手机上读报。

在《维戈灯塔报》上，一篇社论提及莫妮卡遇害的事，质疑街区的治安问题。文章也提及一个嫌疑人自杀了的事，质疑一个在警察严密监护下的人是如何找到工具自杀的。《大西洋日报》在葬礼通告旁添加了一栏题为"都市传奇"的专栏，里面刊登了医生的女儿尸体曾被藏于教堂墓地之中的消息，这个消息曾在社交网络上广为流传。《加利西亚之声》的本地版刊登了一则对索托局长的访谈，他说道："内部调查正在进行之中，我们将会厘清事件细节并开除相关责任人。"

周日早晨，卡尔达斯来到警察局收拾东西。警察局已经开具了公文，此外卡米洛自杀事件发生之后，相关的刑事程序已经启动，为此卡尔达斯已经去了一趟法院，解释了为何在死者生前有自残行为记录并且法医明确提醒的情况下，被逮捕人依旧无人监管，而且随手可取玻璃瓶。

"你几宿没睡了？"

"没几宿吧。"

"你该休息休息。"父亲说道。

"我试试吧。"

"你不该只是尝试，儿子，你该执行，不然你会疯掉的。"

"知道了。"

"是真的。"父亲坚持道，"疯狂总是与那些无眠的人如影随形。它会等待你精疲力竭，失去警觉，然后占据你的大脑。你不该让疯狂战胜你，至少应该奋起抵抗。我是亲身经历过的：我也曾经好几宿都彻夜难眠，沉湎于那些永远都无法愈合的伤口。有一天，我闭上眼，把自己完全交给那些让我恐惧的噩梦，但我发现这些噩梦并不比我正经历的更糟糕，而且还有治愈的作用。"

卡尔达斯答应父亲他会做到。

"如果你睡不着的话，就看看书，"父亲继续坚持道，"但是别读那些让你难过的书，读些能让你忘掉身边处境的书。你想喝橙汁吗？"

"麻烦给我来一杯。"

父亲一边把橙汁倒进杯子，一边谈起自己正在阅读的书。

"这部小说有点长，但是我已经很久都没读到过让我那么喜欢的书了。一些书能给你带来安宁，因为你知道好人最终会获得胜利。至少，你能知道这些书会给生活的一团乱麻重新注入些秩序。"

"能帮助一点儿就好。"卡尔达斯说道，尽管他心里明白现实世界并非如此。你或许能破获一起案件，但是在这个过程中被破坏了的东西则是永远都无法修复的。

卡尔达斯的父亲离开厨房，取来一本厚重的书，把它放在儿子面前的桌上。

"昨天我读着读着就睡着了，不一会儿我就在睡梦里按照自己的风格续写了故事，今天早上我醒过来的时候，我只能再从头看看到底哪一部分是书上写的，哪一部分是我自己创作的。"

卡尔达斯笑了笑，打开书从头开始阅读了几页。波士顿红袜队的球员们乘坐的一辆火车停在了郊区地带，几个黑人男孩正在那儿打棒球。这几位专业的球员决定下车和这几个孩子较量一番，但最后还得感谢那一声宣告火车重新发动的汽笛声，才使这些专业球员免于输掉比赛。

"这本书是讲棒球运动的。"卡尔达斯合上书说道。

"它描述了棒球运动，二十世纪发生在波士顿的一场罢工运动，好人和恶人……"

"我对棒球一窍不通。"

"我也不了解，"父亲坦言道，"但是没关系，里面也有一些警察角色，像你一样。"

卡尔达斯抽了一口气。

"但愿他们别像我一样。"

"见鬼，卡尔达斯，你别这么悲观，行吗？所有人都会犯错，书里也谈到这些，谈到过错和补过。"

卡尔达斯把橙汁放到嘴边，而脑海里一直回响着父亲的话语：过错与补过。

他曾经以为只要捉住臭名昭著的"凯门鳄"，自己就能赎过了，但是卡米洛和莫妮卡都无法再指认他了。他知道有时候案件调查会走进死胡同，无法再往前推进。就连扑空的机会都没有，能做的唯有等待。

假如监视器拍的影像起不到作用，那么警方只能按住性子等待，等待"凯门鳄"走错一步，等待下一次能有人指认他，或者等待下一个莫妮卡能挺身站出来直面这个恶魔。

卡尔达斯不禁自问：在逮捕"凯门鳄"之前，他们到底需要付出什么样的代价，到底会有多少无辜的生命为此丧生。

Prisa（着急）：1. 迅速，匆忙；2. 亟须完成某事的需要或愿望。

　　卡尔达斯一整天都沉浸在父亲推荐的这部小说中。当他读到近三百页的时候，突然传来一阵狗吠，父亲从窗户探出身看向门口。

　　片刻之后父亲便回转身告诉卡尔达斯，他们有客人来了。

　　"到了，到了。"

　　"谁到了？"

　　"埃尔薇拉，埃尔薇拉，"父亲用一贯戏谑的语调说道，"她在门外，开了一辆车。"

　　"我不想见任何人。"

　　"别说瞎话，行吗？你小时候看见她就两眼发直。你什么时候能别再自我苛责，好好地去享享受受生活？"

　　"爸，我不想因为自己的这点破事让她难过。"

　　"那你宁愿让我难过？"父亲问道，"别忸怩了，赶紧出门去接她。避免发疯最好的方式就是偶尔昏昏头。"

　　卡尔达斯合上书，用手梳理了一下头发，就走去迎接埃尔薇拉。她正在前院，弯身抚摸着大狗。

　　"我一直给你打电话。"埃尔薇拉看到卡尔达斯时说道。

　　"是的，我知道。"

　　"我去了艾利希奥酒馆好几次，"埃尔薇拉说道，"卡洛斯建议我来这儿找你。"

　　"我需要远离几天。"

　　"远离我吗？"

　　"不是，不是远离你。"卡尔达斯说道。

父亲等他们寒暄完，才走出门招呼。

"你是过来把这个隐士从洞里接走的吗？"

埃尔薇拉的脸上笑出了两个小酒窝。

"如果他愿意的话，是的。" 埃尔薇拉说着，走去抱了抱这位她父亲的老朋友。

"那么你呢？"父亲问道，"来杯葡萄酒吗？"

一个小时之后，卡尔达斯坐在了副驾驶座，打开了一点窗玻璃。

"稍等一下。"父亲说道，然后走进了屋。

父亲回来时手上拿着那本他们共同阅读的书。

"拿着吧，莱奥。"父亲说着，把书从窗缝里塞了进去。

"你还没读完呢。"卡尔达斯拒绝。

"没关系，"父亲说道，"你才是那个需要好人获得最终胜利的读者。"

卡尔达斯咽了咽唾沫，对父亲报以感激。

"我读完就拿来还你。"

"不着急，"父亲说道，"这几天我能梦梦其他结局。"

Pájaro（鸟）：1. 长有直而不十分硬的喙的，会飞的陆生鸟类；2. 狡猾的、厚颜无耻的人。

    三天之后，卡尔达斯读完了整部书。他不知父亲预想的结局是什么样的，但作者所写的结局已经非常完满了。书中所描绘的在超市里对一个小孩儿展开的追踪让卡尔达斯瞬时就想到了"凯门鳄"。

    那天早上卡尔达斯和瓦斯康塞洛斯通了一次电话。当莫妮卡站在艺术与机械工艺学院门口时，有一辆经过的车恰好是葡萄牙牌照。瓦斯康塞洛斯的直觉告诉他这应该是个有用的线索。

    这辆车的女主人居住在庞特达巴卡市，离葡西边境四十公里左右。她说上周曾开车来维戈看医生，但是影像里看不出到底是谁开的车。瓦斯康塞洛斯认为她在包庇自己的一个兄弟。

    "乌戈·费雷拉，他是'凯门鳄'杀害的第五个孩子，就住在离他们八公里远的地方。那个男孩失踪时，我们审问过这个女人的一个兄弟。"

    "有人证吗？"

    "他的家人都证实他和他们在一起。"

    家人能编造一切。

    "有人和他谈过吗？"

    "还没有，我想再收集些证据，"瓦斯康塞洛斯说道，"还有其他线索。"

    "我听着呢。"

    "我正在整理我们寻找乌戈时搜集的邻里的证词。有一个女人说她见过在男孩玩闹的附近，有一只大鸟逡巡了数次。当时不是我去提取的证词，因此我对这段话没什么印象，但是文档里有记录。"

    "莫妮卡也见过一只鸟。"

    "这个女性车主的兄弟饲养信鸽，"瓦斯康塞洛斯说道，"他还参加过信鸽比赛。"

"鸽子的体形可不大。"

"如果他能养鸽子的话,那么养几只其他品种的鸟也不足为奇了。"

"确实,您说的有道理。"

"我还查证了所有遇害儿童的亲属的证词,我还发现另一处巧合的地方," 瓦斯康塞洛斯说道,"第一个失踪的儿童名叫努诺·维洛佐,他的外婆说孩子离开家之前,曾在窗口见过一只大鸟飞过。每次都有鸟的出现,与这个男人养鸟的事实看上去不像巧合了吧?"

"太过凑巧了。"卡尔达斯说道。

"今天早上我们对他进行了追踪,并且监听了他的电话," 瓦斯康塞洛斯说道,"我觉得这次我们找对人了。"

"但愿如此。"卡尔达斯低语道,幻想着罪犯能尽快落入法网,好让他安稳地睡个觉。

卡尔达斯站在埃尔薇拉公寓的露台上,想要眺望缇兰的建筑,但一艘大型远洋客轮停泊在了港口,挡住了海湾另一面的景色。卡尔达斯从口袋里掏出手机,给父亲打去了电话,惊讶地发现父亲几乎立马就接起了电话。

"我把书读完了。"卡尔达斯说道。

"我也读完了。"父亲说道,卡尔达斯能想象到电话另一头父亲的笑容,"睡得好些了吗?"

"能睡一会儿了。"卡尔达斯回答。

"至少你不用孤枕难眠了。"

"是的。"

"这已经很不错了。"

"是不错。"卡尔达斯说道,"你会来维戈吗?"

"没有这个计划。"

"那我看看这周末能不能把书给你还回去。"

"没关系。"父亲说道,"我预想的结局不错,可以支撑几天。"

"你肯定想象不到真正的结局。"卡尔达斯说道,"值得一读。"

电话另一头儿的父亲沉默了片刻。

"你在埃尔薇拉家吗?"

"是的。"卡尔达斯回答道,"怎么啦?"

"奇琼·诺沃的儿子——奥斯卡,今天下午会去一趟艺术与机械工艺学院,然后来家里取一箱葡萄酒。奇琼的存货已经告罄，你知道他可不喝其他家的酒。"

"知道了。"卡尔达斯说道。

"如果埃尔薇拉能把书带去学院，奥斯卡今天就能把书顺便给我带来。"

"埃尔薇拉今天没回家吃饭，而且也不会去教室。她们今天有校外活动。"卡尔达斯解释说埃尔薇拉今天要去蓬特韦德拉市参观一个展览。"必须是今天吗？"

"奥斯卡今天过来。"父亲说道，"没关系，你下次有空的时候再带给我就行。"

"我可以去学院送书。"卡尔达斯说道，虽然他不怎么想再去学院。自从他回到维戈之后，几乎闭门不出，给自己省些烦心事，也免得让埃尔薇拉遭受闲言碎语。

"别麻烦了。"父亲说道。

"不麻烦。"

"你确定？"

"我也没什么事儿。"

"结局真的有你说的那么棒再拿来啊。"父亲打趣道，"假如结局没什么意思，那我自己编的也够我回味几天了。"

"我保证书的结局不会让你失望的。"卡尔达斯说道，"我今天下午就把书拿去给奥斯卡，今天晚上你自己看吧。"

Pulso（准头儿）：1. 身体的一些部位，尤其在手腕处能被感知到的血管的间歇性的搏动；2. 为了精确地完成某事，手上拿捏的分寸；3. 利益或观点不同，但势均力敌的双方展开的博弈。

拿破仑看到卡尔达斯沿着加西亚·巴尔翁街一路走来时，从他的小板凳上站了起来。蒂穆尔伸了伸懒腰，走到了他身旁。

"探长，最近如何？"

"马马虎虎。"卡尔达斯答道。

"我听说了卡米洛的事。"

"嗯。"

"Abyssus abyssum invocat."

卡尔达斯勉强笑了笑。

"我没带硬币。"

"不需要。"拿破仑说道，"这句话想要表达的是不幸会带来更多的不幸。"

"确实如此。"

"这当然是至理名言，"这个乞丐说道，"我们可从不说谎，对吗，蒂穆尔？"

"这点我毫不怀疑。"卡尔达斯说道，拿破仑拢了拢嘴，唇上的髭与下巴上的灰色胡须连接在了一块。

"来找你的女神？"

"今天不是。"卡尔达斯说道，"我今天是来还书的。"

卡尔达斯把书给拿破仑，他接了过去。

"《任意另一天》。"拿破仑大声读道，"值得一看吗？"

"我觉得值得一读。"探长回答。

卡尔达斯正想往前走，拿破仑忽然说道："Amicus certus in re incerta cernitur."说着，他竖起一根手指，"如果需要我的话，可别忘了这句话。"

卡尔达斯摊了摊手。别忘了这句话？他都无法复述这句话，如何能不忘？

513

"患难见真情。" 拿破仑翻译道。

卡尔达斯拾级而上，走到古乐器制作工作室。刚一开门，便闻到清漆的味道，耳边还传来轻微的音乐声，令他心生愉悦。

卡尔达斯找了找，虽然奥斯卡背对着他，但是卡尔达斯还是一眼就认出了他的发辫。在教室最里边靠近窗户的地方，奥斯卡正坐在桌边工作。他的旁边坐着蒂娜，那个周四和莫妮卡说过话，手臂上有文身的女孩。

拉蒙·卡萨尔正在指导一个老学生，察觉到教室门被打开，便停止教学，从眼镜上方看向来人。

"莫妮卡的事真令人痛心。"拉蒙走来说道。

"是的。"

卡尔达斯原本担心拉蒙会提到在警察局自杀的卡米洛，但他却避开了这个话题。

"有什么地方我们能效劳的？"

奥斯卡正在一块木板上钻着孔，卡尔达斯走近他，并向文身女孩打了个招呼。这位父亲友人的儿子十分专注于手里的工作，几乎没有察觉到卡尔达斯的靠近，这令卡尔达斯十分好奇。

"这是什么？"卡尔达斯低声问道，奥斯卡这才抬起头。

"哎呀，你好！"奥斯卡微笑着说道，"我没注意到你来了。"

他又用砂纸打磨了一下组件的侧边，接着便拿起来给卡尔达斯看。

"完工之后，这就会变成鲁特琴的音孔雕花。"

"对于我来说，就像建造一座教堂一样复杂。"卡尔达斯说道。

"没那么复杂，"奥斯卡回答说，"不过就是根据图片切割木板而已。"

"我可做不到，我拿捏不好准头儿，也没有耐性，"卡尔达斯在表明此次来意之前说道，"你今天下午要去找我父亲？"

"我上完课之后回家，顺道去一趟酒窖，"奥斯卡肯定道，"我爸千叮咛万嘱咐地让我把你父亲的酒给他送过去，他对你父亲的酒是至死忠诚。"

卡尔达斯咽了咽唾沫。

"我好几年都没见过奇琼了。"

"这样挺好。"奥斯卡回答道。

卡尔达斯也这么认为，宁愿奇琼还是记忆当中那个会做飞机的匠人，这是他在那段苦闷时期中为数不多的快乐回忆。

"我记得他的飞机。"

坐在旁边的文身女孩蒂娜指了指桌子底下，卡尔达斯看到那里有一张卡片纸，上面用铅笔画着一架飞机的轮廓，不禁莞尔一笑。父亲早就告诉过卡尔达斯，奇琼的儿子一直传承着这项家族技艺。

"就只是画画。"奥斯卡看了一眼拉蒙老师之后说道。

卡尔达斯明白奥斯卡不想让他的老师知道自己还花时间干些别的小玩意儿，因此岔开了飞机的话题，在书面上敲了敲手指。

"你顺道去我父亲那里的时候，能把这本书带给他吗？"

奥斯卡拿起挂在桌沿挂钩上的书包，把书放进了包内。

"这样我就不会忘记了。"奥斯卡笑着说道。

"非常感谢，"卡尔达斯说道，"你能再帮我一个忙吗？"

"当然可以。"

"你能替我拥抱一下你的父亲吗？"

奥斯卡点了点头。

"告诉他我经常想起他。"

515

Vértigo（晕眩）：1. 平衡的紊乱，感到身体或周围的物体旋转；2. 恐高；3. 因强烈的情感冲击而产生的短暂的晕眩；4. 个人或团体活动非常规性的忙碌。

卡尔达斯回到埃尔薇拉的公寓，打开收音机，好让这些陌生的噪音陪伴着他，然后就靠坐在了沙发上。因为长时间的失眠，卡尔达斯已经精疲力竭了，但却依旧不想入眠。他知道只要自己闭上眼睛，卡米洛的白色棺木就会浮上他的心头，于是他就那么躺在沙发上，静静地看着天花板，好打发午后时光。

当他从艺术与机械工艺学院走出来时，瓦斯康塞洛斯又打来一通电话：那个嫌疑人每次都驾驶白色的面包车载着鸽子去参赛。

"有好多证人都提到过白色的面包车。" 瓦斯康塞洛斯说道。

但对于卡尔达斯来说，这个信息依旧没什么用处。

"除了鸽子，他还养其他鸟吗？"卡尔达斯问道。

"我们询问了两个邻居，都说他只养鸽子。" 瓦斯康塞洛斯说道，并解释说他们并没有开展大规模的行动，以免引起嫌犯周围人的怀疑。"但是他们说嫌犯可以让鸽子听他的口令。"

"如果是鸽子的话，莫妮卡当场就应该认得出来。"卡尔达斯想起莫妮卡的证词否定道。他的脑海中又浮现出莫妮卡坐在摄像镜头前的椅子上，身穿长裙，看着镜头右面的人说："一只鸟滑翔着飞过，在它后面，有个男孩举着手臂跑过来，似乎想抓住它。"她只提到了一只鸟，没有其他具体描述。

其他证词也没有提及鸟的品种。像鸽子那么普通的鸟，居然没人能认得出来，难道不奇怪吗？这些都与常情不符。

对于瓦斯康塞洛斯来说，他正执着于收紧线索，这个疑点毫无价值。

"有可能他还养其他的鸟，而他的邻居都不清楚，"瓦斯康塞洛斯说道，"但是我们已经搜集到了更多的证据来指认他。"

"什么证据？"卡尔达斯问道。

"在男孩迪尼斯·卡瓦略失踪的那天，波瓦迪瓦尔津郊外的一个加油站的摄像头拍到了与疑犯车辆十分相似的一辆面包车。"瓦斯康塞洛斯解释说迪尼斯·卡瓦略是遇害男孩中最小的那个，他最后的踪迹是在加油站旁边的沙滩附近找到的。"我们还发现他经常会用电脑搜索与案件相关的新闻。我确定就是他。"

"你们准备什么时候逮捕他？"

瓦斯康塞洛斯说鉴定科的警员们正在检查嫌疑人的一处废弃的房屋，希望能找到更多的线索。

"等到铁证如山时。"瓦斯康塞洛斯回答，接着他补充道，"要么等他马失前蹄。"

卡尔达斯一边想着跟瓦斯康塞洛斯的谈话，一边望着天花板。昨天晚上他也和安德拉德医生通了几分钟的电话，医生让卡尔达斯一定要抓住杀害他女儿的凶手，还让他重复保证了好几遍。尽管医生已经尽力平复伤痛，但是被证实了的死亡远比不确定更让人痛苦。最初那些支撑他孤注一掷的情绪正在消弭，而现在他只感到无助，只能放任自己的灵魂随波逐流。现在唯有确定女儿的牺牲能将那个恶魔捉拿归案，让更多无辜的生命免于被割喉的危险，才能让医生获得些许安慰。

假如瓦斯康塞洛斯的直觉是正确的话，那么警方很快就能证实那个养鸽人就是"凯门鳄"了。对于将他绳之以法，有太多人屏息以待，也有太多人需要从害怕和痛苦中得以解脱。

卡尔达斯希望"凯门鳄"落网的消息能像医生所期待的那样振奋人心，但是罗莎莉亚又怎样才能获得安慰呢？

远洋客轮鸣了一下汽笛，向这座城市道别，探长从沙发上站起身，来到阳台眺望。几十个游客站在甲板上望着岸边，虽然卡尔达斯看不清他们的面容，但他知道其中许多人一定十分遗憾在傍晚离开维戈，此时港口附近的马路正华灯初上。

巨大的远洋客轮离开码头，掉了个头，向谢斯群岛远处的大洋扬长而去。卡尔达斯点燃了一根烟，双目注视着远洋客轮，直到几只海鸥飞过港口，引起了卡尔达斯的注意。

卡尔达斯看着海鸥乘着一阵大风，双翅挺直，在空中滑翔，让他不禁又想起莫妮卡的证词，想起那只引起她不经意抬头，恰巧看见独臂男孩和"凯门鳄"的鸟。

在这里，海鸥与海湾浑然一景，作为保护物种，它们成千上万地驻扎在谢斯群岛上，使群岛变成了世界上最大的海鸥聚居地之一。卡尔达斯想：对于海鸥习以为常的人不会用"鸟"来指称它们，因此他确定对鸽子亦如是。瓦斯康塞洛斯还未能证实,但卡尔达斯确定这个驯养鸽子的葡萄牙人一定还饲养其他品种的鸟类。

卡尔达斯抽了口烟,突然想起了沃尔特·科普。

有一个失眠的清晨,卡尔达斯仔细权衡过是否有必要给这个英国人打电话,看看他能否帮忙确定那天从莫妮卡头上滑翔而过的鸟到底是什么品种。现在调查工作已经聚焦到"凯门鳄"身上了,卡尔达斯反而庆幸自己没有叨扰沃尔特。此刻,他应该在伦敦的某个医院里,在病床旁边守护着刚做完手术的女儿。

罗莎莉亚把他们带去墓地的那一天,卡尔达斯就已经给沃尔特打过电话,告知他警方已经找到了莫妮卡的尸体。沃尔特静静地听着,表示了感激。

"您回维戈的时候,随时给我打电话。"卡尔达斯准备挂断电话的时候,诚心诚意地说道。

"我不知道自己还想不想回去了。"沃尔特同样诚恳地说道,带着他特有的英式口音。

卡尔达斯望向位于海湾另一头的缇兰海岸。尽管天色昏暗,他依旧能望见对岸那一条白色的沙滩,莫妮卡和沃尔特再也不可能每天早晨一同去散步了。

卡尔达斯随后又望了望拉米尔山和拉萨雷托的房子里透出的零星灯火,想到罗莎莉亚和安德烈斯两人正为儿子的死而悲痛万分,不禁令卡尔达斯咽了咽唾沫。

他正想再点燃一根烟,突然感觉到埃尔薇拉的双手从背后抱住了自己的肩膀。卡尔达斯下意识地看了看手表,还不到七点半。

"你怎么这么早就回来了?"卡尔达斯问道。

"你不想我回来的话,那我走好了。"埃尔薇拉贴着探长耳边说道。

"别走。"卡尔达斯说道,想象着埃尔薇拉微笑时脸上的酒窝。

"我们刚从博物馆回来,明天补课。"埃尔薇拉抱着探长问道,"你站在外面做什么?"

"观察海鸥是怎么飞的。"

埃尔薇拉站到卡尔达斯身前,望向大海,让卡尔达斯用手臂环抱着自己,然后用手抓住卡尔达斯的双手。

"你的手都凉了。"埃尔薇拉说道。

卡尔达斯把鼻子埋入埃尔薇拉的头颈。

"嗯。"

"我也喜欢看海鸥飞翔,"埃尔薇拉说道,"看着它们滑翔着飞过船的上空,让我想起我爸爸。"

"为什么会想起你父亲?"

"你看过一部关于第二次世界大战的电影吗,名字叫《虎!虎!虎!》?"

"没有。"

埃尔薇拉笑了笑。

"没关系,很多人都没看过,但是我和我的父亲一起看了十来遍。这是他最喜欢的电影,讲的是日本军队偷袭珍珠港的事件。"

"没听说过。"

"日本军队在清晨时使用白色的飞机展开了偷袭。每次看见海鸥挺直着翅膀滑翔,"埃尔薇拉说着,指了指此时正掠过露台前方的一只海鸥说道,"我就想起那些日本战机和我的父亲。"

卡尔达斯向后倾了倾身。

"飞机。"他重复道。

"怎么啦,卡尔达斯?"埃尔薇拉注意到卡尔达斯松开了手臂,于是问道,但卡尔达斯并未作答。

他倚靠在露台的护栏上,感到了一阵前所未有的晕眩:那些破解谜题的拼图迅速地在他的脑海中飞旋。

"他不是用鸟来诱拐孩子的,"卡尔达斯自言自语道,"他用的是飞机。"

Planear（滑翔）：1. 谋划，筹划；2. 制作计划；3. 展开翅膀滑翔。

卡尔达斯正忙着下楼，突然口袋里的手机震动了起来。

"你给我打了三个电话，"局长说道，"怎么回事？"

"您在局里吗？"卡尔达斯问道。

"我当然在。"索托局长回答了之后，接着又问道，"发生什么事了？"

"我已经知道是谁了。"

"什么？"

"我知道是谁杀了莫妮卡·安德拉德和那些孩子了，"卡尔达斯说道，他已经走上了大街，于是加快了步伐，"我已经知道谁是'凯门鳄'了。"

十分钟之后，卡尔达斯已经坐在了局长办公室的办公桌旁。索托、埃斯特韦斯和克拉拉·巴尔西亚也坐在一旁。

"莫妮卡并不是在大街上认出他的，而是第二次去古乐器制作工作室提醒拉蒙她有木料的时候，她在那时认出了'凯门鳄'。她之前上过一次楼，但是没有找到拉蒙·卡萨尔，就和教室里旁边两个正在切割木板的学生聊了一会儿。她说她院子里的树被风刮倒了，甚至还画了一幅去她家的图。莫妮卡把图交给了一个手臂全是文身的叫蒂娜的女孩，而当时在场的另一个学生就是'凯门鳄'，他戴着防护面罩，所以莫妮卡没有认出他来。"

"但是'凯门鳄'认出了她？"

"是的。"卡尔达斯肯定地答道。

"你是怎么知道的？"

"当'凯门鳄'知道了目击证人就在学院里工作之后，没有马上离开以免碰见她，但是他知道自己不能再出现在学院了，因此他告诉老师说自己因为个人原因不能继续上课了。拉蒙·卡萨尔老师劝说他重新考虑一下自己的决定，而正在此时，教室门被推开了，莫妮卡一边和兽医通着电话，一边出现在了门口。尽管'凯门鳄'已经蓄起了长发，但是莫妮卡还是立马就认出了那天在沙滩上看到的男子。你们记得兽医说过莫妮卡在电话里沉默了吗？"卡尔达斯看着众人问道。

"记得。"埃斯特韦斯回答道。

"莫妮卡及时反应了过来，然后佯装镇定，但也察觉到'凯门鳄'也认出了她，所以后来变得惊慌不安。她回到自己的教室，害怕'凯门鳄'四处找她，就关上灯，把自己锁在了米格尔的办公室里。"

"她为什么不请求帮助？"局长问道。

"有时候恐惧会令人惊慌失措。"克拉拉分析道。

"她为什么不在办公室就给瓦斯康塞洛斯打电话？"索托局长又问道。

"她前几周的时候丢了手机，所以那时候没有瓦斯康塞洛斯的电话，没办法联系他。而且她所在的那一层没有信号，她也不想去院子里，暴露自己的位置，让'凯门鳄'找到她。"

"继续。"

"上完课之后，她一个人待在一片漆黑的陶艺教室里，从窗户观察院子里的动静，"卡尔达斯继续说道，他想起清洁工下楼关水龙头时，把莫妮卡吓得魂不附体的样子，"她离开学院的时候，学院已经空无一人。她抓紧时间赶到码头，坐上了最后一班渡船。当她发现'凯门鳄'并没有跟踪她时，她一定如释重负。"

"那'凯门鳄'是咋找上门的？"埃斯特韦斯问道。

"你记得蒂娜放在拉蒙老师桌上的图吗？那张消失了的图？"

埃斯特韦斯点了点头。

"莫妮卡在莫阿尼亚码头下了船，然后骑车回了家，一路上她一定惊魂未定，所以回家之后她吃了一颗镇定药丸。然后她走去工作室小厅，在电脑上找到了瓦斯康塞洛斯探长的电话，并且给他留了言，但是'凯门鳄'不久之后便来到了莫妮卡的家。我认为'凯门鳄'在杀害莫妮卡之前，一定试图了解过莫妮卡是否已经将她的发现告诉过其他什么人。"

"你为什么这么认为？"

"因为'凯门鳄'杀了莫妮卡之后，依旧照常去艺术与机械工艺学院上课，"卡尔达斯解释道，"假如他怀疑莫妮卡已将此事公之于众的话，他肯定不会再出现在学院里的。"

"你说的有道理。"

"之后卡米洛就出现了。"探长说道，"当然，我们现在已经无法知道卡米洛到底有没有见过'凯门鳄'了。"

"这个家伙到底是谁?"一阵沉默之后,局长问道。

"他的名字叫奥斯卡·诺沃,"探长说道,"是我父亲的一位老朋友的儿子,但我父亲对这个孩子也不太了解。奥斯卡比我要年轻得多。"

"你是怎么想到他的?"克拉拉问道。

"你们记得莫妮卡的证词吗?她说她见过一只大鸟,双翅平展地从头上掠过,然后看见一个独臂男孩伸着唯一的一只手臂在后边追着,就好像想要抓住它一样。"

三个人同时都上下点了点头。

"有多名证人都证实在几个孩子失踪地点附近见过大鸟,"索托局长指出,"瓦斯康塞洛斯认为'凯门鳄'是利用这些鸟诱拐儿童的。他的嫌疑犯是一名饲养鸽子的人。"

"我知道。"卡尔达斯说道,"但是瓦斯康塞洛斯找错了方向:他们看到的不是鸟,而是纸飞机。"

"纸飞机?"埃斯特韦斯惊讶地问道。

"但不是你想的那种普通的纸飞机,而是大型的,"探长边补充边用手比画了一下四个手掌的距离,"我小的时候,奥斯卡的父亲经常做,奥斯卡就是和他父亲学的。"

局长依旧觉得有些难以置信。

"你的意思是'凯门鳄'用纸飞机来吸引孩子的注意?"

卡尔达斯点了点头。

"他父亲做的飞机能飞好几米远。奥斯卡一定改造了飞机,让它看起来像只大鸟。他应该就是用这种方法把孩子们引到偏僻的地方的。"

众人又陷入了一阵沉默,直到埃斯特韦斯干咳了一下。

"怎么啦?"卡尔达斯问道。

埃斯特韦斯抬了抬肩膀,不想在局长面前驳斥探长的推论。

"有话直说。"探长说道。

"有对不上的地儿。"埃斯特韦斯说道。

"什么地方?"

埃斯特韦斯环顾了一下众人,然后说道:"两个天天都去同一个学院的人,之前从来都没遇见过,没人觉得奇怪吗?"

索托局长举起了手。

"我觉得不可思议。"

"奥斯卡并非每天都去学院，"探长说道，"他一周只去两次，而且只上了两个月的课。这个课程是从九月中旬开始的。"

"尽管如此，还是无法完全自圆其说。"索托局长说道。

"你去过学院，"卡尔达斯看向埃斯特韦斯说道，"莫妮卡的教室位于主教学楼的地下室，而奥斯卡的教室则在副楼的第二层。俩人不容易遇见。而且，老师们一般都最早到，最晚离开，很少在校门口遇见学生。"

"那倒有可能。" 埃斯特韦斯说道。

"有没有可能他一直在跟踪莫妮卡？"克拉拉问道。

"什么？"

"也许'凯门鳄'早就知道目击证人在这所学院工作，因此也注册了学籍，方便就近监视她。你刚才不是说他变了样子？"

"他留了长发，"卡尔达斯说道，"但他是如何知道莫妮卡在哪儿工作的呢？"

"我的天，长官，" 埃斯特韦斯插嘴说道，"这能用'潜伏'这个词来概括吧？对付像莫妮卡这样的女性可没对付孩子那么容易。他肯定是想就近监视她，等着好时机。"

"有可能。"局长说道。

"我认为他们是偶然遇到的。"卡尔达斯说道，"无论如何，最重要的是这个人就是我们一直在找的人。"

"你查过这个人是否有前科了吗？"克拉拉问道。

"没有，我还没有查过，"卡尔达斯答道，"无论他有没有犯罪记录，奥斯卡·诺沃就是'凯门鳄'。"

"他以前在葡萄牙生活过？"局长问道。

"他不需要在葡萄牙居住过，也能熟悉那里的情况：他小时候就住在西葡边境附近，离我父亲的酒窖只有几公里远的地方。"

"他和'凯门鳄'的特征相符吗？"

"奥斯卡个子中等，看上去三十岁左右，身材瘦削。"

"他有医学知识吗？"克拉拉问道，搜寻着可以指证嫌疑犯的信息。

卡尔达斯望向克拉拉的双眼。

"我不知道。"卡尔达斯说道，"但是关系不大，没有任何人能符合所有罪犯特征直到他真的犯了事。"

"从推理的角度来看，你所说的都可以自圆其说，"索托局长说道，"但是我们应该找些证据吧？我们已经犯了好几次错误了。"

卡尔达斯面不改色地接受了局长的批评。

"我今天去教室找过奥斯卡，"卡尔达斯说道，"他的桌子底下放着一些画着机翼的木板。"

"你的意思是他已经有下一个目标了？"

"我不敢确定。"卡尔达斯说道，"我今天只是看到有几个机翼的草图有待裁剪。"

索托揉了揉眼睛。

"天哪。"

"他现在还在学院吗？"克拉拉问道。

"应该还在，"卡尔达斯说道，"九点左右才下课。"

"你有什么想法？"局长说道，"我们现在就去古乐器制作工作室逮捕他？"

卡尔达斯摇了摇头。

"这么做不安全，"卡尔达斯说道，"教室里有太多可以用来自卫的工具，而且闲杂人太多，他可以挟持他们做人质。"

"所以呢？"索托局长问道。

"我觉得应该在门口下手，"卡尔达斯说道，"等他走出校门时突然行动，这样就能在他有所警觉之前，先下手为强了。"

Vigilancia（监视）：1. 对个人工作实施的监控，以免造成损失；2. 警戒服务。

　　卡尔达斯和埃斯特韦斯把车停在离艺术与机械工艺学院大门几米远的地方，他们目不转睛地监视着学院大门，等待目标出现便发号施令。另外四名穿着警服的警员分成两组，埋伏在拐角的昏暗之处，等待行动指令。克拉拉·巴尔西亚和费罗两人伪装成一对情侣，坐在街角不远处，离拿破仑和蒂穆尔几步之远的地方。每个行动小组都使用对讲机互相联系。

　　"克拉拉，"卡尔达斯坐在车里呼叫道，"你能去一趟古乐器制作工作室，看看奥斯卡是否还在教室里吗？"

　　"我陪她一起去？"费罗问道。

　　一个单独行动的女性不会引起太多的怀疑。

　　"还是她一个人去吧。"

　　克拉拉遵照探长的指示，穿过学院图书馆来到副楼，沿着金属楼梯走上二楼。她推开饰有中提琴的教室门，向教室里望去，寻找梳着辫子的年轻人。

　　"好像不在。"克拉拉低声说道。

　　"仔细看看！"卡尔达斯说道，"右边还有一个小厅。"

　　片刻之后，对讲机里又低声传来克拉拉的声音。

　　"小厅里也没有。"

　　"怎么可能不在？"

　　"探长，奥斯卡不在教室里。"

　　"再确认一下！"

　　"我没看见他。"

　　"问一下拉蒙·卡萨尔老师，那个留着灰色胡子的卷发男人。"

　　卡尔达斯从耳机里听到克拉拉向拉蒙走去的声音，也听到了拉蒙的回答。

525

"奥斯卡几分钟前刚离开。"

"他一会儿还回来吗？"克拉拉赶忙问道。

"今天应该不会回来了。"拉蒙·卡萨尔回答道。

"糟糕！"卡尔达斯说道，让行动小组先行解散，他关掉了对讲机，打开了一点车窗，然后对埃斯特韦斯说道，"赶紧开车，我知道他去哪儿了！"

"去哪儿了？"

"他去我父亲的酒窖取酒了，抓紧时间！"

Retirada（退路）：1. 离开；2. 有条不紊地撤退以远离敌人；3. 回营号，夜晚归营的军号；4. 安全的收容之所；5. 河流改道之后裸露地面、日趋干涸的土地。

　　车行驶到通往卡尔达斯父亲酒窖的小道上时，埃斯特韦斯减慢了车速。前方可见"凯门鳄"的车灯正穿过大门处的护栏。

　　"关掉车灯，把车打横，然后停车。"莱奥·卡尔达斯说，埃斯特韦斯把车横置在两面高墙之间的窄道上。

　　"咱是不是该请求增援？"埃斯特韦斯问道。

　　酒窖地处偏僻，卡尔达斯不希望巡逻车引起"凯门鳄"的警觉。

　　"不用。"卡尔达斯说道。

　　他们推开车门，向护栏走去。卡尔达斯的父亲在几处边界不明的地方建了石墙，虽然天色已暗，他们依旧弓身贴着石墙前进。

　　奥斯卡·诺沃关掉车灯，在几盏路灯的指引下，向屋子走去。卡尔达斯两人停住了身，此时他们相距不过百米，卡尔达斯屏息听见父亲走出房门迎接奥斯卡的声音。

　　奥斯卡向父亲打了个招呼，然后迎着他走了过去。突然，一阵手机的铃声划破了静谧，"凯门鳄"站住了身，从裤子后面的口袋里掏出手机。

　　"蒂娜，什么事？"卡尔达斯清晰地听到奥斯卡的声音。

　　"糟糕！"卡尔达斯低语道，"蒂娜会告诉奥斯卡有人去找过他。"

　　埃斯特韦斯正想问卡尔达斯是如何知道的，便听见奥斯卡开始询问那个去教室找他的女人的样貌。

　　挂了电话之后，"凯门鳄"站住了身，四下看了一番。

　　虽然俩人知道"凯门鳄"无法看见他们，但依然下意识地紧贴墙边。

　　"你来拿酒的吧？"卡尔达斯的父亲用一贯温和的嗓音问道。

　　"凯门鳄"犹豫了片刻，卡尔达斯本以为他要直接开车离开，却发现只是虚惊一场。

"来了。"卡尔达斯他们听到"凯门鳄"如是作答,便想等奥斯卡搬运红酒时截住他的去路。

探长望着父亲和奥斯卡两人走向酒窖,突然传来几声狗吠,在黑暗中由远及近。

那只总是陪在父亲左右的棕狗向卡尔达斯他俩一路狂奔而来,停在墙边开始狂吠不止。

奥斯卡和父亲一同转身望向棕狗的方向。

"应该是看见猫了吧。"父亲说道,但是奥斯卡的危机意识则告诉他不然。

奥斯卡赶忙跑向停在不远处的车,发动马达,然后迅速掉头冲向来路。车灯恰巧照在了贴墙而行的卡尔达斯和埃斯特韦斯身上,也照到了停在远处截住退路的警车。

奥斯卡静止了片刻,思索着对策。接着他下了车,向卡尔达斯父亲所在的地方快步走去。

探长看见奥斯卡右手紧握着刀片,闪烁着锋利的刀光。

"爸爸,小心!"卡尔达斯声嘶力竭地喊道,想要盖过高昂的犬吠声,"他是'凯门鳄'!"

Libre（自由）：1. 可以对做何事与如何做此事做决定的；2. 不受任何机构或权力机关束缚的；3. 没有被违背自己的意愿束缚的；4. 大胆的，无约束的。

埃斯特韦斯试着把大狗赶跑，但是随着他往房子跑去，大狗的叫声也一路跟随。车灯依旧亮着，把屋外照得灯火通明，但是屋子里却是漆黑一片。

他俩慢慢地靠近厨房门，全神贯注地感知"凯门鳄"和父亲所在的位置。

埃斯特韦斯的右手握着制式手枪，但是卡尔达斯的武器依旧被锁在警察局里监管。

探长绕到房子朝向葡萄田的后墙，埃斯特韦斯保持原地不动。只见河的对岸，排列在山顶的风车闪烁着红色光点，而周遭则一片漆黑。

卡尔达斯绕到酒窖查看门是否上锁，好确定"凯门鳄"是否仍把父亲当作人质挟持在屋内。

他随即走回去和埃斯特韦斯会合，让他用枪托敲碎厨房门上的一扇玻璃。埃斯特韦斯伸手进去，试着转动把手开门。

他俩全神戒备地走进厨房，屏住呼吸，等待对方有所行动，但屋内一片寂静。他们打开通向走廊的门，利用从厨房窗户外照进来的车灯灯光，缓步向前。

"我们在这里。"一个声音传来。

"在哪里？"卡尔达斯问道。

"在客厅。"奥斯卡说道。

卡尔达斯两人悄声前行，走到走廊尽头，客厅门敞开着。

"我没看见你们。"卡尔达斯说道。

"在这里，最里面。"声音再次响起。

"我能开灯吗？"

"让你的同伴把你们身后的灯打开。""凯门鳄"说道。

埃斯特韦斯按了一下开关，打开了他身后的一盏灯，"凯门鳄"可以清楚地看到他们，而他自己和卡尔达斯的父亲则依旧隐藏在黑暗之中。

卡尔达斯迅速地观察父亲的处境，眯起眼适应屋内昏暗的灯光，只见"凯门鳄"站在父亲身后，一只手捂住父亲的嘴，另一只手则用那把夺去多人性命的小刀抵住父亲的喉咙。

"爸，你没事儿吧？"

传来一阵从喉咙处发出的模糊声响。

"嗯嗯嗯。"

"他没事儿。""凯门鳄"说道。

"放了他。"

"我发誓，我不想伤害他，但假如你让我无路可走的话，我就杀了他。"

"你想怎么样？"

"我要你们把武器和车钥匙都交给我。我带着你父亲一起走，等我畅通无阻的时候，我就放了你父亲，我说话算数。"

"嗯嗯嗯。"父亲抗议道。

"我没带武器。"卡尔达斯说道。

"你的同伴带着，""凯门鳄"说道，"你让他走过来！"

"埃斯特韦斯，你听他的照做！"

埃斯特韦斯往前走到探长身边，他手上依旧拿着手枪指向"凯门鳄"，而"凯门鳄"则把卡尔达斯的父亲当作挡箭牌，躲在后边。

"把手枪丢到地上，把它踢过来。""凯门鳄"命令道。

"嗯嗯嗯。"

埃斯特韦斯并未照做。

"凯门鳄"望向探长喊道："让他把手枪丢在地上，然后把它踢给我，不然你就和你父亲永别吧！"

卡尔达斯看见刀片上已经染上了血迹。

"埃斯特韦斯，听他的照做！"

"我不知道该不该这么做。"埃斯特韦斯犹豫地说道。

"埃斯特韦斯，求你了！"

"头儿，这人可是个恶魔。"

"快把枪放下。""凯门鳄"躲在人质身后命令道。

"嗯嗯嗯。"父亲这次改换了声调，似乎有些怒不可遏。

卡尔达斯看到"凯门鳄"更使劲地用刀片抵住了父亲的脖子，而与此同时，父亲的手上闪过一点亮光，刺进了"凯门鳄"的大腿。

"凯门鳄"不禁痛苦地哀号起来，双手抓住自己的腿，而卡尔达斯的父亲则利用"凯门鳄"松开手的片刻工夫，闪身到一旁，让"凯门鳄"完全暴露在枪口之下。

"快开枪。"父亲命令道。

埃斯特韦斯伸直手臂，随即响起了两声枪响，刺目的火光瞬时照亮了整个客厅。

卡尔达斯还未意识到父亲所用的武器正是他整日携带在身的开瓶器。耳边回响着震耳欲聋的枪声，卡尔达斯赶忙跑去打开灯，然后躬身在父亲身边检查他脖颈处的伤口。

"我没事儿。"父亲低声说道，尽管伤口不住地流血。

"你别说话。"卡尔达斯说道，取出手机拨打了急救电话。

离他们一米远之处，埃斯特韦斯正试着给"凯门鳄"做心脏复苏。

"你先别死！" 埃斯特韦斯一边喊着，一边按压着"凯门鳄"的胸部，"呼吸。"

Duda（不解）：1. 在两种判断与选择之间难以抉择的状态；2. 有待解决的问题；3. 对于宗教信仰的怀疑。

    三天之后，"凯门鳄"的心脏依旧没有停止跳动，他一直处于昏迷状态，戴着呼吸面罩躺在医院里，由两名警员昼夜看管。医生也不知道他是否可以恢复意识。

    瓦斯康塞洛斯探长时常打来电话询问"凯门鳄"的最新情况，他害怕"凯门鳄"在没有坦白交代最后三名失踪儿童的下落之前就断了气。

    埃尔薇拉的公寓临海而建，是城市现代化发展侵袭海滩的明证。卡尔达斯站在露台上点燃了一根烟。天色已近昏暗，天空依旧阴沉地笼罩在海湾上方，就好像父亲一日不恢复，天空的星星就一日不放光彩一般。

    探长下午的时候去探望父亲。

    "他没有爬到树上去吧？"探长问道，他的父亲躺在床上微笑地看着他。

    "什么？"

    "奥斯卡，"卡尔达斯解释道，"奇琼说他的儿子以前经常爬树，满身的伤都是掉在地上时磕碰的。"

    父亲嘟嘟囔囔地又说了点什么，便沉沉地睡了过去。

    卡尔达斯抽了口烟，远眺着对面岸边的灯火。在其中一栋房子里，罗莎莉亚一定在夜晚百思不解，想要弄明白既然警方已经要释放自己的儿子了，那他又为何还要选择自杀。

    就在昨天，罗莎莉亚又一次给卡尔达斯打来电话询问原因。

    卡尔达斯只是咽了咽唾沫，无法作答。

    手机响了起来，是埃斯特韦斯打来的。

    "今天怎么样，埃斯特韦斯？"

    "我挺好。"埃斯特韦斯回答道，"您父亲咋样了？"

532

"好一些了,"卡尔达斯答道,"至少下周之前,医生都不会让他出院的。"
"这样恢复得更好。"
"有人和我说了颁奖的事情。"卡尔达斯说道。
"消息倒传得快!"
"你应得的。"
"局长应该给咱俩都发奖章。"
"葡萄牙政府会给莫妮卡颁发奖章,你知道吗?"
瓦斯康塞洛斯在电话里告诉卡尔达斯,他们将会给莫妮卡追赠大十字塔剑勋章,用以表彰她的贡献、忠诚与勇气。
"她才是实至名归。" 埃斯特韦斯说道。
"她也应得。"探长说道。
"您什么时候回局里?大家都很想您。"
"得看卡米洛的死亡原因是否会入档。"

卡尔达斯挂了电话,注视着从莫阿尼亚港口驶来的蒸汽船。上层甲板的长凳上空无一人。

昨夜,坐在父亲的床头时,卡尔达斯忽然想到爱情就像是一场乘船之旅,有人喜欢坐在船舱里,那里座椅舒适,又不受风吹雨淋,而对于卡尔达斯来说,没有新鲜空气会令他精神恍惚,旅途也会让他觉得不堪忍受。待在甲板上的感受则又不同,只要双颊能感受到微风,无论是刮风还是下雨,卡尔达斯都能到达世界的尽头。

卡尔达斯自问,这艘船是否是他的最后一班渡船,还是有更多的船只等着载他驶向广阔的大洋。

他看了看手表,微微笑了笑,埃尔薇拉马上就要到家了。在去医院顶替德拉瓦索值班之前,他们至少还有四个小时的时间。

卡尔达斯掐灭了手中的香烟,走进客厅,坐在了沙发上。他微微合上了双眼,浓重的倦意袭来,长久以来第一次战胜了他的内疚与悔恨。

卡尔达斯睡着了。

一些声明与许多感谢

这部书向那些投身于教育事业,喜好精工慢活并热爱大海的人致敬。书中的一些人物是真实的,而另一些则纯粹是文学虚构。

书中的卡米洛·克鲁斯和他的家庭都是虚构的,如若在现实中有所雷同,那也纯属不幸的巧合。但是生活中的确也有许许多多的卡米洛,他们无法直接表达,也无法找到可替代的交流方式。梅内拉基金会的西普里亚诺·希门尼斯和佩德罗·马丁内斯·伊格莱西亚斯,还有卢杭·波拉斯都曾帮助我拨开这层迷雾。

书中提到的警官和司法人员虽然也都是虚构人物,但是我的朋友马尔加·纪廉,不仅为我提供了宝贵的法律咨询,还让我近距离地观察了一桩案件调查的工作人员。书中发现尸体的场景也主要受到了她的启发。

书中出现的拉蒙·卡萨尔和米格尔·巴斯克斯是真实存在的人物,他们是行业大师。米格尔是一流的陶艺师,现在仍工作在市艺术与机械工艺学院的陶艺教室一线,但是制琴师拉蒙已于2018年春天退休。他现在热衷航海,但闲时依旧制作弦乐器,但凡有人向他请教制琴工艺,他都会不吝将自己多年的经验倾囊相授。

他们都在各自的工作坊接待了我,与我秉烛长谈,并给我推荐了必要的书籍来了解他们的行当。我向他们不吝成为我笔下的文学人物而深表感谢。这两个人物形象虽然有原型的影子,但更多的是我为此书情节需要而作的杜撰。希望将他们化身于虚构世界之中徜徉,会令他们有不虚此行之感。

玛丽亚·巴斯克斯、卡洛斯·考拉尔、沙伊梅·里瓦斯和爱德华多·埃尔瓦莱斯·布兰科也都是真实人物。玛丽亚负责照看学院的所有人事;卡洛斯和夏美是教导如何制作像风笛、手摇琴这类传统乐器的教师;爱德华多现在在保查斯海边享受着退休生活,但他曾从事金银器制作教学工作30多年,功勋卓著。我对他们深怀感激,此外,还要感谢教学负责人何塞·费肖和图书管理员玛丽亚·赫苏斯·古埃斯塔,感谢她们为我打开一道道学院的大门。

每一章节开头处的字词释义来源不一:有些是从《西班牙皇家学院辞典》中直接摘抄的,有的则是从胡里奥·卡萨雷斯或玛丽亚·莫里内尔编纂的词典中查询得来的,但是更多的词义都经由我加工,以便更好地与故事情节相契合。

在著书的八年时间中，我一直边构思，边不断重构。在此期间，读者们一直给我来信，表达对该书出版的支持。在此，我向一直默默等待此书付梓的读者们致以诚挚的感谢，并对书的延期出版表达歉意。

我非常感激西鲁埃拉出版社的编辑奥菲利亚·格兰德女士，她非常亲切、友好和耐心，一直给我提供宝贵的建议；也要感谢银河出版社的维克多·佛雷夏内斯、佛朗西斯科·卡斯特罗和卡洛斯·莱玛，他们作为该书加利西亚语版的编辑，一直对我抱以家人般的支持与理解。

还要感谢我的经纪人，吉列尔莫·沙瓦尔宗，他一直夜以继日地为我出谋划策。

我的母亲、兄弟安德烈斯和我的儿子托马斯、毛罗接替了我父亲的岗位，成为倾听我高声朗读此书的忠实听众。感谢他们的善意与坚持，能毫无抱怨地听完全书。

艾莱娜·阿伯利尔和埃斯特莱亚·加尔西亚帮助我修改了初稿，并悉心为我裁剪冗余。感谢她们给予我的宝贵建议，也感谢她们对我的支持，让我充满信心。

还要感谢爱德华多和威利，当我犹疑不前时，他们阅读了该书的前三分之一的内容；还有伊齐亚尔和埃米利奥，他们坚定地鼓励我奋勇前行；路易斯·索拉诺编辑在我彷徨不前的时候为我鼓气加油。此外，还要感谢西鲁埃拉出版社的出版团队，在最近几周一直对我热情以待。

还有卡洛斯和塞萨雷奥，无论他们现在身在何处，我都要感谢他们与我在艾利希奥酒馆里的谈天说地；感谢我的书商朋友帕科·卡马拉撒，他曾多年向东方三圣祈祷，愿能把此书放在他的身边。我为此书的延期而深感遗憾。

还要感谢一直伴我左右，鼓励我的阿方索、克里斯蒂娜、安德烈斯、克拉拉、米基、路易莎、豪尔赫和玛丽贝尔。

最后也最应该感谢的是贝亚，还有我们的儿子托马斯、毛罗和安东，他们每天都给予我坚定的支持，以照亮那一片幽暗的深谷。

2019 年 3 月

图字：01-2021-2386 号

© Domingo Villar
c/o Schavelzon Graham Agencia Literaria
www.schavelzongraham.com
The simplified Chinese translation rights arranged through Rightol Media

本书中文简体版权经由锐拓传媒取得 Email：copyright@rightol.com
中文简体字版专有权属东方出版社

图书在版编目（CIP）数据

最后一艘渡船 /（西）多明戈·维拉尔 著；韩蒙晔，宓田 译. —北京：东方出版社，2023.10
ISBN 978-7-5207-3424-0

Ⅰ.①最… Ⅱ.①多… ②韩… ③宓… Ⅲ.①长篇小说—西班牙—现代 Ⅳ.①I551.45

中国国家版本馆 CIP 数据核字（2023）第 077226 号

最后一艘渡船
（ZUIHOU YISOU DUCHUAN）

作　　者：	［西］多明戈·维拉尔
译　　者：	韩蒙晔　宓　田
责任编辑：	朱　然
责任审校：	孟昭勤　曾庆全
出　　版：	东方出版社
发　　行：	人民东方出版传媒有限公司
地　　址：	北京市东城区朝阳门内大街 166 号
邮　　编：	100010
印　　刷：	北京明恒达印务有限公司
版　　次：	2023 年 10 月第 1 版
印　　次：	2023 年 10 月第 1 次印刷
开　　本：	710 毫米×1000 毫米　1/16
印　　张：	34
字　　数：	380 千字
书　　号：	ISBN 978-7-5207-3424-0
定　　价：	89.80 元

发行电话：(010) 85924663　85924644　85924641

版权所有，违者必究

如有印装质量问题，我社负责调换，请拨打电话：(010) 85924602　85924603